अतुल चतुर्वेदी

सियाहत मेरी स्याही से

भारत की तुम से आप तक की यात्रा

लोकभारती पेपरबैक्स

प्रथम पेपरबैक संस्करण : 2024

लोकभारती पेपरबैक्स : उत्कृष्ट साहित्य के लोकप्रिय संस्करण

लोकभारती प्रकाशन
पहली मंजिल, दरबारी बिल्डिंग, महात्मा गांधी मार्ग
प्रयागराज-211 001

वेबसाइट: www.lokbhartiprakashan.com
ईमेल : info@lokbhartiprakashan.com

शाखाएँ : 1-बी, नेताजी सुभाष मार्ग, दरियागंज
नई दिल्ली-110 002
अशोक राजपथ, साइंस कॉलेज के सामने
पटना-800 006
1, अनमोल सोराबजी संतुक लेन, मरीन लाइंस
मुम्बई-400002

ग्राफिक ऑफसेट
प्रयागराज द्वारा मुद्रित

मूल्य : ₹ 495

SIYAHAT MERI SYAHI SE
by Atul Chaturvedi

ISBN : 978-81-979896-4-3

मेरी यह पुस्तक समर्पित है
मेरी दादी स्व. श्रीमती कृष्णा चतुर्वेदी-
मेरे बाबा स्व. पंडित सुशील चन्द्र चतुर्वेदी को
जिन्होंने मेरी सोच और सपनों को हौसला दिया
तथा
मेरे भगवान मेरे मम्मी-पापा
स्व. श्रीमती रजनी चतुर्वेदी
और
स्व. श्री अशोक चन्द्र चतुर्वेदी
को
जिनके कारण आज मेरा अस्तित्व है
और जिनकी वजह से ही मैं अपने
अनगिनत ख्वाबों को हक़ीक़त में
बदलते देख सका

अनुक्रम

भूमिका

बचपन में सुना एक शेर आज तक कानों में बीच-बीच में गूँज जाता है, 'सैर कर दुनिया की बन्दे, ज़िन्दगानी फिर कहाँ! ज़िन्दगानी ग़र रही तो नौजवानी फिर कहाँ!' मित्रवर, अतुल चतुर्वेदी जी का मर्मस्पर्शी और विचारोत्तेजक यात्रा वृतान्त पढ़ते वक़्त यह बात बरबस याद आती रही।

वर्ष 1991 का था—एक नए दशक की दहलीज़ पर देश और दुनिया कदम रख रहे थे। भूमंडलीकरण का ज्वार उठ रहा था और देश ने आर्थिक सुधारो का सूत्रपात किया था। इसी साल इलाहाबाद में पढ़े एक युवक की ज़िन्दगी में बड़ा बदलाव आ रहा था, सिविल सर्विस प्रतियोगिता परीक्षा से मोहभंग होने के बाद उसने नया कुछ करने की ठानी और अपने लिए एक ऐसी राह चुनी जिस पर किसी ने उसके पहले कदम नहीं बढ़ाये थे। यह यात्रा-वृतान्त सिर्फ़ एक दिलचस्प सफ़रनामा नहीं पर एक सम्मोहक आत्मकथा के कुछ महत्त्वपूर्ण अध्यायों का दस्तावेज भी है।

अब सवाल यह उठता है कि क्या आप किसी इंसान की ज़िन्दगी का रसास्वाद घर बैठे कर सकते हैं। अँग्रेज़ी मुहावरा आर्म-चेयर ट्रैवलिंग का है। घर बैठे समझ झरोखे का इस्तेमाल कर आप जग का मुजरा कर सकते हैं। पर क्या रूप, गन्ध, स्वाद, स्पर्श जिसका अनुभव किसी यात्री ने किया हो उसे आप वैसा ही महसूस कर सकते हैं? एक और गुत्थी है। देश और दुनिया हर पल बदलते हैं और हम भी समय के साथ-साथ बदलते हैं। अपने अनुभवों से परिपक्व होते हैं तब फिर क्या आत्मचरित और सफरनामों कि नियति सिर्फ़ ऐतिहासिक साक्ष्य बनने की है?

इस मौलिक रचना सिहायतनामा '**सियाहत मेरी स्याही से**' का चमत्कार यह है कि वह एक तरह से आपको परकाया प्रवेश का मौक़ा देती है। आप एक जादुई गलीचे में बैठकर अतुल जी के साथ उन जगहों में पहुँच जाते है जहाँ वह तब जाने कब गए थे। अजनबियों से मुलाक़ात करते हैं और उनके साथ घनिष्ठ रिश्ते, दोस्ताने स्थापित कर लेते हैं जो यात्रा से लौटने के बाद भी बरकरार रहते

हैं। भले ही इन यात्राओं का मक़सद नया कारोबार तलाशना ही क्यों ना रहा हो इसमें लेखक को अपने भीतर अन्तर्जगत की यात्रा कर ख़ुद को पहचानने का मौक़ा दिया—और यही निमन्त्रण यह पुस्तक हमें भी देती है। बहुत सारी रोचक जानकारियाँ यत्र-तत्र बिखरी पड़ी हैं। यह ऐसे अनमोल रत्न हैं जिनको हाथ में उठाने के बाद हम अपने अनुभव के आलोक में और अपेक्षा, आकांक्षा के अनुरूप तराश सकते हैं। चाहे वह मिस्र के महान पिरामिड के पथ-प्रदर्शक ठगों से बचने के नुस्ख़े हों या क़तर जैसे कट्टरपन्थी इस्लामी समझे जानेवाले अरब देश में हिन्दू भारतीय व्यापारी के लिए सम्भावनाओं को उजागर करना।

अतुल चतुर्वेदी की एक पहचान सफल उद्यमी—भारतीय हस्तशिल्प के अग्रगण्य निर्यातक वाली है—तो दूसरी सामाजिक कार्यकर्ता और राजनेतावाली। दुनिया का शायद ही कोई देश हो जहाँ उनके पैर न पड़े हों। अमेरिकी गोलार्ध, यूरोप, अफ्रीका, मध्यपूर्व में कतर और बहरीन तक भी। जिन विषयों में उनकी रुचि है वह भी अनेक हैं। काँच के निर्माण से चतुर्वेदी ब्राह्मणों के वंश-वृक्ष तक, खगोलशास्त्र से लेकर वैज्ञानिक फन्तासी तक। इस पुस्तक के पन्ने पलटते संस्कृत की एक सूक्ति याद आ रही है, 'चरन्वै मधु विन्दति!' अर्थात् जो व्यक्ति निरन्तर गतिशील रहता है वही मधु संग्रह कर सकता है। इसीलिए प्रेरक आह्वान है—'चरेवैति, चरेवैति!'

यही कामना है कि अतुल भाई की यात्राएँ निरन्तर हमारे लिए आह्लाददायक बनती रहें।

प्रो. पुष्पेश पन्त

लेखक की ओर से

आज जब मैं अपने यात्रा-संस्मरण आप सबके समक्ष प्रस्तुत कर रहा हूँ तो मुझको अतीव प्रसन्नता का अनुभव हो रहा है। इस पुस्तक में कहानी है एक नौजवान की जिसने अपने घरेलू व्यापार से इतर हटकर कुछ नया करने का स्वप्न देखा था। यह कहानी है उस कालखंड की जब भारत की अर्थव्यवस्था मुक्त अर्थव्यवस्था के शैशव काल में ही प्रवेश कर रही थी। यह यात्रा-संस्मरण भारत के हर उस नौजवान की इच्छाओं और आकांक्षाओं के प्रतीक हैं जो आगे बढ़कर अपनी हिम्मत से कुछ नया करना चाहते हैं।

इन यात्राओं में आप देखेंगे कि एक नया व्यापार-निर्यात व्यापार कैसे शुरू किया गया। उसको शुरू करने में क्या समस्याएँ आईं और उनको कैसे हल किया। यह संस्मरण आपको निर्यात व्यापार की बारीकियाँ भी बताएगा तो साथ ही मध्य-पूर्व के देशों जैसे दुबई, बहरीन, कतर, अफ्रीकी महाद्वीप के देश मिस्त्र, अनेक यूरोपीय देशों जैसे इंग्लैंड, फ्रांस, जर्मनी, स्विट्ज़रलैंड, हॉलैंड, बेल्ज़ियम, इटली तथा अमेरिका आदि के विभिन्न शहरों, उनकी संस्कृति, उनके सौन्दर्य, इतिहास, पर्यटन स्थल से भी आपको परिचित कराएगा।

इन संस्मरणों में आपकी मुलाक़ात काँच के मोतियों के एक ऐसे व्यापारी से होगी जो आँख से देख नहीं सकते थे लेकिन काँच के मोतियों को हाथ से छूकर उनकी सारी ख़ासियत और कमी पहचान लेते थे। आपका परिचय एक ऐसे अरबी शेख़ इस्माइल से होगा जो मुझको अनजान देश में पहली बार मिले और हम घनिष्ठ मित्रों में बदल गए।

इन्हीं संस्मरणों में मैं आपकी मुलाक़ात क़ाहिरा के मिस्टर मैगदी से करवाऊँगा जिनके कारण मैं इजिप्ट के 'लपकों' के चक्कर में फँस ही गया था।

इन संस्मरणों में इजिप्ट के ग़ीज़ा के पिरैमिड, लन्दन के म्यूज़ियम में रखा कोहिनूर हीरा, पेरिस का आइफ़िल टावर, स्विट्ज़रलैंड की ख़ूबसूरत वादियाँ, जर्मनी के कैसल, इटली के पर्यटक स्थल, ईसाइयों के सबसे बड़े धर्मस्थल

वैटिकन के क़िस्से हैं तो अमेरिका के वर्ल्ड बैंक, व्हाइट हाउस और एटलांटिक सिटी के कैसिनो की चर्चा भी हैं।

मेरे इन संस्मरणों में एक तरफ़ फ़्रैंकफ़र्ट के उन सरदार जी का क़िस्सा है जो भारतीयों से कन्नी काटते थे तो दूसरी तरफ़ स्विट्ज़रलैंड में अतुल भैया-कनक भाभी और वाशिंगटन डीसी में बीनू दादा-दीपा भाभी के द्वारा की गई ज़बर्दस्त मेहमाननवाज़ी की बातें भी हैं।

इन संस्मरणों में मैंने यह भी बताने की कोशिश की है कि कैसे एक समय था जब न जानकारी थी न संसाधन और न ही विदेश के लोग हमसे हमारे उत्पाद लेने को तैयार थे और हमसे अपनी दुकान में बैठाकर बात करने को भी तैयार नहीं थे और फिर कैसे समय बदला और हमारे भारत के व्यापारियों ने विदेशों में अपने लिये एक सम्मानजनक स्थान बनाया। एक तरह से यह मेरी, भारत के एक नौजवान के रूप में भारत की विदेश में व्यापार के क्षेत्र में एक स्थान बनाने की, एक सम्मान अर्जित करने की, एक अपनी पहचान बनाने की सफल यात्रा थी और कह सकता हूँ कि यह विदेश में तुम से आप बनने का सफ़र था।

इस पुस्तक में कहानी है एक ऐसे सफल सपने को हक़ीक़त में बदलने की जो मैंने देखा था कि मेरे, भारत के एक छोटे से फिरोजाबाद शहर जहाँ काँच का काम होता है उसको सारी दुनिया में इस काम के लिये जाना जाए।

मेरा इन संस्मरणों को सबके सामने प्रस्तुत करने का एक उद्देश्य यह भी है कि आज के दौर में जब देश के नौजवान रोज़गार के लिये परेशान हैं, वे सरकारी नौकरी या प्राइवेट सेक्टर में नौकरी के लिये भटकते हैं तो इस पुस्तक में उनके लिये यह सन्देश भी है कि आप एक सपना देखिए उद्यमी बनने का, हमारे देश में ऐसे सपने सच होते हैं। अपना सपना पूरा करके आप जॉब सीकर के स्थान पर जॉब गिवर बनिए।

मैं सबको यह भी बताना चाहता था कि हमारी भारतीय संस्कृति में परिवार का बहुत महत्व है और परिवार तथा इष्ट-मित्र सब मिलकर जब आपके साथ खड़े होते हैं तो दुनिया की कोई भी समस्या आपका रास्ता रोक नहीं सकती है।

मेरा मानना यह है कि इस पुस्तक के पाठकों में यदि कुछ लोगों को यह रोचक लगी और कुछ लोग भी इससे हिम्मत बाँधकर उद्यमी बनने की दिशा में बढ़ गए तो मेरा यह संस्मरण लिखना सफल होगा।

अन्त में एक बात, जब मेरी बड़ी मौसी के बड़े पुत्र श्री विनीत कुमार जो हिमाचल प्रदेश में भारतीय वन सेवा के उच्च अधिकारी रहे हैं और जिनको हम गुड्डा दादा कहते हैं से इस किताब की बात का ज़िक्र हुआ तो उन्होंने एक शेर का ज़िक्र किया जो फ़िराक़ गोरखपुरी साहब से सम्बन्धित या उनके लिये था और जिसको कहीं स्व. रामस्वरूप मौसा जी ने उद्धृत किया है कि—

जिस्म तो जिस्म है और ख़ाक में मिल जाएगा,
बहरहाल शायरी में मिलूँगा तुमसे।

इसी पर मौसा जी ने लिखा कि—

जिस्म तो जिस्म है और ख़ाक में मिल जाएगा,
बहरहाल मैं मिलूँगा किताबों में तुमको।

मैंने सोचा कि मैं भी अपनी बात एक शेर के साथ समाप्त करूँ तो मुझको याद आए फ़िरोज़ाबाद के मशहूर शायर जनाब अनवर कमाल 'अनवर' साहब और मैंने उनके समक्ष अपनी इच्छा और विचार रखा जिस पर शायरी के हिसाब से उन्होंने बात पूरी कैसे की जाए यह बताया और अब इस बात के साथ मैं अपने शब्दों को विराम देता हूँ कि—

एक्सपोर्ट और सियाहत के लिये,
जो सफर मैंने विदेशों के किए।
जब मैं नज़रों से तुम्हारी छुप जाऊँ,
उनके किस्सों में मिलूँगा तुमको॥

फ़िरोज़ाबाद **—अतुल चतुर्वेदी**
रविवार
वैशाख पूर्णमासी संवत 2080 विक्रमी
दिनांक 5 मई, सन 2023 ईसवी

* सियाहत = सैर,पर्यटन

आभार

जब मैंने अपनी यात्राओं के क़िस्से अपने पुत्र अर्पित और पुत्री ऐश्वर्या को सुनाए तो उन्होंने मुझको पहले ब्लॉग लिखने का सुझाव दिया जिसका समर्थन मेरी पत्नी रचना ने भी पुरज़ोर तरीक़े से किया। मेरे लेखन को सबसे पहले मेरी भानजी ईशा जो तब बहुत छोटी थी उसको पढ़ना पड़ता था और पढ़कर अपनी राय भी देनी होती थी और कभी-कभी भांजे ईशान को भी।

जब मैंने ब्लॉग लिखना शुरू किया तो लोगों को यह संस्मरण बहुत पसन्द आए और उनके उत्साहवर्धन करने पर मैं लिखता गया। मैं जो भी लिखता था वह सबसे पहले अपने मम्मी-पापा को ज़रूर भेजता था और वे दोनों उसको पढ़ते और हमेशा बहुत प्रसन्न होते थे और स्वाभाविक है कि इस सबसे मेरा उत्साह बढ़ना ही था। इसी प्रकार यह प्रक्रिया चलती रही और कोरोना के समय इसकी गति शुरू में अच्छी भी रही किन्तु तभी उस दौरान हमारे परिवार पर बहुत बड़ा संकट आया कि कोरोना-काल में पहले मेरी माँ श्रीमती रजनी चतुर्वेदी ने 24 अप्रैल, 2021 को अपना शरीर छोड़ दिया और उसके ठीक 20 दिन बाद 14 मई, 2021 को हमारे पापा श्री अशोक चन्द्र चतुर्वेदी भी हम लोगों का साथ छोड़ गए। यह घटना हमारे परिवार के लिये वज्रपात के समान थी। इसके बाद काफ़ी समय तक न कुछ लिखने का मन हुआ और न पढ़ने का।

इधर कुछ समय से मेरी पत्नी रचना, पुत्र अर्पित, पुत्री ऐश्वर्या, पुत्रवधू उपासना और भतीजे अभीष्ट (डुग्गू) ने भी कहना शुरू किया कि आप अपने यात्रा-संस्मरण पूरे करिए और इनको एक पुस्तक का रूप दीजिए। मेरे छोटे भाई अभिनव और उनकी पत्नी नीता की भी यही राय थी।

अपने शौकिया लिखे संस्मरणों को पुस्तक का रूप देने में मुझको कुछ झिझक सी भी थी कि पता नहीं लोगों को कैसा लगेगा यह लेखन कि मुझको अपने बाबा की कही एक बात याद आई और उससे मेरी सारी झिझक जैसे हवा में उड़ गई।

मुझको याद आया कि जब मैं हॉस्टल में पढ़ता था तो छुट्टियों में घर आया हुआ था। उन्हीं दिनों फ़िरोज़ाबाद के एक जाने-माने शिक्षक द्रोणाचार्य जी मेरे बाबा स्व. सुशील चन्द्र चतुर्वेदी जी के पास आए और उन्होंने बताया कि वे गौशाला प्रांगण में एक बड़े कवि-सम्मेलन का आयोजन कर रहे हैं। इस पर बाबा ने उनसे कहा कि यह हमारे नाती अतुल हैं और यह भी कुछ कविता आदि लिखते हैं, इनको भी कवि-सम्मेलन में पाठ का मौक़ा दो जिस पर द्रोणाचार्य जी ने सहर्ष मुझे तुरन्त आमन्त्रित कर लिया। उनके जाने पर मैंने बाबा से कहा कि मैं तो ऐसे ही कविता लिखता हूँ आपने उनसे कह तो दिया लेकिन अब इतने बड़े-बड़े लोगों के बीच में मैं कविता पढ़ूँगा तो कैसा लगेगा। इस पर मेरे बाबा ने मुझसे हँसते हुए मज़ाक में कहा कि वहाँ पर कई लोग तुमसे भी बुरी कविता पढ़ेंगे और लोग उस पर भी तालियाँ बजाएँगे। इस बात से मेरी झिझक दूर हो गई और मैं उस कवि-सम्मेलन में गया और उसके बाद अनेकों बार कविता पाठ करता रहा हूँ। इसके बाद से जब भी मुझको किसी चीज़ में संशय होता तो बाबा की यह बात हमेशा मेरा मनोबल बढ़ाती रही है और इस किताब का लेखन भी इसी का परिणाम है।

मेरे व्यापार में, किताब संस्मरण लिखने में जीवन में हर चीज़ में मेरी छोटी बहन अर्चना (मिन्नी) और बहनोई डॉक्टर अपूर्व चतुर्वेदी जी का हर क़दम पर साथ और उत्साहवर्धन रहा है। जीवन-यात्रा के बहुत से कठिन पल थे जब उनका साथ मिला और मैं उन समस्याओं से उबरकर आगे बढ़ पाया। मेरे छोटे भाई अभिनव (गुड्डू) तो इस यात्रा में मेरे साथी रहे ही हैं। एक्सपोर्ट के मेरे व्यापार में मेरी पत्नी रचना और बच्चों अर्पित और ऐश्वर्या का भी सदैव सहयोग रहा। बाद में तो यह लोग स्टैंड को डेकोरेट करने में और बायर्स के आने पर उनको अटेंड करने में भी अपना योगदान देने लगे। रचना, अर्पित और ऐश्वर्या ट्रेड फ़ेयर के दौरान हमारे स्टैंड पर मौजूद रहते थे और बूथ की साज-सज्जा के साथ ही साथ आवश्यकता पड़ने पर ग्राहक को अटेंड करने में भी मदद करते रहे हैं। घर पर भी जो विदेशी ग्राहक आते तो हम सभी परिवारीजन उनके साथ भोजन आदि करते रहे हैं।

मेरे व्यापार में हर क़दम पर मेरे माता-पिता का आशीर्वाद और साथ तो रहा ही और हमारे फ़ेयर के पहले दिन ही दिल्ली में पापा अगर ग़ुलाम नबी अंकल के साथ नहीं पहुँचे होते तो हमारा पहला व्यापारी हमको मिल ही नहीं पाता।

जैसा मैंने इन संस्मरणों में कई बार उल्लेख भी किया है कि मुझको एक्सपोर्ट का व्यापार करने की धुन सवार हुई, घरवालों ने पूरा साथ दिया और मुझको अपनी टीम के साथी भी मिलते चले गए। मेरा एक्सपोर्टर बनने का यह सफ़र मेरे घर के सपोर्ट के अलावा मेरे साथियों के सहयोग और जीतोड़ मेहनत का भी परिणाम था। मेरे मित्र स्व. संजय तैलंग दिन-रात मेरे साथ मेहनत करते थे और शुरुआती दौर

में हमारे व्यापार को जमाने में संजय तैलंग, शीतल बाबू, राम कुमार गुप्ता 'रामू भाईसाहब' और राजा बाबू का बहुत बड़ा साथ रहा। संजय तैलंग और मैं-हम लोग साथ-साथ दुबई भी गए और वहाँ गोल्डन सैंड्स अपार्टमेंट में रुके थे।

संजय के अलावा शीतल बाबू (अब स्वर्गीय) की भी बहुत सी यादें हैं जैसे जब हम लोग काम से मुरादाबाद जाते थे उस दिन रात को जाकर चन्दौसी रुक जाते थे जहाँ मेरे मौसा जी स्व. पी. डी. चतुर्वेदी रेलवे ट्रेनिंग इन्स्टीट्यूट के प्रधानाचार्य के रूप में पोस्टेड थे। रात भर वहीं उनसे और उमा मौसी से गप-शप होती, अगले दिन सुबह नाश्ता करके मुरादाबाद जाते, दिन भर काम करते और देर शाम लौटते। होता यह था कि दिन भर की व्यस्तता में खाने की याद ही नहीं आती थी और शाम को वापसी में जैसे-जैसे रात पास आती शीतल बाबू का चिल्लाना शुरू होता कि भूखा ही मार डालोगे क्या? और फिर हम लोग रात के 12 बजे के लगभग अलीगढ़ यूनिवर्सिटी के बाहर रुककर चाय पीते और ब्रेड खाने को ले लेते। शीतल बाबू न जाने कितनी बार सैम्पल बनवाने जाते थे।

एक और व्यक्ति जिनके बिना यह काम चलना मुश्किल था वह थे श्री राम कुमार गुप्ता या जिनको हम सब प्यार से रामू भाईसाहब कहते हैं। रामू भाई साहब का काँच सम्बन्धी ज्ञान कमाल का था। कैसा भी प्रोडक्ट हो वह बनवा ही लेते हैं और सैम्पल डेवेलपमेंट, वेंडर को खोजना इस सब में उनको महारत हासिल है।

मेरे मौसेरे भाई श्री संजीव चतुर्वेदी (संजू) ने भी कुछ समय मेरे इस काम में मेरी मदद की और उनकी सिंसीएरिटी बहुत जबर्दस्त हुआ करती थी।

मेरे हॉस्टल के मित्र श्री उमेश कुमार सिंह के बड़े भाईसाहब श्री एम. के. सिंह जो आगरा के GSP सर्टिफिकेट इश्यू करनेवाले ऑफ़िस के अधिकारी थे उन्होंने भी मेरे काम के शुरुआती दिनों में मुझको काफ़ी गाइड किया और मदद की। इसी प्रकार एक और व्यक्ति मेरी मम्मी की मौसी के पुत्र स्व. उपेन्द्र नाथ चतुर्वेदी थे जिनको हम लोग उप्पी मामा कहते थे, वह कैनरा बैंक में कार्यरत थे। उनके द्वारा भी व्यापार के बिलकुल शुरुआती दौर में मुझको काफ़ी गाइडेन्स और जानकारी मिली।

इनके अतिरिक्त राजदेव जैन साहब (अब स्वर्गीय), पवन पचौरी (अब स्वर्गीय), नीरज पचौरी, हर्षपति, मनोज, प्रदीप, चौहान साहब मुनीम जी, प्रमोद, राजू, राम सिंह और बाद में बलबीर सिंह आदि सबका योगदान महत्वपूर्ण था। मेरे इस व्यापार के दो और महत्वपूर्ण स्तम्भ रहे राजा बाबू और हरीश मामा।

राजा बाबू इलाहाबाद यूनिवर्सिटी के मेरे जूनियर थे और जब मैंने यह काम शुरू किया तो उनका योगदान कमाल का था। राजा बाबू की याददाश्त कमाल की थी और सैम्पल डेवेलपमेंट की उनकी समझ लाजवाब। जैसे ही कोई ग्राहक ट्रेड फ़ेयर में हमारे स्टैंड पर आता राजा बाबू उसके बूथ में प्रवेश के पहले ही बता देते

कि भैया इस नामवाला ग्राहक आ रहा है जिसने पिछले फ़ेयर में फलाना सैम्पल पसन्द किया था और आपने यह रेट बताया था।

हरीश मामा रिश्ते में मेरे मामा और बचपन के दोस्त रहे हैं। व्यापार में बहुत बार ऐसा होता है कि आपको येन-केन प्रकारेण अपना काम निकालना पड़ता है और ऐसे में मेरे संकटमोचक हरीश मामा ही होते थे। यदि मैंने उनको काम बता दिया तो काम कैसे होना है यह उनकी ज़िम्मेदारी होती थी।

बाद में मेरे मित्र श्री भरतेश जैन (अब स्वर्गीय) और श्री विशन चतुर्वेदी बिस्सो भाईसाहब (अब स्वर्गीय) भी व्यापार में सैम्पल/आइडिया आदि के लिये बहुत महत्वपूर्ण भूमिका निभाते रहे।

अपने इन संस्मरणों में मैंने अपना एक्सपोर्ट व्यापार शुरू करने में सुभाष मामा और नरेश मामा की प्रेरणादायक भूमिका का ज़िक्र किया ही है।

मैंने यह भी बताया है कि कैसे मुझको अपने घनिष्ठ मित्र और रूम पार्टनर रहे गोपीगंज-भदोही के श्री धीरेन्द्र पांडे के परिवार से भी एक्सपोर्ट व्यापार का रास्ता मालूम पड़ा। इनके अतिरिक्त मेरे हॉस्टल के सीनियर रहे श्री के. के. तिवारी (IRS), श्री रोहित गुहा, श्री अनुपम त्रिवेदी जैसे बाइंग एजेंट, मुरादाबाद के कमल अग्रवाल जी और इमरान साहब, पापा के मित्र कानपुर के बादशाह पसन्द पान मसालेवाले स्व. पप्पू शुक्ल जी आदि का भी इस यात्रा को सुगम बनाने में रोल रहा।

पापा के एक मित्र श्री डी. बी. लाल साहब (IRS) जो डायरेक्ट टैक्स बोर्ड के सदस्य रहे उनका हमको ट्रेड फ़ेयर में पहली बार स्टैंड दिलवाने में विशेष आशीर्वाद था। एक्सपोर्ट प्रमोशन काउन्सिल के पदाधिकारी ख़ास तौर पर श्री राकेश कुमार, श्री आर. के. वर्मा और श्री राकेश श्रीवास्तव ने भी मेरी बहुत मदद की। यदि मैं बैंक ऑफ़ बड़ोदा के तत्कालीन अधिकारी श्री प्रदीप श्रीवास्तव का ज़िक्र न करूँ तो यह सही नहीं होगा क्योंकि उनसे ही मैंने इनवॉइस बनाना, एल सी, डीपी आदि बातों को जाना-समझा।

हमारे फ़िरोज़ाबाद के श्री अनिल चतुर्वेदी 'नीलमणि' भाईसाहब ही वह व्यक्ति थे जिन्होंने हमारे लोगों, डिज़ाइन, इनवॉइस प्रिंटिंग आदि में उस समय मदद की जब यह सब फ़िरोज़ाबाद में कठिन हुआ करता था। फ़िरोज़ाबाद के ही श्री अखिल चतुर्वेदी 'मुन्ना भाईसाहब' वह व्यक्ति थे जिन्होंने मेरी पहली विश्व भ्रमण यात्रा की आइटिनरी बनवाई और टिकट भी मैंने उनसे ही लिया था। फ़िरोज़ाबाद के ही अपने बड़े भाई समान श्री दिलीप चतुर्वेदी 'भैया जी' ने भी हमेशा मेरा उत्साहवर्धन किया।

मेरे एक्सपोर्ट के काम के लिये मेरे विदेश जाने पर मेरी पत्नी रचना के स्वर्गीय पिता जी विंग कमांडर सिद्ध नाथ चतुर्वेदी और रचना की माता जी श्रीमती रीता चतुर्वेदी सदैव बहुत ख़ुश होते थे और वहाँ के क़िस्से सुनकर मेरा सदैव उत्साहवर्धन करते थे।

अपने हॉस्टल सर जी. एन. झा छात्रावास, इलाहाबाद विश्वविद्यालय के श्री संजीव शुक्ल जो अब उत्तर प्रदेश में होमगार्ड्स विभाग में डी. आई. जी. हैं और जब मैं एक्सपोर्ट शुरू कर रहा था उस वक़्त दिल्ली के जवाहरलाल नेहरू विश्वविद्यालय के छात्र थे, उन्होंने विभिन्न भाषाओं में हमारा पहला ब्रोशर बनवाने में हमारी बहुत मदद की।

काफ़ी समय तक मेरे भतीजे किट्टू (सन्दीप) और बिट्टू (सुशान्त) भी मेरे साथ एक्सपोर्ट का काम सीख रहे थे जिनमें बिट्टू की प्रोडक्शन कराने की और किट्टू की फ़ेयर आदि का स्टाल बनवाने की क्षमता बहुत अच्छी रही है।

यहाँ मैं यह ज़रूर कहना चाहूँगा कि मेरे जीवन का एक बड़ा हिस्सा इलाहाबाद में बीता जहाँ मैंने पहले कक्षा आठ तक की पढ़ाई की फिर लखनऊ के कॉल्विन ताल्लुकेदार्स कॉलेज से इंटरमीडिएट करके जहाँ मुझको बहुत-कुछ सीखने को मिला, मैं फिर से इलाहाबाद विश्वविद्यालय में पढ़ाई करने आया। मेरे जीवन की हर चीज़ में इलाहाबाद का रोल रहा है, प्रेरणा रही है, सीख रही है और इलाहाबाद विश्वविद्यालय और सर गंगा नाथ झा हॉस्टल के बिना शायद मेरा जीवन बहुत अधूरा सा ही रहता। इलाहाबाद के भारत भारती विद्यालय, सर गंगा नाथ झा हॉस्टल, यूनिवर्सिटी, यूनिवर्सिटी रोड, कटरा, सिविल लाइन्स इन सब स्थानों पर गुज़ारे समय और अनुभवों ने मुझको जीवन की राह पर आगे बढ़ने में किसी न किसी रूप में तराशने में मदद की और यह मेरे जीवन की अनमोल थाती है।

इस पुस्तक की रूप-रेखा के विषय में श्री विश्वराज सिंह एडवहकेट जो मेरी पुत्रवधू उपासना के भाई हैं उन्होंने भी बहुमूल्य सुझाव दिये जो इस पुस्तक को इस रूप में पहुँचाने में काफ़ी उपयोगी साबित हुए।

जब हमने फ़ेयर लगाने की शुरुआत की तो सर गंगा नाथ झा हॉस्टल, इलाहाबाद विश्वविद्यालय के मेरे जूनियर साथी-मेरे छोटे भाई के समान रहे श्री आशुतोष बर्नवाल, IRS Customs & Central Excise के कमिश्नर रहे (अब स्वर्गीय) और श्री मुनेश कुमार IRS आदि मित्रों ने भी न सिर्फ़ उत्साहवर्धन किया बल्कि 2-2 दिन हमारे साथ फ़ेयर ग्राउंड पर रहकर स्टैंड तैयार करने में अपने सुझाव और मदद दी। उनका जितना आभार व्यक्त करूँ वह कम ही होगा।

मेरी बड़ी मौसी स्व. श्रीमती सुषमा चतुर्वेदी और मौसा जी स्व. डॉक्टर राम स्वरूप चतुर्वेदी जो हिन्दी के मूर्धन्य विद्वान थे, उनका मेरे ऊपर बहुत आशीर्वाद रहा तथा मेरे जीवन पर बहुत प्रभाव भी रहा है। उनके तीनों पुत्र श्री विनीत कुमार (Indian Forest Service), श्री विनय स्वरूप (वर्ल्ड बैंक) और श्री विवेक (सफल उद्यमी) न सिर्फ़ मेरे घनिष्ठ रहे हैं अपितु साथ ही साथ उन्होंने कठिन परिस्थितियों में मेरा उत्साहवर्धन भी किया है और निर्यात व्यापार शुरू करने के समय काफ़ी हौसला दिया।

मैं संयुक्त राष्ट्र संघ के अंडर सेक्रेटरी जर्नल रहे और भारत सरकार के पूर्व मंत्री, प्रसिद्ध लेखक और सांसद डॉक्टर शशि थरूर का भी इन संस्मरणों के लिए लिखे उनके उत्साहवर्धक शब्दों हेतु हृदय से आभार व्यक्त करता हूँ।

मैं प्रसिद्ध विद्वान और आलोचक प्रोफेसर पुष्पेश पंत जी का भी आभारी हूँ कि उन्होंने मेरे यात्रा संस्मरणों की इस पुस्तक की भूमिका लिखना स्वीकार किया।

मेरे दिल्लीवाले प्रकाश मामा और लीना मामी जी का ग्रेटर कैलाशवाला घर ही शुरुआती दिनों में हमारा दिल्ली का पता हुआ करता था और बाद में बहन अर्चना-डॉक्टर अपूर्व का सरिता विहारवाला घर जहाँ से ही फ़ेयर के सैम्पल जाते और हम लोग रहते। इस सबके बिना शायद यह एक्सपोर्टर बनने का सपना बहुत कठिन हो गया होता।

इन संस्मरणों को पुस्तक का रूप दिया जाए इसके लिये मेरे बड़े भाई समान इलाहाबाद विश्वविद्यालय के मध्यकालीन/आधुनिक विभाग के अध्यक्ष रहे प्रो. हेरम्ब चतुर्वेदी की गाइडेन्स और प्रेरणा का भी बहुत बड़ा रोल है। यह उनकी ही राय थी कि इन संस्मरणों में मैं हर स्थान के को-ऑर्डिनेट्स अर्थात अक्षांश और देशान्तर भी लिखा करूँ।

मेरे एक्सपोर्टर बनने की इस यात्रा में और न जाने कितने लोगों का योगदान प्रत्यक्ष या परोक्ष रूप से रहा जिनमें से बहुत से नामों का उल्लेख करना रह गया है किन्तु उनका भी आभार क्योंकि उन सभी की मदद और सद्भाव के बिना इस रास्ते पर चल पाना सम्भव नहीं था।

जब मैंने अपने यात्रा-संस्मरण लिखने शुरू किए तो बहुत से नाते-रिश्तेदार, परिचित, दोस्त, हॉस्टल के साथियों आदि लोगों ने मेरा बहुत हौसलावर्धन किया और इन संस्मरणों को पुस्तक का रूप दिया जाए इसकी प्रेरणा मुझको उनके उत्साहवर्धन से ही मिली इसलिये उन सबका भी बहुत-बहुत आभारी हूँ।

मेरे निर्यातक बनने के इस सफर में सबसे बड़े सहयोगियों में प्रमुख थे मेरे असंख्य, अनाम, कुशल और अकुशल कामगार कारीगर-साथी जिन्होंने फ़िरोज़ाबाद की गर्म भट्ठियों पर काम किया, चाँदी की पॉलिश करनेवाले, कटाई, घिसाई और फ्रॉस्ट करनेवाले रंग, करनेवाले, मुरादाबाद के ढलाईघरों, सहारनपुर के लुहारों और लकड़ी के कारख़ानों, अलीगढ़ और हाथरस की गलियों और आगरा के पत्थर के संगतराशों के क्षेत्रों में दिन-रात मेहनत करके अपनी मेहनत-अपने पसीने-अपनी कुशलता से पहले शानदार सैम्पल बनाए और फिर ऑर्डर आने पर बेहतरीन माल बनाया। किसी भी काम और ख़ास तौर से हस्तशिल्प के निर्यात के काम में यही लोग रीढ़ की हड्डी होते हैं और मेरा मानना है कि भारत के व्यापारियों ने, भारत के लोगों ने, भारत ने 1990 के दशक से धीरे-धीरे विदेशों में जो तुम से आप का दर्जा प्राप्त करने का, एक सम्मानित स्थान प्राप्त करने

का जो सफ़र तय किया है उस सफलता के सही हक़दार यही लोग हैं, इनका कोटिश: आभार।

एक बात और, चाहे मेरा व्यापार हो या जीवन के अनेकों उतार-चढ़ाव के दौर, इनमें हर समय मेरे कदम-से-कदम मिला कर मेरी धर्मपत्नी रचना मेरे साथ अडिग खड़ी रहीं हैं। उनके साथ और हौसलाअफजाई के बगैर न तो ये यात्राएँ सम्भव थीं, न एक्सपोर्ट्स का काम और ना ही यह संस्मरण लेकिन उनको धन्यवाद देना मानो स्वयं को ही आभार व्यक्त करना होगा तो हृदय से धन्यवाद ईश्वर का ऐसा जीवनसाथी देने के लिए।

ऐसा नहीं है कि इस यात्रा में सब अच्छा ही अच्छा था किन्तु मेरा मानना है अच्छी बातें और यादें आगे बाँटनी चाहिए क्योंकि इनसे सकारात्मक ऊर्जा और हौसला बढ़ता है जबकि बुरी और तक़लीफ़देह यादें इसके विपरीत असर करती हैं।

यदि मैं लोकभारती प्रकाशन, प्रयागराज इलाहाबाद के श्री रमेश ग्रोवर जी का आभार न व्यक्त करूँ तो अनुचित होगा। आदरणीय रमेश ग्रोवर जी के पास मैं बचपन से अपनी बड़ी मौसी और मौसा जी (स्व. श्रीमती सुषमा चतुर्वेदी जी और स्व. प्रो. राम स्वरूप चतुर्वेदी जी) के साथ जाता रहता था और वहाँ कॉफ़ी पीने की मधुर स्मृतियाँ हैं लेकिन एक लेखक के रूप में उनसे कभी सम्पर्क करूँगा यह नहीं सोचा था। आदरणीय रमेश ग्रोवर अंकल के उत्साहवर्धन और गाइडेन्स के बिना इस पुस्तक का प्रकाशित होना और पाठकों का तक पहुँचना सम्भव नहीं होता। उनका कोटिश: आभार।

अन्त में मेरा मानना है कि अपने इष्ट हनुमान जी, ठाकुर जी महाराज, श्री गणेश और भगवती, वाग्देवी सरस्वती की कृपा और अपने गुरुजन, गुरु जी, बुज़ुर्गों, बाबा-दादी, माता-पिता के आशीर्वाद और परिवारीजन के सहयोग के बिना यह यात्रा और उसके संस्मरण लिखना सम्भव नहीं था और मेरे लिये शब्दों में इनका आभार व्यक्त करना सम्भव नहीं है।

—अतुल चतुर्वेदी

फ़िरोज़ाबाद
रविवार
वैशाख पूर्णमासी संवत 2080 विक्रमी
दिनांक 5 मई, सन 2023 ईसवी

मेरी विदेश यात्रा संस्मरण

वागर्थाविव सम्पृक्तौ वागर्थप्रतिपत्तये ।
जगतः पितरौ वन्दे पार्वतीपरमेश्वरौ ॥

जहाज़ में बैठे-बैठे सोच रहा था कि मैं बिलकुल अनजान जगह, अनजान देशों को जा रहा हूँ। वहाँ से व्यापार करना चाह रहा हूँ लेकिन पता नहीं क्या होगा। कुछ माल बिकेगा भी कि यूँ ही ख़ाली हाथ वापस आना पड़ेगा। जीवन में एक नई राह की खोज में क़दम तो बढ़ा दिया था अब अंजाम चाहे कुछ हो लेकिन साथ में यह बात भी मन को हौसला दे रही थी कि हिम्मत करनेवालों की कभी हार नहीं होती और भगवान भी उद्यमी लोगों की मदद करते ही हैं।

सन 1987-88 में जब मैं अपनी पढ़ाई करके और UPSC में अपने हाथ आजमाकर अपने घरेलू व्यापार में आया तो कुछ समय मुझको काँच के व्यापार को समझने में लगा। कुछ समय बाद मुझको ऐसा लगने लगा कि मुझको तो कुछ हटकर और नया काम करना है और मेरा मन था कि मैं Export के व्यापार को करूँ।

आगे का क़िस्सा शुरू करूँ उससे पहले यह बताना ज़रूरी है कि मैं कहाँ से और किस बैकग्राउंड के साथ इस विदेश व्यापार को शुरू करने के ख़्वाब देख रहा था।

मैं फ़िरोज़ाबाद शहर का मूल निवासी हूँ जो कि भारत के उत्तर प्रदेश में है। फ़िरोज़ाबाद में काँच के काम का एक शताब्दी से ज़्यादा का इतिहास है और आज भी इस शहर की आबादी का एक बहुत बड़ा हिस्सा अपनी रोज़ी-रोटी के लिये काँच के कारोबार पर निर्भर है। फ़िरोज़ाबाद इलाक़े में हमारा परिवार लगभग 500 से ज़ादा वर्षों से रहता आया है और हम लोगों के पास इसका श्रुत-लिखित बहुत सा इतिहास मौजूद है यानी कि फ़िरोज़ाबाद और हमारा पुश्तों का साथ है।

वैसे तो फ़िरोज़ाबाद शहर का इतिहास मुग़ल बादशाह अकबर के नव-रत्नों में से एक राजा टोडरमल के वाराणसी से लौटते हुए इस इलाक़े के सायत के

ठेकेदार (बाद की भाषा में ज़मींदार या ज़ोर ज़मींदार या ठाकुर) चौबे दुर्गाप्रसाद से हुए विवाद से जाना जाता है जिसको बहुत से इतिहासकारों ने टोडरमल के क़ाफ़िले की लूट कहा है परन्तु असलियत में यह विवाद महसूल वसूलने को लेकर हुआ जिसका क़िस्सा इस प्रकार है—

फ़िरोज़ाबाद में हम लोगों के परिवार का इतिहास बहुत पुराना है और हमारे परिवार यानी कि सौश्रवस गोत्र (ऋषि विश्वामित्र से सम्बन्धित गोत्र)के पुरोहित (अल्ल) वंश के फ़िरोज़ाबाद के चौबे अथवा चतुर्वेदी परिवार के ज्ञात मूल पुरुष हेमराज जी थे जिनका समय मुग़ल बादशाह हुमायूँ/अकबर का समकालीन काल बताया जाता है और उनके समय से हमारे इस परिवार का सिजरा (वंश वृक्ष; Family Tree) और इतिहास (कुछ पुश्त-दरपुश्त सुनते हुए और काफ़ी कुछ लिखित रूप में) हम परिवारीजनों पर उपलब्ध है।

दुर्गाप्रसाद जी हमारे परिवार के मूल ज्ञात पुरुष हेमराज जी के पौत्र छोटेलाल जी के पुत्र थे। इस हेमराज जी-दुर्गाप्रसाद जी के परिवार की फ़िरोज़ाबाद में कई शाखाएँ रह रही हैं। फ़िरोज़ाबाद के चतुर्वेदी समाज में आज दुर्गाप्रसाद जी और उनकी पुत्री लछा के वंशजों को 'चौबे हाउस' वालों से जाना जाता है। लछा जी के परिवार के ही डॉक्टर सम्पत राम जी, डॉक्टर बनवारी लाल, प्रसिद्ध पी.सी. चतुर्वेदी, एडवहकेट इलाहाबाद, जी.सी. चतुर्वेदी (I.A.S.), कैलाश मजिस्ट्रेट साहब, प्रो. अरुण प्रकाश, अर्जुन सिंह चतुर्वेदी, नीलमणि भाईसाहब, प्रो. सुनील चतुर्वेदी एवं प्रो. चम्पाराम आदि लोग हुए और इस परिवार से ही सम्प्रति इलाहाबाद हाईकोर्ट में जज हैं जस्टिस राहुल चतुर्वेदी।

बहरहाल यह क़िस्सा तब का है जब हम सभी का मूल परिवार एक ही था। यह क़िस्सा मुग़ल बादशाह अकबर के समय का है (घर के काग़ज़ों में एक जगह बादशाह शाहजहाँ के नाम से भी ज़िक्र है किन्तु ऐतिहासिक घटनाओं को जोड़ने पर क़िस्सा अकबर के समय से ही जुड़ता है)। आगरा के आसपास और दोआबा क्षेत्र के इलाक़ों के ज़मींदार 'ज़ोर ज़मींदार' अथवा 'ज़ोर तलब ज़मींदार' भी कहलाते थे और उनमें काफ़ी ज़मींदार ब्राह्मण वर्ण के भी थे ऐसा कई इतिहासकारों का मानना है। तो ऐसे ही एक ज़मींदार हमारे परिवार के बुज़ुर्ग भी थे। हम लोगों के पास कई सौ गाँवे की ज़मींदारी थी और 18वीं सदी के अन्त से 19वीं सदी के दौरान नील की खेती के दौर में एक समय ऐसा भी आया जब अंग्रेज़ हुकूमत से लगान चुकाने पर विवाद होने पर हमारे बुज़ुर्गों की जमींदारी के 80 से अधिक गाँव की नीलामी अंग्रेज़ों द्वारा कर दी गई थी लेकिन वह क़िस्सा फिर कभी। इस इलाक़े के ज़मींदार अपने नाम के अनुसार अधिकतर उद्दंड, स्वाभिमानी और दबंग हुआ करते थे और इस इलाक़े के अधिकतर ज़मींदार अपनी जोरदारी के कारण आम बोलचाल की भाषा में न सिर्फ़ ठाकुर कहकर

सम्बोधित किए जाते थे अपितु अनेकों ब्राह्मण लोगों के नाम में 'सिंह' का भी प्रयोग होता रहा है। इस इलाक़े में 'ज़ोर तलब ज़मींदार' ठाकुर कहलाने के कारण कतिपय इतिहासकारों ने (विशेष तौर पर अंग्रेज़ लेखकों ने)इस इलाक़े की ज़मींदारी मुख्यत: ठाकुर यानी क्षत्रियों के पास थी ऐसा लिखा है लेकिन सत्य यह है कि इस इलाक़े में ब्राह्मण परिवारों पर भी काफ़ी ज़मींदारी रही हैं और आम बोलचाल की भाषा में ज़मींदार ब्राह्मण लोगों को भी ठाकुर कहकर सम्बोधित करने की प्रथा रही है।

क़िस्सा कुछ इस प्रकार है कि मुग़ल बादशाह अकबर के समय में एक कारवाँ शाही माल और असबाब लेकर आ रहा था। यह लोग जो सामान ले जा रहे थे उसमें बादशाह की हिन्दू बेगम के लिये दक्षिण का बढ़िया कपड़ा और बनारस की बेशक़ीमती साड़ियाँ, लहँगे आदि भी थे। वर्तमान फ़िरोज़ाबाद के निकट आने पर जिस इलाक़े में हमारे पूर्वजों की ज़मींदारी थी और ख़ुद बादशाह द्वारा प्रदत्त 'सायत' का ठेका था वहाँ की चुंगी चौकी पर उनको रोका गया और सामान पर उस समय के नियमानुसार 'महसूल' या कर '(चुंगी) माँगा गया। उस कारवाँ के सरदार (फ़िरोज़ाबाद गज़ेटियर के अनुसार तथ्यों का मिलान मानें तो यह राजा टोडरमल हुए) आदि अपने सत्ता के मद में चूर थे और उन्होंने यह कर देने से इनकार कर दिया। फ़िरोज़ाबाद के गज़ेटियर की घटना से मिलान करें तो इस कारवाँ का नेतृत्व राजा टोडरमल कर रहे थे। महसूल से इनकार करने पर बात अधिक बढ़ जाने पर हमारे बुज़ुर्ग दुर्गाप्रसाद जी पर ख़बर गई। दुर्गाप्रसाद जी अपनी गढ़ी (सम्प्रति फ़िरोज़ाबाद के मोहल्ला चौबान में स्थित चौबे हाउस और उसके आसपास का पूरा परिसर जिसमें अरविन्द भाईसाहबवाला घर, हम लोगों का पुराना घर, शैलेन्द्र भाईसाहब और सत्येन्द्र भाईसाहब का घर और बाहर पूरा सड़क तक का हिस्सा शामिल था) से घोड़े पर चढ़कर चुंगी चौकी पर पहुँचे। पुश्त-दर-पुश्त की श्रुति के अनुसार यह चुंगी स्थल वर्तमान मौढ़ा-कनेटा से आसफ़ाबाद के बीच का कोई स्थल रहा होगा।

दुर्गाप्रसाद जी के वहाँ पहुँचने पर मुग़ल कारवाँ के सरदार ने उनसे कहा कि यह माल बादशाह की बेगम के लिये जा रहा है और शाही माल पर महसूल नहीं लग सकता इसलिये हम महसूल नहीं देंगे। इस पर दुर्गाप्रसाद जी ने कहा कि हम महसूल भी तो बादशाह के कहने से और बादशाह के लिये ही वसूल रहे हैं और तुम्हारे पास इसको न लिया जाए ऐसा कोई फ़रमान भी नहीं है अत: महसूल तो देना पड़ेगा। वे लोग महसूल देने को क़तई तैयार नहीं थे और बात बढ़ती ही जा रही थी तो अन्त में तैश में आकर दुर्गाप्रसाद जी ने कहा, "लैय्यो अकबरी गज़ गर्म करकें और इन गाँठन में ऊपर सैं नीचे तक दाग़ देओ" और उनके कारिन्दों ने जब तक मुग़ल सरदार कुछ समझ पाएँ तब तक कपड़ों की सारी गाँठों को

ऊपर से नीचे तक गर्म अकबरी गज़ से दाग़ दिया जिससे सारे के सारे कपड़ों के थानों में आर-पार छेद हो गए और सारा सामान बेकार हो गया। इस काम को अंजाम देकर फिर दुर्गाप्रसाद जी ने उनसे कहा कि हमारा महसूल वसूल हो गया अब आप लोग जा सकते हैं। यह घटनाक्रम इतनी तेज़ी से अचानक घटा कि सारे लोग हक्के-बक्के रह गए। अब लेकिन हो भी क्या सकता था। कहते हैं इस कहासुनी पर वहाँ बात बढ़ी और झगड़ा-झंझट मार-पीट भी हुई पर किसी तरह से बचकर मुग़ल काफ़िला गुस्से से आग बबूला होते हुए अपने गन्तव्य को आगे बढ़ गया और दुर्गाप्रसाद अपनी गढ़ी को लौट गए।

अब राजधानी पहुँचकर बादशाह के कारिन्दों ने यह सारा क़िस्सा ख़ूब नमक-मिर्च लगाकर बादशाह को सुनाया और फिर क्या था बादशाह के क्रोध का यह सब सुनकर ठिकाना ही नहीं रहा। बादशाह ने अपने एक सरदार कुल्हाड़ शाह को आदेश दिया कि दुर्गाप्रसाद को तुरन्त गिरफ़्तार करके लाओ। कुल्हाड़ शाह 500 लोगों की फौज़ को लेकर फ़िरोज़ाबाद आया और दुर्गाप्रसाद जी को गिरफ़्तार कर लिया गया। इसके बाद कुल्हाड़ शाह ने अपने आदमियों को हुक्म दिया कि इनकी गढ़ी/हवेली (मुहल्ला चौबान स्थित परिसर; वर्तमान में) को खोदकर इस पर हल चला दो और यह प्रक्रिया शुरू भी हो गई। चारों ओर बहुत कोहराम मच गया। उस समय फ़िरोज़ाबाद में एक और अत्यन्त प्रभावशाली चौबे परिवार था चौबे हुलासराय का(चौबे जी का बागवाले चौबे सुदर्शन लाल जी के पूर्वज)। इन चौबे हुलासराय के कुल्हाड़ शाह से कुछ पुराने सम्बन्ध और मित्रता थी जिसका लाभ उठाकर उन्होंने दुर्गाप्रसाद जी की गढ़ी को ख़ुदने और हल चलने और अन्य परिवारीजन को गिरफ़्तारी-बेइज़्ज़ती आदि से बचाया।

कुल्हाड़ शाह दुर्गाप्रसाद जी को लेकर बादशाह की ख़िदमत में पहुँचा और उस समय के दस्तूर के हिसाब से उनको उनकी अच्छी हैसियत होने के कारण क़िले के ही एक क़ैदखाने में डाल दिया गया। उस समय जो क़ैदी जेल में डाल दिये जाते थे तो उनके विषय में यह ज़रूरी नहीं था कि उनके जीवन में ही उनकी सुनवाई हो जाए और फिर दुर्गाप्रसाद चौबे ने तो जो गुनाह किया था वह शाही परिवार के प्रति किया था। ख़ैर चौबे जी क़ैदख़ाने में समय काटने लगे और वहाँ के अन्य क़ैदियों से उनकी जान-पहचान भी होने लगी। उनकेवाले क़ैदख़ाने में कुछ मुसलमान क़ैदी भी थे जो पहलवान थे और किसी ने द्वेषवश फँसवाकर उनको भी जेल भिजवा दिया था। चौबों को भी पहलवानी का शौक रहा है अतएव इन मुस्लिम पहलवानों से दुर्गाप्रसाद की ख़ूब दोस्ती और नज़दीकी हो गई। नज़रबन्दी के दौरान दुर्गाप्रसाद जी अपना भोजन स्वयं बनाते थे। उनके चतुर्वेदी ब्राह्मण होने के नाते उनको यह सुविधा मिली हुई थी क्योंकि उस वक़्त के हिसाब से अन्य किसी का पकाया भोजन वह खा नहीं सकते थे। एक दिन की

बात है काफ़ी बारिश हो रही थी और लकड़ी गीली होने के कारण खाना बनाने के लिये चूल्हा नहीं जल पा रहा था। ऐसी स्थिति में परेशान होकर दुर्गाप्रसाद जी ने अपने साफ़े को चूल्हे में जला दिया जिससे लकड़ी ठीक से जल जाए। उनका साफ़ा ज़मींदारी ठाठ-बाटवाला सोने के कलाबत्तू के काम से जड़ा हुआ साफ़ा था। खाना तो बन गया अब अगली सुबह जब चूल्हा साफ किया गया तो उसकी राख में काफ़ी सोना निकला जो कि साफ़े के जल जाने के बाद गलकर छोटे ढेलों के रूप में हो गया था। दुर्गाप्रसाद जी की क़िस्मत देखिए कि चूल्हा-बर्तन साफ़ करनेवाली से होते हुए यह बात बादशाह की हिन्दू महारानी तक पहुँची कि इस प्रकार से एक निर्दोष ब्राह्मण जेल में बन्द हैं जिनको आपके सामान पर महसूल माँगने के कारण यह सब झेलना पड़ा है। यह सब जानकर महारानी को बहुत दु:ख और अफसोस हुआ कि एक सम्पन्न और सक्षम परिवार के चौबे ब्राह्मण को बिना उनकी ग़लती के महारानी के सामान पर महसूल माँगने के कारण इतना कष्ट भुगतना पड़ा है।

अब मैं इस क़िस्से को यहीं अधूरा छोड़कर आपको 20वीं सदी यानी पिछली सदी के किसी वर्ष में मथुरा ले चलता हूँ। मथुरा में रुस्तमे हिन्द-रुस्तमे ज़माँ विश्व के महान पहलवान गामा आए हुए थे और चुनौती थी कि उनसे कोई लड़े। हरीश मामा के बताए अनुसार यह वही गामा पहलवान थे जिनको स्व. पंडित मोतीलाल नेहरू अपने ख़र्चे पर विदेश ले गए थे उस समय के विश्व चैम्पियन जीवास्को से लड़ने को और गामा पहलवान देश का सर ऊँचा कराकर लौटे थे। अब मथुरा में गामा पहलवान से कोई लड़ने को तैयार नहीं था इस पर मथुरा के लोगों ने वहाँ के एक पहलवान बलदेव चौबे जी से कहा कि वही गामा से लड़ें ताकि इज़्ज़त तो रहे। यद्यपि बलदेव चौबे और गामा पहलवान का कोई मुक़ाबला ही नहीं था। ख़ैर जब बलदेव चौबे की चुनौती गामा पहलवान को मालूम पड़ी तो उन्होंने चौबे जी से लड़ने से साफ़ इनकार कर दिया। लोगों के पूछने पर उन्होंने बताया कि चौबों के हमारे बुज़ुर्गों पर बहुत अहसान हैं और हमारे बुज़ुर्गों ने अपने वारिसान को सख़्त ताक़ीद की थी कि चौबों की हमेशा इज़्ज़त करना और उनसे लड़ने का तो सवाल ही नहीं है। इस घटना को ध्यान में रखते हुए आइए अब हम वापस चलते हैं 17वीं सदी में मुग़ल सम्राट के क़ैदख़ाने में जहाँ यह कहानी छोड़ी थी।

जब मुग़ल सम्राट से उनकी महारानी ने क़ैदख़ाने का वाकया बताया और गुज़ारिश की कि चौबे दुर्गाप्रसाद को बुलाया जाए तो दरबार में उनकी पेशी हुई। बादशाह ने उनसे पूरा क़िस्सा सुना और जब उन्होंने कहा कि वह तो जो काम उनके जिम्मे था उसी का निर्वहन कर रहे थे तो महारानी की सिफ़ारिश और ख़ुद भी सन्तुष्ट होकर दुर्गाप्रसाद जी की न सिर्फ़ रिहाई का आदेश कर दिया अपितु

उनके सारे अधिकार भी उनको वापस दे दिये गए। यह सब सुनकर भी दुर्गाप्रसाद बादशाह और महारानी के आगे खड़े रहे। बादशाह के पूछने पर उन्होंने कहा कि आपकी जेल में कुछ निर्दोष पहलवान भी क़ैद हैं जिनको द्वेषवश किसी ने फँसा कर क़ैद में डलवा दिया है तो आपसे गुज़ारिश है कि या तो उनको भी रिहा करवा दें अन्यथा मैं भी नहीं जाऊँगा। उस जमाने में बादशाह के आगे इतना बोलना बहुत ही असम्भव सी और बड़ी बात थी, दुर्गाप्रसाद जी के द्वारा पहलवानों के विषय में सच्चाई बताने से और उनकी सादगी तथा दोस्ती की बात से प्रभावित होकर बादशाह ने उन पहलवानों को भी रिहा करने के आदेश दे दिये। बुज़ुर्गों से सुने के अनुसार यह मुस्लिम पहलवान और कोई नहीं बल्कि गामा पहलवान के पूर्वज ही थे। शायद यही वजह थी कि गामा पहलवान जब मथुरा गए तो उन्होंने बलदेव चौबे का बहुत सम्मान करते हुए उनसे लड़ने से इनकार कर दिया था। इस सारी घटना का कालक्रम अकबर के राज्य के शुरुआती दौर का बताया जाता है। इसके बाद राजा टोडरमल के कहने पर अकबर ने फ़िरोज़ शाह नाम के सरदार को फ़िरोज़ाबाद के इलाक़े की व्यवस्था देखने को नियुक्त किया।

मुग़ल बादशाह शाहजहाँ के समय में इस इलाक़े को जागीर के रूप में नवाब सादुल्ला मनिहार को दे दिया गया।

बाद में फ़िरोज़ाबाद पर कुछ समय के लिये जाट और मराठा लोगों का शासन भी रहा है। फ़िरोज़ाबाद के प्रसिद्ध बड़े हनुमान जी के मन्दिर को मराठा शासक महाराज बाजीराव पेशवा द्वितीय द्वारा निर्मित और भव्य जीर्णोद्धार किया गया।

सन 1802 में ब्रिटिश जनरल लेक और वेलेजली के नेतृत्व में फ़िरोज़ाबाद पर अंग्रेज़ों का राज्य क़ायम हो गया और उस समय इसको इटावा जिले में सम्मिलित किया गया था। सन 1833 से फ़िरोज़ाबाद आगरा ज़िले में शामिल हुआ और सन 1989 में 5 फरवरी को फ़िरोज़ाबाद को तत्कालीन मुख्यमन्त्री उत्तर प्रदेश के द्वारा नया ज़िला घोषित किया गया। उस समय फ़िरोज़ाबाद के सांसद स्व. गंगाराम जी और नव निर्वाचित नगरपालिका अध्यक्ष स्व. अशोक चन्द्र चतुर्वेदी (मेरे पिता जी) थे।

राजा टोडरमल की घटना के सन्दर्भ से ही फ़िरोज़ाबाद गजेटियर में फ़िरोज़ाबाद की शुरुआत बताई जाती है। फ़िरोज़ाबाद के आसपास के क्षेत्र में पहले नील की खेती और घी का कारोबार होता था।

फ़िरोज़ाबाद की एक पहचान प्रसिद्ध पत्रकार और स्वतन्त्रता संग्राम सेनानी पद्मभूषण दादा जी स्व. बनारसीदास चतुर्वेदी जी से भी रही है जो महात्मा गाँधी के बहुत निकट रहे थे। प्रवासी भारतीयों की दुर्दशा देखने के लिये गाँधी जी ने दादा जी बनारसीदास चतुर्वेदी को फिजी आदि देशों की यात्रा पर भेजा था।

यहाँ यह भी उल्लेखनीय है कि उस समय प्रवासी भारतीय आज जैसे सम्पन्न नहीं थे। दादा जी बनारसीदास चतुर्वेदी ने हिन्दी की बहुत सेवा की और पंडित जवाहरलाल नेहरू की सरकार के समय बनारसीदास चतुर्वेदी जी लगातार दो कार्यकाल राज्यसभा के सदस्य भी रहे। मेरी छोटी बहन अर्चना का विवाह इन्हीं दादा जी बनारसीदास चतुर्वेदी के पौत्र, स्व. बुद्धिप्रकाश जी के पुत्र, डॉक्टर अपूर्व चतुर्वेदी से हुआ है जो फ़िरोज़ाबाद ज़िले और आसपास के क्षेत्र में एक प्रख्यात शल्य-चिकित्सक के रूप में जाने जाते हैं।

बीसवीं सदी की शुरुआत से फ़िरोज़ाबाद में काँच का काम घरेलू काम या कॉटेज इंडस्ट्री का रूप ले चुका था। फ़िरोज़ाबाद में प्रथम विश्वयुद्ध के बाद काँच उद्योग ने एक संगठित रूप में बढ़ना शुरू किया जिसमें अंग्रेज़ सरकार ने बहुत रोड़े अटकाए फिर 1920 के दशक के उत्तरार्ध में अंग्रेज़ सरकार ने भारतीय उद्योग की समस्याओं के लिये एक टैरिफ़ कमीशन का गठन किया जिसमें काँच उद्योग की तरफ़ से सुशील चन्द्र चतुर्वेदी (मेरे बाबा थे), बाबू गंगा प्रसाद जैन (जो बाद में आई. ए. एस. हुए), कानपुर के सिंघानिया साहब आदि ने लड़ाई लड़ी। फ़िरोज़ाबाद के काँच उद्योग को एक कॉटेज इंडस्ट्री से फ़ैक्ट्री स्टेज इंडस्ट्री लाने में स्व. सुशील चन्द्र चतुर्वेदी का बहुत बड़ा योगदान है और इस काम में बाल गंगाधर तिलक तथा उनकी तलेगाँव, पुणे में लगाई फ़ैक्ट्री पैसा फंड ग्लास वर्क्स की बड़ी प्रेरणादायी भूमिका रही है। बीसवीं सदी के तीसरे दशक में रुस्तम उस्ताद ने फ़िरोज़ाबाद में चूड़ी बनाने की नई तकनीक जिसमें लकड़ी के बेलन से चूड़ी बनाई जाती थी उसका आरम्भ किया जो उन्होंने तत्कालीन बम्बई से प्राप्त की थी। इसके बाद यूरोप से आनेवाली ख़ूबसूरत चूड़ियों जैसी रंग-बिरंगी चूड़ियाँ फ़िरोज़ाबाद में भी बननी शुरू हो गईं। फ़िरोज़ाबाद के काँच उद्योग को बाद में क्रमशः सेठ छदामी लाल जैन, बेनी प्रसाद शिव नारायण, सेठ गुलजारी लाल, बालकिशन गुप्ता जी आदि जैसे अनेक लोगों ने और आगे ले जाने में अपना महत्वपूर्ण योगदान दिया।

1960-70 के दशकों में मेरे पिता जी स्व. अशोक चन्द्र चतुर्वेदी भी Vitrite glass और Plastic glass भारत में-फ़िरोज़ाबाद में बनाना शुरू करके इम्पोर्ट सब्स्टीट्यूशन के क्षेत्र में अपनी उपस्थिति स्थापित कर चुके थे।

सपना और यात्रा की शुरुआत

इसी प्रकार धीरे-धीरे फ़िरोज़ाबाद का काँच उद्योग कोयला-तेल के फ़्यूल के रास्ते होता हुआ अब 1991 के दशक में नई ग्लोबल भूमिका के ख़्वाब देख रहा था। अपनी और अपने शहर फ़िरोज़ाबाद की इसी बैकग्राउंड के साथ मैंने एक काँच उत्पादक-निर्यातक बनने का सपना सँजोना शुरू कर दिया था।

मेरे शहर फ़िरोज़ाबाद में तब तक export का कोई व्यापार नहीं होता था। सिर्फ़ एक व्यक्ति थे कृष्णा बीड्सवाले वह ज़रूर मोतियों के export का कारोबार करते थे किन्तु उस व्यापार का मूलतः फ़िरोज़ाबाद से कुछ सीधा लेना-देना नहीं था। मेरे दो मामा जी लोग निर्यात के व्यापार से जुड़े थे और इसलिये मैं बस इतना जानता था कि एक्सपोर्ट का व्यापार होता है लेकिन फ़िरोज़ाबाद से एक्सपोर्ट क्या कर सकता हूँ यह पता नहीं था।

ख़ैर, जब यह तय हो गया कि अब तो एक्सपोर्ट के व्यापार को शुरू करना है तो उसकी तैयारी शुरू हुई। मेरे माता, पिता, पत्नी और सभी घरवालों और अन्य सभी लोगों ने मेरा ख़ूब उत्साहवर्धन किया और तैयारी में साथ भी दिया।

सबसे पहले मैंने फ़िरोज़ाबाद में इम्पीरियल ग्लासवालों से झाड़-फ़ानूस (Chandeliers) के फ़ोटो और उनकी क़ीमतें लीं। इम्पीरियल ग्लास के मालिक स्व. राजेन्द्र गुप्ता जी मेरे पिता जी के घनिष्ठ लोगों में थे। मेरी तैयारी में उन लोगों ने बहुत सहयोग किया। फिर एक बीड्स के कामवालों से बीड्स के सैम्पिल और क़ीमतें लीं। उसके बाद आगरा के एक परिचित सदर बाज़ारवाले मुग़ल बुटीक के संगीत भाई से और क्राफ़्ट्स पैलेस, आगरावाले श्री नवीन जैन से संगमरमर और सोप स्टोन के handicrafts के सैम्पिल और क़ीमतें लीं, अलीगढ़ से पीतल की ढलाई के handicrafts के सैम्पिल और उनकी क़ीमतें लीं, फ़र्रुक़्ख़ाबाद से सिल्क के स्कार्फ़ और उनकी क़ीमतें लीं। बाद में इन सब चीज़ों का कैटलॉग बनाया।

एक्सपोर्ट के लिये फ़र्म बनाई जा चुकी थी। फ़िरोज़ाबाद से झाड़-फ़ानूस के अलावा कुछ और एक्सपोर्ट कर सकते हैं यह समझ में था नहीं तो दूसरी कई जगहों से काफ़ी सैम्पिल इकट्ठे किए जा चुके थे।

उस ज़माने में नए आदमी के लिये विदेश जाने हेतु विदेशी मुद्रा का इन्तज़ाम एक बहुत ही कठिन काम था। हमारी अर्थव्यवस्था का उदारीकरण का दौर अभी शुरू होने को था और रिज़र्व बैंक के नियम और सोच बहुत ही कड़े और conservative क़िस्म के थे। जब मुझको लगा कि इसमें तो बहुत दिक़्क़त आ रही है तो मैंने इलाहाबाद यूनिवर्सिटी के अपने हॉस्टल सर गंगानाथ झा छात्रावास के मेरे सीनियर रहे श्री के.के. तिवारी सर से मदद माँगी। श्री तिवारी सर उस समय कानपुर में आयकर विभाग में सहायक आयुक्त के पद पर थे। उन्होंने मुझको सही तरीक़े से गाइड किया और रिज़र्व बैंक में भी सम्बन्धित अधिकारी से बात करके मेरी सहायता की और अन्ततः मुझको मेरी ज़रूरत भर की विदेशी मुद्रा मिल गई।

अब बात यह तय करने की थी कि किस-किस देश को जाना है तो इसमें मेरी मदद की फ़िरोज़ाबाद के ही मेरे बड़े भाई के समान श्री अखिल चतुर्वेदी जी ने की जिनका कि दिल्ली में travel & tours का व्यापार था। उन्होंने मेरी itinerary बनवाई दिल्ली से दुबई, आबूधाबी, दोहा (कतर), बहरीन, काहिरा (Egypt), लन्दन (इंग्लैंड), जिनेवा (स्विट्ज़रलैंड), पेरिस (फ्रांस) एवं फ्रैंकफ़र्ट (जर्मनी) से रोम (इटली) और फिर वापस दिल्ली।

करीब 5-6 सप्ताह का टूर बना था। अखिल भाईसाहब की गाइडेन्स और मदद से सभी देशों के वीसा भी आराम से हो गए।

दुबई का वीसा हमारे गुरू जी स्व. डॉ. वासुदेव कृष्ण चतुर्वेदी जी जो मथुरा में रहते थे, उनके पुत्र श्री हरदेव कृष्ण जी के साले श्री शरद चतुर्वेदी जी दुबई में थे उन्होंने कराया। कतर का वीसा एक सम्भावित व्यापारी ने दिया जिसका सम्पर्क मुझको सुभाष मामा से मिला था, बहरीन का वीसा मेरे इलाहाबाद यूनिवर्सिटी के ही सीनियर और बड़े भाई के समान श्री रतन कपूर जी ने करवाया जो उस समय बहरीन में ही रहते थे।

अब सैम्पल तैयार थे, पासपोर्ट था, वीसा, टिकट और पैसे भी थे मतलब लम्बे सफ़र के लिये यह यात्री तैयार था।

सन 1991 के सितम्बर महीने के आख़िरी सप्ताह में यात्रा का दिन भी आ गया। मेरी फ़्लाइट दिल्ली से दोहा (कतर) और वहाँ से प्लेन चेंज करके दोहा से दुबई की थी। कुछ इत्तफ़ाक ऐसा था कि जिस एयरलाइन्स से मैं जा रहा था वह उस दिन दिल्ली से दुबई via दोहा ही जाती थी, ख़ैर फिर वह समय भी आ गया। एयरपोर्ट पहुँचकर सभी घरवालों से विदा ली तो मन अजीब सा हो चला क्योंकि वह मेरी पहली विदेश-यात्रा थी। घर से सभी लोग हवाई अड्डे पर विदा करने आए थे।

एक तरफ़ सबको छोड़कर अकेले जाने के कारण मन कुछ अजीब सा हो रहा था तो दूसरी ओर पहली बार विदेश जाने और वह भी व्यापार शुरू करने के लिये जाने का उत्साह भी था।

चैक-इन, इम्मीग्रेशन और सिक्योरिटी चैक के बाद बोर्डिंग और फिर जहाज़ उड़ चला अपने गन्तव्य की ओर।

जहाज़ में मेरे बग़ल की सीट पर एक अरबी व्यक्ति बैठे थे। उनसे परिचय हुआ और मालूम पड़ा कि वह आबूधाबी की सरकार में एक वरिष्ठ अधिकारी थे। दोहा पहुँचते-पहुँचते उनसे काफ़ी घनिष्ठता हो गई और उन्होंने मुझको आबूधाबी आने पर मिलने को कहा।

दोहा के हवाई अड्डे पर पहुँचकर मुझको बड़ा अच्छा लगा क्योंकि उस ज़माने में हमारी दिल्ली का अन्तरराष्ट्रीय हवाई अड्डा इतना शानदार नहीं था जैसा कि आज है। थोड़ी देर में ही मैं दुबई के जहाज़ में था और फिर पहुँच गया दुबई।

दुबई

कोऑर्डिनेट्स 25° 16' 37. 1532" N

55° 17' 46. 4964' E

भारत से समय 1 घंटा 30 मिनट पीछे है

मुद्रा दिरहम जो इस समय लगभग 22 रुपये के बराबर 1 दिरहम है

और उस समय लगभग 11 रुपये का एक दिरहम था।

दुबई हवाई अड्डे पर उतरकर तो मैं चमत्कृत था। ऐसा लगा कि किसी दूसरी दुनिया में आ गए हों। दुबई की प्रसिद्ध ड्यूटी फ्री शॉप जिसमें लग रहा था कि मानो सारी दुनिया का बाज़ार सिमटकर आ गया हो। न जाने कितने क़िस्म की चीज़ें और न जाने कितने सारे विभिन्न राष्ट्रीयता के लोग वहाँ ख़रीदारी कर रहे थे। मालूम होता था कि सारी दुनिया का representation वहाँ हो रखा था।

एयरपोर्ट पर वीसा के विषय में पूछने पर मालूम पड़ा कि एक तरफ़ सारे वीसा रखे होते हैं तो फिर उनमें से अपना वीसा खोजकर इमीग्रेशन पर गया और फिर बाहर निकला।

बाहर निकलते ही शरद चतुर्वेदी जी ने, जिन्होंने मेरा वीसा करवाया था और जिनके साथ मुझको रुकना था, उन्होंने मुझको तुरन्त पहचान लिया क्योंकि वह इस बीच हिन्दुस्तान फ़ोन करके पता कर चुके थे कि मैंने क्या कपड़े पहने हुए थे।

उस ज़माने में मोबाइल और वीडियो कॉल्स तो होते नहीं थे तो यह ही रास्ता सबसे अच्छा था। शरद भाईसाहब बहुत ही गर्मजोशी से मुझसे मिले और फिर उनकी कार में बैठकर हम लोग उनके घर को चल पड़े। उनके घर पर पहुँचकर शरद भाईसाहब और भाभी ने बहुत ख़ातिर की और न जाने कितने प्रकार की चीज़ें खाने में थीं जिनको शरद भाईसाहब के इसरार के कारण खाना ही था।

थोड़ी ही देर में खाना आदि खाकर मैं तैयार था अपने लगभग 60-65 किलो सैम्पलों के साथ व्यापारियों की खोज में निकलने को। शरद भाईसाहब ने मुझको

बाज़ार का पता आदि बता दिया और मैं टैक्सी पकड़कर चल पड़ा। पहले मैं बाज़ार में एक बहुत बड़े शो-रूम में पहुँचा जिसमें भाँति-भाँति के लैम्प्स और शैंडेलियर्स आदि थे। बहुत ही अच्छा शो-रूम था। उसमें एक अरबी व्यक्ति थे उनसे मिला। जैसे ही उनको मालूम पड़ा कि मैं भारत से यह सामान बेचने आया हूँ तो उन महाशय ने मुझसे बात करने से भी मना कर दिया। उन्होंने कहा भारत के लोग सामान की क्वालिटी अच्छी नहीं देते हैं और उनको मुझसे काम नहीं करना है। मुझको बहुत ही अपमानजनक अनुभूति हुई और निराशा भी। लेकिन वह समय ऐसा ही था भारत की व्यापार के क्षेत्र में, ख़ास तौर से इस प्रकार की वस्तुओं के लिये, इमेज उस समय बहुत अच्छी नहीं थी। मैं ख़राब मन और बोझिल क़दमों से वापस टैक्सी में बैठ आगे चला। मैंने भी ठानी थी कि अब तो मैं हिम्मत नहीं हारूँगा और एक्सपोर्टर बनकर ही मानूँगा। ख़ैर फिर दो-तीन जगह और निराशा मिली और उसके बाद मुझको एक और शो-रूम दिखा जिसका नाम था जैमिनी ट्रेडिंग। मैं उसमें घुसा, उसके मालिक एक भारतीय श्याम कपूर साहब थे और उनकी बातें भी शुरू में वैसी ही थीं जैसी मुझसे पहले शो-रूमों के अरबी मालिकान कर चुके थे लेकिन फिर उन्होंने मुझको बैठाया और चाय ठंडा मँगवाया। बातचीत में उन्होंने कहा कि भाई बात यह है कि अपने यहाँ से विदेश के लोग काम करने में डरते हैं। हम लोग एक तो quality conscious नहीं हैं, दूसरे बहुत से लोगों का तरीक़ा यह है कि माल दिखाते कुछ हैं और भेजते कुछ और हैं इससे भी पूरे देश का नाम ख़राब होता है। मैंने उनसे कहा कि मैं पूरी ईमानदारी से काम करूँगा क्योंकि मुझको तो इस व्यापार को करना ही है। कपूर साहब ने मेरा झाड़-फ़ानूसवाला एलबम देखा और हँसते हुए बोले-भाई शैंडलियर की फ़ोटो तो सीधी कर लो तो मैं बहुत झेंप गया क्योंकि फ़ोटो वाक़ई उलटी लगी थी। वह बोले यदि तुमको इसका ऊपर क्या हिस्सा रहेगा और नीचे कौन-सा वाला यही नहीं मालूम तो इसका काम कैसे करोगे। मैंने उनको धन्यवाद भी दिया और क्षमा याचना भी की तो कपूर साहब हँस पड़े और बोले निकालो अपनी order book। मुझको तो सहसा विश्वास ही नहीं हुआ कि मैं अपने सपने को हक़ीक़त में बदलते देख रहा था। थोड़ी देर में ही मेरे हाथ में मेरा पहला ऑर्डर था 800 डॉलर का और मेरी ख़ुशी का पारावार नहीं था। मुझको लगा कि भगवान ने मेरी सुन ली। वह मेरे जीवन के सबसे ख़ुशी के पलों में से एक पल था।

अगले दिन मैं सुबह जल्द ही उठ कर तैयार हो गया क्योंकि दुबई में लोग 9-10 बजे तक अपने ऑफ़िस पहुँच जाते हैं और फिर दोपहर 12 से 4 बजे तक सारा कार्य व्यापार बन्द रहता है तथा शाम को 4 से 7 अथवा 8 बजे

तक काम का समय रहता है। आज टैक्सी लेकर मैंने पहले 'वाफी' की तरफ़ जाने का कार्यक्रम बनाया। वहाँ बीड्स के कुछ व्यापारी थे उनके यहाँ गया तथा कुछ और शो-रूम्स में भी गया किन्तु नतीजा वही था ढाक के तीन पात।

दुबई में एक बहुत बड़ा मॉलनुमा बाज़ार था अल गुरेर-मैं जब वहाँ पहुँचा तो जैसे एक बार तो भौंचक्का रह गया क्योंकि तब तक अपने भारत में तो मॉल कल्चर आया नहीं था और यह मैंने पहला ऐसा कोई बाज़ार देखा था। बड़ी-बड़ी दुकानें, तरह-तरह के ब्रांड्स आदि, यह सब मुझे तो एक सपनों की दुनिया सा लग रहा था। दुबई की एक और प्रसिद्ध चीज़ थी और वह थी टी0 चौइथराम नाम से डिपार्टमेंटल स्टोर। यह बहुत बड़ा डिपार्टमेंटल स्टोर था और उस समय शायद सम्पूर्ण अरब क्षेत्र में यह सबसे बड़े डिपार्टमेंटल स्टोरों में था और अपने देश में तो शायद उस समय ऐसा और इतना बड़ा कोई डिपार्टमेंटल स्टोर और उसकी चेन नहीं ही थी, कम से कम मेरी जानकारी में तो नहीं ही थी और हाँ उस डिपार्टमेंटल स्टोर में शायद दुनिया की अधिसंख्य चीज़ें उपलब्ध थीं और वह भी बहुत ही मुनासिब दामों पर। दुबई का एक और बाज़र था और जो कि वहाँ का प्रमुख बाज़ार था वह था दुबई म्यूज़ियम के पीछे। यह बहुत बड़ा बाज़ार था लगभग दिल्ली के लाजपत नगर के बाज़ार जैसा और इसमें सभी प्रकार की दुकानें थीं। इस बाज़ार से मैंने एक वीडियो कैमरा ख़रीदा जो उस समय के हिसाब से एक विशेष चीज़ थी।

जब मुझको दिन में भूख लगी तो वैसे तो वहाँ सभी प्रकार का भारतीय भोजन उपलब्ध था जैसे दक्षिण भारतीय व्यंजन के लिये 'दास प्रकाश' उत्तर भारतीय के लिये 'चोटीवाला' आदि इत्यादि लेकिन मैंने फला-फल और रोटी रोल खाया।

फला-फल बाल्स (balls) एक तरह की रोटी होती है जिसमें अन्दर सब्ज़ी भरी होती है और उस रोटी को सब्ज़ी भर कर रोल किया होता है। यह एक लेबनानी व्यंजन अरबी व्यंजन है। मेरे लिये नया व्यंजन होने के अतिरिक्त मुझको यह दो और वजह से भी बहुत अच्छी लगी एक तो यह शाकाहारी थी और मैं विशुद्ध शाकाहारी हूँ-अंडा भी नहीं खाता, दूसरे यह सस्ती भी थी और हाँ स्वादिष्ट भी।

एक और बात जिसने मेरा ध्यान आकृष्ट किया वह थी दुबई की हरियाली। पूरे शहर में, चौड़ी-चौड़ी सड़कों के किनारे ख़ूब हरियाली और पेड़ थे। जब मैं कहीं पैदल जा रहा था तो मैंने ग़ौर किया कि इन पेड़ों और हरियाली के पास जाने पर एक अजीब सी गन्ध आती है, इस विषय में जब जानकारी की तो मालूम पड़ा कि वहाँ इस सब हरियाली की सिंचाई के लिये वे लोग सीवर के पानी को प्रोसेस करके उसका उपयोग करते हैं जिस कारण उन पेड़ों आदि के पास जाने

पर कुछ गन्ध सी महसूस होती थी। वहाँ सिंचाई का कुछ ऐसा सिस्टम दिखा कि एक निश्चित समय पर छोटे-छोटे स्प्रिंकलर जो वहीं छिपे हुए से लगे होते हैं उनसे थोड़ी देर को पानी स्वत: ही चालू हो जाता और फिर बन्द भी हो जाता। मैं दुबई में और अन्य अरब देशों में भी वहाँ की हरियाली और उसके प्रति वहाँ की सरकार की चेतना और व्यवस्था से बहुत प्रभावित हुआ। मेरे मन में लगातार यह बात आ रही थी कि हमारे देश में हम लोग कितने ख़ुशक़िस्मत हैं कि हमारे यहाँ गर्मी है, जाड़ा है, बसन्त है और बरसात भी है, हरियाली भी ख़ूब थी किन्तु हम को इन मौसमों की आनन्ददायक ख़ूबसूरती और अपने सुन्दर मनोरम पर्यावरण की सही क़दर नहीं है तभी यहाँ मैं यह सोचने पर मजबूर था कि इन अरब देशों के policy makers और उनको लागू करनेवाले अपने काम के प्रति कितने निष्ठावान, अपने पर्यावरण के प्रति कितने जागरूक हैं कि इन्होंने अपने रेगिस्तान में भी हरियाली खड़ी कर ली और एक हमारे यहाँ का हाल है कि हम लोग वर्षों से जाति, धर्म, भाषा, क्षेत्रवाद आदि के झगड़ों को प्राथमिकता दे रहे हैं और पर्यावरण को इतना नज़रअन्दाज़ कर रहे हैं कि न जाने कितने हिस्से और इलाक़े जो हरे-भरे होते थे वे आज रेगिस्तानों में तब्दील होते जा रहे हैं।

दुबई में काफ़ी चतुर्वेदी परिवार रहते हैं और अधिकतर मथुरा से आए हुए हैं और वहाँ बहुत अच्छा कर रहे हैं। दुबई में शहर के दो हिस्सेनुमा हैं। एक को बर दुबई कहते हैं और दूसरे को डेरा। बर दुबई से डेरा जाने को एक रास्ता तो पुल से होकर था और दूसरा समुद्र में बोट से जिसको वहाँ की लोकल भाषा में अबरा कहते हैं। समुद्र के ऊपर का पुल बहुत शानदार और विशाल था और ख़ास बात यह थी कि जब पानी के जहाज़ का निकलने का समय हो तो वह पुल एक हिस्से में पूरा ऊपर उठकर खड़ा सा हो जाता था। इस पुल को बाद में कुछ हिन्दी फ़िल्मों में भी फ़िल्माया गया है।

जहाँ से अबरा चलते हैं वहीं समुद्र के एक कोने को वहाँ रहनेवाले चतुर्वेदी लोग मथुरा का यमुना जी का 'विश्राम घाट' कहते थे।

वहाँ जाकर चतुर्वेदी लोग हाथ जोड़ कर जैसे मथुरा में 'जय जमुना मैय्या की' कहते हैं वैसे ही हाथ जोड़कर 'जय जमुना मैय्या की' कहते हुए प्रसाद अर्पित करते हैं। यह देखकर मुझको लगा कि व्यक्ति भले ही रोज़ी-रोटी कमाने के लिये अपना घर छोड़ दे लेकिन उसकी जड़ों की याद और उसके संस्कार उसमें बने रहते हैं और वह किसी-न-किसी रूप में उन यादों को ज़िन्दा बनाए रखना चाहता है। यहाँ भी चौबे लोग समुद्र में ही अपनी जमुना मैय्या की परिकल्पना करके सन्तुष्ट हो लेते हैं। वहाँ के घरों में भी मुझको अपने देश की झलक ख़ूब दिखी। जिन शरद चतुर्वेदी भाईसाहब के वहाँ मैं रुका था उनके घर में एक तोता पाला हुआ था और तुलसी जी भी थीं।

दुबई में आगे की यात्राओं में मेरा सम्पर्क शरद भाईसाहब के रिश्तेदार और मथुरा के ही श्री संजय चतुर्वेदी से हुआ। संजय चतुर्वेदी उस समय दुबई में नए-नए आए थे और वहाँ स्थापित होने का जतन कर रहे थे। उनकी व्यापारिक बुद्धि और उनका जीवट ग़ज़ब का था। वह वहाँ न सिर्फ़ स्थापित हुए बल्कि अब वहाँ एक सफल और सुखद जीवन व्यतीत व्यतीत कर रहे हैं।

दुबई में मैं श्री कृष्ण जी के मन्दिर भी गया वहाँ भगवान की फ़ोटो स्थापित थी और बिलकुल अपने देश की तरह पूजा-पाठ होता था और आरती-प्रसाद भी। उस मन्दिर के पास ही के हिस्से में शिव जी के मन्दिर में मैंने दूध भी चढ़ाया।

मतलब यह है कि मुझको ऐसा लगा कि दुबई में एक छोटा सा हिन्दुस्तान बसा हुआ है और जो लोग वहाँ अपनी रोज़ी-रोटी या बेहतर जीवनचर्या और बेहतर सुख-सुविधा आदि के कारण रह रहे हैं वे ख़ूब सुखी हैं, सम्पन्न भी हैं लेकिन उनका दिल अभी भी अपने देश हिन्दुस्तान में ही है और इसीलिये यहाँ विदेश में भी उन्होंने अपने घरों में, अपने कार्यालयों में और अपने दिलों के कोनों में एक छोटे से भारत को बसा रखा है और अपनी सांस्कृतिक विरासत को पूर्णतया जीवित और जीवन्त रखा हुआ है। दरअसल जो भी भारतीय विदेश में रहते हैं उनकी पहली पीढ़ी (first generation) तो कम-से-कम अपने देश का जुड़ाव महसूस करती ही है और कई बार ऐसा भी प्रतीत होता है कि इन प्रवासी भारतीयों का शरीर अवश्य विदेश में है लेकिन उनकी आत्मा भारत में ही बसती है।

मुझसे दुबई के अपने एक बन्धु ने बातचीत में यह भी कहा कि "अतुल भाई, यह दुबई है, इंडिया के करोड़पति की हैसियत भी यहाँ क़दम रखते ही मिलेनियर की हो जाती है।" मैंने इसका शब्दार्थ यह लगाया कि दुबई की मुद्रा दिरहम थी और एक दिरहम में लगभग 10 रुपये होते थे उस वक़्त तो उन्होंने सही ही कहा कि 1 करोड़वालों के 10 लाख ही रह गए वहाँ की करेन्सी में। लेकिन हक़ीक़त यह है कि उनके इस उद्‌गार का भावार्थ कुछ और ही था और वह आगे की यात्रा में जब मैं जर्मनी पहुँचूँगा तब मेरी समझ में आने को था।

उस जमाने में दुबई जानेवाले को जो एक और चीज़ आकृष्ट करती थी वह था 'जम्बो इलेक्ट्रॉनिक्स' का शो-रूम। एक व्यक्ति जिसको बाद में सफल होने के बाद सारी दुनिया ने जाना यह उसके सपनों के सच होने की कहानी बताता है।

Mr. M. R. Chhabariya या जिनको मनु छाबरिया के नाम से भी जाना जाता है उन्होंने 5 लाख रुपयों से भी कम रक़म अथवा 50 000 दिरहम से अपना इलेक्ट्रॉनिक्स का व्यापार दुबई में शुरू किया 1974 में और फिर अपने व्यापार में धन और ख्याति दोनों ख़ूब कमाए। बताते हैं कि जब वह कम्पनी रजिस्टर कराने गए और कम्पनी का नाम तय करना था तो उनको याद आया

कि वह जम्बो जेट में बैठकर आए थे तो उन्होंने अपनी कम्पनी का नाम जम्बो इलेक्ट्रॉनिक्स ही रख दिया। वह बाद में कतिपय विवादों में भी रहे लेकिन जम्बो इलेक्ट्रॉनिक्स की सफलता की कहानी एक भारतीय नौजवान के सपनों की उड़ान के हक़ीक़त में बदलने की कहानी है, आज जम्बो इलेक्ट्रॉनिक्स कई बिलियन डॉलर की कम्पनी है।

दुबई की एक और चीज़ ने मुझको आश्चर्यचकित किया वह थी वहाँ का "गोल्ड सूक"अथवा सोने का बाज़ार। इस बाज़ार में लाइन से न जाने कितनी दुकानें हैं और उनमें सोना और सोने के जेवरात भरे पड़े हैं। एक पूरे बाज़ार में चारों तरफ़ सोना ही सोना और वहाँ सारी दुनिया से लोग ख़रीदारी करने आते हैं। एक बार में तो सहसा विश्वास ही नहीं होता कि इतना बड़ा एरिया सिर्फ़ सोने के जेवरातों और क़ीमती आभूषणों से भरा हुआ है और किसी को कोई भी किसी भी क़िस्म की असुरक्षा की भावना नहीं है। हाँ, मैंने यह ज़रूर महसूस किया कि वहाँ भारत या अन्य एशियाई देशों के जो लोग थे वे मोटरसाइकिल पर चलनेवाली पुलिस जिसको वहाँ की भाषा में 'सुरता' कह रहे थे उससे थोड़ा भय खाते थे। मुझसे भी एक सज्जन ने कहा था कि सुरते से दूर रहना और आँखें मत मिलाना।

दुबई में वहाँ के सत्ताधीशों, policy makers और नीतियों को लागू करनेवालों की विद्वत्ता का एक और कमाल देखा। उस ज़माने में भी वहाँ व्यापार करनेवालों को बहुत सुविधाएँ थीं। कोई आयकर, बिक्री कर नहीं था, कोई सरकारी झमेले और harassment & red-tapism भी नहीं।

इन सब वजहों से और चूँकि दुबई उस क्षेत्र के एक प्रमुख व्यापारिक केन्द्र के रूप में विकसित होता जा रहा था इसलिये भी बहुत से लोग वहाँ कम्पनी खोलकर व्यापार करना चाहते थे। वहाँ की सरकार ने उस समय यह नियम बना रखा था कि कोई भी व्यक्ति यदि कम्पनी खोलना चाहे तो उसको वहीं के लोकल अरबी नागरिक को पार्टनर बनाना पड़ेगा और उस अरबी नागरिक का हिस्सा 51% से कम नहीं हो सकता। सरकार अपने नागरिकों को व्यापार के लाइसेन्स जारी करती थी और उन लाइसेन्सों के ऊपर वह अरबी इन फ़र्मों में पार्टनर बनते अर्थात साल की एक निश्चित रक़म इन अरबी लोगों को उस कम्पनी से मिलती। इस प्रकार से सरकार ने अपने नागरिकों की बिना काम किए भी आय की व्यवस्था की हुई थी।

बहुत से लोग वहाँ ऐसा व्यापार भी करते हैं कि अपने स्टॉक में माल तैयार रखते हैं और वहाँ आसपास के देशों जैसे ईराक आदि और बहुत से अफ्रीकी देशों से लोग अपनी बोट लेकर आते हैं और नगद पैसे देकर सामान हाथों-हाथ लेकर अपनी बोट भरकर चले जाते हैं। यह बोट बहुत बड़ी-बड़ी भी होती हैं। यह व्यापार अधिकतर खाने-पीने की वस्तुओं, मसालों, गरम मसालों और दैनिक

उपयोग की वस्तुओं का ज़्यादा होता है। इसमें लाभ यह है कि भारत में हम लोग अफ्रीका के कई देशों से व्यापार करना avoid करते हैं क्योंकि वहाँ के पेमेंट और बैंकिंग सिस्टम की विश्वसनीयता सन्देहास्पद लगती है लेकिन जिन लोगों ने दुबई में ऑफ़िस खोले हुए हैं वे इन सब चिन्ताओं के बिना नग़द में ही अपना काम कर लेते हैं। इस प्रकार के छोटे, मँझोले और नगदवाले बड़े व्यापारी भी ऐसी ख़रीदारी करने भारत नहीं आते हैं क्योंकि भारत उनके यहाँ से दूर पड़ता है और इतनी दूर फुटकर क़िस्म की या नगद क़िस्म की ख़रीद के लिये हर हफ़्ते या पन्द्रह दिन पर आना सम्भव नहीं होता है। इसके अलावा एक बात और भी महसूस हुई कि संयुक्त अरब अमीरात/दुबई की सरकार और वहाँ के नीति निर्माताओं ने इस प्रकार का सिस्टम बना दिया है जिसमें व्यक्ति सभी तरह के व्यवधानों के बिना भयमुक्त वातावरण में अपना व्यापार कर सकता है और वहाँ सभी आधुनिकतम सुविधाएँ और आधारभूत सुविधाएँ सभी के लिये उपलब्ध हैं तो इन कारणों से भी विभिन्न देशों के लोग वहाँ अपना केन्द्र बनाकर व्यापार करते दिखते हैं।

दुबई मैं इसके बाद बहुत बार आया और ख़ूब व्यापार भी हुआ किन्तु वह बाद की कहानी है और उन बातों को आगे कभी विस्तार से लिखूँगा क्योंकि अभी बात सिर्फ इसी यात्रा की।

आबूधाबी

UAE या संयुक्त अमीरात की राजधनी

कोऑर्डिनेट्स 24.4539°N

54.3773° E

भारत से समय फ़र्क़ 1 घंटा 30 मिनट पीछे

दुबई से आबूधाबी के लिये शेयरिंग टैक्सी चलती हैं सो अगले दिन मैं शेयरिंग टैक्सी पकड़कर आबूधाबी को निकल पड़ा। उस समय हमारे भारत में ऐसी सड़कें और इस क़िस्म के हाइवे और एक्सप्रेसवे नहीं थे जैसे आज हैं तो 6 लेन सड़क देखकर भी मैं चमत्कृत सा ही था। इस प्रकार की सड़क पर और विदेशी बड़ी गाड़ी में चलने का अनुभव ही कुछ अलग था क्योंकि अभी भारत में विदेशी और उन्नत क़िस्म की गाड़ियों का युग शुरू होने को था।

आबूधाबी में मैं सीधे मिस्टर मत्तार के ऑफ़िस पहुँचा। यह वही अरबी सज्जन थे जो मुझको दिल्ली से दोहा की फ़्लाइट में मिले थे और आबूधाबी की सरकार में कार्यरत अधिकारी थे।

उनसे मेरी फ़ोन पर बात हो चुकी थी और वह बड़ी उत्सुकता से मेरी प्रतीक्षा कर रहे थे। मैं जैसे ही वहाँ पहुँचा वह बहुत प्रसन्न हुए। पहले चाय-पानी हुआ फिर वह मुझको अपने बॉस से मिलवाने ले गए जो आबूधाबी की सरकार में किसी क़िस्म के सेक्रेटरी या अति0 सचिव के पद पर थे। उन लोगों से विभिन्न विषयों पर बहुत देर बात होती रही और वहाँ की संस्कृति तथा भारत की ज्योतिष पर भी काफ़ी बातचीत हुई। जब बात व्यापार की हुई तो उन दोनों ने मुझसे कहा कि तुम यहाँ आबूधाबी में काँच की एक फ़ैक्ट्री खोल लो और हम तुरन्त हर प्रकार की मदद करेंगे तो मैंने उनको धन्यवाद देते हुए बड़ी विनम्रतापूर्वक मना किया और कहा कि यह अभी मेरी scheme of things में नहीं है। इस पर उन सचिव महोदय ने मिस्टर मत्तार से कहा कि इनको इनक्यूबेटर का ऑर्डर दे दो। मैंने उनसे इस विषय में जानकारी ली तो मालूम पड़ा कि मुर्ग़ी के अंडों को सेने

के लिये इन्क्यूबेटर्स की बड़ी डिमांड थी उसका ऑर्डर मुझको दिया जा रहा था। मैंने उसके लिये भी विनम्रतापूर्वक धन्यवाद देते हुए मना कर दिया। उनको लगा कि ऑर्डर मुझको छोटा लग रहा है मैं इसलिये मना कर रहा हूँ तो उन्होंने मुझसे कहा कि यह बहुत बड़ा ऑर्डर है और तुम जितना तुम्हारे लिये सम्भव हो उतना कर लो। मैंने कहा कि बात यह नहीं है जो आप समझ रहे हैं बल्कि बात यह है कि मैं पूर्णतः शाकाहारी हूँ और मैं यह मुर्ग़ी, अंडे, चूज़े आदि का व्यापार क़तई करना नहीं चाहूँगा चाहे मुझको इसमें कितना भी लाभ और पैसा मिले, इस कारण से मैं इसको नहीं करूँगा। उन दोनों ने मेरी भावना को समझा और कहा कि फिर आप हम लोगों से आगे जो मदद चाहें वह बताइएगा और हम ज़रूर आपकी मदद करेंगे। कुल मिलाकर आबूधाबी यात्रा अच्छी रही किन्तु व्यापार कुछ नहीं हुआ। उन लोगों ने अपनी शानदार मर्सडीज़ गाड़ी से मुझको दुबई वापस छुड़वाया। उनकी गाड़ी जब रोड पर 160 किलोमीटर प्रति घंटे की रफ़्तार से भी तेज़ चली और यह सिर्फ गाड़ी का मीटर देखकर ही पता चल रहा था तो मैं यह देखकर विस्मय से भर गया।

आबूधाबी में मुझको अपने दिल्ली की कुछ झलक सी लगी क्योंकि यहाँ चौड़ी सड़कें, ख़ूब सारे पेड़, बहुत अच्छी हरियाली और काफ़ी कुछ खुला-खुला सा था जबकि दुबई ऐसा लगा कि अपना मुम्बई ही है बस थोड़ी सुन्दरता और सफ़ाई ज़्यादा है।

इस प्रकार से दुबई, आबूधाबी यानी कि संयुक्त अरब अमीरात में चार दिन बीत गए थे, एक ऑर्डर भी हो गया था यानी काम का श्रीगणेश हो गया था और अब कल तैयारी थी दोहा यात्रा की।

संयुक्त अरब अमीरात जिसमें दुबई, आबूधाबी, शारजाह, रस-अल-खेमा, उम्म अल क्वाइन, फ़ुजैरिया और अजमान कुल सात रियासतें शामिल हैं। दुबई संयुक्त अरब अमीरात जिसको अंग्रेज़ी में U. A. E. भी कहते हैं की सात अमीरातों में से एक है। यह फारस की खाड़ी के दक्षिण में अरब प्रायद्वीप पर स्थित है। दुबई, मध्य पूर्व के एक वैश्विक नगर तथा व्यापार केन्द्र के रूप में उभरकर सामने आया है। लिखित दस्तावेज़ों में इस शहर का अस्तित्व संयुक्त अरब अमीरात के गठन से 150 साल पहले होने का ज़िक्र है। दुबई का ज़िक्र 11वीं शताब्दी के अभिलेखों में अबु अब्दुल्ला अल-बकरी की बुक ऑफ़ जियोग्राफ़ी में मिलता है और 1580 में भी जब वेनिस का व्यापारी गसपैरो बल्बी इस इलाक़े में व्यापार के लिये आया और उसने दिबई या दुबई का उल्लेख मोती के व्यापार के लिये किया है।

संयुक्त अरब अमीरात में आज लगभग 38 लाख 60 हज़ार भारतीय रहते हैं जो यहाँ की आबादी का लगभग 38 प्रतिशत है और भारतीय प्रवासियों

की विश्व में किसी देश में सबसे बड़ी आबादी है। भारतीय लोगों का यहाँ के कारोबार, नौकरशाही, शिक्षा सभी क्षेत्रों में अच्छा दख़ल है। मुझको यहाँ रहनेवाले लगभग सभी भारतीय अपने जीवनस्तर से प्रसन्न और सन्तुष्ट दिखे। यहाँ की आम बोलचाल की भाषा अरबी है लेकिन मुझको ऐसा प्रतीत हुआ कि यहाँ के अधिकांश अरबी शेख़ कामचलाऊ हिन्दी भी जानते थे। दुबई में अरबी पुरुष तो अपना लबादे जैसा सफ़ेद गाउन जो सर तक को ढकता है और उस पर एक काला चुटीला से बँधा होता है वह पहनते हैं, अन्य लोग सामान्य पहनावा पैंट शर्ट आदि पहनते हैं। औरतें बुर्का ओढ़े भी दिखीं और पाश्चात्य आधुनिक परिधानों में भी।

यहाँ के आम अरबी लोग अधिकांशतः सामान्य या कभी-कभी थोड़े लम्बे क़द के हैं, उनका रंग गेहुँआ या थोड़ा और साफ़, नाक गोल या सुती हुई तथा अधिकतर की भँवें थोड़ी भरी हुई चौड़ी, आँखें काली या भूरी, चेहरे पर हलकी दाढ़ी और मूँछ भी होती है। महिलाओं के भी नाक-नक़्श इसी क़िस्म के गेहुँआ रंग या गोरा रंग, ठीक-ठाक या लम्बा क़दवाले दिखे।

दुबई से कतर-दोहा जाने के लिये मैं दुबई हवाई अड्डे कुछ पहले ही पहुँच गया था तो सोचा कि कुछ देर दुबई की विश्व प्रसिद्ध ड्यूटी फ्री शॉप्स भी देख ली जाएँ। मैंने वहाँ जो चीज़ें देखीं वे सभी उस समय की आधुनिकतम वस्तुएँ थीं चाहे वह परफ़्यूम हो, सिगरेट या शराब हो अथवा कोई अन्य वस्तु। वहीं पर एक तरफ़ एक मर्सडीज़ गाड़ी का लेटेस्ट मॉडल खड़ा हुआ था। वहाँ लोग 100 दिरहम की लॉटरी ख़रीदकर एक स्लिप वहाँ रखे एक बॉक्स में डाल रहे थे और बाद में लॉटरी में जीतनेवाले को वह कार मिलनी थी।

फ़्लाइट की घोषणा हुई और सब प्रक्रिया पूरी करके मैं फिर जहाज़ में था। जहाज़ में मैंने देखा कि बहुत-सारे अरबी नागरिक भी थे। बाद में मुझको किसी ने बताया कि यह एक आम बात है। चूँकि अरब देशों में शराब पर पाबन्दी है तो बहुत से लोग एक अरब देश से दूसरे अरब देश की अन्तरराष्ट्रीय उड़ान में चले जाते हैं जो आम तौर पर आधे, एक से डेढ़ घंटे तक की होती हैं और उनमें चूँकि शराब serve होती है तो एक स्थान से दूसरे देश जाते में पीते हैं और फिर वहीं एयरपोर्ट से वापस अपने देश लौटते में भी पीते हैं और अपने घर जाकर सो जाते हैं। तो इस कारण से भी अरबी लोग इन international flights में काफ़ी दिखते थे और वे एयरपोर्ट से बाहर भी नहीं निकलते थे बस वहीं से पहुँचे और वापस।

दोहा-कतर

कतर की राजधानी

कोऑर्डिनेट्स 25.2854°N

51.5310°E

भारत से समय का फ़र्क़ दोहा, कतर ढाई घंटे पीछे है

मुद्रा कतरी रियाल जो आज लगभग 22 भारतीय रुपयों के बराबर है।

जहाज़ में उदघोषिका ने बताया कि हम लोग दोहा पहुँच गए हैं और फिर थोड़ी देर में ही वीसा लेकर, इमीग्रेशन की औपचारिकताएँ पूरी कर मैं दोहा हवाई अड्डे के लाउंज में पहुँचा और वहाँ मुझको वह महोदय मिल गए जिन्होंने मेरे लिये वीसा करवाया था। दरअसल जैसा मैं पहले ज़िक्र कर चुका हूँ कि मुझको अपने सुभाष मामा से भी कुछ business contacts के पते मिले थे। मैंने उन सभी लोगों से सम्पर्क किया था, उनमें से बहुत कम लोगों ने respond किया था और दोहा के यह व्यापारी जिन्होंने मेरा वीसा करवाया उन्हीं में से एक थे।

इस्माइल शेख़ यानी कि जिन्होंने मेरा दोहा का वीसा करवाया था वह अपनी बहुत बड़ी सी गाड़ी में मुझको साथ लेकर सीधे दोहा शेरेटन होटल की तरफ़ चल पड़े जहाँ उन्होंने मेरे ठहरने की व्यवस्था की थी। रास्ते में वह मुझसे मेरे व्यापार और products के विषय में बात करते रहे। उन्होंने यह भी बताया कि उनका व्यापार मूलत: खाने-पीने की चीज़ों जैसे मसाले, गरम मसाले, कॅचअप सॉस, अचार आदि क़िस्म की चीज़ों का है और दुबई सहित कई अरब देशों में उनके ऑफ़िस हैं। आगे बातचीत में उन्होंने मुझको बताया कि दोहा के शेख़/अमीर/राजा ने यह होटल बनवाया है और दाम भी ज़्यादा नहीं रखे हैं ताकि लोग बिना किसी दिक़्क़त के रुक सकें। उस समय उस होटल का रेट 40 USD प्रति दिन था और डॉलर लगभग 28 या 30 रुपये का था। इस्माइल शेख़ लगभग मेरी उम्र के अर्थात लगभग 28-29 वर्ष के रौबीले लेकिन शालीन व्यक्तित्व के मालिक थे। उन्होंने कहा अब मैं जा रहा हूँ, आप आज आराम करिए कल सुबह 8:30 बजे मैं आपको ले चलूँगा।

इस्माइल शेख़ के जाने के बाद मैंने अपने कमरे में जाकर सबसे पहले तो चाय पी और फिर कमरे की विंडो से ही दोहा का नज़ारा देखा। कमरा काफ़ी ऊपर की मंज़िल पर था तो उससे नीचे के स्विमिंग पूल को देखा जो शायद 5वीं या और ऊपर की मंज़िल पर था (इतना समय हो जाने के कारण ठीक-ठीक याद नहीं)जो कि बहुत ही सुन्दर था। दोहा में चारों तरफ़ बिल्डिंग तो दिखीं लेकिन बहुत congested नहीं प्रतीत हुआ बल्कि थोड़ा दूर देखने पर ख़ाली-ख़ाली सा ही लगा। रात हो चली थी सो अगले दिन के विषय में सोचते हुए न जाने कब आँख लग गई पता ही नहीं चला।

सुबह मेरी नींद नई जगह के excitement में जल्दी ही खुल गई और 8:30 बजे तक मैं स्नान-ध्यान और ब्रेकफ़ास्ट करके तैयार था और तभी इस्माइल शेख़ भी आ गए। उनके साथ अपने सैम्पिल लेकर मैं चल पड़ा।

पहले हम लोग एक व्यापारी के ऑफ़िस गए, इस्माइल शेख़ ने उनसे बात करके मेरा परिचय कराया और फिर मैंने उनको कुछ सैम्पिल दिखाए। उन्होंने बीड्स के सैम्पिल देखे लेकिन वे लोग ग्लास बीड्स जापान से मँगाते थे और हमारी क्वालिटी उस स्तर की नहीं थी सो बात नहीं बनी।

अब हम लोग वहाँ से निकले तो इस्माइल शेख़ मुझको एक रेस्टोरेंट में ले गए और बोले कुछ खा लीजिए। हम लोगों ने कुछ सैंडविच आदि खाया और इस्माइल शेख़ ने कहा बेब्सी भी ले लीजिए तो पहले तो मैं समझा नहीं पर दरअसल वह पेप्सी पीने को कह रहे थे। बाद में मालूम पड़ा कि अधिकतर अरबी लोग पेप्सी को बेब्सी ही कहते हैं क्योंकि उनकी भाषा में इसका उच्चारण बेब्सी ही है, जैसे रमज़ान का रमदान। मैंने यह भी नोट किया कि अरबी लोगों का बोलने का तरीक़ा हम लोगों से कुछ अलग है और बोलने में वे लोग गले का उपयोग अधिक करते हैं।

अब हम लोग एक और शो-रूम में पहुँचे। शो-रूम में घुसते ही मेरी आँखें चौंधिया सी गईं। शो-रूम था कि पूरा शहर था, कम-से-कम 25 से 30 हज़ार वर्ग फ़ुट में बना हुआ और वह भी 2 या तीन मंज़िल का शो-रूम था। उसकी सीलिंग कम-से-कम 25 फ़िट की थी। उसमें जो chandeliers लगे थे ऐसे मैंने अपने जीवन में और फ़िल्मों तक में नहीं देखे थे। बीचोंबीच पानी के जहाज़ की शेप का एक chandelier जो टँगा था वह बहुत ही विशाल था और उसका मेटल फ्रेम इतनी ग़ज़ब की गोल्ड प्लेटिंग का था कि चारों तरफ़ चमकते सोने और उसमें बीच में क्रिस्टल के नगीनों की लड़ी और उसमें से चमकती हुई लाइट्स एक बहुत ही majestic क़िस्म का नज़ारा प्रस्तुत कर रही थीं और वह भी इतना आकर्षक कि निगाह हटाए न हटे और क़ीमत का तो पूछना ही क्या? हम लोगों की सोच के भी बाहर की थी। उस जहाज़ के इर्द-गिर्द बहुत से अन्य छोटे - छोटे झाड़-फ़ानूस भी टँगे थे। यहाँ छोटे से मेरा तात्पर्य 10-12 फ़ुट के डायमीटर से है। कोई फूल की शेप का तो कोई कार की शेप का तो कोई पुराने टाइप के झूमरों की शेप का लेकिन सब

एक-से-एक आलीशान और सोने की चमक से दमकते हुए। उसी शो-रूम में ऊपर के फ़्लोर पर उन्होंने कई फ़र्निशड model बेड रूम्स और ड्राइंगरूम्स भी बना रखे थे उनमें ऐसा फ़र्नीचर और पलँग आदि पड़े थे जो मुझको यह कहने में कोई गुरेज़ नहीं कि मैंने तो तब तक इतनी आलीशान चीज़ें अपने देश में कहीं देखी नहीं थीं। दरअसल तब तक भारत में economy open न होने के कारण विदेशी सामान जिसमें झाड़-फ़ानूस भी शामिल है इतनी आसानी से हर जगह मिलते/बिकते/दिखते नहीं थे। मेरा कहने का मतलब यह है कि अपने देश में हो सकता है इस क़िस्म के झाड़-फ़ानूस आदि कहीं रहे भी हों तो भी मैंने कहीं नहीं देखे थे। मेरी समझ में यह भी आ गया कि यहाँ मेरा तो कोई आइटम इस शो-रूम के स्तर का है ही नहीं तो यह मुझसे क्यों ख़रीदेंगे।

अब दोपहर हो चली थी तो इस्माइल शेख़ ने मुझको वापस होटल छोड़ दिया और कहा कि 4 बजे उनकी कार मय ड्राइवर के मुझको लेने आएगी और उनका एक मैनेजर आएगा जो मुझको और व्यापारियों के पास ले जाएगा और फिर शाम को 7:30 बजे के लगभग हम उनके ऑफ़िस पहुँचेंगे। होटल आकर मैंने दोपहर का भोजन किया और वहाँ के प्रचलन के हिसाब से थोड़ा आराम भी किया।

4 बजे उनकी गाड़ी आ गई और साथ में उनके मैनेजर मिस्टर बालन थे जो केरल से थे। बालन साहब बहुत समय से दोहा में थे और इसी कम्पनी में थे। उन्होंने बताया कि यहाँ के लोग बहुत ईमानदार और सीधी बात करनेवाले हैं। उन्होंने बताया कि इस्माइल शेख़ और इनके पिता जी इब्राहीम शेख़ दोहा के बहुत बड़े लोगों में हैं और इनका कारोबार बहुत फैला हुआ और अच्छा है। हम लोग 2-3 शो-रूम्स पर गए और मिस्टर बालन के साथ होने के कारण सबने बहुत अच्छे से बातचीत और व्यवहार किया किन्तु व्यापार नहीं बना। बालन साहब के साथ घूमने पर मुझको महसूस हुआ कि जैसे उनको दोहा में सभी लोग जानते थे। और हाँ लगभग हर व्यापारिक प्रतिष्ठान में अरबी मालिक के साथ मुख्य कर्ताधर्ता केरल के ही लोग मिले। शो-रूम्स तो मैंने बहुत बड़े-बड़े और अच्छे देख लिये थे लेकिन मन निराश था क्योंकि काम कुछ बना नहीं था और अगले दिन सुबह यहाँ से चल ही देना था। यहाँ मुझको अपने नरेश मामा की याद आ रही थी। मैं सोच रहा था कि वह तो 1970 के दशक की शुरुआत से ही अरब देशों में ख़ूब काम कर रहे हैं और यहाँ बहुत तरह का सामान बेचते रहे हैं। मैं यही सोच रहा था कि उन्होंने भी न जाने कितनी मेहनत करके कितने चक्कर काटकर यहाँ माल बेचने में सफलता पाई होगी। मुझको याद आ रहा था नरेश मामा का बातचीत में अकसर यह कहना कि "I have worked very hard।" अब उनके इस वाक्य का असली मतलब और महत्व मैं वास्तविकता में समझ पा रहा था।

7:30 बजते-बजते हम लोग इस्माइल शेख़ के ऑफ़िस पहुँच गए। अब तक मैं और इस्माइल शेख़ काफ़ी friendly हो चुके थे। इस्माइल शेख़ ने मुझको अपने

वालिद साहब इब्राहीम शेख़ से मिलवाया जो उनके प्रतिष्ठान और व्यापार के मुख्य मालिक थे। इस्माइल शेख़ क़द-काठी से अच्छे व्यक्तित्व के थे और अरबी ड्रेस में तो उनकी पर्सनैलिटी और शानदार लगती थी लेकिन उनके पिता जी तो बहुत ही लहीम शहीम थे, लगभग 6 फ़ुट लम्बे और तगड़े। भारत से दोहा पहुँचते-पहुँचते लोगों की शक्लों में भी परिवर्तन आने लगा था।

दुबई, आबूधाबी और बहरीन में यह फ़र्क़ इतना महसूस नहीं होता था लेकिन दोहा, कतर के लोगों को देखकर आप यह पहचान सकते थे कि शक्लोसूरत कुछ फ़र्क़ हैं, कुछ भारी से चेहरे, भरे हुए बदन, चौड़े कन्धे और थोड़ा फ़र्क़ नाक, नक्श, भवें और आँखों में भी दृष्टिगोचर होता था।

इस्माइल शेख़ ने मुझको सुस्त देखा तो पूछा कि क्या बात है my friend, दोहा में आपको कोई दिक़्क़त हुई क्या? तो मैंने कहा कि बात और कुछ नहीं है न कोई दिक़्क़त हुई बस व्यापार नहीं मिला इसलिये मन थोड़ा उदास है। इस पर उनके पिता इब्राहीम शेख़ ने उनसे अरबी भाषा में कुछ बात की तो इस्माइल शेख़ उठे और अलमारी से निकालकर कुछ काग़ज़ात उन्होंने मेरे सामने रख दिये। मैंने कहा कि यह क्या है तो वह बोले कि हम भारत से जो सामान मँगाते हैं यह उनकी invoices हैं, आप इसमें से जो भी चीज़ सप्लाई करना चाहो वह इन्हीं रेटों पर हमको सप्लाई कर दो। मैंने वह काग़ज़ देखकर उनसे कहा कि भाई यह तो सॉस, कैचअप, अचार, जैम चावल आदि चीज़ें हैं और कम-से-कम अभी तो मैं न इन वस्तुओं में डील करता हूँ और न ही इनके विषय में कुछ जानता हूँ सिवाय इनको खाने के। यह सुनकर वे लोग हँसने लगे। फिर इस्माइल शेख़ ने कहा कि अच्छा अपने सैम्पिल निकालो। मैंने कहा परन्तु आप लोग तो इन products में deal नहीं करते हैं इस पर इस्माइल शेख़ ने कहा अभी तक नहीं करते हैं पर अब करने लगेंगे। "Mizder। Adul you are a friend now and we will not let you go empty handed from Doha। "

और थोड़ी देर में 2500 USD का ऑर्डर लिखा जा चुका था। इस ऑर्डर में झाड़-फ़ानूस, ऐश ट्रे, flower vases और आगरा के संगे-मर-मर के handicrafts के आइटम थे और वह हमारे ब्रांड 'Raghav India' की लिखी हुई पैकिंग में लेना उन्होंने पसन्द किया था। मतलब अब अपना सामान अपने brand name के साथ दोहा-कतर में भी बिकेगा यह बात मुझको काफ़ी ख़ुशी दे रही थी।

इसके बाद इस्माइल शेख़ ने मेरे लिये बेब्सी मँगाया और मुझको अपनी कार में बैठाकर दोहा दिखाने ले चले। कतर दक्षिण में सऊदी अरब से लगा हुआ है और उस भूभाग के पश्चिमी तट पर तीन तरफ़ से फारस की खाड़ी से घिरा हुआ है। प्रति व्यक्ति आय के हिसाब से कतर विश्व के समृद्धतम देशों में है। यहाँ के बाज़ारों में महिलाएँ ख़ूब घूमती हुई दिखीं और अधिकांश के चेहरे खुले थे किन्तु

वस्त्रों में बहरीन जैसा खुलापन नहीं दिखा। हम लोग दोहा शहर के बाहर भी गए। बाहर जाकर बिलकुल सुनसान सा माहौल था लेकिन सड़कें बहुत अच्छी थीं। दोहा में मौसम गर्म और उमस भरा भी था। कतर बिलकुल रेगिस्तान में ही बसा हुआ है इसलिये वहाँ का मौसम भी अधिकतर बहुत गर्म ही रहता है किन्तु वहाँ तेल की समृद्धि ने इतनी सुविधाएँ उपलब्ध करा रखी हैं कि वहाँ रहनेवालों को मौसम की दुश्वारियाँ परेशान नहीं करती हैं। कतर की मुद्रा कतरी रियाल है जो इस समय लगभग (1 कतरी रियाल में) 22 रुपये के बराबर है और 1991 में इससे काफ़ी कम थी किन्तु दोहा-प्रवास में मेरा एक रियाल भी अभी तक ख़र्च नहीं हुआ था।

इस्माइल शेख़ ने बताया कि कतर में राजपरिवार की गाड़ियों पर अलग प्रकार की नम्बर प्लेट होती है जिससे वह अलग से मालूम पड़ें लेकिन ट्रैफ़िक नियम सबके लिये हैं। एक बात मैंने सभी अरब देशों में महसूस की कि वहाँ के लोगों में अपने राजा के प्रति काफ़ी सम्मान है और लोगों की रोज़मर्रा की ज़िन्दगी में शासन-प्रशासन का कोई दखल नहीं है और वहाँ आम तौर पर कोई VIP culture भी नहीं है। बाद में अपनी 2005 की एक दुबई यात्रा में मैंने ख़ुद दुबई के शासक शेख़ को अपनी रोल्स रॉयस कार से जाते देखा। हम लोगों की कार एक फ़्लाई ओवर से उतर रही थी मैं अपने मामा जी के लड़के समीर के साथ था जो दुबई में ही रहते हैं। समीर ने मुझसे कहा कि अतुल दादा वह रोल्स रोयस देखिए इसमें दुबई के शेख़ जा रहे हैं जो ख़ुद कार चला रहे थे और उसके पीछे एस्कॉर्ट में सिर्फ एक कार थी जिसके ब्लिंकर्स जल रहे थे। कोई वीआईपी गीरी नहीं थी। बाद में समाचारों से मालूम पड़ा कि उस दिन सऊदी अरब के शाह की मृत्यु हो गई थी और दुबई के शेख़ उसी के लिये कार से जा रहे थे। हाँलाँकि इन सभी अरब देशों में जहाँ अभी तक मैं गया था एक बात common थी कि वहाँ के लोगों को राजनीति अथवा शासन-प्रशासन से कुछ लेना-देना नहीं था और वहाँ की व्यवस्थाएँ भी कुछ ऐसी थीं कि उन लोगों को इसकी कोई आवश्यकता भी महसूस नहीं होती थी साथ ही वहाँ चोरी और भ्रष्टाचार की भी कहीं कोई चर्चा नहीं सुनी।

ख़ैर तो मैं बात कर रहा था दोहा की तो अब रात को डिनर आदि कराकर और एक बेब्सी और पिलाकर इस्माइल शेख़ ने मुझको 11 बजे होटल में छोड़ा और कहा कल सुबह 10 बजे तैयार मिलूँ एयरपोर्ट चलने को। इस्माइल शेख़ को बेब्सी बहुत पसन्द था।

कतर देश को 1971 में ब्रिटेन से आज़ादी मिली। एक तेल उत्पादक होने के कारण यह विश्व के सबसे अमीर देशों में से एक है। यहाँ के मूल निवासी अरबी ही हैं। इस देश के भूभाग का एक हिस्सा सऊदी अरब से मिलता है बाक़ी तीन तरफ़ फारस की खाड़ी और बहरीन का समुद्र है। यहाँ की लगभग 80 प्रतिशत आबादी यहाँ की राजधानी दोहा में ही रहती है। यहाँ की आबादी लगभग 27 लाख की है

जिसमें लगभग 6 लाख 91 हज़ार भारतीय हैं। यहाँ के व्यापार आदि में भारतीय लोगों का काफ़ी रोल महसूस हुआ। यहाँ का सरकारी धर्म इस्लाम, भाषा अरबी है और यहाँ शरिया कानून लागू है। यहाँ की शासनव्यवस्था दुबई आदि की भाँति ही राजशाहीवाली है और यहाँ के शासक अमीर कहलाते हैं। यहाँ की भाषा अरबी है पर लोग कामचलाऊ हिन्दी भी जानते हैं।

कतर का रहन-सहन का स्तर काफ़ी उच्च महसूस हुआ, पुरुषों की वेशभूषा तो काफ़ी कुछ दुबई और आबूधाबी जैसी थी, महिलाओं के भी चेहरे अधिकांशत: खुले हुए ही दिखे।

सुबह तैयार होकर ब्रेकफास्ट आदि करके मैंने होटलवालों से बिल की पूछा कि कितना पेमेंट करना है तो उन्होंने बताया कि मेरे रहने आदि का पेमेंट इस्माइल शेख़ कर चुके थे। ठीक दस बजे इस्माइल शेख़ मुझको लेने आ गए। मैंने उनसे पूछा कि आपने होटल का पेमेंट क्यों किया तो वह अपने typical अन्दाज़ में बोले, "Mizder Adul you are my friend. Not only this time but whenever you are in Doha you will be my guest" मेरे पास उनसे कहने को शब्द नहीं थे लेकिन मैं सोच रहा था कि दुनिया में कहीं चले जाएँ जो भाग्यवान होते हैं उनको दोस्त हर जगह मिल जाते हैं और दोस्ती एक ऐसी चीज़ है जो देश, धर्म, रईसी, ग़रीबी और भाषाओं की हदें न जानती है और न मानती है। हम लोग बातें करते-करते न जाने कब दोहा एयरपोर्ट आ गए पता ही नहीं चला। विदा लेते समय मेरा मन भर आया, मुझको लगा कि न जाने कितने अरसे से मैं और इस्माइल शेख़ एक दूसरे से परिचित थे और दो दोस्त अब बिछड़ रहे थे। मैंने इस्माइल शेख़ को भारत आने का निमन्त्रण दिया और चल पड़ा सिक्योरिटी चैक की तरफ़।

अब तक की यात्रा में दोहा पहली ऐसी जगह थी जहाँ जब मैं आ रहा था तब मेरा यहाँ कोई कैसा भी परिचित नहीं था और अब मैं एक घनिष्ठ दोस्त से विदा लेकर दोहा से जा रहा था।

अभी कुछ साल पहले मेरे पुत्र अर्पित अमेरिका से लौटते में समय दोहा रुके थे तो उनके रुकने का सारा इन्तज़ाम आदि मेरे दोस्त इस्माइल शेख़ ने ही करवाया था और वहाँ उन्होंने अर्पित की बहुत ज़बर्दस्त मेहमाननवाज़ी की थी जिससे अर्पित भी उनसे बहुत प्रभावित हैं।

दोहा एयरपोर्ट में मैंने ड्यूटी फ्री का भी एक चक्कर चलते-चलते लगाया तो वहाँ मुझको एक चीज़ नई दिखी वह थी ख़जूर जिनमें गुठली के स्थान पर बादाम भरे हुए थे। यह ख़जूर बहुत ही आकर्षक पैकिंग में थे जो आज तो अपने देश में ख़ूब उपलब्ध हैं लेकिन उस समय ऐसा नहीं था। मुझे यह ख़जूर विशेष लगे इसलिये मैंने इन ख़जूरों के 3-4 पैकिट घर ले जाने को ख़रीद लिये और बढ़ चला जहाज़ की ओर क्योंकि बहरीन के लिये बोर्डिंग का अंनाउन्समेंट हो गया था।

बहरीन

राजधानी-मनामा

कोऑर्डिनेट्स 26.0667°N

50.5577°E

भारत से समय का फ़र्क़ 2 घंटे 30 मिनट भारत से पीछे

मुद्रा बहरीनी दीनार जिसकी क़ीमत आज सन 2023 में लगभग 216 भारतीय रुपये के बराबर है।

मैं अपनी दुबई और दोहा की यात्रा और व्यापार के बारे में सोचता हुआ ही बहरीन पहुँच गया। वहाँ का एयरपोर्ट भी काफ़ी अच्छा था परन्तु दुबई जैसा नहीं। वहाँ एयरपोर्ट पर अरबी ज़्यादा दिखे भारतीय बहुत कम। एयरपोर्ट पर रतन कपूर साहब मुझको लेने आ गए थे और हम लोग उनके घर पहुँचे। वहाँ पर अर्चना भाभी थीं और रतन कपूर भाईसाहब के मम्मी और पापा भी थे। उनके पापा प्रोफ़ेसर कपूर साहब इलाहाबाद विश्वविद्यालय के (जूलॉजी/बॉटनी) विभाग में प्रोफ़ेसर थे और बैंक रोड पर ही रहते थे। इलाहाबाद में बैंक रोड पर ही मेरी मौसी और मौसा जी स्व.प्रो. रामस्वरूप चतुर्वेदी जी रहते थे। मौसा जी इलाहाबाद विश्वविद्यालय के हिन्दी विभाग में प्रोफ़ेसर थे और बाद में विभागाध्यक्ष भी रहे। इस कारण इलाहाबाद में बैंक रोड मेरे लिये दूसरे घर जैसा ही था। रतन कपूर जी के मम्मी और पापा से ख़ूब बातचीत हुई और इलाहाबाद की यादें ताज़ी हुईं। रतन भाईसाहब के छोटे भाई रवि और मैं इलाहाबाद यूनिवर्सिटी में एक ही बैच के थे, जो कुछ समय पहले भारत सरकार में सचिव पद से रिटायर हुए हैं। रतन भाईसाहब के घर पर सबसे मिलकर बहुत अच्छा लगा। उनका घर बहुत ही सुन्दर था। रतन भाईसाहब और अर्चना भाभी ने खाने-चाय नाश्ते आदि का बहुत अच्छी तरह से ख़्याल रखा।

थोड़ी देर में मैं अपने सैम्पलों का पिटारा लेकर निकल पड़ा तिजारत के लिये।

जब मैं मनामा में बाज़ार पहुँचा तो थोड़ी देर में ही पता चल गया कि यहाँ भी माल बेचना आसान काम नहीं है लेकिन मैं ख़रीदार खोजता रहा। अफ़सोस यह रहा कि पहले दिन कोई सफलता नहीं मिली।

अगले दिन सुबह फिर बाज़ार में पता करके मैं बीड्स यानी काँच के मोतीवालों की दुकानों पर पहुँचा। वहाँ एक दुकान पर एक नौजवान अरबी लड़के से बात हुई तो उन्होंने कहा कि मेरे फादर अभी आपसे बात करेंगे। थोड़ी देर में उनके फादर से मुलाक़ात हुई। उन्होंने काँच के मोतियों में रुचि दिखाई तो मैंने उनको पुरदिलनगर से जो मोती मैं ले गया था वह दिखाने शुरू किए। यह मोती मैंने बहुत ख़ूबसूरत ढंग से चार्ट रूप में भी सैम्पल बनाकर रखे थे और प्लास्टिक की छोटी-छोटी डिब्बियों में भी रुई में लपेटकर। मुझसे मेरे सुभाष मामा जो ख़ुद भी एक्सपोर्ट के व्यापारी थे उन्होंने एक बार कहा था कि एक्सपोर्ट में presentation का बड़ा महत्व है। सैम्पल भी बहुत अच्छे से पेश करने चाहिए। ख़ैर उन अरबी लोगों से ख़ूब बातचीत हुई, जो उस नौजवान के पिता थे उनकी क़ाबिलियत देखकर मैं दंग रह गया, उनका काफ़ी बड़ा कारोबार था और उनका लड़का उनकी सहायता करता था जब वह सैम्पल देख रहे थे। वह एक-एक मोती हाथ से छूकर देखते और उसके डिटेल मैं उनको बताता चल रहा था और उनका लड़का बाक़ी की बातें उनको बता रहा था और ख़ास बात यह थी कि यह अरबी महाशय शेख़ जुबैरी आँखों से देख नहीं सकते थे, completely blind थे किन्तु product की जानकारी और उस पर उनकी पकड़ ग़ज़ब की थी। आख़िर उनसे बात बन ही गई और उन्होंने भी कहा कि take out your order book. और थोड़ी देर में लगभग 1700 USD का ऑर्डर मेरे हाथ में था। इसके बाद दो-तीन शो-रूमों और दुकानों पर मैंने और प्रयास किया किन्तु और सफलता नहीं मिली।

बहरीन एक बहुत ही छोटा टापूनुमा देश है जो समुद्र पर बने एक पुल से सऊदी अरब से जुड़ा है। उस समय बहरीन की आबादी भी 6 या 7 लाख की ही रही होगी और यहाँ भी भारतीयों की संख्या काफ़ी थी किन्तु दुबई से बहुत कम। आज सन 2023 में बहरीन की आबादी लगभग 14 लाख पचास हज़ार है जिसमें लगभग 3 लाख पचास हज़ार भारतीय हैं। बहरीन की राजधानी का नाम मनामा है। यह एक साफ़-सुथरा और सुन्दर शहर है। बहरीन की मुद्रा बहरीन दीनार कहलाती है और इस समय 1 दीनार लगभग 216 रुपये की है और उस समय भी लगभग 70-80 रुपये की थी। अन्य अरब देशों की भाँति बहरीन भी बहुत सम्पन्न देश है। यहाँ के रहन-सहन का स्तर बहुत उच्च है और पाश्चात्य सभ्यता का यहाँ काफ़ी प्रभाव दिखा। । बहरीन ने 1971 में ब्रिटेन से अपने को स्वतन्त्र घोषित कर दिया और अब यह एक इस्लामिक संवैधानिक राजशाही है।

इसका राजा अमीर कहलाता है। बहरीन टापुओं पर बसा हुआ एक राष्ट्र है। यहाँ की भाषा अरबी है पर लोग थोड़ी-बहुत हिन्दी जानते हैं।

बहरीन में बहुत से अस्पताल हैं यानी कि स्वास्थ्य सुविधाएँ अन्य अरब देशों के मुकाबले काफ़ी अच्छी बताई गईं। वहाँ के अमेरिकन हॉस्पिटल में फ़िरोज़ाबाद के हमारे पारिवारिक मित्र परिवार के और मेरे बड़े भाई के समान डॉक्टर पंकज गुप्ता भाईसाहब (दु:ख की बात है कि पंकज भाईसाहब अब इस दुनिया में नहीं हैं) के साढ़ू साहब और साली साहिबा डॉक्टर थे। उनसे मेरी फ़ोन पर बात हो चुकी थी और जब मैं उनसे मिला तो बहुत अच्छा महसूस हुआ। वह लोग बड़े ही मिलनसार और सरल स्वभाव के दम्पति हैं और ख़ातिर तवज्जो में उनका भी कोई मुकाबला नहीं था।

बहरीन में बाज़ार अच्छा और खुला-खुला सा भी था। वहाँ एक चीज़ पर और ध्यान गया कि इस्लामिक देश होते हुए भी वहाँ काफ़ी खुलापन दिखा। औरतें यदि बुर्का पहने हुए थीं तो बहुत सी महिलाएँ पैंट शर्ट अथवा स्कर्ट में भी नज़र आईं। अरबी शेख़ तो सभी देशों में अपनी चिरपरिचित ड्रेस ही पहनते हैं सो यहाँ भी अरबी पुरुष उन्हीं कपड़ों में दिखते थे। हाँ, एक बात और थी कि पुरुषों की इस अरबी ड्रेस को इन अरब देशों में ग़ैर-अरबी देशों के नागरिक नहीं पहन सकते थे और उनके सिर पर बँधे चुटीले क़िस्म की चीज़ों में कुछ देशों के हिसाब से भिन्नता भी थी। जैसे स्त्रियों के परिधान को हिजाब या बुर्का कहा जाता है वैसे ही अरब पुरुषों के परिधान को थॉब (Thawb or Thobe) या कन्धूरा कहा जाता है। बहरीन पिछली शताब्दियों में अपने मोतियों के लिये भी प्रसिद्ध रहा है।

बहरीन दुबई की अपेक्षाकृत थोड़ी महँगी जगह लगी मुझको। मेरा रुकना केवल 3 दिन का था इसलिये अगले दिन मुझको यहाँ से निकल पड़ना था।

इन लगभग तीन दिनों में बहरीन का अनुभव बहुत अच्छा, रहा ख़ास तौर से रतन भाईसाहब के यहाँ उन लोगों ने मेरा जो ध्यान रखा वह मैं कभी भूल नहीं पाऊँगा।

अगले दिन मैं फिर बहरीन के एयरपोर्ट पर था। इस बार यहाँ एक समस्या हुई। सुरक्षा जाँच में जब मेरी अटैची एक्सरे से गुज़री तो उन लोगों ने रोक ली। मुझसे उन्होंने पूछा इसमें क्या है। मैंने उनको बताया कि मैं व्यापार के लिये निकला हूँ और मेरे पास सिर्फ सैम्पल ही हैं। सुरक्षावालों का प्रमुख एक अरबी व्यक्ति था वह बोले कि इसमें "तोते की चोंच" जैसी कोई नुकीली चीज़ है, कोई हथियार भी हो सकता है इसको खोलकर दिखाइए। मैं परेशान तो हो रहा था लेकिन क्या करता। अटैची खोलकर सारे सैम्पल निकाले तो वह अलीगढ़ का पीतल का ढलाई का एक शो पीस का सैम्पल था जो एक तरफ़ से कुछ नुकीला

सा था। यह देखकर वह सन्तुष्ट हुए और मैंने सारे सैम्पल फिर से अटैची में भरे तब जाकर सुरक्षा जाँच पूरी हुई और मैं आगे बढ़ पाया।

बहरीन की ड्यूटी फ्री शॉप का दुबई की शॉप से कोई मुकाबला नहीं था लेकिन थी वह भी अच्छी।

दुबई, आबूधाबी, दोहा और बहरीन में मैंने यह देखा कि अरबी लोगों के जो ऑफ़िस हैं उनमें मुख्य कार्यकर्ता मैनेजर आदि अधिकांशतः भारतीय ही थे और उनमें भी केरल के लोग सबसे अधिक थे। उन लोगों में आपसी बातचीत और सम्बन्ध मुझको cordial लगे लेकिन हाँ, अरबी लोगों में ख़ास तौर से दुबई में मुझको एक क़िस्म की feeling of superiority महसूस हुई। कहीं न कहीं ऐसा लगा कि बहुत सम्पन्न और ख़ुश होते हुए भी भारतीय लोगों में "हम परदेस में हैं" यह भावना झलक ही जाती थी, अधिकतर 1st generation NRIs में।

मैं यह सब बातें सोच ही रहा था कि जहाज़ की बोर्डिंग की घोषणा हो गई और मैं जहाज़ में अपनी सीट पर बैठकर अब चलने को तैयार था अपनी इस यात्रा के अगले पड़ाव यानी कि काहिरा-इजिप्ट की ओर।

अगला पड़ाव था काहिरा, मिस्त्र (Cairo, Egypt)

जहाँ मेरे लिये अब तक की विदेश यात्रा के सबसे विचित्र अनुभव होने को थे।...

बहरीन से काहिरा की यात्रा शुरू हो गई थी। जहाज़ के उड़कर हवा में आने के बाद मेरे विचार भी पंख लगाकर उड़ने लगे थे। मेरा इजिप्ट में एक सप्ताह रुकने का कार्यक्रम था। इजिप्ट यानी मिस्त्र जाने को लेकर मैं बहुत उत्साहित था क्योंकि व्यापार तो करना ही था लेकिन मेरी रुचि विभिन्न देशों के इतिहास और संस्कृति में होने के कारण मैंने इजिप्ट के विषय में जो कुछ भी पढ़ा था उसने मुझको बहुत आकर्षित किया था और अब मेरा मन इजिप्ट को साक्षात देखकर वहाँ के विषय में जानने को उत्सुक एवं उत्साहित था।

हम लोग जब पढ़ रहे थे तो 'गुट निरपेक्ष आन्दोलन' के सन्दर्भ में मिस्त्र का नाम 'नेहरू-टीटो-नासिर' की तिकड़ी की विरासत के साथ ख़ूब आता था। एक मनोवैज्ञानिक अवधारणा ऐसी बनी हुई थी कि इजिप्ट और यूगोस्लाविया तो भारत के दोस्त हैं मतलब हमारे दोस्त हैं।

मैं सोच रहा था कि कैसे होंगे इजिप्ट के लोग? कैसी संस्कृति होगी? नील नदी दिखने में कैसी होगी? मिस्त्र की गलियाँ यानी कि streets कैसी होंगीं? मिस्त्र के पिरैमिड कैसे होंगे? स्फिंक्स नज़दीक से देखने में कैसा लगता होगा? मिस्त्र के फराओ (Pharaohs) यानी कि प्राचीन राजाओं की ममी (Mummies) कैसी लगती होंगीं? इन सबके अतिरिक्त स्वेज़ नहर आदि न जाने कितनी चीज़ें ऐसी

थीं जिनके विषय में सोच-सोचकर मैं excited हो रहा था कि अब यह सारी चीज़ें और जगहें मुझको साक्षात देखना नसीब होगा।

हाँ, लेकिन इन सबसे बढ़कर जो मेरी चिन्ता थी वह थी कि वहाँ के व्यापारी कैसे होंगे? किस वस्तु को बेचने में मुझको सफलता मिलेगी और सफलता मिलेगी क्या? अथवा नहीं मिलेगी? भारत से चलने के पहले कुछ लोगों ने मुझसे यह भी कहा था कि मिस्त्र में जरा ध्यान से रहना और व्यापार भी जरा सम्हलकर ही करना लेकिन यह बात मेरी समझ में ज़्यादा आई नहीं थी और आती भी क्यों आख़िर मैं तो विदेश व्यापार करने की ठान कर ही निकला था और अब तो तीन ऑर्डर हाथ में होने के कारण मैं उत्साह से भी लबरेज़ था।

इजिप्ट/मिस्र-काहिरा

राजधानी-काहिरा-CAIRO

कोऑर्डिनेट्स 30.0444° N

31.2357° E

भारत से समय का फ़र्क़ 3 घंटे 30 मिनट पीछे

मुद्रा— इजिप्शियन पाउंड जिसकी क़ीमत आज 2023 में भारतीय रुपये की तुलना में 2 रुपये 70 पैसे के लगभग है।

यही सब सोचते हुए दोहा से काहिरा की यात्रा पूरी हो गई और हम काहिरा एयरपोर्ट पर थे। यह एशिया से बाहर और अफ्रीका महाद्वीप में मेरा पहला क़दम था। जैसे ही जहाज़ से बाहर निकले तो अब तक की यात्रा में पहली बार ऐसा लगा कि बिलकुल अपरिचित जगह आ गए हों। वहाँ लगभग सभी लोग अरबी भाषा और वह भी अभी तक के अरब देशों से भी थोड़े भिन्न से accent में बोल रहे थे और शक्लें भी थोड़ी फ़र्क़ दिख रही थीं। मुझको वहाँ कोई भी अपने देश जैसा यानी कि भारतीय या भारतीय उपमहाद्वीप के रहनेवाला जैसा कोई व्यक्ति एयरपोर्ट पर नहीं दिखा। एयरपोर्ट पर सबसे दृष्टव्य चीज़ थी वहाँ के पुरुषों के सर के बाल जो अधिकांश के काफ़ी घुँघराले और छोटे-छोटे से थे।

एयरपोर्ट में इम्मीग्रेशन क्लीयर करते ही जो चीज़ सबसे पहले दिखी वह एक काउंटर था होटल के लिये। पूछने पर ज्ञात हुआ कि वह लोग एक 5 स्टार होटल 'होटल सिआग (SIAG Pyramid) पिरैमिड' की promotional sales भी कर रहे हैं और काफ़ी अच्छे और सस्ते दामों पर यह होटल उपलब्ध है। मैंने सोचा बाहर निकलकर होटल कहाँ खोजता फिरूँगा इसलिये मैंने 40 USD प्रति दिन (night stay and morning breakfast inclusive) में अपने लिये होटल की बुकिंग करा ली। होटल की बुकिंग कराने के बाद कन्वेयर बैल्ट से अपना सामान लेकर कस्टम की तरफ़ मैं आगे बढ़ ही रहा था कि मैंने क्या देखा कि लगभग 10-15 सुन्दर लड़कियाँ नीली स्कर्ट की ड्रेस पहने हुए खड़ी हुई हैं

और उन्हीं में से एक लड़की ने मेरी तरफ़ बढ़कर एक लाल गुलाब का फूल मुझको दिया और अंग्रेज़ी में कहा " I am Shireen। you are welcome in Egypt." मैंने देखा अन्य लड़कियाँ भी और यात्रियों का ऐसे ही स्वागत कर रही थीं। शिरीन लगभग 21-22 साल की एक गोरी सी और अत्यन्त आकर्षक, सौम्य और सुन्दर लड़की थी। उसकी शक्लो-सूरत हमारी भारतीय लड़कियों से काफ़ी भिन्न नाक-नक़्श की थी लेकिन उसको देखकर मुझको महसूस हुआ कि जब इजिप्ट की आम लड़की इतनी सुन्दर है तो मिस्र की प्राचीन रानियों क्लियोपेट्रा और नेफरिटिटी की सुन्दरता के विषय में जो पढ़ा और सुना है वह सत्य ही होगा। आम तौर पर मैंने देखा कि मिस्र के लोगों के माथे थोड़े बड़े दिखते हैं थोड़े खिंचे हुए से उन्नत ललाट, आँखें मध्यम से लेकर बड़ी आमतौर पर बादाम जैसी जो कि अकसर उनके फराओ यानी पुराने राजाओं के चित्रों में भी दृष्टिगोचर होती हैं और हाँ गाल अधिकतर उभरे हुए और नाक भी काफ़ी सुन्दर और अकसर चेहरे पर prominence लिये हुए ही दिखती है। स्त्रियाँ आम तौर पर थोड़े भारी जिसको स्थूल तो नहीं कह सकते ऐसी क़द-काठी की होती हैं, आम तौर पर उनके कन्धे चौड़े से होते हैं और पुरुष अधिकतर सामान्य लम्बाई के, सूर्य की रेगिस्तानी क़िस्म की गर्मी के कारण जैसे गोरा रंग तप जाने पर ताम्बई या गेहुँपन पर हो जाये वैसे रंग के अधिकतर स्त्री और पुरुष होते हैं हालाँकि बहुत सारे स्त्री और पुरुष भी गोरे रंग जैसे भी दिखे। पुरुष अधिकतर दुबले थे पर कुछ भारी क़द-काठी के भी होते हैं और उनके बाल अधिकांश छोटे और काफ़ी घुँघराले होते हैं।

ख़ैर तो मैं बात कर रहा था शिरीन के विषय में। उसने आगे बढ़कर मेरा स्वागत किया, हाथ मिलाया और एक लाल गुलाब का फूल दिया फिर उसने बताया कि वे लोग इजिप्ट की सरकार की ओर से पर्यटकों और यात्रियों की सहायता के लिये नियुक्त हैं। उसकी अंग्रेज़ी कुछ ऐसी थी जिसको समझने के लिये काफ़ी प्रयास करना पड़ रहा था, बोलने का तरीक़ा और उच्चारण दोनों काफ़ी अलग क़िस्म के थे। शिरीन ने मेरे सामान को कस्टम से आराम से क्लियर कराया और मुझसे मेरे काहिरा आने का प्रयोजन पूछा। मैंने उसको बताया कि मैं काँच के मोती और अन्य कुछ चीज़ों का व्यापारी हूँ और इन वस्तुओं के व्यापार हेतु मिस्र आया हूँ। वह बहुत ख़ुश हुई, फिर उसने पूछा कि आपके लिये होटल बुक करा दूँ तो मैंने उससे कहा कि धन्यवाद होटल तो मैं बुक करा चुका हूँ, मेरे यह कहने पर मुझको ऐसा लगा कि उसका चेहरा कुछ बुझ सा गया किन्तु मैंने उस समय इस बात पर ज़्यादा ध्यान नहीं दिया। अब उसने कहा कि मैं आपके होटल जाने के लिये टैक्सी बुला देती हूँ और मेरे कहने पर उसने एक टैक्सीवाले से अपनी भाषा में बात की और शिरीन से विदा लेकर मैं टैक्सी में होटल जाने को

बैठ गया। मेरे चलते समय शिरान के चेहरे पर एक तिरछी मुस्कान थी। काहिरा हवाई अड्डे से गीज़ा में होटल 'सियाग पिरैमिड' पहुँचने में लगभग 55 मिनट या एक घंटा लगा और टैक्सीवाले ने मुझसे लगभग 170 या 180 इजिप्शियन पाउंड किराए के रूप में लिये और 'बख़्शीश' अर्थात 'टिप' अलग से माँगी (मिस्र की करेन्सी Egyptian Pound है और इस समय 1 इजिप्शियन पाउंड में लगभग 2 रुपये 70 पैसे और उस समय भी 1 इजिप्शियन पाउंड शायद 2 या 3 रुपये के बीच का कुछ था)। टैक्सीवाले से बातचीत लगभग असम्भव सी ही थी क्योंकि उसको न हिन्दी आती थी और न अंग्रेज़ी और उसकी भाषा मैं नहीं जानता था। मेरी समझ में आने लगा था कि काहिरा में मुझको भाषा की गम्भीर समस्या आनेवाली थी।

होटल में मैंने चेक-इन किया तो उन लोगों ने मेरा पासपोर्ट अपने पास रख लिया और बताया कि कहीं भी पूछे जाने पर मैं होटल का कार्ड दिखाकर बता दूँ कि इस होटल में रुका हूँ और पासपोर्ट वहीं है बाद में मुझको यह समझ में आया कि दुनिया में लगभग सभी जगहों पर होटलवाले अपने विदेशी रुकनेवालों के पासपोर्ट अपने पास रख लेते हैं और होटल छोड़ते समय वापस करते हैं। यह 5 स्टार होटल बेहद ख़ूबसूरत और आलीशान था। होटल की लॉबी बहुत ही ऊंची छत की और विशाल थी और उसमें बीचोबीच एक बहुत ही शानदार chandelier टँगा हुआ था जैसा अपने आगरा के मुग़ल होटल की लॉबी में टंगा है उससे भी विशाल। स्टाफ़ बहुत ही शालीन और helpful था।

मैं जब अपने कमरे में पहुँचा तो यहाँ दोपहर हो रही थी लेकिन मुझको बहुत थकान हो रही थी इसलिये मैंने गर्म पानी का फ़व्वारा चलाया और उसके नीचे खड़ा हो गया ताकि थकान कुछ दूर हो। नहाकर मैं कमरे में बैठा, कमरा बहुत ही सुन्दर और आरामदेह था। अब मेरी निगाह कमरे की खिड़की पर गई मैंने पर्दा हटाया और वाह! क्या नज़ारा था, दूर विश्व प्रसिद्ध पिरामिड दिख रहे थे। हालाँकि दूरी काफ़ी प्रतीत हो रही थी किन्तु वह दृश्य अद्‌भुत था। मैंने चाय मँगाई थी और चाय पीते हुए पिरैमिड देख रहा था कि कमरे के फ़ोन की घंटी बजी। मैंने फ़ोन उठाया कि यहाँ मुझको कौन फ़ोन कर रहा है तो मालूम पड़ा कि यह फ़ोन होटल के रिसेप्शन से था। उन लोगों ने कहा कि कोई साहब आपसे मिलने आए हैं तो मैं तो बिलकुल ही चौंक गया कि इजिप्ट तो मेरे घर से मेरी जानकारी में पुश्तों में कोई नहीं आया तो यहाँ मुझसे मिलने कौन आ गया! ! ! ! !

ख़ैर, मैं नीचे लॉबी में पहुँचा तो एक लगभग 34-35 वर्ष के थोड़े तगड़ी गठीले बदन की बिल्ट के जिनकी लम्बाई लगभग 5 फ़ीट 5 या 6 इंच की होगी, चेहरे पर घनी लेकिन लम्बी न होकर केवल नाक के नीचे दोनों ओर पूरे होंठों को कवर करती मूँछें, धूप में तपा हुआ ताम्बई या गेहुँएपन की ओर बढ़ता हुआ

रंग, घनी भवें, छोटे और घुँघराले बाल, पैंट और पूरी आस्तीन की शर्ट पहने हुए यह व्यक्ति मुझको मिले। उन्होंने मुझसे हाथ मिलाया और अपना परिचय दिया कि, ''मैं मिस्टर मैगदी हूँ (मिस्टर मैगदी का पूरा नाम इसलिये नहीं लिखा है ताकि उनकी पहचान गोपनीय रहे। मैगदी इजिप्ट में काफ़ी common नाम है) और आप यहाँ व्यापार करने आए हैं तो मैं आपकी मदद करूँगा और आपके एजेंट के रूप में कार्य करूँगा।" मेरे यह पूछने पर कि आपको किसने मेरे बारे में बताया और किसने मेरे पास भेजा के जवाब में उनका कहना था कि एयरपोर्ट से government वालों ने उनको भेजा है। मैं ताज़्ज़ुब में था और मिस्त्र की सरकार की व्यवस्थाओं से बहुत प्रसन्न और चमत्कृत भी था कि ग़ज़ब है ऐसे पर्यटकों और व्यापारियों की सहायता करना पहले एयरपोर्ट पर शिरीन और अब होटल में यह मिस्टर मैगदी मेरी मदद को मौजूद थे। मैंने भी सोचा कि मैं यहाँ के विषय में कुछ जानता नहीं हूँ और भाषा की भी दिक़्क़त है तो मिस्टर मैगदी की मदद लेने में क्या बुराई है। माल बिक़वाएँगे तो अपना कमीशन लेंगे। उनसे 5%का कमीशन भी बिक्री के अमाउंट पर तय हो गया। उन्होंने कहा कि सबसे पहले glass beads के बाज़ार चलेंगे- तो कब चलेंगे उन्होंने पूछा, मैंने कहा कि बस मैं अभी कमरे से तैयार होकर आता हूँ। कमरे में पहुँचकर मैंने सोचा कि मैं एक बिलकुल नई जगह पर और एक बिलकुल अपरिचित व्यक्ति के साथ जा रहा हूँ और वह भी पता नहीं कहाँ तो कुछ सावधानी तो बरत ही लेनी चाहिए। मैंने होटल के एक पैड पर एक पन्ने पर अंग्रेज़ी में लिखा कि मैं काँच के बीड्स के मार्केट मिस्टर मैगदी के साथ जा रहा हूँ और यही बात एक अलग काग़ज़ पर हिन्दी में भी लिख दी। दोनों काग़ज़ों पर मिस्टर मैगदी का पता और फ़ोन नम्बर भी लिख दिया और अंग्रेज़ीवाले काग़ज़ पर मिस्टर मैगदी का विज़िटिंग कार्ड भी नत्थी कर दिया। इससे मुझको ऐसा लगा कि ख़ुदा न ख़्यास्ता मुझको कुछ हो भी गया अथवा कोई दुर्घटना भी हो गई तो घरवालों को मेरे विषय में सही और पूरी जानकारी तो रहेगी क्योंकि तब मोबाइल फ़ोन आदि तो कुछ थे नहीं। इसके बाद मैं कमरे से नीचे आया और अपने सैम्पल लेकर हम और मिस्टर मैगदी टैक्सी में सवार हो चल दिये काहिरा शहर की ओर।

यह टैक्सी ऐसी नहीं थी जिसमें ख़ाली हम लोग ही बैठे हों अपितु यह कुछ कुछ अपने यहाँ जैसी स्कॉर्पियो आदि गाड़ी हैं या पहले जैसी क्वालिस आती थी कुछ इस क़िस्म की थी लेकिन इसका दरवाज़ा आगे से पीछे स्लाइडिंग जैसा था जैसा अपने यहाँ की मारुति वैन के एक मॉडल में होता था और काहिरा की टैक्सी का यह स्लाइडिंग दरवाज़ा चलते में खुला ही रहता था। यह गाड़ी रास्ते भर सवारी बैठाती और उतारती चलती थी। जब हम लोग काहिरा शहर पहुँचे तो मैंने पाया कि यहाँ की सड़कें बहुत अच्छी थीं और उस समय तक हमारे देश में

सड़कें इतनी अच्छी नहीं थीं। दुबई, आबूधाबी, बहरीन और दोहा की भाँति यहाँ भी गाड़ियाँ सड़क के दाहिनी ओर चलती थीं यानी कि left hand drive था लेकिन एक फ़र्क़ यह था कि दुबई, आबूधाबी, बहरीन और दोहा में दुनिया की एकदम latest और ख़ूब चमचमाती हुई बड़ी-बड़ी cars चारों तरफ़ दिखती थीं, हमारे भारत में भी मारुति और कॉंटेसा अपना जलवा क़ायम कर चुकी थीं उसके विपरीत यहाँ गाड़ियाँ विदेशी यानी यूरोपीय तो ज़रूर थीं लेकिन models latest ज़्यादा नहीं दिखते थे। ख़ैर अपनी टैक्सी में बैठे हम लोग एक फ़्लाईओवर पर चढ़े और मैं यह देखकर दंग रह गया कि यह कितना विशाल फ़्लाईओवर था और इस पर एक ही पुल से आप कई दिशाओं में उतर सकते थे। उस समय तक हमारे हिन्दुस्तान में ऐसे फ़्लाईओवर बनना शुरू नहीं हुए थे और लौटकर मैंने देखा तो मुझको बहुत ख़ुशी हुई कि हमारी दिल्ली में भी लाल क़िले से दिल्ली विश्वविद्यालय जाने पर एक फ़्लाईओवर शाहदरा जाने को ऐसा बना था जिसकी कई भुजाएँ थीं (और इस फ़्लाईओवर का नाम युधिष्ठर ब्रिज रखा गया था)। जब हमारी गाड़ी काहिरा में फ़्लाईओवर से उतर कर उसके नीचे सड़क पर आई तो मुझको लगा कि मेरी पीठ पर दाहिने कन्धे की तरफ़ किसी ने बहुत ज़ोर से कुछ मारा या खींचने की कोशिश की। मैं टैक्सी में दाहिनी तरफ़ सबसे आगे से पीछेवाली सीट पर सबसे किनारे बैठा था और जैसा कि मैंने पहले ही बताया कि गाड़ी का स्लाइडिंग डोर था और खुला था। मुझको लगा कि किसी ने मेरे कन्धे से मेरा वीडियो कैमरा छीनने की कोशिश की है एक क्षण को तो मैं कुछ घबरा सा गया लेकिन मिस्टर मैगदी ने हँसते हुए मुझको दिखाया कि पुल के ऊपर से कुछ बच्चे नीचे लोगों को पानी भरे गुब्बारे मार रहे थे और हँस रहे थे और ऐसा ही एक गुब्बारा मेरी पीठ पर भी लगा था। यह देखकर मुझको सहसा अपने देश की याद आ गई और मैंने राहत की साँस ली।

काहिरा की लोगों से भरी सड़कों पर से गुज़रते हुए मैं मन्त्रमुग्ध सा चारों ओर देख रहा था। रास्ता बतानेवाले एक बोर्ड पर मैंने अल-अज़हर यूनिवर्सिटी लिखा देखा। इस विश्वप्रसिद्ध अल-अज़हर यूनिवर्सिटी की स्थापना सन 970 के आसपास, यानी अबसे लगभग 1000 वर्ष पूर्व, हुई थी और यह विश्व के प्रसिद्ध शिक्षा संस्थानों में अपना स्थान रखती है । अल-अज़हर यूनिवर्सिटी विश्व में इस्लामिक शिक्षा के प्रमुख केन्द्रों में से एक है। न मालूम क्यों मुझको इस अल-अज़हर यूनिवर्सिटी के बोर्ड को देख कर एक अन्दरूनी ख़ुशी सी महसूस हुई और कुछ लगाव सा भी प्रतीत हुआ, ऐसा लगा कि इस नाम को तो मैं न जाने कब से जानता हूँ। वहाँ से जुड़े मौलाना आज़ाद हमारे स्वतन्त्रता संग्राम के श्रद्धेय नायकों में से थे इसलिये ऐसे विश्व प्रसिद्ध शिक्षण संस्थान के लिये मन में स्वत: ही श्रद्धा के भाव उमड़ पड़े।

अब हम लोग काहिरा के खान अल-खलीली (स्ट्रीट) बाज़ार पहुँच चुके थे। यह काहिरा का बहुत प्राचीन बाज़ार है जिसकी शुरुआत 14वीं शताब्दी यानी लगभग 600 वर्ष पूर्व में हुई बताते हैं। वहाँ के दुकानदारों से बात करके मालूम हुआ कि कई लोग और कई दुकानें इस बाज़ार में ऐसी हैं जो कि 500 या 600 वर्षों से पुश्त-दर-पुश्त से यहाँ और इसी व्यापार को कर रहे हैं। ज़रा इस बात को सोचकर देखिए कि आप एक ऐसी दुकान पर बैठे हैं जो 500 या 600 साल से लगातार खुलती है और आज जो व्यक्ति यानी कि उस दुकान के मालिक जो आपके सामने बैठे हैं इसी दुकान पर कभी इनके बाबा और उनके बाबा और उनके भी बड़े बाबा बैठा करते होंगे। मुझको तो इस बात के सोचने मात्र से रोमांच हो उठा था। मुझको एहसास हो रहा था कि आख़िर मिस्त्र की सभ्यता दुनिया की सबसे पुरानी सभ्यताओं में ऐसे ही नहीं कही जाती है और हाँ बड़ी बात यह थी कि उन लोगों ने अपनी इस विरासत को सहेजकर रखा हुआ था और उनको इस पर गर्व भी था। हमारे हिन्दुस्तान में भी ऐसे बहुत से परिवार होंगे जिनके घर/मकान पुश्तैनी हैं, ख़ुद फ़िरोज़ाबाद में हमारे परिवार का जो पुश्तैनी मकान है उसका 500 वर्ष से अधिक का इतिहास है और हमारे परिवार के अरविन्द भाईसाहब आदि कुछ सदस्य अभी भी उस मकान में निवास कर रहे हैं और भी ऐसे कुछ लोगों के विषय में मैं जानता हूँ जो अपने अति प्राचीन घरों में पुश्त-दरपुश्त रहते आ रहे हैं जैसे फ़िरोज़ाबाद में हरीश चतुर्वेदी जी (हरीश मामा का मकान यह भी सैकड़ों साल पुराना है और वे लोग इसमें अभी भी रहते हैं) लेकिन ख़ान-अल-ख़लीली स्ट्रीट बाज़ार की ख़ास बात यह थी कि यहाँ पूरा बाज़ार लगभग 600 साल पुराना है और उसमें जो दुकानें हैं उनके मालिकों के परिवार लगभग इतने ही यानी कि 600 वर्षों से इन दुकानों पर कारोबार करते आ रहे हैं। ख़ान अल-ख़लीली बाज़ार में बहुत तरह की दुकानें थीं कुछ पर हुक्के बिक रहे थे जिनमें काँच के भी थे, कुछ पर और Egyptian artifacts बिक रहे थे। काँच, सिरेमिक आदि की वस्तुओं में नीले और फ़िरोज़ी रंग की वस्तुओं की बहुतायत थी और सफ़ेद या क्रीम कहूँ तो ज़्यादा उचित रहेगा तो क्रीम कलर के ऐलाबस्टर के पत्थर के बने मिस्त्र के पिरैमिड, रानियों की मूर्तियाँ, स्फिंक्स आदि के छोटे-छोटे प्रारूप भी बिक रहे थे। इसके अतिरिक्त वहाँ काँच के कुछ छोटे खिलोने और हुक्के आदि चीज़ें एक बहुत ही translucent क़िस्म के काँच की भी थीं जिनको देखकर ऐलाबस्टर जैसे पत्थर की वस्तु होने का आभास होता था और यह वज़न में बहुत ही हलकी थीं। काँच के बीड्स जहाँ भी दिखे हम उन दुकानों पर गए लेकिन उनके यहाँ भी जापान का माल अधिक था और मेरी भरपूर कोशिशों के बावजूद मेरे रेट उनके मोतियों से ज़्यादा ही थे ऐसा क्यों था यह मैं उस वक़्त समझ नहीं पाया लेकिन नतीजा यह रहा कि ऑर्डर नहीं मिला।

इसके बाद हम काहिरा की एक और पुरानी स्ट्रीट अल मोइज स्ट्रीट पर स्थित दुकानों पर गए। अल मोइज स्ट्रीट काहिरा की सबसे पुरानी सड़कों में से है , यह एक किलोमीटर के क़रीब लम्बी सड़क है और कमाल की बात यह है कि यह लगभग एक हज़ार वर्षों से भी ज़्यादा पुरानी सड़क है। अल मोइज स्ट्रीट के दुकानदारों से बैठकर ख़ूब बातचीत हुई किन्तु prices पर फिर बात नहीं बनी। मिस्टर मैगदी एक अच्छे translator साबित हो रहे थे हालाँकि उनको मेरी और मुझको उनकी अरबीनुमा अंग्रेज़ी समझने में ख़ासी मशक्कत करनी पड़ रही थी।

इसके बाद मिस्टर मैगदी मुझको कुछ और इलाक़ों में ले गए जहाँ की गलियाँ फ़िरोज़ाबाद के सहपऊ बूरावालों की गली (रघुवर गली) या लोहियान गली अथवा शीतल खाँ इलाक़े की गली नम्बर 7, इलाहाबाद की ख़ुशाल पर्वत, मालवीय नगर या लोकनाथ जैसी चौक की गलियों, दिल्ली के चाँदनी चौक और सदर बाज़ार की गलियों और मुम्बई के मस्जिद बन्दर इलाक़े की सैमुएल स्ट्रीट या काज़ी सैय्यद स्ट्रीट और चकला स्ट्रीट जैसी गलियों को भी मात दे रही थीं।

रात हो रही थी और मैं और मिस्टर मैगदी काहिरा की गलियों में कन्धों पर सैम्पल लादे glass beads के व्यापारी खोजते घूम रहे थे। लम्बी, पतली घुमावदार गलियों में दोनों तरफ़ ऊँची-ऊँची इमारतें और दोनों ही तरफ़ उन इमारतों की बहुत ऊँची और विशालकाय दीवारें थीं जो कई जगहों पर तो बड़े विशाल और बेहतरीन सजावट के गेटों से युक्त थीं तो बहुत सी जगहों पर ऊँची सीधी और सपाट सी थीं और उन गलियों की दीवारों में ही थोड़ी-थोड़ी दूरी पर थोड़ी ऊँची बनी और सीढियाँ चढ़कर वे दुकानें थीं जिनमें हम सैम्पल दिखाते घूम रहे थे। आख़िर में यह लगा कि बहुत देर हो गई है तो मैंने कहा अब अगले दिन प्रयास करेंगे अभी होटल चला जाये। दरअसल इतनी रात को काहिरा की वह अजीबो-ग़रीब गलियाँ मानो मुझसे यह कह रही थीं कि बहुत देर हो गई है अब वापस जाओ।

आज देर तक घूमने का एक कारण यह भी था कि वैसे तो मेरा काहिरा में एक सप्ताह रुकने का प्लान था लेकिन आनेवाले अगले दो दिन शुक्रवार और शनिवार थे और सप्ताह के इन दो दिनों में मिस्र में साप्ताहिक छुट्टी रहती है ऐसा मुझे बताया था और शुक्रवार तो सब कामकाज बन्द था ही। इसलिये यह आनेवाले दो दिन घूमने के थे और व्यापार इसके बाद ही होना था? ? ? ?

मैंने मिस्टर मैगदी के पूछने पर उनसे भी कह दिया था कि अब अगले दो दिन मैं इजिप्ट और काहिरा ख़ास तौर से घूमूँगा फिर काम करूँगा।

अब हम लोगों ने एक टैक्सी गीज़ा यानी अपने होटल के लिये की। होटल की काहिरा शहर से दूरी लगभग पौने एक घंटे के आसपास की लगभग 24-25

किलोमीटर की थी। रास्ते में इलाक़ा काफ़ी सुनसान भी था और रात काफ़ी हो चली थी कि तभी शहर से थोड़ा बाहर निकलकर मिस्टर मैगदी ने कार रुकवा दी। मैंने पूछा कि क्या बात है तो वह बोले कि मेरा घर यहीं पर है और मैं यहीं उतरूँगा तो मैने उनसे कहा कि भाई इतनी रात हो रही है और यह टैक्सीवाला अंग्रेज़ी नहीं जानता है तो मुझको तो बहुत दिक़्क़त होगी आप होटल तक चलो और यही टैक्सी आपको छोड़ देगी, पैसे मैं दे दूँगा, लेकिन वह नहीं माने। उतरते हुए मिस्टर मैगदी ने कहा कि मेरे आज के पैसे दीजिए। अब मेरी चौंकने की बारी थी। मैंने पूछा कि पैसे किस चीज़ के तो वह बोले कि मैंने आज पूरे दिन आपके लिये काम किया है इस चीज़ के पैसे चाहिए। मैंने कहा कि भाई आपसे तो यह तय हुआ था कि जो ऑर्डर मिलेगा आपको उस पर कमीशन देंगे और ऑर्डर कोई हुआ नहीं है अभी तक तो पैसे कैसे लेकिन अब तक मिस्टर मैगदी की बोली की सौम्यता ग़ायब हो चुकी थी और उसकी जगह एक क़िस्म की चिड़चिड़ाहट ने ले ली थी, उनकी आवाज़ में एक प्रकार का खुरखुरापन आ गया था और वह बोले कि ऑर्डर और कमीशन की बाद में देखी जाएगी अभी तो मुझको मेरे आज के पैसे चाहिए। ख़ैर मैं कर ही क्या सकता था सो मैंने उनके बताए अनुसार लगभग तीन सौ इजिप्शियन पाउंड यानी कि लगभग 20-25 USD या 800-900 रुपये उनको दिये हालाँकि उनकी इच्छा और असफल प्रयास तो यह था कि मैं उनको कम से कम 50 USD तो दे ही दूँ(उस समय USD लगभग 28-30 रुपये का था) और तभी वह बोले 100 पाउंड और दीजिए, मैंने पूछा कि यह किसलिये तो वह बोले सुबह मैं टैक्सी से आपके पास आया यह उस के किराए के। मैंने झल्लाते हुए यह भी दे दिए और सोचा कि चलो अब इनसे पिंड तो छूटा। टैक्सी ने थोड़ी देर में ही मुझको होटल पर छोड़ दिया लेकिन टैक्सीवाले ने भी मेरा पिंड तब ही छोड़ा जब उसने भी मुझसे टैक्सी के किराए के अलावा अपनी 'बख़्शीश' यानी कि tip ले ली। रात का खाना कुछ स्नैक्स क़िस्म का और फला-फल मैं रात को बाज़ार में मिस्टर मैगदी के साथ खा ही चुका था सो अब होटल के कमरे में पहुँचते ही काफ़ी थका होने के कारण मैं तुरन्त सो गया।

काहिरा में दूसरे दिन की सुबह मेरी नींद कुछ इतनी जल्दी खुली कि कह नहीं सकता कि मैं पहले उठा या सूरज की पहली किरण पहले निकली। सुबह-सुबह घर फ़ोन से बात भी हो गई थी। होटल से फ़ोन करके मैंने हर जगह की तरह यहाँ से भी अपना होटल का फ़ोन और कमरा नम्बर बता दिया था फिर घर से फ़ोन आ गया था। उस वक़्त मोबाइल आदि तो थे नहीं और होटल से कहीं भी फ़ोन करना हमेशा बहुत महँगा होता है इसलिये मैं घर पर बता देता था और फिर वहाँ से वापस फ़ोन आ जाता था। घर से दूरी बढ़ती जा रहा थी इसका अहसास समय का फ़र्क़ यानी कि time difference भी बता देता था। दुबई और भारत

में समय का फ़र्क़ 1 घंटे और 30 मिनट का था यानी कि भारत का समय डेढ़ घंटे आगे था। इसका मतलब यह हुआ कि यदि दुबई में सुबह के 7 बजे हैं तो भारत में सुबह के 8:30 बजे होंगे। दोहा-कतर और बहरीन में यह फ़र्क़ 2 घंटे और 30 मिनट का हो चला था यानी कि वहाँ यदि सुबह के 7 बजे तो भारत में सुबह के साढ़े नौ बजे थे और अब मिस्र पहुँचते-पहुँचते यह फ़र्क़ 3 घंटे और 30 मिनट का हो गया था। यानी कि यदि काहिरा में सुबह के सात बजे तो दिल्ली में सुबह के 10:30 बजे होंगे।

सुबह जल्दी उठकर स्नान-ध्यान करके मैं थोड़ी देर कमरे की खिड़की से बाहर निहारने लगा। सुबह-सुबह की रोशनी में पिरैमिड झाँकते हुए से बड़े अद्‌भुत लग रहे थे और कुछ लम्बे-लम्बे पाम या खज़ूर के वृक्ष भी इस छटा को और मनोहर बना रहे थे। मैं कुर्सी पर बैठा-बैठा सोच रहा था कि चलो अब at least exporter बनने की शुरुआत तो हो ही गई है। जिन व्यापारियों ने ऑर्डर दिये थे वे मैंने एक डायरी में लिखे थे। उन लोगों ने कहा था कि वापस पहुँचकर Proforma invoice फ़ैक्स कर देना तो फ़ैक्स तो मैंने लगा लिया था और वह हमारे शहर फ़िरोज़ाबाद में लगा पहला फ़ैक्स था किन्तु Proforma invoice बनाने का proper तरीक़ा मुझको नहीं मालूम था। मुझको यह नहीं पता था कि प्रोफ़ॉर्मा इनवॉइस में क्या-क्या terms and conditions लिखी जाएँगी। दोहा के इस्माइल शेख़ ने मुझसे कहा था कि मैं उनको ऑर्डर का CBM भेज दूँ। मैं CBM का मतलब भी नहीं जानता था लेकिन मुझको लगा कि यदि इनसे पूछा तो इनको लगेगा कि यह कैसा एक्सपोर्टर है जो CBM भी नहीं जानता इसलिये झिझक की वजह से नहीं पूछा।

मेरे दिमाग़ में यह बातें चल ही रही थीं कि मेरी निगाह घड़ी पर गई जो 8:30 बजा रही थी, नाश्ते का वक़्त हो चला था।

इस होटल और अधिकतर अच्छे होटलों में रुकने के प्लान में breakfast included होता है और इसमें विभिन्न प्रकार के व्यंजन खाने हेतु उपलब्ध होते हैं। लोग सुबह ख़ूब पेट भरकर खाने नुमा नाश्ता करके घूमने या अपने काम को निकलते हैं जिससे दिन में जल्दी और ज़्यादा भूख नहीं लगे। Breakfast एक बड़े हॉल में उससे लगी बाहर खुली छत पर उपलब्ध था। सुबह-सुबह नाश्ते का स्थान बहुत सुन्दर था। उस छत से सामने पिरैमिडों की हलकी सी झलक दिखती थी। यहाँ की एक फ़ोटो भी मैंने खिंचवाई थी। फ़ोटो का मामला ऐसा हो गया कि मैं Still Camera अपने साथ ले गया था और दुबई से वीडियो कैमरा भी ले लिया था सो शौक में अधिकतर जगह वीडियोग्राफी ही ज़्यादा करता रहा और स्टिल फ़ोटो बहुत कम लीं। तब डिजिटल कैमरे थे नहीं और रील का मामला थोड़ा झंझट का लगता था।

नाश्ते में गर्म और ठंडा दोनों क़िस्म का बहुत अच्छा दूध था, कॉर्न फ्लैक्स, कई क़िस्म की ब्रेड, मक्खन, शहद और जैम के छोटे-छोटे गोल ट्रान्सपेरेंट पैकेट्स जैसे थे, कई क़िस्म के फल थे, कई क़िस्म के फलों के जूस और ताज़े रस भी थे, सैंडविच थीं, चाय थी, कॉफ़ी थी। इसके अलावा जो अंडा, ऑमलेट और अन्य non-vegetarian चीज़ें खाना चाहते हों उनके लिये वे थीं। बहरहाल मैंने ख़ूब पेट भरकर नाश्ता किया और शहद के कुछ पाउच अपने पास रख भी लिये जो कि दिन भर काम आए।

अब कमरे में आकर मैं सोच ही रहा था कि होटलवालों से कहकर एक टैक्सी मँगवाई जाए जिससे दिन भर काहिरा देखूँगा कि तभी मेरे कमरे के फ़ोन की घंटी बजी। फ़ोन उठाने पर उधर से वही चिर परिचित ख़ुद में बेहद परेशान और सुननेवाले को भी परेशान कर दे ऐसी उन्हीं मिस्टर मैगदी की आवाज़ थी।

Good morning Mr. Atul!

उनकी आवाज़ सुनकर मैं थोड़ा चौंक भी गया कि यह महाशय आज क्यों और कैसे? ख़ैर मैंने उनसे कहा कि मैं लॉबी में उनसे मिलने आ रहा हूँ। उनके पास पहुँचकर मैंने उनसे यही पूछा कि मिस्टर मैगदी आप आज क्यों और कैसे? तो बेहद मनमोहक मुस्कान देने का प्रयास करते हुए मिस्टर मैगदी बोले, "आज आप काहिरा घूमेंगे न?" मेरा जवाब था कि हाँ लेकिन आज कुछ व्यापार थोड़े ही होना है तो मिस्टर मैगदी अपनी बोली में शहद घोलते हुए बोले, "तो क्या हुआ, आज मैं आपका guide हूँ और मैं आपके लिये टैक्सी भी ले आया हूँ।"

मैंने उनको टालने का असफल प्रयास किया लेकिन उनकी रिश्तेदारी तो जौंक से निकली सो वह कहाँ पीछा छोड़नेवाले थे। अन्ततः मैंने अपने हथियार डाल दिये और अपने दोनों कैमरे लेकर चल दिया मैगदी साहब की लाई टैक्सी की ओर।

टैक्सी ड्राइवर एक 28-30 साल का नौजवान सा था लेकिन था वह ढीला-ढाला सा और दाढ़ी ऐसी कि जैसे 4-5 दिन से शेव न बनाई हो और सेहत ऐसी कि मानो बकरी ने अपने दूध के अलावा और कुछ पूरे जीवन में खाने-पीने न दिया हो।

जो गाड़ी टैक्सी में आई थी वह भी माशा अल्लाह अपनी तरह की ख़ास ही थी, बहुत पुरानी नहीं थी लेकिन उसको क़तई नया भी नहीं कहा जा सकता था, खटारा कहना मिस्टर मैगदी की भावनाओं का अपमान होता और खटारा क़िस्म की न कहना कार का। अपने यहाँ जैसी NE118 car होती थी वैसी सी ही, left hand drive, बादामी से कलर की जिसमें कार को कहीं नज़र न लग जाए इसलिये कई खरोंचों को अपने श्रृंगार में शामिल की हुई वह टैक्सी थी।

मिस्टर मैगदी ने मुझको इस रुतबे और शान से उस टैक्सी में बैठने को कहा कि जैसे मेरे लिये जैगुआर लेकर आए हों। मैं भी कहाँ बाज आनेवाला था, मैंने मिस्टर मैगदी से कहा कि आप यह कैसी गाड़ी लाये हो तो उन्होंने मुझसे कहा कि टैक्सी में काहिरा में ऐसी ही गाड़ियाँ होती हैं। गाड़ी के सेल्फ़ ने एकआध बार हकलाकर चलने का मन भी बना ही लिया।

मिस्टर मैगदी ने पूछा कि पहले कहाँ चलें तो मैंने जवाब दिया कि भाई मेरे गाइड तो आप हैं इसलिये आप तय करिए कि कहाँ चलेंगे।

हाँ जहाँ तक मेरा सवाल है तो मैं नील नदी देखना चाहता हूँ, पिरैमिड देखना चाहता हूँ, स्फिंक्स देखने का इरादा है और मिस्र की प्रसिद्ध ममियाँ देखना चाहता हूँ और काहिरा में जो देखने की प्रसिद्ध चीज़ हो वहाँ भी ले चलिये।

इस पर मिस्टर मैगदी ने कहा कि ठीक है सबसे पहले नील नदी के पास से होकर हम लोग पैपिरस म्यूज़ियम चलेंगे और फिर आगे।

मैंने मैगदी साहब से पूछा कि यह पैपिरस म्यूज़ियम क्या जगह है? इस पर मिस्टर मैगदी ने बताया कि मिस्रवालों ने पैपिरस यानी कि एक विशेष क़िस्म की लिखने योग्य शीट 3000B. C. के समय में यानी कि अबसे लगभग 5000 वर्ष पहले बना ली थी। यह विधा काग़ज़ का आविष्कार होने के बाद धीरे-धीरे लुप्त हो गई थी।

फिर इजिप्ट के एक वैज्ञानिक/इंजीनियर मिस्टर रगब ने इसकी फिर से खोज की और इसको बनाने और प्रदर्शित करने का संस्थान/म्यूज़ियम खोला। यह सुनकर मेरी भी उत्सुकता ऐसी जगह और ऐसी चीज़ को देखने की हो गई और मैंने भी इसके लिये हाँ कर दी।

होटल से निकलकर हम लोग लगभग 7-8 किलोमीटर चले होंगे कि सामने दिखी विश्व की प्रसिद्ध और मिस्र की जीवन-रेखा नील नदी। हाँ, वही नील नदी जिसके लिये 'हिरोडोटस' ने कहा था कि "मिस्र ही नील है और नील ही मिस्र है।"

नील शब्द ग्रीक के 'नीलोस' से आया है। नील संसार की सबसे लम्बी नदी कही जाती है यद्यपि 2007 के बाद से कुछ लोग़ों के अनुसार संसार की सबसे लम्बी नदी अमेज़न है।

ख़ैर नील नदी का उद्गम अफ्रीका की प्रसिद्ध विक्टोरिया झील से है और यह दक्षिण से उत्तर को बहती हुई लगभग 11 देशों से होती हुई (युगांडा, इथियोपिया, बुरुंडी, सूडान आदि) उत्तर में भूमध्य सागर में मिल जाती है।

मैं यह सोचने लगा कि हमारे देश का भूगोल ऐसा है कि हमारी नदियाँ उत्तर से दक्षिण को बहती हैं जबकि यहाँ बिलकुल उलटा है मतलब कि नील नदी

दक्षिण से उत्तर की तरफ़ बह रही है। इसका अर्थ यह भी हुआ कि इस भूगोल का असर यहाँ वास्तु पर भी पड़ेगा और यहाँ के वास्तु के नियम और हमारे यहाँ के वास्तु के नियमों में बहुत फ़र्क़ हो जाएगा। भूगोल का ही कारण था कि जैसे हमारे देश में मुसलमान लोग पश्चिम को (पवित्र काबा की ओर) मुखकर के नमाज़ पढ़ते हैं लेकिन यहाँ के लोग मैंने पूरब की ओर (यहाँ से पवित्र काबा पूरब की ओर है) मुख करके नमाज़ पढ़ते देखे।

अच्छा अब फिर से उसी बात पर आते हैं यानी कि नील नदी और उसको इतना महान मानने के कारणों पर। मिस्र की प्राचीन सभ्यता का विकास भी नील नदी की घाटी में ही हुआ है। प्राचीन मिस्र के लोगों ने अपना कैलेंडर भी नील नदी के पानी के बाढ़ आने, पानी उतरने और सामान्य रहने के मौसम के हिसाब से ही बनाया था। नील नदी में हर साल बाढ़ आती थी और जब पानी उतरता था तो अपने साथ लाई काली कचकची मिट्टी छोड़ जाता था जो बहुत ही उपजाऊ होती थी और यहाँ के लोग उसमें खेती करके लाभ कमाते थे/जीवन यापन करते थे।

अब मेरे सामने वह विशाल नदी थी जिसकी जीवनदायिनी शक्ति के कारण उसकी घाटी में पनपी सभ्यता का 5000 साल का प्रामाणिक इतिहास है। जरा कल्पना करिए एक ऐसे क्षेत्र की जहाँ की पहचान सिर्फ रेगिस्तान से होती यदि उस क्षेत्र के बीच यह निर्मल जल से कल-कल करती बहती नील नदी नहीं होती। चौड़ा पाट, शान्त जल और इस सबकी सुन्दरता बढ़ाती अनेक क़िस्म की नावें थीं वहाँ। मैं देख तो नील नदी को रहा था और मन मेरा पहुँच गया था अपनी गंगा-यमुना के पास। पूरा का पूरा दो आबे का क्षेत्र ऋणी है इन नदियों का और इसीलिये तो हम गंगा और यमुना को केवल नदी नहीं अपितु माँ का दर्जा देते हैं और उसी तरह पूजते हैं। जहाँ मैं था वहाँ देखने पर लगा कि नील नदी में बहुत पानी था और मुझे फिर अपनी जीवनदायिनी गंगा-यमुना की दुर्गति याद आ गई, याद आ गया कि दिल्ली के आगे यमुना में और कानपुर के आगे गंगा में तय करना मुश्किल है कि कितना स्वच्छ जल है और कितना नालों और औद्योगिक गन्दगी से युक्त...

हाँ, नील नदी का पानी नीला नहीं लगा मुझको।

मिस्टर मैगदी ने बताया कि नील नदी पर शाम/रात को नौका विहार ख़ूब प्रसिद्ध है (Boat-cruise) इसमें मोटर बोट/नौकाओं पर खाना, पीना और मिस्र के प्रसिद्ध 'बैली डान्स शो' का आयोजन क्रूज़ में शामिल रहता है।

मिस्टर मैगदी ने बताया कि मिस्र मे 90% जनसंख्या सुन्नी मुसलमानों की है और लगभग 9% ईसाई हैं। मिस्टर मैगदी भी मिस्र के अल्पसंख्यक ईसाई

समुदाय से थे। उनकी बातों में कहीं न कहीं बहुसंख्यक समुदाय के प्रति कुछ कसक सी थी और मुझको फिर याद आईं अपनी गंगा-यमुना और हमारी गंगा-जमुनी तहज़ीब और सुलहकुल की। ख़ैर मन ही मन अफ्रीका महाद्वीप के कई देशों और ख़ास तौर से इजिप्ट की जीवनदायिनी और हज़ारों साल से यहाँ की सभ्यताओं को पालने-पोसनेवाली उस विश्वप्रसिद्ध नील नदी को मैंने प्रणाम किया और हम लोग आगे चल दिये पेपिरस म्यूज़ियम की ओर।

Egypt-3 Cairo 2nd day
Papyrus Museum
काहिरा 2सरा दिन

पेपिरस म्यूज़ियम

नील नदी और उससे जुड़ी बातों को सोचता हुआ अब मैं मिस्र के प्रसिद्ध Papyrus Museum पहुँच चुका था। म्यूज़ियम में अन्दर घुसे तो ऐसा लगा कि किसी ब्हुत बड़ी चित्र दीर्घा में आ गए हों। चारों तरफ़ न जाने कितने क़िस्म के अलग-अलग साइज़ों के चित्र टँगे और रैकों पर लटके हुए भी थे। इतने सुन्दर चित्र थे वे कि शब्दों में बयान करना मुश्किल ही नहीं अपितु नामुमकिन है।

मिस्टर मैगदी ने मुझको वहाँ एक महिला और एक पुरुष गाइड अथवा उस म्यूज़ियम के कर्मचारियों से मिलवा दिया। वे लोग बहुत ही सभ्य, सुसंस्कृत थे और उनकी अंग्रेज़ी भी ठीक थी। उन लोगों ने मुझको बताना शुरू किया कि इजिप्ट में हज़ारों वर्ष पहले सभ्यता इतनी उन्नति कर चुकी थी कि उन लोगों ने लिखने और चित्र आदि बनाने हेतु एक क़िस्म की वानस्पतिक शीट बनाने में सफलता प्राप्त कर ली थी और इसको पेपिरस कहा जाता था। पेपिरस शब्द लैटिन और ग्रीक के पैपिरोस से आया था। पेपिरस बनाने की विधि मिस्रवालों ने बहुत समय तक गोपनीय रखी और उसका लाभ उठाते रहे। यह पेपिरस नील नदी के डेल्टा में उपजनेवाले प्लांट साइप्रस पेपिरस के तने से बनता था। जब काग़ज़ बनने लगा तो धीरे-धीरे पेपिरस लुप्त हो गया और फिर 1950 और 1960 के दशक में इजिप्ट के ही एक इंजीनियर डॉक्टर रगब सूडान और इथियोपिया से पेपिरस प्लांट की जड़ें लाए और इसको इजिप्ट में फिर से उगाने में सफलता प्राप्त की , आज यह फिर से वहाँ उगाया जाता है और इससे बने पपीरोज़ के विस्मित कर देनेवाले म्यूजियम को देखने हर वर्ष लाखों लोग आते हैं और इससे न सिर्फ मिस्र की प्राचीन संस्कृति का प्रचार होता है अपितु अच्छा ख़ासा आर्थिक एवं व्यावसायिक लाभ भी होता है। 1968 में उन्हीं डॉक्टर रगब ने यह

पेपिरस म्यूज़ियम खोला था विश्व के लोगों को पेपिरस/पपीरोज़ बनाने की विधि दिखाने को।

यह सब बताते हुए ही उन लोगों ने मुझको इस प्लांट के तने आदि से पेपिरस शीट बनाने की और उस पर चित्रण अंकित करने या लिखने की पूरी विधि/प्रक्रिया दिखाई और समझाई। उन्होंने बताया कि यह जो शीट बनती है यह 100 वर्ष से अधिक समय तक सुरक्षित रहती है अर्थात ख़राब नहीं होती और इस पर जो चित्रादि बनाए जाते हैं उनकी स्याही भी कम से कम 30 वर्षों तक ख़राब नहीं होती है।

अब उन्होंने मुझको पेपिरस पर बने चित्र या पपीरोज़ दिखाने शुरू किए। कमाल की आर्ट थी। इतनी तरह के चित्र और इतने क़िस्म के रंगों का प्रयोग। कुछ रंग तो इतने चटकीले थे कि बरबस आपका ध्यान बार-बार उनकी ओर जाता था। इन पपीरोज़ पर मिस्र के प्राचीन देवी, देवता, फराओ अर्थात राजा, रानी, मिस्र की प्राचीन घटनाएँ, पिरैमिड, चिड़ियाओं, जानवरों और न जाने कितनी चीज़ों के चित्र अंकित थे। एक प्रकार से कहा जाए तो यह पपीरोज़ मिस्र के इतिहास और संस्कृति को दिखानेवाले और बतानेवाले सचित्र उदाहरण के समान थे।

मिस्र की प्राचीन लिपि 'चित्राक्षर लिपि (Hieroglyphic script)' थी। यह काफ़ी कठिन लिपि थी और इसको पढ़ने के प्रयास कुछ सौ वर्ष चलते रहे पर अन्ततः फ्रांस के 'जीं फ्रांसुआँ चैम्पोलियाँ Jean-Franois Champollion' ने 1822 में इसको पूर्णतः पढ़ने में सफलता पाई। इस लिपि में कुल मिलाकर लगभग 2000 चित्र या चित्रों से बने अक्षर थे। यह लिपि बाएँ से दाएँ, दाएँ से बाएं और ऊपर से नीचे भी लिखी जाती थी। पढ़नेवालों को यह देखना होता था कि मनुष्य या जानवरों के चेहरे इस लिखावट में किस ओर देख रहे हैं या बने हैं जैसे यदि लिखे हुए में चेहरे दाहिने बने हैं/देख रहे हैं तो लिखा हुआ दाहिने से बाएँ पढ़ा जाएगा इसी प्रकार किस ओर से पढ़ना है यह ज्ञात होता था। सम्भवतः इस लिपि की कठिनाई देखते हुए इसी विकास–क्रम में आगे 'हाइरेटिक लिपि' का विकास हुआ जिसमें आगे चलकर मात्र 24 अक्षर रह गए और यह अपेक्षाकृत आसान भी थी। जब मुझको इस लिपि के विषय में जानकारी मिल रही थी तो अपनी आदत से मजबूर मेरा मन फिर पहुँच गया हड़प्पा-मोहन जो दड़ो (अब पाकिस्तान) और कालीबंगा, बन्वाली (भारत) यानी कि सिन्धु नदी की घाटी की सभ्यता के स्थलों पर और मैं सोचने लगा कि सिन्धु घाटी की सभ्यता की लिपि को प्रामाणिक तौर पर अभी तक नहीं पढ़ा जा सका है और मालूम नहीं हमारे अथवा पाकिस्तान के या विश्व में कहीं और के विश्वविद्यालयों और हमारी सरकारों के इस दिशा में कोई सार्थक प्रयास चल भी रहे हैं कि नहीं। यदि

सिन्धु नदी की घाटी की सभ्यता की लिपि पढ़ ली जाए तो शायद हम लोग भी अपने इतिहास के विषय में बहुत सी बातें अधिक प्रामाणिक रूप से जान और बता सकेंगे।

उन चित्रों और उनकी संस्कृति के बारे में और पूछने पर कुछ बड़ी interesting बातों की जानकारी भी मिली। प्राचीन मिस्त्र में अनेक क़िस्म के देवी-देवताओं की पूजा होती थी और समय के साथ पूजे जानेवाले देवता भी बदलते रहे हैं। एक समय में तो फराओ अर्थात राजा को 'होरस' का अवतार माना जाता था। होरस अथवा 'रे' सूर्य का नाम था और 'रे' अथवा सूर्य के प्रतिनिधि होने के कारण राजा स्वयं देवता माने जाते थे। मृत्यु के बाद राजा की पूजा पिरैमिड के सामने के मन्दिर में होती थी। मज़ेदार बात यह थी कि मिस्त्र की जनता को सम्हालने के लिये चौथी शताब्दी ईसा पूर्व में सिकन्दर को भी अपने को 'ऐमन रे' अथवा 'रे' देवता अर्थात सूर्य का पुत्र घोषित करना पड़ा था। एक और देवी थीं जिनके सिर पर गाय के सींग दिखाए जाते थे। इनका नाम 'हाथोर' था और इनको या गाय देवी को पूजा जाता था। मैं सुन मिस्त्र के प्राचीन देवी-देवताओं के बारे में रहा था और याद मुझको अपने देवी-देवता और गौमाता आ रहे थे। बात इतने ही पर नहीं रुकी। एक समय में उनके यहाँ सभी देवताओं में प्रमुख देवता की अवधारणा हुई। इस देवता का नाम था 'अमुन' यह देवताओं के देवता भी माने गए कुछ समय तक और जानते हैं इन देवता का स्वरूप क्या था? 'अमुन' देवता का रंग नीला था कुछ ध्यान आ रहा है आपको? अच्छा चलिये आगे जानिए इन 'अमुन' देव के सर पर hat में दो पंख भी लगे होते थे। बात इतनी ही नहीं है अभी भी इजिप्ट में 'Opet festival' में 'अमुन' उनकी पत्नी 'अमौनेट या मुट' और देवता' खोंसू (चन्द्रमा) इन तीनों को एक रथ पर बैठाकर 'करनेक' शहर के मन्दिर से 'लक्सर' शहर तक की रथ-यात्रा निकलती है और इस रथ को वहाँ के लोग खींचते हैं। करनेक से लक्सर तक की दूरी बस चन्द किलोमीटर की है।

आगे चलकर प्राचीन इजिप्ट में तीन देवता 'अमुन', 'रे' और प्ताह प्रमुख हो गए यानी कि 'त्रिदेव' की अवधारणा।

उनसे यह सब बातें सुनते हुए मैं तो हतप्रभ था। बात वे लोग प्राचीन इजिप्ट की और वहाँ की परम्पराओं और देवी-देवताओं की बता रहे थे और मेरे मन में गौ माता, कलगी लगाए मोरमुकुट धारण किए भगवान श्रीकृष्ण, सूर्य देव, चन्द्र देव, जगन्नाथ में श्री कृष्ण जी और भगवान बलभद्र और देवी सुभद्रा की रथ-यात्रा घूम रही थी। जब उन्होंने आगे बताया कि बाद में अमुन देवताओं के भी पूज्य बने और निर्बल असहायों की पुकार सुननेवाले बने तो मुझको अपने यहाँ के दीनबन्धु दुखहर्ता दीनानाथ श्री हरि विष्णु भी याद आए।

और हाँ, यहाँ भी यह बातें लगभग 5 हज़ार वर्ष पुरानी हैं और अपने यहाँ महाभारत और भगवान श्री कृष्ण का काल क्या माना जाता है? ! ! !

बस बात यह है कि यहाँ परम्परा के साथ-साथ पिरैमिड और मूर्तियों आदि के रूप में एक स्थापित इतिहास मिल गया है और उस सांस्कृतिक विरासत का यह लोग गर्व से लाभ उठा रहे हैं जबकि हमारे यहाँ बहुत सी पुरातात्त्विक खोजें होनी शायद अभी बाक़ी हैं।

मैं यह भी सोच रहा था कि हमारे यहाँ भी तो भोजपत्र पर लिखने की परम्परा थी किन्तु इनकी भाँति गोपनीय नहीं। क्योंकि हमारी संस्कृति में हमेशा भौतिकवाद से अध्यात्म को ज़्यादा प्राथमिकता दी गई है, व्यक्तिगत और व्यावसायिक स्वार्थों से सामाजिक हित और समाज कल्याण की सोच ज़्यादा रही है तो हम लोग आख़िर भोजपत्र के प्रयोग और उपयोग की विधि को गोपनीय कैसे रख सकते थे। लेकिन हाँ, जहाँ तक मिस्रवासियों का सवाल है आधुनिक युग में इन लोगों ने अपने .प्राचीन Papyrus के ज्ञान का व्यवसायीकरण भी कर लिया है और उसके साथ ही अपनी संस्कृति का प्रचार भी कर रहे हैं और उस पर गर्व भी। मुझको पक्का नहीं मालूम लेकिन मेरे ख़्याल से हमारे भारत में भोजपत्र बनाने और उस पर लिखी चीज़ें या प्राचीन चित्रों को बनाने की या प्राचीन ग्रन्थों के अंश लिखकर दिखाने और उनका व्यावसायिक उपयोग करने की कोई संस्था/म्यूज़ियम शायद नहीं है जबकि यदि ऐसा हो तो हमारी प्राचीन गौरवशाली संस्कृति का प्रचार भी हो और लोगों के लिये रोज़गार सृजन के अवसर भी हों।

यह बातें करते तथा सोचते-सोचते और साथ ही साथ उस म्यूज़ियम को देखते में कॉफी भी आ गई जो काफ़ी अच्छी थी।

यह सारे पपीरोज़ बिक्री हेतु उपलब्ध थे, इनके साथ इनका गारंटी कार्ड भी मिलता है। यह पपीरोज़ काफ़ी सुन्दर और आकर्षक थे लेकिन महँगे बहुत थे। मैंने उन लोगों से कहा कि यह बाहर भी तो मिलते होंगे और सस्ते भी होंगे तो उन्होंने कहा कि बाहर की कोई गारंटी नहीं होती। हो सकता है आपको पेपिरस के स्थान पर केले की बनी शीट को पपीरोज़ कहकर दे दें। पपीरोज़ का आकर्षण कुछ ऐसा था कि मन कह रहा था कि ख़रीद लो लेकिन क़ीमत ऐसी थी कि जेब कहती थी कि अभी बहुत लम्बी यात्रा बाक़ी है इसलिये सोच-समझकर लेना। कुछ की क़ीमत तो सौ और कुछ की तो सैकड़ों डॉलर तक की थी। मिस्टर मैगदी का भी कहना यही था कि मिलता तो बाहर भी है लेकिन authentic लेना है तो यहाँ से ही लेना चाहिए, बाहर की कोई गारंटी नहीं होती। मैने जब कहा कि क़ीमत बहुत अधिक है तो मिस्टर मैगदी ने यह बात मुँह पर ही नहीं ली लेकिन फिर भी मैंने उन लोगों से ख़ूब सौदेबाज़ी की और क़ीमत काफ़ी कम करवाने में सफल रहा और कई पपीरोज़ ख़रीदे। हाँ, यह बात सही है कि सन 1991 में जो

पपीरोज़ ख़रीदे थे और लौटकर दिल्ली के लाजपत नगर मार्केट में फ्रेम करवाए उनकी आभा आज भी वैसी की वैसी ही है। लौटकर कुछ family, friends and relatives को मैंने यह पपीरोज़ भेंट भी किए थे। इन पपीरोज़ पर मिस्र की प्राचीन भाषा/लिपि में वह आपका नाम भी या कुछ और भी लिखवाना चाहें तो complimentary लिख देते हैं, मैंने भी लिखवाया था लेकिन लौटकर यह ध्यान नहीं रहा कि कौन से वाले पर क्या लिखा था और देखने पर अपना तो उसको समझना और पढ़ना नामुमकिन ही है।

कुल मिलाकर यहाँ यानी कि इस म्यूज़ियम में आकर मन अच्छा हुआ और मैं और मिस्टर मैगदी दोनों ही काफ़ी ख़ुश थे क्योंकि मेरा ज्ञान बढ़ा और एक नई चीज़ देखी उसके विषय में जानकारी प्राप्त की और वह वस्तु ख़रीदी भी तथा मिस्टर मैगदी की ख़ुशी का कारण सम्भवत: वहाँ से उनको इस बिक्री/ख़रीद पर मिलनेवाला कमीशन रहा होगा। ख़ुशी की एक हलकी सी लहर उस टैक्सीवाले के चेहरे पर भी थी।

अब हम लोग उसी शानदार गाड़ी में बैठकर फिर चल दिये काहिरा की सड़कों पर।

Egypt-4 Cairo 2nd day
Martyrs Memorial etc.
मिस्र-4 काहिरा 2सरा दिन

शहीद स्मारक आदि

तो अब हम लोग उसी शानदार गाड़ी में बैठकर फिर चल दिये थे काहिरा की सचमुच की बेहतरीन सड़कों पर। मौसम गर्म सा ही था इसलिये मैं आधी बाँह की शर्ट पहने था हालाँकि मिस्टर मैगदी और गाड़ी का ड्राइवर दोनों ही पूरी आस्तीन की शर्ट पहने हुए थे। मैं काहिरा की सड़कों पर चारों तरफ़ देख रहा था कुछ पुरानी इमारतें थीं तो काफ़ी नई भी दिख रही थीं। मैं काहिरा की सड़कों के दृश्य एक विशुद्ध सैलानी की भाँति अपने वीडियो कैमरे में क़ैद करता चल रहा था कि थोड़ी देर में ही गाड़ी के ड्राइवर ने अरबी में कुछ कहते हुए मेरी तरफ़ कुछ मना करने का इशारा किया जो मैं समझ नहीं पाया। मेरे पूछने पर मिस्टर मैगदी ने कहा कि आप ऐसे सड़कों पर वीडियो से फ़ोटो मत खींचो। यह ड्राइवर कह रहा है कि पुलिस ने देख लिया तो आपका कैमरा ले लिया जाएगा और हम लोग भी परेशानी में होंगे। मैंने कहा कि भाई मैं तो टूरिस्ट हूँ और सामान्य जगहों की फ़ोटो ले रहा हूँ लेकिन वे दोनों माने नहीं और उन लोगों ने मेरा कैमरा बन्द करके रखवा

दिया। मुझको बहुत बुरा लगा और गुस्सा भी बहुत आई लेकिन साथ ही मैं यह सोचने पर मजबूर था कि इसका मतलब यह हुआ कि इस देश का आम आदमी पुलिस और सरकार के भय के साये में जी रहा है। उसके मन में प्रताड़ित होने का भय और आतंक इतना अधिक होगा कि उसने मेरा कैमरा बन्द करके रखवा दिया और यह सब बहुत अजीब इसलिये भी था कि वहाँ न तो कहीं फ़ोटो लेने की मनाही का कोई बोर्ड लगा था और न वह कोई sensitive area ही लग रहा था बल्कि वह तो एक सामान्य रास्ता था जिस पर लोग आ-जा रहे थे। फिर मैंने सोचा कि मेरी यह मानसिक तक़लीफ़ तो थोड़े समय की है परन्तु यह लोग तो बिचारे अपना सारा जीवन ही इस भय के साथ काटने को मजबूर हैं। इस समय मुझको एक बार फिर यह गर्व महसूस हुआ कि हम उस देश के वासी हैं जहाँ सच्चा लोकतन्त्र है और सरकार का जनता में ऐसा कोई भय नहीं है। लोकतन्त्र, अभिव्यक्ति की स्वतन्त्रता, आने-जाने की स्वतन्त्रता का सही महत्व तभी समझ में आता है जब आपके साथ दूसरे देश में ऐसा कोई पीड़ादायी अनुभव होता है।

गाड़ी कुछ ही आगे चली होगी कि हिचकोले लेकर रुक गई। ड्राइवर ने उतरकर कुछ देखा और फिर मिस्टर मैगदी से कुछ कहा। मिस्टर मैगदी ने मुझको भी गाड़ी से उतरने का इशारा किया और फिर बोले "We will have to push the car for a while." मेरा पारा तो सातवें आसमान पर था लेकिन मरता क्या न करता, मिस्टर मैगदी के अनुसार वहाँ दूसरी गाड़ी/टैक्सी मिलना सम्भव नहीं था इसलिये इस गाड़ी से ही काम चलाना था। तो फ़िरोज़ाबाद से जो अतुल चतुर्वेदी साहब बनकर exporter बनने निकले थे वह अब काहिरा की सड़क पर मिस्टर मैगदी के साथ कार में धक्का लगा रहे थे...।

ख़ैर ईश्वर मेहरबान थे और जल्द ही गाड़ी स्टार्ट हो गई और हम लोग चल दिये अपने अगले पड़ाव की ओर।

कुछ किलोमीटर चलकर हम लोग एक ख़ूबसूरत सी जगह पहुँचे वहाँ मुझे एक पिरैमिड की नक़ल की हुई नुमा कुछ अत्यन्त सुन्दर structure सी चीज़ दिखी जो कुछ जानी-पहचानी सी लगी। मैं गाड़ी से उतरते हुए उसी को देख रहा था कि मिस्टर मैगदी ने मुझसे मुसकराते हुए बहुत रहस्यात्मक स्टाइल में पूछा, "आपको मालूम है कि यह क्या जगह है?" मेरे मुँह से भी जवाब बिलकुल spontaneous तरीक़े से निकला कि, "लगता है यह वह जगह है जहाँ आपके/ इजिप्ट के प्रेसीडेंट अनवर सादात की हत्या हुई थी।"

मिस्टर मैगदी तो मानो ऐसे चौंक गए जैसे मैंने कौन बनेगा करोड़पति के 1 करोड़ के सवाल का जवाब दे दिया था। बोले आपको कैसे पता? क्या आप पहले यहाँ कभी आए हैं? मैं जवाब में बस मुसकराता रहा, मिस्टर मैगदी को उलझन में देख मुझको बहुत ख़ुशी हो रही थी। बात असलियत में ऐसी थी कि

मिस्र के राष्ट्रपति अनवर सादात की हत्या का वह दृश्य भारत में मैंने या तो दूरदर्शन न्यूज़ अथवा हम लोगों के यहाँ उस समय में फ़िल्म शुरू होने के पहले सिनेमाघरों में जो डाक्यूमेंटरी दिखाई जाती थी उसमें कभी देखा था और वह दृश्य मेरी स्मृति में था इसलिये मैं तुरन्त उस स्थान को पहचान गया था।

अनवर सादात मिस्र के तीसरे राष्ट्रपति थे। 1973 के इस्राइल के साथ मिस्र के युद्ध में मिस्र ने इस्राइल से सिनाई का क्षेत्र वापस छीन लिया था उसके बाद वह मिस्र में हीरो बन गए थे। इन्हीं राष्ट्रपति अनवर सादात ने 1977 में इस्राइल के साथ ऐतिहासिक 'कैम्प डेविड' शान्ति समझौता किया था जिसके बाद अनवर सादात और इस्राइल के प्रधान मन्त्री मैनाखेम बेगिन को 'नोबेल शान्ति पुरस्कार' मिला था। अनवर सादात नोबेल शान्ति पुरस्कार पानेवाले पहले मुसलमान व्यक्ति थे।

1973 के युद्ध के अज्ञात/अनाम शहीदों की याद में काहिरा के नासिर सिटी में पिरैमिड की शेप का यह शहीद स्मारक प्रेसीडेंट अनवर सादात ने बनवाया था और विधि का विधान देखिए कि एक सैन्य परेड के दौरान अक्टूबर, 1981 में प्रेसीडेंट अनवर सादात की हत्या भी उसी स्थान पर हुई और उनका भी स्मारक वहीं बना जहाँ उन्होंने ख़ुद शहीदों का स्मारक बनवाया था और जो हम लोग देख रहे थे। स्मारक बनवाते समय अनवर सादात को क्या पता था कि दरअसल यह स्मारक ही उनका भी स्मारक होगा ऐसा समय ने निश्चित कर रखा है।

यह स्मारक एक hollow pyramid की शेप का बना हुआ था और काफ़ी सुन्दर था। वहाँ एक पत्थर पर सब लिखा हुआ भी था और हरियाली भी थी। सबसे बड़ी बात यह थी कि मिस्र के आधुनिक इतिहास की यह एक महत्वपूर्ण जगह थी। वहाँ पर ड्यूटी पर मौजूद सिपाहियों/सैनिकों से मैंने हाथ मिलाया और बातचीत भी की और अब आश्चर्यचकित होने की मेरी बारी थी। यह सैनिक अंग्रेज़ी न के बराबर जानते थे और हिन्दी जानने का तो सवाल ही नहीं था लेकिन उन्होंने बताया कि उनको अमिताभ बच्चन और श्री देवी बहुत पसन्द थे और केवल उन्हीं को नहीं बल्कि इजिप्ट के बहुत से लोगों को अमिताभ बच्चन और श्री देवी बहुत पसन्द थे और लोग इन दोनों की फ़िल्में बड़े उत्साह और चाव से देखते थे। मिस्टर मैगदी ने बताया कि उनको और उस टैक्सी के ड्राइवर को भी हिन्दी फिल्में बहुत पसन्द हैं और हिन्दी सिनेमा के कई अभिनेता और अभिनेत्री यहाँ पसन्द किए जाते हैं और अमिताभ बच्चन और श्री देवी तो पूरे मिस्र में बहुत ही अधिक popular हैं। जब मिस्टर मैगदी ने बताया कि वह भी अमिताभ बच्चन और श्री देवी के बड़े फैन हैं तो मैंने मन ही मन मिस्टर मैगदी के अभी तक के सारे गुनाह और हरकतों को माफ़ कर दिया।

थोड़ी देर बात करके उन लोगों से मैंने विदा ली और मिस्टर मैगदी से पूछा कि अब कहाँ चलने का प्लान है तो मैगदी साहब ने कहा कि अब मैं

आपको विश्वप्रसिद्ध Egypt Museum ले चल रहा हूँ। इस म्यूज़ियम में हजारों साल पुरानी मूर्तियाँ, पिरैमिडों से निकली चीज़ें, प्राचीन मिस्र के राजाओं की ममी और पुरातात्त्विक महत्व की असंख्य वस्तुएँ हैं। यह दुनिया के सबसे अनूठे संग्रहालयों में से है। मैगदी साहब से म्यूज़ियम के बारे में इतना सब सुनकर मन कर रहा था कि गाड़ी की नहीं अपितु मन की गति से म्यूज़ियम पहुँच जाऊँ लेकिन हम लोग गाड़ी में बैठकर म्यूज़ियम की ओर उस लाजवाब गाड़ी की गति से ही जा रहे थे

Egypt-5 Cairo 2nd day
Egyptian Museum
मिस्र-5 काहिरा 2सरा दिन
इजिप्शियन म्यूज़ियम

काहिरा का शहीद स्मारक देखकर अब हम लोग मिस्र के विश्वप्रसिद्ध प्राचीन संग्रहालय की ओर जा रहे थे कि मिस्टर मैगदी ने ड्राइवर से गाड़ी एक मिनट को रोकने को कहा। उन्होंने हाथ के इशारे से सड़क के दूसरी तरफ़ दिखाया तो उधर कुछ नीचाई पर मुझको एक बहुत पुरानी सी, अजीबोग़रीब सी लेकिन बहुत बड़ी बस्ती नज़र आई। मिस्टर मैगदी ने बताया कि यह जगह 'मृतकों का शहर' अथवा The City of Dead कहलाती है।

जब मिस्र में इस्लाम का प्रचलन/आक्रमण और मुस्लिम सुल्तानों/बादशाहों का शासन आरम्भ हुआ अर्थात 7वीं शताब्दी के बाद से, तो उन लोगों ने मृत्यु के पश्चात दफ़नाने को शहर से बाहर के रेगिस्तानी इलाक़े को चुना। अलग-अलग राजवंशों के दफ़नाने के अलग-अलग इलाक़े थे जिनको बाद में चहारदीवारी से एक कर दिया गया। इसको el-Arafa Necropolis भी कहा जाता है। शुरू में जो लोग क़ब्र खोदते थे या उन मक़बरों की देखभाल करते थे वे वहीं रहते भी थे। धीरे-धीरे यह इलाक़ा इजिप्ट के सबसे बड़े स्लम इलाक़ों में से एक बन गया और इसमें लाखों लोग रहने लगे। ताज़्ज़ुब की बात है कि यहाँ लगभग अधिकांश मकबरों की एक अपनी चहारदीवारी है और पानी और बिजली की सप्लाई भी है। उन मक़बरों में बने कमरों और क़ब्रों के बीच ही लोग रहते हैं। मिस्टर मैगदी ने बताया कि बहुत सारे लोग यहाँ ऐसे भी हैं जो पुश्तों से सैकड़ों सालों से यहाँ रह रहे हैं और बाहर जाना नहीं चाहते। उन्होंने यह भी बताया कि इस इलाक़े में अपराधी, ड्रग्स आदि के बेचने और उपयोग करनेवाले भी बहुत से लोग रहते हैं और यहाँ अकेले जाना कई बार बहुत सुरक्षित नहीं होता है। मिस्टर मैगदी

के वहाँ चलने के विषय में पूछने पर मैंने कहा कि इस City of Dead में मेरी इच्छा मरने के बाद भी जाने की नहीं है तो मैं भला जीते जी क्यों जाना चाहूँगा, मेरी बात सुनकर मिस्टर मैगदी और ड्राइवर अपनी चिरपरिचित रोती हुई सी हँसी हँसे और हम लोग इजिप्शियन म्यूज़ियम की तरफ़ बढ़ दिये।

रास्ते में ही बातचीत में मिस्टर मैगदी से पता चला कि हवाई अड्डे पर मुझको जो मिस शिरीन मिली थीं वह मिस्टर मैगदी के भाई की दोस्त थीं और उन्होंने ही मिस्टर मैगदी को मेरे पास भेजा था अर्थात मिस्र की सरकार या किसी विभाग का मिस्टर मैगदी से कुछ लेना-देना नहीं था जैसा कि अब तक इन्होंने बताया था और मैं समझ रहा था। मिस्टर मैगदी के इस झूठ पर मुझको मन ही मन बहुत ख़राब लगा और रोष भी हुआ लेकिन अब क्या करता। यह सोच कि परदेस में विवाद तो बिलकुल करना ही नहीं चाहिए और इतने समय साथ रहने से मैं मिस्टर मैगदी और उनकी सोच एवं हरकतों को शायद कुछ कुछ समझने भी लगा था इसलिये मैंने सोचा कि अब इनकी, जैसी भी सही, मदद से काम चलाया ही जाए।

इसी सबको सोचते हुए हम लोग इजिप्ट के प्रसिद्ध म्यूज़ियम पहुँच गए। वहाँ बहुत भीड़ थी। मिस्टर मैगदी ने कहा कि आप म्यूज़ियम घूम लो मैं बाहर ही आपका इन्तज़ार करूँगा। म्यूज़ियम में मुझको अपने अलावा कैमरों का टिकट भी लेना था तो मैंने सिर्फ वीडियो कैमरे का ही टिकट लिया। मेरा टिकट लगभग 60 या 70 इजेप्शियन पाउंड का था और जहाँ तक मुझे याद है वीडियो कैमरे का भी लगभग इतना ही या इससे कुछ अधिक था।

म्यूज़ियम में घुसते ही मैं आश्चर्यचकित था। मैंने अपने देश यानी भारत में बम्बई (अब मुम्बई) और एकाध और जगहों के म्यूज़ियम ही अभी तक देखे थे लेकिन यह तो एक बिलकुल दूसरी दुनिया थी। बाद में मैंने इंग्लैंड में लन्दन, फ्रांस में पेरिस का लूव (Louvre Museum) आदि कई म्यूज़ियम भी देखे लेकिन उनकी बातें आगे चलकर होंगीं। हाँ, तो मैं बता रहा था कि मिस्र के संग्रहालय में पहुँचते ही मैं तो मन्त्रमुग्ध सा हो गया। नीचे घुसते ही एक बहुत बड़े हॉल जैसे ही मैं घुसा तो उसमें बहुत ही बड़ी-बड़ी विशाल मूर्तियों से मेरा सामना हुआ। कुछ मूर्ति तो इतनी विशाल थीं कि यदि सिर पर टोपी लगी हो और मूर्ति का सिर देखने को आप अपना मुँह ऊपर की ओर करें तो सिर की टोपी ही गिर जाए।

यह मिस्र के 3 से 4 हज़ार वर्ष पुराने फराओ अर्थात सम्राटों/शासकों की मूर्तियाँ थीं। अधिकांश मूर्तियाँ पत्थर की थीं ऐसा गाइड ने मुझको बताया और यह मिस्र के अलग-अलग समय के विभिन्न वंशों शासकों की मूर्तियाँ थीं। विशाल मूर्तियों के अतिरिक्त सिक्के, छोटी और मध्यम साइज़ की मूर्तियाँ, बहुत

सी तरह के पपीरोज़ और न जाने कितनी प्राचीन क़िस्म की वस्तुएँ थीं। गाइड ने मुझको यह भी बताया कि इस संग्रहालय में एक लाख से अधिक प्राचीन वस्तुएँ संगृहीत हैं। इस ग्राउंड फ़्लोर पर कुछ स्थान/मूर्तियाँ ऐसे भी थे जहाँ फ़ोटो/वीडियो खींचना मना था या सम्भव नहीं था किन्तु Tip लेकर वहाँ के सुरक्षा कर्मी यह काम ख़ूब करवाते दिखे। इस प्रकार की मूर्तियाँ और अन्य कलात्मक वस्तुओं को देखकर मैं यही सोच रहा था कि आज से लगभग 4500-5000 वर्ष पहले भी मिस्र की सभ्यता कितनी विकसित रही होगी। म्यूज़ियम में प्राचीन फराओ के समय के, ग्रीक समय के, रोमन राज्य काल और बाद के काल की भी वस्तुएँ थीं।

काफ़ी देर तक नीचे के परिसर में घूमने के पश्चात मैं ऊपर की ओर बढ़ा। म्यूज़ियम की पहली मंज़िल पर पहुँचते ही मुझको एक क्षण को तो यह विश्वास ही नहीं हुआ कि मैं इसी दुनिया में हूँ या क़िस्से कहानियों और चमत्कारों की दुनिया में पहुँच गया हूँ। संग्रहालय के इस तल पर मिस्र के महान फराओ/सम्राटों के पिरैमिडों/मक़बरों से निकले सामान/ख़ज़ाने मेरे सामने थे।

मिस्र के प्रसिद्ध फराओ जैसे हतशेपसुत, अमेनोफिस आदि के अकूत सम्पत्ति के ख़ज़ाने यानी कि उनके पिरैमिडों से निकली वस्तुएँ सामने थीं। उस जमाने के फ़र्नीचर, दैनिक उपयोग की चीज़ें आदि भी सामने प्रदर्शित थीं।

यहीं पर एक अलग कक्ष था जिसमें मिस्र के इतिहास के प्रसिद्ध और रहस्यमय फराओ तुत अन खामुन के पिरैमिड से निकली वस्तुएँ थीं। तूतनखामुन मिस्र के बहुचर्चित सम्राटों में थे। कहा जाता है कि केवल 9 वर्ष की उम्र में वह फराओ बने और एक मान्यता के अनुसार 19 वर्ष की उम्र में उनकी मृत्यु हो गई थी। माना जाता है कि तूतनखामुन के पिता का नाम अखनातेन और माँ सम्भवत: प्रसिद्ध रानी नेफरीतीती थीं जो रिश्ते में फराओ अखनातेन की बहन भी लगती थीं। मिस्र में फराओ काल में राजपरिवारों में भाई-बहन की आपस में शादी का रिवाज भी था। यद्यपि फराओ ईश्वर के अवतार माने जाते थे किन्तु मुझको भारतीय पुराणों का वह क़िस्सा याद आ रहा था जब सूर्य की पुत्री यमी ने अपने सहोदर यम से प्रणय निवेदन किया था किन्तु यम ने इस निवेदन को अनैतिक बताते हुए अस्वीकार कर दिया था जबकि यहाँ भी राजा सूर्य के ही अवतार थे किन्तु यहाँ भाई-बहन की शादी में अनैतिकता का कोई पहलू नहीं था अपितु उसका रिवाज़ ही था।

सम्राट तूतनखामुन की ममी तीन स्वर्ण मुखौटों के पीछे थी और वह स्वर्ण के ही तीन ताबूतों में रखी थी। फराओ तुत अंख आमुन या तूतनखामुन की ममी पर लगे शुद्ध ठोस स्वर्ण के मुखौटे का वजन मात्र 11 किलो था, जी हाँ, केवल ग्यारह किलो! ! ! यह सारी और ऐसी बहुत सी चीज़ें वहाँ प्रदर्शित थीं। पर सोने

का बना कमरा और कमरे के अन्दर के छोटे कमरे जैसा भी कुछ लगा, सम्राट का शुद्ध सोने का पलँग, कुर्सी, मेज़ और सभी पूरा ख़ालिस सोने का और उन पर क्या लाजवाब पच्चीकारी जैसा काम था, फराओ और उनकी सम्राज्ञियों के पहनने के शुद्ध सोने के जूते, सोने की ही चप्पल, सैंडिल, स्वर्ण और हाथीदाँत के अनेक आभूषण, फ़र्नीचर और जो एक बहुत ख़ास चीज़ थी वह थीं गुलाब के फूलों की काली सी पड़ गईं पत्तियाँ जो फराओ की ही एक रॉकिंग चेयर के सामने ज़मीन पर रखी थीं। बताया गया कि यह फूलों की पत्तियाँ भी उसी ज़माने की थीं और उनके शव पर शायद चढ़ाई गई थीं यानी कि लगभग 3500-4000 वर्ष पुरानी यद्यपि ऐसा प्रतीत होता था कि यह पत्तियाँ/गुलाब के फूल मानो अभी दो-चार दिन पहले ही चढ़ाए गए हों, यह अविश्वसनीय सा था लेकिन प्रत्यक्ष था। वहाँ इतना सोने का सामान चारों तरफ़ प्रदर्शित था कि मैं यह सोचने को मजबूर था कि प्राचीन काल में 'सोने की चिड़िया' तो मिस्र नहीं बल्कि भारत कहलाता था तो जब मिस्र में सोने के इतने अम्बार थे तो हमारे भारत में कितना सोना रहा होगा।

फराओ तूतनखामुन के मक़बरे से निकले सामान, हाथीदाँत और सोने के आभूषणों आदि को देखते हुए अब आगे नम्बर था 'ममी' वाले कक्ष का। इसके पहले कई खानों की रैकों में विविध क़िस्म के विचित्र और अनोखी नक़्क़ाशी और पेंटिंग किए हुए व ताबूत रखे हुए थे जिनमें रखकर विभिन्न ममी दफ़न की गई थीं। ममीवाले कक्ष में जाने के लिये अलग से टिकट था। वहाँ मिस्र के पुराने राजाओं, रानियों, उनके सेवकों और यहाँ तक कि जानवरों तक की ममियाँ प्रदर्शित थीं। उनको देखना अपने-आप में एक अत्यन्त विचित्र और रोमांचक अनुभव था। ज़रा सोचिए कि ये वे लोग थे जो आज से 3500-4000 वर्ष पहले चलते-फिरते जीव थे और इन सभी को उनकी मृत्यु के बाद और बहुत से सेवकों को उनके स्वामियों के साथ ज़िन्दा ही इस उम्मीद में दफ़नाया गया था कि एक वक़्त आएगा जब यह सब फिर जीवित हो जाएँगे और इसीलिये उनके मृत शरीरों पर एक ख़ास प्रकार का लेप लगाकर पूरे शरीर को पट्टियों से लपेटकर ममी बनाकर संरक्षित रखा जाता था और कमाल था उस 4-5 हज़ार साल पुरानी तकनीक का कि यह ममियाँ अभी तक सुरक्षित रखी हैं। कई ममी के तो चेहरे के फीचर और बाल भी स्पष्ट से लगे। वहाँ पहुँचकर ऐसा लगता था कि जैसे वहाँ इतिहास सो रहा हो, शरीर में सिहरन पैदा कर देनेवाला एक अजीब सा सन्नाटा प्रतीत होता था यद्यपि वहाँ दर्शक काफ़ी थे और उनका शोर भी था किन्तु शोर के बीच भी उस वातावरण की अनुभूति एक अलग क़िस्म की थी। उस माहौल में मन में अचरज, कौतूहल, एक अजीब क़िस्म का हलका सा अजीब सा भय क्योंकि आख़िर वहाँ आपकी मौजूदगी तो असंख्य मृत शरीरों के बीच

ही थी और एक क़िस्म का वैराग्य यह सभी प्रकार के भाव एक साथ मन में आ-जा रहे थे।

कुल मिलाकर मिस्त्र के इस म्यूज़ियम को देखना अपने-आप में एक बहुत ही विचित्र और रोमांचित कर दे ऐसा अनुभव था ।

इसमें घूमनेवाले को कई जगह यह प्रतीत होगा कि उसके रोंगटे खड़े हो गए हैं और कई जगह दर्शक को अपने चिकोटी काटनी ही पड़ेगी यह सुनिश्चित करने को कि वह सोते में कोई स्वप्न नहीं देख रहा है अपितु जागते हुए जो कुछ भी देख रहा है वह अविश्वसनीय होते हुए भी प्रत्यक्ष है और सत्य है।

यह कहना ग़लत नहीं होगा कि इजिप्ट जाकर यदि यह म्यूज़ियम नहीं देखा तो समझिए कुछ नहीं देखा और 5000 साल के इस इतिहास को देखने के लिये कुछ दिन या सप्ताह भी कम पड़ेंगे और मैंने तो बस कुछ घंटों में ही 5000 साल के इतिहास को जानने और अनुभूत करने का यह प्रयास किया था। इस म्यूज़ियम में पहुँचकर आपको प्रतीत होगा कि मानो आप टाइम मशीन में बैठकर हज़ारों साल पहले के समय में पहुँच गए हैं और आपके चारों ओर जैसे इतिहास ही बिखरा पड़ा है। आप प्राचीनकाल के अतीव शक्तिशाली सम्राटों के बीच, उनके अप्रतिम वैभव के बीच घूम रहे हैं और मानो ममी के रूप में उस काल के वे सर्वशक्तिशाली व्यक्तित्व चिर शान्ति में सो रहे हों। पहले कभी एक फ़िल्म देखी थी सो मन में एक बार उसका दृश्य याद आया और मैं यह सोचने लगा कि क्या होगा यदि अचानक अभी यह सारी ममी जिन्दा होकर उठकर बैठ जाएँ! !!! यह सोचते ही रीढ़ की हड्डी तक के पास कँपकँपाती हुई सी एक ठंडी सी सिहरन शरीर में दौड़ती चली गई। यह सोचकर ही आश्चर्य हो रहा था कि मिस्त्र के रेगिस्तान की रेत में दफ़न हज़ारों साल के यह रहस्य तो उजागर हो गए लेकिन न जाने कितने रहस्य अभी भी ऐसे ही दफन होंगे और शायद हमारे भारत में भी प्राचीन इतिहास के न जाने कितने रहस्य अभी उजागर होने को बाक़ी होंगे।

म्यूज़ियम से बाहर निकला तो मिस्टर मैगदी मुझको फिर मिल गए। उनके साथ जाकर एक दुकान से मैंने मार्बल और ओनिक्स जैसे सफ़ेद ऐलाबस्टर पत्थर की मिस्त्र के प्रसिद्ध हस्तशिल्प की कुछ वस्तुएँ जैसे नेफ़रीतीती के चेहरे की प्रतिकृति, पिरैमिड की प्रतिकृति आदि ख़रीदीं और फिर उसी खटारा क़िस्म की कार में बैठकर चल दिये।

अब हम जा रहे थे मिस्त्र के प्राचीन रहस्यमय संसार की सबसे अद्भुत कृति जो कि विश्व के सात अजूबों में शुमार भी है यानी कि पिरैमिडों को देखने। यहाँ मुझको अपनी मिस्त्र यात्रा के अब तक के सबसे विचित्र अनुभव??? भी होने को थे।

Egypt-6 Cairo 2nd day
Pyramids of Giza
मिस्र-6। काहिरा 2सरा दिन

गीज़ा के पिरैमिड

मिस्र के संग्रहालय से निकलकर अब हमारी गाड़ी चल पड़ी थी काहिरा के उपनगर गीज़ा की ओर जहाँ मेरा होटल भी था। हम जा रहे थे विश्व के प्राचीन सात अजूबों (Seven Wonders of World) में से एक और वर्तमान में प्राचीन सात में से एकमात्र मौज़ूद अजूबे यानी कि मिस्र/गीज़ा के पिरैमिड को देखने। हमारी शानदार गाड़ी हाँफती, कराहती आख़िर गीज़ा पहुँच गई और जहाँ मिस्टर मैगदी ने गाड़ी रुकवाई वहाँ हैंडीक्राफ्ट्स के बहुत-सारे शो-रूम्स बने हुए थे और दाहिने हाथ पर सामने ऊँचाई पर पिरैमिड भी नज़र आए। पिरैमिडों की झलक होटल से भी दिखती थी लेकिन अब तो विश्व का अजूबा मेरी आँखों के सामने ही था। सामने तीन पिरैमिड दिख रहे थे जिनमें एक सबसे बड़ा था। यदि पिरैमिड की ओर सीधे मुँह करके खड़े हों तो दाहिने हाथ पर कुछ नीचे प्रसिद्ध स्फिंक्स भी दृष्टव्य था। यह दृश्य जीवन के यादगार दृश्यों में था और आज भी जब यह लिख रहा हूँ तो वह दृश्य जैसे साक्षात मेरे सामने उपस्थित सा हो गया है! !

गाड़ी से उतरकर मिस्टर मैगदी ने मुझसे कहा कि वह वहीं रुकेंगे और मैं पिरैमिड देख आऊँ।

मैंने आगे बढ़कर देखा तो मालूम पड़ा कि पिरैमिडों तक पहुँचने हेतु एक रेतीली पहाड़ी सी पर ऊपर जाना था और कुछ लोग ऊँट तथा कुछ घोड़ों पर जाते दिखे हालाँकि जहाँ हमारी गाड़ी रुकी थी उससे थोड़ा आगे बढ़कर वह रेगिस्तानी पहाड़ी शुरू थी। मैं आगे बढ़ते हुए सोचने लगा कि बड़े कमाल की बात है कि विश्व की इतनी प्रसिद्ध जगह देखने को सिर्फ ऊँट या घोड़े पर जाना पड़ता है अन्य कोई साधन यहाँ से दिख नहीं रहा था लेकिन यह तो सामने दिख ही रहा था कि यहाँ की व्यवस्था शायद ऐसी ही है। मुझे लगा कि शायद लोगों को एक अलग सी प्राचीन काल की अनुभूति हो इसलिये यहाँ ऐसी व्यवस्था की हुई है। ख़ैर मैंने एक ऊँटवाले से बात की, न मैं उसकी भाषा समझा और न वह मेरी लेकिन पैसा एक ऐसी चीज़ है जिसकी भाषा सब समझ जाते हैं। तो अन्ततः पैसे कितने देने थे और कितने लेने थे वापसी तक के यह हम दोनों में तय हो गया और मैं ऊँट पर बैठ गया। मेरे पास एक स्टिल कैमरा था, एक वीडियो कैमरे का बड़ा सा बैग था और पानी की बोतल भी थी। दोनों कैमरे गले से लटके थे। अब जैसे ही ऊँट खड़ा हुआ तो मैं तो जैसे पूरा हिल ही गया, पहले वह अगले घुटनों पर आया तो मैं पीछे झुका फिर उसने अपने पिछले पैर हिलाए और पहले

पूरा पिछले पैरों पर खड़ा हुआ तो मैं अब आगे झुक गया और फिर उसने अपने अगले पैर भी पूरे खड़े किए तो मेरी पूरी कसरत हो गई। अब जब वह चला तो मुझको बड़ा असहज सा लगा, सारी कमर और पेट का बुरा हाल हुआ और मैंने वहाँ का माहौल देखकर सोचा कि यदि किसी ने मेरा कैमरा छीना तो इस ऊँट पर से तो मैं कुछ कर भी नहीं पाऊँगा इसलिये मैंने ऊँटवाले को रोका और उस ऊँट पर से उतर गया। उतारने को जब वह ऊँट बैठा तो फिर पूरी कसरत हो गई। अब मैंने एक घोड़ेवाले से बात की जो उम्र में लगभग 15-16 वर्ष का ही रहा होगा। उससे भी इशारों से आने-जाने का तय हुआ और मैं उसके घोड़े पर बैठ गया। यह घोड़ा था तो अरब देश में ही लेकिन इसकी इतिहास प्रसिद्ध अरबी घोड़ों से कोई रिश्तेदारी नहीं थी अपितु यह गर्दभराज के निकट के वंश का रिश्तेदार प्रतीत हो रहा था। मैंने भी सोचा कि अब अरब देशों के तेल से तेल के घोड़े चलने लगे हैं तो यहाँ घास खानेवाले अरबी घोड़ों की इसलिये शायद कोई क़दर नहीं रही है। ख़ैर तो अब वह तथाकथित घोड़ा धीरे-धीरे आगे बढ़ रहा था और उसके प्रत्येक क़दम से मैं पिरैमिडों के नज़दीक पहुँच रहा था और रेतीले टीले पर चढ़ते हुए आख़िर हम पिरैमिड के सामने पहुँच गए। घोड़ेवाले ने मुझको उतार दिया और इशारों में कहा कि जब मुझको वापस चलना होगा तो वह वहीं पर मिलेगा और स्फिंक्स दिखाते हुए मुझको वापस कार तक ले चलेगा। जब मैं पिरैमिड के सामने पहुँचा तो मैंने देखा कि सामने एक अच्छी सी सड़क थी और लोगों की गाड़ियाँ उस सड़क से पिरैमिडों की तरफ़ आ रही थीं। मुझको मिस्टर मैगदी पर बहुत क्रोध आया कि वह मुझको सीधे रास्ते से क्यों नहीं लाए! ! यह मामला कुछ ऐसा था कि आपको आगरा में ताजमहल देखना हो तो बजाय इसके कि आप सीधे रास्ते से जाएँ आपको यमुना जी के तट पर छोड़ दिया जाए कि उधर से ताजमहल के पास जाओ लेकिन अब मैं इसमें झल्लाने के अतिरिक्त क्या करता। हालाँकि यह भी सत्य है कि यदि मिस्टर मैगदी ने मुझको पहले से बताया होता कि पिरैमिड तक पहुँचने के दो तरीक़े हैं एक कार से और दूसरा ऊँट या घोड़े से और मैं अपनी मर्ज़ी से घोड़े या ऊँट से आया होता तो मैं न तो ठगा हुआ महसूस करता और साथ ही enjoy भी ख़ूब करता।

अब विश्व के सात अजूबों में से एक अर्थात पिरैमिड मेरे सामने था और कुछ समय तक तो बस मैं पिरैमिड की तरफ़ देखता ही रहा, उसको अपलक निहारता रहा, कितना विशाल structure था वह magnificent!!!

मैंने The Great Pyramid में जाने का टिकट लिया जो 150 या 200 इजिप्शियन पाउंड का था शायद और चल पड़ा पिरैमिड के प्रवेश-द्वार की ओर।

यहाँ मैंने यद्यपि गाइड नहीं किया था क्योंकि मेरा मूड भी नीचे की तरफ़ से आने के कारण कुछ ख़राब सा हो गया था किन्तु वहाँ गाइड और लोगों को जो

बता रहे थे वह मैं भी सुन रहा था। गाइड बता रहे थे कि मिस्त्र के पिरैमिडों में गीज़ा का यह विशाल पिरैमिड ही विश्व के प्राचीन सात अजूबों में शुमार है और इन सात अजूबों (Seven Wonders) में से आज पृथ्वी पर सिर्फ यही अजूबा ऐसा है जो नष्ट नहीं हुआ है और आज भी मौजूद है। यहाँ यह भी स्पष्ट हुआ कि हमारा ताजमहल विश्व के प्राचीन प्रसिद्ध सात अजूबों का हिस्सा नहीं है अपितु मध्यकालीन/आधुनिक अजूबों में है। यह विशाल पिरैमिड लगभग 2560 ईसवी पूर्व यानी कि आज से लगभग 4500 से भी अधिक साल पहले मिस्त्र के चौथे वंश के राजा ख़ूफ़ु द्वारा अपनी दफन स्थली के रूप में बनवाया गया था। इस पिरैमिड को बनाते समय इसकी ऊँचाई लगभग 488 फ़ीट थी जो ऊपर का कुछ हिस्सा बाद में नष्ट हो जाने के कारण अब लगभग 455 फ़िट है। 19वीं सदी तक भी यह विश्व की सबसे बड़ी और ऊँची इमारत मानी जाती थी। लगभग 13 एकड़ में फैला इस पिरैमिड का आधार फुटबॉल के लगभग 16 फील्डों के बराबर का है और इसको बनाने में लाखों टन चूना-पत्थर और हजारों टन ग्रेनाइट का प्रयोग हुआ था। आश्चर्य की बात यह भी है कि इनमें से प्रत्येक पत्थर का वज़न लगभग 2 टन से 30 टन तक का था, जी हाँ, 30 टन!!!!!!! इसके बनाने में कारीगरी की शुद्धता अद्भुत थी, इन पत्थरों को इतनी कुशलता से जोड़ा गया था कि इनके बीच में एक ब्लेड तक नहीं जा सकता था। इनको बनाने में माप की भी ग़ज़ब की शुद्धता थी और होती भी कैसे नहीं, भला इतनी कमाल की शुद्धता के बिना इतनी बड़ी विशालकाय इमारत साढ़े चार हज़ार साल तक खड़ी ही कैसे रह सकती थी...।

गाइड बताता जा रहा था कि मिस्त्र के इन पिरैमिडों का खगोलशास्त्र से भी यानी कि Astronomy से भी कुछ सम्बन्ध था और यह तीनों पिरैमिड आकाश के तारामंडल के 'ओरियन राशि (Orion)' के तीन तारों की सीध में हैं। यह भी मालूम पड़ा कि पिरैमिडों के अन्दर का तापमान पृथ्वी के औसत तापमान अर्थात लगभग 20 डिग्री सेल्सियस के आसपास ही रहता है। इन पिरैमिडों में कुछ ऐसा वातावरण होता था कि इनके अन्दर वस्तु ख़राब नहीं होती या बहुत देर तक ख़राब नहीं होती और तभी तो पिरैमिडों में रखी ममी और अन्य चीज़ें ख़राब नहीं हुईं और मुझको इजिप्शियन म्यूज़ियम में रखी हुई गुलाब के फूल की पत्तियाँ भी याद आईं जो प्रसिद्ध फराओ तूतनखामुन की ममी पर चढ़ाई गई थीं।

गाइड बोलता जा रहा था कि इन पिरैमिडों के कई रहस्य अभी भी अबूझ हैं और अभी भी कभी-कभी पिरैमिडों में किसी पत्थर के पीछे कोई नई चीज़/नया रास्ता अथवा नया कक्ष/नयी वस्तु निकल आती है। उसने बताया कि इस पिरैमिड को बनाने में लगभग 23 साल का समय लगा था। गाइड की बातें सुनते हुए मेरा मन पहुँच गया था भारत में आगरा के ताजमहल के पास। उसको बनाने

में भी लगभग 22 वर्ष लगे थे और वह भी उत्कृष्ट मानवीय कारीगरी का अद्भुत नमूना है। ताजमहल का निर्माण भी मक़बरे के प्रयोजन से हुआ था और पिरैमिड का भी हालाँकि ताजमहल इतना विशाल नहीं है जितने कि पिरैमिड। लेकिन एक बात अवश्य थी कि ताजमहल को देखकर, उसकी सुन्दरता और उसके बनाने के पीछे का प्रेम भाव देखकर मन में एक सात्विक सौन्दर्य और प्रेम का भाव उमड़ता है जबकि पिरैमिड को निहारकर, उन लोगों की बातें सुनकर एक प्रकार के रहस्य और रोमांच के भाव जागृत हो रहे थे।

यही बातें सुनते हुए मैं पिरैमिड के प्रवेश-द्वार पर पहुँच गया और वहाँ पर तैनात गार्ड ने मुझसे पूछा कि कैमरे का टिकट कहाँ है तो मैंने उससे कहा कि मैंने कैमरे का टिकट तो लिया नहीं है। इस पर वह गार्ड बोला कि फिर आप कैमरा यहीं मेरे पास छोड़ जाओ जिसके लिये मैं क़तई तैयार नहीं था। आख़िर में उसने कहा कि आप अपने कैमरे की बैटरी निकालकर मुझको दे जाओ तो अन्दर बिना बैटरी के वीडियो कैमरा लेकर जा सकते हो। इस बात पर मैं भी राज़ी था और वीडियो कैमरे की बैटरी निकालकर, उसको सौंपकर मैं पिरैमिड के अन्दर घुस गया।

पिरैमिड के अन्दर घुसकर एक सँकरी गैलरी जैसी थी जिसको grand gallery भी कहा जाता है उसमें बहुत भीड़ और एक क़िस्म की हलकी सी घुटन या suffocation जैसी थी। वहाँ कुछ भी बोला जाए उसकी आवाज़ बहुत देर तक गूँजती थी और कुछ लोग ऐसा कर भी रहे थे। पिरैमिड की इस गैलरी में बहुत मन्द सी रोशनी थी और वातावरण अँधेरा सा, कुछ घुटन-भरा और रहस्यमय सा प्रतीत हो रहा था। आगे बढ़कर गैलरी की ऊँचाई कम हो चली थी, कुछ ऊपर की तरफ़ चढ़ाई सी पर चढ़कर जाना था जो कि लकड़ी के पटरों से बना एक ढलवाँ रास्ता सा था। गैलरी काफ़ी सँकरी थी, उसमें दोनों तरफ़ लकड़ी की रेलिंग जैसी लगी थी और बहुत ही मद्धिम प्रकाश था, उसी से हम लोग ऊपर की ओर चढ़ रहे थे और नीचे आनेवाले भी उसी रास्ते से आ रहे थे और लगभग सभी लोग बीच-बीच में हाँफ से भी रहे थे मय मेरे। उस गैलरी में दो लोग भी एक बराबर से सीधे मुश्किल से ही चल सकते थे। मुझको काफ़ी उमस, गर्मी और घुटन सी महसूस हो रही थी, गैलरी में कुछ हिस्से में तो सीधे खड़े होकर चलना भी सम्भव नहीं था क्योंकि वहाँ गैलरी के उस हिस्से में ऊँचाई काफ़ी कम थी।

कुल मिलाकर कह सकते हैं कि मैं अपने-आप को comfortable महसूस नहीं कर रहा था लेकिन यह पिरैमिड देखने का उत्साह ही था जो मुझे ऐसे में भी आगे बढ़ाए ले जा रहा था। ऊपर पहुँचकर एक कमरा सा था जिसको लोग King's Chamber कह रहे थे। कमरा खाली था बस उसमें एक पत्थर का हौद सा था जिसको Sarcophagus यानी कि पत्थर का ताबूत बताया था। इस

प्रकार के ताबूत में ही राजा की ममी रखी जाती थी जो लकड़ी/स्वर्ण आदि के अन्य ताबूतों में बन्द होती थी और इस पत्थर के ताबूत को फिर एक बहुत ही कलात्मक क़िस्म के एक पत्थर के ढक्कन से ही बन्द कर दिया जाता था। उस स्थान पर एक विचित्र क़िस्म की अजीब सी शान्ति थी। मैंने कहीं पढ़ा था कि पिरैमिडों के अन्दर के हिस्से में माहौल कुछ ऐसा होता है कि मनुष्य गहरा ध्यान लगा सकता है और कुछ ऐसा ही यहाँ प्रतीत भी हो रहा था, कुछ दैवीय शान्ति सी थी।

पिरैमिड का विशालकाय निर्माण बहुत ग़ज़ब का था और अगर इसको साक्षात न देखें तो विश्वास ही नहीं होगा कि कोई मानवीय संरचना ऐसी शानदार और इतनी विशालकाय (Huge) भी हो सकती है और वह भी लगभग 4500 वर्ष पुरानी! ! ! !

इस पिरैमिड को देखकर मैं यह सोचने पर मजबूर था कि उस प्राचीन काल में 23 साल में भी ऐसी विशालकाय, मजबूत इमारतें कैसे बनी होंगी? ? ! !

क्या कमाल के इंजीनियर और आर्कीटेक्ट रहे होंगे? ? ! ! ! !

क्या कमाल के राज मिस्तरी और मज़दूर रहे होंगे? ? ! ! !

कैसे इतने लाखों पत्थर इतने उम्दा तरीक़े से तराशे गए होंगे? ? ! ! !

कैसे अद्‌भुत औज़ार रहे होंगे! ! !

किस प्रकार से यह पत्थर सैकड़ों फ़ीट तक इतनी ऊँचाई तक पहुँचाए गए होंगे और कैसे लगाए गए होंगे? ? ? ! ! ! ! ! ! !

जिन लाखों मज़दूरों ने दशकों तक मेहनत करके इस पिरैमिड को बनाया होगा उनको यदि सिर्फ खाना और रहना भी दिया जाता होगा तो इतने राजकोष की व्यवस्था कैसे की गई होगी? ? ? ? ! ! ! ! ! ! !

मैं यही सब सोच रहा था और गैलरी में आ गया था कि एक आदमी ने मेरे कन्धे पर हाथ रखकर मुझको बुलाया, मैंने चौंककर उसकी ओर देखा तो वह वही गार्ड था जिसके पास मैं अपने वीडियो कैमरे की बैटरी छोड़ आया था। उसने बैटरी मुझको वापस दी और इशारा किया कि फ़ोटो खींच लो, अब तक मैं भी समझ चुका था कि पैसे और भ्रष्टाचार की भाषा यहाँ भी बहुतों की रग-रग में व्याप्त थी। मैंने हँसकर उसको इशारा किया कि भाई मैंने बैटरी लगा दी अब वीडियो तुम ही बना दो जो कि उसने बना भी दिया। इसके बाद उसने कहा तो मैंने उसको बैटरी वापस निकालकर दे दी फिर उसने कहा 'give me sometip... Money' तो मैंने अपनी ज़ेबें उलटीं तो उसमें केवल 2 इजिप्शियन पाउंड थे जो कि उसने बहुत बुरे मन से ग्रहण किए लेकिन ले लिये और मुझको सख़्त ताक़ीद की कि यह बात मैं उसके दूसरे साथी को, जो बाहर ही खड़ा था, बिलकुल न बताऊँ और मुझको भी बताने की क्या पड़ी थी। वहाँ मुझको पिरैमिडों और मिस्र

के इतिहास की बहुत सारी और बहुत रोचक कई जानकारियाँ मिलीं लेकिन वे जब कभी विशेष रूप से पिरैमिड आदि के विषय में कभी लिखाना होगा। तो अवश्य लिखूँगा। हाँ, एक बड़ी बात यह ज़रूर मन में आई कि हमारे हिन्दुस्तान में ताजमहल, सिकन्दर या अन्य जो भी बादशाहों के मक़बरे बने हैं वह यद्यपि इतने विशाल नहीं हैं लेकिन उनमें एक सुरुचिपूर्ण architecture है जबकि मिस्त्र के पिरैमिडों में विशालता है, रहस्य है, थोड़ा भय भी है कहीं-कहीं, लेकिन एक अजीब सी नीरसता है और उदासी भी है हालाँकि कुछ आध्यात्मिक सी शान्ति भी थी उस पिरैमिड के अन्दर के चैम्बर में। साथ ही साथ यह भी सत्य है कि मिस्त्र के गीज़ा के ग्रेट पिरैमिड जैसी पृथ्वी पर दूसरी कोई कृति नहीं, उनको देखकर मन विस्मय से भर जाता है , वे कैसे बने होंगे

मन-मस्तिष्क में यह प्रश्न भी बार-बार उठता ही रहता है। इन पिरैमिडों में कितनी अकूत सम्पत्ति थी जो शायद लुटेरों द्वारा लूट ली गई और जो लूटने से बच गई वह काहिरा के इजिप्शियन म्यूज़ियम में प्रदर्शित है लेकिन इन सबसे बड़ी जो बात थी वह यह कि आज से लगभग 4500 वर्ष पहले आख़िर ऐसी विशाल कृतियाँ मनुष्य ने कैसे बनाईं जो आज भी इस आधुनिक टेक्नोलॉजी के ज़माने में भी बनाना कोई आसान काम नहीं होगा। मैं यह भी सोच रहा था कि अगली बार कभी आया तो पिरैमिडों को तसल्ली से देखने के लिये ख़ूब समय लेकर आऊँगा।

पिरैमिड देखकर जब मैं बाहर निकला तो उस गार्ड ने मेरे कैमरे की बैटरी वापस कर दी। बैटरी लेकर अब मैं उस स्थान पर पहुँचा जहाँ अरबी घोड़ेवाले ने मुझको छोड़ा था तो वह वहाँ नहीं था। मैं उसको इधर-उधर खोजता रहा किन्तु वह नहीं मिला।

Egypt-7 Cairo day 2
Sphinks etc.
मिस्त्र-7 काहिरा 2सरा दिन

स्फिंक्स आदि

बहुत खोजने पर भी जो घोड़ेवाला मुझको पिरैमिडों तक लाया था वह कहीं नज़र नहीं आया और धीरे-धीरे उसका इन्तज़ार करते मुझको लगभग 45 मिनट हो गए तो मैंने फिर स्फिंक्स देखते हुए नीचे चलने को एक दूसरे घोड़ेवाले से बात की और उसके घोड़े पर बैठकर चल दिया। जैसे ही मैं थोड़ी दूर चल पाया था कि अचानक न जाने कहाँ से वह पहलेवाला घोड़ेवाला आ गया (जैसे वह कहीं

पास ही छुपा हुआ था) और मुझसे झगड़ने लगा कि मैंने उसको छोड़कर दूसरा घोड़ेवाला क्यों किया। देखते-ही-देखते वह दोनों घोड़ेवाले लड़ने लगे और दोनों अपनी-अपनी तरफ़ से मेरे हाथ तो कभी पैर पकड़कर अपनी ओर खींचने लगे। मेरी स्थिति बड़ी विचित्र थी कि मैं घोड़े पर बैठा था और कभी लगता कि इधर गिरूँगा तो कभी लगता उधर गिरूँगा और उनको समझाना या उनसे ठीक से बात करना भी लगभग असम्भवप्राय ही था क्योंकि भाषा की समस्या थी। आख़िर हारकर मैंने उन दोनों से इशारों में यह कहा कि पहले स्फिंक्स देख लेते हैं फिर दोनों लोग नीचे चलो वहीं बात करेंगे, इस बात पर दोनों शान्त से हुए और हम स्फिंक्स की ओर बढ़ लिये।

स्फिंक्स एक 238 फ़ीट के क़रीब लम्बी और 66 फ़ीट के क़रीब ऊँची पत्थर की मूर्ति है जिसका शरीर शेर का और चेहरा मनुष्य का है। पिरैमिडों के आगे स्फिंक्स की यह विशाल मूर्ति ऐसी प्रतीत होती है जैसे शेर के शरीर और मानव के चेहरेवाली यह मूर्ति यहाँ बैठकर पिरैमिडों की रक्षा कर रही है। कहा जाता है कि यह मूर्ति सम्राट ख़ूफ़ु के पुत्र फ़राओ खाफ़्रे ने बनवाई थी। कुछ लोगों का तो यह भी मानना है कि स्फिंक्स चेहरा दरअसल फ़राओ खाफ़्रे के चेहरे की ही प्रतिकृति है। स्फिंक्स को देखकर ऐसा लगता है कि एक पूरे पहाड़ को काटकर बनाया गया है और उसके लिये मेरे मस्तिष्क में बस एक ही शब्द आया Majestic! ! !

स्फिंक्स के सामने घोड़े पर बैठे हुए पर मुझको नेपोलियन बोनापार्ट की वह प्रसिद्ध पेंटिंग भी याद आई जिसमें वह पिरैमिड और स्फिंक्स के सामने खड़े हुए हैं। मैं भी उसी स्थान पर खड़ा था लेकिन नेपोलियन का घोड़ा शानदार अरबी घोड़ा था और मेरेवाले शानदार घोड़े के कान कुछ बड़े थे।

चूँकि इतिहास मेरा विषय रहा है और मेरी इसमें रुचि भी रही है तो मैं सोच रहा था कि इजिप्ट पर एक ज़माने में सीज़र ने हमला किया था तब यहाँ के राजा का नाम टॉलेमी Ptolemy था क्योंकि टॉलेमी ने पौम्पी को मार दिया था, हालाँकि पौम्पी से सीज़र भी ख़ुश नहीं था किन्तु उसको टॉलेमी की यह बात ग़लत लगी कि उसने रोमन साम्राज्य के वीर पौम्पी को आख़िर मारने की हिमाकत कैसे की। यहाँ इस बात का ज़िक्र इसलिये भी कि टॉलेमी को मारकर ही सीज़र ने प्रसिद्ध क्लियोपेट्रा को मिस्त्र की रानी बनाया था। भारत में पाटलिपुत्र के सम्राट अशोक के 13वें पत्थर के स्तम्भ (13th Rock-edict) जो कि 3सरी सदी ई0पू0 का है से मिस्त्र के राजा टॉलेमी से भारत के सम्पर्क का पता चलता है। प्राचीन इतिहासकार प्लिनी के अनुसार भी टॉलेमी ने पाटलिपुत्र के मौर्य सम्राट (सम्भवत: अशोक) के दरबार में डायोनाइसिअस नामक राजदूत को भेजा था।

इन बातों को सोचते हुए मेरे मन में यह प्रश्न भी उठा कि क्या इससे पहले के प्राचीनकाल में भी भारत और मिस्त्र के बीच सम्पर्क थे। विचारने पर जवाब हाँ में ही मिला। आज भी सोचता हूँ कि मैंने कभी पढ़ा था कि सिन्धु घाटी की सभ्यता में लोथल और मोहन जो दाड़ो में टेराकोटा की जो ममी मिली हैं वह मिस्त्र की ममियों से मिलती-जुलती हैं। यह भी कहीं लिखा है कि इजिप्ट की ममी लपेटने में भारतीय मलमल (Indian Muslin) का इस्तेमाल होता था। जर्मनी के प्रसिद्ध Indologist Peter Von Bohen के अनुसार मिस्त्र के Hieroglyphics लेखन और वैदिक लेखन में कई जगह काफ़ी साम्य है। इतिहास में यह भी दर्ज है कि मिस्त्र की रानी हतशेपुत के समय में केरल से मसालों से भरे 5 जहाज़ इजिप्ट आने की बात कही गई है। कुछ लोगों ने यह भी ज़िक्र किया है कि हमारे यहाँ जो यक्ष की प्राचीन मूर्ति पाई गई है उसमें और प्राचीन मिस्त्र के देवता 'बेस BES' की मूर्ति में काफ़ी साम्य है।

यह सब बातें मैं सोच रहा था विश्व प्रसिद्ध स्फिंक्स की विशालकाय मूर्ति के सामने खड़ा होकर। स्फिंक्स यानी जिसका सिर मानव का और बाक़ी का शरीर शेर का था और मुझको याद आ गए अपने भगवान नरसिंह। उनके अवतार में शरीर मानव का और मुख सिंह का है।

प्राचीन काल की लगभग हर सभ्यता में सिंह और मनुष्य के शरीर को एकरूप करके बनाई हुई मूर्तियाँ और कथाएँ मिलती हैं, ग्रीस यानी कि यूनान में भी स्फिंक्सनुमा मूर्ति है और कुछ में पंख भी हैं। दरअसल मेरा मानना यह है कि मनुष्य पृथ्वी के किसी भी भाग में रहा हो उसको शक्ति ने सदैव आकृष्ट किया है और यदि मनुष्य में सबसे ताक़तवर यानी कि सिंह की शक्ति समाविष्ट होकर एकरूप हो जाए तो उससे ज़्यादा शक्तिशाली आख़िर किस जीव की कल्पना की जा सकती थी और विविध कालों और स्थानों में इस प्रकार की मूर्तियाँ, चित्र और कथाएँ सम्भवत: मनुष्य की इसी इच्छा का प्रतिफल थे। आधुनिक काल में भारत की सरकार का राजकीय चिह्न भी सम्राट अशोक के सिंह स्तम्भवाला है। इस प्रकार के बहुत से विचार मन में आते रहे और मैं स्फिंक्स की उस विशालकाय मूर्ति और उसके पीछे छूट गए पिरैमिडों को काफ़ी देर अपनी आँखों में भरने का प्रयास करता रहा और फिर यद्यपि मन तो नहीं भरा था किन्तु समय हो रहा था इसलिये मैंने कार की तरफ़ चलने का विचार किया।

इस प्रकार स्फिंक्स को देखने के बाद मैं फिर से उन्हीं घोड़ेवालों के साथ चल दिया गाड़ी की तरफ़। जब मैं गाड़ी के पास पहुँचा तो यह घोड़ेवाले मुझसे पैसों के लिये फिर लड़ने लगे और उनका शोर सुनकर मिस्टर मैगदी जो एक दुकान में बैठे थे वह उस दुकान के मालिक आदि के साथ बाहर आ गए। जब उन लोगों को घोड़ेवाला मामला मालूम हुआ तो मिस्टर मैगदी ने मुझसे कहा

कि ग़लती आपकी (यानी कि मेरी) ही है और आपको दोनों घोड़ेवालों को पैसे देने ही होंगे, उनकी यह बात सुनते ही मैं चौंक गया और जब दुकानदारों ने भी उनके ही सुर में सुर मिलाया तो मुझको लगा कि मैं कहाँ फँस गया। बात पैसों की नहीं थी बल्कि परिस्थिति की थी, मिस्टर मैगदी जिनके साथ मैं यहाँ आया था वह ख़ुद घोड़ेवालों के पक्ष में थे। मुझको याद आया कि हमारे भारत में भी कई बार अख़बारों में विदेशी पर्यटकों को परेशान करने की ख़बरें होती हैं और कई बार उनके साथ हो जानेवाले हादसों की भी। आगरा में ऐसे बदमाशों को 'लपका' कहते हैं। यह पर्यटकों को घेर सा लेते हैं और उसके साथ बस कुछ भी हो सकता है। मुझे लगा कि आज मैं भी मिस्र के 'लपकों' के बीच में ही शायद फँस गया हूँ। मैं यह भी सोच रहा था कि जब किसी पर्यटक के साथ ऐसा होता होगा तो उसको कितनी तक़लीफ़ होती होगी। वह पर्यटक तो अपने घर से बहुत दूर नितान्त अपरिचित जगह में होता है उस स्थान को देखने और घूमने के लिये और वह और उस जैसे लाखों पर्यटक उस स्थान की आर्थिकी में भी अपने पर्यटन से योगदान देते ही हैं लेकिन जब वे किसी ख़राब अनुभव से गुज़रते हैं तो उनका मजा भी खराब होता है और उस स्थान और वहाँ के लोगों की छवि भी। इसलिये हम लोगों को सदैव पर्यटकों से अच्छा और सही व्यवहार ही करना चाहिए ऐसा मैंने सोचा। घोड़ेवालों का शोर जारी था और जिनके साथ मैं आया था वह मेरी बात और समस्या समझे बिना उन्हीं घोड़ेवालों के साथ थे लेकिन भारत देश का वासी यह पर्यटक यानी कि मैं भी अब हार माननेवाला नहीं था।

सामनेवाले शो-रूम में, जिसमें मिस्टर मैगदी बैठे थे और अब उस दुकान के मालिक के साथ ही उन घोड़ेवालों के पक्ष में मेरे विरुद्ध खड़े थे, उसमें घुसते हुए मैं बोला, "मिस्टर मैगदी, मैं तो यहाँ से बहुत सा सामान ख़रीदना चाहता था किन्तु यह लोग मूड ऑफ कर रहे हैं।" मेरे इतना भर कहने ने मानो जादुई असर किया , मिस्टर मैगदी और दुकानदार के चेहरे और आँखें मानो चमक उठे और उन्होंने मुझसे कहा कि, "आप कोई चिन्ता मत करो, इन मक्कारों को हम देखते हैं।" और यह लीजिए बस दो मिनट में बाहर का शोर शान्त था, उन्हीं मिस्टर मैगदी ने दोनों मक्कार घोड़ेवालों को सन्तुष्ट करके भेज दिया था। मैंने भी दुकान में घुसकर कई क़िस्म के Egyptian handicrafts के सामान निकलवाए और पैक करने को कहा और इसके साथ ही अपनी ज़ेब टटोलने का उपक्रम करते हुए मैंने मिस्टर मैगदी से कहा कि इस सामान लायक़ पैसे तो अभी मेरे पास हैं नहीं वह तो मैं होटल में रख आया हूँ सो चलिये पैसे ले आते हैं। मिस्टर मैगदी ख़ुशी ख़ुशी मेरे साथ होटल की ओर चल दिए और उन लोगों के चंगुल से निकलकर मेरी भी जान में जान आई। हम लोग होटल से थोड़ी ही दूर थे तभी

गाड़ी का एक टायर पंक्चर हो गया, मिस्टर मैगदी की गाड़ी में मैं धक्का तो लगा ही चुका था मुझको लगा कि अब क्या घर से दूर काहिरा में इस EXPORTER को कार का टायर भी बदलना पड़ेगा लेकिन मेरी ख़ुशक़िस्मती थी कि कार में स्टेपनी थी जिसको मिस्टर मैगदी के ड्राइवर ने बदला।

होटल पहुँचकर मैं मिस्टर मैगदी को नीचे लॉबी में बैठाकर कमरे में आया और कमरा बन्द करके आराम से लेट गया। कुछ देर में मिस्टर मैगदी का फ़ोन आया तो मैंने कहा कि, "अभी मेरी तबीयत ख़राब हो गई है, उलटी हो गई है और सर दर्द है इसलिये कल चलेंगे सामान लेने।" इस पर मिस्टर मैगदी ने कुछ जिरह भी की लेकिन फिर अगले दिन सुबह 10 बजे का समय तय करके वह चले गए। मिस्टर मैगदी अपने और गाड़ी के आज के पैसे मुझसे पहले ले ही चुके थे। अब मैं अपने कमरे में लेटकर चैन की साँस ले रहा था।

असलियत यह है कि उस समय तक मैं मिस्टर मैगदी आदि के कारण बहुत परेशान हो चुका था और मुझको इजिप्ट में व्यापार का भी कुछ हिसाब-किताब दिख नहीं रहा था इसलिये मैंने मन ही मन यह तय कर लिया था कि अब अपना कार्यक्रम परिवर्तित करके यहाँ से जल्दी ही आगे के लिये निकल देना उचित होगा। आज 2017 में जब मैं यह संस्मरण लिख रहा हूँ तो मुझको लगता है कि होटल बदलकर कहीं और चला जाना था किन्तु उस समय मैं इतना परेशान हो गया था कि अब वहाँ और रुकने का मन नहीं था। थोड़ी देर में मैं नीचे होटल की लॉबी में गया तो मिस्टर मैगदी जा चुके थे। मैंने होटलवालों से अगली सुबह पूरे दिन के लिये एक टैक्सी मँगाने को बोला और कहा, "भाई देख लेना टैक्सी ठीक हो।" इस पर होटलवाला हँसते हुए बोला, "आप बिलकुल चिन्ता मत करिए, टैक्सी अच्छी ही होगी।" उससे आगे बातचीत में मालूम हुआ कि आज जिस और जैसी कार में मैं गया था वह टैक्सी नहीं अपितु पर्सनल कार थी, यह बात भी मुझको चौंकाने और दु:खी करनेवाली ही थी।

अगली सुबह मेरे कहे अनुसार टैक्सी 7 बजे आ गई थी और लगभग 7:30 बजे तक मैं टैक्सी में बैठकर होटल से निकल दिया। यह बहुत ही आरामदायक और अच्छी गाड़ी थी और ड्राइवर भी बहुत ही तहज़ीबवाला था और अंग्रेज़ी भी अच्छी जानता था। उसने मुझको बताया कि अलेक्ज़ेंड्रिया, स्वेज़ अथवा फयूम यह तीन जगह देखने लायक़ अच्छी हैं और इनमें से हम कहीं भी जा सकते हैं। मेरा स्वेज़ नहर देखने का बहुत मन था इसलिये मैंने उनसे कहा कि भाई स्वेज़ चलेंगे लेकिन पहले मुझको इजिप्ट एयर के ऑफ़िस ले चलो। इजिप्ट एयर के ऑफ़िस पहुँचकर सबसे पहले मैंने अपना टिकट अगले दिन सुबह का लन्दन के लिये prepone करवाया और अब हम लोग आगे निकल लिये स्वेज़ शहर के लिये।

Egypt-8 day 3 and 4
Giza, Cairo, Suez
मिस्त्र-8 3सरा और 4था दिन

गीज़ा, काहिरा, सुएज़

अपना लन्दन का टिकट बुक करवाने के पश्चात मैं बढ़ लिया था 'सुएज़ सिटी' की ओर। काहिरा से सुएज़ सिटी की दूरी लगभग 150 किलोमीटर थी। टैक्सी से यहाँ पहुँचने में मुझको लगभग ढाई घंटे का समय लगा और 1991 में भारत के मुकाबले मिस्त्र में हाइवे वाक़ई काफ़ी अच्छा था।

सुएज

कोऑर्डिनेट्स 29. 9668°N
32. 5498°E

सुएज़ शहर मिस्त्र के उत्तर-पूर्व में स्थित है और इसकी आबादी लगभग तीन-साढ़े तीन लाख की रही होगी। यह शहर सुएज़ नहर के दक्षिणी मुहाने पर लाल सागर के पास स्थित है। जैसे अपना देश भारत विभिन्न प्रान्तों में बँटा हुआ है वैसे ही मिस्त्र विभिन्न 'गवरनेरेट्स' में बँटा हुआ है और इन governorates के प्रशासक गवर्नर की नियुक्ति सीधे मिस्त्र के राष्ट्रपति के द्वारा की जाती है। सुएज़ शहर 'सुएज़ गवरनेरेट' में अवस्थित है।

एशिया से यूरोप जानेवाले सभी पानी के जहाज़ पहले एक अत्यन्त लम्बे मार्ग से अर्थात अफ्रीका महाद्वीप के दक्षिणी मुहाने से होते हुए आते-जाते थे और सुएज़ नहर जो कि उत्तरी अटलांटिक महासागर और हिन्द महासागर के मार्ग को भूमध्य सागर और लाल सागर के माध्यम से जोड़ती है इसके बनाने के बाद एशिया और यूरोप के समुद्री मार्ग में लगभग 8000 किलोमीटर की बचत हो गई।

प्राचीन काल से समुद्री मार्गों का प्रयोग व्यापार के लिये होता रहा इसलिये इस लम्बी दूरी को कम करने के लिये इन दोनों सागरों को जोड़ने हेतु एक नहर बनाने का विचार कई बार आया लेकिन सबसे पहले इस मसले पर नेपोलियन बोनापार्ट ने गम्भीरता से विचार किया। उसने 1799 में इस मुतल्लिक़ एक सर्वे कराया किन्तु उसके इंजीनियरों के मुताबिक़ लाल सागर और भूमध्य सागर के स्तरों में 30 फ़ीट का फ़र्क़ था और उन लोगों के अनुसार इनको जोड़ने का मतलब होता नील नदी क्षेत्र में भयंकर तबाही इसलिये नेपोलियन ने यह विचार त्याग दिया हालाँकि इस मामले में नेपोलियन के इंजीनियरों का यह आकलन

बिलकुल ग़लत था। बाद में फ्रांस के ही Ferdinand de Lesseps ने लगभग 15 वर्षों में इस ऐतिहासिक सुएज़ नहर को बनाया। सुएज़ नहर का उद्घाटन 17 नवम्बर, 1869 को हुआ और 26 जुलाई, 1956 को इजिप्ट के तत्कालीन राष्ट्रपति, गमाल अब्देल नासिर ने इसका राष्ट्रीयकरण कर दिया। यहाँ यह भी उल्लेखनीय है कि मिस्र और इस्राइल के युद्ध के कारण 1967 से 1975 तक यह नहर बन्द रही और 15 कार्गो जहाज़ इसमें 8 वर्षों तक फँसे रहे।

मुझे यह भी मालूम पड़ा कि सुएज़ नहर जब लगभग तैयार हो चुकी थी तो फ्रांस के प्रसिद्ध मूर्तिकार Frederick Auguste Bartholdi ने सुएज़ के इंजीनियर Ferdinand de Lesseps से कहा कि यहाँ पर एक स्त्री की 90 फ़ीट की विशाल मूर्ति सुएज़ के उत्तरी मुहाने पर बनाने दी जाए जो मिस्र के प्राचीन प्रसिद्ध वस्त्र पहने हो और उसके हाथ में एक रोशनी दिखाती टॉर्च जैसी हो। इसको Egypt Bringing Light to Asia नाम दिया जाए और यह लाइट हाउस का भी काम करेगी किन्तु लैसेप्स ने यह बात नहीं मानी और बाद में बार्थओल्डी ने इस विचार को न्यूयॉर्क में मूर्ति बनाकर मूर्त रूप दिया और आज सारा विश्व उस मूर्ति को Statue of Liberty के नाम से जानता है।

ख़ैर, ड्राइवर से यह सारी बातें सुनता-समझता ढाई घंटे का सफर तय करके मैं सुएज़ सिटी पहुँच गया था और अब मेरी आँखों के सामने विश्व प्रसिद्ध सुएज़ नहर थी और आगे बढ़कर सुएज़ की खाड़ी। एक बहुत बड़ी जलराशि जिसमें मानो जहाज़ अठखेलियाँ सी करते आगे बढ़ रहे थे। दूसरे किनारे पर निगाह दौड़ाई जाए तो सिनाई रेगिस्तान का इलाक़ा था। सिनाई मिस्र का वह इलाक़ा है जो एशिया में पड़ता है या यह भी कह सकते हैं कि मिस्र के अफ्रीकी हिस्से को सिनाई एशिया से जोड़ता है। सिनाई के पूर्व में इस्राइल है। मैं जहाँ खड़ा था एक रेलिंग के सहारे और सुएज़ के किनारे वह हिस्सा अफ्रीका महाद्वीप का आख़िरी छोर का हिस्सा था और मुझको सामने एशिया नज़र आ रहा था। ड्राइवर बता रहा था कि 1973 के युद्ध में सुएज़ नहर को पार करके मिस्र की सेना सिनाई की तरफ़ बढ़ गई थी और फिर इस्राइल की सेना के टैंक आदि सिनाई की तरफ़ से सुएज़ नहर पार करके इस तरफ़ आ गए थे। मुझको लगा कि मैं 1973 में पहुँच गया हूँ और मेरे सामने ट्रकों, तोपों और टैंकों की क़तारें बढ़ती और चढ़ती चली आ रही हैं, चारों तरफ़ बख़्तरबन्द गाड़ियों का शोर है, तोपें गड़गड़ा रही हैं, गोले छूटने की आवाज़ें आ रही हैं धाएँ, धूम, भड़ाम और उधर सुएज़ नहर का चंचल अठखेलियाँ खाता जल जैसे मानवता के इस विनाशपूर्ण रुख को देखकर गहन सोच में पड़कर स्थिर सा हो गया है और आठ साल तक एक ही स्थान पर ठहरा हुआ है और पानी के विशाल जहाज़ भी उसमें आठ साल को मानो ठहर से गए हैं। मैं यह सब सोच ही रहा था कि ड्राइवर के यह कहने पर, कि सर यह भी

इस युद्ध का ही परिणाम था एक प्रकार से जो 1981 अक्टूबर में राष्ट्रपति अनवर सादात की हत्या हुई थी, मैं मानो वर्तमान में लौटा। सुएज़ सिटी में सुएज़ नहर के मुहानेवाले तट पर खड़े होकर सुएज़ नहर में तैरते हुए चलते पानी के जहाज़ों को देखना एक अलग ही क़िस्म का अनुभव था। मैंने विश्वप्रसिद्ध उन स्थानों में से जिनके विषय में अक्सर अख़बार में ही पढ़ता था एक और स्थान देख लिया था।

थोड़ी देर सुएज़ सिटी में मैं घूमा भी। यह एक सामान्य सा शहर था और मुझको वहाँ पर बहुत शोर-शराबा नहीं महसूस हुआ। यह एक रेगिस्तानी मौसमवाला शहर था और दिन में यहाँ मौसम भी गर्म सा ही था। यहाँ बन्दरगाहों की सुविधा है और उसका व्यापार भी। सुएज़ का इतिहास काफ़ी पुराना था। पहले वहाँ कोलजुम नामक प्राचीन शहर होता था जो कई शताब्दी पहले नष्ट हो गया और फिर धीरे-धीरे सुएज़ शहर आबाद होता चला गया।

सुएज़ नहर और सुएज़ शहर देखकर अब हम वापस लौट दिये थे काहिरा/गीज़ा की ओर। आज पूरा दिन बहुत अच्छा बीता था, गाड़ी अच्छी थी और गाड़ीवान भी बढ़िया था। लौटते में ड्राइवर ने मुझको मिस्र के बारे में बहुत सी रोचक बातें बताईं। उसने बताया कि इजिप्ट में प्राचीन काल में अजीबोग़रीब शक्लवालों और ख़ासकर नाटे क़दवालों की बड़ी इज़्ज़त और महत्व होता था। उनको अच्छी जगहों पर काम मिलता था ख़ास तौर पर सोने, आभूषणों आदिवालों के यहाँ और इसका कारण यह था कि यदि कभी वे गड़बड़ करके भागें तो उनकी शक्ल और क़द-काठी के कारण उनको पकड़ना आसान होता था। उसने यह भी बताया कि ऐसी भी एक मान्यता है की इजिप्ट के लोग प्राचीनकाल में 'पुंट' नामक एशियाई स्थान से आए थे और इसीलिये उनके फ़ीचर एशियाई हैं हाँ आँखें और बाल काफ़ी कुछ अफ्रीकी जैसे हैं। कुछ लोगों का मानना है कि पुंट नामक यह जगह भारत के मालाबार इलाक़े में कहीं थी। ऐसी बहुत सी बातें करते-करते हम लोग काहिरा और फिर गीज़ा स्थित अपने होटल आ गए।

मैं बड़े अच्छे मन से ड्राइवर को धन्यवाद देकर होटल में घुसा कि सामने ही मिस्टर मैगदी अपनी रोती सी सूरत लिये हुए बैठे मिले होटल की लॉबी में। मुझको देखते ही मिस्टर मैगदी मुझ पर बिगड़ पड़े, बोले, "आप ऐसे कैसे अकेले चले गए?" मैंने कहा कि क्यों इसमें क्या हो गया, मैं कहीं भी जा सकता हूँ। मिस्टर मैगदी इस पर बिलकुल बिफर पड़े और बोले, "यहाँ इजिप्ट में आप जब तक हैं मेरी जिम्मेवारी हैं आप। आप जो कुछ भी ख़रीद-फ़रोख्त या व्यापार करेंगे वह मेरे बिना नहीं कर सकते और सबमें मेरा कमीशन होगा। "ख़ैर, मुझ पर इन बातों का असलियत में कोई असर नहीं था क्योंकि अगले दिन सुबह तो मेरी यहाँ से रवानगी ही थी। इसके बाद मिस्टर मैगदी मेरे साथ ही साथ मेरे कमरे में

भी आ गए और अपने साथ दो बैग भर कर सामान लायह थे वह मुझसे ख़रीदने की ज़िद्द करने लगे। मैंने भी सोचा कि अब कल तो इनका पूरा दिन फिर से बर्बाद होना ही है तो कुछ चीज़ें ले ही ली जाएँ तो मैने उनसे कुछ पपीरोज़ और कुछ अलाबस्टर की चीज़ें ख़रीद लीं जिससे वह काफ़ी ख़ुश हुए। इसके बाद अगले दिन सुबह 10 बजे मिलने की बात करके मिस्टर मैगदी को मैंने अच्छे मन से विदा किया, चलते-चलते वह बोले कि आज जैसा मत करियेगा कि मुझे पूरा दिन इन्तज़ार करना पड़े और इसके उत्तर में मैं बस मुसकरा दिया। मैं सोच रहा था कि मिस्टर मैगदी जैसे लोग लगभग हर पर्यटन स्थल पर पाए जाते हैं और पर्यटकों को एक अजीब सा अनुभव देते हैं जो क़तई अच्छा तो नहीं ही होता है।

अगले दिन सुबह ही सुबह मेरी टैक्सी आ गई और मैं अपना सामान लेकर एयरपोर्ट की ओर निकल पड़ा। जब एयरपोर्ट पहुँचकर मैंने टैक्सीवाले से बिल पूछा तो वह लगभग जो मैंने आते में दिया था उस से आधा ही था। इस पर मैंने टैक्सीवाले से पूछा कि क्या यह कोई अलग रास्ता है जो पैसे कम लगे तो उसने कहा कि नहीं ऐसा तो नहीं है और यह वही रास्ता है जिससे मैं आया होऊँगा। मेरे आते समय टैक्सी में बैठने पर मिस शिरीन की उस तिरछी मुसकान का रहस्य अब मेरी समझ मे आ चुका था।

काहिरा एयरपोर्ट पर पहुँचकर चैक-इन आदि की औपचारिकताएँ पूरी कर हवाई अड्डे पर बैठा सोच रहा था अपनी इस मिस्र यात्रा के बारे में। मैं सोच रहा था कि जब तक ख़ुद देखा न जाए तो आप सोच ही नहीं सकते कि हमारी इस पृथ्वी पर कोई इतनी ख़ूबसूरत जगह भी हो सकती है। Egypt is a very-very beautiful place. इस यात्रा में कई क्षण ऐसे आए जहाँ लगा कि मानो जैसे सदियों से समय ही ठहर सा गया हो जैसे इजिप्शियन म्यूज़ियम में ख़ासतौर से फराओ तूतनखामुन की रॉकिंग चेयर के सामने पड़े गुलाब के फूल और गुलाब के फूल की पत्तियों को देखकर, जैसे पिरैमिडों के सामने एवं पिरैमिड के अन्दर और जैसे कि स्फिंक्स के सामने लगा कि हज़ारों साल से समय यहाँ ठहरा सा ही हुआ है और शायद मैं स्वयं भी हज़ारों वर्ष पहले के समय में पहुँच गया था। हाँ, एक exporter के नाते यहाँ मुझको अपने क़िस्म के products के लिये कोई बहुत उत्साहवर्धक बात नहीं लगी लेकिन एक बात और भी है कि यदि आपको किसी स्थान पर अथवा किसी व्यक्ति से व्यापार करने में मन में हिचकिचाहट महसूस हो तो उस स्थान/व्यक्ति से व्यापार नहीं ही करना चाहिए, कम से कम उस वक़्त तो नहीं और इसीलिये मैंने इजिप्ट से व्यापार करने का इरादा कभी भविष्य के लिये टाल दिया। लेकिन हाँ एक पर्यटक के लिहाज़ से मिस्र एक बहुत ही ख़ूबसूरत, रहस्यमय और रोमांचित कर देनेवाली जगह है और यहाँ

अवश्य जाना चाहिए लेकिन बहुत सावधान भी रहना चाहिए। यही सब सोचते हुए न जाने कितना समय निकल गया और जहाज़ की बोर्डिंग की घोषणा हो गई और मैं जहाज़ में अपनी खिड़की की तरफ़वाली सीट पर बैठ गया। इस प्रकार अन्ततः मैं Egypt Air के जहाज़ में बैठकर चल पड़ा था अपने अगले पड़ाव लन्दन, इंग्लैंड के लिये।

Cairo, Egypt to London, U. K.
England -1, day-1, London
काहिरा से लन्दन, यू0के0
इंग्लैंड-1, पहला 1 दिन, लन्दन

अब हमारा जहाज़ काहिरा के हवाई अड्डे से लन्दन के लिये उड़ चला था। यह यात्रा लगभग 3500 किलोमीटर की थी और इसमें लगभग 5 घंटे का समय लगना था। इजिप्ट एयर का जहाज़ बहुत अच्छा था और उसमें उपलब्ध सेवाएँ/सुविधाएँ भी उत्कृष्ट कोटि की थीं। आज जब मैं यह संस्मरण ईसवी सन 2017 में लिख रहा हूँ और अब जबकि मैं विश्व की अनेक वायुसेवाओं (Airlines) में चल चुका हूँ तो भी यह कह रहा हूँ कि Egypt-Air की सेवाएँ तो बहुत अच्छी थीं ही लेकिन उनका Asian Vegetarian meal यानी कि शाकाहारी भोजन अत्यन्त स्वादिष्ट, बेहद लज़ीज़, लाजवाब और मेरे अब तक के अनुभवहं में सर्वहत्तम में से एक था।

It was fabulous! ! !

उन्होंने क्या परोसा था यह आज मुझको ठीक से याद नहीं है किन्तु उसका स्वाद जैसे आज भी मस्तिष्क में अंकित है और वह ग़ज़ब का था।

जहाज़ में बैठे-बैठे मैं सोच रहा था अपनी व्यापारिक तैयारियों के विषय में। मैंने अपना परिचय देने हेतु एक Brochure भी बनाया था। इस ब्रोशर में कुछ सैम्पलों के फ़ोटो थे और हमारी फ़र्मों का परिचय था English, German, French & Arabic भाषाओं में। इस ब्रोशर को बनाने में मेरे इलाहाबाद विश्वविद्यालय के सर गंगानाथ झा छात्रावास के जूनियर साथी रहे श्री संजीव शुक्ल और उनके कुछ मित्रों ने बड़ा सहयोग किया था। संजीव उस समय दिल्ली में जवाहरलाल नेहरू विश्वविद्यालय के छात्र थे और मेरे छोटे भाई अभिनव के अभिन्न मित्र। संजीव शुक्ल ने JNU के जर्मन भाषा विभाग की किसी छात्रा से हमारे परिचयवाले matter का जर्मन भाषा में अनुवाद करवाया। फिर हम लोग फ्रेंच के अनुवाद के लिये दिल्ली के साउथ एक्सटेन्शन स्थित फ्रेंच

भाषा सिखानेवाले Alliance Francaise संस्थान में गए जिसका पता हमको फ़िरोज़ाबाद के दिल्ली प्रवासी श्री अखिल चतुर्वेदीय 'मुन्ना' भाईसाहब ने बताया था जिन्होंने मेरे यात्रा टिकट और वीसा भी करवाए थे। असली समस्या अरबी के अनुवाद में आई। उस समय हम लोगों को दिल्ली में अरबी भाषा का कोई टाइप करनेवाला व्यक्ति या व्यवस्था नहीं मिला फिर संजीव शुक्ल आदि ने जामा मस्जिद के पास से एक अनुवादक और कातिब यानी कि हाथ से बहुत अच्छा और सुन्दर लिखनेवाला ढूँढा तब जाकर यह समस्या हल हुई और हमारे ब्रोशर की छपाई हो पाई। इस ब्रोशर और ख़ास तौर पर डिज़ाइन किए गए logo वाले विज़िटिंग कार्ड ने मुझको एक्सपोर्ट के व्यापार में पहचान बनाने में बहुत मदद की। इस ब्रोशर के लिये मैं अपने छोटे भाई के समान संजीव शुक्ल, जो कि सम्प्रति उत्तर प्रदेश सरकार D.I.G. हैं, उनका सदैव आभारी रहूँगा।

एक बात और भी उल्लेखनीय है कि मेरी इस यात्रा के बाद मेरी यूरोप के देशों की अनेक यात्राएँ हुईं हैं और एक ही देश की कई-कई बार भी इसलिये मैंने सोचा कि जब एक देश के विषय में लिखूँ तो कोशिश की जाए कि वहाँ की बाद की यात्राओं के अनुभव भी उसमें समाविष्ट करता चलूँ। 1991 की जब इस यात्रा को पूरा करके मैं वापिस हिन्दुस्तान पहुँचा तो मेरा एक्सपोर्ट का काम शुरू हो गया था किन्तु बाद में जब मैंने International Trade Fairs में भाग लेना शुरू किया तो व्यापार की असली बढ़त हुई थी किन्तु उसकी चर्चा उपयुक्त समय पर करूँगा।

अपनी विदेश-यात्रा की तैयारियों में मेरी एक और तैयारी भी थी और वह थी ठहरने के इन्तज़ाम की। इसके लिये मैंने एक तो Youth Hostel की Life Membership ली थी। इससे आप सारे विश्व में जहाँ भी यूथ हॉस्टल हो उसमें बहुत मुनासिब दामों पर ठहर सकते हैं और यूथ हॉस्टल देश-विदेश घूमनेवाले सैलानियों के लिये वाक़ई एक बहुत ही सुविधाजनक व्यवस्था है। इसके अतिरिक्त मैंने ISKCON यानी देशी भाषा में कहें तो हरे रामा हरे कृष्णा या अंग्रेज़ों के मन्दिरवालों की संस्था की भी Life Membership ली थी जो उस समय 7777/= रुपयों में मिली थी। अपनी इस यात्रा में आगे आनेवाले यूरोपीय देशों में मेरा इरादा इन दोनों ही सदस्यताओं की सुविधा के अधिकतम इस्तेमाल का था।

हाँ, तो मैं इजिप्ट एयर के जहाज़ में बैठा उनके लज़ीज़ शाकाहारी व्यंजनों का लुत्फ़ उठाते हुए अब लन्दन, इंग्लैंड की ओर अग्रसर था। मैं सोच रहा था कि एक समय था जब यह अंग्रेज़ लोग हमारे देश में/से व्यापार करने आए थे और आज हमारे देश भारत से मेरे जैसे व्यापारी इनके देश से व्यापार करने जा रहे हैं। मैं यह सच भी कुबूल करना चाहूँगा कि चूँकि मैं इतिहास का विद्यार्थी भी

रहा हूँ और मैंने आधुनिक इतिहास भी पढ़ा था इसलिये अंग्रेज़ों की कारगुज़ारियों के कारण मेरे मन में उनके प्रति एक क़िस्म का पूर्वाग्रह भी था।

मैं सोच रहा था कि कैसे लोग होंगे यह अंग्रेज़?

उनका मेरे जैसे एक भारतीय व्यापारी से कैसा व्यवहार होगा?

क्या वह बहुत दम्भी और घमंडी होंगे?

क्या वह रूखे स्वभाव के और बदतमीज़ होंगे?

मुझको याद आ रहा था कि कैसे दुबई में एक अरबी शेख़ ने मुझसे भारतीय होने के नाते व्यापार की बात भी करने से इनकार कर दिया था। इस क़िस्म की अनेक शंकाओं ने मेरे मन में झंझावात पैदा किया हुआ था। इन सभी प्रश्नों के उत्तर भविष्य के गर्भ में ही थे।

ख़ैर, अब उस देश और उन लोगों से रूबरू होने का समय आ गया था जिन्होंने हमारे देश को लगभग 200 वर्ष अपना ग़ुलाम बनाकर रखा था। काहिरा से विमान को उड़े लगभग पाँच घंटे हो चले थे और हमारा विमान अब जल्द ही लन्दन, इंग्लैंड के हीथ्रो हवाई अड्डे पर उतरनेवाला था।

इंग्लैंड-लन्दन

राजधानी-लन्दन

कोऑर्डिनेट्स 51. 5072° N
0. 1276° W
यहाँ पर देशान्तर में पूर्व के स्थान पर पश्चिम हो गया था।
भारत से समय का फ़र्क़
गर्मी में 4 घंटे 30 मिनट
सर्दी में 5 घंटे 30 मिनट
मुद्रा— ब्रिटिश पाउंड जो आज सन 2023 में लगभग 103 रुपयों के बराबर है

इंग्लैंड के हीथ्रो हवाई अड्डे पर पहुँचने के बाद मैं इमीग्रेशन की लाइन में लगा, वहाँ उन्होंने बस मेरा वीसा देखा और पासपोर्ट पर entry की मुहर लगाकर क्लीयर कर दिया अर्थात कोई दिक़्क़त नही हुई हालाँकि न जाने क्यों लन्दन हीथ्रो एयरपोर्ट पर सामान लेने की बेल्ट से सामान लेकर बाहर निकलते हुए anxiety के कारण मेरी छाती में काफ़ी ज़ोर से धक-धक हो रही थी। वहीं बूथ से मैंने अपने ठहरने के लिये यूथ हॉस्टल में बुकिंग कराई, यह यूथ हॉस्टल लन्दन के Earl's Court इलाक़े में था। सामान में मेरी अटैची, ब्रीफ़ केस एक पहेयोंवाली ट्रॉली पर बँधा था जो मैं अपने साथ लेकर चल रहा था, एक एयर बैग और एक वीडियो कैमरे का बैग और एक स्टिल कैमरे का छोटा बैग मेरे कन्धे पर था और यह सब सामान लेकर मैं एयरपोर्ट परिसर में ही पहले टैक्सीवालों की तरफ़ पहुँचा और उनमें से एक से मैंने Underground Tube यानी कि मेट्रो का स्टेशन पूछा तो उन टैक्सीवालों ने मुझसे पूछा कि मुझको कहाँ जाना है मैंने कहा कि मुझको earl's court जाना है तो वह बोले कि आप अंडरग्राउंड से न जाकर टैक्सी से चलिये। जब मैंने टैक्सी के चार्जेज़ पूछे तो मुझको वह पैसे बहुत ज़्यादा लगे और मैंने उनको मना करते हुए कहा नहीं मैं तो अंडरग्राउंड से ही जाऊँगा। इस पर वे बहुत चिढ़कर लगभग चिल्लाते हुए बोले कि, "ठीक है जाओ अंडरग्राउंड से। अच्छा है कोई तुम्हारे गले में लटके यह बैग छीन लेगा और अटैची ले जाएगा तब तुमको

मालूम पड़ेगा।" ख़ैर मैंने उनकी बात की कोई परवाह नहीं की और मैं अंडरग्राउंड स्टेशन की तरफ़ बढ़ चला। हाँ, यहाँ यह बताना भी ज़रूरी है कि वह टैक्सीवाले शक्लोसूरत से एशियन यानी हिन्दुस्तानी या पाकिस्तानी ही लग रहे थे! ! !

मैं अपने लगभग 62-65 किलो सामान के साथ अंडरग्राउंड में चढ़ गया। मैं पहले बम्बई (अब मुम्बई) में लोकल ट्रेन में ज़रूर चला था किन्तु इस प्रकार की Underground (जैसी अब अपने मेट्रो चलती हैं) में चलने का यह मेरा पहला अनुभव था और मैं उस ट्रेन में बैठकर बहुत रोमांचित महसूस कर रहा था। ट्रेन के दरवाज़ों का अपने-आप खुलना और बन्द होना तथा स्टेशन आने की उद्घोषणा होना मेरे लिये बहुत रोमांचक करनेवाला अनुभव था और होता भी क्यों नहीं आखिर उस ज़माने में यह सब मैं तो पहली बार ही देख रहा था। जब ट्रेन ज़मीन के अन्दर सुरंग में गई तो यह भी इस प्रकार का मेरे जीवन का पहला ही अनुभव था। जब ट्रेन ground level पर चलती तो हरियाली और अपने यहाँ से अलग क़िस्म की बिल्डिंगों का एक अद्भुत नज़ारा भी द्रष्टव्य था। विभिन्न स्टेशनों पर रुकते चलते लगभग आधे घंटे से कुछ अधिक समय में आख़िर earl's court स्टेशन आ गया जहाँ मैं ट्रेन से उतर गया। स्टेशन से बाहर निकलने पर इतने सारे सामान के साथ सही पते पर पहुँचने के लिये मुझको यह उचित लगा कि अब टैक्सी ही कर ली जाए। लन्दन में काले रंग की बहुत पुरानी गाड़ी के शेप की टैक्सी थीं और उसमें सवारी के पीछे बैठने की जगह और ड्राइवर के बीच में एक शीशा था जिसको हटाकर ड्राइवर बात करता। रास्ता ख़ूब भीड़ भरा था, कार हम लोगों के देश की भाँति Right hand drive थी जबकि अभी तक इससे पहले सभी जगहों पर कार left hand drive की ही मिली थीं। अंग्रेज़ ड्राइवर ने स्टेशन से मुश्किल से सौ-डेढ़ सौ मीटर चलकर उसने गाड़ी रोक दी वहाँ से साइड की एक गलीनुमा में जाकर वह यूथ हॉस्टल था। टैक्सीवाले को मुझको minimum charges of fare जो कि लगभग 8 पाउंड यानी कि 460 रुपये के लगभग थे (उस समय 1 ब्रिटिश पाउंड लगभग 57-58 रुपये का था शायद) वह देने पड़े जो इतनी कम दूरी के कारण मुझको अखर गए। ख़ैर अपना सामान लादे मैं अब अपने लन्दन में ठहरने के स्थान यूथ हॉस्टल पहुँच चुका था और अब यहाँ से मेरी लन्दन और यूरोप की आगे की यात्रा की शुरुआत होनी थी।

England-2, London day 1
इंग्लैंड -2 लन्दन पहला दिन

अपना सामान लादे मैं यूथ हॉस्टल पहुँच गया था। यह एक पुरानी सम्भवतः महारानी विक्टोरिया के काल की बिल्डिंग थी। उसमें काउंटर पर पहुँचकर मैंने

अपना नाम बताया और मेम्बरशिप कार्ड दिखाया तो उन्होंने कहा हाँ आपकी बुकिंग है और मुझको मेरे कमरे का पता दिया। यह एक डॉरमेट्रीनुमा कमरा था जिसमें लकड़ी के बहुत अच्छे कई बंक बेड पड़े हुए थे, उनमें से ही एक मुझे अलॉट हुआ था और जो बेड मुझको मिला था वह बंक बेड में नीचेवाला बेड था। उसके सिरहाने ही लकड़ी की एक छोटी सी अलमारी थी उसमें आप अपना कुछ सामान रख सकते थे और चाहें तो ताला भी लगा सकते थे। यूथ हॉस्टल में बाथरूम और टॉयलेट कॉमन थे किन्तु चूँकि उस समय मुझको अपना यूनिवर्सिटी का हॉस्टल छोड़े बहुत समय नहीं हुआ था इसलिये इस बात से मुझको कोई समस्या नहीं थी हालाँकि आज के समय में यह मेरे लिये एक समस्या अवश्य होती। हॉस्टल में फ़र्श पर कार्पेट पड़ा हुआ था जिससे स्थान सुन्दर प्रतीत होता था। हॉस्टल में पहुँचकर मैंने हाथ-मुँह धोया और फिर अपने बेड पर बैठकर अपना बैग खोला। मेरे साथ घर के बने मीठे शकरपाड़े और मठरी थे सो उनको खाया, कोका कोला पीया और स्वेटर, सूट, ओवरकोट और हाँ पैर में स्पोर्ट्स शूज़ पहनकर तैयार होकर हॉस्टल से निकल पड़ा। अभी तक अधिकतर मैं पैर में दुबई से ख़रीदे रीबॉक के स्पोर्ट्स शूज़ ही पहन रहा था क्योंकि अधिक पैदल चलने पर चमड़े के जूतों के मुकाबले यही आरामदेह लगते थे हालाँकि इन स्पोर्ट्स शूज़ को लेकर बाद में चलकर जर्मनी में एक ऐसा क़िस्सा हुआ जिसके कारण मुझको अपनी यह आदत बदलनी पड़ी थी लेकिन वह क़िस्सा बाद में कभी बताऊँगा। हॉस्टल के दरवाज़े पर एक रैक में लन्दन के नक़्शे और अंडरग्राउंड ट्रेन के रूट के नक़्शे रखे थे तो वहाँ से मैंने वह Maps ले लिये। विदेशों में ख़ास तौर से यूरोप में शहर के maps का बड़ा अच्छा सिस्टम है और शहर या देश में कहीं भी आने-जाने में इनसे बड़ी मदद मिलती है इसलिये कहीं भी पहुँचते ही वह नक़्शा ले लेना चाहिए, यह बहुत उपयोगी चीज़ है। अपने देश में न तो इसका रिवाज है और ना ही व्यवस्था अलबत्ता अब गूगल मैप आदि से यह समस्या काफ़ी हल हो चुकी है।

जब मैं हॉस्टल से निकला तो पास से ही सबसे पहले मैंने टेलीफ़ोन का कार्ड लिया और पास के टेलीफ़ोन बूथ से सबसे पहले घर फ़ोन करके अपने ठहरने के स्थान आदि की जानकारी दी। हिन्दुस्तान से चलते वक़्त मेरे पास विभिन्न जगहों से जुटाए हुए कुछ विदेशी व्यापारियों के सम्पर्क थे। उनमें से लन्दन के कुछ नम्बरों पर मैंने फ़ोन मिलाया तो एक नम्बर पर फ़ोन उठा। वह कोई क्रिश्चियन या अरबीनुमा नामवाले कोई सज्जन थे उन्होंने मुझको अगले दिन का सुबह 11 बजे के लगभग का मिलने का समय दिया। फिर एक और नम्बर पर बात हुई वह अंग्रेज से लगे उन्होंने मुझको दो दिन बाद का मिलने का समय दिया। मतलब दो

appointment हो गए थे। मैंने सोचा कि अब कुछ लन्दन देखने का कार्यक्रम भी कर लिया जाए।

लन्दन लगभग 2000 वर्ष पुराना शहर है और इसकी स्थापना लगभग सन 43 ईसवी में हुई ऐसा माना जाता है। इसके नाम के विषय में दो मान्यताए हैं। एक तो कुछ लोगों का मानना है कि लन्दन नाम का origin, King Lud से है, यह बात Geoffrey of Monmouth के 1136 के Historia Regum Britanniae में उल्लिखित है। दूसरे और ज़्यादा मान्य विचार के अनुसार इस शहर को रोमन लोगों ने बसाया था और इसका मूल नाम Londinium रखा गया था, यह बात सन 43 ईसवी की है।

1991 में जब मैं पहली बार इंग्लैंड गया तो लन्दन की जनसंख्या उस समय लगभग 26 लाख की थी और वृहद लन्दन की लगभग 68 लाख। लन्दन देखने में एक बहुत ख़ूबसूरत शहर है और हो भी क्यों नहीं आख़िर यह उस देश की राजधानी है जिनके राज्य में एक ज़माने में सूरज कभी नहीं डूबता था और फिर न जाने कितने देशों की बेबस जनता से लूटे हुए पैसे से यहाँ की समृद्धि और सुन्दरता जुड़ी हुई थी। लन्दन शहर के कुछ इलाक़ों में हमारे देश के बड़े शहरों के समृद्ध इलाक़ों से कहीं-कहीं साम्य प्रतीत हुआ जैसे कि यहाँ कई बिल्डिंग देखकर ऐसा लगता है कि हमने बम्बई (अब मुम्बई) में भी ऐसा कुछ देखा है। जहाँ तक मौसम का सवाल है तो काफ़ी ठंड महसूस हो रही थी। लन्दन में मौसम बहुत ही चंचल या कहें कि unpredictable क़िस्म का होता है। अभी मौसम साफ है और अभी ही बारिश होने लगे और ठंड भी काफ़ी हो जाए।

लन्दन देखने के क्रम में मैंने Trafalgar Square चलने का मन बनाया और underground का map देखकर Earl's court station से Charing Cross station की मेट्रो या जिसको अंडरग्राउंड अथवा ट्यूब भी कहते हैं वह पकड़ी। Earl's Court से Charing Cross Station पहुँचने में लगभग 20-22 मिनट लगे और स्टेशन से बाहर निकलकर मैं पैदल चलकर प्रसिद्ध ट्रैफलगर स्क्वायर पर पहुँच गया। Trafalgar Square, Central London में City of Westminster में अवस्थित है। इसका निर्माण अंग्रेज़ों के नेपोलियन के समय फ्रांस और स्पेन की सेनाओं से लड़े गए और अंग्रेज़ नौसेना द्वारा जीते गए Battle of Trafalgar की याद में सन 1840 में पूरा हुआ था। इसके डिज़ाइनर सर चार्ल्स बैरी थे। रोचक बात यह थी कि यहाँ पर जो फ़व्वारे चल रहे थे उनका निर्माण सन 1937 से 1939 के बीच दिल्ली की लुट्यन्स ज़ोन बनाने के बाद Sir Edwin Lutyens ने ही किया था। यह जानकर मुझको अपनी दिल्ली की Lutyens Zone की भव्य इमारतों और दिल्ली में इंडिया गेट के आसपास के फ़व्वारों की याद आ गई।

ट्रैफलगर स्क्वायर पर सड़कों के बीच में एक बहुत बड़ा स्थान है और उस पर अनगिनत कबूतर बैठे दाना चुगते हुए टहल रहे थे। बहुत से लोग उन कबूतरों को दाना डाल रहे थे और कुछ लोग दाना बेच भी रहे थे। अन्य लोगों की देखा-देखी मैंने भी कबूतरों को दाना खिलाया और यह करते हुए मुझको वाकई अच्छा लगा। हमारे देश में भी कई जगह लोग कबूतरों, चिड़ियाओं और बन्दरों आदि को खिलाते हैं। इसका भी एक अलग ही आनन्द है। लोगों ने यह भी बताया कि इस स्थान का प्रयोग शान्तिपूर्ण धरना प्रदर्शन, सामाजिक गतिविधियों के लिये इकट्ठा होने हेतु भी किया जाता है। बहरहाल मुझको तो वहाँ पर मेरे जैसे सैलानियों की भीड़ और दाना खाते कबूतर ही गुटरगूँ करते दिखे। ठंड का मौसम, सैलानियों की भीड़ और उनसे भी ज़्यादा कबूतरों की चहल-पहल इस सबसे वहाँ एक अद्‌भुत समाँ सा नज़र आ रहा था। बताया गया कि महारानी विक्टोरिया के समय से कबूतरों को दाना खिलाने आदि का इस जगह पर प्रचलन रहा है, हालाँकि अब जब 2017 में यह संस्मरण लिख रहा हूँ तो इस समय ट्रैफ़लगर स्क्वायर पर कबूतरों को दाना खिलाने पर सुना है बिलकुल रोक लगाई जा चुकी है लेकिन उस समय ये कबूतर सैलानियों के लिये एक विशेष आकर्षण के केन्द्र हुआ करते थे।

शाम हो चली थी और मैं भी अपने ठहरने के इलाक़े की ओर underground tube से चल पड़ा था। Earl's Court station से बाहर निकलकर मैंने आसपास का इलाक़ा देखा। उस इलाक़े में भीड़ थी और अंग्रेज़ अधिक दिख रहे थे। नौजवान लोग pubs & bars पर काफ़ी थे और burger-coca cola मिलनेवाली जगहों पर भी। शाम को जब मैं टेलीफ़ोन बूथ में घुसा तो नज़ारा सुबह से फ़र्क़ था। टेलीफ़ोन बूथ में बीयर आदि की ख़ाली बोतलें पड़ा होना और बड़े बड़े अक्षरों में बहुत से फ़ोन नम्बर लिखा होना एक आम बात थी। बाद में किसी से मालूम पड़ा कि वह नम्बर उन लोगों ने लिखे होते थे जिनसे लोग दिन ढलने के बाद सम्पर्क कर सकते थे। मतलब कि दिन ढलते-ढलते समाज का विकृत रूप उजागर होने लगता था और सुबह सबकुछ उजला-उजला सा ही दिखता था। मतलब कि रात के टेलीफ़ोन बूथ को आप सुबह-दिन में पहचान ही नहीं सकते थे वह बिलकुल साफ़-सुथरा दिखता था मानो इसकी दीवारों पर कभी किसी ने कुछ नहीं लिखा था। मुझको यह बात बड़ी विचित्र लगी और विश्व के खुले समाज और लोकतन्त्र के अलम्बरदारों का यह hypocratic चेहरा भी पहचान में आया। मैंने महसूस किया कि वास्तव में हमारे देश की संस्कृति पर हम लोग जो गर्व करते हैं वह अकारण नहीं है। बहरहाल रात को पास में ही बर्गर खाकर और कोका कोला पीकर यानी कि डिनर करके मैं यूथ हॉस्टल में अपने बेड पर आ गया। इस समय तक मैं थककर बुरी तरह चूर हो चुका था।

कमरे में उस समय तीन-चार लोग और थे उनसे थोड़ी हाय-हलो हुई और फिर मैं अगले दिन सम्भावित व्यापारी से मिलने और अन्य कामों के विषय में सोचता हुआ न जाने कब सो गया।

England-3, London day 2

Tower Bridge, Tower of London & Crown Jewels

इंग्लैंड-3, लन्दन दूसरा दिन

टॉवर ब्रिज, टॉवर ऑफ़ लन्दन और क्राउन ज्वेल्स

यूथ हॉस्टल में मेरी नींद जल्दी खुल गई और Common toilet & bathroom का उपयोग करके जल्दी ही तैयार हो गया। मैंने घर से लाए शकरपाड़े और मठरी का नाश्ता किया और अपने सैम्पलों का पिटारा उठाकर निकल पड़ा उस दिन के appointment के लिये। जिनसे मैं मिलने जा रहा था उनका नाम और पते के अतिरिक्त मुझको उनके विषय में कुछ नहीं मालूम था। यूथ हॉस्टल से निकलकर मैंने सबसे पहले PCO से घर बात की और फिर underground tube पकड़ने चल दिया। लन्दन सबसे पहली जगह थी जहाँ मैंने tube देखी थी। स्टेशनों पर स्वचालित सीढ़ियाँ, टिकट डालने पर अपने-आप खुल जानेवाले बैरियर और फिर टिकट भी यदि आगे का हो तो निकल आता था यह सब मेरे लिये उस समय एक चमत्कार से कम नहीं था। Escalators भी पचासों फ़ीट ज़मीन के नीचे सीधे चलते चले जाते देखना और उन पर ख़ुद चलना एक विचित्र सी अनुभूति ही देते थे। ख़ैर मैंने ट्यूब पकड़ी और थोड़ी देर में ही अपने गन्तव्य पर पहुँच गया था।

मैंने घंटी बजाई और दरवाज़ा लगभग 40-45 वर्ष के एक अच्छे व्यक्तित्व के स्वामी ने खोला। वही मिस्टर जेम्स सलीम (काल्पनिक नाम) थे जिनसे मुझे मिलना था। यह एक एशियाई व्यक्ति थे लेकिन बाल कुछ घुँघराले से थे और गाल कुछ भरे हुए, रंग गेहुँआ ला लाई लिये हुए। उन्होंने बहुत गम्भीर स्वर में मेरा स्वागत किया और अन्दर ऑफ़िस में बैठाया। उनका ऑफ़िस अच्छा, सुन्दर था, कोलोनियल क़िस्म के फ़र्नीचर से सजा हुआ। वह टेबिल के दूसरी तरफ़ बैठे थे लेकिन उनकी कुर्सी लकड़ी की एक सुन्दर, मज़बूत कुर्सी थी न कि आधुनिक ऑफ़िसों जैसी घूमनेवाली revolving chair. मिस्टर जेम्स सलीम को मैंने अपना परिचय देते हुए ब्रोशर दिया, विज़िटिंग कार्ड तो मिलते ही दे दिया था। ब्रोशर पढ़ने के बाद वह बोले कि आप जिन वस्तुओं को बेचते हैं उनमें तो हमारा इंटरेस्ट है ही लेकिन हम हिन्दुस्तान से गेहूँ, चावल आदि चीज़ें भी

लेना चाहते हैं और आपसे भी ले लेंगे यदि आप दे सकते हैं और दाम मुनासिब हों। मैंने उनसे कहा कि मैं तो चावल आदि में डील करता नहीं हूँ तो वह बोले उसकी आप चिन्ता मत करिए बस आप सप्लाई की व्यवस्था करिए और जितना आप सप्लाई कर सकें वह सारे का सारा हम ख़रीद लेंगे। मैंने अपने सामानों के विषय में बात करने की भरसक कोशिश की लेकिन उनका कहना था कि पहले यह चावल आदि दीजिए उसके बाद वह सब भी लेंगे। वह बोले कि पेमेंट की आप चिन्ता मत करो वह एडवांस भी दे देंगे और port of destination ऑर्डर फ़ाइनल होते समय बताएंगे। क़रीब एक घंटे तक उनसे बात करके मैंने उनसे कहा कि ठीक है मैं इस विषय में आपको एक-दो दिन में सोचकर बताता हूँ। वह बोले ठीक है मैं आपके जवाब का इन्तज़ार करूँगा। उनसे विदा लेकर मैं यूथ हॉस्टल वापिस आया और वहाँ सैम्पल आदि रखकर फिर निकल पड़ा लन्दन घूमने। आज का कार्यक्रम लन्दन ब्रिज, टॉवर ब्रिज, टॉवर ऑफ़ लन्दन और टॉवर ऑफ़ लन्दन में क्राउन ज्वेल्स देखने का था।

Underground Tube यानी कि लन्दन की मेट्रो से Earl's Court station से मैं London Bridge station लगभग आधे घंटे में पहुँच गया। सबसे पहले मैं स्टेशन से निकलकर लन्दन ब्रिज पर पहुँचा। लन्दन शहर में टेम्स नदी को पार करने को कई पुल बनते रहे और समय-समय पर लगभग सभी को लन्दन ब्रिज कहा जाता था। यह लन्दन ब्रिज एक सुन्दर आधुनिक क़िस्म का पुल था जो 1973 में चालू हुआ बताया। अब चूँकि इसका इतना नाम था तो मैंने उस पर थोड़ी चहलकदमी की और उसके ऊपर से टेम्स नदी को निहारा लेकिन सच कहूँ तो इस लन्दन ब्रिज में मुझको इतना कुछ ख़ास नहीं लगा हाँ बस उस पर खड़े खड़े मुझको

London Bridge is falling down,
falling down, falling down,
my fair lady

कविता ज़रूर याद आ रही थी। ख़ैर अब मैं पैदल ही चल दिया Tower bridge की ओर।

लन्दन ब्रिज से टावर ब्रिज की दूरी लगभग 1 से डेढ़ किलोमीटर रही होगी जो कि टेम्स नदी के किनारे चलते हुए मैंने लगभग 25-30 मिनट में तय की होगी। बड़ा मनोरम दृश्य था, अनगिनत सैलानी भी थे वहाँ और टेम्स नदी बड़ी सुन्दर प्रतीत हो रही थी। मैंने एक कोका कोला का टिन लिया था और मज़े से उसका आनन्द उठाते हुए टॉवर ब्रिज की तरफ़ बढ़ रहा था। टॉवर ब्रिज पहुँचने के पहले मेरा कोका कोला ख़त्म हो गया तो अपने बाएँ हाथ पर एक बड़े से पत्थर पर मैंने कोक का खाली टिन रख दिया। मैं खाली टिन रखकर शायद दो

क़दम भी नहीं बढ़ पाया था कि सामने से दूसरे हाथ पर आ रही एक वृद्ध अंग्रेज़ महिला मुझ पर चिल्ला पड़ीं। वह लगभग 68-70 वर्ष की महिला थीं पहले तो मेरी समझ में ही नहीं आया कि नीली स्कर्ट जैसी ड्रेस और उस पर हैट लगाए यह महिला मुझसे कुछ कह रहीं हैं किन्तु अगले ही पल मेरी समझ में आ गया कि वह मुझको कोका कोला का खाली टिन पत्थर पर छोड़ देने के लिये डाँट रही थीं, मैं अपनी ग़लती पर बहुत शर्मिन्दा हुआ और घबरा भी गया, मैंने उनसे क्षमा माँगते हुए तुरन्त वह खाली कैन उठाया और उसको आगे चलकर एक डस्टबिन में डाला। मैंने तब भी सोचा और आज भी सोचता हूँ कि हमारा देश तभी स्वच्छ हो सकता है जब यहाँ के आम नागरिक में भी स्वच्छता के लिये इतनी चेतना, प्रतिबद्धता और समर्पण हो। आज भी कभी कार आदि में चलते वक़्त यदि मैं ग़लती से शीशा खोलकर सड़क पर कुछ फेंकना चाहूँ तो मेरी बेटी ऐश्वर्या तुरन्त मुझको टोकती है और तब मुझको लन्दन की वह वृद्ध महिला ख़ूब याद आती हैं।

अब मुझको सामने भव्य Tower bridge दिख रहा था। टॉवर ब्रिज टेम्स नदी पर बना एक अत्यन्त विशाल पुल है जिसके दोनों किनारों पर एक एक tower बना हुआ है और दोनों टॉवरों के ऊपर के हिस्से जैसे बँन्धे हुए हैं। इस पुल की ऊँचाई लगभग 42 मीटर और लम्बाई लगभग 244 मीटर है। इस पर ज़मीन के लेबल पर और लिफ़्ट से जाने पर 4 मंज़िल ऊपर दोनों टावरों के बीच भी पैदल आने-जाने का रास्ता walk-way बना हुआ है। इस पुल की ख़ासियत यह है कि पानी के जहाज़ आने पर यह पुल दो भागों में ऊपर उठ जाता है और नीचे से पानी का जहाज़ आराम से निकल जाता है। इस पुल को उठाने में प्रयुक्त होनेवाली सारी मशीनरी इन टॉवरों में लगी है और टिकट लेकर वहाँ जाकर बड़े-बड़े इंजन, व्हील्स आदि पुल उठाने वगैरह की तमाम व्यवस्थाएँ देखने को मिलती हैं जो किसी को भी चमत्कृत करने को पर्याप्त हैं। बताते हैं कि इस टॉवर ब्रिज को बनाने में लगभग 11 हज़ार टन स्टील का इस्तेमाल हुआ था और यह ब्रिज उपयोग के लिये ईसवी सन 1894 में खोला गया था। इस पुल पर ऊपर के हिस्से में चलते हुए आप लन्दन का काफ़ी हिस्सा देखने का आनन्द उठा सकते हैं। इस पुल को बनाने में प्रयुक्त हुई इंजीनियरी क़ाबिले तारीफ़ है। लन्दन जानेवालों को tower bridge a must see है और इसको अवश्य देखना चाहिए।

टॉवर ब्रिज देखकर अब मैं टेम्स नदी के किनारे ही चलता हुआ लगभग 15-20 मिनट में Tower of London पहुँच गया और अन्दर टिकट भी लिया। यह टेम्स नदी के किनारे बना हुआ इंग्लैंड का एक बड़ा ऐतिहासिक क़िला है जिसका निर्माण ईसवी सन 1066 में प्रारम्भ हुआ था। इसमें एक सफ़ेद टावर की इमारत बनी हुई है जिसको 1078 ईसवी में William the conqurer नामक

राजा ने बनवाया था और इसी टॉवर के नाम पर इस क़िले का नाम Tower of London पड़ा। यह क़िला लन्दन और इंग्लैंड के इतिहास के हर उतार-चढ़ाव का गवाह रहा है। एक लम्बे अरसे तक इस क़िले का उपयोग क़ैदियों को रखने और यातना देने के लिये भी हुआ था और यह प्राचीन और मध्ययुगीन काल में शासकों द्वारा विरोधियों और जनता पर किए गए अत्याचारों का गवाह बना। 16 वीं और 17वीं सदी में कई हस्तियाँ यहाँ क़ैद रहीं और तब दुश्मनों को ठिकाने लगा देने के लिये लन्दन में एक मुहावरा 'sent to the tower' चल पड़ा था।

इस क़िले में 1540 से 1640 के बीच लोगों को बहुत अधिक प्रताड़ित किया गया था और उसके लिये क़िले के प्रांगण में बाक़ायदा एक Tower Torture था। जिसमें जाने पर लोगों को प्रताड़ित करने के कई यन्त्र लगे दिखते हैं जो उस समय लोगों को मृत्यु तुल्य कष्ट देने जैसा Torture करने के काम में आते थे। दरअसल यन्त्रणा उपकरण और अन्य तरीक़े वहाँ प्रदर्शनी रूप में प्रदर्शित थे। वहाँ एक कीलों से भरी कुर्सी, जिसके हत्थों तक पर अनगिनत कीलें उलटी करके लगी हुई थीं यानी कि नुकीला हिस्सा ऊपर की ओर खुला हुआ था, देखी जिस पर क़ैदी को बैठाया जाता था जिससे उसके पूरे शरीर में कीलें घुस जाती थीं। The Racks नामक उपकरण था जिसमें क़ैदी के हाथ-पैर बाँधकर उनको अलग-अलग दिशा में खींचा जाता था। इन यन्त्रों को सामने देखकर एक क्षण को तो यह लगा कि ख़ुदा-न-ख़्वास्ता यह अपने ऊपर बीतती तो...। । । सोचकर ही पूरे शरीर में सिहरन भरी एक ठंडी सी लहर दौड़ गई। एक तरफ़ The Manacles था यानी कि हथकड़ियाँ। जी नही सादा हथकड़ियाँ नहीं अपितु हथकड़ियों में बाँधकर ऊपर दीवार से लटका दिया जाता था और कभी-कभी नीचे से खींचा भी जाता था। अधिकतर लोग जो भाग्यशाली थे वे तो इन यातनाओं से मृत्यु को ही प्राप्त हो जाते थे जो इतने भाग्यशाली नहीं थे उनको अन्य यातनाओं का भी सामना करना पड़ता था। Bloody Tower नाम से प्रसिद्ध इमारत में तो कई राजकुमारों को मौत के घाट उतारा गया था। इन सारी चीज़ों को देखकर मन अजीब सी घृणा और जुगुप्सा से भर गया और ऐसा प्रतीत हुआ कि इस क़िले की दीवारों से चारों ओर से उन अभिशप्त पीड़ितों की चीख़-पुकार से मेरे कान के पर्दे फटे जा रहे हों। इस टॉवर के भूतों के क़िस्से भी प्रसिद्ध बताए गए जैसे कि बताया कि 1536 ईसवी नें राजा हेनरी अष्टम की पत्नी रही Anne Boleyn का सर काटकर मौत के घाट उतार दिया गया था और कहते हैं कि आज भी White Tower में उसका भूत अपना कटा हुआ सर अपने हाथ में लेकर घूमता है हालाँकि यह White Tower "the most complete eleventh century palace in Europe" के रूप में भी प्रसिद्ध है और यह क़िला UNESCO द्वारा घोषित एक World Heritage Site भी है।

वैसे Tower of London एक बहुत ही सुन्दर बना हुआ क़िला है जिसके एक ओर टेम्स नदी बहती है और किनारे पर सफ़ेद पत्थर की भव्य इमारत White Tower है। हमारे देश भारत में भी दिल्ली, आगरा, इलाहाबाद आदि क़िले यमुना नदी के किनारे ही बने हुए हैं वे मुझको याद आ गए। Tower of London में पैदल चलने का पथ बहुत अच्छा पत्थरों का बना हुआ है और चारों ओर ख़ूब हरियाली है। यहाँ लन्दन और इंग्लैंड के निर्माण शिल्प के और अंग्रेज़ों की स्थापत्य कला के 1000 साल के इतिहास और विकास के भी दर्शन होते हैं। इस क़िले की मिल्कियत राजशाही की होने के कारण सम्प्रति इसकी मालकिन इंग्लैंड की महारानी हैं। प्राचीन काल से राजा/रानी की अनुपस्थिति में इस क़िले का इनचार्ज Constable of Tower होता है। और हाँ इन सबके और भूतों के अतिरिक्त इस क़िले के प्रांगण में यहाँ के एक और स्थायी निवासी भी दिखे और वह थे काले-काले कौए। हरियाली भरे प्रांगण में मुझको बिलकुल चमकते हुए काले रंग के कौए ख़ूब मज़े से चहलक़दमी सी करते हुए दिखे। वहीं पर मौजूद इंग्लैंड के गार्डों की लाल वर्दी पहने एक गार्ड ने मुझको बताया कि यह कौए इन क़िले के स्थायी निवासी हैं और वहाँ की मान्यता यह है कि "If birds leave the tower the kingdom will fall" so wings of these birds are clipped मतलब कि यदि यह पक्षी क़िला छोड़ देंगे तो इंग्लैंड का राज्य ढह जाएगा इसलिये इनके पंख क़तर दिए गए थे ताकि वे उड़ न सकें और उनको खिलाने के लिये बाक़ायदा कर्मचारी भी नियुक्त थे। मुझको भारतीय पौराणिक मान्यताओं से भी यह सही लगा कि जिस स्थान पर इतने लोग मृत्यु को प्राप्त हुए हों तो आख़िर उनकी आत्माओं तक भोजन पहुँचाने को भी इन कौओं का वहाँ रहना उचित ही था।

इस क़िले से जैसा मैंने बताया की इंग्लैंड की राजशाही के विभिन्न दौरों का इतिहास जुड़ा हुआ है। इस क़िले में इंग्लैंड के राजा रहे हेनरी अष्टम की कहानी भी सुनी जिन्होंने 1509 से 1547 राज्य किया। अपनी पत्नी Catherine of Aragaon को तलाक़ देने के मसले पर उनकी तत्कालीन पोप से खटक गई और उन्होंने इंग्लैंड को Catholic धर्म से Protestant धर्म का अनुयायी घोषित कर दिया। बाद में महारानी एलिजाबेथ 1 ने प्रोटोस्टेंट धर्म को ख़ूब बढ़ावा दिया और ख़ुद को चर्च का गवर्नर घोषित कर दिया। यह बातें सुनकर मुझको उसी समय काल में भारत में बादशाह अकबर के दीन-इलाही धर्म की बातों की याद आ गई। शायद उस समय के सर्वशक्तिमान राजा अपने, अपनी जनता के और ईश्वर के बीच में किसी और की सत्ता नहीं चाहते थे इसलिये वे सब जैसे एक क़िस्म के प्लान के तहत ही कार्य कर रहे थे चाहे इलाक़े अलग अलग थे। मुझको यहाँ रानी मैरी के विषय में भी जानकारी मिली जिसकी क्रूरता ने उसको

Bloody Mary का नाम भी प्रदान कर दिया था। इस प्रकार के क़िस्सों से यह धारणा प्रबल हुई कि स्वेच्छाचारी राजशाही सत्ता के नियम और सोच लगभग एक जैसे ही होते हैं उनके स्थान, देश, काल कोई भी हो।

Tower of London का यह क़िला काफ़ी समय तक अंग्रेज़ शासकों के रहने के स्थल के अलावा उनके अस्त्रागार, ट्रेज़री, टकसाल, और Crown Jewels of England के रखने की जगह भी रहा है। इसी क़िले के प्रांगण में एक तरफ़ की इमारत में शाही ज़ेवरात Crown Jewels रखे हुए प्रदर्शित थे। इसमें अंग्रेज़ शासकों को उपहार में मिले सामान, उनके राज्यारोहण और उत्सवें में पहने जानेवाले मुकुट, आभूषण, Regalia और अंग्रेज़ों द्वारा लूटे गए तमाम जेवरात भी मौजूद थे। उस समय वहाँ अन्दर कक्ष में जाकर फ़ोटो खींचने की इजाज़त नहीं थी। इंग्लैंड के राजा रहे हेनरी तृतीय के समय (1216-1272) से यह रत्नादिभूषण Tower of London में रखने की प्रथा है हालाँकि वहाँ प्रदर्शित अधिकांश जवाहरात आदि लगभग 350 साल पुराने राजा चार्ल्स द्वितीय के समय से ही हैं उसके पहले के या तो चोरी हो गए या गला दिए गए काफ़ी कुछ तो ओलिवर क्रॉमवेल, जो एक रिपब्लिकन था (उस समय इंग्लैंड में रिपब्लिकन भी होते थे), ने बिकवा और गलवा दिए थे जब उसने English civil war 1649 के दौरान राजशाही का तख़्ता पलट कर दिया था। यह जानकर मुझको हँसी भी आई और अपने यहाँ की कहावत 'चोर के घर मोर' भी याद आई।

यहाँ जो जवाहरात देखने को मिले उनमें 530 कैरट का विश्व का सबसे बड़ा हीरा clear cut diamond Cullinan, दूसरा प्रसिद्ध हीरा Cullinan1, विश्व प्रसिद्ध नीलम Stuart Sapphire, और St. Edward's Sapphire, काले राजकुमार का लाल माणिक्य यानी कि Ruby और हमारे देश का प्रसिद्ध हीरा कोहिनूर भी था। मुकुट में जड़ा कोहिनूर चमक रहा था और मैं उसको बहुत देर तक निहारता रहा और जितना उसको देखता उतनी टीस हृदय में उठती और बहुत ही दु:ख और बेबसी सी भी महसूस हुई। मैं वहाँ खड़ा बहुत देर यही सोचता रहा कि यह अंग्रेज़ भी अजब कौम हैं एक तरफ़ अपने अत्याचार के किस्सों का भी म्यूज़ियम खोल रखा है तो दूसरी ओर सारी दुनिया से लूटा हुआ माल भी ज़ोर-शोर से प्रदर्शित कर रहे हैं। वहाँ के जवाहरातों को देखते हुए हैदराबाद के निज़ाम की आभूषणों की प्रदर्शनी हैदराबाद में देखी थी वह मुझको याद आ गई और उनका प्रसिद्ध Jacob Diamond भी याद आ गया जो कि विश्व का पाँचवाँ सबसे बड़ा 184 कैरट के लगभग का हीरा है और जो आख़िरी निज़ाम हैदराबाद उस्मान अली ख़ान के पिता जी के जूते के अन्दर पड़ा मिला था जो कि कई साल से खोया हुआ था । यह मिला तो लम्बे अरसे तक खोए रहने के

बाद और फिर ख़ुद निज़ाम ने भी उसका उपयोग मेज़ पर रखे पेपरवेट के रूप में काफ़ी समय तक किया था।

इस पूरे क़िले को घूमने में मुझको लगभग तीन-चार घंटे लग गए लेकिन यह एक बहुत बड़ा अनुभव रहा। एक ओर अंग्रेज़ों के इतिहास से मानो साक्षात्कार हुआ तो दूसरी तरफ़ यह भी अहसास हुआ कि मनुष्य कितना क्रूर भी हो सकता है। मन में उन असंख्य और अनाम लोगों के प्रति पीड़ा की भी अनुभूति हुई जिन पर यहाँ अत्याचार हुए होंगे और जिन्होंने यहाँ अपने प्राण त्यागे तो दूसरी ओर उन पंख कटे से कौओं के प्रति मन में दयाभाव भी उमड़ा साथ ही बड़ा आश्चर्य भी हुआ इस बात पर कि दुनिया में सबसे विकसित क़ौमों में से एक मानी जानेवाली यह अंग्रेज़ क़ौम इतनी अन्धविश्वासी भी है। उनकी क्रूरता की कहानियाँ बयान करते Torture Tower को देखकर मैं यह सोचने लगा कि इस बात को उनका अहंकार कहें या ईमानदारी कि इन अंग्रेज़ों को अपने इतिहास के काले पन्नों को भी प्रदर्शित करने में कोई संकोच नहीं था।

हाँ उनकी क्रूरता के प्रमाण देखकर पीड़ा तो बहुत हुई लेकिन ताज्जुब नहीं क्योंकि अंग्रेज़ों के इस पहलू को एक भारतीय और इतिहास का विद्यार्थी होने के नाते मैं भली भाँति जानता था। शाम होते-होते मैं बहुत थक चुका था क्योंकि आज बहुत पैदल चला था इसलिये अब मैं चल दिया था वापस अपने ठहरने के स्थान यूथ हॉस्टल की ओर। अब अगले दिन के कार्यक्रमों में एक प्रमुख कार्यक्रम मैडम तुसाद का वैक्स म्यूज़ियम देखने का था।

England-4, London day 3
Madame Tussauds Wax Museum
इंग्लैंड-4, लन्दन 3सरा दिन
मैडम तुसाद का वैक्स म्यूज़ियम
London लन्दन
Co-ordinates —
51. 50 degree North &
0. 12 degree West
भारत से समय का फ़र्क़-

गर्मियों में 4:30 घंटे भारत से इंग्लैंड पीछे है और जाड़ों के समय में यह फ़र्क़ 5:30 घंटे का हो जाता है।

आज भी सुबह मैं जल्दी ही उठकर तैयार हो गया था। दरअसल जल्दी उठने से common toilet और common bathroom का उपयोग सुविधाजनक हो जाता था। सुबह 9 बजे तक मैं यूथ हॉस्टल से निकल लिया था। सबसे पहले रोज़ की भाँति मैंने टेलीफ़ोन बूथ से घर यानी कि फ़िरोज़ाबाद फ़ोन किया। जब लन्दन में सुबह के 9 बजे थे तो फ़िरोज़ाबाद/भारत में दोपहर के 1:30 बज रहे थे। गर्मियों के समय में भारत और इंग्लैंड के समय में 4:30 घंटे का फ़र्क़ रहता है और winter time में 5:30 घंटे का, इसका मतलब है कि भारत का समय इंग्लैंड से इतना आगे रहता है। इंग्लैंड में विंटर टाइम अक्टूबर के आख़िरी इतवार से मार्च माह के अन्तिम रविवार तक लागू रहता है। जाड़ों में समय एक घंटा आगे कर देने से इन ठंडे देशों में सुबह ऑफ़िस, स्कूल आदि जाना वास्तव में तो एक घंटा देरी से हो जाता है किन्तु घड़ी के अनुसार पहुँचने का समय यानी कि समय वही रहता है, हमेशा जैसा। हमारे देश भारत में गर्मी और जाड़े सभी मौसमों में भारतीय मानक समय एक सा ही रहता है, हमारे यहाँ इस प्रकार के किसी समय परिवर्तन की व्यवस्था नहीं है बल्कि इसके स्थान पर स्कूलों और दफ़्तरों के खुलने बन्द होने के समय में आवश्यकतानुसार परिवर्तन कर देने का रिवाज है।

भूगोल के अनुसार सारे विश्व के अक्षांश (latitude) और देशान्तर (longitude) में बँटे होने की धारणा बनाई गई है। माना जाता है कि आमतौर पर एक देशान्तर रेखा से दूसरी पर जाने पर समय में लगभग 4 मिनट का फ़र्क़ हो जाता है। इंग्लैंड का टाइम ग्रीनविच पर गुजरनेवाली देशान्तर रेखा जो कि 0 डिग्री की मानी गई है उससे है और भारत का मानक समय (Indian Standard Time) 82। 5 डिग्री पूर्व की देशान्तर रेखा से है जो इलाहाबाद के निकट मिर्ज़ापुर के पश्चिम से होकर गुज़रती है। हवाई जहाज़, पानी के जहाज़ और अन्य सभी परिवहन के साधन और अन्य मामलों में भी जगह की सही location के लिये सबसे सटीक उपयोग Coordinates यानी कि अक्षांश और देशान्तर द्वारा बताने का है। उदाहरण के लिये मेरे शहर फ़िरोज़ाबाद के कोऑर्डिनेट्स 27। 15 degree North & 78। 39 degree E , जबकि दिल्ली के 28। 70degree North & 77। 10 degree East हैं। काहिरा जहाँ मैं लन्दन के पहले था वहाँ के कोऑर्डिनेट्स 30। 04 degree North & 31। 23 degree East थे।

लन्दन के कोऑर्डिनेट्स 51। 50 degree North & 0। 12 degree West हैं। इसका मतलब हुआ कि यह सभी स्थान पृथ्वी के उत्तरी गोलार्ध यानी कि North में स्थित हैं। फ़िरोज़ाबाद, दिल्ली, दुबई, दोहा, आबूधाबी, बहरीन, काहिरा आदि ग्रीनविच से पूर्व East में और लन्दन गोलार्ध के पश्चिमी भाग में

यानी कि ग्रीनविच से पश्चिम West में स्थित है। आप में से कुछ पाठकगण यह सोच रहे होंगे कि मैं यह समय और कोऑर्डिनेट्स का क्या क़िस्सा लिखने लगा। दरअसल बात यह है कि इलाहाबाद विश्वविद्यालय के मध्यकालीन और आधुनिक इतिहास विभाग के वर्तमान विभागाध्यक्ष प्रोफ़ेसर हेरम्ब चतुर्वेदी जी, जो यूनिवर्सिटी में मेरे सीनियर थे और मेरे अग्रज भी होते हैं, ने मुझसे कहा कि तुम अपने यात्रा-वृतात्त में स्थान के कोऑर्डिनेट्स भी लिखा करो, इससे तुम्हारे इस यात्रा-वृतात्त में भौगोलिक जानकारी का एक आयाम और जुड़ेगा, उनका यह सुझाव मुझको भी अच्छा लगा इसलिये।

इंग्लैंड आते-आते अब लोगों का रंग काफ़ी गोरा दिखने लगा था यद्यपि लन्दन में एशियाई और अफ्रीकी मूल के लोग भी काफ़ी तादाद में दिख रहे थे। इंग्लैंड के आम लोगों की लम्बाई मुझको सामान्य यानी कि 5 फुट से 5 फुट 10-11 इंच तक की अमूमन लगी। यह लोग बहुत पतले तो नहीं, लेकिन अमूमन पतले हैं हालाँकि कुछ क़द के छोटे और कुछ स्थूलकाय भी दिखे। अंग्रेज़ लोगों की आँखें मुझको अधिकतर की नीली सी दिखीं। बालों का रंग ब्लांड हेयर/सफ़ेद/भूरेवाले ज़्यादा दिखते हैं। अंग्रेज़ पुरुष सामान्यत: पैंट-कमीज़ या सूट पहनते हैं लेकिन महिलाएँ आम तौर पर अपने लुक्स और पहनावे के प्रति सजग दिखीं। अंग्रेज़ लोग व्यवहार और बातचीत में अच्छे दिखे। कई बार उनका दम्भ मानो उनकी सादगी के पीछे से झाँकता दिख ही जाता था पर अमूमन लोग शिष्टाचारी और व्यवहारकुशल थे।

अब लन्दन में आज का प्लान सबसे पहले मैडम तुसाद का वैक्स म्यूज़ियम Madame Tussauds Wax Museum देखने का था। अर्ल्स कोर्ट स्टेशन से ट्यूब पकड़कर और सम्भवत: कहीं एक स्थान पर बदलकर (नाम ठीक से याद नहीं) लगभग आधे-पौने घंटे में मैं बेकर स्ट्रीट स्टेशन पर पहुँचा और वहाँ से बिलकुल नज़दीक ही Marylebone Road पर विश्वप्रसिद्ध मैडम तुसाद्स म्यूज़ियम पहुँच गया। यह विश्वप्रसिद्ध म्यूज़ियम है मोम के पुतलों का। इतिहास और विश्व की प्रसिद्ध हस्तियों के मोम के पुतले इस संग्रहालय में प्रदर्शित हैं।

इस संग्रहालय की स्थापना मैरी तुसाद ने 1836 में लन्दन की बेकर स्ट्रीट पर की थी और 1883 में उनके नाती ने इसको पास में ही Marylebone Road पर स्थानान्तरित किया। मैरी तुसाद का मूल नाम मैरी ग्रॉसहोल्ज़ Marie Grosholtz था। इनकी माँ स्विट्ज़रलैंड के बर्न नामक स्थान पर Dr. Philipe Curtis के यहाँ काम करती थीं जो कि मोम की मूर्तियाँ बनाने में बहुत निपुण थे और इस क्षेत्र में उनका बहुत नाम भी था। इनके साथ रहते हुए मैरी ग्रॉसहोल्ज़

ने भी इस कला को सीखा और लगभग 17 वर्ष की उम्र में अपना पहला मोम का पुतला/मूर्ति बनाया और जानते हैं किसका? फ्रांस के उस समय के प्रसिद्ध दार्शनिक, लेखक, इतिहासकार और नागरिक स्वतन्त्रता के बड़े पैरोकार वोल्टाइर Voltaire का। बाद में मैरी ने फ्रांस के प्रसिद्ध दार्शनिक, enlightenment के प्रणेताओं में से एक प्रमुख व्यक्ति रूसो और अमेरिका की स्थापना करनेवालों में प्रमुख रहे और प्रसिद्ध वैज्ञानिक, बिजली के आविष्कारक बेंजामिन फ्रेंकलिन की भी मोम की मूर्तियाँ बनाईं। मैरी ग्रॉसहोल्बज़ ने बाद में Francois Tussaud से विवाह किया और इसके बाद से उनको सारा विश्व Marie Tussaud या Madame Tussaud के नाम से जानता है। उनके विषय में एक बड़ी रोचक बात यह है कि वह French Revolution (1789) से बहुत सक्रिय रूप से जुड़ी रही थीं, उनको तीन महीने के लगभग जेल भी काटनी पड़ी थी। वह फ्रेंच रिवेल्यूशन में मारे गए लोगों के शवें में से उनके कटे हुए सर खोजती थीं और फिर उनसे उनके मोम के मास्क बनाती थीं जो आन्दोलन के झंडों के रूप में प्रयुक्त होते थे। मैडम तुसाद बाद में डॉक्टर कर्टिस के यहाँ से मिले और अपने बनाए मोम के पुतलों का पूरे यूरोप में घूम-घूमकर प्रदर्शन करती थीं और अन्ततः उन्होंने लन्दन में 1836 में बेकर स्ट्रीट पर अपना संग्रहालय खोला क्योंकि फ्रांस में नेपोलियेनिक युद्धों के कारण उनका वहाँ वापस जाना सम्भव न हो सका था। समय के साथ यह मोम के संग्रहालय अन्य स्थानों/देशों में भी खुले हैं, ख़ुद मैडम तुसाद की बहन का एक वैक्स म्यूज़ियम पेरिस में है किन्तु लन्दन के मैडम तुसाद जैसी प्रसिद्धि अब तक किसी की नहीं है।

मैं अब मोम के पुतलों के लगभग 200 वर्ष पुराने विश्वप्रसिद्ध संग्रहालय Madame Tussaud के सामने खड़ा था, उसका काहिया हरे रंग का गोल गुम्बद सामने दिख रहा था और इस गुम्बद के कारण उस रोड की अन्य इमारतों से यह इमारत भिन्न भी प्रतीत हो रही थी। इस संग्रहालय में जाने के लिये पहले तो मैंने टिकट लिया जिसकी तबकी क़ीमत मुझको याद नहीं है, हालाँकि अब शायद 29 या 30 पाउंड है। म्यूज़ियम में अन्दर घुसने को लम्बी लाइन लगी हुई थी, ऐसा लगता था जैसे अपने देश के किसी बड़े शहर के किसी बड़े सिनेमा हॉल में घुस रहे हों। ख़ैर लाइन में चलते-चलते आख़िर मैं उस संग्रहालय के अन्दर पहुँच ही गया और घुसते ही लगा कि यह तो किसी दूसरी दुनिया में आ गया हूँ। अन्दर एक तरफ़ एक घेरे में यकबयक लगा कि जैसे सामने इंग्लैंड का शाही परिवार खड़ा हुआ है। महारानी एलिज़ाबेथ द्वितीय, उनके पति प्रिन्स फिलिप, युवराज चार्ल्स और साथ ही उनकी बेतहाशा ख़ूबसूरत पत्नी लेडी डायना भी

थीं और उनके साथ ही शाही परिवार के अन्य राजकुमार एवं राजकुमारियाँ भी। यदि हमको मालूम न हो तो कोई कह नहीं सकता था कि यह साक्षात राजपरिवार न होकर उनके मोम के पुतले मात्र हैं। कुछ आगे बढ़ा तो द्वितीय विश्वयुद्ध में इंग्लैंड के प्रधानमन्त्री सर विंस्टन चर्चिल खड़े हुए थे और उनके आगे उस समय की प्रधानमन्त्री मार्गरेट थैचर नीली स्कर्टनुमा ड्रेस में खड़ी थीं। एक तरफ़ Sleeping beauty का पुतला था तो दूसरी ओर रूस की रानी रही कैथरीन भी थीं और महारानी विक्टोरिया भी अपने सिंहासन पर आसीन थीं। विभिन्न कालखंडों में इंग्लैंड के राजा और रानी रहे न जाने कितने लोगों के पुतले थे वहाँ जैसे किंग एडवर्ड VII, रानी एलिज़ाबेथ 1, किंग हेनरी VIII, किंग जॉर्ज आदि आदि।

इस मोम के पुतलों के संग्रहालय में मनोरंजन की दुनिया से जुड़ी विश्वप्रसिद्ध हस्तियों के पुतले भी थे जैसे एक कोने में सर्वकालीन सर्वोत्कृष्ट कॉमेडियन चार्ली चैपलिन अपनी चिर परिचित मुद्रा में खड़े थे तो ब्रूस ली और जॉन ट्रेवेल्टा भी मौजूद थे। वॉल्ट डिज़्नी थे तो अल्फ्रेड हिचकॉक भी थे। ऐसा प्रतीत हो रहा था कि सारी दुनिया के विभिन्न कालों के विभिन्न क्षेत्रों के प्रसिद्ध लोग यहाँ एक छत के नीचे आकर इकट्ठे हो गए हैं। ज़रा सोचकर तो देखिए कि आप चर्चिल से मिलकर आगे बढ़े तो आपको हिटलर मिल गए अपनी कसी हुई वर्दी में अपनी अनोखी मूँछों के साथ। बाईं तरफ़ बढ़े तो 12वीं शताब्दी के खलनायक विजेता चंगेज़ ख़ान खड़े थे जैसे हिटलर से कह रहे हों कि हाँ तू ही मेरे जैसा निर्दयी हत्यारा हुआ इतनी शताब्दियों में।

यदि एक तरफ़ अमेरिका की राजनैतिक हस्तियाँ जैसे अब्राहम लिंकन, बेंजामिन फ्रेंकलिन, जॉर्ज वाशिंगटन, फ्रेंक्लिन रूज़वेल्ट, जॉन एफ केनेडी, रीगन, उनकी पत्नी आदि राष्ट्रपति खड़े थे तो दूसरी ओर खड़े सद्दाम हुसैन भी उनको घूर रहे थे। फ्रांस के इतिहासप्रसिद्ध नेपोलियन थे तो जर्मनी का एकीकरण करनेवाले महानायक बिस्मार्क भी थे।

राजनीति से हट कर साहित्य और कला के क्षेत्र की हस्तियों के तो कहने ही क्या थे। शेक्सपियर, लियोनार्डो दा विंसी, ऑस्कर वाइल्ड, सिगमंड फ्रायड जैसे लोग थे तो पाब्लो पिकासो और रॉबसपीएरे भी थे। ऐसी प्रसिद्ध हस्तियों के बीच , चाहे यह उनके मोम के पुतले ही थे किन्तु थे बिलकुल सजीव से लगते, उनके बीच ख़ुद को खड़े पाना एक विचित्र सी अनुभूति दे रहा था। ज़रा सोचिए आपके सामने शेक्सपियर बैठे हुए हैं और कहीं अचानक कह उठें "you too Brutus" और सिगमंड फ्रायड उसकी विवेचना करने लगें या पाब्लो पिकासो

कोई पेंटिंग बना रहे हों और तभी लियोनार्डो दा विन्सी अपनी मोनालिसा बना रहे हों। जरा कल्पना करिए कि यह वे लोग थे जो कला, दर्शन और साहित्य के क्षेत्र के मील के पत्थर थे और उनकी सजीवप्राय मूर्तियों के बीच हिन्दुस्तान से आया मैं खड़ा था।

वहाँ कम्यूनिज़्म के प्रणेता कार्ल मार्क्स और चीन के माओ त्से तुंग भी थे। ऐसा लगा कि मानो माओ कार्ल मार्क्स से कह रहे हों कि देखा दादा मार्क्स आपने तो विचारधारा ही दी लेकिन चीन में मैंने उसको अमली जामा पहना दिया।

एक तरफ़ इस्राइल की महिला प्रधानमन्त्री रहीं गोल्डा मायर और उनके साथ मोशे दयान थे तो वहीं उनके बग़ल में ही फ़िलिस्तीन के नेता यासिर अराफ़ात खड़े थे कि जैसे कह रहे हों कि हमारी माँग पूरी करो। मिस्र के अनवर सादात, जॉर्डन के शाह हुसैन थे तो वहाँ ईरान के अयातुल्लाह खोमेनी भी मौजूद थे जो मानो बता रहे थे कि एक क्रान्ति फ्रांस में हुई थी तो एक ईरान में मैंने भी तो की तभी तो अंग्रेज़ों ने मुझको यहाँ स्थान दिया है। एक तरफ़ शान्ति के प्रतीक मार्टिन लूथर किंग थे तो वहीं आगे एक तरफ़ पोप भी मानो शान्ति का ही सन्देश दे रहे थे। अगर इंडोनेशिया के युग-पुरुष रहे पूर्व राष्ट्रपति सुकर्णो मौजूद थे तो तुर्की को आधुनिक राष्ट्र बनानेवाले मुस्तफ़ा कमाल अतातुर्क यानी कमाल पाशा भी मौजूद थे। उपर्युक्त यह सभी वह लोग थे जिन्होंने अपने-अपने समय में अपने देश और दुनिया के इतिहास को अपने हिसाब से एक अलग दिशा दी और आज मैडम तुसाद के वैक्स म्यूज़ियम में असंख्य लोग इन्हीं हस्तिय्रों के मोम के पुतले देखते हुए, उनके साथ फ़ोटो खिंचाते हुए अपना मनोरंजन कर रहे थे।

मैडम तुसाद के संग्रहालय का आरम्भ से ही एक प्रमुख आकर्षण था Chamber of horrors। इसमें पहुँचकर आपको भय, घृणा, वीभत्स, जुगुप्सा, अवसाद आदि सारे रसों/भावों का थोड़ी ही देर में अनुभव हो जाएगा। असल में मैडम तुसाद ऐसी महिला थीं जिन्होंने 1789 की फ्रांस की क्रान्ति को न सिर्फ देखा था अपितु वह स्वयं उसका भाग रही थीं, उन्होंने उस क्रान्ति को जिया था। फ्रांस के राजा लुई XVI, रानी मैरी एंटोनियेत, रॉबसपीएरे इन सबकी हत्या को उन्होंने होते हुए न सिर्फ देखा था अपितु उनके चेहरों के मोम के मास्क भी बनाए थे। तो इस चैम्बर में इन हस्तियों के सर, लोगों की गर्दन गिलोटिन से काटने के दृश्य, मृत्युदंड के दृश्यों के विभिन्न पुतले और न जाने कितने दृश्य प्रदर्शित हैं और मानो हर मृत्यु और हत्या की अपनी एक कहानी है और यदि आप इतिहास के छात्र रहे हैं तो आपको वे कहानियाँ याद भी आती हैं और आप मानो सिहर

उठते हैं। कुछ भूत-प्रेतों जैसे दृश्य और पुतले भी थे किन्तु मैं उनमें सिर्फ श्रीमान काउंट ड्रैकुला को ही भली भाँति पहचानता था। सत्य तो यह है कि इस चैम्बर को देखकर और उन किस्सों को सोचकर कहीं घृणा हुई तो कहीं मन बड़ा ख़राब हो गया। मानवता का यह वीभत्स रूप देखकर मन बड़ा खिन्न और व्यथित भी हो गया था। थोड़ी देर इस चैम्बर को देखकर फिर मैं दूसरी तरफ़ चला आया।

इस संग्रहालय में सर्वकालीन प्रसिद्ध वैज्ञानिक सर आइज़ैक न्यूटन थे तो आइन्स्टीन भी। ऐसा लगा कि न्यूटन आइन्स्टीन से पूछ रहे हैं कि क्या यहाँ घूमनेवाले आपके (आइन्स्टीन के) Theory of relativity के सिद्धान्त के अनुसार टाइम मशीन में बैठकर यहाँ आ गए हैं और तभी विभिन्न कालखंड के लोगों से एक साथ रू ब रू हो रहे हैं? ? ! ! !

इस संग्रहालय में हमारे राष्ट्रपिता बापू की मोम की मूर्ति भी थी और हमारी प्रधानमन्त्री रहीं श्रीमती इन्दिरा गाँधी की भी। अपने देश की हस्तियों को विश्व की सार्वकालिक हस्तियों के बीच देखकर गर्व की अनुभूति और मन में बहुत प्रसन्नता भी हुई। यह भी बहुत ख़ुशी की बात है कि अब जब 2017 में यह संस्मरण लिख रहा हूँ तो अब तो मैडम तुसाद के संग्रहालय में बहुत सी भारतीय हस्तियों की मोम की प्रतिमाएँ वहाँ की शोभा बढ़ाते हुए देश को गौरवान्वित कर रही हैं। असलियत यह भी है कि भारत की मशहूर हस्तियों की मोम की मूर्तियाँ लगाने से इस संग्रहालय के व्यापार में भी काफ़ी वृद्धि हुई बताई जाती है तभी तो लगभग 200 वर्ष पुराने इस संग्रहालय में जिसमें 400 के लगभग मोम की मूर्तियाँ प्रदर्शित हैं और प्रतिवर्ष केवल 15 के लगभग नई मूर्तियाँ लगाई जाती हैं और उनमें भी भारतीयों की संख्या बढ़ती ही दिखती है तो यद्यपि यह उनके लिये व्यापार की बात है लेकिन हम भारतीयों के लिये तो गर्व की बात है ही।

इस संग्रहालय के अन्दर एक अलग ही दुनिया का अनुभव हो रहा था। वास्तव में उन मोम के पुतलों में यदि किसी चीज़ की कमी थी तो बस वह 'जान' की ही कमी थी बाक़ी तो वे बिलकुल सजीव प्रतीत होते थे। कई सदियों का इतिहास और पात्र मानो बस सजीव हो उठने को तैयार ही खड़े थे। लेकिन इन सबको देखकर यह भी आभास हुआ कि मनुष्य कितना भी क़ाबिल हो जाए, उन्नति कर ले फिर भी कोई शक्ति ऐसी तो है ही जो हमारे जीवन-मृत्यु को नियन्त्रित करती है क्योंकि इतने सारे लोगों के लगभग परफ़ेक्ट मोम के पुतले तो इनसान ने बना लिये किन्तु उनमें जान फूँकने की क़ाबिलियत नहीं आ पाई इसलिये वह पुतले बने ही खड़े हैं। इस प्रकार के कई विचार मन में आ रहे थे और यही सब सोचते हुए मैं इस स्वप्न की दुनिया से बाहर आ गया था हालाँकि यह भी सत्य है कि मेरा शरीर तो बाहर लन्दन की सड़क पर आ गया था किन्तु

मस्तिष्क अभी भी उसी मायालोक में मानो विचर रहा था। अब दोपहर हो रही थी और मैं बढ़ रहा था इंग्लैंड की महारानी के निवास यानी बकिंघम पैलेस की तरफ़।

England-5, London day-3
Buckingham Palace, Hyde Park, Kensington Palace, Oxford Street etc।
इंग्लैंड-5, लन्दन 3सरा दिन
बकिंघम पैलेस, हाइड पार्क, केंसिंग्टन पैलेस, ऑक्सफ़ोर्ड स्ट्रीट आदि

मैडम तुसादस म्यूज़ियम से चलकर अब मैं ग्रीनपार्क ट्यूब स्टेशन से निकलकर इंग्लैंड की राजशाही के शाही निवास बकिंघम पैलेस की तरफ़ पैदल ही बढ़ चला था। मुश्किल से 10 मिनट में पैदल चलते हुए मैं बकिंघम पैलेस के मुख्य गेट के सामने था।

बकिंघम पैलेस ईसवी सन 1703 में Duke of Buckingham के लिये बनवाया गया था। यह लन्दन के City of Westminster में स्थित है। सन 1837 में महारानी विक्टोरिया के राज्यारोहण के साल में यह लन्दन में इंग्लैंड के शासक का पूरे तौर से सरकारी निवास बन गया और तबसे यह इंग्लैंड के शासकों का सरकारी आवास बना हुआ है। द्वितीय विश्वयुद्ध के दौरान हुई बमबारी में इसको भी कुछ नुक़सान पहुँचा था। सम्प्रति यह लन्दन में रानी एलिज़ाबेथ द्वितीय यानी कि यूनाइटेड किंगडम के शासक का निवास और प्रशासनिक मुख्यालय है। बकिंघम पैलेस एक अत्यन्त विशालकाय महल है और आधुनिक काल के उन गिने-चुने महलों में है जहाँ आज भी सचमुच के राजा-रानी रहते हैं। जब मैं वहाँ पहुँचा तो मुझको मालूम पड़ा कि उस दिन किसी कारण से महल के अन्दर घूमना/जाना सम्भव नहीं था इसलिये मैंने इंग्लैंड के इस शाही निवास को केवल बाहर से ही देखा। बकिंघम पैलेस अत्यन्त भव्य इमारत है, वहाँ किसी ने बताया कि इसमें 1500 से अधिक दरवाज़े और 750 से अधिक कमरे और 40, 000 से अधिक बिजली के रोशनी के बल्ब हैं। इसके बाहर मुख्य द्वार जो कि लोहे के सीख़चों का बना एक भव्य द्वार था, उस पर लाल कोट और काली पैंटवाली प्रसिद्ध वर्दी और बड़े-बड़े नक़ली झब्बेदार काले बालों के टोपे लगाए वहाँ के प्रसिद्ध अंग्रेज़ सैनिक तैनात थे और ड्यूटी बदलते वक़्त उनकी एक सी चाल, हाथों में हथियार लिये चलना और उस समय उनके सिर के नक़ली बड़े बड़े बालों का हिलना एक अद्भुत दृश्य उपस्थित कर रहे थे। उस महल के बाहर

खड़ा होकर मैं यह सोच रहा था कि अभी पचास-साठ वर्ष पहले ही तो इस महल के शासकों का इतना विशाल शासन-क्षेत्र था कि कहा जाता है कि इनके राज्य में सूरज नहीं डूबता था और आज इनका साम्राज्य सिर्फ यहीं सिमटकर राह गया है बस ग्रेट ब्रिटेन में। लेकिन एक बात जो और मन में बार-बार आ रही थी वह यह थी कि क्या कारण है कि हम लोग चीन के 1962 के कटु अनुभवें को भी नहीं भूल पाए हैं जबकि इस देश के लोग जिनका एक ज़माने में दुनिया के बहुत बड़े हिस्से पर शासन था और आज नहीं है किन्तु उन्होंने अपना शासन समाप्त होने या अपने साम्राज्य के पतन होने की घटना को अपने ऊपर हावी नहीं होने दिया है और इस देश में इस अत्यन्त बड़े ऐतिहासिक घटनाक्रम के बाद भी सबका जीवन सामान्य है बिना किसी मलाल के।

बकिंघम पैलेस से मैं Hyde Park की तरफ़ चल दिया। लन्दन का यह प्रसिद्ध पार्क लगभग 600 एकड़ से अधिक का है और इसी का एक हिस्सा इंग्लैंड के दूसरे प्रसिद्ध राजशाही निवास Kensington Palace का Kensington gardens है। यह पार्क भी सेंट्रल लन्दन में ही अवस्थित है और बहुत ही शानदार सुरम्य वातावरणवाला बग़ीचा है। इस हाइड पार्क में पहले बहसें, प्रदर्शन, कन्सर्ट आदि भी होते थे। इस पार्क की हरियाली और पेड़-पौधे बहुत ही मनमोहक माहौल उत्पन्न कर रहे थे। इसमें बीच में सड़क सी निकली हुई थी और बेंचें भी पड़ी थीं जहाँ आप बैठ भी सकते थे। हाइड पार्क में बेंच पर बैठकर पक्षियों की चहचहाहट के बीच हरियाली को निहारना बहुत अद्‌भुत और दिल को बहलाने वाला अनुभव था। मेरा दावा है कि यदि आप प्रकृति से वास्तव में प्रेम करते हैं तो आपका मन वहाँ से उठने का कभी होगा ही नहीं। मैं उन कर्मचारियों और मालियों की मन ही मन में सराहना कर रहा था जिन्होंने अपनी मेहनत और लगन से इतना अच्छा पार्क इतने सुन्दर रूप में बनाकर रखा था। इस पार्क में घूमते हुए मुझको अपने राष्ट्रपति भवन के मुग़ल गार्डन, श्रीनगर कश्मीर के निशात बाग़ और शालीमार गार्डन भी याद आए और आगरा का शाहजहाँ गार्डन भी किन्तु हाइड पार्क भी बहुत ही मनोरम और सुन्दर स्थान था। हाइड पार्क में ही एक तरफ़ Speakers Corner है जहाँ सप्ताहान्त में लोग इकट्ठे होकर विभिन्न विषयों पर अपने विचार प्रकट करते हैं।

वहाँ और घूमने पर मैं इंग्लैंड के राजवंश के दूसरे शाही निवास Kensington Palace के सामने पहुँचा। यह राजमहल 17वीं शताब्दी से ब्रिटिश शाही परिवार का निवास था। इसमें रहनेवाले आख़िरी बादशाह जॉर्ज द्वितीय थे। सम्प्रति इसमें Duke & Duchess of Cambridge तथा शाही परिवार के अन्य लोग रहते हैं। इससे लगा हुआ ही Kensington Gardens का इलाक़ा है जो विशाल हाइड पार्क से भी जुड़ा हुआ है। यह गार्डन लगभग 275 एकड़ के विशाल इलाक़े में

फैला हुआ है। ऐसा लगता है मानो लन्दन शहर एक विशाल शरीर है और यह बग़ीचे उस शरीर के हरियालीयुक्त साँस लेने के फेफड़ों के रूप में अपना काम कर रहे हैं। हरे-भरे पेड़ों से भरे हुए बहुत ही व्यवस्थित और क़रीने से बने हुए यह बग़ीचे वास्तव में ऐसे ही हैं कि इनमें बनी बेंचों पर यदि आप बैठ जाएँ तो उठने का मन ही न हो बल्कि मन यही कहता है कि कुछ देर और बैठ लो इस सुरम्य वातावरण में, कुछ देर और। लन्दन के इन हरियाली-भरे बग़ीचों ने मेरा मन वास्तव में मोह लिया और आज भी जब मैं लन्दन की याद करता हूँ तो यह शानदार बगीचे मानो मेरी आँखों के समक्ष सजीव से हो उठते हैं।

इस इलाक़े में घूमते हुए एक घटना और हुई। मैं बकिंघम पैलेस के पास ही था और वहाँ पास ही सड़क पर गाड़ियाँ गुज़र रही थीं कि अचानक कुछ सरगर्मी सी हुई। कुछ लोग थोड़ी दूर पर खड़ी एक बड़ी नेवी ब्ल्यू या काली सी गाड़ी की ओर कुछ इशारा सा कर रहे थे कि अचानक वह गाड़ी बहुत धीरे से बढ़ती हुई आई और मैंने देखा कि उस गाड़ी के शीशे चढ़े हुए हैं और उसमें पिछली सीट पर बाईं तरफ़ हैट लगाए एक महिला बैठी हैं और बाहर खड़े लोगों की तरफ़ मुसकुराते हुए हाथ हिलाकर अभिवादन सा कर रही हैं। गाड़ी के और पास बिलकुल पास आने पर मैंने देखा और मुझे लगा कि यह मुसकुराती हुई महिला तो मेरी देखी हुई है। अचानक ध्यान आया कि वह शानदार व्यक्तित्व और अप्रतिम सौन्दर्यवाली महिला लेडी डायना थीं जो कहीं जा रही होंगी और जनता को देखकर मुसकुराते हुए हाथ हिलाते हुए निकलना उनके स्वभाव, व्यवहार का एक अंग रहा होगा लेकिन हाँ इतनी प्रसिद्ध हस्ती को इतने पास से देखना वास्तव में एक सुखद अनुभूति थी।

इंग्लैंड के इन शाही निवासों के आसपास घूमकर अब मैं आ गया था लन्दन की विश्वप्रसिद्ध ऑक्सफ़ोर्ड स्ट्रीट पर। यह एक बहुत ही चहल-पहल भरा शानदार बाज़ार है। ऑक्सफ़ोर्ड स्ट्रीट लगभग 2 किलोमीटर लम्बी एक सड़क तथा उसके आसपास के इलाक़े का बाज़ार है। यह स्ट्रीट मार्बल आर्च से टॉटेनमकोर्ट रोड तक ऑक्सफ़ोर्ड सर्कस से होती हुई जाती है। यहाँ पहुँचकर इस इलाक़े को देखकर मुझको अपने दिल्ली का कनॉट प्लेस याद आ गया। कहा जाता है कि कनॉट प्लेस इस ऑक्सफ़ोर्ड स्ट्रीट को ध्यान में रखकर ही बनाया गया था। जो कोई भी लन्दन आता है ऑक्सफ़ोर्ड स्ट्रीट घूमे बिना उसकी लन्दन यात्रा ऐसे ही अधूरी है जैसे कि संगम में डुबकी लगाए बिना तीर्थराज प्रयाग की यात्रा। ऑक्सफ़ोर्ड स्ट्रीट का स्थापत्य यानी कि architecture और वहाँ की lighting भी बहुत ही आकर्षक और लुभावनी थी।

कहा जाता है कि रोज़ लगभग 4-5 लाख लोग ऑक्सफ़ोर्ड स्ट्रीट घूमने और ख़रीदारी करने आते हैं इससे इसकी विशालता और भव्यता का अन्दाज़ा लगाया

जा सकता है। ख़ास बात यह थी कि यदि एक तरफ़ वहाँ बड़े-बड़े विश्वप्रसिद्ध ब्रांडों की दुकानें, स्टोर्स जैसे Selfridges, HMV, John Lewis आदि थे तो दूसरी ओर कुछ छोटी रिटेल जैसी दुकानें भी थीं, ख़ूब शोर शराबा और चहल-पहल थी। कहा जा सकता है कि ऑक्सफ़ोर्ड स्ट्रीट में मानो विश्व की विभिन्न सभ्यताएँ जीवन्त सी हो उठी लगती थीं। मैंने भी ऑक्सफ़ोर्ड स्ट्रीट से स्वेटर, टाई, टी शर्ट्स आदि चीज़ें अपने और घरवालों के लिये ख़रीदीं और कह सकता हूँ कि अनुभव अच्छा रहा।

वहाँ घूमते हुए मुझको भूख भी लगने लगी थी और तभी उसी इलाक़े के आसपास मैंने एक दुकान देखी जिसमें शीशे के काउंटर पर मुझको तन्दूरी रोटी और रसेदार सी सब्ज़ी भी दिखीं। मैं बता नहीं सकता कि रोटी और सब्ज़ी देखकर मैं कितना उत्साहित हो गया और मेरी भूख कई गुना बढ़ गई क्योंकि न तो मुझको इजिप्ट में रोटी-सब्ज़ी नसीब हुई थी और न ही अभी तक लन्दन में। मैं तुरन्त उस दुकान में प्रविष्ट हुआ और दो रोटी और वह गोभी की सी दिखनेवाली रसे की सब्ज़ी ख़रीदी और एक तरफ़ खानेवाली मेज़ पर खड़ा हो गया खाना खाने के लिये। जहाँ तक मुझको याद है एक रोटी एक पाउंड की और सब्ज़ी शायद 3 या 4 पाउंड की रही होगी। सब्ज़ी शाकाहारी थी यह मैंने पूछ लिया था। जैसे ही मैंने रोटी का कौर तोड़ा और सब्ज़ी में लगाकर मुँह में रखा मुझे अपनी नानी याद आ गई। मैंने अपने पूरे जीवन में इतनी अजीब स्वाद की और बुरी सब्ज़ी कभी चखी भी नहीं थी। खाने को छोड़ना या फेंकना मेरे स्वभाव में नहीं है और मेरे उसूलों के भी ख़िलाफ़ है किन्तु अपने तमाम उसूलों को एक साथ याद करने पर और अपनी पूरी मन:शक्ति लगाने के बावज़ूद मेरी हिम्मत उसका दूसरा कौर मुँह में रखने की नहीं ही हुई। यह सब मुझको बहुत बुरा लग रहा था और मुझको वह रोटी भी बहुत महँगी (लगभग 57-58 रुपये की शायद एक रोटी)लग रही थी और वहाँ कोई दूसरी सब्ज़ी उपलब्ध नहीं थी, आख़िरकार मैंने थोड़ी बहुत रोटी ऐसे ही बिना सब्ज़ी के रूखी खाने की असफल कोशिश की और अन्त में क्षुधा शान्त करने को सैंडविच और बर्गर की ही शरण ली। दरअसल विदेश में कुछेक स्थानों को छोड़कर भारतीय स्वाद के खाने की समस्या मिलती ही है ख़ास तौर हमारे जैसे लोगों को जिनको कभी घर का खीर-झोर-सिकिन्द और भात याद आता है और कभी मट्ठे के आलू-अरवी और पराँठे।

कुल मिलाकर आज का दिन लन्दन की भव्यता से रूबरू होने का दिन रहा था, वहाँ की संस्कृति और सम्पन्नता से परिचित होने का दिन रहा था लेकिन अंग्रेज़ों के तौर-तरीक़ों आदि से जो चीज़ मुझको सबसे ज़्यादा सीखनेवाली लगी वह यह थी कि भूतकाल की ऐतिहासिक चीज़ों को सँजोकर तो रखो लेकिन भूतकाल के विषाद में जियो मत अपितु भविष्य की ओर अपनी पूरी

शक्ति और सामर्थ्य से बढ़े चलो। इतने बड़े साम्राज्य के ख़त्म होने के बाद भी उसको खोने की तक़लीफ़ से पीड़ित मुझको कोई अंग्रेज़ नहीं मिला। दूसरी बात यह भी महत्वपूर्ण थी कि इन लोगों ने सारी दुनिया में अपनी कुटिलता, क्रूरता, चालबाज़ियों से अपना राज्य स्थापित किया और अपने मातहतवाले ग़ुलाम देशों और उनके नागरिकों का हर प्रकार का और ख़ूब शोषण किया किन्तु यहाँ के लोगों से मिलकर उनसे बात कर के हर बार यही लगा कि लोकतन्त्र और मानव मूल्यों का इनसे बड़ा अलम्बरदार कोई और नहीं है।

यही सब विचार करता हुआ मैं अपने ठहरने के स्थान यूथ हॉस्टल पहुँच गया था और जल्दी ही निद्रा देवी की शरण में जाने का प्रयास करने लगा क्योंकि अब अगले दिन एक व्यापारी से मिलना था।

England-6 London day-4 & 5

इंग्लैंड -6 लन्दन 4था और 5वाँ दिन

सुबह फिर जल्दी से उठकर तैयार हो गया। आप जब किसी ऐसी जगह रुके हों जहाँ बाथरूम और टॉयलेट कॉमन हों तो जल्दी उठकर तैयार होना हमेशा फ़ायदेमन्द रहता है और मैं तो यूथ हॉस्टल में रुका हुआ था ही। सुबह सुबह मठरी और शकरपाड़े खाकर मैं यूथ हॉस्टल से निकल पड़ा। बाहर मौसम ठंडा ही था इसलिये ट्यूब के स्टेशन पर जाकर सबसे पहले गरमागरम चाय पी और फिर ट्रेन पकड़कर मैं पहुँच गया मिस्टर एडवर्ड के बताए पते पर।

द्वार पर लगी घंटी बजने पर एक 35-40 वर्ष की अंग्रेज़ महिला ने दरवाजा खोला और पूछा कि क्या आप मिस्टर चतुर्वेदी हैं? मेरे हामी भरने पर वह मुझको अन्दर एक अच्छे से कमरे में ले गईं और मुझको वहाँ बैठने को कहा। लगभग 10 मिनट के इन्तज़ार के बाद एक लगभग 50 वर्ष के जँचते हुए व्यक्तित्व के अंग्रेज़ ने आकर मुसकुराते हुए मुझसे हाथ मिलाया और बताया कि वे ही मिस्टर एडवर्ड हैं जिनसे मुझको मिलना था। हम लोगों में परिचय हुआ। उन्होंने मुझसे मेरे कार्य, व्यापार और अब तक की यात्रा के विषय में पूछा। उन्होंने मुझसे पूछा कि अभी तक इंग्लैंड में मेरी किसी से व्यावारिक मुलाक़ात हुई क्या तो मैंने उनको मिस्टर जेम्स सलीम के विषय में बताया। उनका नाम सुनने पर वह बोले भाई वह व्यापारी तो बड़ा है परन्तु सद्दाम हुसैन के इराक़ का है और उस समय 1991 में इराक़ से अमेरिका आदि देशों का युद्ध हो चुका था इसलिये किसी की भी राय वहाँ से व्यापार करने की होनी ही नहीं थी। ख़ैर जो वस्तुएँ जेम्स सलीम को चाहिए थीं वे वैसे भी मेरे व्यापार क्षेत्र की नहीं थीं। मिस्टर एडवर्ड ने मेरे सैम्पल

देखे और बीड्स में ख़ासी रुचि दिखाई। वह मुझसे फ़िरोज़ाबाद और भारत के विषय में काफ़ी चर्चा करते रहे। उन्होंने मुझको बताया कि यूरोप में बीड्स और बीड्स से बनी ज्वेलरी का काफ़ी व्यापार होता है। साथ ही उन्होंने कहा कि भारत के माल की क्वालिटी के विषय में उनको काफ़ी सन्देह है इस पर मैंने उनको भरोसा दिलाया कि उनको सर्वश्रेष्ठ क्वालिटी का माल मिलेगा वह इस विषय में निश्चिन्त रहें। उनसे काफ़ी देर तक भारत के समाज, आर्थिक स्थिति आदि के विषय में भी बातचीत होती रही, मैं महसूस कर रहा था कि मिस्टर एडवर्ड एक वाक्पटु व्यक्ति थे और उनको भारत के विषय में बहुत उत्सुकता तो थी ही बल्कि इस विषय में उनकी जानकारी काफ़ी अच्छी भी थी। उन्होंने यह भी बताया कि उनके बुज़ुर्गों में से कोई भारत रहे भी थे। मिस्टर एडवर्ड ने बातचीत में ही मुझसे पूछा कि मैं कहाँ ठहरा हुआ हूँ तो मैंने उनको बताया कि मैं यूथ हॉस्टल में रुका हूँ। इसके बाद उन्होंने मुझसे व्यापार विषयक बात ज़्यादा नहीं की और कहा कि वह बाद में मुझसे सम्पर्क करेंगे जो आज तक नहीं किया। यद्यपि उस समय तो मैं कुछ समझ नहीं पाया था किन्तु वर्षों बाद मुझको यह बात समझ में आई कि व्यापार में और ख़ास तौर से विदेश व्यापार में इस बात का भी बहुत महत्व होता है कि आप कैसी जगह पर ठहरते हैं। इस प्रकार से लन्दन, इंग्लैंड में मेरे दोनों व्यापारिक अपॉइंटमेंट हो चुके थे और दोनों का ही परिणाम शून्य ही था।

इसके बाद वहाँ से निकलकर और ट्यूब पकड़कर मैं पिकेडली सर्कस स्टेशन पहुँचा और वहाँ से बाहर निकलकर लगभग 15-20 मिनट में पैदल टहलते हुए पहुँच गया सोहो स्ट्रीट पर ISKCON Temple यानी कि अंग्रेज़ोंवाले हरे रामा हरे कृष्णा मन्दिर। मैं पहले ही ज़िक्र कर चुका हूँ कि विदेश यात्रा आरम्भ होने से पहले की तैयारियों में मैंने इस संस्था की आजीवन सदस्यता भी ली थी ताकि विदेश में आवश्यकता पड़े तो रुका जा सके। बहरहाल सोहो स्ट्रीट पर यह मन्दिर एक घर जैसी इमारत में ही अवस्थित था। यह बहुत विशाल स्थान नहीं था किन्तु विदेश की धरती पर अपने भगवान श्री सीताराम जी और श्री राधाकृष्ण जी की प्रतिमा और पूजा देखकर मन अच्छा हुआ और अत्यधिक आनन्द की अनुभूति भी हुई। वहाँ जब मैं पहुँचा तो काफ़ी लोग थे, हरे रामा, हरे कृष्णा, रामा रामा हरे हरे का कीर्तन चल रहा था। शाम होते-होते पूजा, कीर्तन और आरती के पश्चात प्रसाद वितरण हुआ और फिर मैं भी वहाँ से निकल लिया।

सोहो एक भीड़-भाड़वाला इलाक़ा था। वैसे तो बताया कि इस इलाक़े में प्रसिद्ध संगीतज्ञ मोज़ार्ट जब लन्दन आए तब रहे थे और टेलीविज़न का आविष्कार भी इसी इलाक़े में हुआ था किन्तु था यह इलाक़ा अजीब सा। यहाँ कई थिएटर भी थे और बताया गया कि यह इलाक़ा नाइट लाइफ़ के लिये काफ़ी

प्रसिद्ध है। इंग्लैंड के हर स्थान की भाँति सोहो इलाक़े का भी एक इतिहास है। लगभग 400 साल पहले यहाँ फ़ार्म थे या खेती होती थी फिर बसावट शुरू हुई। वहाँ की भीड़ में कई देशों के लोगों के चेहरे दिखाई पड़ रहे थे। चूँकि मैं काफ़ी समय इस्कॉन मन्दिर में बिता चुका था और अब रात सी हो चली थी तो मैंने अब अपने यूथ हॉस्टल की तरफ़ का रुख़ किया।

अगला दिन मेरी इस इंग्लैंड यात्रा का अन्तिम दिन था क्योंकि उसके अगले दिन मेरी पेरिस, फ्रांस यात्रा की टिकट थी। जल्द ही मैं वापस यूथ हॉस्टल में अपने बिस्तर पर था। अगला दिन जो मेरी इस इंग्लैंड यात्रा का अन्तिम दिन होना था सो इस दिन मेरा विम्बलडन जाने का इरादा था।

अगले दिन फिर सुबह उठकर और तैयार होकर मैं चल दिया अर्ल्स कोर्ट स्टेशन की तरफ़। Earl's Court स्टेशन से मैंने ट्यूब की District line लेकर Wimbeldon की यात्रा शुरू की। विम्बलडन दरअसल लन्दन के बिलकुल पास ही है या यह भी कहा जा सकता है कि लन्दन का ही हिस्सा है। लन्दन से विम्बलडन की दूरी लगभग 11-12 किलोमीटर की है। अर्ल्स कोर्ट स्टेशन से विम्बलडन स्टेशन लगभग 40-45 मिनट का समय लगा और शायद उस लाइन पर यह अन्तिम स्टेशन था। विम्बलडन स्टेशन पर उतरकर विम्बलडन ग्राउंड के लिये मुझको लगभग 10-15 मिनट थोड़ा चढ़ाई के रास्ते पर पैदल चलकर जाना पड़ा। बाद में यह भी मालूम पड़ा कि विम्बलडन कोर्ट जाने के लिये सबसे नज़दीक का स्टेशन Southfields था।

चूँकि मैं लगभग 10 वर्ष की उम्र से ही पढ़ाई के लिये दूसरे शहरों अर्थात इलाहाबाद और लखनऊ के स्कूलों/यूनिवर्सिटी में पढ़ा और हॉस्टलों में रहा इसलिये मैं लगभग सभी प्रकार के खेलों में हाथ आज़मा चुका था अर्थात मैं अपने यहाँ खेले जानेवाले सभी खेलों में भाग लेता रहा था और यह भी सच है कि मैं किसी भी खेल में बहुत अच्छा खिलाड़ी कभी नहीं था। लॉन टेनिस उन खेलों में से रहा है जो मुझको शुरू से बहुत अच्छा लगता था और मैं खेलता भी था। उस समय के विश्व टेनिस चैम्पियनशिप के प्रमुख खिलाड़ी आन्द्रे अगासी, बोरिस बेकर, मार्टिना नवरातिलोवा, जेनिफर कैप्रियाती, स्टेफी ग्राफ और गैब्रिएला सबातीनी का मैं जबर्दस्त फ़ैन भी हुआ करता था। यद्यपि वह अक्टूबर का महीना था और विम्बलडन चैम्पियनशिप जून आख़िर और जुलाई में खेली जाती थी किन्तु फिर भी मेरा मन उस स्थान को देखने का था जहाँ यह सितारे खिलाड़ी खेलते थे। टेनिस के शौक़ीनों के लिये विम्बलडन का वही महत्व है जो क्रिकेट-प्रेमियों के लिये लॉर्ड्स के मैदान का।

जैसा कि हम सभी जानते हैं विम्बलडन विश्व में टेनिस की खेली जा रही 4 प्रमुख चैम्पियनशिप ख़िताबों में से विश्व की सबसे पुरानी प्रतियोगिता है।

यह आल इंग्लैंड क्लब, विम्बलडन, लन्दन में ईसवी सन 1877 से खेली जा रही है। ग्रैंड स्लैम कहे जानेवाले अन्य तीन ख़िताबों की प्रतियोगिताएँ यानी कि ऑस्ट्रेलियन ओपन, फ्रेंच ओपन और यू ऐस ओपन इसके बाद शुरू हुईं। यही सब बातें सोचता हुआ पैदल चलते हुए मैं विम्बलडन ग्राउंड पर पहुँच गया। वहाँ कुछ बच्चे रैकिट लिये घूम रहे थे। कुछ लोग ग्राउंड पर कुछ काम कर रहे थे। सामने शानदार हरी घास का मैदान सेंटर कोर्ट था जिस पर अपने समय के महान टेनिस खिलाड़ी खेलते हैं। काफ़ी देर वहीं खड़ा होकर उस ग्राउंड को बस निहारता रहा और सहसा मुझको लगा कि मैं 1991 के Women's singles final में स्टेफ़ी ग्राफ़ और गैब्रिएला सबातीनी को खेलते देख रहा हूँ। स्टेफ़ी ग्राफ़ की सर्विस और उस पर सबातीनी का जबर्दस्त शॉट और दर्शकों का जबर्दस्त शोर कि तभी विचार शृंखला और आगे बढ़ी और मुझको प्रतीत हुआ कि वहाँ सामने Wimbledon Men's final में बोरिस बेकर और माइकिल स्टिच खेल रहे हैं। हजारों लोगों की तालियों की गड़गड़ाहट के बीच स्टिच ने अपना विजयी शॉट मारा लेकिन तभी एक व्यक्ति ने आकर मुझसे पूछा कि क्या आप भारत से हैं और जैसे मेरी तन्द्रा भंग हो गई। मैं वहाँ लगभग 1 घंटे रुका लेकिन फिर भी उस स्थान से मेरा मन नहीं भरा। आगे फिर कभी यहाँ मैच देखने आऊँगा यह सोचते हुए मैं वहाँ से लौट चला लन्दन के लिये।

लन्दन लौटकर मैं काफ़ी देर बस ऑक्सफ़ोर्ड स्ट्रीट पर घूमता रहा। एक दुकान से दूसरी दुकान कभी किसी कैफ़े में तो फिर सड़कों पर टहलना। ऑक्सफ़ोर्ड स्ट्रीट ख़ूब गहमागहमी से भरा और बहुत जीवन्त इलाक़ा है। मेरा उस यात्रा का लन्दन में वह आख़िरी दिन था इसलिये मैं ख़ूब देर तक इधर-उधर घूमता रहा, थोड़ी देर जाकर टेम्स नदी के किनारे टहलते हुए वहाँ के मनोरम दृश्यों का भी आनन्द उठाता रहा। मन तो कर रहा था कि पूरी रात इसी माहौल का आनन्द उठाता रहूँ लेकिन अगले दिन मेरी यात्रा के अगले पड़ाव यानी कि पेरिस, फ्रांस की फ़्लाइट थी इसलिये मन मसोसते हुए मैं अपनी उस इंग्लैंड यात्रा की आख़िरी रात बिताने यूथ हॉस्टल के अपने पलँग पर वापस आ गया था।

लन्दन में सन 2023 की आबादी लगभग 96 लाख की है और जिसमें लगभग 6 लाख 56 हज़ार भारतीय हैं। इंग्लैंड में रह रहे भारतीयों और भारतीय मूल के लोगों ने वहाँ के समाज के हर क्षेत्र में अपनी एक अलग और सम्मानजनक पहचान बनाई है। इनमें वेंकटरमन रामकृष्णन जैसे केमिस्ट्री के क्षेत्र के नोबल पुरस्कार विजेता हैं, बाबूलाल सेठिया जैसे प्रसिद्ध हार्ट सर्जन हैं जो रॉयल सोसाइटी ऑफ़ मेडिसिन के अध्यक्ष भी रहे। लक्ष्मी मित्तल जैसे इस्पात व्यापार के सम्राट, श्रीचन्द्र हिन्दुजा जैसे बड़े व्यापारी, सलमान रश्दी जैसे विख्यात लेखक, वी ऐस नायपॉल जैसे साहित्य के क्षेत्र के नोबल पुरस्कार विजेता, नासिर

हुसैन जैसे क्रिकेट खिलाड़ी जो इंग्लैंड की टीम के कप्तान भी रहे, लॉर्ड स्वराज पॉल, लॉर्ड मेघनाद देसाई जैसे प्रसिद्ध लोग भी हैं और अभी सन 2023 में तो भारतीय मूल के श्री ऋषि सूनक ब्रिटेन के प्रधानमन्त्री भी हैं। सोचिए जो अंग्रेज कभी हम पर राज्य करते थे आज उनके देश का प्रधानमन्त्री ही भारतीय मूल का है।

हालाँकि लन्दन की यात्रा पूरी हो चली थी और आगे पेरिस के क़िस्से हैं लेकिन उससे पहले मैं अपनी इंग्लैंड की अन्य यात्राओं के विषय में भी बताऊँगा और जब इंग्लैंड के क़िस्से हो जाएँगे तब पेरिस यात्रा की चर्चा करूँगा।

मेरी इस विदेश-यात्रा के कुछ समय बाद मेरा एक्सपोर्ट का कारोबार ठीक से शुरू हो गया था किन्तु उन घटनाओं के विषय में उपयुक्त समय आने पर लिखूँगा। यहाँ तो बस इतना ही बताना चाहूँगा कि मेरी भविष्य की इग्लैंड यात्राओं में बर्मिंघम के बबली दा हैं, बीड़ी पीनेवाले अंग्रेज़ और रेल के इंजनवाले अंग्रेज़ का क़िस्सा है तो उस जगह का क़िस्सा भी है जहाँ रेलवे स्टेशन से सिर्फ एक टैक्सी जाती थी, वह घटना भी है जब लन्दन में मेरे छोटे भाई अभिनव बीमार हुए और डॉक्टर ने इन्श्योरेन्स होने के करण ही इलाज को मना कर दिया और हाँ वह क़िस्सा भी है जब मेरा क्रेडिट कार्ड काम नहीं कर पाया और जेब में पर्याप्त पैसे नहीं थे। आपको यह सारी बातें बताऊँगा पेरिस के नज़ारों से पहले।

England-7
2nd trip to England
Birmingham
इंग्लैंड-7
इंग्लैंड की दूसरी यात्रा
बर्मिंघम

अपनी पहली विदेश-यात्रा के बाद जब मैं भारत लौटा तो बहुत से देशों की यात्रा से बहुत-सारे अनुभव बटोर चुका था। जो ऑर्डर लेकर आया था उनकी सप्लाई करने में बहुत-कुछ सीखा। फ़िरोज़ाबाद में उस समय विदेशी मुद्रा के खाते नहीं होते थे तो अपनी फ़िरोज़ाबादवाली बैंक की ही आगरा की ब्रांच में खाता खोला था। उस बैंक के अधिकारियों ने ही इनवॉइस, पैकिंग लिस्ट, बिल ऑफ़ एक्सचेंज आदि कैसे बनाते हैं ये सिखाया। हमारे देश की एक ख़ास बात यह है कि सरकारी सीट पर कैसा अधिकारी बैठा है क़ानून, व्यवस्था और जनता की मदद उस बात पर निर्भर करती है। बैंक में उस समय बहुत अच्छे लोग

थे तो उन्होंने मेरी ही नहीं अपितु अपने सभी कस्टमर्स की ख़ूब मदद की और आगे चलकर उसी बैंक में जब एक सनकी और गड़बड़ क़िस्म के अधिकारी आए तो उन्होंने मेरे व्यापार में नुक़सान पहुँचाने में भी कोई कसर नहीं छोड़ी और कमाल इस बात का था कि बैंक के उच्चाधिकारी सदैव अपने मातहतों की ही सुनते रहे। ख़ैर अभी लिखने का विषय यह नहीं है, यहाँ मेरा इस बात के ज़िक्र का आशय केवल इतना था कि हमारे देश के कायदे कानून इतने फ़्लेक्सिबल हैं कि उनको सीट पर बैठा व्यक्ति अधिकतर मामलों में अपने मनोनुकूल चला लेता है।

1994 में जब मैंने पहली बार ट्रेड फ़ेयर में दिल्ली प्रगति मैदान की यूपी पैवेलियन में भाग लिया तो उसी समय भारत की एक्सपोर्ट प्रमोशन काउन्सिल फॉर हैंडीक्राफ़्ट्स (EPCH) ने भी अपने व्यापार मेले की शुरुआत की थी। हम लोग जब यूपी पैवेलियन से प्रगति मैदान के हॉल नम्बर 18 में लगे हस्तशिल्प के मेले को देखने गए तो मानो आँखें ही चौंधिया गईं। इस क़िस्म का बहुत अच्छी तरह से व्यवस्थित ढंग से आयोजित ऐसा फ़ेयर मैंने पहले कभी देखा नहीं था और अगले वर्ष से मैंने भी उसमें भाग लेना आरम्भ कर दिया। हाँ, तो मैं इधर हॉल नम्बर 18 में था उधर यूपी पैवेलियन में हमारे स्टॉल पर एक यूरोपियन व्यापारी पहुँच गए और हमारे स्टाल पर कोई और व्यक्ति सही से अंग्रेज़ी भी नहीं जानता था जो उन महोदय से बात कर लेता लेकिन भाग्य हम लोगों के संग था सो इत्तफ़ाक़ से मेरे पिता जी जो फ़िरोज़ाबाद के विधायक रहे अपने मित्र श्री ग़ुलाम नबी अंकल के साथ किसी काम से दिल्ली आए हुए थे उन्होंने सोचा कि अतुल ने कोई फ़ेयर में भाग लिया है वह देख लिया जाए तो वे लोग हमारे स्टाल पर आ गए थे। अब पापा ने एक आदमी मुझको हॉल नम्बर 18 पर बुलाने भेजा और मेरे आने तक उन व्यापारी महोदय को स्टाल पर बात करते हुए रोके रखा। उस समय मोबाइल फ़ोन शुरू नहीं हुए थे पर ख़बर पाते ही मैं दौड़ता हुआ यूपी पैवेलियन आ गया और व्यापारी से बातचीत की। वह फ्रांस के एक व्यापारी थे और उन्होंने मुझको एक पूरे 40 फ़ीट के कंटेनर माल का ऑर्डर दिया। उस समय पूरे फ़ेयर में मैं काँच के उत्पादों का एकमात्र एक्सपोर्टर था जो फ़िरोज़ाबाद से था और ख़ुद ही इन उत्पादों का निर्माता भी था। फ्रांस के व्यापारी मिस्टर शॉपियाँ महोदय के जाने के बाद इंग्लैंड के एक व्यापारी आए मिस्टर ली। उन्होंने भी एक कंटेनर का ऑर्डर लिखवाया। जब हमने उनको माल सप्लाई किया तो वह हमारी डिलीवरी और क्वालिटी से इतने ख़ुश हुए कि उन्होंने मुझको एक फ़ैक्स भेजा जिसमें हमारे उत्पादों की तारीफ़ करते हुए लिखा कि, "You are King of Glass." स्वाभाविक है कि इस सबसे हम लोगों के हौसले काफ़ी बढ़े।

जैसा कि मैंने बताया कि अगली बार से मैं भी EPCH के फ़ेयर में भाग लेने लगा था। यह फ़ेयर ग़ज़ब का होता है और मैं ख़ास तौर पर ईपीसीएच के एक्ज़ीक्यूटिव डायरेक्टर श्री राकेश कुमार, डिप्टी डायरेक्टर श्री आर. के. वर्मा, उस समय के मुख्य आयोजकों में से एक श्री नवरत्न समदरिया का उल्लेख करना चाहूँगा कि इन लोगों की ग़ज़ब की मेहनत और आयोजन की कार्यकुशलता ने इस फ़ेयर को विश्व के सर्वश्रेष्ठ व्यापार मेलों की क़तार में अग्रणी स्थान पर खड़ा कर दिया था। मेरा दावे के साथ यह कहना है कि पहली बार जो ईपीसीएच के हैंडीक्राफ़्ट फ़ेयर को देखेगा वह अपने दाँतों तले अपनी उँगलियों को दबा लेगा क्योंकि सामान्य तौर पर भारत के इतने क़िस्म के हस्तशिल्प एक जगह किसी का देख पाना मुमकिन ही नहीं है और इस ट्रेड फ़ेयर की भव्यता का तो कहना ही क्या है! ! !

एक बात और लिख दूँ फिर वापस इंग्लैंड की अगली यात्रा का ज़िक्र करूँगा।

जैसा मैंने बताया कि मैंने भी इन व्यापार मेलों में भाग लेना शुरू कर दिया था हालाँकि पहले जब मैं इस विषय में जानता नहीं था तो 1991 में जर्मनी में होते हुए भी मैंने अपने साथियों से व्यापार मेले में जाने की मना कर दी थी। हाँ तो बात 1996 के दिल्ली के हस्तशिल्प मेले की है। हमारा स्टॉल 18 वर्ग मीटर का था और दो साइड से खुला हुआ था और ख़ूब मौक़े की जगह पर था किन्तु पहले दिन की सुबह से दोपहर हो गई और कोई व्यापारी स्टॉल पर रुका ही नहीं। मैं बहुत परेशान हो चला था कि तभी एक अंग्रेज़ बुज़ुर्ग मेरे स्टॉल पर आए। उन्होंने अपना परिचय दिया कि वह मिस्टर विक्टर लेमेंट थे और मुझसे बोले कि मैं देख रहा हूँ कि आपकी स्टाँल पर कोई आ नहीं रहा है हालाँकि आपके उत्पाद बहुत ही शानदार हैं। मैंने कहा कि आप बिलकुल सही फ़र्मा रहे हैं। इस पर उन्होंने कहा कि क्या आप मेरी राय मानेंगे, मैंने जवाब में हामी भर दी तो उन्होंने मेरे स्टॉल के सभी आइटमों को रैकों से हटवाया और फिर उनको रंगों की थीम और प्रोडक्ट के साइज़ के हिसाब से लगवाया। यह मेरे लिये सीखने का एक नया अनुभव था। मिस्टर विक्टर लेमेंट एक ब्रिटिश कन्सल्टेंट क़िस्म के थे और उन्होंने एक कम्पनी के लिये मुझको एक बड़ा ऑर्डर भी दिया। लेकिन महत्वपूर्ण बात यह हुई कि न जाने उनका मेरे स्टॉल के उत्पादों को पुनः व्यवस्थित करने का कमाल था अथवा कोई इत्तफ़ाक़ था कि उनके जाते ही मेरे स्टॉल पर व्यापारियों की भीड़ लगनी शुरू हो गई और कोई विश्वास करे या न करे पूरे फ़ेयर के दौरान मेरे स्टॉल पर व्यापारियों ने लाइन में लगकर नम्बर आने पर ऑर्डर दिये यानी कि अपने नम्बर का इन्तज़ार किया और उस फ़ेयर में हमारी स्पॉट बुकिंग लगभग एक करोड़ रुपये की हुई थी। इस समय तक हमारा

एक्सपोर्ट का व्यापार कुछ व्यवस्थित सा हो चला था, उसके विकास की दर बहुत तेज़ थी। अपनी सुविधा के लिये मैंने और मेरे छोटे भाई अभिनव ने कुछ तो व्यापारी अलग-अलग डील करने को बाँट लिये थे और कुछ देश भी अलग-अलग कर लिये थे। हम दोनों की ही विदेश-यात्राएँ काफ़ी जल्दी-जल्दी होती थीं और इंग्लैंड का काम अधिकतर अभिनव ही देखते थे और वहाँ उनका ही आना-जाना अधिक था। इस सिलसिले में एक रोचक घटना यह हुई कि एक बार दिल्ली फ़ेयर में एक व्यापारी हमारी स्टॉल पर आया तो मैंने कहा कि भाई यह तो कपड़े भी सादा से ही पहने है और अभी बीड़ी पी रहा था लगता है कि फ़ेयर में ऐसे ही घूमने आ गया है, इसको कुछ ख़रीदना आदि नहीं है तो अभिनव ने कहा कि भैया, ऐसी बात नहीं है। यह इंग्लैंड का व्यापारी है और जेन्युइन व्यापारी है। और ऐसा ही हुआ, उस व्यापारी मिस्टर विलियम हिल्ली ने हम लोगों को बीड़ी पीते हुए अपना ऑर्डर लिखाया। उनका अंग्रेज़ होते हुए अपने कान के पीछे लगी बीड़ी निकालकर पीना हम लोगों के लिये कौतूहल का विषय बना रहा था।

1997 में विक्टर लेमेंटवाले ऑर्डर के व्यापारी से मिलने के कारण इस बार मुझको इंग्लैंड जाना था। मेरा इस बार का टिकट हॉलैंड की KLM Airlines का था इसलिये पहले मैं दिल्ली से हॉलैंड गया। दिल्ली से एम्स्टर्डम जाते में मेरी जान-पहचान अपने बग़ल में बैठे व्यक्ति से हो गई जिनकी उम्र लगभग 50-55 वर्ष की रही होगी। उनका नाम मिस्टर दास गुप्ता था और लोग उनको बबली दा नाम से बुलाते थे। वह एक बंगाली व्यक्ति थे किन्तु अब वह इंग्लैंड के बर्मिंघम में रहते और व्यापार करते थे। वह बातचीत में बहुत अच्छे और सज्जन व्यक्ति थे। जब उनको मालूम पड़ा कि मैं अपनी यूरोप-यात्रा के बाद इंग्लैंड भी आऊँगा तो उन्होंने मुझको अपने पास बर्मिंघम आने का और अपने साथ ही ठहरने का न्योता दिया जो मैंने भी सहर्ष स्वीकार कर लिया। एम्स्टर्डम से वह आगे इंग्लैंड चले गए और मैं अपने हॉलैंड आदि के काम निपटाने को वहीं रुक गया।

अपने यूरोप के काम करके मैं लन्दन को चल दिया। एम्स्टर्डम के शिपोल (Schipol) हवाई अड्डे से लन्दन के हीथ्रो हवाई अड्डे पर पहुँचने में जहाज़ को लगभग एक घंटा बीस मिनट अथवा डेढ़ घंटे का समय लगा। लन्दन हीथ्रो हवाई अड्डे से मैं कैब लेकर सीधा लन्दन के यूस्टन ट्रेन स्टेशन पहुँचा और वहाँ पहुँचकर मैंने बर्मिंघम की ट्रेन का टिकट लिया। बबली दास गुप्ता जी से मैं पहले ही बात करके अपने आने के विषय में बता चुका था। रेलवे स्टेशन पर अन्दर पहुँचकर टिकट लेकर मैं ट्रेन के विषय में पूछने लगा तभी पास में खड़े ग्रे कलर का ओवरकोट पहने लगभग साढ़े छह फ़िट के लम्बे अफ्रीकी मूल के एक व्यक्ति ने मुझसे पूछा बर्मिंघम? मेरे हाँ कहते ही वह मेरी भारी अटैची लेकर

भागने लगा और मैं उसके पीछे भागा। उसने आगे प्लेटफ़ॉर्म पर खड़ी ट्रेन के डिब्बे में मेरा अटैची रखा और कहा जल्दी करो ट्रेन छूटनेवाली है। जब तक मैं कुछ समझ पाता और उसको धन्यवाद देता वह मेरी आँखों से ओझल हो चुका था फिर समझ आया कि वह वहाँ रेल का ही कोई कर्मचारी था और यह उसका profesionalism और सेवाभाव ही था जो उसने मेरी मदद की अन्यथा वह ट्रेन छूट जाती हालाँकि शुरू में मुझको तो लगा कि वह मेरी अटैची लेकर भाग रहा है।

लन्दन से बर्मिंघम का सफर लगभग डेढ़ घंटे से कुछ कम का था। बर्मिंघम स्टेशन से बाहर निकलकर मैंने बबली दास गुप्ता जी के पते के लिये टैक्सी ली और थोड़ी देर में ही मैं उनकी फ़ैक्ट्री पहुँच गया। बबली दा के ऑफ़िस पहुँचते ही वहाँ उन्होंने मेरा बड़ी गर्मजोशी से स्वागत किया। गरमागरम चाय पीने के बाद बबली दा ने मुझको अपनी फ़ैक्ट्री का मुआयना करवाया। उनका fragrance manufacturing का काम था। उनकी फ़ैक्ट्री दरअसल में दो मंज़िल के बहुत ही लम्बे-चौड़े विशाल हॉलों के रूप में फैली हुई थी। उसमें जगह-जगह कॉलेजों की केमिस्ट्री के लैब जैसी लम्बी टेबिल और उन पर तरह तरह की छोटी-बड़ी शीशियाँ और जार जैसे रखे हुए थे, कुछ में से भाप सी भी निकल रही थी। आगे चलकर छोटी-छोटी शीशियों में अलग-अलग ख़ुशबू के सेंट भरे रखे थे और उन पर लेबलिंग हो रही थी। मैं अपने जीवन में पहली बार किसी सुगन्ध उत्पादन संस्थान को देख रहा था सो मेरे लिये यह सब बहुत रोचक दृश्य था। दोपहर को बबली दा ने अपने साथ रोटी-दाल का खाना खिलवाया और उसके बाद कहा कि तुमको बर्मिंघम घूमना हो तो घूम आओ शाम को 6 बजे तक आ जाना तब घर चलेंगे।

मैं बर्मिंघम शहर घूमने निकला तो सबसे पहले उन्होंने अपनी कार से मुझको मार्केट छुड़वा दिया। बर्मिंघम के अक्षांश और देशान्तर क्रमशः 52. 48°N और 1. 89°W है। बर्मिंघम इंग्लैंड का एक बड़ा शहर है। बर्मिंघम इंग्लैंड के West Midlands region में स्थित है। इसकी जनसंख्या उस समय लगभग 9 लाख के क़रीब रही होगी। बर्मिंघम लन्दन के बाद इंग्लैंड का सर्वाधिक आबादीवाला शहर है। इस शहर का लगभग 1400 वर्ष का इतिहास है। पिछली शताब्दियों में यहाँ काफ़ी उद्योग-धन्धे पनपे और कहते हैं कि सन 1791 आते-आते बर्मिंघम को विश्व का पहला Industrial Town कहा जाने लगा था किन्तु जब मैं बर्मिंघम गया था उस समय यहाँ के उद्योग कुछ मन्दी के दौर से गुज़रते महसूस हुए। बर्मिंघम में नहरें भी दिखीं और भाँति-भाँति के क़ैफ़े और रेस्टोरेंट भी। बर्मिंघम शहर का मौसम जुलाई में सबसे गर्म लगभग 17° और फरवरी में सबसे ठंडा लगभग 3° रहता है। बर्मिंघम शिक्षा का एक बड़ा केन्द्र भी है और यहाँ कई अच्छे विश्वविद्यालय हैं।

मुझको उन दिनों पान पराग पान मसाला (सादा बिना तम्बाकूवाला) खाने का शौक था और वह मेरे पास था नहीं। मैंने वहाँ के बाज़ार में पान पराग खोजा तो कहीं मिला नहीं फिर किसी के बताने पर कि वह आगे चलकर एक स्टोर में मिल सकता है। मैं उस स्टोर की तरफ़ पैदल ही चल दिया। वह स्टोर यद्यपि काफ़ी दूर था किन्तु बर्मिंघम की हरियाली और ख़ूबसूरत मौसम में वह लगभग आधे घंटे पैदल की दूरी कुछ मालूम ही नहीं पड़ी। मैने उस स्टोर में पहुँचकर अपनी खोज शुरू कर दी लेकिन लगभग सारी रैकों में खोजने के बाद भी मुझको पान मसाला कहीं नहीं मिला। मेरे चेहरे पर निराशा के भाव देखकर स्टोर के मालिक जिनकी उम्र लगभग 35-40 वर्ष की रही होगी वह मेरे पास आए और उन्होंने मुझसे पूछा कि जनाब आप क्या खोज रहे हैं? मैंने उनसे कहा कि मैं कई दिनों से पान पराग की तलाश में हूँ किन्तु मिल नहीं रहा तो वह बोले कि आज तो पान पराग नहीं है। इस पर मैं थोड़ा निराश होकर चलने लगा तो वह मुझको अपने बैठने के स्थान के पास ले गए और उसके पीछे दीवाल में बनी एक छोटी सी अलमारी खोलकर उन्होंने पान पराग का डिब्बा निकालकर मुझको खाने को दिया। मैंने धन्यवाद देते हुए मसाला खाया और चलने को हुआ तो वह बोले कि यह डिब्बा आप ले जाइए। मैंने पहले मना किया किन्तु उन्होंने बहुत ज़ोर दिया तो मैंने पैसे पूछे तो वह मुसकुराते हुए बोले कि अरे जनाब आप भी शौकीन हैं और मैं भी इसका शौकीन हूँ, यह तो मेरा अपने खाने का डिब्बा था अब आप ले जाइए और उन्होंने जबर्दस्ती वह डिब्बा मुझको दे दिया। हम लोगों की फिर काफ़ी देर बातचीत होती रही। वह मुझसे फ़िरोज़ाबाद, दिल्ली और भारत के विषय में बातें पूछते रहे। दरअसल वह पाकिस्तान से थे। उनकी ख़ुशमिज़ाजी और हँसता हुआ शालीन चेहरा मुझको आज भी याद है। अपनी विदेश-यात्राओं में मैंने कई बार ऐसा महसूस किया कि भारत और पाकिस्तान के बीच झगड़े और वैमनस्य जितने अख़बारों और टीवी पर दिखते हैं वह जब दोनों देश के लोग आपस में मिलते हैं तब अकसर ऐसा महसूस नहीं होता है। शायद जनता के दिल की आवाज़ और सियासत की मजबूरियों में अकसर कर बहुत फ़र्क़ होता है। लोगों से बात करके यह भी मालूम पड़ा कि बर्मिंघम में लगभग 25-26% आबादी एशियन समुदाय के लोगों की है जिसमें भारतीय और पाकिस्तानी भी काफ़ी थे। इसके बाद बाज़ार में मैं थोड़ा घूमा और एक स्टोर से मैंने नई डिज़ाइन के दिखनेवाले काँच के कुछ डिकेंटर्स भी ख़रीदे जिनको देखकर हम लोग कुछ नई डिज़ाइन के डिकेंटर्स ख़ुद भी बना सकें। इस सब में मेरे काफ़ी पैसे ख़र्च हो गए किन्तु मेरे पास इस बार अपनी बैंक का वीसा का इंटरनेशनल क्रेडिट कार्ड था इसलिये चिन्ता की कोई बात नहीं थी।

शाम 6 बजने तक मैं बबली दा के ऑफ़िस आ गया था और वहाँ एक चाय पीकर उनके साथ मैं उनके घर के लिये चल दिया।

बबली दा का घर बर्मिंघम के एजबेस्टन नामक एक पॉश इलाक़े में था। बबली दा के घर के बाहर ख़ूब हरियाली और पौधों की हेज लगी हुई थी। मुख्य द्वार पर तीन या चार सीढ़ी चढ़कर दरवाज़ा था। यह दो मंज़िला घर था जिसमें बबली दा अपनी पत्नी और लगभग 5-6 वर्ष की एक पुत्री के साथ रहते थे। बबली दा ने बताया कि उनकी पत्नी दक्षिण अमेरिकी देश पेरू की थीं और उम्र में शायद उनसे 25-27 वर्ष छोटी थीं और इस समय उनसे झगड़कर अपने देश गई हुई थीं अपनी छोटी सी बहुत ही प्यारी बच्ची को यहीं छोड़कर। बबली दा की बातों से लगा कि नौबत तलाक़ तक की भी हो सकती थी। ख़ैर, उनकी छोटी सी बच्ची बहुत ही प्यारी गुड़िया जैसी थी और उसको देखकर मुझको परदेस में लगभग उसकी ही उम्र की अपनी बिटिया रानी ऐश्वर्या जिसको हम लोग प्यार से किन्नी कहते हैं उसकी याद आने लगी। रात को काफ़ी देर तक मैं बबली दा से बातें करता रहा इंग्लैंड के विषय में, भारत के विषय में, बंगाल के विषय में और विदेशों में रह रहे भारतीयों के विषय में और साथ ही साथ उस प्यारी सी गुड़िया से खेलता भी रहा। रात को बच्ची की केयर टेकर जो एक अंग्रेज़ क़िस्म की महिला थीं वह आ गईं और उन्होंने उस बच्ची को खाना आदि खिलाया। बबली दा ने बताया कि रात को वह उनके ही घर में रुकती हैं और सुबह बच्ची को तैयार भी वही करती हैं। अगले दिन मुझको लन्दन वापस जाना था तो बबली दा ने कहा कि वह सुबह अपनी बेटी को छोड़ने उसके स्कूल जाएँगे, वहाँ Parents day जैसा कुछ था और उसके बाद मुझको रेलवे स्टेशन छोड़ देंगे। इस पर मैंने कहा कि सुबह मैं भी बच्ची के स्कूल चलूँगा। इसके बाद ऊपर की मंज़िल पर एक कमरे में बबली दा ने मेरे सोने का इन्तज़ाम किया था मैं उस कमरे में आकर लेट गया। बिस्तर पर लेटे-लेटे मैं बबली दा के विषय में सोचने लगा कि भारत के लोगों ने दूसरे देशों में जाकर अपनी मेहनत से कैसे अपना एक छोटा-मोटा साम्राज्य सा ही खड़ा किया है और फिर भी अपनी जड़ों को भूले नहीं हैं। बबली दा की यह बात मेरे दिल को छू गई थी कि विदेशों में ठहरना बहुत ही महँगा है इसलिये यदि कोई भारतीय उनको मिलता है तो बर्मिंघम में अपने साथ ठहरा लेते हैं।

अगली सुबह मैं उन लोगों के साथ नाश्ता आदि करके बबली दा की बच्ची के स्कूल गया। अलग-अलग स्थानों की जीवन-शैली, पढ़ाई-लिखाई आदि जानने के प्रति मेरी रुचि सदैव से रही हो है। वह स्कूल बर्मिंघम के पॉश इलाक़े में था और काफ़ी अच्छा स्कूल प्रतीत हो रहा था। मैंने देखा कि अपने देश से विपरीत वहाँ एक क्लास में बहुत अधिक बच्चे नहीं थे और न ही बच्चों के वजन

से अधिक के बस्ते ही थे। क्लास-रूम्स में बहुत सुन्दर रंग-बिरंगी कुर्सी मेज़ें थीं, बच्चों के खेलने के साधन थे और स्कूल में बच्चे बहुत ही ख़ुश दिख रहे थे। मैं यह सोच रहा था कि देश के भविष्य का निर्माण तो इसी जगह से आरम्भ होता है। मुझको याद आ रहे थे अपने वज़न और शरीर से भी बड़ा और भारी बस्ता लादे अपने देश के स्कूलों के बच्चे, ट्यूशन पढ़ाते शिक्षक, मिड डे मील में खाने में गड़बड़ करके ख़राब खाना सप्लाई करते ठेकेदार और गाँवों में बिना किसी सुविधा के टाट-पट्टी पर बैठकर पढ़ते बच्चे। मैं यह सोचने पर मजबूर था कि आख़िर हमारे यहाँ के बच्चों का क्या दोष है कि उनको वह सुविधाएँ और अच्छी शिक्षा नहीं मिलतीं जिसके कि वे हकदार हैं। सही अर्थों में दोष तो शिक्षा प्रणाली और नीति नियन्ताओं का है जिसका खामियाजा न जाने कितनी पीढ़ियों को भोगना पड़ता है।

स्कूल के बाद बबली दा ने मुझको रेलवे स्टेशन छोड़ दिया इस वादे के साथ कि मैं फिर आऊँगा। मैं लन्दन की ट्रेन में बैठकर बबली दा की सहृदयता के विषय में सोच रहा था। हालाँकि अब जो समय है उसमें आतंकवाद आदि के ख़तरों को देखते हुए न तो कोई व्यक्ति किसी अनजान व्यक्ति को अपने घर ठहराएगा और न ही किसी भी व्यक्ति को अब किसी अनजान व्यक्ति के पास रुकना ही चाहिए।

लन्दन पहुँचकर मैं कैब करके अपने ठहरने के स्थान Hotel St. Giles पहुँचा जो कि Bedford Avenue, Bloomsbury में Tottenham Court road स्टेशन और ऑक्सफ़ोर्ड स्ट्रीट के पास स्थित था। इस होटल में मैंने पहले से ही बुकिंग करा ली थी। अभिनव ने बताया था कि फ़्लाइट से पहुँचनेवालों को यह होटलवाले कुछ डिस्काउंट भी देते हैं। होटल पहुँचने पर मन बहुत अच्छा हुआ क्योंकि होटल बहुत अच्छा था। सबसे पहले तो एक अंग्रेज़ ने कार से मेरा सामान निकालकर, उठाकर होटल के अन्दर और फिर कमरे में पहुँचाया। इससे होनेवाली एक क़िस्म की सुखद अनुभूति को हर भारतीय महसूस करेगा और वे लोग तो ख़ास तौर से जो आधुनिक भारतीय इतिहास के विद्यार्थी रहे हैं। यह होटल उस समय लन्दन के अच्छे होटलों में था और इसकी गिनती 5 स्टार होटलों में थी यद्यपि अभी मैंने नेट पर देखा तो अब इसको 3 स्टार बता रहा है। इस होटल से थोड़ी दूरी पर ही सेंट जेम्स कोर्ट होटल था जहाँ भारत के प्रधानमन्त्री आदि ठहरते थे। होटल में अन्दर घुसकर कुछ सीढ़ियाँ चढ़कर मैं रिसेप्शन पर पहुँचा। रिसेप्शन पर बैठी महिला ने कहा कि बुकिंग मेरे नाम से है। जब मैंने डिस्काउंट की बात की तो उनका कहना था कि उनकी डील सिर्फ ब्रिटिश एयरवेज़ से थी और मैं KLM से सफर कर रहा था, इसलिये डिस्काउंट नहीं मिला और अब लगभग 100 डॉलर रोज़ का होटल मुझको कुछ महँगा लग रहा था। रिसेप्शन पर

उन्होंने मुझसे पूछा कि पेमेंट कार्ड से करूँगा या कैश तो मैंने बड़ी शान से कार्ड कहा और उनके माँगने पर अपना क्रेडिट कार्ड उनको दे दिया।

भारत में इंटरनेशनल क्रेडिट कार्ड का प्रचलन हाल ही में शुरू हुआ था। मेरी बैंक ने मुझको unlimited credit वाला card (Gold Card) दिया था। मैं भी 1997 में कैशलैस के चक्कर में कैश करेन्सी कम लाया था और लन्दन पहुँचते-पहुँचते मेरे पास अब मात्र 2-3 सौ डॉलर ही नक़द बचे थे। होटल में सामान रखकर मैं लन्दन में ज़रा टहलने निकल गया। मैंने दो-चार होटल भी तलाशे कि इससे कुछ सस्ता होटल मिल जाए किन्तु वहाँ ट्रेड फ़ेयर चलने के कारण कोई भी अच्छा होटल उपलब्ध नहीं था। अगला दिन शनिवार का था और मैं सोमवार तक तो लन्दन में था ही क्योंकि सोमवार को मुझको अपने व्यापारी से मिलने जाना था। थोड़ी देर टॉटेनमकोर्ट रोड और ऑक्सफ़ोर्ड स्ट्रीट आदि घूमकर मैं अपने कमरे में आकर गर्म पानी से नहाकर सोने की तैयारी में था कि कमरे का फ़ोन बजा। मैंने सोचा अब यहाँ कौन मुझको फ़ोन कर रहा है किन्तु वह फ़ोन रिसेप्शन से था और उन्होंने मुझको बताया कि मेरा क्रेडिट कार्ड काम नहीं कर रहा। यह सुनते ही मेरे तो हाथों से जैसे तोते उड़ गए। मेरे पास तो सोमवार तक होटल में रुकने/खाने लायक भी नकद पैसे बहुत मुश्किल से ही थे। मेरा टैकसैवी और कैशलेस होने का स्वप्न अब भयावह हो चला था। मैं सोचने पर मजबूर था कि अब क्या किया जाए।

England-8
2nd trip
London—Royal Albert Hall, Big Ben, Palace of Westminster,
10 Downing street
इंग्लैंड-8
2सरी यात्रा
लन्दन—रॉयल एल्बर्ट हॉल,
बिग बेन, पैलेस ऑफ वेस्टमिंस्टर,
10 डाउनिंग स्ट्रीट

जैसा मैं इससे पहले बता ही चुका हूँ कि होटल के रिसेप्शन से मेरे पास फ़ोन आया कि मेरा क्रेडिट कार्ड काम नहीं कर रहा था। मैंने सबसे पहले भारत अपनी बैंक के क्रेडिट कार्डवाले अफ़सर को फ़ोन मिलाया और इत्तफ़ाक़ से उनसे बात भी हो गई। उन्होंने कहा कि भारत में उस समय शुक्रवार की शाम हो चली

थी और वह सोमवार के पहले कुछ नहीं कर सकते थे। उन्होंने कहा कि कार्ड तो आपका बिलकुल ठीक है शायद कम्प्यूटर की कुछ समस्या होगी जिसको आज के सन्दर्भ में कनेक्टिविटी प्रॉब्लम कहा जा सकता है। उन्होंने मुझको वीसा कार्डवालों से सीधे बात करने को भी कहा। मुझे ख़ुद भी ताज़्जुब हो रहा था क्योंकि नया-नया क्रेडिट कार्ड के शौक में दिल्ली से एम्स्टर्डम आते वक्त जब मुझको ज्ञात हुआ कि इस जहाज़ में फ़ोन की सुविधा उपलब्ध है तो लगभग 35-40 हज़ार फ़ीट की ऊंचाई पर उड़ते जहाज़ से जहाज़ के फ़ोन से क्रेडिट कार्ड का सफल उपयोग कर के मैंने अपने घर बात की थी और अब जरूरत के वक़्त क्रेडिट कार्ड दग़ा दे गया था।

मैंने होटल के कमरे के फ़ोन से क्रेडिट कार्ड के हेल्प लाइन नम्बर का फ़ोन मिलाया। उधर से जिसने फ़ोन उठाया उसने बड़ी तसल्ली से मेरी सारी बात सुनी और कुछ प्रश्न पूछे तो मैंने कहा कि ऐसे फ़ोन पर तो लम्बी बात हो जाएगी आप अपने ऑफ़िस का पता बता दीजिए तो मैं वहाँ आकर आपसे आमने-सामने बात कर लूँ। इस पर वह व्यक्ति बोला कि वह तो हांगकांग में बैठे हैं अब तो मैं और घबरा गया कि मेरा होटल के फ़ोन का बिल तो इतनी देर लन्दन से हांगकांग बात करने से बहुत ज़्यादा हो गया होगा वैसे भी अच्छे होटलों में होटल के फ़ोन से बाहर बात करना आम तौर पर महँगा ही होता है, लेकिन उधर फ़ोन पर बात कर रहे व्यक्ति ने मुझको आश्वस्त किया कि यह टॉल फ्री कॉल है और इसमें मेरे कोई पैसे नहीं लगेंगे यह सुनकर मेरी जान में जान आई। उन्होंने भी यही कहा कि अब जो भी होगा वह सोमवार को ही हो सकेगा। मेरी समस्या हल ज़रूर की जाएगी लेकिन सोमवार को मेरी बैंक से बात करने के बाद। अब तक मेरा क्रेडिट कार्ड के प्रयोग का भूत पूरी तौर पर उतर चुका था और मैंने बुज़ुर्गों का यह सिद्धान्त फिर से याद कर लिया था कि वक़्त पर सिर्फ अपनी अंटी में पड़ा पैसा ही काम आता है। अब नहाकर मैं होटल के आरामदायक बिस्तर पर लेटा हुआ सोच रहा था कि यदि सोमवार को कोई व्यवस्था नहीं हुई तो कैसे काम चलाया जाएगा। उस जमाने में पैसा भारत से तुरन्त ट्रांसफर होने का तो कोई सवाल था ही नहीं। ख़ैर, फिर मैंने यह सोचकर अपने मन को तसल्ली दी कि नहीं होगा तो अपने किसी व्यापारी से पैसा माँगा जाएगा या इलाहाबादवाली बड़ी मौसी के लड़के बीनू दादा से पैसा मँगवाएँगे जो वाशिंगटन, अमेरिका में वर्ल्ड बैंक में कार्यरत हैं। इसके बाद शनिवार और इतवार को लन्दन में क्या करना है सोचते हुए मेरी आँख लग गई।

शनिवार सुबह मैं आराम से सोकर उठा और नहाकर, तैयार होकर सबसे पहले मैंने होटल में सुबह का नाश्ता किया जो अत्यन्त स्वादिष्ट और लज़ीज़ था। मन को क्रेडिट कार्ड और पैसों की चिन्ता से सोमवार तक के लिये चिन्ता-मुक्त

किया क्योंकि मेरी समझ में यह बात आ चुकी थी कि सोमवार के पहले अब इस विषय में कुछ किया नहीं जा सकता तो परेशान होकर क्यों दिमाग़ को कष्ट दिया जाए इसलिये इस समस्या से सम्बन्धित स्विच को फ़िलहाल ऑफ़ कर लेना ही बेहतर था। हाँ, तकनीकी कितनी भी उन्नति कर ले उससे जुड़ी समस्या जब उत्पन्न होती है तो काफ़ी दिक़्क़त कर सकती है यह अनुभव तो प्राप्त हो ही रहा था।

लन्दन में काफ़ी स्थान मेरे देखे हुए थे ही तो मेरा मन हुआ रॉयल अल्बर्ट हॉल देखने का। बात शायद सन 1974-75 की है लन्दन के रॉयल अल्बर्ट हॉल में लता मंगेशकर जी का एक म्यूज़िक कन्सर्ट हुआ था जो देश के बाहर लता जी का पहला म्यूज़िक कन्सर्ट था। इसके LP रिकॉर्ड बने थे और मेरे पास भी वह रिकॉर्ड था।

तो मैं टॉटेनहम कोर्ट रोड ट्यूब स्टेशन से चल पड़ा High Street Kensington स्टेशन के लिये जिसके पास ही रॉयल एल्बर्ट हॉल था। Tottenham Court Road station से central line से चलकर Notting-hill station से circle line change करके मैं लगभग 25 मिनट में High Street Kensington station पहुँचा। स्टेशन से निकलकर लगभग 10-15 मिनट में टहलता हुआ मैं इंग्लैंड के प्रसिद्ध रॉयल एल्बर्ट हॉल तक पहुँचा।

लन्दन की सांस्कृतिक दुनिया में रॉयल एल्बर्ट हॉल की एक अलग पहचान है। यह सन 1871 में बनकर पूरा हुआ था और लन्दन के इस प्रसिद्ध कन्सर्ट हॉल का उद्‌घाटन महारानी विक्टोरिया ने किया था। यह कन्सर्ट हॉल साउथ केंसिंग्टन, लन्दन के उत्तरी छोर पर अवस्थित है। इसकी वर्तमान क्षमता लगभग 5200 दर्शकों की है और इसका नाम महारानी विक्टोरिया के पति की स्मृति में रॉयल एल्बर्ट हॉल रखा गया था। समय-समय पर इस हॉल में विभिन्न क़िस्म के सांस्कृतिक कार्यक्रम होते रहते हैं। सन 1933 में इसी हॉल में प्रसिद्ध वैज्ञानिक एल्बर्ट आइन्स्टीन ने चर्चित 'Einstein meeting' की थी जिसमें विश्व के बहुत से नामचीन वैज्ञानिकों ने शिरकत की थी। इस भवन के विषय में एक मजेदार बात यह है कि द्वितीय विश्वयुद्ध में इसको ज़्यादा क्षति नहीं पहुँची क्योंकि शत्रु जर्मन सेना के पायलट इसको लन्दन का landmark मानकर इस पर हमला नहीं करते थे।

जब मैं इस विश्वप्रसिद्ध रॉयल एल्बर्ट हॉल के पास पहुँचा तो इस हॉल की विशालता और भव्यता ने मुझको काफ़ी प्रभावित किया। विशाल गोलाकार घेरे में स्टेप वार बनी बिल्डिंग, उसमें बड़े-बड़े गलियारे और उसमें बड़े-बड़े द्वार बने हुए, गोल घेरेनुमा इमारत और बीच में लोहे की छड़ों के ढाँचे पर बना शीशे के विशाल गुम्बद की यह इमारत ब्रिटेन के सांस्कृतिक कार्यक्रमों की दो सदियों

की गवाह थी। इसका निर्माण कैप्टन फ्रान्सिस फ़ौके (Francis Fowke) और मेजर जनरल हेनरी स्कॉट नामक वास्तुविदों ने किया था और यह उस समय की प्रसिद्ध ब्रिटिश Italianate Architectural style में बनाया गया है।

रॉयल एल्बर्ट हॉल के परिसर में खड़े हुए मुझको ग्रामोफ़ोन के उस LP record के स्वर याद आने लगे जिनकी याद ही तो मुझको इस इमारत तक खींच लायी थी। मेरी पत्नी रचना लता मंगेशकर जी की बहुत बड़ी भक्त जैसी ही हैं। वह ख़ुद भी बहुत अच्छा गाती हैं और लता जी की बहुत बड़ी फ़ैन भी हैं। मैंने सोचा कि वह अभी यदि यहाँ मेरे साथ होतीं उस स्थान पर जहाँ देश के बाहर लता जी ने अपना पहला कार्यक्रम पेश किया था तो यक़ीनन बहुत ख़ुश होतीं। मैं यह सोच ही रहा था कि यकायक मुझको लगा कि मेरे साथ की भीड़ दरअसल सभी दर्शक हैं लता जी के उस कार्यक्रम के और अचानक संगीत की धुन के बीच मिस्टर जूलियस सिल्वरमैन ने जैसे लन्दन के लोगों को बताया कि लता मंगेशकर जी भारत के बाहर यह पहला कार्यक्रम नेहरू मेमोरियल प्रोजेक्ट, लन्दन के लिये कर रही हैं और इसके लिये उन्होंने कोई फीस नहीं ली है कि तभी लगा कि असंख्य तालियों की गड़गड़ाहट के बीच अभिनय सम्राट दिलीप कुमार साहब अपनी ख़ालिस उर्दू में कह रहे हैं कि नेहरू जी को 'फ़ुनून ऐ लतीफ़ा या फाइन आर्ट्स ' का बहुत शौक था। जब देश के सामने कोई मसला पेश आया तो फ़िल्म इंडस्ट्री आगे आई और उन्होंने मौसिकी यानी म्यूज़िक कन्सर्ट के कई प्रोग्राम करवाए और उन कार्यक्रमों की 'रूह ऐ रवाँ' रहीं हैं लता मंगेशकर। मैं मानो मन्त्रमुग्ध सा सुन रहा था दिलीप कुमार को उस भव्य हॉल में हज़ारों लोगों के बीच अपनी बात कहते हुए और वह कहते जा रहे थे कि जैसे फूल की ख़ुशबू का कोई रंग नहीं होता, जैसे बहते झरने और पानी का कोई वतन नहीं होता जैसे सूरज की रोशनी और मासूम बच्चे की मुसकान का कोई मजहब नहीं होता वैसे ही लता मंगेशकर की आवाज़ क़ुदरत की तख़लीक़ का एक करिश्मा है। लगा कि यह कहते हुए वह लता जी को स्टेज पर बुला रहे हैं कि लता मंगेशकर उनकी एक छोटी सी बहन हैं मुख़्तसर सी और फिर जैसे लता जी ने संस्कृत के श्लोक से आरम्भ करके अपने गानों से लोगों को मन्त्रमुग्ध कर दिया हो। 'इन्हीं लोगों ने ले लीन्हा दुपट्टा मोरा' पर तालियाँ रुक भी नहीं पाई थीं कि 'तुम ना जाने किस जहाँ में खो गए' और फिर 'यह ज़िन्दगी उसी की है', 'बिंदिया चमकेगी' आदि के बाद मुझे याद आ रहा था उनका कालजयी गाना, ' ऐ मेरे वतन के लोगो'। मैं अपनी सोच में ऐसा खो गया था कि मुझको लगा ही नहीं कि मैं तो एल्बर्ट हॉल देखने आया हूँ ना कि उस कन्सर्ट में हूँ तभी कुछ नौजवान बच्चों का एक ग्रूप मेरे बिलकुल पास से शोर मचाता गुज़रा जिससे मेरा ध्यान टूटा और मैं वर्तमान में लौटा। इस शानदार सांस्कृतिक भवन से अब मैं चल दिया इंग्लैंड के

पार्लियामेंट हाउस पैलेस ऑफ़ वेस्टमिंस्टर और लन्दन की ही एक और प्रसिद्ध इमारत Big Ben की तरफ़।

Westminster अंडरग्राउंड स्टेशन से बाहर निकलते ही यह बिग बेन दिखती है। बिग बेन वेस्टमिंस्टर के पैलेस के उत्तरी छोर पर बने घंटाघर और उसके विश्वप्रसिद्ध विशालकाय घंटे को कहा जाता है।

Palace of Westminster इंग्लैंड के संसद भवन को कहा जाता है। यह संसद भवन की इमारत सन 1016 में बनी थी फिर सन 1834 में आग लगने से यह नष्ट हो गई और 1840-70 में फिर बनाई गई। यह विश्वप्रसिद्ध इमारत गौथिक रिवाइवल की स्टाइल में बनाई गई है और टेम्स नदी के किनारे पर स्थित है। इंग्लैंड के संसद भवन को इतने पास से देखना एक बहुत ही रोमांचकारी अनुभव था क्योंकि आधुनिक विश्व में संसदीय प्रणाली लोकतन्त्र की शुरुआत यहीं से मानी जाती है और संसदीय लोकतन्त्र के उस मन्दिर के पास खड़े होकर उसको निहारना जीवन का एक बहुत ही मूल्यवान अनुभव था। इस भवन के सामने खड़े होकर मुझको किंग जॉन के ज़माने 1215 का मैग्ना कार्टा याद आ रहा था, जिसका कि इंग्लैंड ही नहीं अपितु सम्पूर्ण विश्व के लोकतन्त्र में एक अलग और बहुत महत्वपूर्ण स्थान है। मुझको इंग्लैंड की संसद का लोकतन्त्र के विकास में योगदान ध्यान आ रहा था किन्तु साथ ही साथ यह भी सोचने पर मजबूर था कि इसी भवन में बैठकर इसी लोकतन्त्र के ठेकेदार सारी दुनिया में साम्राज्यवाद की और मानवाधिकारों के हनन की नई परिभाषाएँ भी गढ़ते थे यह भी इसी सिक्के का दूसरा पहलू है।

इस संसद भवन के उत्तरी छोर पर ही बिग बेन है। पहले इसको Clock Tower कहा जाता था लेकिन अभी हाल ही में सन 2012 में इंग्लैंड की रानी एलिज़ाबेथ द्वितीय की हीरक जयन्ती के उपलक्ष्य में इसका नाम Elizabeth Tower कर दिया गया है। इस टॉवर की मीनार भी Gothic Revival Architectural style में बनी है। इसकी ऊँचाई 96 मीटर या 315 फ़िट है। यह घंटाघर 31 मई, 1859 को बनकर तैयार हुआ था। इस मीनार की 11 मंज़िल हैं। इसके वास्तुविद का नाम Augustus Pugin था। इस घंटाघर को Prince of Time-keepers भी कहा जाता है। इसमें हर 15 मिनट, 30 मिनट, 45 मिनट पर घंटियाँ और फिर एक घंटे पर बड़ा घंटा बजते हैं। इसकी गिनती विश्व की सबसे सही समय बतानेवाली घड़ियों में है। यह इमारत बलुई रंग के एयर स्टोन लाइम स्टोन के रंग की बनी दिखती है। यह चौपहला मीनारनुमा घंटाघर यूनाइटेड किंगडम और वहाँ की संसदीय प्रणाली के प्रमुख प्रतीकों में से एक है। 1987 से यह इमारत UNESCO World Heritage Site में शुमार है। इस घंटाघर से जुड़ा एक मज़ेदार क़िस्सा यह भी है कि सन 1949 में यह घड़ी लगभग साढ़े 4

मिनट सुस्त हो गई थी क्योंकि इस घड़ी की मिनटवाली सुई पर मैनाओं का एक झुंड बैठ गया था। इस घड़ी और इसके घंटे की विशालता का अनुमान इस बात से भी लगाया जा सकता है कि इसके घंटे का मूल रूप से वज़न लगभग 16 टन का था। कुछ समय बाद इसके विशाल घंटे में हलका सा क्रैक आ गया जो अभी भी है और इसके परिणामस्वरूप घंटे की आवाज़ हलकी सी परिवर्तित हो गई थी। इस घंटे/घंटाघर/मीनार को इसका नाम Big Ben सर बेंजामिन हॉल के नाम से मिला है और यह नाम इस पर अंकित भी है हालाँकि कुछ लोग इसको उसी समय के प्रसिद्ध हैवीवेट बॉक्सर बेंजामिन काउंट के नाम से भी जोड़ते हैं।

बिग बेन और पैलेस ऑफ़ वेस्टमिंस्टर से आगे बढ़कर अब मैं पास ही स्थित 10 नम्बर डाउनिंग स्ट्रीट के पास था। यह मकान और पता है इंग्लैंड या ग्रेट ब्रिटेन के प्रधानमन्त्री के सरकारी आवास और कार्यालय का। इसको इंग्लैंड में No. 10 के नाम से भी जाना जाता है। यह लगभग 300 वर्ष पुराना घर है जो 1684 में बनकर तैयार हुआ था और इसको बनने में लगभग 2 वर्ष का समय लगा था। दरसल Mr. Downing ओलिवर क्रॉमबेल के जासूस थे और इन्होंने इस इलाक़े में सम्पत्ति में निवेश किया था और बाद में यह इलाक़ा मिस्टर डाउनिंग के नाम से ही जाना जाने लगा। सन 1732 में किंग जॉर्ज द्वितीय ने सर रॉबर्ट वालपोल को यह घर दिया था जिन्होंने इसको First Lord of Treasury (अब प्रधानमन्त्री) का सरकारी आवास बना दिया। यह घर सामने से मात्र एक दरवाज़ा जैसा दिखता है जिस पर No. 10 लिखा है किन्तु इस सादा से दिखनेवाले लेकिन ग़ज़ब के मज़बूत इस दरवाज़े के पीछे एक अत्यन्त विशाल और भव्य इमारत है जिसमें 300 तो कमरे हैं। इसके मुख्य दरवाज़े की एक ख़ासियत यह भी है कि यह बाहर से नहीं खुल सकता। इसको खोलने के लिये अन्दर से ही कोई चाहिए। यह मकान ब्रिटेन की महारानी के आवास बकिंघम पैलेस और ब्रिटिश संसद भवन पैलेस ऑफ वेस्टमिंस्टर दोनों से ही बिलकुल पास ही है। मैं वहाँ खड़ा होकर सोच रहा था कि इस घर में ही कभी वालपोल, बेंजामिन डिज़राएली, पिट द यंगर, विंस्टन चर्चिल, मार्गरेट थैचर आदि रहते होंगे।

तो मैं आज लन्दन की चार प्रसिद्ध इमारते देख चुका था। रॉयल एल्बर्ट हॉल, इंग्लैंड का संसद भवन यानी कि Palace of Westminster, 10 डाउनिंग स्ट्रीट यानी कि ब्रिटेन के प्रधानमन्त्री का आवास और विश्वप्रसिद्ध Big Ben। चूँकि मैं इतिहास का विद्यार्थी भी रहा हूँ तो मैं बिग बेन की मीनार की तुलना अपने देश की कुतुब मीनार, अफ़गानिस्तान की 'जाम मीनार', मोरक्को और अन्य देशों की मीनारों से करने लगा किन्तु मीनारों के विषय में विशद चर्चा करूँगा जब इटली की पीसा की मीनार को देखने की यात्रा के विषय में लिखूँगा।

अब मैं काफ़ी थक चुका था और समय भी काफ़ी हो चला था इसलिये रास्ते में फ़ोन से घर बात करते हुए और कुछ खाना खाकर मैं अपने होटल वापस आ गया। होटल के कमरे में पहुँचकर मैंने सबसे पहले गरम पानी से स्नान करके अपनी थकान उतारी और फिर बिस्तर पर लेट गया। बिस्तर पर लेटते ही एक बार फिर क्रेडिट कार्ड की समस्या ने अपना सर उठाया किन्तु मुझको मालूम ही था कि इस विषय में जो कुछ भी होना है वह सोमवार को ही होगा इसलिये उस सोच को फ़िलहाल मैंने तिलांजलि दे दी हाँ बस चिन्ता यही थी कि सोमवार को ही मुझको मारटोंक शहर में अपने व्यापारी से मिलने भी जाना था तो क्या पैसों का इन्तज़ाम होगा, यदि हाँ तो कैसे और कब तक? ! ! यदि इन्तज़ाम नहीं हुआ तो क्या करूँगा? ? और क्या मैं मारटोंक जा पाऊँगा? ? यही सब सोचते हुए न जाने कब मेरी आँख लग गई।

England-9 2nd trip
London, Yeovil, Martock
इंग्लैंड-9 दूसरी यात्रा

लन्दन, इयोविल, मारटोंक

आज इतवार का दिन था और वास्तव में आज केवल एक ही काम था और वह था कल यानी कि सोमवार का इन्तज़ार करना ज़िससे क्रेडिट कार्ड प्रकरण का कुछ समाधान हो। बहरहाल मैंने इस दिन का उपयोग लन्दन घूमने में ही करने का विचार बनाया। आराम से उठकर होटल में ही बढ़िया और भरपेट नाश्ता करने के बाद मैं बाहर घूमने निकला। सबसे पहले मैं ऐसे ही टहलते हुए टॉटेनहम कोर्ट रोड की तरफ़ पहुँचा। यह स्ट्रीट काफ़ी जीवन्त सड़क है। इस पर एक तरफ़ प्रसिद्ध डोमिनियन थिएटर है। यह काफ़ी पुराना थिएटर है, इसमें फरवरी, 1931 में चार्ली चैप्लिन की प्रसिद्ध फ़िल्म City LightS का प्रीमियर हुआ था जिसमें स्वयं चार्ली चैप्लिन आए थे और लोग इस बात का ज़िक्र आज तक करते हैं। बाद में चलकर यह थिएटर संगीत के कार्यक्रमों यानी कि musical concerts के लिये अधिक प्रसिद्ध हो गया। इसी टॉटेनहमकोर्ट रोड पर लन्दन का प्रसिद्ध मेपल हाउस Maple House भी है जो एक प्रसिद्ध कॉमर्शियल कॉम्प्लेक्स है।

टॉटेनहमकोर्ट रोड के इसी भीड़-भाड़ और चहल-पहलवाले इलाक़े में एक मज़ेदार वाक़िया हुआ। इस बार लन्दन में मुझे अपने एक पुरानी और अत्यन्त घनिष्ठ परिचित मिल गईं जिनके साथ मैंने लगभग पूरा दिन बिताया, हम लोगों ने साथ-साथ खाने में पीत्जा और सलाद खाया और ख़रीददारी भी की जिसमें एक

बहुत अच्छी स्कॉटिश स्कर्ट भी मैंने उनके लिये ख़रीदी। बात शायद डोमिनियन के पासवाले मोड़ की है। मैं फ़ुटपाथ पर था और वह शायद सड़क पर खड़े होकर यानी कि बिलकुल फ़ुटपाथ के किनारे पर ही खड़े होकर मुझसे बात कर रही थीं कि एक तरफ़ से अचानक लन्दन में चलनेवाली लाल सिटी बस तेजी से आई और उन पर चढ़ ही गई होती वह तो reflex action के कारण मैंने उनको तुरन्त शायद सैकिंड के भी सौवें हिस्से में चपलता से अपनी ओर खींच लिया नहीं तो न जाने क्या दुर्घटना हो जाती। इसके काफ़ी समय बाद तक मेरे दिल की धड़कनें धक-धक करके तेज़ी से चलती रहीं और आज भी जैसे ही उस घटना के विषय में सोचता हूँ तो दिल की धड़कन तेज़ हो जाती हैं। इनके साथ मेरी मुलाक़ात लन्दन में रहनेवाले एक बंगाली बन्धु से भी उनके घर जाकर हुई। इस घटना के पहले मैं सोचता था कि हमारे देश में सिर्फ नौकरशाही ही ऐसी है जिसमें अधिकांश की सोच आज भी तत्कालीन ब्रिटिश राज की ट्रेनिंग के हिसाब से है लेकिन इस घटना ने मुझको यह सोचने पर मजबूर किया कि हमारी दिल्ली की ब्ल्यू लाइन के बस ड्राइवर भी लन्दन के इसी क़िस्म के बस ड्राइवरों से अपनी प्रेरणा लेते हैं। मेरी इन घनिष्ठ मित्र को जब मालूम पड़ा कि मेरे साथ क्रेडिट कार्ड का यह क़िस्सा हो गया है तो उन्होंने मुझसे कहा कि वह मुझको कुछ पैसे दे सकती हैं किन्तु मैंने विनम्रतापूर्वक उनको धन्यवाद देते हुए मना कर दिया किन्तु उनकी इस बात के लिये मैं ताउम्र उनका आभारी रहूँगा वरना परदेस में ऐसे शुभचिन्तक क़िस्मतवालों को ही मिलते हैं।

शाम का झुटपुटा होते-होते मैं लन्दन के प्रसिद्ध Piccadily Circus के इलाक़े में पहुँच चुका था। पिकेडली लन्दन के सबसे प्रसिद्ध व्यावसायिक इलाक़ों में से एक है। यहाँ एक तरफ़ Shaftesbury Memorial Fountain है जो 1893 में बना था। इसके ऊपर पंखोंवाले एक मनुष्य की नग्न प्रतिमा है। इसको इरोस की प्रतिमा भी कहा जाता है किन्तु यह अल्फ्रेड गिल्बर्ट नामक वास्तुविद द्वारा बनाई गई थी। उस समय ताँबे के फ़व्वारे पर एल्युमीनियम की प्रतिमा को स्थापित करना एक बहुत चर्चित घटना और कला जगत की बहुत बड़ी घटना थी। यह फाउंटेन शैफ्ट्सबरी के 7वें अर्ल एन्थोनी एश्ले कूपर की याद और सम्मान में बनाया गया था। पिकेडली सर्कस इलाक़े को लन्दन का Times Square भी कहा जाता है। यहाँ की रौनक़, रौशनी और चकाचौंध देखते ही बनती है। यहाँ पर बड़े-बड़े विज्ञापन के रोशनी के चमकते बोर्ड देखते ही बनते हैं। Coca cola, Foster's, TDK, Sanyo जैसे विश्वप्रसिद्ध ब्रांडों के नियॉन साइन जैसे बोर्ड एक तरफ़ अपनी अद्भुत छटा बिखेर रहे थे तो कहीं Philips, Panasonic, Nescafeवाले भी अपना-अपना जलवा दिखाने में किसी से पीछे नहीं थे। एक तरफ़ Ripley's believe it or not का बोर्ड दिखा तो कहीं

Guinness world record भी था। चारों तरफ़ ग़ज़ब की भीड़ और कमाल की रोशनी की चकाचौंध यही था संक्षेप में पिकेडली सर्कस। वहाँ लोगों ने बताया कि पिकेडली सदैव रोशन और जीवन्त रहता है 24/7 और इतिहास में चन्द मौक़े ही ऐसे आए हैं जब यहाँ की रोशनी गुल (Lights off) की गईं हैं। ऐसा एक बार तो 1965 में हुआ जब इंग्लैंड के पूर्व प्रधानमन्त्री और उनके दूसरे विश्वयुद्ध के प्रमुख नायक सर विंस्टन चर्चिल का निधन हुआ और बाद में एक बार 1997 में जब प्रिन्सेस डायना की एक दुर्घटना में मृत्यु हुई थी।

पिकेडली इलाक़े में घूमते-घूमते ही मैं कई दुकानों में भी गया जिसमें एक की चर्चा यहाँ करना चाहूँगा। यह दुकान थी स्कॉटिश किल्ट्स Scottish Kilts की। किल्ट असल में घुटने तक की लम्बाई का स्कर्ट की क़िस्म का ही एक परिधान है। यह स्कॉटलैंड की संस्कृति के प्रमुख प्रतीकों में से एक है। इसको प्राचीन काल में गॉल एवं केल्टिक (Gaul & Celtic) लोग पहनते थे। अब इसको Irish Pipe Bandवाले भी पहनते हैं। स्कॉटिश किल्ट्स या स्कर्ट मूलत: ऊनी चारख़ानेदार पैटर्न के कपड़े की होती हैं जिस पर आड़े तिरछे, खड़े और क्षैतिज डिज़ाइनों के ख़ाने बने होते हैं। इन स्कर्ट्स की अपनी अन्तराष्ट्रीय पहचान है और स्त्री और पुरुष दोनों इनको बहुत शान से पहनते हैं। यहाँ यह भी बताना चाहूँगा कि यह परिधान आम स्कर्ट से काफ़ी महँगा होता है। जैसा मैंने बताया है कि यहाँ से एक स्कॉटिश किल्ट मैंने ख़रीदी थी।

इस प्रकार से लन्दन में मेरा यह इतवार का दिन घूमते-टहलते बीत ही गया और रात को जल्दी ही मैं अपने कमरे में आकर सो गया। असल में बाहर ठंडक बहुत थी और मुझको यह डर लगा कि कहीं सर्दी खाकर बीमार न हो जाऊं नहीं तो बहुत दिक़्क़त हो जाएगी। इस डर का भी दरअसल एक कारण था। एक बार मेरे छोटे भाई अभिनव लन्दन आए हुए थे कि अचानक उनके दाँत में भयंकर तक़लीफ़ हो गई। इससे उनको तेज़ बुख़ार आ गया। वह रात को खाना खाकर पैदल होटल की तरफ़ आ रहे थे तबकी यह घटना है। उनकी थकी हुई लड़खड़ाती चाल देखकर एक पुलिसवाला उनके पास आया और इनसे पूछा कि "Are you drunk?" और जब तक यह कुछ जवाब दें तब तक तो उसने शराब जाँचने का यन्त्र इनके मुँह में घुसा सा दिया। ख़ैर यह शराब पिए हुए तो थे नहीं अलबत्ता तेज़ बुख़ार में थे। यह देखकर पुलिसवाले ने इनसे कई बार सॉरी कहा और इनको दाँत के डॉक्टर के पास ले जाकर छोड़ दिया। वहाँ की पुलिस की वाक़ई यह बहुत तारीफ़ की बात है। दाँत के डॉक्टर से गुड्डू यानी अभिनव ने कहा कि उन पर इन्श्योरेन्स है इस पर उस डॉक्टर ने कहा कि इन्श्योरेन्स के पेमेंट के माध्यम से इलाज कराना है तो किसी सरकारी टाइप अस्पताल चले जाइए और यदि मुझसे इलाज कराना है तो मुझको तो कैश पेमेंट सीधे चाहिए।

अब उस समय ख़राब तबीयत में कहाँ जाएँगे यह सोचते हुए उन्हीं डॉक्टर साहब से काफ़ी महँगा इलाज कराया और उनको नगद पेमेंट किया था। इसलिये मुझको लगा कि यहाँ बीमार न पड़ें वही बेहतर रहेगा।

बिस्तर पर लेटकर यह सोचते हुए कि कल क्रेडिट कार्ड प्रकरण देखें क्या गुल खिलाता है थोड़ी देर में ही निद्रा देवी ने मुझको अपनी शरण में ले लिया।

अगली सुबह मैं जल्दी से तैयार हुआ और मैंने क्रेडिट कार्ड हेल्प लाइन के टॉल फ्री नम्बर को मिलाया। उन लोगों ने कहा कि वह भारत में मेरी बैंक से बात करके अभी थोड़ी देर में बताते हैं। फिर मैंने तुरन्त अपनी बैंक को फ़ोन मिलाया। समय में फ़र्क़ होने के कारण यद्यपि लन्दन में अभी सुबह हुई थी लेकिन भारत में दफ़्तर चालू हो चुके थे। मेरी बैंकवालों ने बताया कि कुछ तकनीकी ख़राबी ऐसी हो गई है कि अभी क्रेडिट कार्ड काम नहीं कर पाएगा। अब मेरा गुस्सा तो सातवें आसमान पर था मैंने लगभग चीख़ते हुए कहा कि तो अब मैं क्या लन्दन के होटल में बर्तन माँजकर अपनी जान छुड़ाऊँ। इस पर वह लोग बोले कि आपकी परेशानी हम समझ रहे हैं लेकिन यह समस्या कुछ ऐसी हो गई है कि कार्ड अभी काम नहीं करेंगे। मैंने कहा लेकिन कुछ करिए जिससे मेरे हाथ में पैसा तो हो। इस पर उन्होंने कहा कि ठीक है हम अभी वीसा कार्डवालों से बात करके कुछ रास्ता निकालते हैं आप 10 मिनट इन्तज़ार करिए। मरता क्या न करता सो इन्तज़ार तो करना ही था लेकिन यह दस मिनट मेरे लिये दस साल जैसे थे। थोड़ी देर में मेरे कमरे के फ़ोन की घंटी बजी। यह फ़ोन मेरी बैंक से ही था। उन्होंने कहा कि आप वीसावालों के फ़ोन का इन्तज़ार करिए वे आपको पैसा कैसे मिल पायेगा यह बताएँगे। अगला फ़ोन वीसावालों का था। उन्होंने मुझसे कहा कि आप पास के फलाने बैंक के कैश काउंटर पर जाइए और वहाँ अपना पासपोर्ट दिखाइएगा तो वह आपको 5, 000 पाँच हज़ार यूएस डॉलर दे देंगे। अब मेरी जान में जान आई। मैं तुरन्त उनके बताए बैंक पहुँचा, काउंटर पर पासपोर्ट दिखाया और उन लोगों ने मुझसे एक वाउचर पर मेरे दस्तख़त करवाए और मुझको पाँच हज़ार डॉलर दे दिये। अब मेरे सर से एक बहुत बड़ा बोझा उतर चुका था और सबक़ भी मिल चुका था कि वक़्त पड़ने पर ज़ेब का रुपया ही काम आएगा प्लास्टिक करेन्सी धोखा दे सकती है हालाँकि आज 2023 में परिस्थितियों में बहुत परिवर्तन आ चुका है।

बैंक से पैसे लेकर मैं तुरन्त कैब पकड़कर लन्दन के वाटरलू स्टेशन की तरफ़ चल दिया। मेरा आज का समरसेट के मारर्टोक नामक शहर में एक व्यापारी से मिलने का अपॉइंटमेंट था। Martock शहर में किसी ज़माने में रेल जाती थी किन्तु अब नहीं। तो वहाँ के सबसे पास Yeovil Junction नामक रेलवे स्टेशन था जहाँ मुझको ट्रेन से पहुँचना था और फिर वहाँ से मारर्टोक जाना था। लन्दन

से इयोविल की दूरी लगभग 200 किलोमीटर और इयोविल से मारर्टोक की दूरी लगभग 12 किलोमीटर थी। इयोविल जंक्शन के लिये ट्रेन लन्दन के वाटरलू स्टेशन से जाती थी और इसको वहाँ पहुँचने में लगभग 2 घंटे 30 मिनट का समय लगता था। इयोविल से मारर्टोक जाने के लिये उस समय एक ही टैक्सी उपलब्ध थी और वह भी स्टेशन पहुँचकर उनको फ़ोन करने पर आती थी। इयोविल जंक्शन से मारर्टोक शहर पहुँचने में लगभग 15-20 मिनट का समय लगता था। ट्रेन से इयोविल तक का सफर अत्यन्त आरामदेह और ख़ुशनुमा था। ठंडी वादियों में भाप से चलनेवाले इंजन की ट्रेन में बैठकर दोनों तरफ़ हरियाली देखते हुए घुमावदार थोड़ी चढ़ाईवाले रास्ते पर जाना एक बहुत ही पुरसुकून अनुभव था। जो लोग भी इंग्लैंड और यूरोप घूमने जाएँ उनको वहाँ की ट्रेन में अवश्य सफर करना चाहिए। यह सफर आरामदेह, आनन्ददायक और रोचक तो होता ही है साथ ही साथ आपको उस देश के भीतरी इलाक़ों को भी भलीभाँति से देखने का मौक़ा भी मिलता है। तो इस प्रकार से लगभग ढाई-तीन बजे मैं इयोविल जंक्शन पहुँच गया था। वहाँ बहुत ही शान्ति थी, सवारी मेरे अलावा मुझको कोई और उतरती दिखी नहीं। मैंने स्टेशन से ही अपने ग्राहक को फ़ोन किया तो उन्होंने टैक्सीवाले को फ़ोन करके मेरे पास भेजा। बहरहाल थोड़ी देर में ही टैक्सी आ गई जो अकेली ही स्टेशन से मारर्टोक के बीच चलती थी। स्टेशन पर पता करने पर मालूम हुआ कि लन्दन वाटरलू के लिये आख़िरी ट्रेन 6 बजकर 30 मिनट पर है अर्थात उसके पहले मुझको स्टेशन वापस आ जाना था। ख़ैर टैक्सी से इयोविल से मारर्टोक का रास्ता बहुत ही ख़ूबसूरत था और थोड़ी देर में ही हम मारर्टोक पहुँच गए। इतने सन्नाटे और ख़ाली-ख़ाली दिखनेवाले स्थान में सर्दी भी ज़्यादा महसूस हो रही थी।

Martock समरसेट, इंग्लैंड का एक बड़ा और पुराना गाँव है। अभी 2017 में इसकी जनसंख्या मात्र 4766 की है तो आज से लगभग 20 साल पहले तो और भी काफ़ी कम रही होगी। इंग्लैंड में हर जगह का एक इतिहास है तो मारर्टोक का भी था। 50. 9704°N और 2. 7653°W के को-ऑर्डिनेट्स वाला मारर्टोक ऐतिहासिक रूप से एक मार्केट टाउन या बाज़ारवाला क़स्बा था। इंग्लैंड की प्रसिद्ध Domesday book में ईसवी सन 1086 में Mertoch का ज़िक्र है। पुरानी अंग्रेज़ी में इसका अर्थ 'Rising bright from the shining sea' होता है। इसका एक दूसरा अर्थ Mart यानी कि बाज़ार और 'ac' or 'oak' से है मतलब वह बाज़ार जहाँ ओक का पेड़ है। मारर्टोक एक छोटा क़स्बानुमा गाँव था। अच्छी सड़कें, साफ़-सुथरे रास्ते, हरियाली और शान्ति और एक प्रसिद्ध पुराना ऐतिहासिक चर्च। मैं अपने ग्राहक (Buyer) के पास गया। यह वही लोग थे जिनके लिये मिस्टर विक्टर लेमेंट ने ऑर्डर लिखवाया था। इनका माल बना

तैयार रखा था किन्तु यह एलसी खोलने में कुछ दिक़्क़त कर रहे थे। इस यात्रा में इनसे ख़ूब अच्छी बातचीत हुई। इनका बहुत बड़ा वेयर हाउस आदि था। यह अलग बात है कि बाद में जब इनको माल भेजा तो इन्होंने पेमेंट नहीं किया और अन्ततः तमाम कोशिशों के बावजूद वह पैसा मारा ही गया। ख़ैर फ़िलहाल एक अच्छी और सन्तोषजनक मीटिंग करके मैं फिर उसी टैक्सी से इयोविल स्टेशन आया। अँधेरा होने को आ गया था। पूरे स्टेशन पर सवारी के नाम पर मैं अकेला आदमज़ाद था। ट्रेन आने पर उसमें बैठा और ढाई घंटे में वापस लन्दन पहुँच गया।

वाटरलू स्टेशन से रात होते-होते मैं अपने होटल पहुँचा और वहाँ पहुँच कर मैंने थकान मिटाने को सबसे पहले ख़ूब गर्म पानी के फ़व्वारे के नीचे खड़े होकर स्नान किया। इसके बाद होटल से बाहर निकलकर कुछ खाना खाया और वापस अपने कमरे में आकर सो गया क्योंकि अगले दिन मेरी लन्दन से पेरिस, फ्रांस की यात्रा थी।

इस प्रकार से मेरी लन्दन की यह यात्रा भी समाप्ति की ओर थी। अब इसके बाद मैं आपको अपनी उसी पुरानी 1991 की यात्रा के सिलसिले को आगे बढ़ाते हुए लन्दन की उस यात्रा के बाद की पेरिस, फ्रांस की यात्रा के विषय में बताऊँगा जिसमें वह क़िस्सा भी है जब कुली की भाँति अपनी अटैची मुझको अपने सर पर रखकर ढोनी पड़ी थी।

फ्रांस

France-1 -Paris

Reached Paris 1st day

पेरिस कोऑर्डिनेट्स 48 । 8566° N

2 । 3522° E

भारत से समय का फ़र्क़

गर्मी में 3 घंटे 30 मिनट पीछे

जाड़ों में 4 घंटे 30 मिनट पीछे

मुद्रा— सन 1991 में फ्रेंच फ्रैंक थी लेकिन अब यूरो है।

एक यूरो आज 2023 में लगभग 91 रुपये 60 पैसे के बराबर है

लन्दन के हीथ्रो हवाई अड्डे से तमाम औपचारिकताओं को पूरा करके, सुरक्षा जाँच करवाकर मैं एयरपोर्ट की लाउंज में बैठकर अपनी फ़्लाइट की बोर्डिंग की घोषणा होने का इन्तज़ार करने लगा। मैं सोच रहा था कि इतने दिन हो गए घर से चले हुए और अब तक जो स्थान एवं देश मैं घूम चुका था उनके दृश्य और लोग मानो मेरे मस्तिष्क में घूम रहे थे। दुबई के शरद चतुर्वेदी भाईसाहब और कपूर साहब, आबूधाबी के मत्तार साहब, बहरीन के रतन कपूर भाईसाहब और अर्चना भाभी और साथ ही वह मोतियों के अन्धे व्यापारी, दोहा के इस्माइल शेख़ और काहिरा के मिस्टर मैगदी, लन्दन के मिस्टर जेम्स सलीम जो सद्दाम के दोस्त बताए गए थे और मिस्टर एडवर्ड जिन्होंने मेरे यूथ हॉस्टल में ठहरने का संज्ञान लिया था और हाँ वह बुज़ुर्ग महिला जिन्होंने कोक की ख़ाली कैन डस्टबिन में न डालने पर मुझको दौड़ा लिया था। कितनी बड़ी दुनिया, कितने भिन्न देश, उनकी भिन्न-भिन्न भाषाएँ और उनकी अलग-अलग संस्कृति किन्तु मानव स्वभाव सब स्थानों पर एक जैसा ही लगा। मैं यही सब बातें सोच रहा था कि अचानक उद्घोषणा सुनाई पड़ी कि लन्दन से पेरिस को जानेवाली एयर फ्रांस की उड़ान की बोर्डिंग शुरू हो गई है। मैं भी लाइन में लगकर थोड़े समय में जहाज़ में अपनी सीट पर बैठ गया। यहाँ भी मुझको खिड़कीवाली सीट मिल गई थी।

एयर फ्रांस के जहाज़ के अन्दर की साज़-सज्जा बहुत आकर्षक और सुन्दर थी और साथ ही साथ तरह-तरह के सेंटों की ख़ुशबुएँ। एयर होस्टेस ने पहले फ्रेंच भाषा और फिर अंग्रेज़ी में उद्घोषणा की और बताया कि लन्दन से पेरिस की हमारी यह यात्रा लगभग 1 घंटे और 20 मिनट की होनेवाली थी। जहाज़ रनवे पर चला, दौड़ा और फिर हवा में उड़ लिया और साथ ही साथ मैं भी अपनी विचार श्रृंखला में खोने लगा।

मैं सोच रहा था कि अब अगला मुक़ाम पेरिस, फ्रांस है। फ्रांस के नाम से सबसे पहले मुझको ध्यान आए इलाहाबाद विश्वविद्यालय में इतिहास की क्लास के मेरे गुरु रहे श्री विनय चन्द्र पांडे जी और ध्यान आ गई मुझको यूरोपियन हिस्ट्री की क्लास जिसमें श्री वी सी पांडे जी रैनिसाँ अर्थात पुनर्जागरण और फ्रेंच रिवेल्यूशन पढ़ाते थे। उनका कई-कई हफ़्तों तक फ्रेंच रिवहल्यूशन पढ़ाना जीवन का एक ऐसा अनुभव था जो उनके विद्यार्थी सदैव याद रखते हैं। यह हम लोगों का सौभाग्य था कि हमको श्री विनय चन्द्र पांडे जैसे अति श्रद्धेय व्यक्ति और अद्भुत, अद्वितीय विद्वान शिक्षक से पढ़ने का मौक़ा मिला और मैंने तो बाद में उनके मातहत डी0 फिल0 भी जॉइन की थी जो मैं पूरी नहीं कर पाया। फ्रेंच रिवेल्यूशन ध्यान आने के साथ ही मैं सोचने लगा कि अब मैं उस सरज़मीं पर जा रहा हूँ जहाँ से आधुनिक युग में दुनिया को मानवाधिकार, Liberty, Property, Security, resistance to oppression, अभिव्यक्ति की स्वतन्त्रता, प्रेस की स्वतन्त्रता के अधिकार मिलने की शुरुआत हुई। यह 1789 का फ्रेंच रिवेल्यूशन ही था जिसने सरकारी पदों पर क़ाबिलियत के आधार पर पहुँचने का रास्ता दिखाया बनिस्बत जन्म के आधार के।

मैं यह सोचकर बहुत उत्साहित था कि जल्द ही मैं पेरिस पहुँचनेवाला हूँ। वह पेरिस जहाँ से दुनिया भर की फ़ैशन के ट्रेंड शुरू होते हैं। वह पेरिस जो दुनिया के सबसे ख़ूबसूरत शहरों में प्रमुख स्थान रखता है। वह पेरिस जो कला, पाक-व्यंजन कला, संस्कृति, फ़ैशन, विज्ञान और वाणिज्य हर क्षेत्र में विश्व में अपनी एक अनूठी और प्रमुख पहचान रखता है। वह पेरिस जहाँ विश्वप्रसिद्ध आइफ़िल टॉवर है, जहाँ ख़ूबसूरत सीन नदी है, वह पेरिस जहाँ विश्वप्रसिद्ध लूवरे (Louvre) म्यूज़ियम है जिसमें अनेक अनूठी कलाकृतियाँ आदि हैं और मोनालीसा भी। पेरिस एक ऐतिहासिक शहर भी है और आधुनिकतम शहर भी। ऐसे शहर को देखना कितना रोमांचकारी होगा।

मैं यह सब सोच रहा था कि अचानक मेरा ध्यान अपनी खिड़की से बाहर गया और ऐसा लगा कि जैसे रुई के गोलों के ऊपर हमारा जहाज़ तैर रहा है। दूर दूर तक जिधर नज़र जाए उधर रुई के गोले रूपी बादल ही बादल थे। मैं

मन्त्रमुग्ध सा होकर उस दृश्य को देख रहा था कि तभी लगा जैसे जहाज़ बुरी तरह से हिचकोले ले रहा है, मुझको कुछ डर सा भी लगा। बादल काले हो चले थे और कड़कती बिजली दिखाई दे रही थी। काफ़ी देर जहाज़ ऊपर-नीचे होता रहा। बाद में मालूम हुआ कि लन्दन पेरिस के बीच यह आम बात है और बाद की यात्राओं में मैंने अनुभव किया कि ख़ास तौर से जब पेरिस से लन्दन जाएँ तो लन्दन के पास पहुँचने पर ऐसा अनुभव होना एक आम बात है। कुछ देर बाद एक और बहुत ही अद्भुत दृश्य देखने को मिला कि नीचे इंग्लिश चैनल का समुद्र दिख रहा था और उसमें बड़ी-बड़ी मछलियाँ ऊपर को उछलती और फिर पानी में चली जातीं, यह दृश्य भी बड़ा ही मनोरम था। थोड़ी देर में ही जहाज़ नीचे आना शुरू हो गया। एयर होस्टेस ने अनाउन्स किया कि हम लोग पेरिस के चार्ल्स डि गॉल हवाई अड्डे पर पहुँचनेवाले थे। अब ऊपर से पेरिस दिखना शुरू हो गया था और दिन होने के कारण ख़ूब व्यवस्थित हरियाली दृष्टव्य थी। थोड़ी देर में ही जहाज़ पेरिस के हवाई अड्डे पर उतर चुका था और हम लोग जहाज़ के बाहर टनल से निकलकर विश्व के सुन्दरतम हवाई अड्डों में से एक 'चार्ल्स डि गॉल' हवाई अड्डे पर थे।

हवाई अड्डे पर हम लोग आप्रवासन यानी कि इमीग्रेशन की लाइन में लगे हुए अपना नम्बर आने का इन्तज़ार कर रहे थे। जब मेरा नम्बर आया तो इमीग्रेशन अधिकारी ने मेरा पासपोर्ट देखा और बहुत ही रूखे स्वर में मुझसे पूछा कि क्या तुम पहले भी कभी फ्रांस आए हो। मेरे मना करने पर और यह बताने पर कि मैं पहली बार फ्रांस आ रहा हूँ उसने पूछा कि क्यों आए हो? मैंने जवाब दिया कि व्यापार के लिये। इस पर उसने फिर पूछा कि तुम रुकोगे कहाँ? इस पर मेरा जवाब था कि मैं किसी भी अच्छे होटल में रुक जाऊँगा। इस पर भी वह महोदय सन्तुष्ट नहीं थे और बोले पैसे हैं तुम्हारे पास? मैंने जवाब में कहा कि जी बिलकुल हैं। उस अधिकारी ने फिर कहा कहाँ हैं पैसे ? इस पर मैंने उनको पासपोर्ट के पिछले पन्ने की तरफ़ इशारा करते हुए कहा कि देखिए यह चढ़े हुए हैं। लेकिन उन महाशय को तो शायद मेरी शक्ल ही अच्छी नहीं लग रही थी सो वह इस पर भी सन्तुष्ट नहीं हुए और बोले, नहीं, नहीं मुझको पैसे दिखाओ कि तुम्हारे पास हैं। अब मैं क्या करता, मैंने अपना एयर बैग एक तरफ़ रखा, वीडियो कैमरा बैग रखा फिर कोट की बटन खोली, स्वेटर ऊपर किया, शर्ट की बटन खोली और उसके अन्दर पहनी अपनी बंडी की जिप खोलने लगा तो वह बोले कि अरे अरे यह क्या कर रहे हो। इस पर अपनी झल्लाहट भूल हँसते हुए मैंने कहा कि सुरक्षावश मैं रुपये ऐसे ही सम्हालकर रखता हूँ और मैंने उनको डॉलर

दिखाए इस पर हँसते हुए उसने मेरे पासपोर्ट पर मुहर का ठप्पा लगा दिया और बोला जाओ, मौज़ करो। मैं भी धन्यवाद कहकर आगे फ्रांस की सीमा में दाखिल हो गया। आज दुनिया के इतने देशों की यात्रा करने के पश्चात मेरा अनुभव यह है कि देश कोई भी हो इमीग्रेशन पर अधिकतर कुछ कड़े, न मुसकुरानेवाले और अकसर कुछ खड़ूस क़िस्म के ही अफ़सर तैनात होते हैं।

अब अपना सामान लेकर मैं खड़ा था विश्व के एक शानदार, अति ख़ूबसूरत हवाई अड्डे चार्ल्स डि गॉल पर। इस हवाई अड्डे का दूसरा नाम Roissy Airport भी है। इस हवाई अड्डे का नाम द्वितीय विश्वयुद्ध के दौरान स्वतन्त्र फ्रांस की सेनाओं के नायक चार्ल्स डि गॉल के नाम पर रखा गया जो कि फ्रांस के पाँचवें गणतन्त्र (French 5th Republic) के संस्थापक और 1959 से 1969 तक फ्रांस के राष्ट्रपति भी रहे थे। जब इस हवाई अड्डे के बनाने की बात हुई तो फ्रांस में यह तय किया गया कि फ्रांस जिस कलात्मकता, फ़ैशन और सोच के लिये मशहूर है यह हवाई अड्डा उसी के अनुरूप एक अद्भुत कारीगरी और सुन्दरता भरी डिज़ाइन का नमूना होना चाहिए और वास्तव में यह उससे बेहतर ही बना जैसा इसको बनाने के पहले सोचा गया था। इसका निर्माण 1966 में आरम्भ हुआ और 1974 में चार्ल्स डि गॉल नाम इसको मिला। इस हवाई अड्डे के इंजीनियर थे प्रसिद्ध पॉल आन्द्रेय (Paul Andrey)। यह हवाई अड्डा पेरिस से 25 किलोमीटर उत्तर-पूर्व में स्थित है। वास्तव में यह हवाई अड्डा जैसा सुना था वैसा ही पाया। पहले एक क्षण को तो मैं इसकी चकाचौंध से हतप्रभ रह गया। जैसे अब सड़कें एक दूसरे के ऊपर से गुज़रती हैं वैसे वहाँ अजीब सी गोल घेरे की पारदर्शी प्लास्टिक या एक्रिलिक से घिरी टनल जैसी में मूविंग स्ट्रिप्स पर यात्री निकल और चल रहे थे और एक ही बड़े हॉल जैसे में से यह मूविंग टनल्स एक दूसरे के ऊपर से यात्रियों को इधर से उधर ले जा रहे थे, यह एक ऐसा दृश्य था जो बहुत ही ग़ज़ब का लग रहा था और लोगों को चमत्कृत करने को पर्याप्त था। इस हवाई अड्डे पर बड़े-बड़े हॉलनुमा गलियारे, ऊपर थोड़ी नीची सीलिंग पर बड़ी सी, काफ़ी बड़ी सी कनसील्ड क़िस्म की दूधिया लाइटिंग और फिर आगे बढ़ने पर छत पर अपेक्षाकृत छोटी लाइटें। जब और आगे बढ़े तो छत की डिज़ाइनें आर्चनुमा हो गईं थीं। गलियारों में विभिन्न ब्रांडों की दुकाने भी थीं। यहाँ यह भी ध्यान रखना होगा कि मैं 1991 में भारत से गया था तो तब हमारे हवाई अड्डे इतने शानदार और आधुनिक नहीं थे तो थोड़ा आश्चर्य होता भी अधिक था। वहीं मैंने मनी एक्सचेंजर से कुछ डॉलर देकर फ्रेंच फ्रैंक्स बदले में ले लिये। मैंने हिसाब लगाया था तो जैसा मुझे हलका सा ध्यान है उस समय 1 फ्रेंच फ्रैंक बराबर था लगभग 5 भारतीय रुपयों के।

हवाई अड्डे की इन्फ़ॉर्मेशन डेस्क से मैंने यूथ हॉस्टल की बुकिंग के विषय में जानकारी ली। यहाँ भाषा की थोड़ी सी समस्या आई। उन्होंने एक पता लिख कर दिया, मैं हवाई अड्डे से बाहर निकला और टैक्सीवाले को पते का वह काग़ज़ देकर टैक्सी में बैठ गया। टैक्सी में बैठकर जब चले तो पेरिस की पहली झलक दिखनी शुरू हुई।

फ्रांस की भौगोलिक सीमा भूमध्य सागर से इंगलिश चैनल और उत्तरी सागर तथा राइन नदी से अटलांटिक महासागर तक हैं। इस देश के उत्तर-पूर्व में बेल्जियम और लक्समबर्ग, पूर्व में जर्मनी और स्विट्जरलैंड, दक्षिण-पूर्व में इटली और मोनाको तथा दक्षिण में स्पेन है। फ्रांस की राजधानी पेरिस है। इसके को-ऑर्डिनेट्स 48°51' N एवं 2°21' E हैं। भारत और फ्रांस में जाड़ों के मौसम में 4 घंटे 30 मिनट का समय का फ़र्क़ है, भारत फ्रांस से साढ़े चार घंटे समय में आगे है अर्थात जब फ्रांस में दोपहर के 12 बजेंगे तो भारत में शाम के साढ़े चार बजे होंगे जबकि गर्मियों में फ्रांस में समय 1 घंटे आगे हो जाने से भारत और फ्रांस के समय में फ़र्क़ साढ़े तीन घंटे का ही रह जाता है। पेरिस की सुन्दर इमारतें देखते और सीन नदी के किनारे से होते हुए ड्राइवर ने मुझको मेरे गन्तव्य पते पर उतार दिया। मैंने ड्राइवर से ही इशारों में पूछा कि जहाँ मुझे जाना है वह जगह कहाँ है तो उसने सामने एक पतली सड़क या गली कहूँ तो बेहतर होगा उसकी तरफ़ इशारा कर दिया। वह चिकने से पत्थरों की सड़क थी और उस पर अधिक भीड़ नहीं थी। मैं अपनी पहियहवाली ट्रॉली पर अटैची, सैम्पलवाली अटैची, बैग, ब्रीफ़केस, कन्धे पर वीडियो कैमरे का बैग, स्टिल कैमरा आदि लादे हुए चल पड़ा, सड़क पर पत्थर जड़े होने के कारण ट्राली के पहिये खड़-खड़ आवाज़ करते चल रहे थे। उस घुमावदार सड़क पर लगभग आधे किलोमीटर चलकर मुझको वह पता मिला जहाँ मुझे पहुँचना था। मैं उसको यूथ हॉस्टल का पता समझ रहा था किन्तु यह वहाँ के पर्यटन विभाग का ही बुकिंग ऑफ़िस था। अब समस्या फिर विकट थी। उस ऑफ़िस में जो जनाब बैठे थे उनको अंग्रेज़ी ठीक से क्या बिलकुल ही नहीं आती थी लेकिन ग़नीमत यह हुई कि उस ऑफ़िस में ही एक नौजवान लड़की बैठी थी वह अंग्रेज़ी काफ़ी कुछ बोल और समझ लेती थी सो उसने एक तरह से दुभाषियह की तरह काम किया और अन्ततः मेरी यूथ हॉस्टल की बुकिंग हो गई और उन्होंने मुझको पैसे जमा करके बुकिंग का एक काग़ज़ दे दिया। उस ऑफ़िस से निकलकर मैं अपने सामान की ट्रॉली आदि लेकर मेन रोड के लिये चल दिया। ट्रॉली लगातार खड़खड़ाती सी आवाज़ कर ही रही थी। जब मुझको उस सड़क पर चलते-चलते

लगभग पौन किलोमीटर हो गया और मुख्य सड़क जिधर से मैं टैक्सी से उतरकर आया था वह दिखी ही नहीं तो मुझको लगा कि कुछ गड़बड़ हो गई है। मैंने दो-तीन लोगों से पूछना चाहा तो फिर से भाषा की समस्या आड़े आई। मैंने महसूस किया कि यद्यपि पेरिस में बहुत से लोग अंग्रेज़ी जानते भी नहीं थे किन्तु बहुत से ऐसे भी थे जो जानकर भी अनभिज्ञ ही बन रहे थे। ख़ैर, थोड़ी देर में एक व्यक्ति मिला जिससे पूछने पर ज्ञात हुआ कि मैं रास्ते पर उलटी दिशा में आ गया हूँ और मुख्य सड़क के लिये मुझको वापस उसी दिशा में जाना होगा जिधर से मैं आया था यानी कि लगभग दुगुनी दूरी फिर से तय करनी थी अपने सारे सामान के साथ। अब मैं मुड़कर वापस मुख्य सड़क की दिशा में चल दिया। मैं मुश्किल से 25-50 क़दम ही चला था कि खड़-खड़ करती मेरी ट्रॉली का एक पहिया टूट गया। अब तो बड़ी मुसीबत थी। ट्रॉली चलने के क़ाबिल नहीं बची और सामान था 2 अटैची, 1 एयर बैग, एक ब्रीफ केस, वीडियो कैमरा और स्टिल कैमरा आदि। अब यह सारा सामान हाथ में उठाकर भी मुख्य सडक़ तक ले जाना मुमकिन नहीं था। मैं बहुत परेशान हो गया कि अब क्या किया जाए, इतने सारे सामान के साथ आख़िर मुख्य सड़क तक कैसे पहुँचा जाए...। अचानक मुझको अपने सुभाष मामा का एक गुरुमन्त्र याद आया। उन्होंने एक बार कहा था कि If you want to become an exporter, you have to become a Porter first (Ex-porter). यह बात दिमाग़ में कौंधते ही मन ने कहा कि यहाँ पेरिस की गलियों में आख़िर मुझको देख ही कौन रहा है और फिर परिस्थिति भी मरता क्या न करतावाली ही हो चली थी तो फिर कोई और चारा न देख आखिरकार मैंने पहले एक अटैची उठाई, फिर दूसरी को अपने सर पर रखा और उसके ऊपर टूटी ट्रॉली, बैग और ब्रीफ़केस को भी, कैमरे गले में लटके ही थे और इस प्रकार फ़िरोज़ाबाद के एक्सपोर्टर पेरिस में एक पोर्टर बनकर अपना सामान अपने सर पर लादकर और दोनों हाथों से सामान को सर पर पकड़े हुए उस गली से मुख्य सड़क की ओर चल पड़े। मैं मन ही मन खीझ भी रहा था कि देखो यह क्या हुआ कि पेरिस में आकर सर पर कुलियों की भाँति 60-65 किलो वज़न उठाकर चलना पड़ रहा है लेकिन तसल्ली इस बात की थी कि चलो इस परदेस में मुझको कोई जानता-पहचानता तो नहीं है कम से कम। मैं यह सोचते हुए आगे बढ़ ही रहा था कि किसी ने मुझको पीछे से आवाज़ दी, "Hey, what are you doing here with your luggage?" खिलखिलाती हँसी के साथ आई इस आवाज़ से मैं ठिठक गया और मानो मेरे क़दम वहीं थम से गए और मेरे दिमाग़ में यह बात आई कि यहाँ पेरिस में मुझको किसने आवाज़ दी।

France-2
Paris 1st day-
Champ Elysees etc.
फ्रांस-2
पेरिस दिन-1
Champ Elysees etc.

सर पर सामान लादे-लादे ही मैंने थोड़ा मुड़कर देखा तो यह वही लड़की थी जो मुझको अभी कुछ देर पहले ही यूथ हॉस्टल के बुकिंग ऑफ़िस में मिली थी और जिसने मेरी भाषा की समस्या हल की थी। मैंने थोड़ा झेंपते हुए, मुसकुराने का प्रयास करते हुए बताया कि कैसे मैं उलटी दिशा में चला गया था और कैसे यह ट्रॉली टूट गई और फिर an Exporter had to become a Porter। यह सब सुनकर वह हँसने लगी और बोली कि अरे यह तो बहुत दिक़्क़त हो गई फिर मेरे मना करते करते भी उसने मेरी एक अटैची और बैग अपने हाथ में ले लिया और हम लोग मुख्य सड़क की तरफ़ बढ़ चले। उससे बातचीत में ज्ञात हुआ कि वह जिधर जा रही थी उस रास्ते में ही मेरा ठहरनेवाला यूथ हॉस्टल भी था तो मैंने उससे कहा कि अगर वह चाहे तो मैं टैक्सी से जाऊँगा ही वह भी साथ चली चले और इस प्रकार हम दोनों एक टैक्सी करके यूथ हॉस्टल की तरफ़ बढ़ चले।

इस लड़की का नाम हिरान (Hiran) था। हिरान कि उम्र लगभग 20-21 साल की रही होगी और वह अल्जीरिया मूल की थी। अल्जीरिया ईसवी सन् 1962 तक फ्रांस का उपनिवेश था और स्वतन्त्रता के बाद भी इस उत्तर अफ्रीकी देश में फ्रांस का बहुत ज़्यादा प्रभाव है और दोनों देशों में गहरा रिश्ता है। फ्रांस/पेरिस में अल्जीरिया के बहुत लोग रहते हैं। हिरान भी पेरिस में रहती थी और पेरिस यूनिवर्सिटी में पढ़ाई कर रही थी। हिरान ने बताया कि अल्जीरिया फ्रांस की कॉलोनी था और 1960 के दशक में अल्जीरिया के स्वतन्त्र होने के बाद वहाँ का माहौल अस्थिर होने के कारण बहुत से लोग फ्रांस migrate कर गए थे। 20वीं शताब्दी आते-आते फ्रांस विश्व की दूसरी सबसे बड़ी औपनिवेशिक शक्ति बन गया था। हिरान बता रही थी कि फ्रांस में विश्व के किसी भी देश से अधिक पर्यटक हर वर्ष आते हैं। हम लोग बातें कर रहे थे कि यूरोप के पुनर्जागरण (Renaissance) में कैसे फ्रांस की भी बड़ी भूमिका रही थी। यह पुनर्जागरण का ही काल था जब फ्रेंच भाषा न सिर्फ फ्रांस की आधिकारिक भाषा बनी अपितु सम्पूर्ण यूरोप के आभिजात्य वर्ग (Aristocracy) की भी भाषा बन गई थी। यह बिलकुल वैसी ही घटना थी जैसे प्राचीन काल में भारत में संस्कृत भाषा का स्थान था और फिर मध्यकाल में भारत में फ़ारसी ने यह स्थान लिया और 20वीं सदी

और कुछ हद तक 21वीं सदी में भी भारत में अंग्रेज़ी इस स्थान की प्रबल दावेदार प्रतीत होती है। 17वीं शताब्दी में लुई 13वें के समय में कैसे कार्डिनल रिशलू ने राज्य की सत्ता के केन्द्रीकरण को बढ़ावा दिया और कैसे लुई 14वें ने अमेरिका के स्वतन्त्रता संग्राम का समर्थन किया जिसका एक प्रमुख कारण यह भी था कि अमेरिकी लोग यह लड़ाई इंग्लैंड की सत्ता के ख़िलाफ़ लड़ रहे थे। इस पर मैंने हिरान को यह भी बताया कि कैसे अंग्रेज़ों के विरुद्ध फ्रांस के नेपोलियन और भारत के टीपू सुल्तान में सम्पर्क हुआ था और पत्राचार भी हुआ था जिसमें टीपू सुल्तान को 'टीपू साहब' कहकर भी सम्बोधित किया गया था। नेपोलियन के इजिप्ट अभियान के बाद अंग्रेज़ों के विरुद्ध एक संयुक्त मोर्चा खोलने की भी टीपू सुल्तान से चर्चा हुई थी किन्तु ऐसा हो नहीं सका।

मैं हिरान को बता रहा था कि 17वीं सदी में फ्रांसीसी चिकित्सक और यात्री फ्रांकोइ वर्नियर (Francois Vernier 1625-1688) भारत आया था और लगभग 12 वर्षों तक मुग़ल सम्राट औरंगज़ेब का व्यक्तिगत चिकित्सक रहा था। हिरान की इस विषय में रुचि देखकर मैंने उसको यह भी बताया कि 1794 में फ्रांसीसी रिपब्लिकन अधिकारी की मदद से टीपू सुल्तान ने ''जैकोबिन क्लब ऑफ़ मैसूर' की स्थापना करवाई जिस से गणतन्त्र के अनुरूप क़ानून बनाए जा सकें , टीपू ने एक 'स्वतन्त्रता के वृक्ष' का भी रोपण किया और वह इतना प्रभावित था कि टीपू ने स्वयं को 'नागरिक टीपू'(Citizen Tipu) भी घोषित किया।

हम लोगों की बातें चल रही थीं और हमारी टैक्सी पेरिस की ख़ूबसूरत सड़कों से गुज़र रही थी। हमारे दाहिने हाथ पर सीन नदी थी जिसको 'le seine' भी कहते हैं। पेरिस की सुन्दर सड़कें उनपर दोनों तरफ़ बेहद क़रीने से लगे हुए पेड़ एक अद्‌भुत नज़ारा प्रस्तुत कर रहे थे। पेरिस न सिर्फ कला, साइन्स, संस्कृति, फ़ैशन के केन्द्र के रूप में प्रसिद्ध है, न सिर्फ अपनी विश्वप्रसिद्ध इमारतों जैसे कि आइफल टॉवर, आर्क दे ट्रायम्फ, 12वीं सदी के नोट्रे-डॉम कैथेड्रल आदि के लिये प्रसिद्ध है, न सिर्फ अपने विश्वप्रसिद्ध लूव म्यूज़ियम के लिये प्रसिद्ध है, न सिर्फ अपनी मॉस्को के बाद यूरोप की सबसे व्यस्त सन 1900 से चालू मेट्रो के लिये प्रसिद्ध है, न सिर्फ अपने रेलवे स्टेशन गारे डु नॉर्ड (Gare du Nord) के लिये प्रसिद्ध है जो विश्व के सबसे व्यस्त रेलवे स्टेशनों में प्रमुख है अपितु पेरिस शहर अपनी अद्वितीय सुन्दरता और अद्‌भुत रोशनी Lighting के लिये भी प्रसिद्ध है। पेरिस को अकसर City of Light भी कहा जाता है और इसकी दो वजहें हैं। पहली तो यह कि प्रबुद्धता और पुनर्जागरण के काल में पेरिस की एक बहुत ही प्रमुख भूमिका रही थी और अनेक कलाकार, साहित्यकार, दार्शनिक आदि पेरिस की सुन्दरता अपनी उपस्थिति से सदैव बढ़ाते रहे यहाँ तक कि 20वीं

सदी के प्रारम्भ में विश्व भर के प्रसिद्ध प्रबुद्ध जन काफ़ी संख्या में पेरिस में ही उपस्थित थे जैसे पिकासो, मोदीजिलियानी, मैटिसे आदि और हाँ बाद में चलकर तमाम एशिया और अफ्रीका के छात्रों ने पेरिस को अपना अड्डा बनाया जो बाद में अपने देशों के नायक बने जैसे कि हो ची मिन्ह (वियतनाम के सर्वहच्च नेता), चाऊ एन लाई(चीन के प्रधानमन्त्री रहे और बहुत बड़े नेता), लियोपोल्ड सेडर सेंघोर(सेनेगल के प्रथम राष्ट्रपति)आदि। ऐसे प्रमुख और प्रबुद्ध लोग जिन्होंने अपने अपने क्षेत्रों में अपनी प्रतिभा से विश्व को आलोकित किया उनके पेरिस में रहने अथवा सम्बन्ध होने के कारण भी पेरिस को प्रबुद्ध जनों की रोशनीवाला शहर यानी City of Light कहा जाता है।

इसके अतिरिक्त पेरिस को City of Light कहने का एक दूसरा भौतिक कारण भी रहा है। पेरिस यूरोप के उन पहले शहरों में अग्रणी था जिन्होंने अपनी स्ट्रीट लाइटें जलाने में गैस का उपयोग किया। ईसवी सन 1860 के दशक में पेरिस के boulevards यानी कि मुख्य मार्ग और सड़कें 56000 गैस लैम्पों से आलोकित होती थीं, ज़रा सोचिए कैसा ख़ूबसूरत और अलौकिक नज़ारा लगता होगा उस समय पेरिस का। पेरिस के विषय में आगे भी बात करूँगा लेकिन यहाँ बस इतना कहना चाहूँगा कि पेरिस एक ऐसी जगह है जो शुरू में कुछ अजीब सी भी लगी क्योंकि भाषा की समस्या आड़े आती रही किन्तु मुझको अपनी हर यात्रा में पेरिस पहले से अधिक सुन्दर लगती गई और जैसा मुझसे और लोगों ने भी कहा कि घुमक्कड़ लोगों को पेरिस की लत लग जाती है।

इस प्रकार से पेरिस की ख़ूबसूरती निहारते हुए और अल्जीरिया की हिरान से बातें करते हुए हमारी टैक्सी मेरे गन्तव्य अर्थात यूथ हॉस्टल पहुँच गई। वहाँ पर उतरकर हिरान मेरे साथ रिसेप्शन तक गई और उसने फ्रेंच भाषा में बात करके मेरी बुकिंग दिलवा दी। यह यूथ हॉस्टल एक बड़ी सी और पुरानी सी इमारत में था जिसमें मेरा रुकने का हॉल पहली मंज़िल पर था। रिसेप्शन के आगे लॉबीनुमा हॉल से बहुत चौड़े ज़ीने ऊपर को गए थे और सीढ़ियों पर शानदार गुदगुदा लाल क़ालीन बिछा हुआ था। मैं सारा सामान एक बार में ऊपर लेकर नहीं जा सकता था इसलिये मैंने अपनी एक अटैची और वीडियो कैमरा नीचे हिरान के पास छोड़ा और इस प्रकार सामान दो बार में ऊपर की मंज़िल पर अपने ठहरनेवाले हॉल में पहुँचाया। सामान ऊपर रखकर मैं तुरन्त नीचे आया हिरान को विदा करने। जैसा मैं पहले बता चुका हूँ कि हिरान एक अल्जीरियन मूल की लड़की थी और पेरिस यूनिवर्सिटी में पढ़ाई कर रही थी। मैंने हिरान से कहा कि मैं तीन दिन को पेरिस में हूँ और यहाँ व्यापार करने आया हूँ, चूँकि यहाँ पर भाषा की एक मुख्य समस्या है दूसरे मैं पेरिस शहर को बिलकुल जानता भी नहीं हूँ तो वह मेरी कुछ मदद कर दे तो मैं उसका आभारी रहूँगा और यदि कुछ ऑर्डर मिलता है तो उस

पर उसको कमीशन भी दूँगा। हिरान इस पर राज़ी हो गई। उसने कहा कि उस दिन तो वह मेरा साथ पूरे तौर पर दे सकती है किन्तु अगले दिन वह लगभग 4 बजे ही मिल पाएगी क्योंकि उसके पहले उसकी क्लास होगी, मुझको तो, ख़ैर, इस पर सहमत होने में कोई दिक़्क़त नहीं ही होनी थी।

अब अपने सैम्पल एक बैग में भरकर मैं और हिरान चल दिये पेरिस में व्यापार की तलाश में। पास में ही मेट्रो स्टेशन था जहाँ से हमने मेट्रो पकड़ी अपने गन्तव्य के लिये। हिरान ने बताया कि उसको व्यापार की कोई भी और कैसी भी जानकारी नहीं है लेकिन वह मुझको कुछ दुकानों पर अवश्य ले चलेगी बाक़ी प्रयास मुझको करना था। मैं भी इसके लिये राज़ी ही था क्योंकि और मैं करता भी क्या। दरअसल मुझको यह बात बहुत समय बाद और अपनी इस पहली विदेश-यात्रा के बाद ही मालूम हुई कि विदेश में माल बेचने का यह तरीक़ा, दुकान-दुकान जाकर प्रयास करने का, सही नहीं था और दुकानदार जो छोटे retailers यानी कि ख़ुदरा व्यापारी होते हैं वे स्वयं आयात नहीं करते हैं। माल आयात करनेवाले importers, थोक के व्यापारी यानी कि wholesalers एवं ख़ुदरा व्यापारी यानी कि retailers अमूमन यह सब अलग-अलग व्यापारी होते हैं और निर्यातक यानी कि Exporter के काम का व्यापारी मुख्यतः आयातक यानी कि Importer ही होता है, कई बार Importer एवं Wholesaler एक ही होते हैं लेकिन यह सब ज्ञान तो समय और अनुभव के साथ ही मिलना था तो अभी तो मैं चल पड़ा था पेरिस की दुकानों पर व्यापार तलाशने अलजीरियन लड़की हिरान के साथ।

हम लोग सेंट पॉल मेट्रो स्टेशन पर उतरे और पेरिस की अत्यधिक प्रसिद्ध सड़कों में से एक rue de Rivoli पर पहुँच गए। यह एक अत्यन्त लम्बी चकाचौंध और भीड़ से भरी सड़क थी जिस पर ख़ूब दुकानें थीं। रिवोली रोड या रू दे रिवोली पर चलते हुए महसूस हो रहा था कि पेरिस कितना जीवन्त शहर है। न जाने कितने लोग फ़ुटपाथ पर इधर से उधर जा रहे हैं, कुछ के साथ छोटे बच्चे हैं, तो कोई साइकिल पर जा रहा है तो किसी कोने में नौजवान प्रेमी-प्रेमिका दुनिया को भूलकर हाथ में हाथ डाले इश्क़ फ़रमा रहे थे। फ़ुटपाथ पर सड़क की सीमा बताते हुए से बैरीकेड अथवा जगह-जगह पार्टीशन से लगे थे। हम लोग एक दुकान में घुसे जिस पर आर्टीफीशियल ज्वेलरी बिक रही थी। हिरान ने पहले काउंटर पर फ्रेंच भाषा में अपने आने का मक़सद बताया तो उन्होंने अन्दर की तरफ़ दूसरे काउंटर पर भेज दिया। वहाँ जो महिला बैठी थीं उन्होंने कुछ सैम्पल देखे जो मुझको लगा कि उनको पसन्द भी आए। बातचीत में उन्होंने बताया कि वे लोग इम्पोर्ट नहीं करते हैं हालाँकि हमारे उत्पाद उनको अच्छे लगे थे किन्तु काम नहीं बना। हम लोगों ने इसके बाद तीन-चार दुकानों पर और प्रयास किया किन्तु बात कहीं भी नहीं बनी।

rue de Rivoli पर घूमते हुए मैंने देखा कि सड़क पर चौड़े फ़ुटपाथ हैं, कई स्थानों पर फ़ुटपाथ पर ही क़ैफ़े खुले हुए थे और लोग वहाँ बैठकर कॉफी आदि का आनन्द ले रहे थे। कुछ इलाक़ों में दिल्ली की कनॉट प्लेस के जैसे गलियारे भी थे जिनमें दुकानों के बाहर भी सामान बिक रहा था। एक दिन जब मैं शाम को rue de Rivoli पर आया तो बेहद शानदार नज़ारा था। ख़ूब रोशनी, रंग-बिरंगी लाइटें आदि बहुत ही मनमोहक थीं। चूँकि मेरी पहली यात्रा 1991 की थी और तब का भारत आज 2018 के भारत से काफ़ी भिन्न था तो इस प्रकार की चकाचौंध प्रभावित भी अधिक करती थी और फिर वैसे भी पेरिस की शामें तो हमेशा से मशहूर रही हैं।

Rue de Rivoli से हम लोग Champ-Elysees पहुँचे। यह इलाक़ा पेरिस के विश्वप्रसिद्ध इलाक़ों में से एक है। ग्रीक पौराणिक कथाओं के अनुसार इस नाम का एक अर्थ मृतक नायकों के स्वर्ग से भी है। Champ-Elysees एक लगभग 2 किलोमीटर लम्बी और लगभग 70 मीटर लम्बी अत्यन्त शानदार सड़क है। इसके एक तरफ़ शानदार 'Place de la Concorde' है तो दूसरी ओर 'Place Charles de Gaulle' है जहाँ विश्वप्रसिद्ध इमारत Arc de Triumphe स्थित है। इसी सड़क के दूसरी तरफ़ पास में ही फ़्रांस के राष्ट्रपति का आधिकारिक निवास स्थान Elysee Palace है। Champs Elysees अपने क़ैफ़े, बड़ी दुकानों, बड़े बड़े ब्रांडों के शो रूम्स और थियेटरों के लिये बहुत मशहूर है। यहाँ पर विश्व प्रसिद्ध ब्रांड्स जैसे कि Cartier, Louis Voitton, Boss, Christian Door आदि के शो-रूम्स अपना-अपना जलवा बिखेर रहे हैं तो एक से एक शानदार कैफे भी हैं जैसे 'Fouquet's' और हाँ विश्व के इस सबसे महँगे स्थानों में से एक पर किसी भी दुकान में किसी सस्ती चीज़ को खोजने की इच्छा भी मत रखिएगा। इस बाज़ार में अपने सैम्पल कहीं दिखाना सम्भव ही नहीं लगा तो फिर व्यापारिक प्रयास को आगे के लिये टाल दिया और सोचा कि अब इस इलाक़े को घूम लिया जाए।

Avenue de Champs Elysees की ख़ूबसूरती बस देखते ही बनती है। चौड़े-चौड़े फ़ुटपाथ, बहुत ही करीने से कटे और नीचे से छँटे हुए पेड़, उनकी हरियाली, दुकानों की रौनक, घूमने-फिरनेवालों की चहल-पहल, शाम को रोशनी की चकाचौंध, पेरिस की क़रीने से एक दूसरे को काटती सड़कें, एक ख़ास तरह के क्रीमी-ग्रे रंग के 'पेरिस स्टोन' से सुसज्जित इमारतें और उनकी एकसार बनी ऊपरी मंज़िलों की अति सुन्दर बालकनी, यह सब मानो कहते हैं कि हाँ यही विश्वप्रसिद्ध सुन्दर नगरी पेरिस है, इसी पेरिस की An evening in Paris प्रसिद्ध है, आओ पेरिस को देखो, इससे इश्क़ करो, यह शहर है ही ऐसा।

यह इलाक़ा इतना सुन्दर था कि मैंने हिरान से कहा कि लगता है कि यह पेरिस का सबसे ख़ूबसूरत इलाक़ा है तो उसका जवाब था कि पेरिस को जितना देखोगे यह उतना ख़ूबसूरत लगेगा।

Avenue de Champ Elysees में आगे बढ़ते ही एक भव्य और शानदार इमारत दिखती है जिसका नाम है Arc de Triomphe। इस इमारत से नेपोलियन, हिटलर और अमेरिका के राष्ट्रपति रहे जॉन एफ. केनेडी के क़िस्से भी जुड़े हुए हैं। अब हम लोग Arc de Triomphe की तरफ़ बढ़ लिये थे।

France-Paris 1st day
Arc de Triomphe
फ्रांस-पेरिस दिन-1

आर्क दे ट्रॉइम्फ

Avenue de Champ Elysees से जैसे ही आगे बढ़े तो क्षण भर को तो ऐसा लगा कि हम पेरिस में न होकर दिल्ली आ गए हैं क्योंकि मेरे सामने जो इमारत थी वह इंडिया गेट जैसी दिखी। दरअसल यह इमारत पेरिस की प्रमुख पहचानों में से एक Arc de Triomphe थी। मैंने हिरान से कहा कि इस इमारत और हमारी दिल्ली के इंडिया गेट में देखने में बहुत कुछ साम्य प्रतीत होता है। उसके बताने पर मालूम हुआ कि जैसे इंडिया गेट विश्वयुद्ध में शहीद सैनिकों के सम्मान हेतु बनाया गया था और उनके नाम इस पर उत्कीर्ण हैं उसी भाँति Arc de Triumphe है। ऑस्ट्रिटज़ की विजय के पश्चात ईसवी सन 1806 में अपनी सफलता के शिखर पर आसीन सम्राट नेपोलियन ने इसको कमीशन किया/बनवाना शुरू किया था और 29 जुलाई, 1836 को इसका उद्घाटन हुआ, हालाँकि नेपोलियन की तब तक मृत्यु हो चुकी थी। बाद में सन 1840 में सम्राट नेपोलियन के पार्थिव शरीर के अवशेष सेंट हेलेना द्वीप से लाकर Invalides में दफ़नाने को ले जाते समय इसी इमारत के बीच से ले जाए गए थे। यह भव्य इमारत उन सभी शहीदों के प्रति सम्मान की प्रतीक है जो फ्रांस के सम्मान के लिये विभिन्न युद्धों जैसे नेपोलियेनिक युद्ध, फ्रांस की क्रान्ति आदि में लड़े और शहीद हुए। इन सभी शहीद सिपाहियों और जनरलों के नाम इस पर अंकित हैं। इसके नीचे प्रथम विश्वयुद्ध के अनाम शहीद का मक़बरा भी है। यूरोप की यह पहली इमारत है जिसमें उन अनाम शहीदों की स्मृति में अमर शाश्वत अखंड ज्योति प्रज्वलित है जिनके नाम कभी मालूम नहीं पड़े। 1961 में अमेरिका के

तत्कालीन राष्ट्रपति जॉन एफ. केनेडी और उनकी पत्नी ने यहाँ का दौरा किया था और इस अमर जवान ज्योति से बहुत प्रभावित हुए थे। राष्ट्रपति केनेडी की हत्या के बाद जब उनको वर्जीनिया के अर्लिंगटन राष्ट्रीय क़ब्रिस्तान में दफ़नाया गया तो उनकी पत्नी ने उनकी क़ब्र के पास Arc de Triomphe जैसी अखंड ज्योति जलाए जाने की इच्छा प्रकट की थी और वहाँ फिर ऐसी ही ज्योति जलाई भी गई।

Arc de Triomphe जाने को Champ Elysee या Avenue de la grande armee से भूमिगत रास्ते भी पहुँचा जा सकता है। यह विश्वप्रसिद्ध स्मारक अर्थात Arc de Triomphe सीन नदी के दाहिने तट से थोड़ी दूरी पर स्थित 50 मीटर (164 फ़ीट) ऊंची इमारत है। इसके पास के मेट्रो स्टेशन का नाम Charles de Gaulle Etoile है। यह इमारत रोम के टाइटस के arc (Arc of Titus) से प्रेरित है। इसका स्थापत्य प्राचीन रोमन स्थापत्य कला का neo-classical version है। इसके खम्भों पर शानदार स्थापत्य कला का नमूना दिखता है विभिन्न मूर्तियों के रूप में जो इमारत के आयताकार खम्भों पर उकेरी गई हैं और उनकी कलात्मकता, कारीगरी की सफाई और सुन्दरता तथा सुघड़ता देखते ही बनती है। चूँकि यह स्मारक 1792, 1810, 1814 और 1815 के युद्धों की जीतों की याद के तौर पर बनाने की शुरुआत की गई थी तो इसमें मुख्यत: चार क़िस्म के मूर्तिकारों की टीमों ने काम किया बताते हैं। किसी ने यह भी बताया कि इसमें 6 क़िस्म की उभरी हुई नक्क़ाशी की डिज़ाइनें बनाई गई हैं जो फ्रांसीसी क्रान्ति के 6 महत्वपूर्ण चरणों की परिचायक हैं।

आर्क दे ट्रॉइम्फ के आसपास दिल्ली के इंडिया गेट की तरह ही ख़ूब चहल-पहल रहती है। हिरान ने मुझको बताया कि शहीदों का स्मारक स्थल होने के कारण लोग इस इमारत का बहुत सम्मान करते हैं और इसी कारण से आर्क के ठीक नीचे से अनाम शहीद स्मृति बनने के बाद से कोई परेड नहीं निकाली जाती। यहाँ तक कि जब 1940 में हिटलर ने पेरिस पर जीत हासिल कर अपनी परेड निकाली तो उसने भी शहीद का सम्मान करते हुए इमारत के बीच से परेड नहीं निकाली और 1944 में पेरिस को वापस जीतने के पश्चात जनरल दी गॉल ने भी इस प्रथा का पालन किया।

इंडिया गेट से साम्य होने के कारण मुझको यह इमारत बहुत अच्छी लगी और मैं जितनी बार भी पेरिस गया हूँ मैं हर बार इस जगह गया। बाद की एक यात्रा (सन 2000 में) मुझको मालूम पड़ा कि Arc de Triomphe में ऊपर भी जाया जा सकता है तो मैं टिकट लेकर ऊपर भी गया। इमारत के पायों के बीच बनी पत्थर की 284 चौड़ी सीढ़ियाँ जो कि चौकोर इमारत में अन्दर गोलाकार रूप में बनी हुई हैं और एक तरफ़ लोहे की रेलिंग लगी हुई हैं, उन सीढ़ियों

से चढ़कर जब आप 150 फ़ीट से भी अधिक ऊँचाई पर पहुँचते हैं तो वहाँ से पेरिस के नज़ारे की बात ही कुछ और है। एक तरफ़ नीचे साफ़ पानी से भरी हुई सीन नदी बह रही है उसमें चलती ख़ूबसूरत नाव नज़र आती हैं तो बग़ल में ही आइफ़िल टावर खड़ा हुआ है जो इतना विशाल है और लगता है बिलकुल पास ही तो है, सहसा मन करता है कि हाथ बढ़ाओ और छू लो लेकिन फिर समझ आता है कि असलियत में इतना पास भी नहीं है कि छू लो। ऊपर से चारों तरफ़ देखने पर एक ओर एक बिल्डिंग की सबसे ऊपर की छत पर बहुत शानदार बग़ीचा भी बना दिखा जिसमें कुर्सी और सोफ़ा भी पड़ा हुआ था मतलब पचासों फ़ीट की ऊँचाई पर बग़ीचे में बैठकर पेरिस की ख़ूबसूरती का आनन्द उठाने की व्यवस्था थी।

150 फ़ीट ऊपर आर्क दे ट्रॉइम्फ की समतल पथरीली छत पर कभी-कभी हवा काफ़ी तेज़ और ठंडी महसूस होती है। यहाँ पर पर्यटक इतनी ऊंचाई से पेरिस को मन भरकर देख सकें, उसकी ख़ूबसूरती का लुत्फ़ उठा सकें इसके लिये एक बहुत दमदार दूरबीन भी लगी हुई थी। छत पर भी पर्यटकों की चहल-पहल भरपूर थी और फ़ोटो तो इतनी खींची जा रही थीं कि कैमरे की क्लिक क्लिक की आवाज़ें जैसे एक लयबद्ध तरीक़े से लगातार सुनाई पड़ रही थीं।

Arc de Triomphe के ऊपर छत पर पहुँचकर जब आप देखते हैं तो लगता है कि पेरिस के सारे रास्ते बस इसी जगह को आते हैं। अपने इंडिया गेट से भी थोड़े बड़े गोल चक्कर पर पेरिस की 12 सड़कें यहाँ पर आकर मिलती है। उन सड़कों पर चलती शानदार कारें 150 फ़ीट की ऊँचाई से खिलौने जैसी नज़र आती हैं। सचमुच जब आप आर्क दे ट्रॉइम्फ (Arc de Triomphe) की छत पर से लम्बे बाँसनुमा लोहे की छड़ों की बेहद ख़ूबसूरत रेलिंग के बीच से नीचे देखते हैं तो नज़ारा बड़ा ही मनमोहक लगता है। सड़कों के बीच में इमारतें बनी हुई हैं और चूँकि सड़कें इस गोल चक्कर पर आकर सिमटती सी मिलती हैं तो ऊपर से देखने पर ऐसा लगता है जैसे सड़कें अंग्रेज़ी के 'V' अक्षर की भाँति फैलती जाती हैं और उनके बीच में एकसार इमारतें बनी हुई हैं, सुन्दर चौकोर और आयताकार कटिंग किए हुए पेड़ एक अलग ही छटा बिखेरते दिखते हैं। किसी ने बताया था कि चूँकि अंग्रेज पेड़ों को उनके स्वाभाविक शेप में रहने देते हैं तो उनके विपरीत फ्रांसीसी लोग पेड़ों की काट-छाँट कर अपनी डिज़ाइन के अनुरूप उनको शेप दे देते हैं, कारण कुछ भी हो लेकिन कुल मिलाकर यह सब एक मनभावन दृश्य उत्पन्न करते हैं।

आर्क दे ट्रॉइम्फ की ख़ास बात यह है कि यहाँ दिन में जाइए तो खुली धूप, पेड़ों की हरियाली, नीचे की चहल-पहल, गाड़ियों का शोर, बच्चों की दौड़-भाग

सब एक बहुत ख़ुशनुमा माहौल पैदा करते हैं और यदि आप दिन ढलने के बाद जाएँ तो कहने ही क्या हैं! ! ! शाम को इस स्थान से सूर्यास्त का नज़ारा देखना ख़ुद में एक अनोखा अनुभव है! ! ! और फिर रात को रोशनी में तो पेरिस की छटा की बात ही कुछ और है। नीचे की सड़कों पर लगे लैम्पों की ख़ूबसूरत लाइटें तथा सड़क किनारे इमारतों और बीच में चलनेवाले वाहनों की रोशनी एक अलौकिक सा दृश्य उपस्थित करती है। उधर चारों ओर रंग-बिरंगी रोशनी दृष्टव्य है तो एक तरफ़ लाइटों से सजा अपनी अद्भुत ख़ूबसूरती बिखेरता आइफ़िल टावर है वहीं दूसरी ओर सीन नदी में चलती रंग बिरंगी रोशनी से चमकती नावें और सीन नदी के दोनों ओर रोशनी से चमकती प्राचीन इमारतें और छत पर शरीर को सिहरन भरी ठंडक का आभास देकर स्पर्श करती मन्द-मन्द बयार, ऐसे माहौल में मन होता है कि हाथ में गर्म कॉफ़ी का प्याला लिये हुए बस घंटो उसी रमणीक वातावरण में बैठे रहो, घूमते रहो, पेरिस की ख़ूबसूरती को इतनी ऊँचाई से निहारते रहो।

आर्क दे ट्रॉइम्फ की ख़ास बात यह है कि एक तो यहाँ पर आकर आपका मन भावुक होकर श्रद्धा से भर जाता है क्योंकि यह शहीद स्मारक है और शहीद किसी भी देश के हों वे सम्मान और श्रद्धा के पात्र होते हैं दूसरे यह एक भव्य इमारत है जिसकी भव्यता के साथ फ्रांस की स्थापत्य कला और फ्रांस का इतिहास भी जुड़ा हुआ है। इसके अतिरिक्त एक सैलानी की निगाह से यह एक अद्भुत स्थान, अद्भुत इमारत और शानदार अनुभव है।

Arc de Triomphe देखने के बाद चूँकि समय काफ़ी हो चला था तो मैंने हिरान से कहा कि अब मैं यूथ हॉस्टल जाऊँगा तो उसने कहा कि वह भी अपने हॉस्टल जाएगी। मैंने उससे पूछा कि उसके माता-पिता कहाँ रहते हैं तो उसने बताया कि वे यहीं पेरिस में रहते हैं किन्तु साथ नहीं रहते। मेरे पूछने पर उसने बताया कि उसके पिता और उसकी माँ अलग हो गए और पिता ने किसी और से शादी कर ली और उसी के साथ रहते हैं इसलिये वह उनके साथ नहीं रहती। जब मैंने उससे पूछा कि वह लेकिन अपनी माँ के साथ क्यों नहीं रहती तो उसने कहा कि माँ ने भी किसी और से शादी कर ली इसलिये वह माँ के साथ भी नहीं रहती है। उसकी कहानी सुनकर मैं अवाक रह गया और थोड़ा उदास भी किन्तु वह बिलकुल सामान्य थी क्योंकि उनकी सभ्यता और समाज के लिये शायद इस बात में कुछ भी अजीब नहीं था जबकि मैं तो ऐसी स्थिति की कल्पना करके ही सिहर उठा था। अगले दिन 4 बजे आइफ़िल टावर के नीचे मिलने की बात तय करके हम दोनों ने एक दूसरे से विदा ली। हिरान ने मुझको अपने यूथ हॉस्टल तक जाने की मेट्रो का समझा दिया था। मेट्रो में बैठा हुआ मैं हिरान के विषय

में ही सोच रहा था कि देश और सभ्यता कोई भी हो लेकिन इनसानों में इनसानियत हर जगह होती है, उनके सुख-दुःख एक जैसे होते हैं, उनकी भावनाएँ एक जैसी होती हैं और उनकी इच्छाएँ और आकांक्षाएँ भी कमोबेश एक सी ही होती हैं। यह सब बातें सोचते हुए मैं मेट्रो से उतरकर अपने यूथ हॉस्टल तक आ गया।

यूथ हॉस्टल में आकर मैं कपड़े बदलकर अपने बंक बेड पर ऊपरवाली जगह पर लेट गया। उस हॉल में कोई जर्मनी से था तो कोई इटली से एक पलँग पर एक अमेरिका का लड़का था तो मेरे सामनेवाले बंक बेड पर 22-23 साल का एक नौजवान था जो ऑस्ट्रेलिया से था। उससे बातचीत हुई तो मालूम पड़ा कि वह ऑस्ट्रेलिया में बस कंडक्टर की नौकरी करता था और अब अपनी गर्लफ्रेंड के साथ यूरोप घूमने आया था। यह जानकर मैं तो वाक़ई दंग रह गया और एक साथ दो बातें मेरे मन में आईं। एक बात तो यह थी कि मैं 29 वर्ष के लगभग की आयु का हो चला और अपने माँ-बाप के पैसों से विदेश व्यापार करने निकला हूँ, वह भी घूमने नहीं, घूमना तो असलियत में बाई-प्रोडक्ट के रूप में हो रहा है और यह 22-23 साल का बालक ख़ुद की कमाई करके दुनिया घूम रहा है और दूसरी जो बात मन में आई वह यह थी कि हमारे देश में किसी भी उम्र में क्या बस कंडक्टर या उनके समकक्ष के कोई व्यक्ति भले ही वे सरकारी कर्मचारी ही क्यों न हों, कभी ऐसे विदेश क्या अपने देश में भी नौकरी से अवकाश लेकर घूमने की सोचेंगे...। अपने देश के लोगों की मजबूरियाँ और इन विकसित देश के लोगों की बेहतर स्थिति, सुविधा, सोच और हमारी और इनकी पारिस्थितिक विषमताओं को सोचकर मेरा मन अवसाद और दुःख से भर गया लेकिन साथ ही साथ मैंने सोचा कि अब हमारा देश भी बदल रहा है आज मेरे जैसे नौजवान व्यापार के लिये विदेश में मौक़े तलाश रहे हैं लेकिन कल ऐसा भी समय आएगा जब विदेशी हमारे देश में आकर व्यापार तलाशेंगे और हमारे यहाँ व्यापार करेंगे और देश-विदेश के व्यापार और व्यापारियों में हम भारतीयों की ख़ूब इज़्ज़त और शोहरत होगी। यही सब सोचते हुए मैं अगले दिन के कार्यक्रमों के विषय में सोचने लगा कि कुछ दुकानों को जुहारूँगा और एक पता पास में था उनसे फ़ोन करके मिलने की पूछूँगा और फिर शाम को आइफ़िल टावर भी देखूँगा। यही सब सोचते हुए मेरी आँख लग रही थी लेकिन तब मुझे इस बात का कतई अन्दाज़ा नहीं था कि कल सुबह मेरा सामना एक ऐसी स्थिति/दृश्य से होगा जो मेरी ज़िन्दगी का 'ना भूतो ना भविष्यति' जैसा होगा! ! !

France-4 Paris 2nd day
Eiffel Tower
फ्रांस-4 पेरिस 2सरा दिन
आइफ़िल टॉवर

पेरिस के यूथ हॉस्टल में अपने बंक बेड पर जैसे ही सुबह-सुबह मेरी आँख खुली तो मैंने देखा कि उस हॉल के अधिकतर लोग मुझसे पहले जाग चुके थे। मैं भी बेड से उतरकर शौचालय की तरफ़ बढ़ा। यह बड़ा हॉल था जिसमें एक तरफ़ सामने की ओर एक लाइन से शौचालय बने हुए थे तो बाएँ हाथ पर लाइन से वाश बेसिन लगे हुए थे और दाहिनी तरफ़ स्नानागार थे। उस हॉल का नज़ारा अद्‌भुत था-मेरे लिये तो 'न भूतो न भविष्यति' वाला था और अचानक मुझको लगा कि इन सभी नौजवानों में मैं ही odd man out था क्योंकि वहाँ का आलम यह था कि सभी लड़के वाश बेसिन पर खड़े होकर मंजन कर रहे थे अथवा मुँह-हाथ धो रहे थे वह ऊपर तो टीशर्ट, बनियाइन अथवा कुछ न कुछ पहने हुए थे किन्तु नीचे नितान्त निर्वस्त्र थे और सभी बिना किसी अपवाद के यानी कि उनके बीच पाजामा पहने अकेला मैं ही वह व्यक्ति था जो कि नीचे भी कुछ पहना था। वहाँ की गतिविधि और सामान्य क़िस्म की चर्या देखकर मुझको समझ आ गया कि इसमें अजीब कुछ नहीं था और सम्भवतः यूरोप आदि के कई यूथ हॉस्टलों में यह एक सामान्य बात ही थी। ख़ैर, मैं वहाँ से जल्दी से तैयार होकर निकला और लगभग 9:30 10 बजे मैंने पास के फ़ोन बूथ से जो पता मुझ पर था उन सज्जन से बात की और यह मेरी ख़ुशक़िस्मती थी कि उन्होंने मुझको तुरन्त ही मिलने को बुला भी लिया।

मैं तुरन्त मेट्रो पकड़कर Mr. Wagnor (काल्पनिक नाम) के बताए पते के लिये चल दिया। यह स्थान पेरिस के बाहरी इलाक़े से में था। उनके घर के लिये एक छोटी सी गलीनुमा सड़क से जब मैं अन्दर घुसा तो दाहिने हाथ पर बग़ीचा और बाएँ हाथ पर मकान बना हुआ था और उसी के बीच से पेड़ों की झुरमुट से से एक पतला सा घुमावदार रास्ता उनके घर के मुख्य द्वार की तरफ़ जाता था। लम्बे क़रीने से कटे और छँटे ख़ूबसूरत वृक्षों से गुज़रते उस गलियारे में कुछ अजीब सी शान्ति थी। उस रास्ते पर चलकर मैं एक बरामदेनुमा स्थान पर पहुँचा और मैंने दरवाज़े पर लगी कॉल बेल बजाई तो अन्दर से सफ़ेद मूँछों और सर पर हलके बालवाले लगभग 50-55 वर्ष के एक व्यक्ति ने दरवाज़ा खोला और मुझे अन्दर आने को कहा। यही मिस्टर वेगनर थे। अन्दर फिर एक लम्बा सा गलियारा था जिसमें बहुत सारी मूर्तियाँ, पेंटिंगें और बेशक़ीमती सजावट की वस्तुएँ भरी पड़ी थीं और कई मूर्तियाँ कपड़े से ढकी हुई भी थीं। मिस्टर वेगनर

एक दुबले-पतले किन्तु अच्छे और प्रभावशाली व्यक्तित्व के स्वामी थे। उन्होंने मुझको कॉफ़ी के लिये पूछा और मेरे हाँ कहने पर वहीं एक तरफ़ रखी इलेक्ट्रिक केतली से कॉफ़ी बनाई जो हम दोनों ने साथ-साथ पी। बातचीत के दौरान मिस्टर वेगनर ने बताया कि वह मुख्यत: एंटीक्स के व्यापारी हैं और इसके अतिरिक्त आर्टिफैक्ट्स में भी डील करते हैं। मेरे सैम्पलों में उनके मतलब का कुछ नहीं था। इस प्रकार बिना किसी व्यापार के किन्तु बहुत सी नई जानकारियाँ लेकर मैं वहाँ से वापस अपने यूथ हॉस्टल को चल दिया। वापस लौटते में मेरी समझ में आ गया था कि पेरिस में भी अब इस बार तो कोई व्यापार होना नहीं है तो बाक़ी के एक-दो दिन पेरिस को देखकर समय और पैसे का सदुपयोग ही कर लिया जाए।

यूथ हॉस्टल में सैम्पलों को वापस रखकर मैं फिर से मेट्रो पकड़कर champ Elysee इलाक़े में पहुँच गया। वहाँ की और आसपास की दुकानों और शो-रूम्स को देखकर मैं यह तलाशता रहा कि यहाँ ऐसी क्या वस्तुएँ बिक रही हैं जो मैं भी सप्लाई कर सकता हूँ। यही सब करते हुए लगभग चार बज चुके थे और मुझको ध्यान आया कि चार बजे का समय हिरान से आइफ़िल टावर के पास मिलने का तय हुआ था सो मैं आइफ़िल टावर पहुँच गया। थोड़ी देर में ही वहाँ हिरान भी आ गई।

हिरान ने मुझसे पूछा कि व्यापार से सम्बन्धित कहीं कुछ बात बनी। मेरे मना करने पर उसने मुझसे कहा कि निराश होने की कोई ज़रूरत नहीं है, उनके यहाँ कहा जाता है प्रयास कभी विफल नहीं होता। लगे रहने से ही सफलता मिलती है। फ्रेंच भाषा में एक मुहावरा है "Petit a petit, l'oiseau fait son nid" जिसका अर्थ है कि "Little by little, the bird makes its nest." अर्थात धैर्य और लगे रहने से ही कार्य की सिद्धि होती है।

अब मैं लोहे के खम्भों, गर्डरों, जालियों आदि से बनी उस भव्य संरचना के सामने खड़ा था जो आधुनिक काल की मानव निर्मित अत्यन्त शानदार और चर्चित और प्रमुख संरचनाओं में स्थान रखती है यानी कि पेरिस का आइफ़िल टावर। पेरिस के champ de Mars इलाक़े के पास यह 300 मीटर (984 फ़ीट) और यदि इसकी चोटी को भी सम्मिलित करें तो 324 मीटर (1063 फ़ीट) ऊँची मानव निर्मित रचना है जो अपने बनने के लगभग 41 वर्षों तक विश्व की सबसे ऊँची इमारत रही, इसके पहले यह गौरव अमेरिका की राजधानी वाशिंगटन डीसी के Washington Monument को प्राप्त था और इसके बनने के 41 वर्षों बाद अमेरिका के ही न्यूयॉर्क शहर की Chrysler Building को यह गौरव हासिल हुआ। आइफ़िल टावर तीन मंज़िलों की पूर्ण रूप से लोहे से बनी इमारत है। इसका ज़मीन पर आसार चौकोर है और इसकी हर भुजा 125 मीटर

(410 फ़ीट) की है। ऊँचाई के हिसाब से यह लगभग 81 मंज़िला इमारत की तरह है।

सन 1889 में फ्रांस की क्रान्ति के 100 वर्ष पूरे होनेवाले थे और फ्रांस के लोग इसको एक अभूतपूर्व उत्सव की भाँति मनाना चाहते थे। इस उत्सव को मनाने के लिये एक वैश्विक मेले (World Fair) के आयोजित करने का तय किया गया। दरअसल सन 1853 ईसवी में न्यूयॉर्क सिटी में बनी 'Latting Observatory' से प्रेरित होकर दो इंजीनियरों ने, जिनके नाम मौरिस कोच्लिन और एमिल नौगुइएर थे, एक भव्य और विशाल इमारत कि डिज़ाइन बनाई थी जिसमें बाद में थोड़े परिवर्तन किए गए और फ्रांस के इंजीनियर गुस्ताव आइफ़िल ने इसके सर्वाधिकार ख़रीद लिये। इन्हीं आइफ़िल महोदय की कम्पनी ने आगे चलकर आइफ़िल टावर को पूर्णतः डिज़ाइन किया और बनाया। 30 march, 1885 को पेरिस, फ्रांस की संस्था 'Societe des Inginieurs civils' के समक्ष गुस्ताव आइफ़िल ने 1889 में आयोजित होनेवाले वैश्विक मेले Exposition Universelle के आयोजन स्थल के मुख्य द्वार के पास एक अत्यन्त भव्य इमारत बनाने का प्रस्ताव यह कहते हुए रखा कि यह इमारत/मीनार न केवल आधुनिक इंजीनियरिंग कि प्रतीक होगी अपितु यह उस शताब्दी, जिसमें वे लोग रह रहे थे यानी कि उन्नीसवीं सदी, के विज्ञान और औद्योगिक विकास की भी परिचायक होगी जिसके लिये 18वीं सदी के वैज्ञानिक आन्दोलन और 1789 की फ्रांस की क्रान्ति ने पथ प्रशस्त किया। यद्यपि शुरुआत में पेरिस में इस इमारत के बनाने का काफ़ी विरोध हुआ कि इससे पेरिस जैसे सुन्दर शहर की ख़ूबसूरती ख़राब हो जाएगी किन्तु जब यह मीनार रूपी इमारत बनकर तैयार हुई तो उसके बाद से आज तक यह पेरिस के प्रमुख पहचान चिह्न के रूप में जानी जाती है। इस इमारत का वज़न लगभग दस हज़ार मीट्रिक टन है और इसको बनाने में लगभग 18 हज़ार लोहे के टुकड़ों का प्रयोग हुआ। इसमें आठ लिफ़्ट हैं। इसका रंग लालपन लिये हुए भूरा था जो ऊपर हलका और नीचे गहरा होता चला गया। ईसवी सन 1968 में इसका रंग ताँबई कर दिया गया जिसको 'Eiffel Tower Brown' भी कहा जाता है। आइफ़िल को इसको देखने आनेवाले पर्यटकों से 20 साल तक के वसूली के अधिकार मिले और इसको बनाने की क़ीमत 6।5 मिलियन फ्रैंक का 25% धन भी। कुल मिलाकर यह सौदा उनके लिये हर प्रकार से अत्यन्त लाभ का रहा पैसा भी ख़ूब मिला और इतिहास में नाम भी। हाँ, एक रोचक बात यह भी मालूम पड़ी कि शुरू में इस टावर को इसके बनने के 20 वर्ष बाद ढहा देना तय हुआ था किन्तु इसकी लोकप्रियता ऐसा परवान चढ़ी कि आज लगभग 20, 000 लाइटों के प्रकाश से आलोकित यह आइफ़िल टावर पेरिस की शान और प्रमुख पहचान माना जाता है।

1991 की इस पहली पेरिस-यात्रा के बाद ईसवी सन 2000 तक मुझको कई बार फ्रांस और पेरिस जाने का मौक़ा मिला और लगभग हर बार मैं आइफ़िल टावर भी जाता रहा हूँ। आइफ़िल टावर के नज़दीक के मेट्रो स्टेशनों के नाम यह हैं :1. Champ de Mars/Tour Eiffel, 2. Ecole Militare and 3. Bir Hakeim.

आइफ़िल टावर के नीचे पहुँचने पर एक अजीब सा अहसास हुआ। वहाँ बहुत-सारे लोग थे, विभिन्न देशों, विभिन्न संस्कृतियों से आए हुए लोग। ऐसा प्रतीत हो रहा था कि आइफ़िल टावर के इस विशाल आसार के नीचे जैसे सारी दुनिया इकट्ठी हो गई है और सबके सर के ऊपर बाएँ, दाएँ चारों तरफ़ निगाह घुमाएँ तो बस नज़र आ रही है लोहे की बनी एक अत्यन्त विशाल संरचना जिसकी मानो चारों भुजाएँ चार दिशाओं में ज़मीन को छू रही हैं। कुल मिलाकर यह एक अद्‌भुत नज़ारा और अनुभव था। आइफ़िल टावर के प्रत्येक पाए से ऊपर के लिये लिफ़्ट जाती हैं, कुछ पर्यटकों को ले जाती हैं और कुछ उनके कर्मचारियों तथा सामान के लिये हैं। भूतल से लिफ़्ट पहली और दूसरी मंज़िल को ले जाती है जबकि तीसरी यानी कि सबसे ऊपर की मंज़िल के लिये लिफ़्ट दूसरी मंज़िल पर बदलनी होती है। लिफ़्ट में काफ़ी लोग थे और लिफ़्ट के चारों ओर के दरवाज़ों में शीशा था और ऊपर भी ताकि आप ऊपर जाते अथवा नीचे आते वक़्त बाहर का नज़ारा आराम से देख सकें। यह लिफ़्ट हाइड्रोलिक सिस्टम से चलती हैं और चलते समय लोहे की संरचना होने के कारण बहुत ज़ोर से खरड़-खरड़/ घड़-घड़ की आवाज़ भी होती रहती है। लिफ़्ट जब भूतल से ऊपर की ओर चली तो ऐसा प्रतीत हुआ कि यह कुछ तिरछी होकर जा रही है जो कि सही भी था क्योंकि टावर नीचे से चौड़ा और ऊपर पतला होता चला गया है तो लिफ़्ट वास्तव में नीचे के चौड़े हिस्से से ऊपर के पतले हिस्सों में कुछ ऐसी ही जा रही थी। जैसे-जैसे घड़-घड़ की आवाज़ करते हुए लिफ़्ट ने ऊँचाई की ओर बढ़ना शुरू किया वैसे-वैसे शीशे से बाहर देखते हुए कई पर्यटकों ने कुछ भय, कुछ रोमांच और कुछ उत्तेजना के कारण चीख़ना-चिल्लाना शुरू कर दिया। यह एक अनोखा अनुभव हो रहा था और मैं सोच रहा था कि यह तो ग़नीमत है कि किसी ने आइफ़िल साहब को यह नहीं सुझाया कि लिफ़्ट का फ़र्श भी शीशे का कर दें अन्यथा लिफ़्ट से नीचे उतरते में पर्यटकों का क्या हाल होता यह कहना मुश्किल है ! ! ख़ैर हम लोग दूसरी मंज़िल पर पहुँचकर पहले सीधे तीसरी मंज़िल पर चले गए। यहाँ यह भी बताना ज़रूरी है कि इस के बाद भी जब भी मैं पेरिस गया हूँ तो आइफ़िल टावर पर चक्कर ज़रूर लगा है और समय के साथ वहाँ परिवर्तन भी होते रहते हैं। आइफ़िल टावर पर रोशनी की भी ऐसी ग़ज़ब की व्यवस्था की गई है कि उस पर चारों तरफ़ से फोकस और बीम लाइटों से ऐसी

रोशनी पड़ती है कि बस देखते ही बनता है और हाँ, 1990 के दशक में उस पर लाइटों से ही अगली शताब्दी अर्थात वर्ष 2000 का काउंट डाउन भी लगातार चलता था जो यह बताता था कि अगली शताब्दी कितनी दूर है। तीसरी मंज़िल पर पहुँचते ही लगा कि यह हम कहाँ आ गए! ! ! ! इतनी ऊँचाई जहाँ से नीचे देखो तो पेरिस की छटा ही निराली नज़र आती थी। लेकिन सबसे पहले मेरा ध्यान जिस चीज़ ने आकृष्ट किया वह वहाँ पारदर्शी शीशों से बन्द दीवारों के बीच विभिन देशों के भिन्न-भिन्न स्थानों के नाम, उनकी पेरिस से दूरी और उस देश का झंडा बना हुआ। जैसे ही मैंने वहाँ अपने तिरंगे को भी बना देखा मेरा मन अत्यन्त आह्लादित हो गया। वहाँ लिखा हुआ था Calcutta (Inde यानी कि India) 7871 Km. Jaipur (Inde) 6630 Km. Delhi (Inde) 6574 Km. इसके अतिरिक्त वहाँ अलग-अलग देशों के स्थानों का ऐसे ही अंकित किया हुआ था। हिरान ने मुझको उसके देश अल्जीरिया का लिखा हुआ भी दिखाया। यह एक गोल गैलरी थी जिसमें आप चारों ओर घूमकर अलग-अलग दिशाओं से पेरिस के सौन्दर्य का रसपान कर सकते हैं। नीचे देखने को वहाँ दूरबीनें लगी हुई थीं जो इतनी ताक़तवर थीं कि उनसे जब आप नीचे देखते हो तो लगता है कि सब-कुछ आप बहुत पास से देख रहे हैं जबकि वह ऊँचाई या दूरी लगभग पौन किलोमीटर से कुछ अधिक ही होगी। नीचे एक मैदान में फ़ुटबाल का मैच हो रहा था जिसको दूरबीन से देखने पर ऐसा प्रतीत हुआ कि जैसे हम नीचे हरे घास के मैदान में भी बिलकुल पास से ही मैच देख रहे हैं। ऊपर से देखने पर पेरिस की रात कि रोशनी, रोशनी में आर्क दे ट्राइम्फ , नोत्रेदम का कैसल आदि इमारतें बहुत ही ग़ज़ब की दिखती हैं। आइफ़िल टावर की सबसे ऊपर की मंज़िल से (या दूसरी मंज़िल से जहाँ भी टेलीफ़ोन बूथ था ठीक से याद नहीं) मैंने अपने घर भी बात की और फ़िरोज़ाबाद में हरीश मामा से कहा कि आइफ़िल टावर के ऊपर ठंडी हवा में दिल कर रहा है कि आप लोग साथ होते तो यहीं पर बैठकर हम लोग गरमागरम मूँगफली खाएँ।

तीसरी मंज़िल से काँच से बन्द गैलरी और लोहे कि जालियों से घिरी गैलरी से पेरिस के नज़ारे देखने के बाद मैं अब दूसरी मंज़िलपर चलने की सोच ही रहा था कि हिरान ने बताया कि इसी तीसरी मंज़िल पर मिस्टर आइफ़िल ने अपने लिये एक अपार्टमेंट भी बनाया था। उस कमरे में मिस्टर आइफ़िल और उनकी पत्नी की फ़ोटो लगी हुई थीं। मैं काफ़ी देर उन दोनों की तसवीरों को निहारता रहा और मन ही मन सोचता रहा कि वाक़ई मिस्टर आइफ़िल ग़ज़ब के दूरदर्शी और कमाल की सोच के आदमी रहे होंगे जो उन्होंने ऐसी जबर्दस्त चीज़ को बनाने का न सिर्फ सोचा बल्कि अपनी उस बहुत बड़ी सोच को मूर्त रूप दिया और इतिहास में सम्मान के साथ अमर हो गए।

दूसरी मंज़िल पर लिफ़्ट से आए थोड़ा खुली हवा में जमीन से लगभग 115 मीटर ऊपर यानी कि लगभग 350 फ़ीट लेकिन फिर भी अब ऊँचाई कम थी। इस मंज़िल पर दो तल जैसे बने हैं। इस मंज़िल पर आप खुले में पेरिस कि खूबसूरती निहार सकते हैं। दोनों तलों पर उतरकर या लोहे की रेलिंग और लोहे के ही ज़ीने से ऊपर जाकर घूम-घूमकर आइफ़िल टावर के आर्कीटेक्चर निहार सकते हैं। यहाँ पर एक रेस्तराँ दिखा और भूख भी अब बहुत ज़ोर की लग आई थी। मैंने उसको बहुत समझाकर बताया कि मुझको एक वेजिटेरियन सैंडविच चाहिए जिसमें अंडा, मांस, मछली कुछ भी नहीं हो। मैं आश्वस्त था कि उसने सब बिलकुल ठीक समझ लिया है। थोड़ी देर में उसने मुझको फुटलोंग क़िस्म की ब्रेड की सैंडविच दी, न जाने मुझको कुछ वहम हुआ और मैंने सैंडविच का ऊपर का हिस्सा हटाया तो उसमें अन्दर बहुत ही क़रीने से कई क़िस्म की सब्ज़ियाँ पत्ता गोभी आदि लगी हुई थीं और सैंडविच देखने में बहुत ही आकर्षक और लज़ीज़ क़िस्म की लग रही थी लेकिन फिर भी मैंने सब्ज़ियों आदि की उस परत को भी हटाया तो उसके नीचे बहुत ही क़रीने से पतले-पतले कटे उबले अंडे रखे थे। अब जो मैं कहूँ वह समझने को तैयार नहीं था, हिरान अपनी सैंडविच लेकर बाहर चली गई थी और सच कहूँ तो सैंडविच महँगी भी बहुत थी तो फेंकने का मन भी नहीं था और अंडा तो मेरा खाने का सवाल ही नहीं था। जब उसने मेरी एक न सुनी तो फिर मैंने एक बीच का रास्ता निकाला यानी कि एक छुरी लेकर उससे सारे अंडे हटाए, फेंके, ब्रेड को रगड़-रगड़कर साफ़ किया, सब्ज़ियाँ आदि ड्रेसिंग वापस रखी और फिर उस सैंडविच को खाया जो वास्तविकता में खाना कम और पैसे वसूलना ज़्यादा था।

इसके बाद हम और नीचे यानी कि पहली मंज़िल पर आए। यह फ़्लोर लगभग 56 मीटर ऊँचाई पर है यानी कि लगभग 165-170 फ़ीट पर। इस मंज़िल पर आकर भी आप पेरिस की ख़ूबसूरती और नजारों को देख सकते हैं। यहाँ पर सोवेनियर कि दुकान भी थी, उस दुकान अथवा शो-रूम से मैंने आइफ़िल टावर की कुछ छोटी-छोटी प्रतिकृतियाँ और टी-शर्ट्स आदि ख़रीदीं। इस मंज़िल की बालकनी के बाहर के हिस्से में गुस्ताव आइफ़िल ने उस समय के फ्रांस/पेरिस के 72 प्रसिद्ध गणितज्ञ, वैज्ञानिक और इंजीनियरों के नाम लगभग 2 फ़ीट या 60 सेंटीमीटर की लम्बाई में सुनहरे अक्षरों से लिखवाए थे। पहली मंज़िल से दूरबीन से देखने पर जिस चीज़ ने बहुत आकृष्ट किया वह थीं नीचे सीन नदी में चलनेवाली नावें। ऊपर से देखने में सीन नदी के शान्त जल में तरह-तरह की मोटरबोट, उन पर लगीं लाइटें और उन पर पड़ रही रोशनी एक बड़ा ही विहंगम दृश्य उत्पन्न कर रहे थे। हिरान ने मुझको बताया कि पेरिस में सीन नदी में नौका-विहार बहुत प्रसिद्ध है। दुनिया में दो ही नदियों के क्रूज़ इस प्रकार की

प्रसिद्धि रखते हैं एक इजिप्ट में काहिरा में नील नदी का क्रूज़ और दूसरा पेरिस का सीन नदी का क्रूज़। ऊपर से सीन नदी में लहरों से अठखेलियाँ करते हुए चलनेवाली नावें इतनी सुन्दर लग रही थीं कि मानो कह रही हों कि उस पर्यटक का पेरिस आना ही क्या जिसने नाव में बैठकर सीन नदी में बोटिंग नहीं की और मेरे अन्दर का पर्यटक मन अब सीन नदी में नौका-विहार या रिवर क्रूज़ हेतु पूरे तौर पर मचल चुका था।

France-5 Paris 2nd day
"Bateaux Mouche"
Cruise on river The Seine.
फ्रांस-5 पेरिस दूसरा दिन
'बटू मौश'
सीन नदी में नौका-विहार

आइफ़िल टॉवर से नीचे उतरकर अब मैं सीन नदी की तरफ़ बढ़ रहा था। सीन नदी में नौका-विहार बहुत प्रसिद्ध है और पेरिस तथा आइफ़िल टॉवर तक जो पर्यटक आते हैं उनमें से काफ़ी लोग सीन नदी में नौका-विहार भी करते हैं। इस नौका-विहार के लिये वहाँ का प्रचलित शब्द 'Bateaux Mouche' बटू मौश या मूश है।

असलियत में Bateaux Mouche पेरिस की एक प्रसिद्ध नौका पर्यटन कम्पनी 'Compagnie des bateaux mouches' का रजिस्टर्ड ट्रेड मार्क है किन्तु यह इस व्यापार में इस कम्पनी की सफलता के कारण अब सीन नदी के नौका पर्यटन के लिये सभी लोगों द्वारा प्रयोग में लाया जाता है ठीक उसी प्रकार से जैसे हमारे देश भारत में सभी 'water pumps' के लिये 'टुल्लू पम्प' शब्द का प्रयोग आम तौर पर किया जाता है। बटू मौश का शाब्दिक अर्थ fly boats है लेकिन ग़लत मत समझियहगा यहाँ fly से तात्पर्य उड़ना नहीं अपितु मक्खी (fly insect) से है और mouche शब्द का origin Lyon शहर के मौश इलाक़े से है जहाँ के नौका यार्ड में मूल रूप से यह नावें बनती थीं।

सीन नदी के दाहिने तट पर Pont de l'Alma पर पहुँचकर वहाँ के प्लेटफ़ॉर्मनुमा स्थान पर पहुँचकर मैंने अपना और हिरान का टिकट लिया और हम लोग अपनी बारी आने का इन्तज़ार करने लगे। यह स्थान बहुत ही साफ़ सुथरा और सुन्दर था। टिकट लेकर आप एक बड़े से शीशे की दीवारों के बीच कमरे में आते हैं और फिर वहाँ से अपनी बारी आने पर नाव में चढ़ जाते हैं।

सबसे पहले बात नाव की; यह नावें अधिकतर काफ़ी लम्बी और दो मंजिला हैं। ऊपर की मंज़िल पर आप खुली हवा का आनन्द लेते हैं। ऊपर बढ़िया सुव्यवस्थित तरीक़े से बैठने को कुर्सियाँ और मेज़ें भी थीं। नाव में रेस्टॉरेंट और बार भी था जहाँ खाने-पीने की तमाम वस्तुएँ उपलब्ध थीं। नाव की नीचे की मंज़िल शीशे से ढकी हुई थी। सामने को मुँह करके कुर्सियाँ जमी हुई थीं। मैं सबसे आगेवाली लाइन में बैठ गया। शाम हो चली थी। बोट में धीमी सी आवाज में संगीत बज रहा था। शीशे के अन्दर से बाहर सीन नदी का शान्त जल और उस पर पड़ती रोशनी बहुत ही सुन्दर दृश्य उपस्थित कर रहे थे। नाव में उद्घोषणा हुई और धीरे-धीरे मन्थर गति से नाव ने आगे बढ़ना शुरू किया। हमारे दाहिनी तरफ़ आइफ़िल टॉवर था जो रोशनी में नहाया हुआ बहुत ही ग़ज़ब का लग रहा था और उन सभी रोशनियों से सीन के थरथराते जल में उत्पन्न प्रतिबिम्ब एक बहुत ही आकर्षक दृश्य उपस्थित कर रहे थे। एक महिला बहुत ही शान्त और सुरीली आवाज़ में कमेंट्री कर रही थी यानी कि पर्यटकों को बताती चल रही थी और हाँ मैंने अंग्रेज़ी भाषा में बताते हैं वह टूर लिया था। जैसे-जैसे नौका आगे बढ़ रही थी हमारे दोनों ओर (नदी के बाएँ किनारे को Rive Gauche और दाहिने तट को Rive Droite कहते हैं) पेरिस की प्रसिद्ध इमारतें दिख रही थीं और शाम हो जाने के कारण वे सभी इमारतें शानदार रोशनी से नहाई हुई प्रतीत हो रही थीं।

जैसे-जैसे नाव आगे बढ़ती गई उद्घोषिका ने बताना शुरू किया कि अब आइफ़िल टॉवर हमारे पीछे छूट गया है। Grand Palais भी निकल गया, नाव आगे बढ़ी और सामने एक बहुत बड़ी मेहराबवाला पुल दिखने लगा। इसके दोनों किनारों पर पंखयुक्त घोड़ों की शानदार मूर्तियाँ हैं और पुल की मेहराब के बीचोंबीच शानदार कलाकृति उत्कीर्ण की हुई दिखती है जिसको nymphs of the neva कहते हैं। यह पुल सन 1896-1900 में रूस के शासक जार अलेक्ज़ेंडर तृतीय के नाम पर बनाया गया था और यह फ्रांस और रूस की मैत्री का प्रतीक था। यह Pont Alexandre III पुल एक ओर champs Elysees और दूसरी तरफ़ invalides और आइफ़िल टॉवर को जोड़ता है। मैं इस पुल के विषय में सोच ही रहा था कि हमारी नाव आगे बढ़ी और हमको एक दूसरा पुल नज़र आया। इस दूसरे पुल का नाम है 'Pont Neuf' अर्थात New Bridge (नया पुल) और वर्तमान में पेरिस पर सीन नदी पर बने पुलों में यह सबसे पुराना (1578-1607) पुल है यद्यपि जब यह बना था तब सबसे नया होने के कारण इसको यह नाम मिला किन्तु सौन्दर्यीकरण की दौड़ में धीरे-धीरे और पुराने पुल इतिहास का अंग बनते गए और यह सबसे पुराना पुल हो गया। इस पुल पर फ्रांस के राजा हेनरी चतुर्थ की घोड़े पर सवार मूर्ति स्थापित है। नाव से हमने

Bir Hakeim bridge भी देखा जो दो मंजिला था; एक मंज़िल मोटर कारों हेतु और एक पैदल सवारों हेतु।

नाव सीन नदी के शान्त जल पर मानो अठखेलियाँ करते हुए और आगे बढ़ गई और अब दिखा Musee d'Orsay यानी कि ओरसे म्यूज़ियम। यह 20वीं सदी में सन 1986 में चालू हुआ यद्यपि पहले यहाँ Gare d'Orsay नामक रेलवे स्टेशन हुआ करता था। सीन नदी के बाएँ तट पर यह पत्थर से बनी एक लम्बी सी अनेक मेहराबदार दरवाज़े-खिड़कियों से युक्त इमारत है। सीन नदी के इस टूर में आगे विश्वप्रसिद्ध म्यूज़ियम Louvre Museum की इमारत भी दिखाई पड़ी। इस संग्रहालय के विषय में आगे चलकर विस्तार से चर्चा करूँगा। इस नौका-विहार की एक ख़ास बात यह है कि अलग-अलग मौसम में आपको अलग-अलग अनुभूतियाँ होती हैं, यह मैंने बाद की यात्राओं में महसूस किया। जैसे कम ठंडे मौसम में आपको सीन नदी के दोनों किनारों पर क़रीने से कटे और छँटे वृक्ष एक अद्‌भुत नज़ारा पेश करेंगे जबकि पतझड़ के मौसम में बिना पत्तियों के पेड़ों की छटा दूसरी ही नज़र आती है।

नाव के इस भ्रमण में भोजन की भी व्यवस्था थी, संगीत भी था और उद्‌घोषिका द्वारा जानकारी भी और यह वाक़ई एक बहुत ही आनन्ददायक अनुभव था किन्तु जब मैं नाव में बैठकर सीन नदी के दोनों ओर बनी पेरिस की इमारतों को निहार रहा था तो मेरा मन पहुँच गया था अपनी यमुन मैया के पास और मैं सोच रहा था कि क्यों नहीं इस क़िस्म के 'Boat Cruise' हमारे दिल्ली, आगरा या इलाहाबाद में नहीं हो सकते? क्या पर्यटक शाम को ऐसी ही शानदार भव्य नौकाओं में जब दिल्ली में यमुना नदी में घूमें और उनको रोशनी में नहाया लाल क़िला दिखे तो क्या उनको मज़ा नहीं आएगा? ? और मथुरा-वृन्दावन में शानदार नावों में बैठकर उस बृज के दर्शन और भ्रमण करते हुए जहाँ कभी योगिराज कृष्ण नटखट कन्हैया बनकर अपनी लीलाएँ करते थे इसी कालिन्दी कूल की कदम्ब की डालियों के मध्य।

ज़रा सोचिए आगरा में कैलाश मन्दिर के पास से आप टूर लेते हैं और नाव की ऊपर की डेक पर बैठे हैं, यमुना नदी पर नाव तैर रही है, हलकी पुरवैया चल रही है और आपको थोड़े आगे बढ़ने पर नाव से बाएँ हाथ पर रोशनी से नहाया "राम बाग" दिखता है और नाव जब जवाहर ब्रिज के नीचे से निकलती है तो आपको अपने बाएँ तरफ़ ही रोशनी में जगमगाता लाल बलुई पत्थर और संगमरमर से बना एतमाद-उद्‌दौला नज़र आता है। आप नाव के रेस्टॉरेंट से एक गर्म कॉफ़ी का प्याला लेकर कॉफ़ी पीना शुरू करते हैं कि आपके दाहिनी तरफ़ रोशनी से नहाया हुआ विशाल लाल क़िला दिखता है, उसका मुसम्मन बुर्ज चमक रहा है कि ज़रा आगे बढ़ते ही मानो दृश्य थम सा गया और थमे भी क्यों

नहीं आख़िर आपके दाहिनी ओर प्यार का प्रतीक संसार के सात अजूबों में एक सफ़ेद संगमरमर से बना ताजमहल जो खड़ा है। ऐसे ही इलाहाबाद में सरस्वती घाट से नाव में बैठे और आगे चलने पर बाईं तरफ़ अकबर का बनवाया हुआ क़िला उसके आगे बड़े हनुमान जी का मन्दिर जो थोड़ी दूर से ही नाव में दिखेगा और फिर संगम पर यमुना का हरा जल गंगा के सफ़ेद जल में मिलकर उसी में अपना अस्तित्व विलीन करता हुआ न जाने कितने पर्यटकों को आकृष्ट करेगा।

मैं यह सब सोच रहा था कि अचानक हिरान ने कहा कि देखो यह पेरिस का प्रसिद्ध कैथोलिक गिरजाघर Notre-Dame Cathedral दिख रहा है। यह 1165 में बनना शुरू हुआ और 1345 में पूरा हुआ था। यह पेरिस के प्राचीन 'फ्रेंच गौथिक' वास्तु का एक शानदार नमूना है। 1789 के फ्रेंच रिवेल्यूशन के दौरान इसको काफ़ी क्षति पहुँची थी और बाद में इसका बहुत शानदार तरीक़े से जीर्णोद्धार हुआ और नाव से रोशनी से झिलमिलाता हुआ लगभग 650 साल पुराना यह गिरजाघर जिसको अंग्रेज़ी में 'Our Lady of Paris' कहा जाता है सीन नदी के किनारे अपनी अद्‌भुत छटा बिखेर रहा था।

इस प्रकार से पेरिस की Assemble nationale Paris भी नजर आई। पेरिस की इन भव्य और प्राचीन इमारतों को दिखाते हुए हमारी नाव ने लगभग एक घंटे से कुछ ही अधिक समय में हमको वापस लाकर उतारा।

नाव से उतरकर हम मेट्रो स्टेशन पहुँचे जहाँ से हिरान ने अपने हॉस्टल के लिये मेट्रो पकड़ी और मैंने अपने यूथ हॉस्टल के लिये। जब हिरान विदा हुई तो यह वाक़ई एक भावुक क्षण था।

दो-तीन दिनों में ही हम बिलकुल अनजान लोगों से घनिष्ठ दोस्तों में बदल गए थे और उस घनघोर पश्चिमी संस्कृति में पली-बढ़ी उस लड़की की सरलता और सादगी ने मुझको बहुत प्रभावित किया। एक बिलकुल अनजान देश में, जहाँ भाषा भी एक बड़ी समस्या थी वहाँ हिरान ने मेरी जैसे निस्वार्थ मदद की वह मेरे लिये एक बहुत ही अच्छा और प्रेरणादायक अनुभव था जो मुझको अपने जीवन में सदैव याद रहेगा और हिरान भी। मैंने ट्रेन में पहले हिरान को विदा किया। ट्रेन में बैठते वक़्त हिरान ने मुझसे कहा कि तुमसे मिलकर मुझको मालूम पड़ा कि हिन्दुस्तानी बहुत ही सभ्य, शालीन और अच्छे होते हैं। हम दोनों ही उस समय काफ़ी भावुक हो गए थे। हिरान से यह मेरी आख़िरी मुलाक़ात थी।

अब मैंने भी अपने यूथ हॉस्टल के लिये मेट्रो पकड़ी। यूथ हॉस्टल तक की यात्रा में मुझको एक व्यक्ति मिला जो श्रीलंका का तमिल था। उससे बहुत देर तक भारत-श्रीलंका और तमिल समस्या पर चर्चा हुई। उसका कहना था कि उसके जैसे न जाने कितने श्रीलंकाई तमिल फ्रांस और पेरिस में रह रहे हैं। उसने मुझको यह भी बताया कि कुछ श्रीलंकाई तमिल भारत से नाराज़ थे किन्तु

अधिकांश उस समय की परिस्थितियों और घटनाक्रम से बहुत परेशान और दु:खी थे। उस समय की मन:स्थिति के कारण मैंने भी उस व्यक्ति से ज़्यादा बातचीत नहीं की और अपनी सीट बदलकर दूसरी जगह बैठ गया।

मैं पेरिस और फ्रांस के विषय में और यहाँ रहनेवालों के विषय में सोच रहा था कि इंग्लैंड के मुकाबले यहाँ के अधिकांश लोगों का रंग गोरा तो है लेकिन कुछ हलकी सी ताँबई ललामी सी लिये और नीली आँखोंवाले यहाँ काफ़ी कम हैं। फ्रांस के लोग मुझको अपेक्षाकृत इंग्लैंड के थोड़े दुबले लगे। फ्रांस के लोगों के मुकाबले मुझको इंग्लैंड के लोगों की लम्बाई अधिक महसूस हुई। फ्रांस में आपको लोगों में एक एटीट्यूड नज़र आता है और वह कुछ अलग से लगते हैं हालाँकि हमारे ऐशियाटाइडवाले व्यापारी मिस्टर शॉपियाँ का व्यवहार बहुत अच्छा था। मेट्रो और मेरा मन दोनों अपनी-अपनी गति से चल रहे थे और कुछ देर में ही मैं यूथ हॉस्टल के अपने बंक बेड के ऊपरवाले फ्लोर पर था और अगले दिन Louvre Museum जाकर मोनालिसा को देखने का और फिर आगे स्विट्ज़रलैंड की फ़्लाइट पकड़ने का सोचते हुए न जाने कब मेरी आँख लग गई।

France-6 Paris-Louvre Museum etc.

फ्रांस-6

पेरिस- लूव (लूव्रे) म्यूज़ियम

सुबह होते ही तैयार होकर, नाश्ता आदि करके मैंने मेट्रो पकड़ी और पहुँच गया पेरिस के विश्वप्रसिद्ध लूव म्यूजिम। लूव म्यूज़ियम के पास के मेट्रो स्टेशनों के नाम हैं 1. Louvre Tivoli और 2. Palais Royal Musee du Louvre और निकटतम RER station का नाम है 'Chatelet Les Halle's। '

पेरिस का यह लूव म्यूज़ियम विश्व के सबसे बड़े और प्रसिद्ध संग्रहालयों में से है जो कि लगभग 72, 000 वर्ग मीटर के क्षेत्र में फैला हुआ है और इसमें प्रागैतिहासिक काल से 21वीं सदी तक की लगभग 38, 000 वस्तुएँ प्रदर्शित हैं।

जैसे ही मैं लूव म्यूजिम के प्रांगण में पहुँचा, उसकी भव्यता की झलक मिलनी शुरू हो गई थी। बहुत ही बड़ा भव्य प्रांगण जिसमें एक तरफ़ पत्थर से बने रास्ते से में जल प्रवाहित हो रहा था जैसे कृत्रिम नहर सी बह रही हो, उसमें शानदार मनमोहक फ़ुव्वारे चल रहे थे, चारों ओर पर्यटकों की चहल-पहल और सामने तथा दोनों ओर लूव म्यूज़ियम की प्राचीन भव्य इमारत और इस सबके बीच एक अद्‌भुत काँच का बना विशाल पिरैमिड जिसमें से होकर इस विश्व प्रसिद्ध म्यूज़ियम में जाने का रास्ता था। कुछ देर तो मैं इस नहर, फ़ुव्वारे और

शीशे के बने उस शानदार पिरैमिड को ही निहारता रहा और यह सोचता रहा कि जब बाहर से यह इतना शानदार दृश्य है तो अन्दर का नज़ारा कैसा होगा! !

पेरिस में सीन नदी के दाहिने किनारे पर बना यह संग्रहालय असल में शुरुआत में एक राजमहल ही था जिसका निर्माण सन 1202 में प्रारम्भ हुआ था। 14वीं सदी में चार्ल्स पंचम के समय से यह राजा लोगों का शाही निवास बन गया, और फ्रांस के शासकों ने इसको अपने मुख्य निवास महल की भाँति प्रयोग किया। इसका वास्तुशिल्प गौथिक, पुनर्जागरणकालीन, निओ-क्लासिकल, नेपोलियन स्टाइल और 20वीं सदी का आधुनिककालीन भी है। जिस शीशे के पिरैमिड का ज़िक्र मैंने किया इसका डिज़ाइन एक चीनी-अमेरिकन वास्तुविद आई० एम० पई ने बनाया था और यह सन 1989 में बनकर तैयार हुआ। सन 1682 में फ्रांस के सम्राट लुई चौदहवें ने वर्साय के महल को राजसी निवास बनाया और लूव का यह महल राजसी वस्तुओं के संग्रह के प्रदर्शन का स्थान बन गया। कुछ दिन इसका नाम Musee Napoleon भी रहा क्योंकि इस संग्रहालय को अद्‌भुत संग्रहों से युक्त बनाने में नेपोलियन का भी बहुत बड़ा योगदान रहा है। म्यूज़ियम के रूप में इस संग्रहालय का उद्‌घाटन 10 अगस्त, 1793 को हुआ था जो कि राजशाही के अन्त की पहली बरस थी।

काँच के उस अद्‌भुत पिरैमिड से अन्दर जाकर जब मैं नीचे पहुँचा तो एक बहुत बड़ा स्थान था जिसका फ़र्श सम्भवत: सफ़ेद संगमरमर का बना हुआ और उसमें अन्दर जिस ओर भी निगाह जाए तो पत्थर की शानदार मूर्तियों को देख कर ऐसा लगा कि मैं शायद टाइम मशीन में बैठकर किसी और कालखंड में आ गया हूँ। एक तरफ़ ईसा पूर्व दूसरी सदी की मार्बल की बिना सर की आदमक़द या उससे भी विशाल मूर्ति जिसमें पत्थर के ही पंख़ बने हुए हैं और ऐसे सजीव कि मानो यह अभी उड़ना ही चाहती है, यूनानी मूर्तिकला का अद्‌भुत नमूना यह मूर्ति विजय की यूनानी देवी 'नाइक' की मूर्ति है और लगभग 2200 से अधिक वर्ष पुरानी है लेकिन उसकी सफ़ाई, उसकी चमक, उसके कपड़ों की परतें जो कि दरअसल पत्थर में ही उकेरे हुए हैं दर्शकों को अपने दाँतों में उँगली दबाने को मजबूर कर देती हैं।

अभी इस मूर्ति से निगाह हट भी नहीं पाई थी कि नजरों के सामने ग्रीक लोगों की मान्यतानुसार सुन्दरता और प्यार की देवी 'वीनस' की मूर्ति Venus de Milo सामने नज़र आती है। यह मूर्ति ग्रीक टापू 'Milo' में मिली थी इसलिये इसका नाम Venus de Milo पड़ा। यद्यपि मार्बल की इस मूर्ति के दोनों हाथ साबुत नहीं हैं किन्तु इस मूर्ति को आप जितनी देर निहारें वह कम है। जब मैं और आगे बढ़ा तो 1513 से 1516 के दौरान प्रसिद्ध कलाकार, मूर्तिकार माइकिलेंजलो द्वारा निर्मित संगमरमर की Dying Slave नज़र आती है जो शायद यह कह

रही है कि प्राचीन काल में यदि जबर्दस्त मूर्तिकार थे तो आधुनिक काल में भी कोई कम नहीं थे।

लूव म्यूज़ियम का संग्रह मोटे तौर पर आठ भागों में बाँटा जा सकता है; मिस्र की प्राचीन धरोहरें, पूरब (Near East) की प्राचीन धरोहरें, यूनानी, इट्रेसकन, रोमन धरोहरें, इस्लामिक कला, मूर्तियाँ एवं सजावटी वस्तुएँ पेंटिंग्स, कलाकृतियाँ आदि

इस म्यूज़ियम में जॉर्डन में मिली लगभग 9-10 हज़ार साल पुरानी चूने, पत्थर और सरकंडों से बनी 'आइन-ग़ज़ल' की मूर्ति भी है, आधुनिक ईरान के खोरसाबाद से मिली असीरियन सभ्यता-मेसोपोटामिया की रक्षक मूर्ति जोकि ईसा पूर्व 713 साल की है वह Lamassu की मूर्ति भी दिखी जिसका धड़ बैल का, सर-दाढ़ीवाला, मुख मनुष्य का है यद्यपि कान बैल के हैं और उसके पंख भी हैं, इस मूर्ति के पाँच पैर हैं किन्तु साइड से देखने में चार ही नजर आते हैं। जब तक आप और विभिन्न मूर्तियों को देखते आगे बढ़ते हो तो आपकी निगाह 2600 ईसा पूर्व के तानिस के स्फिंक्स की मूर्ति पर पड़ती है जो नेपोलियन के इजिप्ट अभियान के समय लाई गई अन्य क़ीमती वस्तुओं में शामिल है। मूर्तियों के संग्रह में यदि आपकी निगाह नेपोलियन काल के मूर्तिकार अन्तोनियो कैनोवा द्वारा बनाई मूर्ति Cupid Kiss पर न जाए ऐसा तो हो ही नहीं सकता है। शानदार मार्बल की बनी यह मूर्ति प्रेम और चुम्बन को बहुत ही कलात्मक दृष्टि से दर्शाती है।

सही बात तो यह है कि लूव म्यूज़ियम को देखने को बहुत समय चाहिए। वहाँ पर विश्व के विभिन्न क्षेत्रों की विभिन्न कालखंडों की अनेकों अद्भुत कृतियाँ हैं जो मानव जाति मात्र के लिये अभिमान करने की कारक कही जाएँ तो अतिशयोक्ति नहीं होगी।

यहाँ खड़ा होकर मैं यह सोच रहा था कि विश्व भर का इतना खजाना इस संग्रहालय में मौजूद है यह बहुत बड़ी बात है किन्तु इसका एक दूसरा पहलू यह भी है कि इस देश के शासकों ख़ास तौर से नेपोलियन ने जब पूर्व की ओर अपना विजय अभियान चलाया तो उनको जो भी बेहतरीन लगा उसको वहाँ से लूटकर या उठाकर यहाँ सजाते गए।

जब मैं इस म्यूज़ियम को देख रहा था तो मुझको अपने देश के ही अनेक संग्रहालय याद आए; जैसे हैदराबाद के सालारजंग म्यूज़ियम की कलाकृतियाँ और संग्रह विश्व में किसी से कम नहीं जैसे वह अद्भुत घड़ी जिसमें हर घंटे पर जब घड़ी में घंटा बजाने आदमी घड़ी से बाहर निकलते हैं और उसको देखने को जो मजमा होता है या 19वीं सदी के इटैलियन मूर्तिकार जी. बी. बेंजौनी की अद्वितीय कलाकृति 'Veiled Rebecca' जिसको ऐसे तराशा गया है कि उसके

मुख पर पत्थर का ही पर्दा है किन्तु लगता झीने वस्त्र का है अथवा बचपन में देखा मुम्बई का प्रिन्स ऑफ वेल्स म्यूज़ियम जिसका नाम अब छत्रपति शिवाजी संग्रहालय है और उसमें घुसते ही एक बहुत बड़े हॉल में छत पर लटका एक विशालकाय व्हेल मछली का शरीर जिसकी छवि आज भी मस्तिष्क पर अंकित है या मथुरा के म्यूज़ियम का गान्धार कला और कुषाणकालीन अद्‌भुत कलाकृतियाँ और मूर्तियाँ, भगवान बुद्ध की मूर्तियाँ और बौद्ध काल की कला के नमूने अथवा कोलकाता का इंडियन म्यूज़ियम और उसमें रखी इजिप्शियन ममी अथवा उदयपुर की क्रिस्टल गैलरी या ग्वालियर का संग्रहालय और हाँ इस सबसे ज़रा हटकर अपने इलाहाबाद का म्यूज़ियम जिसमें रखी सिर्फ एक चीज़ ही ऐसी है जिस पर दुनिया भर के सारे म्यूज़ियम और कलाकृतियाँ कुर्बान, जी हाँ मेरा मतलब अमर शहीद चन्द्रशेख़र आज़ाद की पिस्तौल से ही है। लेकिन हमारे किसी म्यूज़ियम को वह अन्तराष्ट्रीय ख्याति नहीं प्राप्त है जो काहिरा के इजिप्शियन म्यूज़ियम या पेरिस के लूव म्यूज़ियम को है, जबकि वह भी इस लायक़ हैं और हमारे यहाँ की सरकार और सम्बन्धित विभागों और लोगों को इस विषय पर अवश्य ध्यान देना चाहिए।

यही सब सोचते हुए लूव म्यूज़ियम में कलाकृतियाँ देखता हुआ अब मैं कुछ अद्‌भुत पेंटिंगों को देख रहा था। वैसे तो वहाँ जो भी पेंटिंग थी उसका एक अलग स्तर और इतिहास था ही किन्तु मेरा ध्यान सबसे पहले आकृष्ट किया 1830 की जुलाई क्रान्ति से सम्बन्धित पेंटिंग 'Liberty leading the people' जो कि प्रसिद्ध चित्रकार Eugene Delacroix द्वारा बनाई गई इसमें फ्रांस का झंडा हाथ में लिये हुए फ्रांस की जनता को क्रान्ति के लिये मार्गदर्शित कर रही महिला का चित्रण बड़ा ग़ज़ब का है। महिला का ऊर्ध्व वस्त्र खिसका हुआ सा है जिससे उसके वक्ष प्रदर्शित तो हो रहे हैं किन्तु क्या मज़ाल है किसी की कि इस स्वतन्त्रता की मातृशक्ति को दर्शाती इस पेंटिंग को देखकर किसी को भी उसमें अश्लीलता की किंचिन्त मात्र भी झलक लगे, बहुत ही ग़ज़ब की यह लगभग 9-10 फ़ीट के विशाल कैनवास पर बनी पेंटिंग है। आगे मुझको एक और विशाल पेंटिंग नज़र आई जिसका नाम था 'The Raft Of Medusa' 19वीं सदी में थिओडोर गैरीकाउल्ट की बनाई यह पेंटिंग उन विपदाग्रस्त लोगों का चित्रण है जिनकी नौका एक दुर्घटना में टूट गई और लोगों के सहायता माँगने के भावों का बड़ा ही अद्‌भुत चित्रण है। एक और कलाकृति जिसने मेरा ध्यान खींचा वह थी नेपोलियन के सिंहासनारोहण को दर्शाती नेपोलियन के शाही चित्रकार Jacques-Louis David के द्वारा बनाई गई पेंटिंग 'The Coronation of Napoleon I' 'इस भव्य चित्र में सम्राट नेपोलियन और उनकी पत्नी सम्राज्ञी जोसेफ़ाइन के राजतिलक का बहुत ही विवरणात्मक चित्रण है। समारोह में आमन्त्रित अतिथि,

हैसियत के अनुसार उनके बैठने की व्यवस्था और चूँकि मैं इतिहास का विद्यार्थी रहा हूँ तो ख़ास तौर पर नेपोलियन के अपने हाथ में मुकुट लेने के दृश्य से मुझको अपनी पढ़ी हुई वह घटना याद आ गई कि कैसे जब तत्कालीन पोप नेपोलियन को मुकुट पहनानेवाले थे तो सम्राट नेपोलियन ने वह मुकुट ख़ुद अपने हाथ में लेकर स्वयं ही अपने सिर पर धारण कर लिया था जो उसके अहंकार को तो दर्शाता था ही साथ ही उसने यह सन्देश भी दिया कि वह किसी की कृपा से नहीं अपितु अपने पुरुषार्थ से सम्राट बना था। इस 10 मीटर X 6 मीटर के चित्र के बाद एक बहुत ही मार्मिक चित्र ने मेरा ध्यान आकृष्ट किया और यह चित्र था लाल रंग की प्रधानतावाला पुनर्जागरण काल के इटली के प्रसिद्ध चित्रकार Domenico Ghirlandaio द्वारा बनाया गया चित्र 'An old man & his grandson'। यदि आपको कला से ज़रा भी प्रेम है तो आप इस चित्र को अनदेखा नहीं कर सकते, अँधेरी सी बैकग्राउंड से बाबा और नाती के रोशनी से भरे चेहरे, बुज़ुर्ग व्यक्ति की मस्सों से युक्त नाक परन्तु उसका वात्सल्यपूर्ण चेहरा और उसकी छाती पर हाथ रखे उसके चेहरे को निहारता छोटा बच्चा; बड़ा ही अद्‌भुत चित्रण लगा मुझको वह। ख़ैर अब और चित्रों को देखते, म्यूज़ियम की छत पर बनी कलाकारी को भी देखते हुए घूमते-फिरते आख़िर में मेरा सामना हुआ उस चित्र से जिसको देखने सबसे ज़्यादा लोग इस म्यूज़ियम में आते हैं; प्रसिद्ध चित्रकार लियोनार्डो दा विन्सी का बनाया शायद दुनिया का सबसे प्रसिद्ध चित्र, 'मोनालिसा'। इस चित्र को देखने के लिये भारी भीड़ थी, मैंने एक कोने में थोड़ी खाली जगह देखी और वहाँ खड़ा होकर आधुनिक काल की इस सबसे चर्चित मानव निर्मित कृतियों में से एक को मैं भी निहारने लगा। इस चित्र की एक ख़ास बात तो यह है कि इसको आप किसी भी कोण से देखें आपको लगेगा कि मोनालिसा जी आपको ही देख रही हैं। दूसरे उनकी विश्वप्रसिद्ध मुसकान जिसमें बहुत से विद्वानों के अनुसार क्रोध और विद्रूपता की भी झलक है लेकिन एक बहुत ही विचित्र बात इस चित्र की यह है कि इसमें मोनालिसा की आँखों के ऊपर भौंहें और पलकों पर बन्नी(बाल-eye lashes) नहीं हैं। 1503-1519 में बनाई गई यह दुनिया की सबसे अधिक देखी जानेवाली और सर्वाधिक चर्चित पेंटिंग है जिसके समक्ष मैं खड़ा हुआ था। अपने 100 मिलियन अमेरिकी डॉलर के 1962 में हुए बीमे के कारण इसका गिनीज़ बुक ऑफ वर्ल्ड रिकॉर्ड्स में नाम भी है। इस चित्र में भावप्रवणता बहुत ग़ज़ब की है और इससे जुड़े रहस्यों, विवादों और यह किसका चित्र है इन बातों ने भी इस चित्र को काफ़ी चर्चित बनाया। एक ख़ास बात यह थी कि इस म्यूज़ियम में जितनी भी कलाकृतियाँ थीं, मूर्ति, पेंटिंग या कुछ भी और उनमें भी ख़ास तौर से यूरोप की तो उनमें से हरेक के पीछे एक कहानी थी, क़िस्सा था अथवा घटना थी।

मैं वहाँ पर खड़ा देख तो रहा था इन विदेशी चित्रकारों के बनाए विश्वप्रसिद्ध चित्रों को किन्तु सोच रहा था राजा रवि वर्मा के प्रसिद्ध चित्रों के विषय में और थोड़ी याद मुझको अमृता शेरगिल, अवनीन्द्रनाथ टैगोर या एम एफ हुसैन की भी आ रही थी और झुँझलाहट भी हो रही थी कि हमारे देश के कलाकारों, चित्रकारों को उनकी योग्यतानुसार विश्व भर में प्रसिद्धि और सम्मान क्यों नहीं मिला अभी तक। जितना मिला है वह उससे बहुत अधिक के हक़दार थे। लेकिन कुछ बातें और भी थीं जो मेरे मन-मस्तिष्क को झकझोर रही थीं, जैसे कि इन यूरोपीय या इजिप्ट के लोगों ने अपना काफ़ी पुराना इतिहास खोज निकाला है लेकिन हमारे यहाँ अभी पौराणिक मान्यताओं को प्रामाणिक ऐतिहासिक मान्यताओं में बदलने को बहुत काम होना बाक़ी है, यह वांछित गति से अभी तक क्यों नहीं हो रहा? क्या हमारे पुरातात्त्विक विशेषज्ञ कभी इतनी खोजें कर पाएँगे कि हमारे भी संग्रहालयों में लोग आएँ और कहें कि यह हमारे पौराणिक सन्दर्भों के, भगवान श्री राम के, भगवान श्री कृष्ण के, जो वास्तव में थे ये, मैं और हम सब मानते हैं, होने के पुरातात्त्विक प्रमाण हैं, यह समुद्र में डूबी द्वारिका भगवान श्री कृष्ण की थी यह हम सब जानते और मानते हैं किन्तु सही बात यह भी है कि पुरातात्त्विक और पौराणिक दृष्टि से इस पर अभी बहुत काम होना बाक़ी है। एक बात और मन में आई कि ऐसे क्या कारण थे कि यूरोप के विपरीत हमारे यहाँ मध्यकाल की जितनी पेंटिंग मिलती हैं या काव्य-संग्रह मिलता है वह अधिकांशत: या तो 'ईश स्तुति' है या 'राज स्तुति'! तो क्या सभी सुखी थे या हमारा अधिकांश बुद्धिजीवी वर्ग या तो ईश भक्ति में लीन था या राज भक्ति में? ! या वास्तव में सब सुखी और सम्पन्न ही थे? ! ! आख़िर क्या वज़ह है कि हमारे यहाँ 15वीं, 16वीं, 17वीं सदी या बाद में भी सामाजिक विषयों, सामाजिक विद्रूपताओं, विषमताओं अथवा व्यवस्था के विरुद्ध विचार अभिव्यक्त करती हुई कलाकृतियाँ, चित्रकारी इतनी क्यों नहीं मिलतीं जबकि हमारे यहाँ चित्रकारी हर काल में और लगभग हर राज्य में काफ़ी उन्नत दशा में रही है चाहे अजन्ता एलोरा की चित्रकारी हों या तंजौर या पाल राज्य में अथवा काँगड़ा या मधुबनी कला हो या मुग़ल काल की और राजपूताने की मिनिएचर पेंटिंग हों लेकिन जनता जनार्दन के प्रश्न उन चित्रों में कम ही दिखते हैं (प्राचीन काल की कला, चित्रकारी और साहित्य की बात और है)? ? ! ! !

या अभी बहुत सारी खोजें होनी बाक़ी हैं। ।

यही सब देखते-सोचते म्यूज़ियम के Dinon, Sully और Richelieu सभी भागों को देखते हुए अब मैं म्यूज़ियम के बाहर आ गया था। म्यूज़ियम के बाहर आते ही मुझको लगा कि शायद अभी तक मैं किसी दूसरी दुनिया या मायालोक में था जहाँ से लौटा हूँ। बहुत ही ग़ज़ब का अनुभव है इस लूव संग्रहालय को

देखना और जो भी पेरिस जाए उसको यह म्यूज़ियम अवश्य देखना चाहिए। यह अपने आप में एक अद्‌भुत अनुभव है। बाहर निकलकर जब मेरा ध्यान समय पर गया तो ज्ञात हुआ कि म्यूज़ियम में इतना समय कैसे बीत गया पता ही नहीं चला और अब मेरा जिनेवा, स्विट्ज़रलैंड की फ़्लाइट का कार्यक्रम था इसलिये मैं तुरन्त यूथ हॉस्टल पहुँचा और सामान लेकर, टैक्सी पकड़कर एयरपोर्ट पहुँचा और थोड़ी देर में ही मैं चेक इन, सिक्योरिटी आदि की कार्यवाही के बाद जहाज़ में बैठा था अपने अगले गन्तव्य, विश्व के सबसे ख़ूबसूरत कहे जानेवाले, शान्तिप्रिय देश स्विट्ज़रलैंड के जिनेवा शहर जाने के लिये और अपने मन में पेरिस की, फ्रांस की यादें सँजोए हुए।

पेरिस की जनसंख्या में इधर कुछ कमी आती बताई जाती है और 2018-2023 में इसको लगभग 21 लाख बताया जाता है। फ्रांस में रह रहे भारतीयों की जनसंख्या लगभग 1 लाख 20 हज़ार है। फ्रांस से जुड़े प्रसिद्ध भारतीयों में जे0 आर0 डी0 टाटा का नाम प्रमुख है। भारत रत्न जे. आर. डी. टाटा का जन्म फ्रांस में ही हुआ था और 1993 में स्विट्ज़रलैंड में उनके देहान्त के बाद उनको पेरिस में ही दफ़नाया गया था।

इसके बाद भी मैं अनेक बार पेरिस आया और उन यात्राओं से जुड़ी कई रोमांचक यादें भी हैं जैसे एक बार होटल से मेरा सामान और मुझको बाहर निकाल दिये जाने की नौबत आना या एक बार रात को रास्ता भूलकर पेरिस के बाहरी हिस्से में चले जाना और उससे सुबह की फ़्लाइट छूटने की नौबत तथा ऐसी अन्य कुछ बातें, आगे बताऊँगा जो अपनी अगले गन्तव्य मनोहारी स्विट्ज़रलैंड की यात्रा के विषय में लिखने के पहले लिखूँगा।

Paris-A few more experiences
पेरिस-बाद की यात्राओं के कुछ क़िस्से

जब मेरा एक्सपोर्ट का कारोबार चलने लगा तो मेरी विदेश यात्राएँ भी जल्दी-जल्दी होने लगीं और फ्रांस और पेरिस भी कई बार आना हुआ। यहाँ मैं उन दो तीन घटनाओं का ज़िक्र करना चाहूँगा जो आज भी जब मैं पेरिस का ज़िक्र करता हूँ तो मेरे मस्तिष्क-पटल पर उभर आती हैं।

एक घटना तो सन 1995 की शुरुआत यानी कि जनवरी-फरवरी की है। जैसा मैं पहले ज़िक्र कर चुका हूँ कि एक्सपोर्ट का कारोबार चलने पर मैंने और मेरे छोटे भाई अभिनव ने विभिन्न देशों में आयोजित होनेवाले ट्रेड शो (Trade shows or fairs) में जाना शुरू किया था। हम लोग उसूलन एक ही जहाज़ में साथ यात्रा नहीं करते हैं और जब गन्तव्य एक ही हो तो आगे पीछे की फ़्लाइट से जाते हैं। हम लोग फ्रेंकफर्ट, जर्मनी के फ़ेयर में होकर अब पेरिस के लिये जा रहे थे। पेरिस, फ्रांस में हैंडीक्राफ्ट्स का Maison objet नाम से एक बहुत बड़े हस्तशिल्प मेले अथवा ट्रेड फ़ेयर का आयोजन हो रहा था और कार्यक्रम यह था कि हम लोग पेरिस में इस फ़ेयर को अटेंड करेंगे फिर मैं अपनी यात्रा ख़त्म करके भारत वापस लौट आऊँगा और अभिनव कुछ और व्यापारियों से मिलने को यूरोप कुछ और दिन रुकेंगे। जिन शहरों में अन्तरराष्ट्रीय ट्रेड फ़ेयर आयोजित होते हैं वहाँ उन दिनों ठहरने की समस्या हो जाती है, होटल सब बुक हो जाते हैं, इस बात को ध्यान में रखते हुए हमने अपने फ्रांस के एक व्यापारी मिस्टर शॉपियाँ से अनुरोध किया और उन्होंने पहले से ही हमारे लिये पेरिस डाउनटाउन में एक काफ़ी अच्छे और महँगे होटल में कमरा बुक करवा दिया था। यहाँ मैं इस बात का उल्लेख करना चाहूँगा कि यह मिस्टर शॉपियाँ फ्रांस की एशिया टाइड कम्पनी के मालिक थे, बहुत बड़े व्यापारी और बहुत अच्छे व्यक्ति थे और हाँ, ख़ास बात यह भी थी कि जब हमने दिल्ली में पहली बार 1994 में ट्रेड फ़ेयर में भाग लिया था तो यह उसमें हमारे पहले विदेशी/यूरोपीय व्यापारी थे। हमारे एक्सपोर्ट के काम में पहले व्यापारी दुबई के श्री श्याम कपूर साहब थे जेमिनी ट्रेडिंगवाले और यूरोप के पहले व्यापारी ऐशियाटाइड, फ्रांस के मिस्टर शॉपियाँ थे और दूसरे इंग्लैंड के मिस्टर जॉन ली। यह मिस्टर शॉपियाँ वही व्यक्ति थे जो दिल्ली में फ़ेयर में हमारे स्टॉल पर उस समय पहुँचे थे जब प्रगति मैदान में ही हॉल नम्बर 18 में ईपीसीएचवाले फ़ेयर को देखने चला गया था और मेरी अनुपस्थिति में उस समय हमारे स्टैंड पर कोई अंग्रेज़ी बोलनेवाला भी नहीं था जो इनसे बात कर पाता। वह तो हमारा सौभाग्य था कि उसी समय मेरे पापा जो कि ग़ुलाम नबी अंकल (फ़िरोज़ाबाद के पूर्व विधायक)के साथ किसी काम से दिल्ली आए थे वह फ़ेयर में हमारा स्टाल देखने प्रगति मैदान चले आए और मेरे स्टॉल पर आने तक शॉपियाँ साहब से बात करके उनको रोके रहे। यदि मैं यह कहूँ कि इस फ़ेयर से शुरू होनेवाले हैंडीक्राफ्ट्स के एक्सपोर्ट के काम में मुझे पहला ऑर्डर मेरे पापा श्री अशोक चतुर्वेदी जी के ही कारण मिला तो इसमें कुछ ग़लत नहीं होगा।

तो सुबह ही सुबह जर्मनी के फ्रेंकफर्ट से मैं और अभिनव पेरिस के लिये थोड़े अन्तराल की उड़ानों से चले और पेरिस पहुँचकर हवाई अड्डे से टैक्सी लेकर जो होटल बुक था वहाँ पहुँच गए। होटल पहुँचकर रिसेप्शन पर हमने बात की तो वहाँ एक जापानी सी दिखनेवाली महिला बैठी थीं उन्होंने काफ़ी रूखे से स्वर में कहा कि हाँ आपकी पाँच दिन की बुकिंग है और पाँच दिन के पैसे

जमा कर दीजिए। मैंने रजिस्टर में एंट्री करके, कमरे की चाबी लेकर कहा कि अभी मैं कमरे में सामान आदि रख दूँ फिर आपको आकर पैसे देता हूँ लेकिन उस महिला ने कुछ जिद सी की कि अभी ही जमा कर दीजिए पूरे पैसे लेकिन मैं बहुत थका हुआ था सो मैंने कहा कि मैं अभी कमरे से आकर तब पैसे दूँगा। इस बीच अभिनव ने पास कहीं टेलीफ़ोन बूथ से इंग्लैंड मिस्टर ली से बात की थी और वह कमरे में आकर बोले कि, ''मैं तो अभी ही इंग्लैंड जा रहा हूँ, मिस्टर ली ने आज ही मिलने को कहा है, मैं काम निबटाकर कल या परसों पेरिस लौट आऊँगा।'' यह कहकर अभिनव तो इंग्लैंड को निकल गए। अब मैंने कमरे पर ध्यान दिया तो यह एक बेहद ही छोटा कमरा था जिसके आधे हिस्से से ऊपर का ज़ीना जाने के कारण कमरे के उस भाग की छत ज़ीने के नीचे की होने के कारण तिरछी सी थी, आप उस कमरे के उस हिस्से में सीधे खड़े भी नहीं हो सकते थे। कुल मिलाकर कमरा कुछ ऐसा था कि मेरा मन वहाँ से उखड़ने लगा। मेरा मन उस कमरे में एक मिनट भी रुकने का नहीं था। कमरा सबसे ऊपर की मंज़िल पर था, अच्छा कमरा था किन्तु एक तो छोटा बहुत था और दूसरी छत नीची और ज़ीनेवाली बात थी। मैंने सोचा कि अभी फ़ेयर का काम कर आऊँ फिर बाहर जाकर आसपास कहीं कोई दूसरे होटल में जगह देखकर शिफ़्ट हो जाऊँगा और अभिनव के लिये यहाँ मैसेज छोड़ दूँगा क्योंकि सम्पर्क के लिये तब मोबाइल फ़ोन तो थे नहीं। मैं तैयार होकर नीचे आया वैसे ही उस जापानी सी दिखनेवाली महिला ने कहा कि पैसे जमा करा दो। मेरे मन में तो होटल छोड़ने का विचार आ ही चुका था तो मैंने उससे कहा कि अभी फ़ेयर जाने की जल्दी है लौटकर जमा करा दूँगा लेकिन वह मानी नहीं। उसकी बहस से आजिज़ आकर मैंने कहा कि अच्छा चलिये मैं अभी एक दिन के पैसे दिए दे रहा हूँ बाक़ी रात को दे दूँगा, इस पर वह काफ़ी नाराज होने लगीं कि मुझको तो पूरे पैसे अभी ही चाहिए जो मैं देना नहीं चाहता था क्योंकि मेरा मन वहाँ अधिक रुकने का नहीं था। बहस को ख़त्म करते हुए मैंने एक दिन के पैसे उनके काउंटर पर रखे और कहा कि मुझको देर हो रही है बाक़ी लौटकर दूँगा और मैं होटल के बाहर निकल गया।

बाहर आकर सबसे पहले टैक्सी पकड़कर फ़ेयर स्थल पर पहुँचा। यह फ़ेयर पेरिस के Nord Villepinte Exhibition Centre में आयोजित होता है। फ़ेयर में पहुँचकर प्रभावित और अचम्भित तो होना ही था क्योंकि यह फ़ेयर पेरिस में आयोजित हो रहा था वह पेरिस जो विश्व की फ़ैशन की दुनिया के ट्रेंड्स तय करता है। फ़ेयर में बहुत गहमागहमी थी हालाँकि मैं एक बात यहाँ अवश्य कहना चाहूँगा कि यह फ़ेयर था तो बहुत ही शानदार किन्तु विश्व का सर्वश्रेष्ठ ट्रेड फ़ेयर हस्तशिल्प के लिये मैसे फ्रेंकफर्ट जर्मनी का ही है जिसके विषय में जब जर्मनी की चर्चा करूँगा तब लिखूँगा और हाँ, ईपीसीएच द्वारा आयोजित दिल्ली/

एक्सोपोमार्ट ग्रेटर नोएडा का फ़ेयर भी अब बहुत जबर्दस्त होता है। ख़ैर तो मैं उस फ़ेयर में घूम रहा था और विश्वप्रसिद्ध फ़ैशन ब्रांड्स के स्टॉल भी देख रहा था। सबसे पहले मुझको जिन दो लोगों से मिलना था उनके पास गया तो इत्तफ़ाक़ से दोनों ने तुरन्त ही मिलने का समय दे दिया। मैंने उनसे सैम्पल डिसकस किए, ऑर्डर की बात की और जो काम 2-3 दिन में होने की उम्मीद थी वह तुरन्त ही समाप्त हो गया। मैंने सोचा कि अभी थोड़ी देर फ़ेयर और घूम लूँ फिर वापस चलूँगा क्योंकि काम तो हो गया अब चूँकि 5 दिन रुकेंगे तो रोज़ फ़ेयर में ही लोगों से मिलूँगा। फ़ेयर में घूमते हुए मुझको एक स्टॉल नज़र आई जिस पर Ulysee Pila लिखा हुआ था। यह फ्रांस की एक वहुत बड़ी फ़र्म थी और जब मैंने उनके स्टॉल पर निगाह दौड़ाई तो उस पर बहुत ही सुन्दर दिखनेवाले जामुनी, नीले, हरे और क्लीयर रंग के काँच के कटोरे (Bowls) दिखे, मुझको वे कुछ जाने हुए से लगे और जब मैंने पास जाकर देखा तो मेरी ख़ुशी का ठिकाना नहीं था, यह तो हमारी फ़ैक्ट्री का ही माल था जो हमने मुरादाबाद के एक एक्सपोर्टर को सप्लाई किया था। यह मेरे लिये पहला मौका था जब मैंने इतने बड़े अन्तराष्ट्रीय ट्रेड फ़ेयर में एक प्रतिष्ठित फ्रांसीसी ब्रांड के स्टॉल पर अपनी फ़ैक्ट्री के माल को शान से डिस्प्ले में लगा और बिकते देखा। मेरे लिये वाक़ई यह बहुत ही बड़ा रोमांच और ख़ुशी का मौक़ा और जीवन के यादगार पलों में से एक था।

इस ट्रेड फ़ेयर में आपको विश्व के सर्वश्रेष्ठ और प्रसिद्ध ब्रांड देखने को मिलेंगे जैसे LLADRO, PORADA, Skultuna, Dior, Delight FULL, Boca do Lobo आदि। कहने का मतलब यह है कि इस ट्रेंड फ़ेयर में यदि आप हस्तशिल्प और फ़ैशन के ट्रेंड्स देखने निकले हैं तो आप की आँखें चौंधिया जाएँगी ऐसा विलक्षण आयोजन होता है यह। ख़ैर व्यापारियों से सफल मुलाक़ातों के कारण मेरा मन काफ़ी अच्छा था और थोड़ी देर और फ़ेयर में लोगों से मिल-जुलकर मैं टैक्सी लेकर वापस अपने होटलवाली जगह पर आ गया। उस इलाक़े में बहुत-सारे होटल थे। मैं ठहरने की जगह तलाशने हेतु कई होटलों में गया किन्तु क्या अच्छे और क्या बुरे किसी भी होटल में एक भी कमरा खाली नहीं था क्योंकि यह ट्रेड फ़ेयर चल रहा था। मन मारकर मैंने सोचा कि अब मजबूरी है कि उसी होटल में रहना पड़ेगा। वैसे मेरा तो सारा काम पूरा हो चुका था और मैं अपने कार्यक्रम को pre-pone करके अगले दिन वापस हिन्दुस्तान लौट सकता था किन्तु इसमें दो समस्या थीं। एक तो अभिनव अगले या उसके भी अगले दिन लौटनेवाले थे तो तब तक तो मुझको रुकना ही था और दूसरी बात यह थी कि होटल पहुँचते ही 5 दिन के पैसे जमा करने थे तो फिर मैंने अपने मन को समझाया कि अब तो पेरिस में इसी होटल में 5 दिन रुकना होगा लेकिन जैसे ही होटल का कमरा याद आता और उसके आधे हिस्से में गर्दन झुकाकर खड़ा होना,

चलना ध्यान आता क्योंकि उसकी छत काफ़ी नीची थी तो फिर झल्लाहट से भर उठता। इसी सब ऊहापोह में पड़ा हुआ मैं होटल पहुँच गया। रिसेप्शन पर जाकर मैंने उसी जापानी सी महिला से कहा कि मैडम एक दिन के पैसे तो मैं सुबह दे गया था अब बाक़ी कितने देने हैं वह बताइए तो मैं दे दूँ, इस पर बहुत रुक्ष स्वर में वह महिला बोली अब आपको कुछ नहीं देना है। उसके यह कहने पर मैं चौंक गया और बोला कि क्यों? ! ! अब कुछ क्यों नहीं देना है? ? ! ! ! इस पर वह बोली क्योंकि मैंने तुम्हारी बुकिंग कैन्सिल कर दी है और तुमको कल सुबह 10 बजे तक यह होटल छोड़ना है। पहले तो मैं समझा कि वह महिला मज़ाक कर रही है किन्तु जैसे ही मेरी समझ में यह आया कि यह मजाक नहीं वास्तविकता थी तो मेरे पैरों के नीचे से तो ज़मीन खिसक सी गई। मैंने उससे थोड़ी बहस और करने की जुर्रत सी की और कहा कि यदि सुबह मैं कमरा खाली न करूँ तो? ? इस पर उस दयालु महिला का निस्पृह भाव युक्त जवाब था कि कोई बात नहीं होटल का स्टाफ़ उस स्थिति में तुमको और तुम्हारे सामान को होटल के बाहर कर देगा और फिर वह अपने स्टाफ़ की ओर मुख़ातिब होकर बोली कि कल सुबह मेरे 10 बजे आने के पहले यदि कमरा खाली न करें तो तुम लोग इनको और इनके सामान को होटल के बाहर कर देना। यह निर्देश देकर वह भद्र महिला तो चली गई और मेरे माथे पर पेरिस की जनवरो की ठंड में भी पसीना आ गया। उस महिला के जाने के बाद रिसेप्शन पर बैठी एक दूसरी लड़की ने मुझसे बहुत माफ़ी माँगी। उसने कहा कि आप दूसरे देश से आए हैं और आपके साथ इन्होंने ऐसा व्यवहार किया इसके लिये मैं बहुत शर्मिन्दा हूँ क्योंकि मैं पेरिस की ही हूँ और हमारे देश में किसी विदेशी को ऐसे परेशान किया जाए यह हमको अच्छा नहीं लगता। उसने कहा कि यह महिला ऐसी ही सनकी है लेकिन चूँकि यह इस होटल की मालकिन है इसलिये आपको होटल तो सुबह छोड़ना ही पड़ेगा क्योंकि क़ानून यही है और मैं चाहकर भी इस विषय में आपकी कोई मदद नहीं कर सकती हूँ।

अब मैं तो वाक़ई बहुत परेशान हो गया था। मैं कमरे में आकर लेट गया और यह सोचने लगा कि मैं तो वापस हिन्दुस्तान भी जा सकता हूँ कल क्योंकि मेरा तो सारा काम हो ही गया है लेकिन अभिनव को कैसे सूचित किया जाए? कल या परसों न मालूम किस समय वह आएँगे और जब वह यहीं आएँगे और मैं यहाँ नहीं मिलूँगा तो वह परेशान होंगे। उस समय मोबाइल आदि संचार के सुविधाजनक साधन नहीं थे तो परेशानी बढ़ती ही गई और मैं भगवान का ध्यान करने लगा कि प्रभु अब आप ही इस समस्या का हल निकाल सकते हो। यही सब सोचते हुए रात के 10 या 11 बजे थे कि अचानक कमरे की घंटी बजी, मैंने सोचा कि इतनी रात को पेरिस में कौन मेरे कमरे की घंटी बजा रहा है और यही

सोचते हुए मैंने कमरे का दरवाज़ा जैसे ही खोला और लो यह तो चमत्कार था!!! सामने अभिनव खड़े हुए थे और मुझको अपनी आँखों पर विश्वास नहीं था। गुड्डू कमरे में घुसकर बिस्तर पर बैठते हुए बोले कि, ''भैया सारा काम आज ही पूरा हो गया तो हम वापस आ गए।'' मुझको इतना भावुक और पुलकित देखकर वह बोले कि आख़िर माजरा क्या है तो मैंने उनको पूरा घटनाक्रम बताया और फिर हम लोगों ने तय किया कि मैं अगले दिन वापस हिन्दुस्तान जाऊँगा और अभिनव अपने दौरे के अगले चरण में अगले देश ऑस्ट्रिया चले जाएँगे। रात को ही एयरलाइन्स फ़ोन करके मैंने अपनी हिन्दुस्तान वापसी की सीट कन्फ़र्म कराई और अभिनव ने विएना की तब जाकर चैन आया।

मैंने अभिनव से उनकी यात्रा के विषय में पूछा तो उन्होंने बताया कि बर्मिंघम के श्रुउसबरी/श्रूजबी(Shrewsbury) में मिस्टर ली के यहाँ की यात्रा बहुत अच्छी रही। मिस्टर ली को ध्यान था कि अभिनव शाकाहारी हैं और मिठाइयों के शौकीन तो मिस्टर ली ने अभिनव के लिये भव्य शाकाहारी भोजन की व्यवस्था की हुई थी और मिठाई में भाँति-भाँति की चॉकलेटों की! उनका प्रतिष्ठान और वेयर हाउस बहुत ही शानदार और बड़ा था। अभिनव ने यह भी बताया कि मिस्टर ली बहुत ही शौकीन आदमी हैं और उनके पास तरह तरह की विचित्र वस्तुओं का संग्रह था और उसमें अभिनव को जो चीज़ सबसे जबर्दस्त लगी वह था रेल का एक भापवाला इंजन, सचमुच का रेल इंजन, जो उनके बग़ीचेवाले एरिया में था और मिस्टर ली ने उसकी सीटी बजाकर एवं चलाकर भी दिखाया। इस यात्रा की सबसे सुखद बात थी कि मिस्टर ली हमारी सप्लाई से ख़ूब ख़ुश और सन्तुष्ट थे। यहाँ यह उल्लेखनीय है कि यह वही मिस्टर ली थी जिन्होंने हमारे पहले कनसाइनमेंट से ख़ुश होकर हमको एक फ़ैक्स किया था और उसमें अपनी भावनाएँ व्यक्त करते हुए हमको '(You are the)King Of Glass' की उपाधि भी दी थी; अफ़सोस की बात यह है कि उस वक़्त हम लोग यह नहीं जानते थे कि कुछ समय बाद फ़ैक्स के काग़ज़ से (थर्मल पेपर होने के कारण)लिखावट मिट जाती है और इसलिये वह अमूल्य पत्र हमारे पास अब नहीं है...।

अगले दिन सुबह होटल खाली करके हम एयरपोर्ट पहुँचे और फिर मैं जहाज़ पकड़कर पेरिस से फ्रेंकफर्ट जर्मनी गया क्योंकि टिकट जर्मन एयरलाइन लुफ्थांसा का था और फिर फ्रेंकफर्ट से दिल्ली का जहाज़ लेकर वापस दिल्ली।

इसके बाद पेरिस की और भी यात्राएँ हुईं लेकिन उल्लेखनीय घटना हुईं सन 2000 की यात्रा में। इस यात्रा में मैं और मेरे एक दोस्त श्री प्रवीण जैन साथ-साथ थे। हम लोग अपनी यात्रा के (यूरोप के) अन्तिम चरण में पेरिस आए। पेरिस हम लोग ब्रसेल्स, बेल्जियम होते हुए आए थे और 300 किलोमीटर प्रति घंटा की रफ्तार से चलनेवाली TGV ट्रेन से आए थे। ट्रेन में अन्दर बैठकर महसूस

ही नहीं हो रहा था कि यह ट्रेन इतनी तेज़ रफ़्तार से चल रही है। एक स्थान पर मैंने एक पत्थर पर या बोर्ड पर लिखा देखा 'पेरिस 150 किलोमीटर' मैंने अपनी घड़ी देखी और विश्वास मानिए घड़ी से देखकर सही 30 मिनट में इस शानदार, बेहद आरामदायक ट्रेन ने हमको उस स्थान से, जहाँ पेरिस 150 किमी लिखा था, पेरिस पहुँचा दिया जबकि ट्रेन के अन्दर स्पीड इतनी तेज़ है यह क़तई पता नहीं चलता था। पेरिस पहुँचकर हम लोग एयरपोर्ट के पास एक होटल में रुके क्योंकि अगले दिन सुबह प्रवीण की फ़्लाइट हिन्दुस्तान की और मेरी फ़्लाइट वाशिंगटन डीसी, अमेरिका की थी। होटल में सामान रखकर हम दोनों लोग पेरिस शहर में निकल गए और आइफ़िल टावर आदि घूमते रहे। रात होने पर खाना आदि खाकर हमने शहर से एयरपोर्ट जाने की मेट्रो पकड़ी। मेट्रो में बैठने पर हमको मालूम था कि हमको आख़िरी स्टेशन पर उतरना है और रात में हम लोग मेट्रो रुकने पर आख़िरी स्टेशन पर ही उतरे पर स्टेशन पर उतरते ही समझ में आ गया कि बहुत बड़ी गड़बड़ हो गई थी। हुआ यह था कि हम एयरपोर्ट से विपरीत दिशा की मेट्रो में बैठ गए थे यानी कि बैठना एयरपोर्ट जानेवाली में था और बैठ गए थे एयरपोर्ट से आनेवाली में। आसानी के लिये समझिए कि दिल्ली में कहीं से एयरपोर्ट जाना था और उस दिशा से आनेवाली मेट्रो पकड़कर पहुँच गए नोएडा। लेकिन असली मुसीबत तो अब शुरू हुई; अपनी गलती पता चलने पर सोचा कि कोई बात नहीं अब वापसी की मेट्रो पकड़ लेते हैं किन्तु रात के शायद 11 बज चुके थे और मेट्रो चलना बन्द हो गया था। अब स्टेशन से बाहर निकले कि चलो टैक्सी कर लेंगे लेकिन लगभग एक-डेढ़ किलोमीटर तक कोई टैक्सी नहीं मिली, सारा इलाक़ा सुनसान और सन्नाटे से भरा तो था ही। एक बार सोचा कि पैदल ही होटल चल दें किन्तु वह क़तई व्यावहारिक नहीं था क्योंकि एक तो दूरी बहुत थी शायद 20-30 किलोमीटर और दूसरे रास्ता तो मालूम ही नहीं था। अब तो बड़ा मुसीबत थी कि क्या करें। लगा कि सुबह की फ़्लाइट तो छूटना अब तय ही है...।

हाँ, मोबाइल का ज़माना आ चुका था तो सोचा कि होटल फ़ोन कर लें तो जेब से होटल का कार्ड निकाला, जो मैं हमेशा जहाँ रुकता हूँ वहाँ का कार्ड अपनी पॉकेट में अवश्य रखता हूँ, और होटल फ़ोन किया तो होटलवाले ने पूछा कि आप हैं कहाँ बताइए तो हम टैक्सी का कुछ इन्तज़ाम करें लेकिन उस अँधेरी रात और अनजान शहर में हमको तो मालूम ही नहीं था कि हम exactly हैं कहाँ। मैंने कहा अभी कोई दिखेगा तो फिर फ़ोन करते हैं। थोड़ी देर भटकने के बाद एक स्थान पर 4-5 नौजवान लड़के खड़े हुए बातें कर रहे थे, हम उनके पास गए, थोड़ी भाषा की समस्या लगी लेकिन फिर उनकी होटल के रिसेप्शन पर बात कराई तो उन लोगों ने होटलवाले को बताया कि वह जगह क्या थी, फिर

होटलवाले ने कहा कि उसने टैक्सीवाले से बात कर ली है और हम वहीं रुकें, 10 से 15 मिनट में टैक्सी वहीं पहुँच जाएगी और ऐसा ही हुआ। जब टैक्सी आ गई तब हमारी जान में जान आई और हम आख़िरकार अपने होटल पहुँच गए और सुबह मैं अपनी अमेरिका की फ़्लाइट में बैठकर वाशिंगटन को रवाना हो लिया।

जब मैं अमेरिका से वापस लौटा तो चूँकि टिकट एयर फ्रांस का था तो वापसी वाया पेरिस ही थी और पेरिस में मेरा एक दिन का स्टॉप ओवर था यानी मैं एक दिन सुबह पेरिस पहुँचा और दूसरे दिन शाम किसी समय की दिल्ली की फ़्लाइट थी। पेरिस पहुँचकर मैंने रेलवे स्टेशन 'गारे नोर्ड' के पास के एक अच्छे होटल में कमरा लिया और सबसे पहले यात्रा की थकान दूर करने को अपनी आदत के अनुरूप ग़रम पानी से स्नान किया। इसके पश्चात मैं पेरिस में टहलने-घूमने निकल गया। एक चक्कर मैंने आइफ़िल टावर का लगाया और उसके पास से पेरिस की कुछ टी शर्ट्स और पेन, पेन्सिल, चाबी के गुच्छे आदि सोविनियर्स ख़रीदे। मैं जहाँ भी जाता हूँ उस स्थान की कुछ वस्तुएँ अवश्य लेता हूँ और घर लौटकर परिवारीजनों, रिश्तेदारों, दोस्तों और अपने स्टॉफ के सदस्यों को अपनी विदेश-यात्रा से लाया हुआ कुछ न कुछ भेंट करने का प्रयास अवश्य करता हूँ और मुझको प्रसन्नता है कि मेरी पत्नी रचना में तो यह आदत है ही और मेरे दोनों बच्चों अर्पित और ऐश्वर्या में भी मेरी यह आदत आई है।

हाँ, इस बार मैंने अमेरिका से एक नई चीज़ ली थी और वह था सोनी का एक डिजिटल कैमरा। फ़ोटोग्राफ़ी की दुनिया में अब डिजिटल कैमरों का प्रचलन शुरू हो चुका था। मैंने 'arc de triumph' आदि के आसपास कुछ फ़ोटो अपने आसपास के लोगों से कहकर खिंचवाई और फिर रात होते-होते मैं अपने होटल के कमरे पर आ गया।

रात को जब मैं कमरे में पहुँचा तो मेरे कमर और पैर में थोड़ा दर्द शुरू हो गया था। कमरे में पहुँचकर, कमरा लॉक करके, कपड़े आदि बदलकर मैं बिस्तर पर सड़क के किनारेवाली साइड पर लेट गया और दर्द के बावजूद थोड़ी देर में नींद भी आ गई। सुबह जब मैं सोकर उठा और बाथरूम आदि से निवृत्त हुआ तो यह दर्द और बढ़ चुका था और मैं समझ गया था कि यह साइटिका का दर्द है। मैं फिर पलँग पर लेट गया और बस अब समस्या शुरू हो गई थी। दर्द बढ़ता गया और थोड़ी देर में ही हाल यह था कि मेरा करवट लेना तो छोड़िए हिलना भी असम्भव हो गया। अब बड़ी विचित्र स्थिति थी फ़ोन बेड की दूसरी साइड में था, न मैं उठकर दरवाज़ा खोल सकता था और न ही फ़ोन से होटल के रिसेप्शन से ही कोई सहायता माँग सकता था। मुझको लगा कि यदि यही हाल रहा तो मेरी तो भारत वापसी की फ़्लाइट ही छूट जाएगी। जब सुबह से बिना कुछ खायें पिये लेटे-लेटे दोपहर हो गई तब लगा कि दर्द कुछ कम हुआ है तो मैं प्रयास करके

उठा और तुरन्त बाथरूम में जाकर ख़ूब गरम पानी का शॉवर खोलकर उसके नीचे खड़ा हो गया। लगभग आधे घंटे तक मैं यूँही गरम पानी से नहाता रहा या कहिए सिंकाई करता रहा तब कुछ राहत मिली। फिर रूम सर्विस को फ़ोन करके कुछ खाने को मँगाया। अब एयरपोर्ट जाने का समय हो चला था सो होटल से चेकआउट करके टैक्सी लेकर मैं ऐयरपोर्ट पहुँचा और फिर कुछ समय बाद मैं जहाज़ में बैठा हुआ दिल्ली की तरफ़ उड़ रहा था।

इस दर्द के कारण जो परेशानी मुझको हुई तो मैंने तय कर लिया कि बहुत हो गया अब मैं अपने देश में भी कोई लम्बी यात्रा अथवा कोई भी विदेश-यात्रा कभी भी अकेले नहीं करूँगा और इसके बाद की विदेश-यात्रा मैंने कभी अकेले नहीं की।

स्विट्ज़रलैंड

Switzerland-1
Geneva
स्विट्ज़रलैंड-1
जिनेवा
कोऑर्डिनेट्स 46 । 2044°N
6 । 1432°E
भारत से समय का फ़र्क़ 3 घंटे 30 मिनट पीछे
मुद्रा— सन 1991 में स्विस फ्रैंक थी जो
अब 2023 में लगभग 91 रुपये के बराबर है।
साथ में यूरो भी प्रचलित है। एक यूरो आज 2023 में
लगभग 91 रुपये 60 पैसे के बराबर है

पेरिस से जिनेवा, स्विट्ज़रलैंड की ओर मैं, जहाज़ में बैठा, उड़ा जा रहा था। यह स्विस एयर का जहाज़ था जो कि अन्तरमहाद्वीपीय/अन्तरराष्ट्रीय उड़ानोंवाले जम्बो जेट- बड़े बोइंग 747 या एयर बस जहाज़ों से छोटा था यद्यपि तकनीकी रूप से यह भी एक अन्तराष्ट्रीय उड़ान ही थी। जहाज़ हवा में आने के बाद स्विस एयर की एयर होस्टेस अपनी नेवी ब्लू यूनीफ़ॉर्म में जिसमें शर्ट सफ़ेद थी काफ़ी चुस्ती से सब लोगों को स्नैक्स परोस रही थीं। स्विस एयर के स्नैक्स का स्तर काफ़ी अच्छा था। जहाज़ में मेरी सीट खिड़कीवाली थी और ऊपर से देखने पर नीचे की वादियाँ, बर्फ़ से आच्छादित पहाड़ और हरियाली भी कहीं-कहीं बहुत ही मनोरम दृश्य उत्पन्न कर रहे थे।

मुझे घर से विदेश-यात्रा पर निकले लगभग 18 दिन हो चले थे। मैं जहाज़ में बैठे-बैठे सोच रहा था कि कैसे दुबई में शरद भाईसाहब से मुलाक़ात हुई और कपूर साहब ने पहला ऑर्डर दिया। मुझको दोहा के इस्माइल शेख़, बहरीन के रतन कपूर भाईसाहब, भाभी, आँखों से न देख सकनेवाले व्यापारी शेख़ जुबारी,

आबूधाबी के इब्राहीम अहमद मत्तार साहब याद आ रहे थे तो काहिरा-इजिप्ट के शिरीन और मैगदी साहब भी। मैं सोच रहा था कि इन 18-20 दिनों में मैंने कितनी दुनिया देख ली, कैसे-कैसे लोगों से मिला और कितने अनुभव हुए। मिस्र के पिरैमिड और स्फिंक्स देखे तो लन्दन के म्यूज़ियम भी और फ्रांस के आइफ़िल टावर, आर्क दे ट्रॉइम्फ और लूव म्यूज़ियम की यादें तो अभी ताज़ा ही थीं। मैं सोच रहा था कि जिनेवा कैसी जगह होगी? स्विट्ज़रलैंड की भाषा क्या होगी, यह भी मुझको पता नहीं था (तब इंटरनेट आदि की सुविधाएँ नहीं थीं कि घर बैठे सारी जानकारी मिल जाए)।

सच कहूँ तो यदि मुझको दुनिया के सबसे सुन्दर देशों में से एक स्विट्ज़रलैंड जाने का उत्साह था तो अब जहाज़ में बैठे-बैठे मुझको अपने घर की याद भी सताने लगी थी। मुझको अपनी माँ और पत्नी रचना की याद आ रही थी जिन्होंने मेरी यात्रा के लिये शक्करपाड़े, मठरी और लड्डू आदि बनाए थे और जिनमें उनके प्यार और स्नेह का स्वाद भी शामिल था, मेरे पापा जिन्होंने मेरी इस विदेश-यात्रा के लिये सभी आवश्यक बन्दोबस्त कराए थे, मेरे छोटे भाई अभिनव, जिन्होंने इस यात्रा के लिये सैम्पल तैयार करने में मेरे मित्र संजय तैलंग (अब स्व.) और मेरे साथ काम करनेवाले राजा बाबू के साथ दिन और रात एक कर दिया था। मुझको अपनी बहन अर्चना और बहनोई डॉक्टर अपूर्व की भी याद आ रही थी जिनको मेरी इस पहली व्यापारिक विदेश-यात्रा का ख़ूब जोश था और मेरा ख़ूब उत्साहवर्धन किया। सबसे अधिक मुझको याद आ रही थी अपने घर के छोटे बच्चों यानी कि मेरे भतीजों किट्टू और बिट्टू की, मेरे भांजे ईशान और मेरे लगभग 1 साल के बेटे अर्पित की लेकिन जिसकी याद सबसे अधिक आती थी वह थी मेरी 5 साल की चुलबुली ख़ूब बातूनी और अपनी बातों से हम सबका मन लगानेवाली मेरी भानजी ईशा की, उसकी बातों की, उसकी नगीना फ़िल्म के गाने, 'मैं तेरी दुश्मन, दुश्मन तू मेरा' पर डान्स करने की। शायद 2 हफ़्ते से अधिक पहली बार देश से बाहर रहने के कारण मेरा मन ज़्यादा ही घर की ओर भटक रहा था।

जिनेवा पहुँचने पर मुझको अतुल भैया के यहाँ रुकना था। अतुल भैया यानी कि श्री अतुल चतुर्वेदी जो कि उत्तर प्रदेश काडर के 1974 बैच के I.A.S.अधिकारी थे। जब मेरा विदेश-यात्रा का कार्यक्रम बना और किस देश में कहाँ रुकेंगे यह चर्चा हुई तो मेरी बुआ के लड़के भैय्यो दा (अब स्व.) ने कहा कि स्विट्ज़रलैंड में तो अतुल (भैया) जिनेवा में आजकल पोस्टेड हैं तो उनके यहाँ रुक जाना। अतुल भैया मेरी बुआ के लड़के भैय्यो दा के कज़िन हैं और उनके पिताजी स्व. पृथ्वीनाथ चतुर्वेदी जी और उनकी माँ स्व. तारो बुआ से

मेरे पापा के भी बहुत अच्छे और घनिष्ठ सम्पर्क थे। अतुल भैया से मेरी इसके पहले की कोई विशेष परिचयात्मक मुलाक़ात नहीं थी यद्यपि लखनऊ में भैय्यो दादा के यहाँ जेल हाउस में और स्व. पृथ्वीनाथ फूफाजी के घर गौतम पल्ली और क्ले स्क्वायर में उनको देखा अवश्य था। अतुल भैया की शादी की दावत में लखनऊ में भी मैं शामिल हुआ था। अतुल भैया की पत्नी यानी कि कनक भाभी जो कि हाथरस की हैं और जैसा कि चतुर्वेदी समाज में सबका कहीं न कहीं किसी न किसी के माध्यम से एक दूसरे से रिश्ता होता है उसको छोड़कर कनक भाभी से भी मेरा अब तक कोई सीधा परिचय नहीं था। मैं जहाज़ में बैठा हुआ मन ही मन सोच रहा था कि अतुल भैया और कनक भाभी के साथ मेरा रुकने का अनुभव कैसा रहेगा। उन लोगों से मेरा ख़ुद का पहले से कोई विशेष परिचय न होने के कारण मन में एक झिझक सी भी थी। अतुल भैया उस समय जिनेवा में भारत सरकार की तरफ़ से पोस्टेड थे और WTO यानी कि विश्व व्यापार संगठन में भारत का प्रतिनिधित्व कर रहे थे। यही सब सोचते हुए न जाने कब लगभग सवा घंटे का पेरिस से जिनेवा का सफर तय हो गया और जहाज़ में उदघोषिका ने घोषणा की कि यात्रीगण अपनी सीट बेल्ट्स बाँध लें और हमारा जहाज़ जिनेवा के हवाई अड्डे पर उतारनेवाला था। जहाज़ जिनेवा हवाई अड्डे पर उतरा, इमीग्रेशन और कस्टम के बाद अपना सामान लिये मैं लॉबी में इधर-उधर देख ही रहा था कि अचानक मेरे पीछे से किसी ने मेरे कन्धे पर हाथ रखा और कहा, "भाई किसको ढूँढ़ रहे हो, किसको देख रहे हो?" मैंने चौंककर पीछे मुड़कर देखा तो सामने अतुल भैया खड़े मुसकुरा रहे थे। मैंने झुककर उनके पैर छुए और अचानक मन बहुत अच्छा और सहज हो गया क्योंकि बहरीन के बाद अपना कोई परिचित मिला था और भारत से चलने के बाद अब लगभग 3 हफ़्ते के बाद कोई घर जैसा करीबी मिला था।

एयरपोर्ट से अतुल भैया की गाड़ी में सामान रखकर हम लोग उनके घर पहुँचे। उनका घर जिनेवा के बहुत ही अच्छे इलाक़ों में से एक 'रू द फ्लोरेसाँ- rue de florissant' पर था। वहाँ पहुँचकर फिर हम उनके घर पहुँचे जो कि 6वीं मंज़िल पर था। घर पहुँचते ही कनक भाभी से मुलाक़ात हुई जिन्होंने अपनी सौम्य मुसकुराहट के साथ welcome किया। घर में घुसकर दाहिने हाथ को एक कमरा था, भाभी ने बताया कि उस कमरे में मेरे रुकने का इन्तज़ाम था, हम लोग बाएँ हाथ पर चलकर उनके ड्राइंग रूम में पहुँचे। उनका ड्राइंग-रूम काफ़ी बड़ा सा था और बहुत ही सुरुचिपूर्ण ढंग से सजा हुआ था। घर पहुँचकर बढिया चाय-नाश्ता हुआ और मुझको लगा ही नहीं कि मैं अपने घर और देश से हज़ारों किलोमीटर दूर एक नितान्त अपरिचित देश में बैठा हुआ हूँ। अतुल भैया का यह

घर काफ़ी बड़ा था। थोड़ी देर में ही ड्राइंग-रूम में ही उनके बच्चों नन्दिता और यश से भी मुलाक़ात हुई जो बच्चों की ही भाँति मुझको देखकर शर्मा रहे थे और धीमे-धीमे स्वर में भाभी से कुछ बातें कर रहे थे जिसका मैंने अनुमान लगाया कि वे मेरे विषय में पूछ रहे होंगे कि यह कौन हैं। अतुल भैया और भाभी ने अब तक की मेरी यात्रा के हाल-चाल पूछे फिर भाभी ने कहा कि यहाँ वह मेरे साथ मार्केट चलेंगी। थोड़ी देर में ही हम लोग घर से निकले, सैम्पल मेरे साथ थे और हम लोग ट्राम में बैठकर जिनेवा के रीव्स मार्केट पहुँच गए।

जिनेवा स्विट्ज़रलैंड का ज़्यूरिक के बाद दूसरा सबसे बड़ा शहर है। यह 46° 12' N & 6° 09' E के को-ऑर्डिनेट्स पर स्थित है। जिनेवा एक अन्तरराष्ट्रीय शहर है और इसका लगभग 4000 साल पुराना इतिहास है। जिनेवा की पहली लिखित चर्चा जूलियस सीज़र के गॉलिक युद्ध के सिलसिले में मिलती है। जिनेवा अन्तरराष्ट्रीय कूटनीति के केन्द्रों में प्रमुख शहर है। यहाँ अनेक अन्तराष्ट्रीय संगठनों के केन्द्र हैं जैसे International Committee of the Red Cross, ILO, UN High Commission for Refugees आदि, आदि। एक मज़ेदार बात यह भी है कि जिनेवा कैंटन या राज्य मूलतः स्विट्ज़रलैंड का अंग नहीं था, नेपोलियनिक युद्धों के उपरान्त 1 जून, 1814 को जिनेवा स्विस संघ का सदस्य बना।

जहाँ तक भौगोलिक स्थिति का सवाल है तो लेक जिनेवा के दक्षिणी मुहाने पर जिनेवा शहर, जिसे फ्रेंच में 'जिनीव' भी उच्चारित करते हैं, बसा हुआ है जहाँ से Rhone नदी बहती है जो फ्रांस से होती हुई भूमध्य सागर में गिरती है। जिनेवा तीन पर्वतश्रेणियों Jura, Vuache और Sal'eve से घिरा हुआ है और लगभग तीन तरफ़ से ही फ्रांस से इसकी सीमाएँ भी लगतीं हैं।

यहाँ का अधिकतम तापमान अभी तक 39. 7° (जुलाई, 2015 में) और न्यूनतम तापमान -20° (फरवरी, 1956 में) रिकॉर्ड हुआ है।

जिनेवा शिक्षा के अच्छे केन्द्रों में भी है। यूनिवर्सिटी ऑफ़ जिनेवा की स्थापना सन 1559 ईसवी में जॉन कैल्विन ने द जिनेवा अकेडमी के रूप में की थी जो सन 1873 ईसवी में यूनिवर्सिटी ऑफ़ जिनेवा बनी। यहाँ विश्व के सबसे पुराने International Schools में से एक The International School of Geneva भी है जिसकी स्थापना सन 1924 में 'लीग ऑफ़ नेशन्स' के साथ ही हुई थी। जहाँ तक भाषा और मुद्रा का सवाल है तो असल में स्विट्ज़रलैंड में बोली जानेवाली मुख्य भाषाएं फ्रेंच, जर्मन और इटैलियन हैं लेकिन यहाँ आपको दुनिया के विभिन्न कोनों के लोग मिल जाएँगे और भाषाएँ भी। जिनेवा में फ्रांस के नजदीक होने की वज़ह से भी मुख्यतः फ्रेंच भाषा ही बोली जाती है। स्विट्ज़रलैंड की मुद्रा स्विस फ्रेंक थी।

यहाँ इस बात का ज़िक्र करना भी उचित होगा कि जिनेवा रूसो, नीत्से, विलियम वर्ड्सवर्थ, स्कॉट फ़ीट्ज़राल्ड, फ्रैंक्सटीन की लेखक मैरी शैली आदि प्रबुद्ध लोगों का निवास भी रहा है।

ख़ैर, मैं और कनक भाभी सफ़ेद/क्रीम और ऑरेंज/लाल जैसे रंग के डिब्बोंवाली ट्राम में बैठकर रीव्स मार्केट पहुँच गए थे। ट्राम की सवारी बहुत ही आनन्ददायक है। ट्राम आराम से चलती है और बहुत साफ़-सुथरी है, यह बात मुझको और ध्यान देने योग्य इसलिये भी लगी कि इससे पहले मैंने सिर्फ कोलकाता की ट्राम ही देखी थी। जिनेवा एक बहुत ही ख़ूबसूरत शहर है या कहा जाए कि विश्व के सबसे ख़ूबसूरत स्थानों में से एक है तो अतिशयोक्ति नहीं होगी। बढ़िया चौड़ी सड़कें, दोनों तरफ़ चौड़े फ़ुटपाथ, क़रीने से सँवारे हुए पेड़ों की पंक्तियाँ सड़क के दोनों ओर तथा काफ़ी व्यवस्थित ट्रैफिक; जिसमें कार, ट्राम आदि के अलावा साइकिल सवार भी चलते दिखते हैं और कुछ लोग अपने ख़ूबसूरत कुत्तों को साथ लिये टहलते भी दिखते हैं। स्विट्ज़रलैंड में कुत्तों के पालने का लाइसेन्स लेना तो आवश्यक है ही किसी ने मुझको बताया कि वहाँ पर पालतू जानवरों और ख़ास तौर पर कुत्तों को जोड़े में ही रख सकते हैं और वहाँ जानवरों का इतना ख़्याल है कि वहाँ इनसे सम्बन्धित वकील यानी कि Pet Lawyers भी होते हैं। जिनेवा की एक ख़ास बात यह भी थी कि यह काफ़ी शान्त शहर लगा और पेरिस की तड़क-भड़क के बाद तो कोई भी स्थान शान्त ही लगता तो जिनेवा भी और शान्त ही लगा।

कनक भाभी के साथ अपने सैम्पल लिये मैं बाज़ार की एक दुकान में घुसा। वह दुकान काँच के मोतियों और आर्टीफ़िशियल ज्वेलरी की थी। दुकानदार ने हम लोगों को बहुत अच्छी तरह से बैठाया और बातचीत शुरू हुई। दुकानदार को सिर्फ़ फ्रेंच भाषा आती थी लेकिन अच्छी बात यह थी कि कनक भाभी भी फ्रेंच बोल लेती थीं। हम लोगों ने अपने काफ़ी सैम्पल दिखाए और भाभी ने दुकानदार से काफ़ी बातचीत की किन्तु ऑर्डर की कोई बात बनी नहीं। भाभी और मैं एक-एक करके और भी कई दुकानों पर गए लेकिन ऑर्डर लेने में कोई सफलता नहीं मिली। दरअसल मुझको यह बात काफ़ी समय बाद समझ में आनी थी कि रिटेल के दुकानदार सीधे विदेश ऑर्डर नहीं देते हैं क्योंकि एक तो उनकी quantity कम होने से भाड़ा महँगा पड़ता है दूसरे वह आयात के झंझटों में नहीं पड़ना चाहते। बाद के सालों में मैंने स्विट्ज़रलैंड से ख़ूब व्यापार किया और बड़े-बड़े ऑर्डर लेकर काम किया किन्तु वे सभी काम ट्रेड फ़ेयरों में ही मिले।

कनक भाभी के साथ चलते हुए मैं यह सोच रहा था कि उनके स्वभाव और व्यवहार से यह लगता ही नहीं था कि वस्तुतः हम पहली बार मिले हैं। उनका मेरे साथ बाज़ार में जाकर दुकान-दुकान घूमकर मुझे ऑर्डर दिलवाने का प्रयास

करना वाक़ई एक सीखने लायक़ अनुभव था कि यदि कोई आपके पास अपने देश से आए तो उसके साथ कैसा व्यवहार करना चाहिए और कैसे उसकी मदद करनी चाहिए।

अब रात हो चली थी और हम लोग भी घर पहुँच गए थे। घर पर पूरा भारतीय खाना बहुत दिनों बाद खाया और फिर उनके ड्राइंगरूम में बैठकर अतुल भैया और भाभी से काफ़ी देर तक बातचीत होती रही। अतुल भैया ने बताया कि वह भारत सरकार की तरफ़ से WTO का काम देख रहे हैं और एक अन्तराष्ट्रीय व्यापार समझौते जिसका नाम GATT है उस पर काम किया जा रहा है। आगे चलकर यह GATT समझौता काफ़ी चर्चा में रहा। जब हम सोने चले तो भाभी ने कहा कि मैं सुबह अपने जो कपड़े धुलने हों उन्हें जाने के पहले निकालकर रख जाऊँ।

अगले दिन सुबह नहाकर तैयार होकर और बढिया नाश्ता करके मैं जिनेवा शहर घूमने को अकेला निकल गया। जिनेवा एक बहुत ही ख़ूबसूरत शहर है। यहाँ पर विश्व की सबसे बड़ी पुष्प घड़ी है जो फूलों की बनी हुई है। यह घड़ी जिनेवा के इंग्लिश गार्डन में है और इसका व्यास 5 मीटर का है। यह बहुत ही सुन्दर है और इसको देखना एक अच्छा अनुभव है। जिनेवा में CERN lab भी है जिसको इंटरनेट का जन्मस्थान भी कहा जाता है।

जिनेवा की सबसे प्रसिद्ध और सुन्दर चीज़ है 'लेक जिनेवा'। यह झील आल्प्स पर्वत श्रृंखला के उत्तर दिशा में से है और स्विट्जरलैंड और फ्रांस के बीच स्थित है। इसका क्षेत्रफल लगभग 580 वर्ग किलोमीटर है। इसकी अधिकतम लम्बाई लगभग 73 किमी और चौड़ाई लगभग 14 किमी है। इसकी औसत गहराई लगभग 154 मीटर और अधिकतम गहराई 310 मीटर है। यह अर्धचन्द्राकार रूप में स्थित है। इसी झील में जिनेवा का विश्वप्रसिद्ध जेट फाउंटेन jet d'Eau है। यह फ़व्वारा 140 मीटर ऊँचा जाता है, यह जिनेवा शहर के प्रतीकों में ऐसे ही है जैसे पेरिस का आइफ़िल टावर या आगरा का ताजमहल। काफ़ी दूर से दिखनेवाले लेक जिनेवा स्थित इस फ़व्वारे को चलता देखना अपने आप में एक बहुत रोमांचक अनुभव है और ज़रा सोचिए कि 140 मीटर यानी लगभग 420 फ़ीट ऊपर तक फ़व्वारे को देखने को सिर और गर्दन को कितनी कसरत करनी पड़ेगी! ! ! और हाँ आप यदि शादीशुदा हैं, जिनेवा अकेले आए हैं और लेक जिनेवा के किनारे बैठकर झील के शान्त जल को निहार रहे हैं तो ऐसा हो नहीं सकता कि आपको अपने जीवन साथी की याद न आए और मैं भी इसका अपवाद नहीं था, मुझको भी यहाँ रचना का साथ न होना अखर रहा था।

जिनेवा में Palais des Nations को भी मैंने बाहर से देखा, वहाँ सड़क के दोनों तरफ़ विभिन्न सदस्य देशों के झंडे एक लाइन से लगे हैं जिनको देखना बहुत अच्छा लगा।

जिनेवा के बाज़ार में घूमना एक अलग अनुभव था। अभी तक यूरोप के शहरों में मैंने लन्दन और पेरिस के अद्‌भुत बाज़ार देखे थे जहाँ शोर-शराबा था, भीड़ थी, ख़ूब चमक-दमक थी। जिनेवा के बाज़ार में एक अलग प्रकार की रईसी की गरिमा महसूस हुई। जिनेवा बहुत महँगी जगह है। वहाँ के बाज़ार में एक से एक महँगे ब्रांड्‌स के शो-रूम थे जैसे Cartier की दुकान में घड़ी, पेन, क्रॉकरी और कई वस्तुएँ सुनहलेपन की फिनिश में थीं।

Le Portique के शो-रूम में घड़ी और ज्वेलरी थी, पर्स और बैग के कई शो-रूम थे जिनको देखकर के एक बार फिर अपनी माँ, पत्नी रचना और बहन अर्चना की याद आई क्योंकि यह सभी पर्स और बैगों की शौकीन हैं। बाज़ार में एक ओर निगाह जाए तो Clarence showroom तो आगे शानदार Bauce & Mercer था कुछ आगे बढ़िए तो Longines और Jean canal , Syndic आदि के भव्य शो-रूम थे जिस पर बहुत बढ़िया कारीगरी की मूर्तियाँ भी रखी थीं। जिनेवा में घड़ियों की एक से एक शान्दार दुकाने थीं। अद्‌भुत और एक से एक महँगी घड़ियाँ और हों भी क्यों नहीं आख़िर सन 1868 में जिनेवा में ही Patek Philippe ने कलाई घड़ी का आविष्कार किया था और आज भी पातिक फ़िलिप कलाई घड़ी के दुनिया के सबसे प्रतिष्ठित और महँगे ब्रांड्‌स में है। एक ध्यान आकृष्ट करनेवाली बात वहाँ की दुकानों में यह भी थी कि कुछ अत्यन्त महँगे शो-रूम्स पर घड़ी और ज्वेलरी दोनों चीज़ें साथ बिक रही थीं जबकि कुछ पर साथ ही पॉटरी, क्रॉकरी और क़लम भी थी। 1991 में हम हिन्दुस्तानियों के लिये यह एक नई चीज़ थी हालाँकि बाद में भारत में भी तनिष्क जैसे महँगे ज्वेलरी के शो-रूम्स हमारे यहाँ भी शुरू हुए जिन पर घड़ियाँ भी बिकती हैं। जिनेवा और वैसे पूरे स्विट्ज़रलैंड में कहीं भी घूमें जो चीज़ें आपको आकृष्ट करेंगी वे हैं घरों की खिड़कियों पर गमलों में बहुत ही सुन्दर फूलों की सजावट, बाज़ार में फूलों की दुकानें, झीलें, बैंक, ट्राम आदि। जिनेवा का घंटाघर भी काफ़ी आकर्षक था। जिनेवा की एक चीज़ जो और प्रसिद्ध है वह है यहाँ की विश्वप्रसिद्ध चॉकलेट, वह भी देखीं और ख़रीदी भी। यहाँ एक और बात लिखना चाहूँगा कि यह यात्रा-वृत्तान्त सन 1991 का है जब छोटे और मध्यम दर्जे के शहरों में रहनेवाले तो क्या बड़े शहरों के भारतीयों को भी विदेश के विकसित देशों की बहुत सी चीज़ों जैसे विज्ञापन के बड़े-बड़े होर्डिंग्स, मेट्रो, बाज़ारों में बड़े ब्रांड्‌स के बड़े-बड़े शो-रूम्स, बड़ी-बड़ी शानदार कारें आदि देखकर अचरज होता था।

जैसा मैंने कहा कि जिनेवा के महँगे बाज़ारों में एक से एक शानदार शो-रूम थे, सड़कों पर एक से एक महँगी कारें किन्तु हर स्थान पर एक गरिमामयी शान्ति भी थी। मैं बाज़ार के फ़ुटपाथ पर यही सोचता हुआ चला जा रहा था कि लन्दन, पेरिस, दुबई, काहिरा के बाज़ार हों या हमारे बम्बई (अब मुम्बई) या

दिल्ली के वहाँ रौनक़ है लेकिन भीड़ और शोर-शराबा बहुत है जिसके विपरीत यहाँ की शानोशौकत में लोगों ने एक गरिमामयी शान्ति बनाए रखी है। जब मैं यह सोच रहा था तभी मैं क्या देखता हूँ कि सड़क के दूसरी ओर फ़ुटपाथ पर काफ़ी लोग (क़रीब 20-25) एक झुंड के रूप में जा रहे थे और उनके आगे कुछ लोग बैंड बजाते चल रहे थे। बैंड की आवाज़ सुनकर मेरा ध्यान उनकी ओर और आकृष्ट हुआ तो क्या देखता हूँ कि उनमें अधिकांश काले सूट/कपड़े पहने हुए थे, उनमें कुछ डान्स जैसा भी कर रहे थे। मेरी समझ में कुछ नहीं आया, मैंने सोचा कि यहाँ ऐसे बैंड बाजे के साथ बारात का रिवाज तो सुना नहीं था फिर यह क्या हो रहा है? ? ! ! ! आख़िर मुझसे रहा नहीं गया और मैं सड़क पार करके उधर पहुँच ही गया तो मालूम पड़ा कि वह किसी की शव-यात्रा थी। मुझको ध्यान आया कि हमारे हिन्दुस्तान में भी कई शहरों में यदि किसी काफ़ी उम्रदराज़ बुज़ुर्ग या सन्त-महात्मा की मृत्यु हो जाए तो वहाँ भी उनकी अर्थी और शव-यात्रा को काफ़ी धूम-धाम से निकालते हैं और कई स्थानों पर उसको विमान निकालना कहते हैं।

ख़ैर दिन भर घूम-घामकर जब मैं शाम को घर पहुँचा तो मेरे कमरे में मेरे सारे कपड़े धुले और प्रेस किए रखे थे जो मेरे लिये एक अत्यन्त सुखद अनुभव था। रात को खाने के साथ अतुल भैया और भाभी से काफ़ी देर बातें होती रहीं। अब अगली सुबह ज़्यूरिख जाने का कार्यक्रम था।

Switzerland-2
Zurich & Bern
स्विट्ज़रलैंड-2

ज़्यूरिख और बर्न

अगली सुबह हो चुकी थी और मैं जल्दी तैयार होकर घर से ज़्यूरिख जाने को निकल लिया। यह पहला दिन था जब मैं अपनी यूरोप-यात्रा में ट्रेन से यात्रा करनेवाला था।

यूरोप में ट्रेन से यात्रा करना बहुत रोमांचक एवं सुविधाजनक है। यूरोप में अलग-अलग देशों के अपने-अपने रेल नेटवर्क हैं और सभी एक से एक बेहतरीन हैं और आपस में जुड़कर इनका पूरे यूरोप में चलनेवाला रेल नेटवर्क एक कम्पनी द्वारा परिचालित होता है जिसको 'यू रेल' कहा जाता है। इसके तहत चलने के लिये सन 1959 में 'यू रेल पास' की शुरुआत की गई थी और आज (सन 2019 में) जब मैं अपने यह संस्मरण लिख रहा हूँ तो यह यू रेल

नेटवर्क यूरोप के 31 देशों में उनके रेल नेटवर्कों पर ही नहीं अपितु अनेकों शिपिंग लाइन्स पर भी आपको यात्रा करने की सुविधा देता है। 1991 ही वह वर्ष भी था जब यू रेल पास पूर्व के पूर्वी जर्मनी में भी यात्रा के लिये मान्य हो चुका था और इस पास से आप पूरे संयुक्त जर्मनी की यात्रा कर सकते थे। यू रेल पास के कई क़िस्म के प्लान होते हैं। अपनी उस यात्रा में मैंने लगभग 525 अमेरिकी डॉलर का यू रेल पास लिया था जो जिस दिन से यात्रा शुरू की जाए उस दिन से 15 दिनों तक आप अनेक देशों में फैले यू रेल नेटवर्क के देशों में अनलिमिटेड यात्रा कर सकते थे और वह भी प्रथम श्रेणी में(हाँ जिस देश में जा रहे हैं उसका वीसा होना आवश्यक था क्योंकि तब सारे यूरोपियन यूनियन का एक वीसा नहीं था)। इसके बाद भी मैं जब भी यूरोप गया तो मैंने सदैव यू रेल Eu Rail Pass का प्रयोग किया और इसका अनुभव सदैव बेहतरीन रहा। आगे जैसे-जैसे मैं अपनी यूरोप यात्रा के संस्मरण बताता चलूँगा तो उसमें यू रेल पास द्वारा रेल यात्रा के अनुभव भी होंगे ही।

सबसे पहले घर से टैक्सी पकड़कर मैं जिनेवा के रेलवे स्टेशन पहुँचा और मैंने अपने यू रेल पास पर यात्रा की शुरुआत की एंट्री दर्ज कराई। अब 15 दिनों तक लगातार मैं यूरोप के देशों में यू रेल के द्वारा कितनी भी यात्रा कर सकता था। जिनेवा के स्टेशन से मैंने ज़्यूरिख जानेवाली गाड़ी की जानकारी ली और सही समय पर प्लेटफ़ॉर्म से ट्रेन में सवार हो गया। वाह! क्या रेल थी! ! ! क्या शानदार कोच था! ! उस समय तक हमारी भारतीय रेल में इतना सुधार नहीं हुआ था किन्तु यकीन मानिए कि आज 2019 में भी हमारी रेल व्यवस्था का वह स्तर नहीं है जो वहाँ 1991 में था हालाँकि यह भी मानना पड़ेगा कि हमारी रेल सेवा का उपयोग शायद एक सप्ताह में जितने लोग करते होंगे उतने शायद वहाँ 6 महीने में भी नहीं करते होंगे। हमारी रेल सेवा का फैलाव बहुत बड़ा है और उसके ग्राहकों-सवारियों की संख्या बहुत विशाल होने से भारतीय रेलवे की समस्याएँ और चुनौतियाँ बहुत भिन्न हैं। ख़ैर, तो मैं ट्रेन के जिस डिब्बे में चढ़ा उसमें उस समय सिर्फ़ एक ही सवारी थी और वह मैं ही था। ट्रेन चल पड़ी और स्विट्ज़रलैंड की हरी-भरी वादियों के बीच से अति मनोरम दृश्यों से साक्षात्कार कराती हुई वह ट्रेन अति द्रुत गति से दौड़ी चली जा रही थी। ट्रेन की सीटें बहुत अच्छी थीं और बाहर देखने को डिब्बे में बड़े-बड़े शीशे लगे हुए थे जो तब हमारी ट्रेनों में सामान्यतः नहीं होते थे। थोड़ी देर बैठे रहकर फिर मैं आगे गैलरी में से दूसरे डिब्बे की तरफ़ बढ़ा तो वह ट्रेन का रेस्टॉरेंट था। उसमें किसी भी रेस्टॉरेंट की भाँति मेज़-कुर्सियाँ सजी हुई थीं और लोग उन पर बैठकर खाने-पीने का आनन्द ले रहे थे। उसी डिब्बे में आगे जाकर किचन-काउंटर जैसा भी था जिसमें पेप्सी आदि की बोतल मिल रही थीं और खाने की चीज़ें भी और

यह सब देखकर मैं चमत्कृत तो था ही। छोटे-बड़े अनेकों स्टेशनों को छोड़ती यह ट्रेन अपनी रफ़्तार से ज़्यूरिख की ओर भागी जा रही थी और बाहर हलकी बूँदा-बाँदी के बीच मनोरम दृश्य दिख रहे थे; हरियाली, पहाड़ियाँ, झोपड़ीनुमा मकान जिनकी छतें अधिकतर चॉकलेट के रंग की थीं और बहुत से गायों के झुंड भी दिखते थे। इसी बीच ट्रेन ने बर्न स्टेशन को पार किया जो स्विट्ज़रलैंड की राजधानी है और लौटते में मेरा वहाँ भी एक चक्कर लगाने का प्लान था। अब मुझको थोड़ी भूख लग रही थी और कनक भाभी ने उस परदेस में भी मेरे लिये सुबह ही गरमागरम पूड़ी और सूखे आलू की सब्ज़ी बनाकर बाकायदा एल्यूमीनियम फ़ॉयल के रैपर में पैक करके रखी थीं जिनको उस समय खाकर जो आनन्दानुभूति हुई वह वर्णनातीत है। इस बीच में डिब्बे में दो-तीन सवारियाँ भी आ गई थीं, उनसे बातचीत करके स्विट्ज़रलैंड के विषय में कई जानकारियाँ मिलीं और यह भी महसूस हुआ कि वहाँ के लोग पेरिस के मुकाबले काफ़ी फ्रेंडली हैं। जिनेवा से ज़्यूरिख की दूरी लगभग 280 किलोमीटर है और इस दूरी को ट्रेन लगभग पौने तीन से तीन घंटों में तय करती है।

ट्रेन ने मुझको स्विट्जरलैंड के सबसे बड़े शहर ज़्यूरिख पहुँचा दिया था। ज़्यूरिख के कोऑर्डिनेट्स 47°22'N & 8°33' E हैं। यह शहर समुद्र-तट से 408 मीटर की ऊँचाई पर बसा है और प्रसिद्ध आल्प्स पर्वत से लगभग 30 किलोमीटर उत्तर में है। ज़्यूरिख में आमतौर पर बोली जानेवाली भाषा जर्मन है जिसका एक रूप ज़्यूरिख-जर्मन भी है। ज़्यूरिख फ्रेंच भाषा का शब्द है तो जर्मन में इसको ज़्यूरी या ज़ूरी, इटालियन में ज़ूरीगो, रोमन में टूरिटग या टूरिग(Turitg also Turicum) भी कहते हैं। ज़्यूरिख 2000 साल पुराना शहर है और बताते हैं कि इसकी स्थापना रोमन लोगों ने की थी। ज़्यूरिख में पाषाण-युग एवं ताम्र-युग के भी चिह्न लेक ज़्यूरिख के आसपास मिले बताए जाते हैं।

स्विट्ज़रलैंड के उत्तर-मध्य इलाक़े में बसा ज़्यूरिख शहर बेहद ख़ूबसूरत शहर है। कहा जाता है कि यहाँ के जीवन-शैली की गुणवत्ता विश्व में सर्वश्रेष्ठ है। यह विश्व का सबसे अमीर शहर है जीडीपी और पर कैपिटा इनकम के हिसाब से। ज़्यूरिख एक अन्तरराष्ट्रीय शहर है और यहाँ बहुत सारी वित्तीय संस्थाओं के दफ़्तर हैं तथा बहुत-सारी बैंकिंग कम्पनियाँ भी यहाँ कार्यरत हैं। स्विट्ज़रलैंड के अधिकतर शोध एवं विकास सम्बन्धी संस्थान भी ज़्यूरिख में ही स्थित हैं। ज़्यूरिख में टैक्स की दरें कम होने के कारण बहुत सी अन्तरराष्ट्रीय कम्पनियों के मुख्यालय भी हैं।

ज़्यूरिख में मैंने प्रसिद्ध सेंट पीटर चर्च के घंटाघर की विश्वप्रसिद्ध घड़ी को देखा जिसका क्लॉक फ़ेस लन्दन की बिगबेन के क्लॉक फेस से भी बड़ा है। ज़्यूरिख की सीधी-सपाट खड़ी-खड़ी स्टाइल की बनी बहुमंज़िली इमारतें,

उनकी खिड़कियों पर लगे-सजे फूलों के गमले, शहर एवं बाज़ारों की इमारतों से लटकते झंडे बहुत ही मनोहारी दृश्य उत्पन्न कर रहे थे। ज़्यूरिख की ट्राम के डिब्बों का रंग जिनेवा के सफ़ेद/क्रीम -ऑरेंज/लाल जैसा न होकर मिलिट्री कलर जैसा हरा और सफ़ेद है। मैं ज़्यूरिख में लेक के किनारे भी घूमने गया और लगभग 15-20 मिनट वहाँ शान्ति से बैठकर आनन्द लेने की कोशिश भी की किन्तु झील में चल रहे स्टीमरों के हॉर्न बार-बार वहाँ की शान्ति को भंग कर देते थे। झील और उसके किनारे के इलाक़ों में हलका-हलका कोहरा छाया हुआ था और वहाँ के ठंडे और गीले मौसम में शान्ति से बैठकर मन को एकाग्रचित्त करने से एक अद्भुत क़िस्म की शान्ति महसूस होती थी।

मैं ज़्यूरिख में कुछ दुकानों पर गया और माल बेचने का असफल प्रयास भी किया और फिर एक बार फिर थोड़ा मायूस भी हुआ। इसके बाद जब मैं ज़्यूरिख के शानदार बाज़ार में घूम रहा था तो मैंने एक तरफ़ से बहुत ही मधुर संगीत की आवाज़ आते सुनी और उधर मुड़ा तो क्या देखता हूँ कि बाज़ार में दुकानों के सामने एक चौड़ी जगह पर 5-7 लोगों का एक बैंड जैसा था जिसमें एक व्यक्ति बाँसुरी बजा रहा था, 2 के हाथ में गिटार थे और कोई ड्रम बजा रहा था कोई कुछ और लेकिन बहुत ही मधुर संगीत था। वे सभी वादक एक सी ड्रेस पहने हुए थे जिसमें स्कॉटिश कपड़े जैसे लाल-काले चौख़ाने की डिज़ाइन बनी हुई थी और बहुत ही मनोयोग से झूम-झूमकर अपने-अपने वाद्य यन्त्र बजा रहे थे और हलके बारिश के झुटपुटे से हो रहे मौसम में उनकी स्वर-लहरियों से एक अलग ही वातावरण का निर्माण हो रहा था। वे लोग एक अर्ध-गोलाकार घेरा बनाकर खड़े होकर अपना बैंड बजा रहे थे, उनके सामने ज़मीन पर उनके गिटार का खाली केस खुला रखा था जिसमें लोग अपनी ख़ुशी से कुछ पैसे डाल रहे थे। विश्व के इस सबसे अमीर शहर के बैंड बजानेवालों को उनके शानदार संगीत के प्रदर्शन पर कुछ पैसे मैंने भी उस गिटार के केस में डाले और एक अलग क़िस्म के आनन्द और आत्म सन्तुष्टि की अनुभूति की जो मेरे जैसे बहुत से भारतीय समझ सकते हैं।

मैं बाज़ार में घूम ही रहा था कि बूँदा-बाँदी ने बारिश का रूप ले लिया तो मेरा ध्यान गया कि वहाँ छातों की बहुत सी दुकानें थीं या यह भी कह सकते हैं कि बहुत सी दुकानों पर छाते भी बिक रहे थे। मैं एक बहुत ही बढ़िया दिखती दुकान जो बिलकुल सामने दिखी उसमें घुस गया और वहाँ से मैंने भी एक आसमानी-नीले से रंग का फूलों की डिज़ाइन का बहुत ही सुन्दर और थोड़ा महँगा सा ही छाता ख़रीदा। छाता लेने के बाद कुछ देर छाता लगाए मैं ज़्यूरिख के उस बाज़ार में एक दुकान से दूसरी दुकान में जाकर बाज़ार घूमता रहा। तभी मेरी घड़ी ने मुझको याद दिलाया कि वापसी का समय हो गया है और मैं ज़्यूरिख स्टेशन

आया और वहाँ से ट्रेन पकड़कर वापस रवाना हो गया अब बर्न के लिये। ट्रेन में बैठे हुए बाहर के मनोरम दृश्यों को देखते हुए समय का पता ही नहीं चला और मेरी ट्रेन बर्न स्टेशन पर जाकर खड़ी भी हो गई।

Bern or Berne बर्न स्विट्ज़रलैंड की आधिकारिक राजधानी तो नहीं है किन्तु वास्तविकता में यही इस देश की राजधानी है। सन 1848 में स्विट्ज़रलैंड के एक देश के रूप में आने के पहले ज़्यूरिख, बर्न और लुजर्न बारी-बारी से दो-दो साल राजधानी के रूप में काम करते थे लेकिन 1848 से बर्न वास्तविक राजधानी हो गया यद्यपि वहाँ के संविधान के अनुसार कोई शहर ऐसा नहीं है जिसको राजधानी होने का दर्जा प्राप्त हो। बर्न के कोऑर्डिनेट्स 46°57'N & 7°27'E हैं। यह शहर मध्य-पश्चिमी और दक्षिण यूरोप की तरफ़ बसा हुआ है जिसके दक्षिण मे इटली है तो पश्चिम में फ्रांस है, उत्तर में जर्मनी तो पूर्व में ऑस्ट्रिया और लीचेन्स्टीन है। यहाँ के अधिकांश लोग जर्मन भाषी हैं। बर्न शहर में 1903 से 1905 तक प्रसिद्ध वैज्ञानिक आइन्स्टीन रहे थे। यहाँ मैंने विशुद्ध यूरोपियन स्टाइल में बनी The Central building of the Federal Palace of Switzerland यानी कि स्विट्ज़रलैंड की संसद को देखा उसके बाहर हलका सा इन्तज़ाम ट्रैफ़िक व्यवस्था सही चलती रहे, इस बात का था। दूर से गिरजाघर सी दिखनेवाली इस बिल्डिंग पर Curia confederation velvet लिखा हुआ था। बर्न का सिटी सेंटर UNESCO World heritage site घोषित है और एक मध्ययुगीन इमारत है। बर्न में विश्वप्रसिद्ध Zytglogge (Time bell) भी है जो कि एक मध्य युगीन बड़ा घंटाघर है और जिसमें कठपुतलियाँ चलती हुई आती दिखती हैं। बर्न में मैंने देखा कि सड़क के एक किनारे पर बड़े-बड़े चौख़ाने बने हैं और उनमें बहुत बड़े-बड़े शतरंज के बड़े-बड़े मोहरे रखे हैं और उनसे लोग बाकायदा शतरंज खेल रहे थे और मोहरों को हाथ के स्थान पर पैर से सरका रहे थे।

बर्न में एक और बड़ी अजीब सी चीज़ ने ध्यान आकृष्ट किया वह थी रास्ते में बनी एक विशालकाय लम्बी नाक के आदमी की मूर्ति जिसके पास एक झोला लटका है और उसमें से छोटे बच्चे निकलते दिख रहे हैं। यह थी The Ogre of the Kindlifresserbrunnen की मूर्ति। इस लम्बी नाकवाले आदमी के पास एक झोला है जिसमें छोटे बच्चे हैं और यह उन बच्चों को निगल जाना चाहता है।

बर्न भी बहुत ख़ूबसूरत शहर था, इसमें हरियाली ख़ूब दिखी। यहाँ की इमारतों पर भी स्विट्ज़रलैंड के चौकोर लाल झंडे जिनमें बीच में सफ़ेद क्रॉस होता है ख़ूब लहराते दिखे। विश्व में स्विट्ज़रलैंड के अलावा चौकोर झंडा सिर्फ वैटिकन सिटी का ही है। यहाँ यह बात भी रोचक है कि यह बर्न शहर ही है जहाँ पर रहते हुए विश्व के प्रसिद्ध वैज्ञानिक आइन्स्टीन ने अपने प्रसिद्ध फ़ॉर्मूले

$E=MC^2$ की स्थापना की थी। कुल मिलाकर स्विट्ज़रलैंड के अन्य शहरों की भाँति बर्न भी एक बहुत ही सुन्दर, शान्त और मनोहारी क़िस्म का शहर है और उसको कितना भी घूमो किन्तु मन नहीं भरता है। स्विट्ज़रलैंड में मुझको लोग गोरे तो दिखने ही थे, उनके बाल ब्लाँड और सुनहरे ज़्यादा दिखे। आमतौर पर लोग सामान्य क़द के, अमूमन पतले दिखे हालाँकि जर्मन इलाक़ों से सम्बन्धित लोग काफ़ी लम्बे भी थे। स्विट्जरलैंड की महिलाएँ अन्य यूरोपीय देशों की तरह ही अपने लुक्स के लिये काफ़ी सजग महसूस हुईं।

थोड़ी देर बर्न घूमने के बाद मैंने स्टेशन से ट्रेन ली और वापस जिनेवा आ गया, अतुल भैया-कनक भाभी के घर। यहाँ पर अतुल भैया के साथ के उनके पुराने मित्र भार्गव जी जो कि कानपुर के एक बहुत बड़े पब्लिशर थे आए हुए थे उनसे मुलाक़ात हुई। तभी अतुल भैया ने बताया कि अब अगले दिन वह हम लोगों को अपनी कार द्वारा स्विट्ज़रलैंड के कुछ और विश्वप्रसिद्ध टूरिस्ट स्थलों टाख-ज़रमाट आदि को घुमाने ले चलेंगे। रात को काफ़ी देर तक बातचीत होती रही और फिर जब मैं सोने गया तो मेरे दिमाग़ में ज़रमाट घूम रहा था कि कैसी होगी वह जगह जहाँ कार या कोई भी प्रदूषणकारी वाहन का जाना माना है।

Switzerland-3
Nyon, Montreux, Tasch, Zermatt
स्विट्जरलैंड-3
न्यों, मोन्त्रो, टाख, ज़रमाट

यह 13 अक्टूबर, 1991 की सुबह थी और मैं अतुल भैया के पुत्र यश और अतुल भैया के मित्र कानपुरवाले भार्गव जी निकल लिये थे आज स्विट्ज़रलैंड घूमने को अतुल भैया के साथ, उनकी लाल रंग की टोयोटा कोरल्ला कार से जिसका नम्बर था GE 8. 36 और चूँकि वह राजनयिक पोस्टिंगवाले व्यक्ति (यानी अतुल भैया) की कार थी तो उसकी नम्बर प्लेट पर नीले रंग की बैकग्राउंड पर सफ़ेद से CD भी लिखा हुआ था साथ ही नम्बर प्लेट के नीचे बम्पर पर सफ़ेद रंग की बैकग्राउंड पर काले रंग से CH भी लिखा था जो शायद यह बताता था कि यह कार स्विट्ज़रलैंड की है। कार लेफ़्ट हैंड ड्राइव होनी ही थी, आगे ड्राइविंग सीट पर स्वाभाविक रूप से अतुल भैया ही थे और उनके बगल की सीट पर उनके मित्र भार्गव जी और पीछे की सीट पर अतुल भैया का लगभग 11-12 साल का बेटा यश और मैं थे। कार काफ़ी आरामदायक थी ही बैठने

में तो इस प्रकार से हम लोगों की यात्रा घर से लगभग दस-साढ़े दस बजे सुबह शुरू हुई होगी और जैसे ही हम लोग मोटर वे पर आए तो दोनों तरफ़ मनमोहक दृश्य शुरू हो गए। दोनों ओर हरियाली, पेड़-पौधे, बीच में कभी-कभी चॉकलेट टॉप के झोपड़ीनुमा मकान और इन सबके बीच चौड़ी बढ़िया सड़क पर, जिस पर काफ़ी कम ट्रैफ़िक था, हमारी गाड़ी तेज़ स्पीड में दौड़ी जा रही थी। अपनी आदत से मजबूर मेरा मन भी फिर पहुँच गया था वापस अपने वतन हिन्दुस्तान की सरज़मी की सड़कों पर और मैं सोच रहा था कि अब (1991 में) हमारे यहाँ डबल लेन सड़कों का बनना शुरू हो गया है, मथुरा से दिल्ली की सीमेंट की बनी सड़क जो काफ़ी पहले की बनी हुई थी और उस समय की देश की बेहतरीन सड़कों में थी, हम लोगों को बहुत अच्छी लगती थी किन्तु यूरोप की सड़कें और उन पर चलनेवालों का अनुशासन क़ाबिले तारीफ था। मेरे मन में एक ख़्वाब सा आ रहा था कि क्या हमारे यहाँ की सड़कें भी कभी ऐसी शानदार होंगी? क्या हमारे यहाँ भी कभी सड़क-यात्रा इतनी आसान हो सकेगी? आज जब मैं यह संस्मरण लिख रहा हूँ (25 जुलाई, 2019) तो मुझको अत्यन्त गर्व की अनुभूति हो रही है कि हाँ, हमारे देश में भी आज अच्छी सड़कें हैं और बनती जा रही हैं, एक्सप्रेस वे भी हैं जो अति आधुनिक हैं लेकिन हाँ, हमारे यहाँ आज भी लोगों को ट्रैफ़िक के नियमों का न तो पूरा ज्ञान है और न ही उनके पालन करने के प्रति सजगता जिसके कारण दुर्घटनाओं की संख्या बहुत है। मेरे विचारों की दौड़ को ब्रेक लगा जब गाड़ी रुकी और अतुल भैया ने बताया कि हम लोग Nyon न्यों शहर आ गए हैं।

न्यों स्विट्ज़रलैंड के वॉड (Vaud) कैंटन के न्यों जिले में ही स्थित एक नगरपालिका (Municipality) है। यह जिनेवा से लगभग 25 किलोमीटर उत्तर पूर्व में स्थित है। न्यों के कोऑर्डिनेट्स 46° 23'N/6°14'E हैं। यह ख़ूबसूरत क़स्बा लेक जिनेवा के किनारे पर बसा हुआ है। इसका जुड़वाँ क़स्बा न्यों फ्रांस में भी है। यह एक पुराना और ऐतिहासिक कस्बा है। यहाँ के प्रसिद्ध गिरजाघर Castle of Nyon की चर्चा सबसे पहले ईसवी सन 1272 के समय की मिलती है किन्तु यह क़िला उससे भी पुराना है। यद्यपि यह कैसल हमने बाहर से ही देखा किन्तु सफ़ेद रंग के दीवारोंवाले कैसल जिसमें चॉकलेट रंगी लकड़ी की दरवाज़े नुमा शीशे लगी खिड़कियाँ, लाल खपरैल की सी झोपड़ीनुमा छत और सामने क़िले की दीवार में ही बनी दो गोल और ऊपर को नुकीली होती गई ये मीनारें उस कैसल को 1991 में भी एक भव्य रूप प्रदान कर रही थीं और मुझको याद आ रहे थे दिल्ली के कुतुब कॉम्प्लेक्स में पड़े हमारे प्राचीन काल की इमारतों के अवशेष जो यह बताने को काफ़ी थे कि हमारे देश की प्राचीन काल की इमारतें भी यदि आक्रमणकारियों द्वारा ध्वस्त न की गई होतीं तो हमारी वह विरासत भी

इससे कहीं कमतर नहीं थी और हमारी मध्ययुगीन इमारतों जैसे लाल क़िला, राजस्थान के क़िले आदि की भव्यता भी कहीं किसी से कम नहीं है।

मुझको यह जानकर बहुत आश्चर्य हुआ कि सन 1322 में यहाँ न्यों में Municipal Government बन गई थी और इससे मुझको प्राचीन भारत के गणतन्त्र और वैशाली के जनपदों का इतिहास याद आने लगा। न्यों का गिरजाघर भी बहुत प्रसिद्ध है। हम लोग झील के किनारे रुके थे। न्यों शहर के लेक जिनेवा के किनारे के सुन्दर प्रोमनेड (Promenades) यानी कि टहलने/विचरण करने के गलियारे अपनी सुन्दरता के लिये बहुत विख्यात हैं। झील के किनारे से झील में थोड़ा अन्दर की तरफ़ जा सकें इसके लिये वहाँ किनारे से 8-10 फ़ीट लम्बे और लगभग 4 फ़ीट चौड़े चबूतरे-गलियारे से बने हुए थे जिनके किनारे लोहे की रेलिंग थीं और फ़र्श लकड़ी का था। पर्यटक इस पर चलकर झील के और अन्दर एवं पास जाकर आनन्द ले सकते थे; हमने भी लिया। अब इस जगह के दृश्य हिन्दी फ़िल्मों में काफ़ी दिखते हैं। झील के किनारे पत्थर की ईंटों की दीवार जिनसे झील का पानी टकराकर एक मनोरम दृश्य पैदा करता था और फिर इन गलियारों या आधे बने पुलों से झील के पानी के ऊपर चहलक़दमी करना, सामने सुन्दर पहाड़ियाँ, हरियाली, झील में किलोल करते पक्षी, मोटरबोट पर खड़े होकर अकेला झील में सैर करता एक व्यक्ति, झील के जल के चारों ओर हरियाली, सामने कुछ हरियालीयुक्त पहाड़ तो उनके पीछे कुछ पथरीले पहाड़ और उनके भी पीछे सफ़ेद हिमाच्छादित पर्वत जैसे जीवन के तीनों कालों; बचपन, जवानी और वृद्धावस्था का फ़लसफ़ा बयान कर रहे हों और ऐसे माहौल के बीच फ़ोटो खींचते हम लोग; बहुत ही ग़ज़ब का अनुभव था। सब कुछ एक फ़िल्मी स्वप्न जैसा लग रहा था। कुछ लोग वहाँ अपने परिवारों के साथ जिसमें बुज़ुर्ग और छोटे बच्चे भी थे इस स्थान का आनन्द ले रहे थे और मेरा मन कह रहा था कि क्या ही अच्छा होता यदि ऐसे मनोरम स्थल पर मेरे साथ भी मेरे मम्मी, पापा, भाई अभिनव, बहन अर्चना-डॉक्टर साहब, मेरी अर्धांगिनी रचना, बेटा अर्पित, ईशा और ईशान भी होते। जब थोड़ी बूँदा-बाँदी शुरू हुई तो मुझको अपना ज़्यूरिख से खरीदा नीला शानदार छाता याद आया और यह भी याद आया कि ज़्यूरिख में ही बारिश बन्द होने पर उसी दुकान के सामने जब मैंने छाता बन्द किया तो वह टूट गया था और दुकानदार ने कोई सुनवाई नहीं की थी। मुझको उस महँगे छाते के टूटने का अफसोस था किन्तु ज़्यूरिख जैसे वैश्विक शहर में भी ऊँची दुकान और फ़ीके पकवान होते हैं यह जानकर अफ़सोस मिश्रित प्रसन्नता के भाव भी हृदय में आए थे। मैं यह सब सोच रहा था कि तभी विचारों की यात्रा अतुल भैया के कार में बैठने को कहने से रुकी और हम लोग चल पड़े आगे के सफ़र में।

हमारी कार लगभग 130-140 किलोमीटर प्रति घंटा की रफ़्तार से सड़क पर फर्राटे से चली जा रही थी किन्तु यदि कार का स्पीडोमीटर न देखें तो रफ़्तार मालूम नहीं होती थी। अब इस रास्ते पर कई और कार भी दिख रही थीं, मेरे कहने का आशय है कि इस सड़क पर अच्छा ट्रैफ़िक था। ऊँचे-नीचे, घुमावदार रास्ते पर हर ओर निगाह डालने पर हरियाली ही नज़र आ रही थी जो कहीं-कहीं सूर्य की रोशनी के कारण पीली-सुनहरी भी प्रतीत होती थी। सड़क के किनारे पर लोहे की रेलिंग लगी थी जैसी अब हमको (2018-19 में) अपने यहाँ बने एक्सप्रेस वे में देखने को मिलती है। दोनों ओर पहाड़ और बीच में सड़क जिसकी रेलिंग के सहारे चलती झील एक अद्भुत ही दृश्य उत्पन्न कर रहे थे। लगभग आधा घंटे के सफ़र के बाद जिसमें हमने एक लम्बी सुरंग भी पार की थी, अतुल भैया ने मोटर वे से गाड़ी बाहर ली और अब हम लोग आज के अपने दूसरे पड़ाव पर पहुँच गए थे।

यह कुछ बड़ा सा शहर था। चौड़ी सड़कें, बड़ी गाड़ियाँ, क़रीने से सड़क किनारे लगे लम्बे-लम्बे वृक्ष, शानदार इमारतें इस शहर की भव्यता का बखान कर रही थीं। बाएँ हाथ पर बनी एक विशाल इमारत जिस पर Le Montreux Palace लिखा था उसको पार करते हुए एक बहुत अच्छी पत्थर के टुकड़ों की बनी हुई सड़क पर जाकर एक किनारे पर हम लोग भी रुक गए।

Montreux या मौन्त्रो या मॉन्त्र या मॉन्त्रियू लेक जिनेवा के उत्तर-पूर्वी इलाक़े पर बसा एक बहुत ही ख़ूबसूरत शहर है। इसके अक्षांश और देशान्तर अर्थात co-ordinates 46°26'N/6°55'E हैं। आल्प्स पर्वतमाला की बर्फ से आच्छादित पहाड़ियों और अंगूर के बग़ीचों से घिरे हुए इस शहर की फिज़ा ही निराली है। मौन्त्रो को स्विट्ज़रलैंड के वॉड रिवेरा इलाक़े (उष्ण तटीय क्षेत्र) की राजधानी भी कहा जाता है। इस शहर में पाइन, सिप्रेसेस, पाम आदि जैसे भूमध्यसागरीय पेड़-पौधे भी पाए जाते हैं। इस शहर की जलवायु और भौगोलिक स्थिति के कारण विश्व के बेहतरीन शहरों में इसका शुमार है। वहाँ जाकर मुझको मालूम पड़ा कि चार्ली चैप्लिन और फ्रेडी मर्करी जैसी विश्वप्रसिद्ध हस्तियाँ यहाँ पर रही हैं। मुझको किसी ने यह भी बताया कि बॉलीवुड के प्रसिद्ध अभिनेता अमिताभ बच्चन जी का भी एक घर वहाँ पर है (मैंने जो सुना वह लिख रहा हूँ, इसका मुझ पर कोई प्रमाण नहीं है) और उनके बच्चे वहाँ रहकर वहाँ के विश्व प्रसिद्ध स्कूल/कॉलेज Aiglon College ऐगलोन या ऐगलों कॉलेज में पढ़ते थे। यहाँ का Chic Montreux & Charming Valley के बीच का झील के किनारे का गलियारा स्विट्जरलैंड के सबसे ख़ूबसूरत स्थानों के रूप में जाना जाता है। यहाँ यानी कि मौन्त्रो से जिनेवा बोट सर्विस भी थी। इस इलाक़े के Terraced Vineyards को UNESCO ने World Heritage Site घोषित किया है।

जैसा मैंने पहले ज़िक्र किया कि शहर में प्रवेश करते ही सबसे पहले हमको एक बहुत विशाल इमारत नज़र आई जो Le Montreux Palace नामक प्रसिद्ध होटल था। इसकी शानदार बड़ी इमारत पर स्विट्ज़रलैंड के प्रसिद्ध वर्गाकार झंडे के अलावा कई और देशों के झंडे भी लगे हुए थे और इसके चॉकलेटी कलर पर पीले रंग का बारिश के पानी से बचाने हेतु बना हुआ लम्बा छज्जेनुमा आवरण बहुत ही अच्छा लग रहा था।

पहाड़ियों और झील के बीच बसे इस शहर में सुन्दरता और भव्यता दोनों का बेहतरीन समावेश था। जहाँ हमारी गाड़ी खड़ी थी उसी के सामने एक अत्यन्त भव्य क़िला बना हुआ था। एक पथरीले टापू जैसे पर बने इस सुन्दर क़िले को Chateu Chillon कहा जाता है। वहाँ पर हुए उत्खनन से मालूम पड़ा है कि इस स्थान पर(क़िला नहीं) ताम्र युग से लोग रह रहे हैं। ईसवी सन 1150 में इस क़िले का पहला लिखित प्रमाण मिलता है। यह क़िला कुछ-कुछ पानी के जहाज़नुमा बना हुआ है इसको एकबारगी देखने से ऐसा लगता है कि जैसे अथाह सागर में सफ़ेद-मटमैले पत्थर से बना एक विशाल जहाज़ जैसा खड़ा है इसकी लाल खपरैल जैसी बनी झोपड़ीनुमा छत, सामने दीवार में ही से बनी और ऊपर को निकली दो नुकीली होती जाती मीनारें, सबसे ऊपर एक तरफ़ की चौकोर वर्गाकार सी ढलवाँ छत, एक तरफ़ की दीवार पर रंगों से पेंटेड बनी घड़ी, अलग-अलग क़िस्म की खिड़कियाँ कोई आयताकार दरवाज़े जैसी तो कोई मेहराबदार, कुछ में बाहर को छज्जा निकला हुआ और ऊपर से शेड भी था, क़िले के चारों तरफ़ उलटे कंगूरों की डिज़ाइन जैसा छज्जे का लटकता हुआ बॉर्डर, एक तरफ़ क़िले की दीवारों से टकराता झील का पानी और दूसरी ओर क़िले के पीछे पूरे हरियाली से भरे हुए पहाड़ों की दीवार एक बहुत ही अद्भुत और विहंगम दृश्य प्रस्तुत कर रहे थे। यद्यपि हम लोग उस कैसल के भीतर नहीं गए किन्तु काफ़ी समय तक मैं उस क़िले और उसके बाहर के दृश्य को मन्त्रमुग्ध सा होकर देखता रहा। उसी समय वहाँ से एक ट्रेन भी निकली जिससे मालूम पड़ा कि इस स्थान से ट्रेन की लाइन भी निकलती है। उधर दूसरी तरफ़ सड़क से लगे हुए इलाक़े में ही कुछ आगे चलकर कई क़िस्म के पेड़-पौधे अपनी ख़ूबसूरती की छटा बिखेर रहे थे। कुछ लाल पत्तेवाले पेड़ थे तो कुछ पीले और कुछ गहरे हरे रंग के। थोड़ी देर हम लोग उन मनोरम वृक्षों के बीच सड़क पर टहलते रहे और वीडियो बनाते रहे। पेड़ों के बीच ज़ेबों में हाथ डाले एक ओर झील के पानी तो दूसरी ओर विशाल कैसल और उसके पीछे की हरित पर्वतमाला को निहारना एक दिव्य अनुभूति थी। वहीं सड़क के किनारे एक काली विशाल रोल्स रॉयस कार भी खड़ी थी जो उस शहर और अपने मालिक की रईसी को दर्शा रही थी। यह वह स्थान और दृश्य थे जहाँ

देखते-विचरते कभी मन भरना ही नहीं था किन्तु गन्तव्य तो दूर था, यह तो सिर्फ़ एक पड़ाव मात्र था तो लगभग पौने दो घंटे मौन्त्रो में बिताकर अब हम चल दिये थे टाख की ओर।

लगभग एक-सवा घंटे का सफ़र सुन्दर दृश्यों को निहारने में और अतुल भैया से उन जगहों के विषय में जानने में ही निकल गया और हम लोगों की कार एक छोटे से क़स्बे में दाख़िल हुई जिसमें सड़क के दोनों ओर छोटी इमारतें बनी हुई थीं जिनमें से कुछ पर टीन का शेड पड़ा हुआ था। बाएँ हाथ पर ज़रूर एक बड़ी सफ़ेद और चॉकलेट कलर की इमारत नज़र आई जिस पर SOUVENIR SPIELWAREN जैसा कुछ लिखा हुआ था। वहीं आगे मैदान में एक बहुत बड़ा कार पार्किंग एरिया था जहाँ न जाने कितनी गाड़ियाँ खड़ी हुई थीं और वहीं हमने भी अपनी कार खड़ी कर दी।

इस स्थान का नाम टाख Tasch था। यह एक बहुत ही छोटा लगभग एक हज़ार लोगों की आबादी का क़स्बा है। इसके कोऑर्डिनेट्स 46°06' N और 7.77E हैं। यहाँ की बोलचाल की भाषा स्विस जर्मन है। यहाँ की अर्थव्यवस्था मुख्यत: पर्यटन पर ही आधारित है। जिनेवा से इस क़स्बे की दूरी लगभग 230 किलोमीटर है और बाई रोड सफ़र का समय तीन-साढ़े तीन घंटे है और रुकते हुए आएँ तो 1-2 घंटे और लग सकते हैं। टाख नामक यह क़स्बा ज़रमाट नामक पर्यटन स्थल के लिये ट्रांज़िट पॉइंट भी है क्योंकि इस स्थान से आगे प्रदूषण न हो इस उद्देश्य के मद्देनजर कोई भी कार आदि वाहन आगे ज़रमाट की ओर जा नहीं सकता था। टाख ज़रमाट से लगभग 5 किलोमीटर उत्तर में स्थित है। यह एक बहुत ही सुन्दर, शान्त स्थान है। चारों ओर पर्वत श्रृंखला, हरियाली, पर्यटकों के ख़ुशी से दमकते चेहरे सब मिलकर एक अच्छा वातावरण बना रहे थे। यहाँ से ज़रमाट या तो रोप वे से जाया जा सकता था अथवा एक छोटी सी पहाड़ी ट्रेन से। अतुल भैया ने कहा कि हम लोग ट्रेन से जाएँगे सो हम लोग स्टेशन पहुँचे जो बहुत छोटा सा था और उसका भारत के छोटे स्टेशनों जैसा छोटा सा टीन शेड पड़ा छोटा सा ही प्लेटफॉर्म भी था। हम लोग भाप के जैसे छोटे से सामने से काले और बाक़ी हिस्सा गहरा नीला था ऐसे इंजनवाली ट्रेन में बैठ गए। इस ट्रेन में कुल दो या तीन ही डिब्बे थे, सवारियाँ भी न के बराबर थीं पर हाँ इंजन के किनारे पर अवश्य दो-तीन लोग बाहर की ओर बैठे थे, शायद सफ़र का आनन्द लेने को। मुझको वहाँ का माहौल देखकर अपने बॉलीवुड की फ़िल्मों की याद आ रही थी। थोड़ी देर में ही इंजन ने भाप निकाली, सीटी बजाई और चल पड़ा धीरे-धीरे मन्थर गति से पहाड़ों और बहुत लम्बे-लम्बे वृक्षों के बीच बने रास्ते पर।

पीछे-सामने, दाएँ-बाएँ चारों तरफ़ जहाँ निगाह जाए वहाँ बर्फ़ से ढंके पहाड़, लम्बे पेड़, हरियाली, पहाड़ की तलहटी, और एक तरफ़ निगाह डाली

तो दूर ऊपर रोप वे का डिब्बा भी चलता दिखाई दिया। बूँदा-बाँदी हो चुकी थी, मौसम सर्द था, मैंने अपना कोट पहन लिया था और हम लोग ज़रमाट में घूम रहे थे।

ज़रमाट के कोऑर्डिनेट्स 46°02'N & 7°74'E हैं। यहाँ की भाषा जर्मन है। यह शहर स्विट्ज़रलैंड के सबसे ऊँचे पहाड़ों की तलहटी में स्थित है। यह बिलकुल स्विट्ज़रलैंड और इटली की सीमा पर है, इटली की सीमा के Theodul pass से इसकी दूरी लगभग 10 किलोमीटर ही रह जाती है। यह शहर स्विस आल्प्स के प्रसिद्ध स्की रिजॉर्ट्स और माउंटेनियरिंग स्थलों में है। यहाँ की पूरी अर्थव्यवस्था पर्यटन आधारित है। यह स्विट्ज़रलैंड के VISP district और Valais कैंटन में स्थित है। इसके पास इटली की तरफ़ Dora Balta, Sesia, Toce नदियाँ बहती हैं जबकि स्विट्ज़रलैंड की सीमा में इसके पास Rhone नदी बहती है।

ज़रमाट में वातावरण बहुत ही सुरम्य और अच्छा था। चारों ओर से आल्प्स पर्वत श्रृंखला के पहाड़ नज़र आ रहे थे। ज़रमाट को स्विट्ज़रलैंड की सबसे ऊँची पहाड़ी छोटी 'Monte Rosa' (4634 मीटर ऊँचाई)ने भी अपनी छाया में लिया हुआ है। आल्प्स पर्वत श्रृंखला के अधिकतर 4 हज़ार मीटर से ऊँचे पहाड़ ज़रमाट के इर्द-गिर्द ही हैं सो चारों तरफ़ ऊँचे-ऊँचे पहाड़ों का एक अद्‌भुत दृश्य दिखता है वहाँ। पर्वतारोहियों के लिये ज़रमाट स्टार्टिंग पॉइंट है और ज़रमाट में दुकानों पर बर्फ़ पर स्कीइंग करने के रंग-बिरंगे स्की और अनेक सामान ख़ूब दिखते हैं। ज़रमाट में रेस्टॉरेंट की खिड़कियों पर भी ख़ूब फूलों के गमले रखे हुए नजर आए। ज़रमाट एक कार फ्री ज़ोन है तो साइकिलें भी नज़र आती हैं। सड़क के किनारे घूमने, चलनेवालों के आराम के लिये लाल रंग की ख़ूब सारी बेंचें लगी हुई थीं। यदि भीड़ की संख्या पर न जाएँ तो कुछ कुछ मसूरी, शिमला, नैनीताल में जैसे पैदल घूमनेवाले लोग आनन्द लेते हैं वैसे ही (लेकिन कम भीड़) यहाँ भी लोग घूमते दिखे। एक तरफ़ मेरी निगाह गई तो मुझको वहाँ होटल की सवारियों को लेने और छोड़ने हेतु काहिया हरे रंग की बैटरी ऑपरेटेड बहुत छोटी बस जैसी वैन चलती दिखीं। उस पर सामने पीले रंग की प्लेट पर होटल का नाम Hotel Pollux भी लिखा हुआ था। एक होटल के बाहर बड़ी सी दाढ़ीवाले बकरे की मूर्ति लगी देखकर मुझको बड़ा अजीब सा लगा। वहाँ से ज़रमाट के आगे भी रोप वे या अन्य साधनों से जाया जा सकता था किन्तु हम लोगों को जिनेवा लौटना भी था तो थोड़ी देर और वहाँ के प्रदूषणरहित वातावरण में घूमने के बाद हम लोग फिर उसी फ़िल्मी ट्रेन में बैठकर टाख की ओर चल दिये और फिर वहाँ से वापस जिनेवा के लिये।

वापसी का रास्ता हम लोगों ने बिना रुके तय किया और लगभग रात के 8 बजे हम लोग अतुल भैया के घर पर थे।

रात को सब लोगों के साथ अतुल भैया के ड्राइंग-रूम में बैठकर काफ़ी देर बातचीत होती रही।

यह स्विट्ज़रलैंड में इस यात्रा में मेरा आख़िरी दिन था और अगले दिन यानी 14 अक्टूबर, 1991 को मुझे जिनेवा से फ्रैंकफ़र्ट, जर्मनी जाना था; उस देश की ओर जो भविष्य में मेरे व्यापार और व्यापारिक जीवन में एक नया मोड़ लानेवाला था, उसकी दिशा बदलनेवाला था।

सन 2023 में स्विट्ज़रलैंड की जनसंख्या लगभग 87 लाख है और उसमें लगभग 27 हज़ार भारतीय या भारतीय मूल के व्यक्ति हैं जो विभिन्न पेशों जैसे इंजीनियर, आईटी, फार्मास्युटिकल, पैरामेडिकल आदि क्षेत्रों में कार्यरत हैं तथा कुछ विभिन्न राजनयिक संस्थाओं जैसे संयुक्त राष्ट्र संघ के कार्यालय, WTO, WIPO आदि में भी कार्यरत हैं।

स्विट्ज़रलैंड में भारतीय फ़िल्म निर्माता स्व. यश चोपड़ा को बहुत सम्मान प्राप्त है ख़ास तौर से जुंगफ्राउ इलाक़े में। जुंगफ्राउ रेलवे ने वहाँ से चलनेवाली एक ट्रेन का नाम यश चोपड़ा के नाम पर रखकर उनकी कला और स्विट्ज़रलैंड के प्रति उनके लगाव को सम्मान दिया है। सिर्फ़ इतना ही नहीं स्विट्ज़रलैंड के इंटरलाकेन शहर में यश चोपड़ा की शूटिंग कैमरे के साथ एक ब्रॉन्ज़ की मूर्ति भी लगाई गई है और वहीं के प्रसिद्ध होटल विक्टोरिया-जुंगफ्राउ ग्रैंड ऐंड स्पा में यश चोपड़ा के नाम से एक शानदार सुइट भी बनाया गया है। यश चोपड़ा ने अपनी अनेक फ़िल्मों जैसे चाँदनी, डर आदि की शूटिंग स्विट्ज़रलैंड की ख़ूबसूरत वादियों में की थी और उनके पुत्र आदित्य चोपड़ा ने भी दिलवाले दुल्हनिया ले जाएँगे की शूटिंग स्विट्जरलैंड की ख़ूबसूरत फिज़ाओं में की है।

जर्मनी

जर्मनी (1)—हाइडलबर्ग

Germany (1)—Heidelberg

Coordinates— 49.3988°N, 8.6724°E

Time zone—Central European Time Zone

भारत से समय का फ़र्क़ 3 घंटे 30 मिनट पीछे

मुद्रा—मुद्रा— सन 1991 में ड्यूश या डॉच मार्क (Deutsche Mark) थी लेकिन अब यूरो है। एक यूरो आज 2023 में लगभग 91 रुपये 60 पैसे के बराबर

अब बात 14 अक्टूबर, 1991 से शुरू करता हूँ; 14 अक्टूबर मेरा जन्मदिन भी होता है तो सन 1991 के अपने इस जन्मदिन 14 अक्टूबर को अब मैं चल पड़ा था अपनी निर्यातक बनने की यात्रा के अगले पड़ाव पर यानी कि जिनेवा से जर्मनी के फ्रैंकफ़र्ट की ओर। मैं जब जिनेवा से जहाज़ में बैठा तो अतुल भैया और कनक भाभी के स्नेह तथा आवभगत की मधुर यादें हृदय में समेटकर ले जा रहा था और स्विट्जरलैंड के मनोरम दृश्यों की झाँकी भी। जहाज़ हवा में उड़कर बादलों के बीच अठखेलियाँ करता अपने गन्तव्य की ओर बढ़ रहा था और मेरा मन पीछे की यादों की ओर घूम रहा था। मुझको अपना फ़िरोज़ाबाद, घरवाले, दिल्ली से दुबई जाना, वहाँ शरद भाईसाहब, कपूर साहब, आबूधाबी के मत्तार शेख़, बहरीन के रतन कपूर भाईसाहब और अर्चना भाभी के रुकना, वहाँ का दृष्टिहीन मोतियों का व्यापारी, दोहा के इस्माइल शेख़ और उनका बेब्ज़ी पिलाना, ऑर्डर देना, इजिप्ट के अद्भुत पिरामिड, स्वेज नहर, पैपिरस इंस्टिट्यूट, इजिप्शियन म्यूज़ियम, मिस्टर मैगदी, इंग्लैंड, फ्रांस और पेरिस की हिरान, स्विट्ज़रलैंड सब याद आ रहे थे। अब मैं सोच रहा था कि कैसा होगा जर्मनी? कैसे लोग होंगे वहाँ के? कुछ काम आगे बढ़ेगा या नहीं। ।

जब मैं जर्मनी के विषय में सोच रहा था तो चूँकि मैं इतिहास का विद्यार्थी रहा था तो मुझको याद आ रहे थे बिस्मार्क जिन्होंने जर्मनी के एकीकरण में मुख्य

भूमिका निभाई थी। मुझको प्रथम विश्वयुद्ध और द्वितीय विश्वयुद्ध के क़िस्से याद आ रहे थे। हिटलर के नरसंहार के क़िस्सों के विषय में सोचने पर मेरे अन्दर एक अजीब क़िस्म की बेचैनी होने लगती थी और चूँकि हाल ही में बर्लिन की दीवार गिराकर (9 नवम्बर, 1989 को यह दीवार ढाही गई थी) जर्मनी का पुनः एकीकरण हुआ था तो वे क़िस्से फिर से ध्यान आ रहे थे। सही वात यह है कि जब मैं जर्मनी की ओर जा रहा था तो मुझको इस देश के इतिहास को छोड़कर जो यहाँ की ख़ास चीज़ पता थी वह थी यहाँ की कारें; मर्सडीज़ बैंज़, ओपल, वौक्स वैगन आदि और यह कि मेरे इलाहाबाद विश्वविद्यालय के सर जी. एन. झा हॉस्टल में मेरे रूम मेट रहे तथा मेरे घनिष्ठ मित्र श्री धीरेन्द्र पांडे के घरवाले जर्मनी को क़ालीन निर्यात करते थे। यानी कि वहाँ के अपने से सम्बन्धित व्यापार के विषय में मेरी जानकारी न के बराबर थी पर मुझे क्या पता थ कि आनेवाले कुछ वर्षों में जर्मनी का मेरे व्यापारिक जीवन को नया मोड़ देने में एक अहम स्थान होनेवाला था। विमान में एयरहोस्टेस घोषणा कर रही थीं कि हमारा विमान शीघ्र ही फ्रैंकफ़र्ट हवाई अड्डे पर उतरनेवाला था और मैं भी अपने मस्तिष्क के विचारों की यात्रा पर ब्रेक लगाकर तैयार होने लगा था एक नए देश की धरती और लोगों से रू ब रू होने के लिए।

फ्रैंकफ़र्ट हवाई अड्डा पेरिस के चार्ल्स डि गॉल हवाई अड्डे की भाँति कलात्मक और सुन्दर नहीं बना हुआ था किन्तु बड़ा था, ग्रेनाइट के शानदार फ़र्श थे। यह एक भव्य और विशाल एयरपोर्ट प्रतीत हो रहा था। यहाँ यह बताना भी समीचीन होगा कि विश्व की पहली एयरलाइन्स The Deutsche Luftschiffahrts-Aktiengesellschaft की स्थापना भी 16 नवम्बर, 1909 को जर्मनी के फ्रैंकफ़र्ट ऐम मेन में ही हुई थी।

मैंने स्विट्ज़रलैंड से ही अपने रुकने का रिज़र्वेशन 8 दिन के लिये इस्कॉन, हाइडलबर्ग में करवा लिया था। एयरपोर्ट से अपना सारा सामान लेकर मैं मेट्रो ट्रेन से फ्रैंकफ़र्ट मेन स्टेशन जिसको वहाँ की भाषा में Frankfurt (Main) Hauptbahnhof कहते हैं आ गया और वहाँ से मैंने हाइडलबर्ग के लिये ट्रेन ले ली। फ्रैंकफ़र्ट से हाइडलबर्ग का लगभग 78 किलोमीटर का यह सफ़र क़रीब सवा घंटे का था लेकिन ग़ज़ब की ट्रेन, ग़ज़ब के दृश्य और फ्रैंकफ़र्ट की ऊँची गगनचुम्बी इमारतों के शहर से हरियाली भरे पहाड़ी शहर में पहुँच जाना एक स्वप्न की भाँति था। हाइडलबर्ग के स्टेशन से टैक्सी लेकर मैं इस्कॉनवाले पते पर पहुँचा और वहाँ रिसेप्शन पर पहुँचकर मैंने अपना परिचय बताया और कहा कि मेरा शहर फ़िरोज़ाबाद भी भगवान श्री कृष्ण के जन्मस्थान मथुरा के पास ही है और लगभग ब्रज का ही अंग है। वहाँ इस्कॉन के कुछ अनुयायी जो वहीं

रहते थे खड़े हुए थे और मेरा मथुरा कनेक्शन सुनते ही उनमें से एक ने मेरा सारा सामान, अटैची आदि उठाया, मुझको मेरा कुछ भी सामान उठाने नहीं दिया और पहली मंज़िल पर ज़ीना चढ़कर जिस कमरे में मुझको ठहरना था वहाँ ले गया।

जर्मनी-2; हाइडलबर्ग-2

Germany-; Heidelberg 2

हाइडलबर्ग के इस्कॉन के गेस्टहाउस में मेरा सामान लेकर जो जनाब सीढ़ी चढ़कर आगे चले गए थे उनके पीछे-पीछे मैं भी उस हॉलनुमा कमरे में पहुँच गया। कमरे में एक तरफ़ उन्होंने मेरा सामान रख दिया, वह भारतीय नहीं थे, मैंने उनको धन्यवाद दिया फिर उन्होंने बताया कि इस कमरे में दो लोग और हैं। कमरे में दो सिंगल पलँग अलग-अलग दीवारों से सटे आमने-सामने पड़े थे और ज़मीन पर मेरे लिये एक मोटा डनलप का गद्‌दा उन लोगों ने डाला था जिस पर अगले कुछ दिन तक मेरा सोना होना था और साथ में ओढ़ने को कम्बल भी था वैसे सारी बिल्डिंग सेंट्रली हीटेड थी। जैसा मैं पहले बता भी चुका हूँ कि अपनी विदेश-यात्रा शुरू करने के पहले मैंने यूथ हॉस्टल और इस्कॉन की लाइफ़ मेम्बरशिप ली थी। इस्कॉन की मेम्बरशिप में एक बार में 8 दिन तक उनके दुनिया भर के किसी भी गेस्ट हाउस में रुका जा सकता था और खाना भी उसमें नि:शुल्क मिलता था, वह भी भारतीय, जो उस समय में विदेश में एक बड़ी नेमत थी। इस्कॉन के दुनिया के अनेक शहरों में रेस्टॉरेंट्स हैं और कई शहरों में रुकने की व्यवस्था भी है। ठहरनेवालों को उन्हीं रेस्टॉरेंट्स के खाने में से खाना उपलब्ध कराया जाता है किन्तु ऐसा नहीं कि उनके रेस्टॉरेंट के मैन्यू की हर चीज़ ठहरनेवालों को भी उपलब्ध है बल्कि जो ज़्यादा या उनके निमित्त बना होता है वही मिलता है। यहाँ यह रेस्टॉरेंट ठहरनेवाले गेस्ट हाउस के नीचेवाले मार्केट में अर्थात ग्राउंड फ्लोर पर था। मैंने 1991 में यह सदस्यता 7777/=रुपये में ली थी और इसको लेने का मुख्य उद्‌देश्य भी विदेश-यात्रा में खाने ठहरने सम्बन्धी ही अधिक था। यह अनुभव कुल मिलाकर अच्छा था जैसा मैं आगे बताऊँगा लेकिन उस 1991 की यात्रा के बाद कभी इस्कॉन में रुकने का मेरा संयोग नहीं बना।

हाँ तो फिर मैंने उस एक गद्दे पर अपना क़ब्ज़ा जमाया तब तक अन्य दो लोग जो वहाँ रुके थे वे भी आ गए। वे दोनों ही उम्र में मुझसे छोटे थे और उनमें से एक नवयुवक कलकत्ता (अब कोलकाता) से थे जिनका नाम विकास बाफना था। दूसरे युवक के विषय में मुझको न जाने अधिक कुछ क्यों याद नहीं है और चूँकि मेरे पास मेरी यात्राओं के कोई नोट्स नहीं हैं तो काफ़ी-कुछ स्मृति आधारित है और कुछ उस यात्रा की वीडियोज़ हैं जो लगभग ख़राब सी हैं पर फिर भी उनसे कुछ मदद मिल जाती है, लिखने में। विकास बाफना का प्रकाशन/पब्लिशिंग सम्बन्धित कुछ व्यवसाय था और वे दोनों भी व्यवसाय के लिये ही वहाँ आए हुए थे। कुछ देर उन लोगों से बातचीत होती रही और वहाँ अन्य जो विदेशी थे उनसे भी अच्छा परिचय हो गया। यहाँ इस बात का उल्लेख अवश्य करना चाहूँगा कि मेरे मथुरा कनेक्शन, चतुर्वेदी समुदाय और भगवान श्री कृष्ण के सखाभाव के क़िस्सों की चर्चा आदि के कारण उन सबकी मुझसे बात और सम्पर्क करने में बहुत रुचि और उत्सुकता दोनों ही हो चली थी और वहाँ के प्रवास के दौरान इस ब्रज क्षेत्रवासी कनेक्शन के कारण एक घटना ऐसी होनेवाली थी जिसमें मैं काफ़ी अजीबोग़रीब स्थिति में फँस ही गया था लेकिन शायद भगवान श्री कृष्ण की कृपा से ही अपनी प्रत्युत्पन्नमति से बचा जिसका क़िस्सा आगे बताऊँगा।

इस गेस्ट हाउस में एक बड़े से हॉल में श्री राधा-कृष्ण जी का काफ़ी सुन्दर मन्दिर भी था जिसके आगे लकड़ी का एक पूरा घेरेनुमा स्ट्रक्चर भी था जिसके अन्दर के हिस्से को हम गर्भगृह कह सकते हैं और उसमें पीतल की बनी टिपिकल इस्कॉन स्टाइल की राधा जी और कृष्ण जी की बहुत ही सुन्दर और सजीव वस्त्रादिभूषणों से सुसज्जित मूर्तियाँ विराजमान थीं। गर्भगृह के बाहर के हिस्से में बहुत अच्छा क़ालीन बिछा था जिस पर बैठकर इस्कॉन सम्प्रदाय में दीक्षित भक्तगण हारमोनियम और अन्य वाद्य यन्त्रों के साथ अत्यन्त सुरीले स्वर में भगवान श्रीकृष्ण और राधा जी के भजन गाते थे और वहीं हम लोग भी बैठे। इस्कॉनवाले यह सभी भक्त सूती धोती और अधिकांश कुर्ते में होते थे और दुपट्टा भी। इन सभी की चाँद घुटी हुई थी यानी कि गंजे थे, सर पर शिखा अर्थात चोटी और माथे पर गोपी-चन्दन का वैष्णव तिलक।

यहाँ यह बताना चाहूँगा कि माथे पर राख द्वारा चिह्नित तीन आड़ी रेखाए दर्शाती हैं कि लगानेवाला शिव-भक्त है। नाक पर त्रिकोण और उसके ऊपर 'V' चिह्न यह दर्शाता है कि लगानेवाला विष्णु-भक्त है। यह चिह्न भगवान विष्णु के चरणों का प्रतीक है, जो विष्णु मन्त्रों का उच्चारण करते हुए लगाया जाता है। तिलक लगाने के अनेक कारण एवं अर्थ हैं परन्तु यहाँ मैं वैष्णवों द्वारा लगाए

जानेवाले गोपी-चन्दन तिलक के बारे में ही लिख रहा हूँ। गोपी-चन्दन (मिट्टी) द्वारका से कुछ ही दूर एक स्थान पर पाई जाती है। इसके विषयक मान्यता और कथा यह है कि जब भगवान श्री कृष्ण इस धरा-धाम से अपनी लीलाए समाप्त करके वापस गोलोक गए तो गोपियों ने इसी स्थान पर एक नदी में प्रविष्ट होकर अपने शरीर त्यागे। वैष्णव इसी मिटटी को गीला करके विष्णु-नामों का उच्चारण करते हुए, अपने माथे, भुजाओं, वक्ष:स्थल और पीठ पर इसे लगाते हैं।

तो इस माहौल में जब अनेक वाद्य-यन्त्रों के साथ सस्वर श्री राधा-कृष्ण जी के भजन होते थे तो एक अलग क़िस्म का दिव्य माहौल तो बन ही जाता था साथ ही कुछ देर के लिये ऐसा भी नहीं लगता था कि हम अपने घर-अपने देश से हज़ारों किलोमीटर दूर एक ऐसे देश में हैं जहाँ के लोगों की भाषा, रहन-सहन, सोच और संस्कृति सब हमसे बिलकुल भिन्न है। शाम को इसी मन्दिर में भगवान श्री राधा-कृष्ण की भव्य आरती होती थी। पहले दिन इस सबको देखकर मैं बहुत ही विस्मित, चकित और अभिभूत था। आप सोचिए आप जर्मनी की धरती पर हैं और वहाँ पर उड़ीसा के एक पुजारी जी धोती पहने अधो-ऊर्ध्व शरीर को सिर्फ़ धोती से ही ढँके हुए, भगवान की आरती कर रहे हैं पहले जल से, शंख से फिर दीपकाग्निवाली सामान्य आरती फिर पुष्पों से आरती हो रही है, पीछे अनेक यूरोपीय/कुछ अफ्रीकी देशों के लोगों द्वारा समवेत स्वर में हरे राम-हरे कृष्ण का गायन हो रहा है साथ में हारमोनियम, ढोलक, मृदंग, मंजीरे आदि बज रहे हैं बाक़ी लोग तन्मय होकर ताल के साथ ताली बजा रहे हैं और इसकी गति पहले धीमी, फिर थोड़ी तेज़ और फिर तीव्रतर होती जाती है यह सब मिलाकर एक अद्‌भुत दृश्य और मनमोहक समाँ बना रहे थे और वह भी हाइडलबर्ग, जर्मनी की धरती पर। पूजा के बाद पुजारी जी जो कि लगभग 28-30 वर्ष के ही नौजवान थे उनसे परिचय हुआ। उन्होंने बताया कि वह उड़ीसा से हैं और पिछले लगभग 6-8 महीने से इस्कॉन हाइडलबर्ग में थे। पुजारी जी घुटे हुए सर पर शिखा, तिलक लगाए, धोती पहने और ऊपर उघाड़े काफ़ी भव्य व्यक्तित्व के स्वामी प्रतीत हो रहे थे।

रात को कुछ भक्तों के साथ ज़मीन पर बैठकर हम लोगों ने भोजन किया जिसमें मटर पनीर, कोफ्ते की सब्ज़ी, दो-तीन कोई सूखी सब्ज़ियाँ, गुलाब जामुन आदि था लेकिन यहाँ यह ज़रूर कहना चाहूँगा कि खाने में कई चीज़ें तो थीं लेकिन स्वाद गुलाब जामुन के अलावा किसी में कुछ ख़ास नहीं था।

रात को काफ़ी देर तक हम लोग बातचीत करते रहे और फिर अगले दिन के व्यापार की गतिविधि के विषय में सोचते हुए मेरी आँख पता ही नहीं चला कि कब लग गई।

जर्मनी-3 हाइडलबर्ग-3 साथ में फ्रैंकफ़र्ट-1

Germany-3

Heidelberg-2 with Frankfurt-1

Frankfurt Co-ordinates

50. 1109° N, 8. 6821° E

अगले दिन सुबह उठकर तैयार होते में ही विकास बाफना जी और उनके साथी से बात हुई तो उन्होंने कहा कि फ्रैंकफ़र्ट में बुक फ़ेयर लगा हुआ है और वे दोनों उसमें जा रहे हैं। उन्होंने मुझसे भी फ़ेयर में चलने को कहा किन्तु मुझको इस विषय में कोई जानकारी नहीं थी अतएव मैंने कहा कि भाई मैं एक्सपोर्ट करने आया हूँ न कि मेला घूमने; बाद में जाकर समझ में आया कि उस समय की मेरी यह सोच और समझ दरअसल मेरी कूपमंडूकता की ही द्योतक थी और कुछ नहीं। ख़ैर

हम लोग हाइडलबर्ग स्टेशन से ट्रेन पकड़कर फ्रैंकफ़र्ट के लिये चले। यूरोप की ट्रेनों और ख़ास तौर पर जर्मनी की ICE Trains के विषय में आगे बताऊँगा अभी बस इतना कि यूरोप और ख़ास तौर से जर्मनी की ट्रेनों में चलना एक शानदार अनुभव होता है। हाइडलबर्ग से फ्रैंकफ़र्ट का लगभग सवा घंटे का सफ़र रास्ते के दोनों ओर के मनभावन दृश्यों को मन्त्रमुग्ध होकर देखते हुए ही बीता। फ्रैंकफ़र्ट मेन स्टेशन से बाहर निकलकर लगा कि एक अन्य क़िस्म के शहर में आ गए हैं। स्टेशन और उसके बाहर गहमागहमी का माहौल, बाहर चारों ओर मर्सडीज़ बैंज़ गाड़ियों का सड़क पर वर्चस्व, स्टेशन के अन्दर एक विशालता का अहसास, बड़ी घड़ी, अनाउन्समेंट, ट्रेनों का जबर्दस्त आवागमन, न जाने कितने प्लेटफ़ॉर्म्स, खाने के किओस्कस और सब एक आयरन स्टील के हॉलोंनुमा स्ट्रक्चर में एक छत के नीचे, एक अलग ही माहौल प्रस्तुत कर रहे थे। एक बहुत बड़े टीनशेड जैसे आर्च में जिसका कि बीच का पूरा हिस्सा पारदर्शी था जिसमें से रोशनी आती थी और उस विशालकाय स्ट्रक्चर के बीच में अनेक प्लेटफॉर्म्स जिनपर शानदार रंगीन इंजनोंवाली, बढ़िया शीशे की खिड़कियोंवाली आकर्षक ट्रेनों का आना-जाना, उनका अनाउन्समेंट, बड़े-बड़े मेहराबदार गेट, चलता हुआ एस्केलेटर, शॉपिंग मॉल आदि सब मिलाकर एक अद्भुत विशालकाय इमारत का दृश्य था वह जिसको देखकर आप चमत्कृत हुए बिना नहीं रह सकते थे।

फ्रैंकफ़र्ट स्टेशन की डिज़ाइन बनाने का अवार्ड जर्मन आर्कीटेक्ट Hermann Eggert ने जीता था और यह स्टेशन सन 1888 के अगस्त महीने में बनकर तैयार और चालू हुआ और यह यूरोप का सबसे बड़ा रेलवे स्टेशन था। इसके अन्दर के हिस्से को बनाने में बहुत बड़ी मात्रा में आयरन, स्टील और शीशे का प्रयोग हुआ है।

फ्रैंकफ़र्ट के Hauptbahnhof अर्थात रेलवे स्टेशन से बाहर निकलने पर स्टेशन की बिल्डिंग एक अलग ही नज़ारा दिखाती है। बलुआनुमा पत्थर की नियो-रैनिसाँ और नियो-क्लासिकल वास्तुशिल्प से बनी यह इमारत बहुत ही भव्य दृश्य निर्मित करती प्रतीत होती है। स्टेशन के पूर्वी हिस्से से बाहर निकलकर देखने पर उसकी तीन प्रमुख आर्च के विशालकाय गेटोंवाली इमारत पर ऊपर बीचोंबीच एक विशालकाय घड़ी लगी है, दिन और रात की दो प्रतीकात्मक मूर्तियाँ हैं। घड़ी के ऊपर स्टेशन के लिये जर्मन भाषा में प्रयुक्त होनेवाला शब्द Hauptbahnhof लिखा है उसके ऊपर ही जर्मन रेल जिसको उनकी भाषा में Deutsche Bahn कहते हैं उसका संक्षिप्त नाम का logo DB लिखा है।

फ्रैंकफ़र्ट रेलवे स्टेशन के मुख्य हॉल के द्वार के ऊपर ही प्रसिद्ध यूनानी देवता एटलस की विशालकाय मूर्ति लगी दिखी जो अपने कन्धे पर विश्व का विशाल ग्लोब उठाये हुए है और उसके साथ दो मूर्ति और हैं, यह मूर्तियाँ काहिया हरे रंग की किसी धातु की बनी हुई प्रतीत हुईं। स्टेशन से बाहर निकलकर मैं कुछ देर उस स्टेशन की भव्यता को निहार रहा था और सोच रहा था कि पेरिस में विशाल आइफ़िल टॉवर दिखा तो यहाँ जर्मन लोगों की कार्यकुशलता, इंजीनियरिंग कौशल, कार्यदक्षता और सक्षमता का प्रतीक यह विशालकाय ढाँचा था और मैं यह भी सोच रहा था कि द्वितीय विश्वयुद्ध के अन्तिम चरण के दौरान इसी जर्मनी में कितनी तबाही भी हुई थी।

अब मैंने स्टेशन से बाहर निकलकर एक टैक्सी ली और फ्रैंकफ़र्ट स्थित जर्मन चैम्बर ऑफ़ कॉमर्स के दफ़्तर पहुँच गया। ध्यान रखिएगा कि यह वह ज़माना था जब न मोबाइल फ़ोन थे और न ही इंटरनेट था। हमारे भारत में न ऐसी शानदार ट्रेन ही चलती थीं (यद्यपि राजधानी एक्सप्रेस और शताब्दी चलना शुरू हो गया था)। पीज़ा और बर्गर का ज़माना अभी भविष्य में ही ठीक से हमारे देश में शुरू होना था जबकि फ्रैंकफ़र्ट में रेडियो टैक्सी थीं जो पता बताने मात्र से सही जगह पहुँचा देती थीं और इन सबसे मुझ जैसे 29 वर्षीय भारतीय नौजवान का बार-बार चमत्कृत महसूस करना लाज़िमी ही था। चैम्बर ऑफ़ कॉमर्स

पहुँचकर मैं वहाँ के अधिकारी से मिला, अपना परिचय दिया और बताया कि मैं यहाँ सिल्क के स्कार्फ़, काँच के मोतियों के माला आदि आभूषण, पत्थर और पीतल के हैंडीक्राफ्ट्स आदि के व्यापार को आया हूँ और मुझको उनकी मदद चाहिए। मेरी बात सुनकर उन्होंने मुझको वहाँ की यलो पेजेज डायरेक्टरी में बताया और फिर मैंने उसी दफ़्तर की फ़ोटोकॉपी मशीन से उन पन्नों-पतों की कॉपी की, उसके चार्जेज़ का भुगतान किया और उन पतों को देखना शुरू किया।

उन पतों में मुझको फ्रैंकफ़र्ट स्टेशन के पास का ही एक Modeschmuck यानी Costume Jewellery की दुकान का पता दिखा और मैं उस पते को तलाशता हुआ Kaiser Strasse से आगे चलता हुआ वहाँ पहुँच गया।

वह एक शानदार शो-रूम था जिसके शो-केसेज में से काँच आदि मोतियों के बने विभिन्न क़िस्म के माला, ईयर रिंग्स, नेकलेस, अँगूठियाँ आदि दिख रहे थे। मैं अपने साथ जो सैम्पल्स लाया था वह भी बहुत अच्छे थे तो मुझको लगा कि मैं सही जगह आ गया हूँ। यह सब देख-भालकर मैं उस दुकान के अन्दर अपने सैम्पलों से भरी अटैची/सूटकेस और भारी बैग लेकर घुस गया। दुकान बहुत सुन्दर थी और उसमें काफ़ी भीड़ थी। मैं काउंटर पर खड़ी एक लड़की के पास गया और मैंने उससे बात करनी चाही किन्तु उसको शायद सिर्फ़ जर्मन भाषा आती थी या कम से कम अंग्रेज़ी और हिन्दी भाषा नहीं आती थीं जबकि मुझको इन्हीं दो भाषाओं का ज्ञान था। ख़ैर मैंने और प्रयास किया और अन्ततः उनमें से एक को यह समझाने में सफल हुआ कि मैं यहाँ अपने प्रोडक्ट बेचने आया हूँ। उन लोगों ने मुझसे बहुत बेरुखी दिखाई और कहा कि माल ख़रीदना उनका काम नहीं है। मेरे पूछने पर उन्होंने बताया कि ख़रीद का काम करनेवाली टीम और ऑफ़िस अलग है और इस काम को उनकी कम्पनी के मालिक ही देखते हैं। यह जानने पर मैंने उनसे अनुरोध किया कि मुझको अपने मालिक से मिलवा दो तो भाषा की काफ़ी दिक़्क़त के बाद उनसे मालूम पड़ा कि थोड़ी देर में उस कम्पनी/दुकान/शो-रूम के मालिक आएंगे। इस पर मैंने कहा ठीक है और एक तरफ़ खड़ा होकर उनकी दुकान के बेहतरीन उत्पादों को निहारने लगा। दुकान में ग्राहकों का आना-जाना लगा ही हुआ था। थोड़ी देर में दुकान में एक स्मार्ट से सरदार जी घुसे जिनसे उस दुकान के एक कर्मचारी ने मेरी तरफ़ इशारा करते हुए कुछ कहा और फिर वह सरदार जी मेरी तरफ़ को चलकर आए और उस दुकान के इस स्टाफ ने उनसे मेरा परिचय कराया और मुझको बताया कि वही उस शो-रूम/कम्पनी के मालिक थे।

जर्मनी-4

फ्रैंकफ़र्ट-2

Germany-4

Frankfurt-2

Frankfurt Coordinates

50. 1109° N, 8. 6821° E

कॉस्ट्यूम ज्वेलरी के उस विशाल शो-रूम के मालिक सरदार जी से, जो लगभग पचास के आसपास की उम्र के रहे होंगे, मैंने नमस्कार की जिसका उन्होंने बड़ी ही बेरुखी से जवाब दिया और ऐसा जताया कि उनका मुझसे बात करने में कोई इंटरेस्ट नहीं था और अपना पल्ला छुड़ाने की कोशिश की मगर मैं भी तो आख़िर दुबई से घाट-घाट का पानी पीते हुए यहाँ तक पहुँचा था तो मैं भी कहाँ हार माननेवाला था। मैंने सरदार जी की अनिच्छा और बेरुखी के बावज़ूद अपने काम के और प्रोडक्ट्स के विषय में बताते हुए अपने आने का उद्देश्य बताया। सरदार जी की टोन अब बेरुखी से आगे बढ़ते हुए शालीनता की सीमा के आख़िरी पड़ाव की तरफ़ अग्रसर सी होती दिख रही थी जबकि मैं अपने देश का वास्ता देते हुए पूरी शालीनता से अपने प्रयास में रत था और हाँ यह सारी बातचीत खड़े ही खड़े हो रही थी, सरदार जी ने पानी पूछना तो दूर मुझको बैठने की कहने की ज़हमत भी नहीं उठाई थी। काफ़ी इसरार और कोशिश के बाद भी सरदार जी बिलकुल पसीजे नहीं और अपनी बेरुखी पर ही अड़े रहे और आख़िर में मुझसे बोले कि, "मुझको आपसे कोई चीज़ नहीं लेनी है, मेरा इंडिया की किसी चीज़ को यहाँ ख़रीदने का कोई इरादा नहीं है और इंडियन लोग व्यापार करने आ जाते हैं जबकि उनको यहाँ की कोई समझ नहीं होती है। "

अब तक एक तो मेरी समझ में आ गया था कि यहाँ बात बननी नहीं है दूसरे उनकी बेरुखी और इंडियन लोगों के प्रति तंज़ से मैं आहत हो गया था जिससे अब मेरे सब्र का बाँध टूट ही गया। मैंने सरदार जी से उनसे भी अधिक तीखी टोन में कहा कि, " सरदार जी आपको ऑर्डर नहीं देना है तो मत दो पर ऐसे बात करने की क्या ज़रूरत है। यदि आपका यहाँ शो-रूम है तो हम भी भारत में कई फ़ैक्ट्री चला रहे हैं और जब एक्सपोर्ट कर सकते हैं तभी यहाँ जर्मनी तक चल कर आए हैं। माल लेना या नहीं लेना अलग बात है लेकिन मुझको यह बिलकुल अच्छा नहीं लग रहा है कि आप भारतीयों के लिये कुछ भी बोलते जा रहे हैं।

आप क्या समझते हैं कि भारत के लोगों में सिर्फ़ आपने ही कुछ अचीव किया है और कोई भारतीय कुछ कर नहीं पाया है? "

एक तो कुछ अपवाद छोड़ दें तो मैंने इस क़िस्म के व्यवहार का सामना अभी तक की अपनी यात्रा में किया नहीं था दूसरे एक हिन्दुस्तानी का ऐसा व्यवहार मुझको बिलकुल भी अच्छा नहीं लगा था। इसलिये मेरा धैर्य भी अब साथ छोड़ चला था तो मैं तैश में आकर आगे बोलता चला गया और मैंने उनसे कहा, "सरदार जी, मुझको लगता है कि यूरोप में आकर यहाँ रहकर आपका खून भी लाल से सफ़ेद हो गया है जो आपका व्यवहार अपने देश के लोगों से ऐसी बेरुखीवाला है। " मेरा यह कहना था और सरदार जी पर जैसे मानो घड़ों पानी पड़ गया हो। वह बहुत शर्मिन्दगी के साथ बोले , "जी ऐसी बात नहीं है। आप आइए, बैठिए, कुछ चाय-पानी लीजिए। " इसपर मैंने कहा कि, "सरदार जी बात चाय पानी की नहीं बल्कि आपकी इस बेरुखी की है। "

सरदार जी का रुख अब बदल चुका था। बहुत सहज होते हुए उन्होंने मुझको लगभग जबर्दस्ती अपने पास बैठाया और बोले, "बेटे जी, अब आप मेरे साथ मेरे घर चलो और वहीं और बातचीत करेंगे। आप प्लीज़ मेरी बात का बुरा मत मानो और मेरे घर चलो। " अब सरदार जी का बदला हुआ रुख और व्यवहार ऐसा हो चला था कि जैसे उनका किरदार ही बदल गया हो और आख़िर मैं उनके साथ उनके घर को चल दिया।

सरदार जी अपनी शानदार मर्सडीज़ बैंज़ कार से अपने साथ बैठाकर मुझको अपने घर ले गए। उनका घर फ्रैंकफ़र्ट में ही था और बहुत ही शानदार सजावटवाला घर था। उन्होंने अपने ड्राइंग-रूम में मुझको बैठाया और सबसे पहले मुझको ऑरेंज जूस पिलाया। उनका ड्राइंग-रूम काफ़ी भव्य था और उसके बढ़िया कुशनवाले लैदर की अपहोल्स्ट्री के सोफ़े, कमरे की सजावट, स्वरोस्की क्रिस्टल के लैम्प्स, कई देशों के सोविनियर डेकोरेटिव्स, बढ़िया क़ीमती पेंटिंग्स जो दीवारों पर टँगी हुई थीं वह सब उनकी सफलता की कहानी को बयान कर रही थीं। सरदार जी ने मुझसे ड्रिंक्स के लिए पूछा जिस पर मैंने उनको बताया कि मैं शराब नहीं पीता हूँ। मेरी इस बात पर वह बहुत हँसे और बोले, "भई फिर तेरा काम इधर के मुल्क़ों में कैसे चलेगा? " तो मैंने कहा कि, "पिस्ते बादाम खाकर और गर्म चाय, कॉफी और दूध मिले तो मैं तो उसी में ख़ुश हूँ। "

अब हमारी बातचीत काफ़ी सहज हो चली थी। इस बीच मेरे लिये बढ़िया कॉफ़ी, नमकीन काजू, पिस्ते, कई क़िस्म के कुकीज़ तथा अन्य चीज़ें नाश्ते में आ चुकी थीं और साथ में गर्म पकौड़े भी जिनका जर्मनी में पाने और खाने का

लुत्फ़ अलग ही था। सरदार जी ने मुझको सबसे पहले तो कहा कि बेटा हम ख़ुद दिल्ली और अन्य जगहों से अपना माल बनवाकर ख़ुद ही यहाँ के लिये एक्सपोर्ट कर लेते हैं इसलिये आपसे सामान तो हम नहीं ख़रीद पाएँगे। मैंने कहा उसकी कोई बात नहीं है पर आप इतनी बेरुखी क्यों दिखा रहे थे। इस पर उन्होंने कहा कि देखो बात यह है कि मैं जब लगभग 20-22 साल का था तब जर्मनी आया था और बहुत साधारण से काम करके मेहनत करते हुए आज यहाँ पहुँचा हूँ। होता क्या है कि शुरू-शुरू में भारत से और पंजाब से अकसर कोई न कोई आजाते थे और मुझको देखकर मेरे शो-रूम पर बैठ जाते, अपना सामान रख देते और कई बार तो जबर्दस्ती रुक भी जाते थे। अब एकाध बार की बात हो तो कोई नहीं पर यहाँ तो हर महीने ही 2-4 क़िस्से ऐसे होने लगे और इससे मुझको बहुत असुविधा होती थी क्योंकि एक बहुत ही साधारण स्तर से आकर मैं अपना काम जमा रहा था। कुछ लोग पैसे भी माँगते थे। काफ़ी लोग ऐसे होते थे जो काम और रहने की तलाश में ही जर्मनी आए हुए होते थे तो जब तक उनका कहीं हिसाब न बैठ जाए वह फिर यहीं बने रहना चाहते थे। इस क़िस्म की घटनाओं से आजिज़ आकर मैंने फिर अपरिचित लोगों से किनारा करना ही बेहतर समझा।

जब सरदार जी मुझको यह सब बता रहे थे तो मुझको याद आ रहा था कि भारत में एक ज़माना ऐसा था जब अंग्रेज़ लोग हमारे देशवासियों को बँधुआ मजदूर बनाकर मजदूरी के लिये फीजी, मॉरीशस जैसे अनेक देशों में ले जाते थे और वह लोग गिरमिटिया मज़दूर कहलाते थे। मैंने अपने बाबा स्व. सुशील चन्द्र चतुर्वेदी जी की डायरी में पढ़ा है कि कैसे फ़िरोज़ाबाद में फ़ीजी से आए हिरणगऊवाले तोताराम सनाढ्य जी से उन लोगों ने फ़ीजी के मज़दूरों की तक़लीफ़ों के क़िस्से सुने थे और मेरे बहनोई डॉक्टर अपूर्व चतुर्वेदी जी के बाबा स्व. दादाजी बनारसीदास जी चतुर्वेदी पद्मभूषण एवं 2 बार के राज्य सभा सांसद ने तोताराम सनाढ्य के अनुभवों, फीजी के कटु अनुभवों को बतानेवाली 'फीजी द्वीप में मेरे 21 वर्ष' लिखी थी। दादाजी बनारसीदास जी को इन मज़दूरों की दशा देखने महात्मा गाँधी जी ने फीजी भेजा भी था। बाद के वर्षों में लगभग 70 के दशक तक यूरोप के देशों ख़ासकर इंग्लैंड जानेवाले अधिकांश भारतीय भी रोज़गार की तलाश में वहाँ पहुँचते थे और बहुत ही साधारण क़िस्म के कामों को करके अपने जीवनयापन का संघर्ष करते थे। इस बात का एक पहलू यह भी था कि यह लोग जब भारत आते तो यहाँ के हिसाब से उस समय वह सम्पन्न दिखते थे-होते भी थे किन्तु वह लोग यह नहीं चाहते थे कि उनके नाते-रिश्तेदारों तक यह बात पहुँचे कि वे यहाँ विदेश में क्या काम कर रहे हैं। अमेरिका चूँकि

भारत से बहुत दूर था तो वहाँ 60 के दशक से वैज्ञानिक, इंजीनियर, डॉक्टरों का जाना अधिक रहा। लेकिन 90 का दशक आते-आते स्थितियों में परिवर्तन आने लगा था। एक तो यह लोग जो पहले विदेश गए थे इन्होंने उन देशों में अपनी मेहनत और कार्यकुशलता से अपनी पहचान बनानी शुरू कर दी थी और वहाँ के समाज में अब यह सम्मान की स्थिति में पहुँचने लगे थे। इधर 90 का दशक शुरू होते-होते भारत में भी कम्प्यूटर क्रान्ति, टेलीकॉम क्रान्ति शुरू हो चुकी थी, देश की अर्थव्यवस्था खुल चुकी थी और भारत ने एक देश के रूप में वैश्विक अर्थव्यवस्था में अपनी मौजूदगी दर्ज करानी शुरू कर दी थी। आज अपने देश में NRI लोगों की जो इज़्ज़त है और सम्मान का स्थान है उसके पीछे हमारे भारत के उन पुरखों की तक़लीफ़ें, त्याग और मेहनत छुपा है और नई पीढ़ियों की मेहनत और कार्यकुशलता तो है ही। मैं यह सोच रहा था कि वर्तमान की सफलता के पीछे हमारी पुरानी पीढ़ियों के कष्ट, त्याग और मेहनत का बहुत बड़ा रोल होता है और चाहे परिवार हो, समाज हो या देश किसी को भी कभी भी यह बात भूलनी नहीं चाहिए। जो लोग, समाज या देश यह बात भूल जाते हैं और पुरानी पीढ़ियों के त्याग और मेहनत को सम्मान नहीं देते उनसे बड़ा कृतघ्न शायद ही कोई हो।

सरदार जी से काफ़ी देर बात होती रही जिसमें उन्होंने मुझसे कहा कि मेरे प्रोडक्ट्स और मेरा जज़्बा दोनों अच्छे हैं लेकिन यूरोप के मार्केट में काम शुरू होने में थोड़ा समय लगता है। सरदार जी ने यूरोप में काम कैसे करना चाहिए इस पर भी कुछ जानकारी दी और काम की तो वह पहले ही बता चुके थे कि वह नहीं दे पाएँगे किन्तु उनके पास से चलने तक हमारे बीच एक आत्मीयता पनप चुकी थी।

सरदार जी से विदा लेकर मैं बाहर निकला तो अब मेरे पास अगला पता एक व्यापारी का था जो सिल्क के स्कार्फ़ खरीदते थे।

जर्मनी एक अति-विकसित देश है और हस्तशिल्प के व्यापार करनेवालों के लिये यह एक बहुत बड़ा व्यापारिक हब जैसा भी है। सन 2021 में जर्मनी की जनसंख्या 8 करोड़ 32 लाख थी। जनसंख्या के लिहाज़ से भी जर्मनी एक बड़ा देश है। जनसंख्या के लिहाज से यूरोप में रूस और तुर्की के बाद जर्मनी का ही नम्बर है। सन 2020 में जर्मनी में भारतीय मूल के लोगों की जनसंख्या लगभग 1 लाख 77 हज़ार बताई गई थी जिनमें तमिल और बंगाली लोग अधिक हैं। जर्मनी में भारतीय मूल के प्रसिद्ध लोगों में हम प्रसिद्ध फुटबॉल मैनेजर रोबिन दत्त, राजनीतिज्ञ गुञ्जाला रविन्द्र रेड्डी जो ब्रैंडनबर्ग से विधायक बने आदि का नाम लिया जा सकता है।

जर्मनी-5

फ्रैंकफर्ट-3 और हाइडलबर्ग कैसल

Sindbad Travels-36

Germany-5

Frankfurt-3 and Heidelberg Castle

Frankfurt Coordinates

50.1109° N, 8.6821° E

सरदार जी के से निकल कर अब अगला पड़ाव था एक स्कार्फ व्यापारी का जिसका पता मैंने फ्रैंकफर्ट के चैंबर और कॉमर्स से लिया था और उनसे अपॉइंटमेंट भी फोन से फिक्स कर लिया था।मैं आने साथ कई किस्म के उत्पादों के सैंपल लेकर आया था और उन्हीं में से फर्रुखाबाद के सिल्क के स्कार्फ भी थे । यहां यह बताना चाहूंगा कि एक समय में फर्रुखाबाद में सिल्क का बहुत बड़ा काम होता था। हमारी माँ फर्रुखाबाद से सिल्क के रजाई के कवर बेडशीट मंगाया करती थी। पापा के दोस्त डॉक्टर मित्तल साहब थे जो पहले फिरोजाबाद पोस्टेड थे बाद में उनका ट्रांसफर फर्रुखाबाद हो गया था उनसे हम लोगों के पारिवारिक संबंध थे और फर्रुखाबाद का सेल का बहुत सामान उनके संपर्क द्वारा मम्मी पापा मंगवाया करते थे। यह देखकर अफसोस भी होता है कि किसी शहर से एक प्रोडक्ट का इतना बड़ा जुड़ाव हो और कैसे समय के साथ उस प्रोडक्ट का नामोनिशान ही उस शहर से लगता है कि समाप्त हो गया हो अब बिल्कुल ऐसा ही किस्सा सिल्क के प्रोडक्ट और फर्रुखाबाद के साथ है।

खैर मैंने टैक्सी वाले को उस व्यापारी का पता बताया वह मुझको बहुत ताज्जुब हो रहा था कि कैसे रेडियो टैक्सी पर वो लोग रेडियो से पूछते हुए वह बताए हुए पते के स्थान पर बिल्कुल उनके गेट के सामने गाड़ी खड़ी करके हम लोगों को पहुंचा देते हैं। यह तकनीक थी जो अभी हमारे देश में हिन्दुस्तान में उपलब्ध नहीं थी और इस कारण ताज्जुब होना लाजमी होता था। मैं व्यापारी के पास गया उनको सारा सैंपल खोलकर दिखाएं सिल्क के स्कार्फ की एक बहुत बड़ी रेंज मेरे साथ थी और उन्होंने बड़ी तसल्ली से सारे प्रोडक्ट देखें लेकिन या तो उनको लेना नहीं था या हमारी दामों में बात नहीं बनी नतीजा यह हुआ कि व्यापार उनसे नहीं बन पाया और मैं चल पड़ा वापस फ्रैंकफर्ट स्टेशन की तरफ जहां से मुझे हाइडिल वर्ग पहुंचना था। हाइडल वर्ग पहुंचते-पहुंचते रात हो चुकी थी वहां पर भोजन करके बातचीत करते हुए न जाने कब निद्रा देवी के आगोश में समा गया।

अगली सुबह विकास वाफ़ना जी और उनके साथी से हमारी बातचीत हुई व हम लोगों ने तय किया कि हम लोग हाइडलबर्ग कैसल देखने जाएंगे।

हाइडल बर्ग जर्मनी की सबसे खूबसूरत जगहों में से एक है, द्वितीय विश्व युद्ध में जब पूरा जर्मनी तबाही का सामना कर रहा था उस समय हाइडल वर्ग उन स्थानों में से था जो बमबारी से बचा रहा। हाइडलबर्ग के विषय में वहाँ रहने वालों से पूछिए तो वो इस बात की बहुत जोर देकर चर्चा करते हैं।उन लोगों के लिए इस बात का बहुत अधिक महत्व है क्योंकि दूसरे विश्वयुद्ध में जर्मनी ने बहुत नुकसान उठाया था और वो होना भी था क्योंकि इस विश्वयुद्ध के तात्कालिक कारकों में भी तो इसी देश का तत्कालीन नेतृत्व था।

हाइडलबर्ग में जर्मनी की सबसे प्राचीन यूनिवर्सिटी है जो सन 1386 ईस्वी में स्थापित हुई थी। इस शहर का अपना एक बहुत मूल्यवान इतिहास रहा है और एकेडमिक सिटी के रूप में कैंब्रिज और ऑक्सफोर्ड से इसकी तुलना की जाती है। हाइडिल वर्ग को जर्मनी की अनऑफिशियल इंटेलेक्चुअल कैपिटल भी कहा जाता है। न जाने कितने विद्वान अकादमीशियन्स, कवि, लेखक आदि हाइडिल वर्ग में आते रहे हैं।ज्यां पॉल सार्त्र, गेटे आदि ने भी हाइडलबर्ग में समय गुजारा था।यह खूबसूरत शहर नेकर नदी की घाटी में स्थित है, ये नदी पूर्व से पश्चिम को बहती है अर्थात यहाँ का ढाल पूर्व से पश्चिम की ओर है।हाइडलबर्ग ही वो शहर है जहाँ 1907 में लगभग 6 लाख से 2 लाख वर्ष पूर्व का मानव का जबड़ा मिला था जो यूरोप में मानव जीवन का सबसे प्राचीन सबूत माना जाता है।इसके लिए "हाइडलबर्ग मैन" टर्म का प्रयोग किया गया है।हाइडलबर्ग में ही 1421 ईस्वी में स्थापित हाइडलबर्ग लाइब्रेरी है जो वर्तमान में जर्मनी की सबसे पुरानी लाइब्रेरी है।जब मुझको इस लाइब्रेरी की जानकारी मिली तो मुझको तक्षशिला और नालन्दा के वो विशाल पुस्तकालय याद आ गए जिनमें उपलब्ध ज्ञान के अथाह भंडार को निर्मम और अज्ञानी दरिन्दे आक्रमणकारियों ने जला दिया था और जो कई दिन जलते रहे थे।विश्व के प्राचीनतम पुस्तकालयों को जला देने से न सिर्फ भारतवर्ष की प्राचीन ज्ञान और साहित्य की परंपरा का नुकसान हुआ अपितु यह विश्व के लिए भी एक बहुत बड़ा नुकसान था जिसकी भरपाई कैसे भी सम्भव थी ही नहीं।मुझको लगा कि इनकी कुछ शताब्दी पुरानी "प्राचीनतम लाइब्रेरी" के अस्तित्व में आने से कई शताब्दी पूर्व हमारे पुस्तकालय तो आततायिओं की जाहिलियत की भेंट चढ़ चुके थे।

हाइडलबर्ग की एक और खास बात यहाँ की शॉपिंग स्ट्रीट Hauptstrasse है।यह लगभग पौने दो किलोमीटर लंबी स्ट्रीट है और यह यूरोप की सबसे पुरानी, सबसे लंबी और शायद सबसे पसंदीदा शॉपिंग स्ट्रीट्स में से है।इस पर घूमने पर आपको शानदार बुक स्टोर, कपड़ों की दुकानें, फूलों की दुकानें और चॉकलेट

की मन लुभाने वाली दुकानें देखने को मिलेंगी।इस पर घूमने का आनन्द ही कुछ और था, खेलते हुए बच्चे, घूमते हुए युगल जोड़े, कुछ किनारों पर फुटपाथ पर भी सामान बेचते लोग सब मिलाकर एक अलग सा माहौल था।हाँलाँकि यहाँ मैं जिक्र करना चाहूँगा हमारे लखनऊ के हज़रत गंज का।जब हम लोग लखनऊ में पढ़ते थे तो हज़रत गंज में घूमने के लिए एक शब्द " गंजिंग" भी प्रचलित था और जिसने लखनऊ में गंजिंग नहीं की उसने वहाँ क्या किया।हाइडलबर्ग की इस हॉप्ट्सट्रासे और लखनऊ के हज़रत की तुलना नहीं की जा सकती क्योंकि हज़रत गंज की भीड़ और रौनक अलग है किन्तु यूरोप और खास तौर से जर्मनी में हाइडलबर्ग की इस स्ट्रीट की बात अलग है।दर असल कुछ ऐसे आइकोनिक बाज़ार होते ही हैं जैसे इलाहाबाद का सिविल लाइंस, आगरा का सदर बाजार, जयपुर का चांदपोल और जौहरी बाजार, कोलकाता का बड़ा बाजार, मुम्बई का जवेरी बाज़ार, दिल्ली का कनॉट प्लेस, दुबई का गोल्ड सूक, काहिरा का खान अल खलीली बाज़ार, पेरिस का Champs de Elysees और लंदन की ऑक्सफोर्ड स्ट्रीट आदि जो लोगों के मन में घर कर जाते हैं।

हाइडलबर्ग शहर से हाइडलबर्ग कैसल 15-20 मिनट में बस से पहुँचा जा सकता है इसके अलावा ट्रेन, ट्राम, टैक्सी के साधन हैं और पैदल भी टहलते हुए जाया जा सकता है।

हम लोग टैक्सी करके कैसल पहुँचे और वहाँ पहुँच कर पहले तो लगा जैसे पहाड़ी के किनारे मसूरी में खड़े हो गए हों लेकिन जब कैसल पर निगाह डाली तो ख्याल आया कि ये हाइडलबर्ग जर्मनी है।यह किला, महल या कैसल जो भी कहिए काफी बड़े इलाके में पहाड़ी पर ऊंचाई पर बना हुआ है।यह कैसल पत्थर से बना हुआ है।वैसे तो इसका बनना सन 1214 में आरम्भ हुआ बताते हैं किन्तु प्रिंस Elector Ruprecht 3rd (1398-1410) ने इसकी पहली इमारत इसके अंदर के अहाते में रिहायशी परिसर के रूप में बनवाई थी।यहाँ यह भी उल्लेखनीय है कि यह कैसल और इसके बगीचे कई बार बने और कई बार उजाड़े गए।इस कैसल को आकाशीय बिजली गिरने से भी नुकसान पहुँचा है।यह किला कोनिंगस्थल हिल के उत्तरी भाग पर लगभग 80 मीटर की ऊंचाई पर बना है।

इस पहाड़ी पर ऊपर चढ़ कर जब कैसल के हिस्से में पहुँचते हैं तो बड़ा ही मनमोहक दृश्य दिखता है।एक तरफ पहाड़ी की घाटी सी दिखती है तो ऊपर जहाँ खड़े हैं वो बहुत अच्छा हरा भरा अहाता से है जिसके एक तरफ कैसल की ऊंची सी इमारत और दीवार दिखती है।यह किला गौथिक और रैनिसां यानी पुनर्जागरण काल की वास्तुकला से बना है।यह कैसल अनेकों युद्धों, राजनैतिक उतार-चढ़ावों का साक्षी तो रहा है है साथ ही जर्मनी के इतिहास में भी समय-समय पर इसकी और इसके मालिकों की बड़ी भूमिका रही है।

इस कैसल में बड़ा अहाता, इसके किसी समय के आलीशान बगीचे, टावर और पुरानी किले जैसी इमारतें सब मिल कर इसके ऐतिहासिक महत्व के साथ ही साथ इसकी ख़ूबसूरती को भी बयान करते हैं।एक तरफ निगाह डालने पर इसके एक पुराने किले की ऊंची टूटी हुई दीवार में खाली दरवाजे और झरोखे अहसास कराते हैं कि शायद ये जर्मनी और हाइडलबर्ग का हवामहल था।

इस कैसल का जिक्र बहुत से प्रसिद्ध लोगों ने किया है।1838 में प्रसिद्ध फ्रेंच लेखक विक्टर ह्यूगो ने इस कैसल की ख़ूबसूरती का बहुत अच्छा वर्णन किया है।1880 में अमेरिका के प्रसिद्ध लेखक मार्क ट्वेन ने भी अपनी ट्रैवल बुक A Tramp Abroad में हाइडलबर्ग कैसल का जिक्र किया है।अनेकों प्रसिद्ध हॉलीवुड मूवी में इस स्थान की शूटिंग की गई है।विकास बाफना ने मुझको बताया कि जेम्स बॉन्ड की प्रसिद्ध फ़िल्म A Spy Who Loved Me में भी इस कैसल की शूटिंग की गयी है।

हम तीनों लोगों ने उस मनोरम इलाके का खूब आनन्द उठाया, उस कैसल और उस इलाके के इतिहास, भूगोल, सुंदरता, सामरिक महत्व आदि की चर्चा की।वहीं पर आइसक्रीम मिल रही थी और हम तीनों का मन हुआ कि आइसक्रीम खाएं तो हम लोग आइसक्रीम वाले के पास पहुँचे और मैंने आइसक्रीम वाले से तीन आइसक्रीम देने को कहा कि तभी विकास ने कहा कि तीन नहीं पाँच आइसक्रीम लीजिए।मैंने विकास की तरफ प्रश्नवाचक मुद्रा में देखा तो उसने पास ही खड़े दो लोगों के लिए कहा कि इनके लिए भी।उन दोनों को मैं पहचान नहीं पा रहा था, दोनों लोग बढ़िया जींस और टी शर्ट पहने हुए स्मार्ट से नौजवान लग रहे थे जिनमें से एक का सर घुटा हुआ अर्थात गंजा था।विकास ने कहा अरे इनको पहचाना नहीं आपने तो मैं क्या कहता क्योंकि मैं वाकई उनको पहचान नहीं पा रहा था फि वो और पास आकर हँसे और उनको पहचान गया था।वो घुटे सर वाले शिखा धारी हाइडलबर्ग के इस्कॉन मंदिर वाले ओडिशा वाले पुजारी जी थे शायद।मैंने विकास की तरफ देखा तो उसने पुष्टि की कि हाँ ये वही थे।मंदिर में वो सिर्फ धोती पहने, चंदन त्रिपुंड लगाए रहते थे और यहाँ बिल्कुल आधुनिक पहनावे में अपने साथी के साथ थे तो पहचानने में समस्या आना स्वाभाविक ही था।फिर तो हम सब ही हँस पड़े और फिर वापिस चल दिये हाइडलबर्ग शहर की ओर।

हाइडलबर्ग पहुँच कर मैंने वहाँ की कुछ दुकानों पर चक्कर लगाए स्कार्फ, पत्थर, झाड़-फानूस सभी से सम्बंधित दुकानों पर गया किन्तु बात नहीं बनी और इसकी जो मुख्य समस्या सामने मालूम पड़ रही थी वो ये थी कि ये सब दुकानदार थोड़ा-थोड़ा सामान खरीदकर बेचते रहते थे जो इनका काम इम्पोर्टर या होलसेलर से माल लेकर बन जाता था जबकि सीधे इम्पोर्ट करने में इनको

ज्यादा माल लेना पड़ता और जिसकी वजह से ज्यादा इन्वेंट्री रखने में झंझट और लागत दोनों ज्यादा होते।

रात को खाने में एक बहुत मजेदार वाकया हुआ।हुआ कुछ यूँ कि रात को जब हम सभी लोग साथ-साथ खाने बैठे तो मथुरा, ब्रज और मेरे वहाँ के कनेक्शन की चर्चा शुरू हो गयी।इसी बीच हम खाना परोसा चुके थे और मैंने खाना खाते हुए अपने हाथ में चावल का एक कौर उठाया।चावल मुँह तक नहीं पहुँचा तब तक वहीं के एक यूरोपीय इस्कॉन शिष्य ने मुझसे कहा कि अरे आज आप चावल कैसे खा रहे हैं?आज तो एकादशी है, आप तो मथुरा से हैं तो एकादशी के दिन तो वैष्णव लोगों में चावल खाने का निषेध है फिर आप कैसे खा रहे हैं...???

अब तो मेरे सामने बहुत बड़ा धर्म संकट उत्पन्न हो गया।इधर हाथ में चावल का कौर और उधर एकादशी...

मेरे पास अब भगवान श्री कृष्ण का ही सहारा था, मैंने उनको याद किया और उत्तर हाजिर था।मैंने उन लोगों को यह जवाब दिया कि भाई ये नियम सन्यासियों का है, हम लोग गृहस्थ हैं और हम पर यह नियम लागू नहीं होता, यह कहते हुए मैंने वो चावल मुस्कुराते हुए अपने उदरस्थ किया।

अगले दिन हम लोगों का डुसेलडॉर्फ का कार्यक्रम था जहाँ विकास के कोई परिचित रहते थे।

जर्मनी-6

डसेलडर्फ़

Germany-6

Dusseldorf

Dusseldorf Coordinates

51° 14' N

6° 47' E

अगले दिन सुबह उठकर हम लोग डसेलडर्फ़ के लिये चल दिये जिसके लिये हम पहले ट्रेन लेकर फ्रैंकफ़र्ट गए और फिर वहाँ से डसेलडर्फ़ को जाना था। फ्रैंकफ़र्ट के हौफ़्टबानहॉफ़ से हमने डसेलडर्फ़ के लिए ICE train ली। यह 1991 की बात है तब हमारे भारत में रेल और रेल सेवा बहुत अच्छी नहीं थी। वैसे भी जर्मनी की ICE Trains तो लाजवाब हैं। ग़ज़ब की साफ़-सफ़ाई,

बिलकुल समय से चलना, ग़ज़ब की स्पीड और शानदार डिब्बे; यानी कुल मिलाकर एक अद्‌भुत, आनन्ददायक, आरामदेह सफ़र की गारंटी।

फ्रैंकफ़र्ट से डसेलडर्फ़ का सफ़र लगभग डेढ़ से पौने दो घंटे का, 180 किमी के लगभग का था और डसेलडर्फ़ के लिये फ्रैंकफ़र्ट से उत्तर-पश्चिम की यात्रा करनी होती है। यह रास्ता बहुत ही शानदार है। ट्रेन लगभग पूरे रास्ते राइन (Rhine) नदी के सहारे-सहारे चलती है। एक तरफ़ मनोरम हरियाली, कहीं-कहीं पहाड़ के मनभावन दृश्य, नदी में चलते क्रूज़वाले जहाज़ जिन पर जर्मनी का झंडा फहराता दिखता था और ऐसा लग रहा था कि ट्रेन भले ही नदी के किनारे थी पर जैसे तैरती सी ही चल रही थी। हमारे देश में भी रेल के बहुत से शानदार रास्ते/ट्रैक हैं पर फ्रैंकफ़र्ट से डसेलडर्फ़ का यह रास्ते वास्तव में मेरे देखे/चले ट्रेन के सर्वश्रेष्ठ रास्तों में से एक था। इसकी टक्कर का ही एक और रास्ता था म्यूनिख से वेनिस का पर उसकी चर्चा आगे करूँगा।

जल्द ही हम लोग डसेलडर्फ़ पहुँच गए वहाँ स्टेशन पर ही विकास के दोस्त जो पंजाब से थे वह अपनी कार से हमको लेने आ गए थे। इनका नाम सूद साहब था। यह लगभग 5 फ़ीट 4-5 इंच के गोरे, गठे शरीरवाले हँसमुख स्वभाव के व्यक्ति थे। उन्होंने मुसकुराते हुए हम सबका स्वागत किया और फिर मार्केट में अपनी दुकान पर आ गए। सूद साहब का कपड़ों का काम था। सूद साहब ने हमको बर्गर आदि खाने में खिलाया और भरपेट खाकर हम लोगों ने उनके साथ डसेलडर्फ़ का चक्कर लगाया।

डसेलडर्फ़ एक सुन्दर शहर है जिसको राइन नदी दो भागों में बाँटती है। शहर का पुराना हिस्सा जो Altstadt कहलाता है यह नदी के पूर्वी ओर अवस्थित है जबकि आधुनिक हिस्सा पश्चिमी तट की तरफ़ है। डसेलडर्फ़ जर्मनी की फ़ैशन कैपिटल कहलाती है। यह शहर फ़ैशन इंडस्ट्री, आर्ट और म्यूज़िक के लिये प्रसिद्ध है। यह शहर जर्मनी के North Rhine Westphalia की राजधानी है। Altstadt अपनी शानदार बीयर Altbier और अपनी नाइट लाइफ़ के लिये भी बहुत प्रसिद्ध है। डसेलडर्फ़ की चौड़ी सड़कें, किनारे पर करीने से कटे-छँटे ख़ूबसूरत पेड़, फ़व्वारे, बड़े शानदार चर्च, फार्मर्स मार्केट,Kaiser कैसर प्लात्ज यह सभी बहुत ही सुन्दर नज़ारे थे। यूरोप के अधिकांश शहरों में और ख़ासतौर से जर्मनी में कई स्थान ऐसे दिखते हैं जो सुन्दर तो बहुत हैं किन्तु वहाँ का सन्नाटा और नीरवता आपको उदास सा करने लगती है और डसेलडर्फ़ में भी कुछ जगहों पर मुझको यह उदास ख़ूबसूरती फैली मिली।

सूद साहब ने बताया कि उनका कपड़ों, फ़ैशन के वस्त्रों आदि का व्यापार है और उन्होंने वहीं की एक जर्मन युवती से शादी की हुई है। उन्होंने मुझको बताया कि मुझसे रिटेलर्स सामान नहीं लेंगे और मुझको इम्पोर्टर्स और होल सेलर्स को खोजना चाहिए। उस समय तक मुझको व्यापार मेले/ट्रेड फ़ेयर्स के विषय में कोई जानकारी नहीं थी; न कोई बतानेवाला था और न ऐसा कोई ट्रेड फ़ेयर उस समय हमारे देश में लगता ही था। इतने समय में मेरी समझ में भी यह बात आ गई थी कि यूरोप में काम करने हेतु मुझको अभी और तैयारी करनी होगी तभी यहाँ का व्यापार सम्भव हो सकेगा और इसलिये अब आगे इस यात्रा के बचे हुए दिन मैंने एक सैलानी की भाँति बिताने का विचार कर लिया था और वैसे अरब देशों से मिले ऑर्डरों के कारण मेरा एक्सपोर्ट का व्यापार शुरू होना तो सुनिश्चित हो ही चुका था, यात्रा का उद्‌देश्य तो सफल हो ही चुका था।

सूद साहब से बातचीत में मालूम पड़ा कि उनका रहना, खाना और सोना अपनी दुकान में ही होता था हालाँकि अपनी जर्मन पत्नी के पास भी किसी-किसी दिन वह रह लेते थे और अपने जीवन से वह सन्तुष्ट और सुखी थे। मुझको ऐसा लगा कि इन विकसित देशों में विकासशील देशों के बहुत से नौजवान वहीं की लोकल लड़कियों से इसलिये भी शादी कर लेते थे जिससे उनको वहाँ रहने/बसने की सुविधा और अधिकार प्राप्त हो जाए।

डसेलडर्फ़ मुझको एक अच्छा शहर लगा लेकिन सच्ची बात यह थी कि शहर से ज़्यादा मेरा दिल फ्रैंकफ़र्ट से डसेलडर्फ़ जानेवाले रास्ते पर फ़िदा था। यह एक ऐसा मनोरम रास्ता था जिस पर चलने से शायद ही किसी का मन कभी भरे।

हम लोग डसेलडर्फ़ से फ्रैंकफ़र्ट को वापस चल पड़े थे। ICE ट्रेन के फ़र्स्ट क्लास के डिब्बे में बैठकर और बाहर का मनोरम दृश्य एक अजीब ही समाँ बना रहे थे। मैं रास्ते में सोच रहा था कि कब वह दिन आएगा जब हमारे देश में भी इसी क़िस्म की शानदार रेलगाड़ियाँ और रेल सेवा होगी, ऐसे सुन्दर शहर होंगे। मेरा मन सूद साहब की कहानी से कुछ अन्यमनस्क सा भी था क्योंकि मैं सोच रहा था कि भला ऐसे हमारे देश में कब तक चलेगा कि हमारे देश के नौजवान अच्छे जीवन स्तर की चाह में विदेश जाकर दुकान में सोने का जीवन जीने को मजबूर नहीं होंगे। मनुष्य की नेचुरल प्रवृत्ति है बेहतर की ओर उन्मुख होना किन्तु कई बार यह तय करना ही मुश्किल हो जाता है कि दरअसल बेहतर है क्या? वह जो प्राप्त किया या वह जिसको यह प्राप्त करने को छोड़ना पड़ा या जिससे

समझौता करना पड़ा? लेकिन शायद मानव के लिये यह सदा सर्वदा से शाश्वत प्रश्न समक्ष खड़े रहे हैं और प्रत्येक व्यक्ति अपनी सोच, समझ और परिस्थिति के अनुरूप ही इनका उत्तर तलाश करता है।

डसेलडर्फ़ की यात्रा पूरी करके हम लोग फ्रैंकफ़र्ट से वापस हाइडलबर्ग आ गए थे। मैं विकास और उनके साथी आपस में यही चर्चा कर रहे थे कि हाइडलबर्ग हमारे हिन्दुस्तान के मापदंडों से एक बहुत छोटा शहर है किन्तु यहाँ कितना विकास है। किसी भौतिक सुविधा की कमी नहीं है। यूरोप के अधिकांश शहरों में जहाँ मैं गया बच्चों के खेलने को, लोगों के घूमने को पार्क दिखे, शहरों में न सिर्फ़ साफ़ सफ़ाई दिखी (कुछ अपवाद छोड़कर) बल्कि लोग इसके प्रति सचेत भी दिखे जो एक ऐसी चीज़ है जो हम सभी भारतीयों को सीखनी चाहिए।

मैं इस बात से भी बहुत चमत्कृत था कि जर्मनी एक ऐसा देश था जिसने द्वितीय विश्वयुद्ध के आख़िरी दिनों में बहुत बर्बादी को झेला था और कुछेक स्थान छोड़कर इस देश का चप्पा-चप्पा बर्बाद हो गया था किन्तु इन लोगों ने अपनी मेहनत के बलबूते पर अपने देश को न सिर्फ़ फिर से खड़ा कर लिया अपितु विश्व के अग्रणी विकसित देशों की गिनती में भी शामिल हो गया।

अगला दिन मेरा जर्मनी की इस यात्रा का आख़िरी दिन होना था और इसलिए इस आख़िरी दिन का उपयोग इतिहास का विद्यार्थी होने के नाते मैं बर्लिन यात्रा में करना चाहता था। हाल ही में पूर्वी और पश्चिमी जर्मनी का एकीकरण होकर चुका था और मेरा मन उस स्थान को देखने का था जहाँ कभी एक दीवार हुआ करती थी बर्लिन के बीचोंबीच जो इस देश को दो भागों में बाँटती थी।

जर्मनी-7

बर्लिन

Germany-7

Berlin

Berlin Coordinates 52° 31' 12" N

13° 24' 18" E

अगली सुबह मैं जल्दी तैयार होकर अपनी बर्लिन-यात्रा के लिये चल दिया था। हाइडलबर्ग से बर्लिन लगभग 630 किमी का रास्ता था और फ्रैंकफ़र्ट से ICE ट्रेन से केवल 3 घंटे 45 मिनट का रास्ता है। बहरहाल उस ज़माने यानी 1991

के अक्टूबर में जब मैं हाइडलबर्ग से बर्लिन को निकला तो पहली बात तो यह थी कि जिस ट्रेन से मैं बर्लिन को चला वह तो अच्छी थी किन्तु बर्लिन शहर की ट्रेनें अन्य शहर की रेलों जितनी शानदार न होकर कुछ पुरानी क़िस्म की थीं। बर्लिन की यह दूरी मेरी ट्रेन लगभग 7 घंटे से कुछ कम में तय करनेवाली थी।

मैं इलाहाबाद विश्वविद्यालय में M. A. Modern History का छात्र रहा हूँ और B. A. में भी मेरे पास Med/Mod History विषय था। ट्रेन में बैठे हुए मुझको अपने गुरु श्री विनय चन्द्र पांडे जी और श्री सी0पी0झा साहब की याद आ रही थी। उन लोगों ने हम छात्रों को यूरोप का इतिहास ऐसे बताया और पढ़ाया था कि यूरोप के जिन देशों में भी मैं गया वहाँ की ज़मीन, शहर, इतिहास सबसे मुझको ऐसा महसूस होता रहा कि इनसे मेरा भी कुछ सम्बन्ध है, मैं भी थोड़ा-बहुत यहाँ के विषय में जानता हूँ, यहाँ से परिचित हूँ। मुझको याद आ रहा था वी सी पांडे सर का फ्रेंच रिवहल्यूशन पढ़ाना, सीपी झा साहब का eu de cologne शब्द का सही उच्चारण बताना। हम लोग यू डी कोलोन बोलते थे जबकि झा सर ने बताया कि सही शब्द ओ द कोलन है। सी पी झा साहब मेरे पापा के साथ सर गंगा नाथ झा छात्रावास में रहे/पढ़े भी थे और शादी-विवाहों में वह हमारे घर फ़िरोज़ाबाद आते भी थे। वी. सी. पांडे सर भी बहुत विद्वान व्यक्ति तो थे ही साथ ही हम सब छात्रों के साथ उनका व्यवहार बहुत ही सहज था। मुझको आज तक उनके घर जाना, उनकी पत्नी मालविका मैडम द्वारा हम लोगों को दी गई चाय पीना, उनकी छोटी सी बेटी सुपर्णा से बातें करना आज भी ऐसे याद है जैसे कल ही की बात हो।

ट्रेन अपने गन्तव्य बर्लिन की ओर बढ़ती जा रही थी, दोनों तरफ़ हरियाली, पेड़, सुन्दर मकान जो अधिकांशतः सफ़ेद थे और जिनकी छतें ढलवाँ भूरी या चॉकलेटी रंग की, बीच-बीच में एकाध घर चटक पीले रंग का भी दिख जाता था। यूरोप और ख़ासतौर पर जर्मनी में एक और चीज़ जो आपका ध्यान आकृष्ट करती है वह है दीवारों पर ग्राफ़िटी यानी विभिन्न क़िस्म के रंगों का इस्तेमाल ब्रश या स्प्रे से करते हुए दीवार पर कुछ लिखना या डिज़ाइन बनाना और वह भी काफ़ी बड़े रूप में। इन्हीं दृश्यों के बीच तेज़ रफ़्तार से हमारी ट्रेन चलती जा रही थी और मैं जर्मनी, बर्लिन, वहाँ का इतिहास यही सब बातों को सोच रहा था। जर्मनी के इतिहास की बहुत सी वे बातें भी मुझको याद आ रही थीं जो मैंने AJP Taylor की पुस्तक The Origins of the Second World War में पढ़ी थीं और इस विषय में उनकी सोच अन्य इतिहासकारों से थोड़ी भिन्न भी थी। जब मैं बर्लिन पहुँच रहा था तो मुझको जर्मनी के एकीकरण के सूत्रधार ऑटो वॉन बिस्मार्क के विषय में पढ़ा इतिहास भी बहुत याद आया। हमारे भारत के

एकीकरण में लौह पुरुष सरदार वल्लभ भाई पटेल की जो अविस्मरणीय भूमिका थी कुछ उसी क़िस्म का रोल जर्मनी के एकीकरण में एकीकृत जर्मनी के पहले चान्सलर बिस्मार्क का भी था।

जैसा हम सभी को पता है कि द्वितीय विश्वयुद्ध के बाद जर्मनी को दो भागों में बाँट दिया गया था; GDR या पूर्वी जर्मनी रूसी ख़ेमे का साथी था और यहाँ कम्युनिस्ट शासन था जबकि FRG या पश्चिमी जर्मनी अमेरिका, इंग्लैंड, फ्रांस आदि के ख़ेमे का था और यहाँ पश्चिमी पूँजीवादी और लोकतान्त्रिक शासन पद्धति अपनाई गई थी। पश्चिमी जर्मनी की राजधानी बॉन थी और पूर्वी जर्मनी की राजधानी बर्लिन बनी। इन दोनों देशों के निवासी एक दूसरे के देश में आ-जा नहीं सकते थे और इनमें कोई भी सम्पर्क न रह पाए इसके लिये 1961 में बर्लिन शहर के बीचोंबीच एक दीवार उठा दी गई जिस पर कई टावर, चेकपोस्ट आदि थे जिनसे एक अलग क़िस्म के भय की अनुभूति भी वहाँ के नागरिकों को होती थी। समय ने पलटा खाया और शीत युद्ध के ख़ात्मे के साथ ही परिस्थितियाँ बदलने लगीं। पोलैंड के लेकवालेचा के नेतृत्ववाले सोलिडेरिटी मूवमेंट, दिसम्बर, 1989 के अमेरिका-रूस के माल्टा शिखर वार्ता आदि ने बता दिया था कि युग बदल रहा है। अक्टूबर, 1989 में जर्मनी के रीयूनिफ़िकेशन की प्रक्रिया आरम्भ हुई और 9 नवम्बर, 1989 की ऐतिहासिक तारीख़ को जैसे-जैसे दिन ढलता जा रहा था बर्लिन की दीवार के दोनों तरफ़ के दो अलग-अलग भौगोलिक देशों के नागरिक अब अलग रहने को तैयार न होने की वज़ह से दीवार के दोनों ओर इकट्ठे होते जा रहे थे। कुछ देर में ही पूर्वी बर्लिन पुलिस-प्रशासन की ताक़त जनता की इच्छा के आगे लाचार हो गई और दोनों बर्लिन को अलग करनेवाली दीवार ने भूतकाल के इतिहास में अपनी जगह बना ली। यूरोप के इतिहास और जर्मनी के इतिहास का विद्यार्थी होने के नाते मेरी दिली इच्छा थी उस बर्लिन को और उस दीवार के अवशेषों को देखने की और यही ललक थी जिसका परिणाम था कि मैं 6 घंटे से ज़्यादा का सफ़र करते हुए बर्लिन को ट्रेन से जा रहा था उसी दिन शाम को लौटने के कार्यक्रम के साथ क्योंकि अगले दिन मेरी रोम-इटली की फ़्लाइट थी।

हमारी ट्रेन बर्लिन पहुँच चुकी थी और रेलवे स्टेशन से सबसे पहले जिस स्थान पर बर्लिन की दीवार थी उस क्षेत्र के एक स्थान के लिये मैंने मेट्रो ली और पहला फ़र्क़ देखने को मिला। यह मेट्रो अत्यन्त सादा थी, अभी दोनों जर्मनी को एक हुए बहुत समय नहीं हुआ था तो पूर्वी बर्लिन का फ़र्क़ पश्चिम के आगे बिलकुल स्पष्ट रूप से दिख रहा था। एक ही शहर में विकास के दो रूप थे। मैं

यह सोचने पर मजबूर था कि कम्युनिस्ट शासन सिस्टम में कमी थी या शासकों में? विचारधारा तो बहुत आदर्शवादी प्रतीत होती थी और हम भारतीयों को उस समय शायद रूस से अधिक घनिष्ठता की वज़ह से आकृष्ट भी करती थी किन्तु यहाँ आकर जो हक़ीक़त दिखी वह बहुत खोखली लगी। ऐसा लगा कि दोनों क्षेत्रों के विकास की कहानी बहुत भिन्न है।

बर्लिन 13वीं सदी का शहर है और जर्मनी का सबसे बड़ा शहर भी कहा जाता है; क्षेत्रफल और जनसंख्या दोनों ही के हिसाब से। अब यह यूरोपीय यूनियन का भी सबसे अधिक आबादीवाला शहर है। यहाँ की विशेषता यहाँ के ख़ूबसूरत जंगल, पार्क, बगीचे, नदियाँ, नहरें और झील हैं किन्तु इस शहर के कुछ हिस्से काफ़ी उदास से भी लगे।

बर्लिन का एक भव्य और समृद्ध इतिहास है। यह जर्मनी के एकीकरण के पहले 1870 तक प्रशा राज्य की राजधानी था। 1871 से 1918 तक यह जर्मन साम्राज्य की राजधानी रहा, 1919 से 1933 तक यह वाइमर रिपब्लिक की राजधानी था और 1933 से 1945 तक नाज़ी जर्मनी की राजधानी भी बर्लिन ही थी। 1920 के दशक में बर्लिन आबादी के लिहाज़ से विश्व का तीसरा सबसे बड़ा शहर था। बर्लिन 1990 के बाद जर्मनी के दुबारा एकीकरण के बाद पुनः जर्मनी की राजधानी बनाया गया। बर्लिन की पहचान अब हाई टेक कम्पनियों, विश्व प्रसिद्ध शिक्षण संस्थानों जैसे Humboldt University, Free University, Hertie School, University of Arts के लिये तो है ही साथ ही यह अपनी संस्कृति, राजनैतिक मीडिया, विज्ञान से जुड़ाव आदि के लिये भी प्रसिद्ध है। यहाँ तीन विश्वप्रसिद्ध हैरिटेज साइट्स भी हैं और यहाँ की Reichstag building तथा Brandenburg Gate भी बहुत प्रसिद्ध स्थल हैं। ब्रैंडनबर्ग गेट को देखकर यकायक मुझको न जाने कितने गेट याद आ गए; पेरिस का आर्क दे ट्रॉइम्फ, दिल्ली का इंडिया गेट, मुम्बई का गेट वे ऑफ़ इंडिया और फतेहपुर सीकरी का बुलन्द दरवाज़ा। यह सभी इमारतें शासकों ने या तो किसी याद में, युद्ध के शहीदों के सम्मान मानव या फिर युद्ध-विजय के स्मृति चिह्न के रूप में बनवाई हैं। दरअसल मानव स्वभाव है कि वह अपनी सफलता, कृतज्ञता या सम्मान सभी को दर्शाता है और उन स्मृतियों को अगली पीढ़ी के लिये किसी न किसी रूप में सुरक्षित रखना चाहता है।

बर्लिन में 1936 के ओलिम्पिक खेलों का भी आयोजन हुआ था जिसका प्रसिद्ध भारतीय हॉकी खिलाड़ी दादा ध्यानचन्द और हिटलरवाला क़िस्सा हम सबने सुना है। दादा ध्यानचन्द ने यहाँ भी नंगे पैर हॉकी खेलकर भारत को स्वर्ण

पदक की जीत दिलाई थी। इस खेल में भारत ने फ़ाइनल में जर्मनी को 8-1 से हराया था जिसमें ध्यानचन्द ने ख़ुद 6 गोल किए थे, नंगे पैर खेलते हुए और जर्मन गोलकीपर से टकराने से एक दाँत टूटने के बावज़ूद। यह भी एक याद थी जो बर्लिन घूमने के दौरान मेरे मन को प्रफुल्लित कर रही थी।

बर्लिन उत्तरी-पूर्वी जर्मनी में स्थित है। यहाँ की ज़मीन अधिकांशत: समतल है और ख़ूब हरियाली है। इस शहर की एक विशेषता मुझको नज़र आई कि यहाँ पर प्राचीन और आधुनिक समय ऐसा लगता है मानो साथ ही साथ चल रहे हैं। अनेक ऐतिहासिक इमारतें पूरे शहर के आधुनिक वास्तुकला की इमारतों के साथ ही खड़ी हैं और ऐसा आधुनिकता और प्राचीनकाल का संगम बहुत कम शहरों में एक साथ देखने को मिलता है। यहाँ ऐसा लगता है जैसे हम वर्तमान में घूमते हुए अचानक किसी पुराने युग में पहुँच जाते हैं। हमारी दिल्ली में भी अनेक प्राचीन इमारतें और स्मारक हैं किन्तु जहाँ नया शहर है वह इलाक़ा अधिकांशत: अलग-अलग ही है।

बर्लिन की मेट्रो से जब मैं उस स्थान पर पहुँचा जहाँ कभी बर्लिन की दीवार उस शहर को दो हिस्सों में बाँटा करती थी तो मेरा मन ख़ुश भी हुआ और निराश भी। निराश तो इसलिये कि वहाँ अब किसी दीवार का चिह्न नहीं था हाँ जब कई लोगों ने बताया और मैंने उस स्थान को अपने हाथों से कुछ दूरी तक टटोला तो लगा कि शायद यहाँ कभी दीवार रही होगी और किसी-किसी जगह कुछ धातु के टुकड़े महसूस हुए पर असलियत में वहाँ ऐसा कुछ जिसको दीवार या उसके अवशेष कहा जा सके वह नहीं दिखा। मेरा मन प्रसन्न इसलिये हुआ कि अब इस प्राचीन, ऐतिहासिक शहर के लोगों और सही कहूँ तो विश्व की दो विचारधाराओं को बाँटनेवाली किसी चीज़ का अब वहाँ कोई नाम-व-निशान नहीं था। बर्लिन देखने के बाद अब समय था हाइडलबर्ग वापस जाने का और अगले दिन यात्रा थी रोम-इटली की।

हाइडलबर्ग पहुँचकर मैंने शाम को ही वहाँ की मुख्य सड़क के आगे चलकर कुछ लोग सिल्क के स्कार्फ़ बेच रहे थे उनको अपने साथ लाये सैम्पल के सारे स्कार्फ़ भेंट कर दिये और मोतियों की दुकानवालों को सारे मोती क्योंकि जो सामान बिका नहीं था उसके सैम्पल वापस लादकर ले जाने का कोई लाभ नहीं था और मेरे पास विभिन्न देशों से ख़रीदे गए सामान, गिफ़्ट्स का भी काफ़ी वज़न हो चुका था।

इस सबके बाद रात को लौटकर जब मैं इस्कॉन हाइडलबर्ग पहुँचा तो काफ़ी थकान हो चुकी थी। अपनी इस यात्रा में जर्मनी के इस्कॉन गेस्ट के रूप में 7 दिन मैं यहाँ रुक लिया था और अगले दिन सुबह अपनी इस विदेश-यात्रा

के आख़िरी देश या आख़िरी लैग में जाना था। रात को लेटे हुए मैं सोच रहा था कि जल्द ही अब वापस घर पहुँचूँगा और सबके साथ मिलूँगा, यहाँ के क़िस्से सुनाऊँगा और अपने अनुभव शेयर करूँगा तथा साथ ही साथ एक एक्सपोर्टर के रूप में अपने इस कैरियर की शुरुआत भी करूँगा।

जर्मनी के लोग ख़ास तौर से उत्तर-पूर्व के हिस्से के बहुत लम्बे हैं। इनके बाल अधिकांशत: ब्लाँड और आँखें नीली दिखीं। यहाँ की महिलाएँ भी अमूमन लम्बी और हृष्ट-पुष्ट दिखीं। जर्मन पुरुष मुझको ज़्यादा बातूनी नहीं लगे लेकिन व्यापार में जर्मन अधिकतर बिलकुल स्पष्ट हाँ या ना वाले लगे। कुल मिलाकर जर्मन लोगों के बारे में मेरी धारणा बहुत सकारात्मक बनी।

अगली सुबह जल्दी उठकर तैयार हो गया और इस्कॉन, हाइडलबर्ग के सभी लोगों से और विकास बाफना तथा उनके साथवाले मित्र से विदा ली। एक सप्ताह के समय में उन सभी से अच्छा परिचय हो गया था और इसी कारण चलते समय हम सभी थोड़ा भावुक भी हो गए थे। सुन्दर, शान्त हाइडलबर्ग से ट्रेन पकड़कर मैं फ्रैंकफ़र्ट मेन हॉप्टबाह्नहॉफ पहुँचा और वहाँ से एयरपोर्ट की ट्रेन लेकर फ्रैंकफ़र्ट के शानदार हवाई अड्डे पर पहुँच गया। फ्रैंकफ़र्ट एयरपोर्ट पर ड्यूटी फ्री एरिया की दुकानों की रौनक़ के क्या ही कहने थे। एयरपोर्ट पर ही कार का डिस्प्ले हो रहा है-लाल रंग की विशाल कर खड़ी थी, Mont Blanc pen की दुकान थी, Philipshave की भी एक दुकान थी, कहने का मतलब यह है कि उस समय हमारे भारत के हवाईअड्डे इतने शानदार नहीं होते थे तो इन देशों के एयरपोर्ट्स की चकाचौंध प्रभावित करती थी और मन होता था कि कब हमारे देश के हवाई अड्डे भी इतने बड़े और सुन्दर होंगे।

थोड़े ही समय में चैक-इन, इमिग्रेशन और सिक्युरिटी चैक के बाद मैं फ्रैंकफ़र्ट से रोम-इटली के लिये अल-इटालिया एयरलाइंस की फ़्लाइट में बैठ कर अपनी आगे की यात्रा पर चल दिया था।

पहली यात्रा के बाद-1
जर्मनी-फ्रैंकफ़र्ट
Germany-Frankfurt

मैं पहले लिख ही चुका हूँ कि कैसे मैंने एक्सपोर्ट का व्यापार करने का सपना सँजोया और किस प्रकार से कई देश घूम-घूम कर यह व्यापार शुरू किया। अब आगे यह भी बताना चाहता हूँ कि इन सभी बातों को लिखने का उद्देश्य मात्र एक यात्रा वृतान्त लिखना नहीं है अपितु मैं यह बताना चाहता हूँ कि एक छोटे से

शहर का नौजवान कैसे एक सपना देखता है और उसको साकार करने के प्रयास करता है। एक बिलकुल नया व्यापार कैसे शुरू किया जाता है, उसकी समस्याएँ क्या होती हैं और उनसे कैसे पार पाई जाती है। कई बार आपके ज़रा से प्रयास रंग ले आते हैं और बहुत बार ऐसा भी होता है कि समस्या ज़मीन में गड़े कंक्रीट के पिलर की भाँति होती है जिसको पार करने और तोड़ने में आपकी बहुत शक्ति लगती है लेकिन सारी बातों का सार एक ही है कि हिम्मत करनेवालों की कभी हार नहीं होती है और जब हार होती भी है तो उद्यमी लोगों के लिये प्रत्येक हार के आगे भी एक जीत होती है। सच्चाई, ईमानदारी, मेहनत और सजगता से अपना काम करते चलिये आगे बढ़ने का इसके अलावा कोई और रास्ता नहीं है। जब समस्या ज़्यादा परेशान करे तो ध्यान रखिए समस्या को हराने के अलावा कोई और विकल्प नहीं होता है। अब आगे मैं अपने उन कुछ अनुभवों की चर्चा करना चाहूँगा जो तब के हैं जब काम कुछ चलने लगा था और उन यात्राओं के हैं जो 1991 की पहली यात्रा के बाद होती रहीं।

जैसा मैं पहले बता चुका हूँ कि 1994 से भारत में दिल्ली के प्रगति मैदान में एक्सपोर्ट प्रमोशन काउंसिल फ़ॉर हैंडीक्राफ़्ट्स द्वारा एक ट्रेड फ़ेयर का आयोजन शुरू कर दिया गया था जो बहुत सफल हुआ। आगे चलकर यह एक बहुत बड़े आयोजन में बदलनेवाला था जिसका स्थान अगली शताब्दी (सन 2000 के बादवाली शताब्दी) में ग्रेटर नोएडा के इंडिया एक्सपो मार्ट में होना था। इस फ़ेयर के आयोजन ने न जाने कितने लोगों की क़िस्मत तो चमकाई ही साथ ही भारत के हस्तशिल्प के व्यापार को अन्तराष्ट्रीय पटल पर एक नई ऊँचाई और पहचान भी दी। इस सबके लिये EPCH के एक्ज़ीक्यूटिव डायरेक्टर रहे श्री राकेश कुमार, उनके साथी श्री आर.के.वर्मा, एक्सपोर्ट प्रमोशन काउन्सिल के तत्कालीन नेता और एक्सपोर्टर श्री नवरत्न समदरिया और इन सभी की साथियों की टीम का जितना शुक्रिया अदा किया जाए वह कम ही होगा।

दिल्ली के फ़ेयर की सफलता से प्रेरित होकर और यह जानकर कि हस्तशिल्प का विश्व का सबसे बड़ा फ़ेयर फ्रैंकफ़र्ट जर्मनी में साल में दो बार आयोजित होता मेरा दिल भी फ्रैंकफ़र्ट जाकर उस फ़ेयर को देखने का होने लगा। अब तक हम लोग एक्सपोर्ट करने लगे थे और साथ ही साथ हमने मुरादाबाद के निर्यातकों को भी माल देना शुरू कर दिया था। अब हमने अगस्त, 1994 में फ्रैंकफ़र्ट, जर्मनी के फ़ेयर में जाने का इरादा बनाया और उसके लिये तैयारी शुरू कर दी। अब स्थिति ऐसी हो गई थी कि क्या चीज़ बिकती है इसकी भी हमको जानकारी होना शुरू हो ही गया था। फ्रैंकफ़र्ट फ़ेयर की इस यात्रा का कार्यक्रम कुछ ऐसा बना कि मैंने अपना फ़्लाइट रिज़र्वेशन लुफ्थान्सा एयरलाइन्स से कराया और छोटे भाई अभिनव का अगले दिन का के ऐल ऐम की फ़्लाइट

से एम्स्टर्डम-हॉलैंड होते हुए आने का कार्यक्रम बना। हम भाइयों ने ऐसा एक नियम बना रखा था कि हम लोग एक साथ एक ही फ़्लाइट से कभी साथ नहीं चलते थे चाहे हमारे गन्तव्य एक ही हों।

मैं दिल्ली से सीधे फ्रैंकफ़र्ट की फ़्लाइट पकड़कर पहुँच गया और फ्रैंकफ़र्ट मेरे लिये अनजान स्थान तो अब था ही नहीं। मुरादाबाद के राजकमल कम्पनी के मालिक श्री कमल अग्रवाल से मेरा परिचय था, वह फ्रैंकफ़र्ट में स्टैंड लगाते थे और उनके कहने पर मैंने भी वहाँ के ऐक्सल्सियर होटल में ठहरने का फ़ैसला किया। कमल भाईसाहब से मुझको फ्रैंकफ़र्ट में बहुत मदद मिली। कहाँ ठहरना है, कैसे आना-जाना है, फ़ेयर में थक जाने पर अपने स्टैंड में बैठाकर चाय-पानी पिलाना, अगर ज़रूरत हो तो अपने सैम्पल की अटैची उनके स्टैंड में एक तरफ़ रख देना, पान मसाला और मिठाई खिलाना यह सब वे बातें थीं जो उस समय हमारे जैसे नए व्यक्ति के लिये बहुत मायने रखती थीं और इसके लिये मैं उनका जितना शुक्रिया अदा करूँ वह कम होगा। उनका यह सद्भाव और मदद मुझको आजीवन याद रहेगी।

ऐक्सल्सियर होटल फ्रैंकफ़र्ट मेन हौफ्टबाह्नहॉफ के बिलकुल सामने था और आज के भारतीय होटलों के हिसाब से थ्री स्टार या उससे कुछ बेहतर था। इसके ठहरने में सुबह का ब्रेकफ़ास्ट शामिल था और रात के खाने के लिये थोड़ा आगे चलकर कैज़र स्ट्रासे के आगे से अन्दर जाकर एक भारतीय रेस्तरां था जहाँ 20 जर्मन मार्क (एक मार्क उस समय लगभग 20 भारतीय रुपये के आसपास की क़ीमत का होता था)की एक वेजिटेरियन थाली मिलती थी (थाली में हमारे यहाँ की थालियों की तरह ही ख़ाने बने हुए होते थे) जिसमें दाल, एक रसे की सब्ज़ी, सलाद, एक सूखी सब्ज़ी, 2 रोटी और मिठाई के रूप में एक गुलाब जामुन होता था। अगर बहुत डिटेल में न जाया जाए तो कमोबेश यह अच्छा खाना होता था। कमल भाईसाहब ने ही यह खाने की जगह बताई और यह भी बताया कि वहाँ समोसा भी मिलता था और वह समोसा स्वाद में भी अच्छा होता था। किसी ने मुझको यह भी बताया कि जर्मनी में उस समय पूर्वी यूरोप और तुर्की के बहुत लोग आ रहे थे और उनसे थोड़ा बचकर और सावधानी से रहना चाहिए।

अगले दिन मैं अपने छोटे भाई गुड्डू (अभिनव) को एयरपोर्ट लेने गया। गुड्डू दुबई तो हो आए थे लेकिन यूरोप की उनकी यह पहली यात्रा थी और जब वह वहाँ आए तो उनके चेहरे पर काफ़ी ख़ुशी थी और मुझको याद है कि उनकी सामान की ट्रॉली पकड़ते हुए मैंने हँसते हुए कहा था कि भाई यह मिडल ईस्ट नहीं यूरोप है।

जब हम लोग होटल पहुँचे और अपने कमरे में पहुँच गए तो देखा कि अभिनव का सारा सामान तो होटलवालों ने कमरे पहुँचा दिया था किन्तु हमारा

ब्रीफ़केस नहीं था। हमने नीचे रिसेप्शन पर जाकर पूछ-ताछ की तो उन सभी होटल कर्मचारियों ने इससे अपनी क़तई अनभिज्ञता ज़ाहिर की। अब तो हम लोग बहुत परेशान हो गए क्योंकि उस ब्रीफ़केस में पासपोर्ट, काग़ज़ात और सबसे महत्वपूर्ण विदेशी मुद्रा के ट्रैवलर्स चेक थे। यह बहुत बड़ी समस्या इसलिये भी थी कि उस जमाने में न तो इंटरनेट बैंकिंग थी, न क्रेडिट-डेबिट कार्ड थे और न वहाँ हमारा ऐसा कोई परिचित ही था जिससे हम पैसे माँग सकते। हमने बहुत दिमाग़ दौड़ाया तो हम पक्के थे कि ब्रीफ़केस न तो एयरपोर्ट पर छूटा और जितना ध्यान आ रहा था उससे लगता था कि हमारा ब्रीफ़केस टैक्सी में भी नहीं छूटा था। अब हमारे तो होश फ़ाख़्ता थे, हम क्या करते...। तो मैंने होटल के रिसेप्शन पर बहुत कहा-सुनी की, ऊधम मचाया और कहा कि मैं अभी पुलिस को बुलाता हूँ वही खोजेंगे हमारा ब्रीफ़केस। सभी रिसेप्शनवाले बिलकुल साफ़ मना कर ही रहे थे तो हम यह कहते हुए अपने कमरे की ओर चले कि हम अभी आकर फिर पुलिस के पास जाते हैं। हम लिफ़्ट की ओर जा रहे थे कि अचानक रिसेप्शन के एक आदमी ने कहा कि मैं लगेज रूम में देखता हूँ और तुरन्त ही वहाँ से वह वापस निकला तो उसके हाथ में हमारा ब्रीफ़केस था और उसने पूछा कि क्या यह आपका ब्रीफ़केस है जिसको आप खोज रहे थे? हमारी प्रसन्नता का पारावार नहीं था क्योंकि वह हमारा ही ब्रीफ़केस था। वह छोटे क़द का व्यक्ति तुर्की का था।

कमरे में जाकर हम लोग अगले दिन की तैयारी करने लगे। अगले दिन से फ्रैंकफ़र्ट फ़ेयर शुरू होना था जिसको देखने का हमको बेसब्री से इन्तज़ार था। हमने अपने सैम्पल दो भागों में बाँटे और तय किया कि चूँकि फ़ेयर बहुत ही बड़ा होता है तो हम साथ चलकर फ़ेयर ग्राउंड में अलग-अलग हो जाएँगे और शाम को फिर मिल जाएँगे।

अगले दिन सुबह हम फ़ेयर ग्राउंड पहुँचे तो हॉल नम्बर तीन में तो भारतीय लोगों के स्टैंड थे और बाक़ी फ़ेयर ग्राउंड इतना बड़ा था कि पूरा फ़ेयर पैदल घूमना सम्भव नहीं था और फ़ेयर ग्राउंड में अन्दर एक हॉल से दूसरे हॉल जाने के लिये बसों की भी व्यवस्था थी। उस समय हमारे भारत का प्रगति मैदानवाला फ़ेयर लगना शुरू ही हुआ था और केवल एक हॉल; हॉल नम्बर 18 में ही लगता था तो हमने तो कभी इतना बड़ा फ़ेयर न कभी देखा था और न कभी उसकी कल्पना भी की थी। इस फ़ेयर का आयोजन मैसे फ्रैंकफ़र्ट की ओर से किया जाता था और उस वक़्त इसमें लगभग 12-14 हॉल थे जिनमें कुछ हॉल बहुमंज़िला भी थे। मैंने सिविल सर्विसेज़ की तैयारी में संयुक्त राष्ट्र संघ के सदस्य देशों के नाम पढ़े और रटे थे-यहाँ इस फ़ेयर में उनमें से शायद सभी देश मौजूद थे। इस फ़ेयर का नज़ारा अजब ही था; अलग-अलग हॉल में विभिन्न देशों के हस्तशिल्प के प्रोडक्ट्स। बहुत से ऐसे जिनके विषय में न कभी पहले देखा था

और न सुना था। उदाहरण के लिये एक स्टॉल रेन स्टिक्स का था। यह बाँस या किसी चीज़ के बने ऐसे पाइप जैसे थे जिनको ऊपर-नीचे घुमाने पर बारिश के पानी जैसी आवाज़ होती है। यह स्टॉल सम्भवतः अफ्रीकन देश टोगो का था। बाद में इससे काफ़ी अलग किन्तु मूलतः बाँस का बना म्यूज़िकल इन्स्ट्रूमेंट मैंने छत्तीसगढ़ की राजधानी रायपुर से ख़रीदा था जो शायद बस्तर का बना हुआ था। कहने का आशय यह है कि यह फ़ेयर कुछ ऐसा लग रहा था कि हम लोग अपनी दुनिया से किसी दूसरी दुनिया में आ गए हैं। हमारा पहला दिन इस फ़ेयर के कुछ हिस्सों को देखने और समझने में निकल गया और रात को थक-हारकर हम अपने होटल वापस आ गए।

होटल में गुड्डू ने मुझको 500 डॉलर या उसके बराबर रुपये दिये (उस समय डॉलर की क़ीमत लगभग 35 रुपये के बराबर हुआ करती थी) और बताया कि मुरादाबाद की एक फ़र्म है जेमको जिसके मालिक इमरान साहब हैं उन्होंने गुड्डू को एक काँच के हैंगिंग लैम्प जिसको हम ख़रबूजा बोलते थे उसके हरे, नीले और सफ़ेद रंग के 2-2 हज़ार पीस का ऑर्डर लगभग 38-40 रुपये प्रति पीस में दिया है और उसका एडवांस यह दिया है। गुड्डू ने सैम्पल के पीस की फ़ोटो या पीस भी दिखाया और हमारी जानकारी के हिसाब से 5 इंच नीचे की बन्द घुंडीवाले ख़रबूजे के रूप में यह एक नई डिज़ाइन का प्रोडक्ट था। बाद में चलकर इमरान साहब से हमारी घनिष्ठता बहुत बढ़ गई और हमारा एक दूसरे के यहाँ आना-जाना भी काफ़ी रहा। इमरान साहब बहुत अच्छे और मज़ेदार व्यक्ति हैं।

अगले दिन हम लोग फिर मैसे ग्राउंड की ओर लोकल ट्राम से गए। फ़ेयर में घूमते हुए मुझको एक बहुत बड़ा स्टैंड दिखा जिस पर कम्पनी का नाम हाका ट्रेडिंग लिखा था और यह हॉलैंड की एक बड़ी कम्पनी हुआ करती थी। मैंने उस स्टैंड की एक विंडो में कुछ काँच के आइटम लगे देखे जिनमें एक प्रोडक्ट था जिसका नाम कैप-कोन था और अपनी फ़ैक्ट्री की कोडवाली भाषा में हम लोग उसको चिड़िया पुकारते थे। मैं उस स्टैंड में घुस गया और मैंने उनको अपना परिचय दिया कि मैं भारत से आया काँच का मैन्यूफैक्चरर और एक्सपोर्टर हूँ। यहाँ जिन्होंने स्टॉल लगाये हुए हैं वह लोग मैन्यूफैक्चरर न होकर ट्रेडर्स मात्र हैं जो हम जैसों से काँच का सामान लेकर बेचते हैं जबकि मैं यहाँ एकमात्र मैन्यूफैक्चरर- एक्सपोर्टर हूँ। मेरे पास उस फ़ेयर में कोई स्टैंड तो था नहीं तो अपनी अटैची में सैम्पल लादकर घूमकर माल बेचने के अलावा मेरे पास कोई और तरीक़ा नहीं था और उस समय फ्रैंकफ़र्ट फ़ेयर में स्थान मिलना नामुमकिन सा ही था। जैसा अपेक्षित था उस स्टैंडवाले व्यक्ति ने मुझको लगभग दुत्कारते हुए कहा कि No, we are not interested। मैं भी अपनी विधा में माहिर था और कहाँ माननेवाला था तो मैं उससे जबरन बेशर्मी से बात-चिरौरी करता रहा।

आख़िर में जब मुझको लगा कि इस पर तो कोई असर ही नहीं है तो मैंने कहा कि आप कह रहे हैं कि आप काँच में डील नहीं करते लेकिन आपके बूथ (स्टॉल/स्टैंड) पर तो काँच के बहुत आइटम लगे हैं तो उसने खीझते हुए कहा कि यह हम अपना स्टॉक क्लियर कर रहे हैं और अब आप जाइए। मरता क्या न करता और मैंने अपनी अटैची उठाई और चलते हुए उसके बूथ की खिड़की में रखे कैप कोन की तरफ़ इशारा करते हुए बोला कि मैं जा रहा हूँ फिर भी अगर आपको ऐसा कैप कोन चाहिए तो मैं आपको 50 सेंट प्रति पीस में दे सकता हूँ। यह मैंने एक दूर की कौड़ी फेंकी थी लेकिन मेरा तीर बिलकुल निशाने पर लगा और उसने मुझसे तुरन्त बैठने को कहा। दरअसल हम वह कैप कोन जितने का भारत में बेच रहे थे मैंने लगभग उतने ही दाम का उसको बता दिया था जो उसके लिये बहुत सस्ता होना ही था। इसके बाद उसने मेरे सैम्पल देखे और मुझसे बात करनी शुरू की। मेरे सैम्पलों से वह प्रभावित हुआ ही था क्योंकि तब भारत के बहुत कम एक्सपोर्टर फ्रैंकफ़र्ट फ़ेयर के स्टॉल से काँच बेचते थे और जो यह काम करते भी थे उनका भी मुख्य प्रोडक्ट मेटल होता था हाँ ग्लोब मैटल नामक एक फ़र्म अवश्य थी जो जिन्होंने सिर्फ़ काँच का एक स्टॉल लगाया था और उनकी जबर्दस्त सेल थी। बहरहाल बात करते हुए हाका ट्रेडिंगवाले ने मुझको अपना एलबम खोलकर उसके पन्ने पलटते हुए अचानक एक आइटम दिखाकर उसके बारे में पूछा। उस दिन भाग्य की देवी मुझ पर मेहरबान थीं और वह आइटम था वही 5 इंच का बन्द घुंडीवाला ख़रबूजा जिसका ऑर्डर एक दिन पहले ही इमरान साहब ने गुड्डू को दिया था। उसने मुझसे पूछा कि यह लैम्प सप्लाई कर सकते हो और मैंने तपाक से एक तीर फिर छोड़ा जो इतने अँधेरेवाला भी नहीं था। मैंने कहा कि भाई इसका तो ऑर्डर आप कल या परसों जेमकोवालों को प्लेस भी कर चुके हो और वह भी लगभग डेढ़ से दो डॉलर की क़ीमत पर। अब तो बारी उसकी थी चौंकने की, मेरा तुक्का तीर बनकर बिलकुल सही निशाने पर लगा था। वह भौचक्का मुझको देखते हुए एकदम से खड़ा हो गया और मुझसे बोला कि यह तुमको कैसे पता है? मैंने मुसकुराते हुए कहा कि मैंने आपको बताया तो कि यहाँ जो हैं वे सब ट्रेडर्स हैं और मुझसे या मेरे जैसों से माल लेकर यहाँ बेचते हैं। अब सीन बिलकुल बदल चुका था, मेरे लिये गरमागरम कॉफ़ी आ चुकी थी और अब वह दो लोग मुझसे बात कर रहे थे। उन्होंने कहा कि तुम यह आइटम हमको कितने में दे दोगे जिस पर मेरा जवाब था कि यह आइटम मैं आपको दूँगा ही नहीं। उन्होंने पूछा क्यों तो मेरा उत्तर था कि यह हम जेमकोवालों को बेच चुके हैं और हम बात के पक्के लोग हैं ब्रीच ऑफ़ ट्रस्ट नहीं करते हैं। मेरी इस बात पर वह बहुत ख़ुश हुए और जब मैं एक घंटे बाद उनके बूथ से निकला तो मेरे हाथ में बीस हज़ार डॉलर से ज़्यादा का एक 40 फ़ीट कंटेनर के माल का ऑर्डर था।

इसी ट्रिप में अगले दिन मालूम पड़ा कि मुरादाबाद के जेमकोवाले इमरान साहब के रिश्तेदार डॉक्टर वस्फ़ इलाही साहब के बेटे अब्दे इलाही साहब ने फ़ेयर ग्राउंड के सामने मैरियट होटल में अपने सामान का डिस्प्ले लगाया है। मैं और गुड्डू भी इस डिस्प्ले को देखने गए। उन्होंने ज़्यादातर प्रोडक्ट्स कॉपर यानी ताँबे के लगाए थे। उस जमाने में फ्रैंकफ़र्ट फ़ेयर में स्टैंड पाने का एक तरीक़ा यह भी था कि यदि आपको लम्बी वेट लिस्ट से बचना है तो कोई नया प्रोडक्ट लेकर आइए और कॉपर का लाभ यह हुआ कि अगले सीज़न में अब्दे इलाही साहब को फ्रैंकफ़र्ट में स्टैंड अलॉट हो गया था।

जब हम लोगों ने एक्सपोर्ट का काम शुरू किया तो फ़िरोज़ाबाद में इस लाइन के लिये सब कुछ नया-नया था चाहे वह क्रिसमस आइटमों पर चाँदी की पॉलिश का काम हो अथवा उनकी फ़िटिंग का। उस समय फ़िरोज़ाबाद में क्रिसमस ऑर्नामेंट्स की फ़िटिंग की न किसी को ज़रूरत थी और न किसी पर उपलब्ध ही थी। अब चूँकि हम लोगों को तो यह सब ख़ुद ही एक्सपोर्ट करना था तो हमने दूसरे शहर के किसी एक्सपोर्टर के यहाँ से क्रिसमस ऑर्नामेंट्स की एक कैप का जुगाड़ किया और फिर उसको लेकर हाथरस और अलीगढ़ गए जहाँ इन आइटमों यानी अंगूर, बॉल की कैप की सारे साइज़ की फ़िटिंग बनवाईं और साथ में बैल जार और खरबूजे की भी। जब इन फ़िटिंग्स की डाई बन रही थीं तो मैंने कारीगर से कहा कि भाई इन फ़िटिंग्स/रिंग/कैप पर जो नक़्क़ाशी की डिज़ाइन है वह हमारे में बिलकुल फ़र्क़ कर दो। इस प्रकार से जो हमारी फ़िटिंग थीं वह हमको अलग से मालूम पड़ जाती थीं। फ्रैंकफ़र्ट फ़ेयर में हमने कुछ लोगों के बूथ पर अपनी फ़ैक्ट्री के आइटम देखे जो अन्य एक्सपोर्टरों ने हमसे लेकर एक्सपोर्ट किए थे। अपनी फ़ीटिंग के अलग डिज़ाइन होने के कारण आगे चलकर हमको बायर्स को कन्विन्स करने में और उनसे ऑर्डर लेने में काफ़ी मदद मिली।

1995 के दौरान जब मैं फ्रैंकफ़र्ट फ़ेयर में गया तो मैंने वहाँ पर चीनी मिट्टी याने चाइना क्ले, प्लास्टिक और अन्य कई क़िस्म के मैटीरियल के सजावटवाले अंडे बिकते देखे। मुझको पता चला कि यूरोप आदि देशों में ईस्टर त्योहार के कारण अंडों जैसे ऑर्नामेंट्स की बहुत माँग रहती है। पूरे फ़ेयर में कहीं भी काँच के बने अंडे नहीं दिखे। अपनी 1991 की यात्रा के पहले की सैम्पलिंग में मैंने ओपल ग्लास की काँच की अंडे की शेप की लगभग 4 इंच की डिब्बी बनाई थी जो बिकी नहीं थी। इस बार भारत लौटकर मैंने विभिन्न साइज़ में क्रिसमस बॉल्स की भाँति अंडों के मोल्ड्स और फिर सैम्पल्स बनवाए जो बाद में ग्राहकों ने बहुत पसन्द किए। इन अंडों को हमसे हमारे उस समय के हॉलैंड के बड़े ग्राहक जे सी जे हाँस और जर्मनी के निक डायसन्स ने बहुत ख़रीदा।

पहली यात्रा के बाद-2
जर्मनी/इटली-फ्रैंकफर्ट, म्यूनिख,

वेनिस

Germany/Italy-Frankfurt, Munich, Venice

जैसा मैंने पहले बताया है कि हम लोग जब अगस्त 1994 में फ्रैंकफर्ट फेयर गए तो वहाँ हमने अब्दे इलाही जी को होटल में डिस्प्ले लगाते देखा था तो इस बार यानी कि 1995 की फरवरी के फेयर में हमने भी फ्रैंकफर्ट में अपना डिस्प्ले होटल ऐक्सल्सियर में लगाने की ठान ली थी। फेयर की शुरुआत शायद शनिवार से थी तो सारे सैम्पल तैयार करवा कर और DHL से होटल के पते पर अपने नाम पर ऐसे रवाना किया कि सामान बृहस्पतिवार को हमको फ्रैंकफर्ट में मिल जाये और मैं खुद बुधवार तक फ्रैंकफर्ट पहुँच गया और मेरे पीछे-पीछे अभिनव भी। इस विषय में हमारी तैयारी थी कि हमने अंग्रेज़ी में अपने डिस्प्ले के पैम्फलेट छपवाए थे, अपने विज़िटिंग कार्ड पर डिस्प्ले के डिटेल्स छपवाए थे और दो बैनर भी बनवा कर ले गए थे। फ्रैंकफर्ट में पूरा बृहस्पतिवार सामान के इंतज़ार में निकल गया और सामान नहीं आया और जब हमने फ्रैंकफर्ट वाले DHL के कार्यालय को फोन लगाया तो उन्होंने कहा कि कस्टम में समय लग रहा है कल डिलीवरी होगी। अगले दिन दोपहर तक जब डिलीवरी नहीं हुयी तो मैं खुद पहले DHL फ्रैंकफर्ट के और फिर उनके एयरपोर्ट वाले ऑफिस पहुँच गया। वहाँ पहुँच कर मालूम पड़ा कि माल दोपहर बाद कस्टम से क्लियर हुआ है और उनकी डिलीवरी वैन उसके पहले ही उस दिन का माल लेकर जा चुकी थी इसलिए अब डिलीवरी सोमवार को ही सम्भव थी। यह सुन कर मेरे हाथों के तो जैसे तोते उड़ गए और मैं अपना होश जैसे खो बैठा। मुझको लगा कि इतना पैसा और प्रयास तो व्यर्थ जाएगा ही साथ ही व्यापार की आगे की प्लानिंग भी गड़बड़ा जाएगी। मुझको बहुत गुस्सा भी आ रहा था तो मैं जोर से चिल्लाने लगा कि ये क्या तरीका है। मेरा तो फेयर ही निकल जायेगा। मेरे ऐसे चिल्लाने से वो सब वहाँ बहुत असहज हो गए और उनका सीनियर एक्ज़ीक्यूटिव मुझसे बोला कि आपकी समस्या तो ठीक है पर आप शोर क्यों मचा रहे हैं?और तब मुझको समझ आया कि वो भारत नहीं जर्मनी था और वहाँ कठोर से कठोर बात भी शालीन शब्दों और शांति से अपेक्षित थी। खैर, मैंने अपने आप को संभाला और उनसे खुशामद सी की और बताया कि ऐसे मेरा तो पूरा प्लान ही चौपट हुआ जा रहा है। उन्होंने कहा कि वो तो सब ठीक है पर हमारी तो डिलीवरी वैन जा चुकी है। मेरे बहुत समझाने के बाद उन्होंने कहा कि आप को हम ऐज स्पेशल केस

अलाउ कर सकते हैं अपना सामान खुद ले जाने को यदि आप स्वयं इसको अपने खर्चे पर ले जाएं। मेरे पास तो कोई और चारा था ही नहीं और वो लोग मदद को अब तैयार हो ही गए थे तो हमने तुरंत हामी भरी, फिर एक टैक्सी मंगवाई और सैम्पल के सारे डिब्बे खुद उठा कर टैक्सी तक ले गये और टैक्सी में रखे और फिर सारा सामान लेकर एयपोर्ट से होटल आये।

होटल में हमने रात को ही खुद ही डिस्प्ले लगाया अपने कमरे में। अगले दिन सुबह मैं फेयर ग्राउंड के बाहर फेयर शुरू होने के समय से लगभग 1 घंटा पहले पहुँच गया और एंट्री गेट पर खड़े होकर प्रत्येक जाने वाले को अपने होटल आकर डिस्प्ले देखने वाले आमंत्रण के पैम्फलेट बांटे और हाँ इसके पहले वहाँ अपने बैनर भी खुद ही टांगे थे क्योंकि भला और कौन ऐसा करता हमारे लिए?ये सब करने के बाद जब फेयर चालू हो गया तो मैं अंदर गया। अभिनव मुझसे अलग सैम्पल ले कर फ़ेयर में घूम ही रहे थे। यहाँ यह बताना जरूरी है कि फेयर के आयोजक इस बात को पसंद नहीं करते थे कि फेयर से इतर कोई और आदमी वहाँ अपना प्रचार या प्रयास करे तो यह सब काम जरा सावधानी से ही करना था। फेयर के अंदर जाकर भी हमने कुछ ऐसे स्टाल वालों को अपना निमंत्रण दिया जिनके स्टाल पर काँच के उत्पाद मुझको लगे दिखे थे। हमारे इतने सारे प्रयासों के फलस्वरूप कुछ लोग होटल तक चल कर हमारा डिस्प्ले देखने आए और जर्मनी की एक बहुत ही प्रतिष्ठित कम्पनी हॉफ इम्पोर्टर्स वालों ने हमारे डिस्प्ले को देख कर हमको ऑर्डर भी दिया और आगे कई वर्षों तक हॉफ इम्पोर्टर्स से हमारा काम चला और मैं एक बार उनसे मिलने उनके न्यूरनबर्ग स्थित ऑफिस/शो रूम पर भी गया था। हॉफ इम्पोर्टर्स के मालिक मिस्टर एडलर, उनकी पत्नी और उनकी लड़की मिस पेट्रा एडलर से हमारा बहुत समय तक व्यापारिक सम्पर्क रहा। मुझको याद है कि अपने काफी सैम्पल्स जिनको किसी ने पसंद नहीं किया था चलते समय होटल के कमरे में ही लगा छोड़ आया था क्योंकि उनको वापिस लाद कर घूमना न सम्भव था न आर्थिक रूप से उसका कोई औचित्य ही बनता था।

जब मैं फ़ेयर में अपने सैम्पल लादे हुए घूम-घूमकर ऑर्डर लेने के प्रयास कर रहा था तो मैं क्रिसमस के ऑर्नामेंट्स आदि से भरे एक बहुत सुन्दर स्टैंड पर पहुँचा। यह Flamant BV करके बेल्जियम के एक व्यापारी का बूथ था। उसके मालिक से मेरी बात हुई और उन्होंने मुझको चाँदी से चमकते हुए कुछ कैंडल स्टैंड दिखाए जो काँच के बने हुए थे। हमारे जैसे फ़िरोज़ाबाद के लोगों के लिये यह बिलकुल नई चीज़ थी जो न कभी देखी थी न सुनी थी। मिस्टर फ़्लेमा ने पूछा यह बना सकते हो? सही बात यहा है कि वे कैंडल स्टैंड बहुत हलके काँच

के बने हुए थे और उनमें हवा ब्लो करने का होल भी बहुत छोटा था किन्तु मैंने कहा कोशिश करूँगा तो उन्होंने मेरा पता ले लिया और मुझको लगभग एक दर्जन अलग-अलग डिज़ाइन के पीस फ़िरोज़ाबाद भेज दिए। वह चीज़ हम सभी के लिये बिलकुल नई थी और उसको बनाने के मैंने बहुत प्रयास किए। अहमदाबाद, हाथरस और न जाने कहाँ-कहाँ के मोल्ड एक्सपर्ट्स से बात की, ट्रायल की पर कई महीनों तक कोई सफ़लता नहीं मिली। इनको बनाने के लिये फ़िरोज़ाबाद के कई जानकारों से मदद भी ली किन्तु कोई सफलता नहीं मिली। आख़िरएक दिन हारकर मैंने एक मोल्डवाले से कहा कि क्या भाई हमारे देश में हम लोग यह आइटम नहीं ही बना पाएँगे तो उसने सुझाव दिया कि इसके डाइमेन्शन्स में कुछ परिवर्तन किया जाए तो सम्भव है। हमने नए सिरे से तीन साइज़ के मोल्ड बनाए, उस समय लक्ष्मी ग्लास वर्क्स में जो मेरी जापानी पॉट फर्नेस चलती थी उस पर ट्रायल हुए और वास्तव में फ़िरोज़ाबाद के कारीगरों को माउथ ब्लोअरों को उस आइटम को बनाने में पसीना आ गया किन्तु हमने हिम्मत नहीं हारी हालाँकि इस सब में लगभग एक वर्ष लग गया। उस समय हमको मालूम नहीं था कि यह आइटम आगे चलकर फ़िरोज़ाबाद ही नहीं बल्कि हिन्दुस्तान से काँच के एक्सपोर्ट के इतिहास में एक मील का पत्थर बननेवाला था।

धीरे-धीरे प्रयास करके हमने वे तीन साइज़ तो बना लिये। शुरुआत में यह कैंडल स्टैंड हमने सिल्वर, ब्ल्यू और अम्बर रंगों में बनाए थे जो पॉलिश होने के बाद कमाल की चीज़ लगते थे। बाद में काम बढ़ने पर महेश/अशोक ग्लास वर्क्स जो हमारे क़रीबी मित्र श्री अरुण जैन की टैंक फर्नेसवाली फ़ैक्ट्री थी उसमें भी इनका उत्पादन जबर्दस्त मात्रा में हुआ और बाद में न जाने कितने एक्सपोर्टरों ने यह आइटम बनाए और बेचे।

जर्मनी, 1997, अगस्त

बाद में काम अच्छा चलने पर हम लोगों का यूरोप और ख़ास तौर पर हॉलैंड और जर्मनी जाना काफ़ी हो गया। फ़ेयर के अलावा ग्राहकों से अपॉइंटमेंट के अनुसार मिलने के लिये हम एक स्थान चुन लेते थे। वहाँ होटल में रुककर उस जगह के आसपास 2-3 सौ किलोमीटर तक के शहरों की यात्रा वहीं से करते थे।

एक बार सन 1997 की बात है 31 अगस्त को मैं फ्रैंकफ़र्ट में ही था, फ़ेयर समाप्त हो चुका था। मैं इमरान साहब, डॉक्टर वस्फ़ इलाही साहब आदि होटल न्यूरनबर्ग में रुके हुए थे। तभी समाचार मिला कि पेरिस में एक एक्सीडेंट में प्रिन्सेस डायना की मृत्यु हो गई है और ऐसा लगा कि जैसे सब कुछ रुक गया है। सारे अपॉइंटमेंट्स कैन्सिल हो गए, छुट्टी हो गई और शायद अगले एक या

दो दिन हम लोग वहीं होटल में रुके रहे। हमारा सारा समय बस गप्पों और टी वी पर उस समाचार को सुनने में ही बीता।

जैसा मैं पहले बता चुका हूँ कि मैं फ्रैंकफ़र्ट में होटल ऐक्सल्सियर में रुकता था जो कि बाद में फ़ेयर के समय अपने चार्जेज़ बढ़ाने लगे और बाद में वहाँ इबिस आदि होटल भी बन गए थे तो कुछ लोग तो इबिस में रुकने लगे मैं इमरान साहब आदि के साथ में होटल न्यूरनबर्ग में रुकने लगा। यह होटल भी फ्रैंकफ़र्ट एम मेन हॉफ्टबाह्नहॉफ से ज़्यादा दूर नहीं था, ऐक्सल्सियर एक तरफ़ से स्टेशन से निकलें तो बिलकुल सामने था परन्तु होटल न्यूरनबर्ग के लिये उस गोल चक्कर की सड़क को पार करके सामने की सड़कों में से एक पर जाकर पीछे से उसका रास्ता था। यह होटल बिलकुल साधारण था और इसमें ब्रेकफ़ास्ट आदि की कोई सुविधा भी नहीं थी किन्तु यह ऐक्सल्सियर से काफ़ी सस्ता भी था। खाना जहाँ खाते थे वह जगह इससे भी पास ही थी। कमरे काफ़ी छोटे थे हालाँकि एक कमरा उसी फ़्लोर पर बड़ा भी था जिसमें इमरान साहब रुके थे। कमरे में ही चाय की इलेक्ट्रिक केतली इमरान साहब आदि ने रखी हुई थी जिससे हर समय चाय की सुविधा कमरे में ही थी। हाँ एक बात ज़रूर थी कि इस होटल के पास ही थोड़ा पीछे की तरफ़ का कुछ इलाक़ा थोड़ा शेडी सा भी लगता था। हमारा यह फ़ेयर भी अच्छा ही रहा था और व्यापार ठीक मिल रहा था हाँ अलबत्ता लेडी डायना के ऐक्सिडेंट के कारण आगे ग्राहकों के पास जानेवाले कार्यक्रमों में कुछ तब्दीली अवश्य करनी पड़ी थी।

यहाँ मैं एक बात और शेयर करना चाहूँगा कि मुझको मुरादाबाद के एक्सपोर्टर्स जैसे कमल अग्रवाल जी, इमरान साहब, डॉक्टर वस्फ़ ए इलाही, विजय मेहरोत्रा जी, नवीन भाई किशोरी जी एक्सपोर्टवाले, दिल्लीवाले रवि शरण जी और सबीना भाभी इन सबके साथ से विदेश में भी सदैव मदद मिली और कभी ऐसा नहीं महसूस हुआ कि यहाँ कोई अकेलापन है।

अकेलेपन पर एक क़िस्सा और याद आया कि हम लोग जब भी फ्रैंकफ़र्ट फ़ेयर में जाते एक भारतीय सज्जन हम लोगों से मिलने अवश्य आते थे। मैंने एक बार उनसे पूछा कि आप हम सबको जानते नहीं हैं फिर भी हर बार इतने प्रेम से अनजान लोगों से मिलने क्यों आते हैं? इसके उत्तर में जो बात उन्होंने बताई वह मन को थोड़ा दुखी करनेवाली भी थी। उस ज़माने में आज से काफ़ी कम हिन्दुस्तानी विदेशों में रहते थे। इन जनाब का क़िस्सा यह था जो उन्होंने ख़ुद बताया; वह बोले कि भाई मैंने यहाँ की सिटीजनशिप लेने को जर्मन महिला से शादी कर ली। मेरे 3 लड़कियाँ हैं। हमारा जीवन यहाँ के हिसाब से बहुत सुखी है लेकिन एक समस्या तो यह है कि हमारे घर में सब जर्मन ही बोलते हैं तो अपनी भाषा सुनने को, उसमें बात करने को तरस जाता हूँ तो हुड़क उठती है इसलिए

फ़ेयर के दिनों में अपने लोगों से मिलने बात करने आ जाता हूँ। उन्होंने बताया कि जर्मनी का रहन-सहन, संस्कृति भी बहुत फ़र्क़ है। वह भारत में संयुक्त परिवार की बैकग्राउंड से थे तो बहुत साल हो जाने पर भी और सारी भौतिक सुविधाएँ होने के बावज़ूद भी वहाँ की सभ्यता, संस्कृति, खुलेपन, युवाओं में ख़ुद के बच्चों के वहाँ की संस्कृति के हिसाब से सेक्स के प्रति खुलेपन और आज़ाद विचारों से वह सामंजस्य नहीं बिठा पाए थे तो फ़ेयर के दिनों में भारतीयों से मिलकर उनको आत्मिक शान्ति मिलती थी और हम लोगों को उन्होंने एक से ज़्यादा बार ख़ुद रेस्त्राँ में ले जाकर चाय पिलाई थी। उनकी कहानी सुनकर मुझको डसेलडर्फ़ के सूद साहब भी याद आए और फ्रैंकफ़र्ट के ही कॉस्ट्यूम ज्वेलरी की दुकान के मालिक सरदार जी भी। अब तो भारतीय लोग विश्व में बहुत स्थानों पर रह रहे हैं और इंडियन कम्युनिटी के काफ़ी लोग होने के कारण अलगाव की फ़ीलिंग की समस्या भी कम होती है लेकिन एक वह भी वक़्त था जब जो लोग बेहतर जीवन स्तर की तलाश में सात समन्दर पार रहने जाते थे उनको कितनी और किस-किस क़िस्म की परेशानियों से रू ब रू होना पड़ता था।

1998 के एम्बिएंटे फ़ेयर में जब मैं गया तो हॉफ़ इम्पोर्टर्स के स्टैंड पर मैंने मेटालिक चमक के कटोरे, ग्लास आदि चीज़ें देखीं जो बहुत आकर्षक लग रही थीं। मैंने पास जाकर देखा तो वह काँच था। अब तो मैं बहुत परेशान हो गया कि यह क्या चीज़ है और कैसे बनेगी पर कोई बतानेवाला नहीं था। फ़ेयर के तुरन्त बाद शाम को मैं मार्केट गया और वहाँ काँच के सामान के स्टोर्स को तलाशना शुरू किया और आख़िरमें एक स्टोर पर जाकर मुझको मेटालिक फ़िनिश का एक ग्लास मिल गया। मैंने उनसे पूछा कि यह क्या है तो उनसे कोई जानकारी नहीं मिली लेकिन वह ग्लास मैंने ख़रीद लिया और फिर वहीं खड़े होकर उसका निरीक्षण किया। काफ़ी देर कुछ समझ नहीं आया तभी उस दुकान के मालिक मेरे पास आए और उन्होंने मेरी समस्या पूछी तो मैंने कहा कि मैं ख़ुद काँच बनाता हूँ पर यह मैटेलिक फ़िनिश कैसे है यह समझ नहीं पा रहा तो वह बोले यह शायद किसी क़िस्म का कलर है तो मुझको विश्वास नहीं हुआ क्योंकि एक तो हमारे फ़िरोज़ाबाद में काँच के बर्तन आदि चीज़ें या तो पॉट से रंगीन कलर के काँच की बनती थीं या फिर क्लियर ग्लास की। हमारे यहाँ ऐसे रंग नहीं होते थे जो काँच पर स्प्रे करें तो पक्के जमे रहें और फूड सेफ़ भी हों। मैंने अविश्वास के साथ वहीं पर उस ग्लास को चाबी से खुरचकर देखा और उनकी बात सही थी बहुत प्रयास करने पर एक जगह से रंग हटा और क्लीयर ग्लास दिखने लगा। अब तो मुझको वह रंग का सप्लायर चाहिए था किन्तु वह कहाँ मिलेगा यह बतानेवाला कोई नहीं था पर मैं भी कहाँ हार माननेवाला था। मैं सीधे फ्रैंकफ़र्ट स्टेशन गया वहाँ उस समय ऊपर जानेवाले ज़ीने के बग़ल में एक लकड़ी के स्टैंड पर बहुत सारी यलो

पेजेज डायरेक्टरी रखी रहती थीं और वे एक पतली रस्सी से बँधी रहती थीं कि उनको कोई ले न जा सके। तो वहीं एक तरफ़ सीढ़ी पर बैठकर मैंने यलो पेजेज में ग्लास कलर्स के मैन्यूफैक्चररों की खोज शुरू की। कुछ नाम मिले तो उनको फ़ोन किया आख़िर मैं एक ने कहा कि हाँ वह ऐसे रंग बनाते हैं। मैंने उनसे पूछा कि अगले दिन से बाद के दिन जो शायद रविवार था मैं आ सकता हूँ तो उन्होंने कहा कि वैसे तो रविवार को फ़ैक्ट्री बन्द होगी फिर भी आप आइए मैं आपको रेलवे स्टेशन पर लेने आ जाऊँगा।

इस कम्पनी का नाम पीटर लाके था। यह हिडेनहाउसेन (hiddenhausen) नामक स्थान पर थी जो फ्रैंकफ़र्ट से उत्तर में था। उस वक़्त इस स्थान पर रेलवे स्टेशन शायद नहीं था तो इसका निकटतम स्टेशन हुआ करता था हरफ़ोर्ड Herford जहाँ जाने के लिये पहले मैं ट्रेन पकड़कर फ्रैंकफ़र्ट से हैनोवर Hanover गया जो फ्रैंकफ़र्ट से लगभग 4 घंटे का सफ़र था और फिर हैनोवर से हरफोर्ड जो लगभग 90 किलोमीटर का लगभग 1 घंटे का सफर था। हरफ़ोर्ड स्टेशन पर बिलकुल सन्नाटा था लेकिन पीटर लाके के मालिक मिस्टर पीटर मुझको लेने आए थे। हम उनके ऑफ़िस Hiddenhausen में गए जो हरफ़ोर्ड से लगभग 8 किलोमीटर और 10-15 मिनट का रास्ता था। मिस्टर पीटर से बातचीत में पता चला कि कलर बनाने का उनका काम पुश्तैनी और पारिवारिक है और लगभग 3-4 पुश्तों से है। उनकी फ़ैक्ट्री के बाहर की एक जो चीज़ मुझको बहुत अच्छी लगी और आज भी याद है वह थी गुलाब के फूलों की बेल। इस बेलनुमा पेड़ में बहुत-सारे छोटे-छोटे गुलाब के फूल, सर्द गीला सा मौसम हरफ़ोर्ड के उस इलाक़े की सादगी भरी ख़ूबसूरती बयाँ कर रहे थे। मिस्टर पीटर से काफ़ी अच्छी बातचीत हुई। उन्होंने बताया कि वह ग्लास के लिये भी कलर्स बनाते हैं और अभी एशिया में उनकी कोई रेगुलर सप्लाई नहीं है। उन्होंने मुझसे कहा कि वह रंगों के सैम्पल मुझको भेज देंगे। उनसे बात करके मैं फिर वापस फ्रैंकफ़र्ट को चल दिया।

बाद में पीटर लाके के सैम्पल मुझ पर आए और आज 2023 में जब मैं यह संस्मरण लिख रहा हूँ तब भी मैं कह सकता हूँ कि मैंने ग्लास के जितने भी कलर यूज़ किए उनमें इस कम्पनी से बेहतर किसी का प्रोडक्ट नहीं है। बाद में पीटर लाके का भारत में भी ऑफ़िस खुला जिसको श्री हर्ष अग्रवाल देखते हैं। हर्ष जी से मेरी एकाधिक बार की मुलाक़ात है, वह बहुत ही सज्जन व्यक्ति हैं और उन्होंने इस इलाक़े में पीटर लाके के काम को बहुत बढ़ाया है। उस समय पीटर लाके ने जो कलर मुझको भेजे तो हमने 1998 के फ़ेयर में अपने प्रोडक्ट्स में उन रंगों का प्रयोग किया था और बहुत से अर्थों में भारत की काँच की दुनिया में वह भी एक नया और पहला क़दम था। हमारा बूथ हॉल नम्बर 6 प्रगति मैदान में लगा

था और इस नए फ़िनिश के काँच के प्रोडक्ट्स को देखने को एक तरह से स्टॉल पर लाइन सी लग गई थी किन्तु हमने बाद में इस बात को महसूस किया कि वह समय से आगे का क़दम था और उस समय यूरोप का ग्राहक उस क़िस्म के हाई-ऐंड माल को इटली आदि से ही लेना पसन्द कर रहा था तथा भारत से लेने को तैयार नहीं था। हम लोगों ने इससे पहले क्रिसमस ऑर्नामेंट्स को स्प्रे पेंट से रंग कर भेजना शुरू कर दिया था और भारत के लिये यह भी एक नई बात थी क्योंकि इससे पहले रंगीन क्रिसमस ऑर्नामेंट्स पॉट के रंगीन काँच से ही बनाए जाते थे जिस वज़ह से उनका रंग वैविध्य सीमित ही था लेकिन स्प्रे क़लर के उपयोग के बाद से मानो रंगों की विविधता के क्षेत्र में क्रान्ति सी हो गई।

जर्मनी म्यूनिख

इससे अगली बार मेरा कार्यक्रम कुछ व्यापारियों से मिलने का ऐसा बना कि एक सप्ताह में म्यूनिख में हमारे एक व्यापारी गए जिनका नाम मिस्टर जे. सिंह और मिस इवौन था। उनका म्यूनिख में इंडिगो करके एक शो-रूम हुआ करता था और वह लोग रिटेलर ऐंड इम्पोर्टर थे। सिंह साहब के ससुर साहब गोआ के राज्यपाल हुआ करते थे। सिंह साहब और इवैन हमारे यहाँ फ़िरोज़ाबाद में घर पर आकर रुक चुके थे और इस बार मैं उनके यहाँ लगभग एक सप्ताह रहा। उनकी मेहमाननवाज़ी की मैं जितनी प्रशंसा करूँ वह कम होगा। म्यूनिख में रोज़ सुबह मैं वहाँ के पार्क में टहलने जाता था जिसका अनुभव बहुत अच्छा था। पार्क में ख़ूब हरियाली थी और पास से ही एक जलधारा भी बहती थी। उस पार्क में मैंने एक अजीब बात देखी कि बहुत से लोग वहाँ एक स्लीपिंग बैग और शानदार सैमसोनाइट या डैलसी के सूटकेस लिये हुए बाक़ायदा उस पार्क में रहते थे। बाद में मुझको पता चला कि वह पूर्वी यूरोप से आए शरणार्थी थे।

म्यूनिख शहर जर्मनी के बहुत प्रसिद्ध और महत्वपूर्ण शहरों में है। यह बवेरियन आल्प्स के उत्तर में और प्रसिद्ध डेन्यूब की सहायक नदी आइसार ISAR के पास बसा है। आइसार नदी कुछ ऐसी है कि इसमें राफ़्ट से ज़्यादा साइज़ की चीज़ें चल नहीं सकतीं अर्थात उससे बड़े साधनों के नौचालन हेतु नैवीगेवल नहीं है। म्यूनिख बर्लिन और हैम्बर्ग के बाद जर्मनी का तीसरा सबसे बड़ा शहर है। यह जर्मनी की सबसे घनी आबादीवाली म्युनिसिपैलिटी है। यह बहुत पुराना शहर है और सन 1158 में भी अभिलेखों में इसकी चर्चा मिलती है। यह शहर अपर बवेरिया के ऊँचे प्लेन्स पर अवस्थित है। यह दक्षिण-पूर्वी जर्मनी में है और ऑस्ट्रिया आदि की सीमाएँ यहाँ से बहुत दूर नहीं हैं।

म्यूनिख शहर से एक समय में नाज़ी पार्टी का बहुत जुड़ाव रहा था और गतिविधियाँ भी। शायद यह भी उन प्रमुख कारकों में एक था जिसके

कारण द्वितीय विश्वयुद्ध में म्यूनिख को जबर्दस्त बमबारी का सामना करना पड़ा था।

म्यूनिख में ही 1972 के ओलिम्पिक खेलों का आयोजन हुआ था जिसमें फ़िलिस्तीन से सम्बन्धित बताए जानेवाले आतंकवादी संगठन ब्लैक सितम्बर के आतंकवादियों ने इज़राइल के दो खिलाड़ियों की हत्या कर दी थी और 9 का अपहरण कर लिया था। सम्पूर्ण विश्व के लिये यह एक बहुत दुखभरी, अफ़सोसजनक और चौंका देनेवाली घटना थी।

म्यूनिख जर्मनी के सबसे महँगे शहरों में है और यहाँ के रहन-सहन का स्तर बहुत उच्च श्रेणी का है। यहाँ के मकानों के किराए और प्रॉपर्टी की क़ीमतें बहुत ज़्यादा हैं ऐसा मुझको मालूम पड़ा। यह शहर कला, तकनीकी, विज्ञान, संस्कृति, पर्यटन, प्रकाशन आदि के लिये एक वैश्विक केन्द्र कहा जा सकता है। यहाँ पर BMW, Siemens, Man, Allianz, Municipal RE आदि विश्वप्रसिद्ध कम्पनियाँ भी स्थित हैं। इस शहर में आपको प्राचीन और आधुनिक वास्तुकला की इमारतें एक साथ देखने को मिलेंगी क्योंकि जिन इमारतों को द्वितीय विश्वयुद्ध के दौरान की बमबारी ने तबाह कर दिया था उन इमारतों को पुन: उसी रूप में बनाया गया है।

म्यूनिख के मैरियनप्लाट्ज़ नामक बाज़ार/स्थान पर यहाँ की विश्वप्रसिद्ध कुक्कू क्लॉक The Rathaus-Glockenspiel है। यह एक प्राचीन अति विशाल घड़ी है जिसमें दिन में दो बार 32 सिपाही आदि के पुतले निकलकर एक शादी जैसा कार्यक्रम करते हैं और नीचे के हिस्से के पुतले निकलकर एक नृत्य करते हैं जो म्यूनिख के प्लेग के दिनों के बहादुर कूपर्स लोगों का हौसला बढ़ाने और सत्ता पर विश्वास क़ायम बनाए रखने को किया करते थे, उसकी याद में होता है और इस सबका अन्त तीन बार उसमें स्थित एक छोटे सुनहरे मुर्ग़े के चहकने या बाँग देने से होता है।

मिस्टर सिंह जिनके घर मैं म्यूनिख में रुका था वह मुझको यह क्लॉक दिखाने ले गए थे।

म्यूनिख में बिस्मार्क मेमोरियल भी है जहाँ मैं गया और बिस्मार्क की पत्थर की बनी विशाल मूर्ति, जिसके दाहिने हाथ में तलवार और बाएँ में संविधान का प्रतीक काग़ज़ का बंडल है, के साथ एक फ़ोटो भी मैंने खिंचवाई थी। यूरोप के इतिहास के जिन पात्रों ने मुझको बहुत प्रभावित किया बिस्मार्क उनमें प्रमुख हैं।

म्यूनिख में सिंह साहब का एक अपार्टमेंट था जिसके एक कमरे में हमारे रुकने की व्यवस्था थी। जैसा मैंने बताया सिंह साहब और इवैन बहुत अच्छे होस्ट थे। इवौन एक बहुत बड़ी और प्रसिद्ध रेस्टोरेटर यानी प्राचीन बिल्डिंग, कलाकृतियों, तसवीरों के restoration यानी पुनरुद्धार की एक्सपर्ट थीं। उनके

यहाँ जब हम लोग डिनर साथ-साथ करते तो वह लोग पानी के स्थान पर रेड वाइन लेते थे और मेरे लिये कोका कोला या पानी की व्यवस्था रहती थी।

यहाँ एक और मज़ेदार बात का उल्लेख मैं करना चाहूँगा कि जब मैं भारत से म्यूनिख, जर्मनी को जा रहा था तो सिंह साहब ने मुझसे अपनी पसन्द के ब्रांड शायद राजदरबार पान मसाले को लाने की फ़रमाइश की थी और मैं उसके काफ़ी पाउच उनके लिये ले गया था। मैंने उनसे पूछा कि जब यह मसाला नहीं मिलता तब आप क्या करते हैं। इस पर उन्होंने मुझको एक बहुत मज़ेदार क़िस्सा सुनाया। उन्होंने बताया कि एक बार उनका मसाले का स्टॉक ख़त्म हो गया और उनको मसाला खाने की बहुत इच्छा होती थी लेकिन था नहीं तभी एक दिन उन्होंने म्यूनिख सेंट्रल स्टेशन के पास डस्टबिन पर उनकेवाले मसाले का ही एक खाली पाउच पड़ा देखा और अगले दिन फिर। इससे उनको लगा कि सुबह के समय यह मसाला खानेवाला व्यक्ति यहाँ से गुज़रता है। तो अगले दिन सुबह से वह वहीं खड़े हो गए और उनका इन्तज़ार रंग लाया-थोड़ी देर में ही एक भारतीय सज्जन वहाँ से निकले जिनके पास उस मसाले का पाउच था। फिर क्या था मुलाक़ात हुई, बात हुई और सिंह साहब को मसालेवाला एक दोस्त और मिल गया। सिंह साहब ने बताया कि तब से उन दोनों में से जो मसाले की व्यवस्था कर ले वह दूसरे का भी ख़्याल रखता है।

जर्मनी फ़्रैंकफ़र्ट का एक और क़िस्सा

हमारा एक्सपोर्ट का काम चल निकला था और हम लोग फ़्रैंकफ़र्ट में साल में दो बार आयोजित होनेवाले हैंडीक्राफ्ट्स फ़ेयर (Ambiente) के अलावा म्यूनिख, पेरिस, हैम्बर्ग, इंग्लैंड आदि के ट्रेड शो में भी जाने लगे थे। फ़ेयर में जाने के अतिरिक्त साल में एकाधिक बार हम लोगों के यूरोप के चक्कर व्यापारियों से मिलने को भी लगने लगे थे तथा इस सबसे अन्तराष्ट्रीय व्यापारियों में हम लोगों की एक अच्छी छवि बन गई थी और जान-पहचान तो हो ही गई थी और इसका लाभ जब वह व्यापारी दिल्ली के फ़ेयर में हमारे बूथ पर आते तो हमको मिलता था। हमारी डिज़ाइन और क्वालिटी काफ़ी अच्छी थी। हमारे विज़िटिंग कार्ड पर जो पीले/गहरे भूरे और ग्रे कलर का ग्लोब और क्राउन का लोगो था और हमारा कम्पनी का नाम 'राघव' यह यूरोप और अमेरिका के उस समय के अधिकांश बड़े व्यापारियों की जुबान पर रहता था। फ़्रैंकफ़र्ट में फ़ेयर के दौरान इतने सारे सैम्पल लादकर सुबह से शाम दौड़ने से बहुत थकान हो जाती थी, पैर में छाले भी पड़ जाते थे और कई बार तो चूँकि कई दिन तक सुबह से शाम चलने के कारण (जबकि रोज़मर्रा में ज़्यादा पैदल चलना होता नहीं था) जाँघें भी छिल जाती थीं। चलने में थोड़ी सुविधा रहे तो बाद में चलकर

अपने सूट के पहनावे के साथ में चमड़े के फ़ॉर्मल शूज़ के स्थान पर स्पोर्ट्स शूज़ पहन लेता था।

हमारे एक्सपोर्ट शुरू करने के बाद बजरंग ग्लास, झिलमिल ओवरसीज, एडवांस ग्लासवालों ने भी एक्सपोर्ट का काम शुरू कर दिया था। बाद में आगे चलकर तो फ़िरोज़ाबाद में न जाने कितने एक्सपोर्टर हो गए हैं और बड़ी प्रसन्नता की बात है कि फ़िरोज़ाबाद से सीधा एक्सपोर्ट करने का जो सपना हमने देखा था वह आज पुष्पित पल्लवित होकर बहुत बड़ा हो चुका है। आज यह व्यापार फ़िरोज़ाबाद में असंख्य लोगों को रोज़गार प्रदान कर रहा है और देश को अच्छी मात्रा में विदेशी मुद्रा भी अर्जित करके दे रहा है।

जर्मनी के फ़ेयर में मेरी मुलाक़ात एक बहुत बड़े व्यापारी तथा एजेंट से हुई। एजेंट का नाम मिस्टर हिलगर था। अपनी कम्पनियों के लिए वही डिज़ाइन्स फाइनल करने का काम कर रहे थे तथा ख़रीद भी कर रहे थे। मेरी उनसे काफ़ी देर बातचीत हुई, मुझको लगा कि उनको मेरे प्रोडक्ट्स भी काफ़ी अच्छे लगे किन्तु न जाने क्या हुआ कि सारी बातचीत सकारात्मक होने के बावज़ूद भी उन्होंने मुझको कोई ऑर्डर नहीं दिया। अगली बार जब गुड्डू फ्रैंकफ़र्ट फ़ेयर में उससे मिले तो उसने बहुत अच्छी तरह से काम की बात की और कहा कि पिछली बार तुम्हारे भाई से भी मैं मिला था किन्तु मैंने उनको कोई ऑर्डर नहीं दिया। इस पर अभिनव ने उनसे पूछा कि क्या हमारे प्रोडक्ट्स में कोई कमी थी या रेट ग़लत थे तो उसने मुसकुराते हुए कहा कि सब ठीक था किन्तु तुम्हारे भाई अपने सूट और स्पोर्ट्स शूज़ पहने हुए थे। जब उनका ड्रेस सेंस ही सही नहीं था तो वह डिज़ाइन, कलर, थीम आदि को कैसे समझ पाएँगे। तब गुड्डू ने हँसते हुए उसको मेरे पैर की समस्या बताई। हिलगर साहब बाद में हमारे फ़िरोज़ाबाद के ऑफ़िस में भी आए थे।

फ्रैंकफ़र्ट में हिन्दुस्तान से स्टैंड लगाने वाले बहुत से लोगों से हमारा अच्छा परिचय और सम्बन्ध हो गए थे और कइयों से तो हमारा व्यापार भी होता था। राजकमलवाले कमल अग्रवाल जी, जेमकोवाले इमरान साहब, आर्ट वर्ल्डवाले डॉक्टर वस्फ़ ए इलाही आदि के अलावा हमारे एक और घनिष्ठ मित्र दिल्ली के श्री रवि शरण जी हो गए थे। काम की शुरुआत में इन्होंने काँच का काम किया था जिससे हम लोगों से इनका परिचय हुआ जो फिर पारिवारिक घनिष्ठता में बदल गया। रवि शरण जी ने बाद में हैंडमेड पेपर और गिफ़्ट्स का काम किया और उनका काम बहुत अच्छा और बड़ा हो गया। रवि शरण जी के साथ की मेरी और मेरे छोटे भाई अभिनव की फ्रैंकफ़र्ट के दौरान की बहुत सी यादें हैं और गुड्डू आज भी उन लड्डुओं की बहुत याद करते हैं जो रवि शरण जी उनको फ्रैंकफ़र्ट में खिलाते थे।

एक बार ऐसा हुआ कि फ़्रैंकफ़र्ट फ़ेयर में मुझको दो-दिन हो गए और एक रुपये का ऑर्डर नहीं मिला जिससे मन में बहुत निराशा हो रही थी और ऐसे में शारीरिक थकान भी और ज़ोर से परेशान करने लगती है। मैंने रात को घर फ़ोन किया और बहुत निराश स्वर में अपनी व्यथा बताई तो सदैव की भाँति मेरे मम्मी और पापा ने तथा मेरी पत्नी ने मेरा उत्साहवर्धन किया और गुड्डू ने कहा कि भइया अपने पास बहुत काम वैसे ही भगवान की कृपा से है आप वापस आना चाहो तो आ जाओ। मैंने भी बहुत निराशा से कहा कि यदि कल भी काम नहीं मिला तो प्रोग्राम प्रीपोन करके वापस चल दूँगा।

अगले दिन मैं जब फ़ेयर के हॉल में घुसा तो मुझको ऐसा प्रतीत हुआ कि जैसे हॉल के प्रवेश-द्वार पर बहुत बड़े रूप में सफ़ेद रंग की गणेश जी की सजीव मूर्ति मुझको देखकर मुसकुरा रही है। बहुत से लोगों को यह अन्धविश्वास की बात लगेगी और हो सकता है कि यह मेरा कोरा भ्रम ही था लेकिन इससे मेरी हिम्मत बढ़ी, मन अच्छा हुआ और मुझको लगा कि यह एक अच्छा शगुन था।

अन्दर पहुँचकर मैं फ़ेयरग्राउंड में दुकानों पर घूम रहा था कि एक बूथ के आगे मेरे परिचित बाइंग एजेंट श्री अनुपम त्रिवेदी जी मिल गए। अनुपम जी से मेरा अच्छा परिचय था और वह भारत की एक बहुत बड़ी बाइंग एजेन्सी से जुड़े हुए थे। अनुपम त्रिवेदी जी एक निहायत शरीफ़, व्यवहारकुशल और क़ाबिल इनसान हैं। अनुपम जी ने जैसे ही मुझको देखा तो बहुत गर्मजोशी से मिले और जिस बूथ पर वह खड़े थे उसके मालिक मिस्टर लोथार हाइबल से मेरी मुलाक़ात बहुत अच्छी सिफ़ारिश के साथ कराई। लोथार से उन्होंने कहा कि यह हिन्दुस्तान के सबसे बड़े और प्रतिष्ठित काँच के निर्माता और सप्लायर हैं और विश्वसनीय हैं। इस पर लोथार ने मुझसे कहा कि आप शाम को 4 बजे बाद मेरे बूथ पर आकर मिलिये। मैंने उनसे हाँ की और अनुपम जी को धन्यवाद दिया तथा दूसरे हॉल की तरफ़ बढ़ गया जहाँ मेरी मुलाक़ात बेल्जियमवाले मिस्टर फ़्लेमाँ से होनी तय थी। मैं वहाँ पहुँचा तो उस कम्पनी के मालिक मिस्टर एलेक्स ने मुझको देखते ही कहा कि मैं 10 मिनट में मिलता हूँ। उनके आते ही मैंने अपनी अटैची खोली और जो कैंडल स्टैंड के सैम्पल मैंने बनाए थे उनके उनके सामने धड़कते दिल से रखे। मैं परेशान इसलिये था कि कैंडल स्टैंड के उनके दिये सैम्पल और मेरे बनाए नमूनों में डाइमेन्शन्स में तकनीकी कारणों से काफ़ी फ़र्क़ था किन्तु एलेक्स तो उन कैंडल स्टैंड को देखते ही उछल गए और बहुत ख़ुश होकर बोले कि अपनी ऑर्डर बुक निकालो और जब तक मैं कुछ ठीक से समझ पाता तब तक 75 हज़ार अमेरिकी डॉलर से ज़्यादा का उनका सिंगल ऑर्डर मेरे हाथ में था। उन्होंने मुझसे कहा कि यह कैंडल स्टैंड्स तुम और कहीं भी बेचो पर यूरोप में फ़िलहाल मत बेचना। इस बात को मानने में मुझको कोई समस्या थी ही नहीं।

अब मैं लौटकर लोथार के बूथ पर गया तो मेरे साथ मेरी एक बड़ी अटैची और एक बड़ा बैग भरकर सैम्पल्स थे। लोथार ने मुझको देखते ही कहा कि तुम आ गए, बहुत अच्छा। अब सैम्पल्स मुझको दिखाओ। मैंने अटैची खोलकर एक-एक करके अपने काँच के प्रोडक्ट्स दिखाने शुरू किए और वे आइटम्स देखकर लोथार इतना ख़ुश हुआ कि उसने मुझसे कहा कि अपनी ऑर्डरबुक निकालो और लिखना शुरू करो। मुझको वाक़ई यह सब सपने जैसा लग रहा था कि कहाँ तो कल मैं वापसी का मन बना रहा था और कहाँ आज यह कमाल हो रहा है। मैं एक-एक करके सैम्पल खोलता जा रहा था और मनमौजी से लोथार एक के बाद एक आइटम की रेट पूछकर, उसके भारतीय रुपये के दाम भी जानकर फिर उस आइटम की संख्या के साथ ऑर्डर लिखाते जा रहे थे। होते-होते उस दिन का फ़ेयर बन्द करने का समय हो गया तो लोथार ने मुझसे अपने संग उनके ठहरने के होटल चलने को कहा। हम लोग होटल पहुँचे तो पहले लोथार अपने परिवार के संग मुझको होटल के रेस्त्राँ में डिनर को ले गए। यहाँ मैं आपको बता दूँ कि लोथार 6 फ़ीट तीन-चार इंच लम्बे बहुत तगड़े डॉल-डॉल के बहुत हँसमुख इनसान थे और उनका व्यापार काफ़ी बड़ा था। अफ़सोस की बात है कि बाद में चलकर शायद उनको कैन्सर हो गया और अब वह इस दुनिया में नहीं हैं। तो जब हम लोग डिनर करने बैठे और मैंने अपने लिये शुद्ध शाकाहारी खाने का ऑर्डर दिया तो लोथार अपने विशिष्ट अन्दाज़ में ख़ूब हँसे और अपनी भारी सी आवाज़ में हँसते हुए बोले कि भाई तुमको तो खिलाना बहुत सस्ता है, मैं तो समझ रहा था कि कुछ मांसाहारी व्यंजन भी खाओगे। खाना खाने के बाद हम लोग उनके कमरे में गए और लोथार रात के 11 बजे तक ऑर्डर लिखाते रहे और फिर अगले दिन सुबह अपने फ़ेयरवाले बूथ पर उन्होंने फिर बुलाया। अगले दिन सुबह से लंच टाइम तक भी उन्होंने ऑर्डर लिखाया। मेरे ख़्याल से मैं जितनी क़िस्म के सैम्पल ले गया था उनमें से लगभग 60-70 प्रतिशत को लोथार ने पसन्द करके लगभग एक लाख डॉलर के आसपास का कई कंटेनर का आर्डर मुझको लिखवा दिया था। अब क्या था मेरी यह यात्रा भी सफल हो चुकी थी। इसमें एक बात उल्लेखनीय थी कि लोथार ने सारे ऑर्डर भारतीय रुपये में लिखाए थे और जिस दिन इनवॉइस बनती उस दिन उनको अमेरिकी डॉलर के रेट के हिसाब से कन्वर्ट करना था। लोथार बहुत मस्तमौला लेकिन होशियार व्यापारी था। उस ज़माने में भी अमेरिकी डॉलर के मुकाबले भारतीय रुपये की क़ीमत कम हो जाती थी (यद्यपि आज के मुकाबले गिरावट कम थी) और इससे करेन्सी की क़ीमत के उतार-चढ़ाव का थोड़ा लाभ एक्सपोर्टर को मिल जाता था किन्तु लोथार की इस व्यवस्था से इसका लाभ उसको मिलता था और एक्सपोर्टर का असलियत में कोई नुकसान नहीं होता था।

जर्मनी वीज़बाडेन

Coordinates 50°04' 57" N
08° 14' 24" E

1996 के आसपास जर्मनी के वीज़बाडेन शहर में हमारी मम्मी के ताऊजी के लड़के यानी हमारे नरेश मामा रहते थे। यह वही नरेश मामा हैं जिनसे और सुभाष मामा से ही इन्स्पायर होकर हमने एक्सपोर्ट का काम करने का विचार ठाना था। नरेश मामा उन दिनों अपने कार्य-व्यापार के कारण जर्मनी में रहने लगे थे। वीज़बाडेन जर्मनी के पश्चिमी इलाक़े में हेस्से Hesse राज्य में स्थित एक बहुत ही सुन्दर शहर है। फ्रैंकफ़र्ट एम मेन के बाद हेस्से राज्य का यह दूसरा सबसे बड़ा शहर है। इसके आसपास Darmstadt, Mainz आदि शहर हैं। फ्रैंकफ़र्ट एयरपोर्ट से यह लगभग 23 किलोमीटर की दूरी पर है और फ्रैंकफ़र्ट शहर से लगभग 39 किलोमीटर की दूरी है और वहाँ से वीज़बाडेन ट्रेन से पहुँचने में लगभग 35 मिनट लगते थे और स्टेशन से नरेश मामा के घर पहुँचने में लगभग 10-15 मिनट।

पहले गुड्डू का जब जर्मनी अगला चक्कर लगा तो वह नरेश मामा के साथ जर्मनी में रुके। यह तभी की बात है जब हिलगर ने उनसे मेरी जूतोंवाली बात कही थी। गुड्डू का नरेश मामा का वीज़बाडेन में ख़ूब अच्छा साथ रहा और दो रोचक बातें हैं जिनका ज़िक्र मैं यहाँ करना चाहूँगा। गुड्डू रोज़ वीज़बाडेन से फ्रैंकफ़र्ट या जहाँ जाना हो वहाँ जाते थे और रात को घर वापस आ जाते थे। उनको नरेश मामा ने बताया कि नरेश मामा के ऑफ़िस में एक दिन उनका एक जर्मन साथी काम पर नहीं आया और मालूम पड़ा कि उसके पिता जी की मृत्यु हो गई है। नरेश मामा सोच रहे थे कि उसके यहाँ शोक प्रगट करने जाएँगे कि तभी वह ऑफ़िस आ गया। इनके लिये यह बहुत अजीब बात थी। इन्होंने उससे पूछा कि तुम्हारे फादर की डेथ हो गई तो अन्तिम संस्कार का क्या हुआ। इस पर उसने जवाब दिया कि आज वर्किंग डे था तो किसी का आना सम्भव नहीं था तो उनका शरीर फ्रीज़र में रखवा दिया है और वीकेंड पर अन्तिम संस्कार किया जाएगा।

दूसरी घटना जो थोड़ी अजीब सी थी वह यह हुई और यह वाक़या हम लोगों को नरेश मामा ने बताया कि जर्मनी में काम ख़त्म करके अगले दिन गुड्डू का आगे अमेरिका का कार्यक्रम और टिकट था। मैं हिन्दुस्तान में ही था क्योंकि निक डायसन्स, जे सी जे हाँस के मिस्टर हारून तथा अन्य कई व्यापारी वहाँ आ रहे थे जिनसे हमारी मीटिंग्स फिक्स्ड थीं। रात को सोते में जब लगभग सुबह होती

जा रही थी गुड्डू सोते से अचानक चौंककर उठे और नरेश मामा जो उनके ही पास सो रहे थे उनसे बोले कि नरेश मामा हमने बहुत बुरा सपना देखा है कि भैया का (यानी कि मेरा) कार का बहुत बुरा ऐक्सिडेंट हो गया है। गुड्डू बोले कि उनको बहुत घबराहट हो रही है यह स्वप्न देखकर। अब कमाल की बात यह है कि लगभग उसी समय अपनी बहन अर्चना (मिन्नी) उनके पति डॉक्टर अपूर्व की बिलकुल नई मारुति 1000 से मैं, मेरी पत्नी रचना, पुत्र अर्पित और पुत्री ऐश्वर्या तथा साथ में शीतल बाबू और कंचन सिंह हम सब लोग दिल्ली से फ़िरोज़ाबाद लौट रहे थे कि हमारा एक बहुत ही भयंकर ऐक्सिडेंट एक ट्रक से मथुरा पर जय गुरुदेव के मन्दिर के आगे हुआ जिसमें वह कार बिलकुल ख़त्म हो गई और हम लोगों की जान बस भगवत कृपा से ही बची। गुड्डू यह ख़बर सुनते ही अपना अमेरिका का प्रोग्राम कैन्सिल करके भारत वापस आ गए हालाँकि हम सबने उनसे कहा कि सब ठीक है लेकिन वह सपना और ऐक्सिडेंट इस सबका अभिनव पर ऐसा प्रभाव हुआ कि वह लौट आए।

जब मैं वीज़बाडेन गया तो नरेश मामा फ़्रैंकफ़र्ट एयरपोर्ट पर मुझको लेने आए थे। मैं कई दिन नरेश मामा के साथ रहा और एक दिन तो वह हमारे साथ हमारे फ़ेयर भी गए थे। फ़्रैंकफ़र्ट से वीज़बाडेन ट्रेन से आने में ओपेल शहर भी पड़ता था जहाँ विश्वप्रसिद्ध कार निर्माता कम्पनी ओपेल स्थित है और स्टेशन से गुज़रते में रास्ते में कारों का जमावड़ा भी दिखता था।

एक दिन ऐसा हुआ कि मैं फ़्रैंकफ़र्ट से लौटा और टैक्सी करके नरेश मामा के घर की ओर चला। मुझको लगा कि टैक्सी रोज़वाले रास्ते की जगह दूसरे रास्ते से जा रही है और फिर टैक्सी 10 मिनट की जगह आधा घंटा घूमती रही, ड्राइवर रेडियो फ़ोन से बात करता रहा तो मुझको लगा कि हमारे यहाँ की तरह आज वीज़बाडेन का टैक्सीवाला लम्बा बिल बना देगा। आख़िर में लगभग 35-40 मिनट में हम अपने गन्तव्य यानी नरेश मामा के घर पहुँचे तो मुझको बहुत गुस्सा आ रही थी। मैंने मीटर में चमकता बिल देखा तो वह लगभग 30 मार्क का था। लेकिन तभी टैक्सीवाला बहुत शर्मिन्दा होकर बोला कि मुझको माफ़ करिए मेरी वज़ह से आपका बहुत समय ख़राब हुआ क्योंकि मैं यहाँ नया हूँ तो रास्ते मे कन्फ़्यूज़ हो गया था। वह बहुत शर्मिन्दा होकर माफ़ी माँगते हुए बोला कि आप जब आते हैं तो कितना बिल होता है। इस पर मैंने उसको बताया कि बिल तो 12 मार्क का होता है तो उसने कहा आप सिर्फ़ उतना ही दीजिए और सिर्फ़ 12 मार्क लेकर वह माफ़ी माँगता हुआ वहाँ से चला गया। मैं जर्मनी के टैक्सी ड्राइवर के चरित्र को देखकर बहुत प्रभावित था और हैरान भी!

जर्मनी कोलोन आदि

कोलोन

Coordinates 50° 56' 11" N
6°. 57' 10" E

सन 2000 की बात है मैं और मेरे मित्र श्री प्रवीन जैन व्यापारिक टूर पर यूरोप साथ-साथ गए और यहाँ से मुझको आगे अमेरिका जाना था जबकि प्रवीन वापस भारत लौट गए थे। हम लोग एयर फ्रांस की फ़्लाइट से गए थे तो लाज़िम था कि पहले हम पेरिस गए जिसकी चर्चा मैं पहले कर चुका हूँ। उधर के काम निबटाकर हमने कोलोन में डेरा डाला और इस जगह के आसपास के व्यापारियों के इस जगह से जाना किया।

कोलोन जर्मनी का एक बहुत जाना-माना शहर है। यह शहर लगभग 2000 साल पुराना इतिहास अपने साथ समेटे हुए है। कोलोन प्रसिद्ध राइन नदी के पश्चिमी तट पर बसा हुआ शहर है। यह डसेलडर्फ़ से 35 किलोमीटर और पहले जर्मनी के राजधानी शहर रहे बॉन से 25 किलोमीटर की दूरी पर है। यह जर्मनी के पश्चिमी हिस्से में है जहाँ से नीदरलैंड्स और बेल्जियम दोनों देशों की सीमाएँ बहुत दूर नहीं हैं। मौसम यहाँ का भी ठंडा ही रहता है। कोलोन के प्रसिद्ध स्थानों में ग्रेट सेंट मार्टिन चर्च, सेंट गेरोन्स बासिलिका आदि स्थान हैं लेकिन कोलोन का कैथीड्रल बहुत प्रसिद्ध है। यह उत्तरी यूरोप का सबसे बड़ा गौथिक वास्तुकला यानी बड़ी नुकीली मेहराबें, बड़ी खिड़कियोंवाला चर्च है। 1996 में यूनेस्को ने इसको अपनी सांस्कृतिक दृष्टि से महत्वपूर्ण स्थानों की सूची में शामिल किया था। यह एक अत्यन्त भव्य गिरजाघर है जिसकी बड़ी खिड़कियों में स्टेन ग्लास के शानदार काँच के काम ने इसकी शोभा न जाने कितने गुना बढ़ा दी है। कोलोन में मुझको इलाहाबाद विश्वविद्यालय के अपने शिक्षक और अपने पापा के मित्र स्व. सी पी झा साहब की बहुत याद आई क्योंकि जिस ओ द कोलन का सही उच्चारण उन्होंने हमको बताया था वह इसी शहर का ही तो प्रसिद्ध उत्पाद था।

कोलोन में हम लोग स्टेशन के बिलकुल बाहर पास ही एक होटल में रुके थे।

कोलोन से एक दिन हम अपने ग्राहक निक डायसन्स से मिलने उनके शहर व्हील Wiehl गए। निक़ डायसन्स से हमारा काफ़ी काम था। वह और उनकी पत्नी कैरोलाइन हम लोगों के घर फ़िरोज़ाबाद और दिल्ली में भी आ चुके थे। जब दिल्ली से लौटते में हमारा ऐक्सिडेंट डॉक्टर अपूर्व की गाड़ी से लौटते में हुआ था तो हम उस समय निक डायसन्स से ही मिलकर लौट रहे थे। उनका शहर व्हील कोलोन से 41 किलोमीटर पूर्व में है और ट्रेन से लगभग 35 मिनट

लगते हैं। स्टेशन पर हमको लेने के लिये निक ने अपनी नई काले रंग की ओपल आस्त्रा कार भेजी थी जो उस जमाने में बहुत अच्छी कार मानी जाती थी। कोलोन से व्हील जाने के लिये पहले हम Gummersbach Dieringhamusen BF गए क्योंकि व्हील का निकटतम रेलवे स्टेशन वही था। वहाँ से फिर व्हील का सफर कार से लगभग 14-15 मिनट का था। निक डायसन्स का शो रूम काफ़ी बड़ा था और जब आप यूरोप के बायर्स का शो रूम देखते हैं तो आपको बहुत जानकारी मिलती है।

इसी यात्रा में हम लोग अपने एक और व्यापारी चोपड़ा साहब के गए। चोपड़ा साहब हॉलैंड के Geesteren Overijssel गांव या कस्बे में रहते हैं और उनका भारत से और यूरोप में काफ़ी बड़ा कारोबार है। यह पूर्वी नीदरलैंड्स का स्थान है। यहाँ का निकटतम रेलवे स्टेशन अलमेलो है जो एम्स्टर्डम से ट्रेन द्वारा लगभग ढाई घंटे का सफर है और फिर वहाँ से Geesteren के लगभग 15 मिनट लगते हैं। चोपड़ा साहब की पत्नी श्रीमती जोलान्दा चोपड़ा हॉलैंड की ही हैं। उन लोगों के सद्व्यवहार की जितनी प्रशंसा की जाए वह कम होगी।

इटली

रोम

Italy-1

Rome

Co-ordinates 41° 53' 36" N

12° 28' 58" E

भारत से समय 3:30 घंटे पीछे

जी एम टी से + 2 घंटे

मुद्रा— सन 1991 में मिलेलीरा थी लेकिन अब यूरो है।

एक यूरो आज 2023 में लगभग 91 रुपये 60 पैसे के बराबर है

फ्रैंकफ़र्ट हवाई अड्डे से रोम के लिये जहाज़ चल चुका था और यात्राओं में जैसी मेरी आदत बन चुकी थो मैं भी पीछे की घटनाओं को याद करने लगता था और उनका विश्लेषण करने लगता था तथा साथ ही साथ अगले डेस्टिनेशन के लिये अपने आप को तैयार भी करने लगता था। जहाज़ अब रोम की तरफ़ बढ़ रहा था और मैं सोच रहा था कि मैं कितना भाग्यशाली हूँ कि मैंने एक नए और बहुत कठिन काम को करने का बीड़ा उठाया तो मेरे मम्मी-पापा, भाई, बहिन, बहनोई और मेरी पत्नी सबने न सिर्फ उत्साहवर्धन किया बल्कि मेरे लिये सारे साधन जुटाने में यथासम्भव मदद की। मेरे मामा लोग, मेरे यूनिवर्सिटी हॉस्टल के सीनियर जूनियर सभी ने किसी न किसी रूप में मेरे इस सफर को आसान बनाने में मेरी मदद की और इन सबके बिना मैं यह काम शुरू कर ही नहीं सकता था। अब मैं अपने पहली विदेश यात्रा के अन्तिम चरण में था, एक्सपोर्टर बनने का मेरा स्वप्न तो पूरा हो ही चुका था पर मेरे शहर फ़िरोज़ाबाद और भारत के कांच उद्योग के लिये इसी यात्रा से आगे चलकर एक बिलकुल नए व्यापार की शुरुआत होनेवाली थी और आगे चल कर यह व्यापार फ़िरोज़ाबाद शहर के प्रमुख व्यापारों में होनेवाला था;

कुछ वर्षों में ही काँच के निर्यात के प्रमुख सेंटर के रूप में फ़िरोज़ाबाद अपनी पहचान बनानेवाला था।

मैं इन्हीं विचारों में डूबा हुआ था और सोच रहा था कि अब इटली में तो सिर्फ घूमना-पर्यटन करना है। हाँलाँकि आगे चलकर इटली से भी हमारा अच्छा व्यापार हुआ। फ्रैंकफ़र्ट से रोम की फ़्लाइट लगभग 2 घंटे या उस से कुछ कम समय की थी और रोम के इस्कॉन में मैंने अपने रुकने का रिज़र्वेशन फ़ोन से करवा ही लिया था तथा फ्रैंकफ़र्ट से ही रोम से दिल्ली 24 अक्टूबर का वापिसी का फ़्लाइट का रिज़र्वेशन भी करवा लिया था क्योंकि अब लगभग डेढ़ महीने के लगभग का समय होने को था घर से निकले और मुझको घर की याद सताने लगी थी।

रोम के एयरपोर्ट पर इमिग्रेशन आदि आराम से हो गया। लियोनार्डो दा विंची नाम का रोम का हवाई अड्डा तो ख़ूबसूरत होना ही था और था भी। अपना सामान आदि लेकर मैं टैक्सी लेकर रोम के एयरपोर्ट से इस्कॉन टेम्पल-गेस्ट हाउस को चल दिया जो वीआ सारदेगना पर था।

इस्कॉन के गेस्ट हाउस पहुँच कर मैंने देखा कि यह हाइडलबर्गवाले एस्टैब्लिशमेन्ट से काफ़ी बड़ा था। यहाँ एक बहुत बड़ा बंगला जैसा था जिसके चारों तरफ़ बगीचा, खाली जगह, पेड़ पौधे इत्यादि थे। यहाँ का पूजावाला हॉल भी काफ़ी बड़ा था। मुझको जो कमरा मिला उसमें बाकायदा एक साइड में मेरे लिये लकड़ी का बना अच्छे गद्देवाला बेड था और कमरे में एक कुर्सी भी थी। इस कमरे या गेस्टहाउस के इस हिस्से का रास्ता बाहर बगीचे के पास की खाली जगह से एक घुमावदार लोहे की सीढ़ी से होकर जाता था। वहाँ बहुत सारी कार खड़ी थीं और इसकी बाउंड्री के पास ही जो स्थान था वह पुरानी कारों का डम्प करने का स्थल था तो वहाँ तो न जाने कितनी कारें कबाड़ के रूप में खड़ी दिख रही थीं और यह देखना मेरे लिये नई बात थी और आश्चर्य की भी।

जैसा मैंने बताया कि इस्कॉन का यह सेंटर काफ़ी बड़ा था और शाम को यहाँ के मन्दिर में कीर्तन पूजा आदि के दौरान काफ़ी लोग और रौनक दिखती थी। वहीं पर मद्रास (अब चेन्नई) से आए एक रिटायर्ड कर्नल साहब भी ठहरे हुए थे जो लगभग 60 वर्ष से ऊपर की उम्र के थे लेकिन काफ़ी ऐक्टिव थे वह और उनकी पत्नी दोनों घूमने आए हुए थे। वह मुझसे कुछ पहले आए थे इसलिये साथ होने पर उनसे मुझको कुछ जानकारी भी मिली और अच्छा भी लगा। कर्नल साहब से ही मुझको मालूम पड़ा कि रोम में तम्बाकू की दुकानें काफ़ी हैं जिनको वह तबाची बुलाते थे। इन तम्बाकू की दुकानों पर ही

अधिकतर फ़ोन के कार्ड मिलते थे। वह मोबाइल फ़ोनों का जमाना नहीं था तो कार्ड खरीदकर फिर उसके माध्यम से ही टेलीफ़ोन बूथ से घर बात होती थी।

इस्कॉन टेम्पल में एक वहीं के नागरिक भक्त थे जिनका टैक्सी का काम था। यह हम लोगों के काफ़ी काम आए। रोम पहुँचने के कुछ समय बाद इस्कॉन से मैं और कर्नल दम्पत्ति इसी डिवोटी की टैक्सी से रोम शहर का एक चक्कर लगाने निकले। यह कार एक साधारण सी कार ही थी और जर्मनी की मर्सडीज़ टैक्सी के बाद वह अच्छी लग ही नहीं सकती थी।

रोम शहर में पहुँच कर उसकी भव्यता आँखे खोलनेवाली थी। यूरोप के कुछ ही शहर हैं जहाँ आपको इतनी भीड़ और चहल पहल दिखती है। टैक्सीवाले भक्त महोदय ने हमको रोम के प्रसिद्ध कोलेजियम, फॉण्टाना द ट्रेवी, पैन्थोंन आदि प्रमुख स्थलों के सामने गाड़ी से घुमाया फिर वह हमको वेटिकन सिटी ले गए जो दुनिया का सबसे छोटा देश है और रोम का अन्दर ही स्थित है। हम लोग कुछ स्थानों पर कार से उतरे लेकिन हम लोग बातचीत में यह तय कर चुके थे कि आज रोम शहर का एक चक्कर कार से ऐसे ही लगा लें फिर एक दिन पूरे दिन तसल्ली और तरीके से रोम शहर को घूमना होगा क्योंकि रोम इतना बड़ा है तथा वहाँ पर्यटकों की रुचि के इतने सारे स्थल हैं कि एक दिन में उन सबको देखना सम्भव ही नहीं है।

रोम को वहाँ के स्थानीय लोग रोमा कहते हैं और स्वयम को रोमानो पहले इटैलियानो बाद में और इसमें वह गर्व महसूस करते हैं जैसे हमारे यहाँ मुम्बईकर और इलाहाबादी करते हैं। रोम को city of 7 hills भी कहा जाता है। रोम इटली के लैज़ियो रीजन में इटली के मध्य भाग में बसा हुआ है टाइबर नदी के तट पर। यह शहर थैरेनियन समुद्र से केवल 24 किलोमीटर की दूरी पर है और समुद्र तल से 13 मीटर की ऊंचाई पर अवस्थित है। रोम एक ऐसा शहर है जिसका काफ़ी हिस्सा दीवारों के अन्दर बसा हुआ है। यहाँ की जलवायु मेडिटेरेनियन है, सूखी गर्मियाँ और हल्के ह्यूमिड जाड़े हाँलाँकि अक्टूबर के महीने में वहाँ काफ़ी गलनवाली सर्दी थी भले ही स्विट्ज़रलैंड और जर्मनी से कम थी।

रोम का लगभग 3000 साल का इतिहास है। एक किंवदन्ती तो यह बताती है कि दो जुड़वां भाई रोमलस और रीमस थे जिनको एक मादा भेड़िया ने अपना दूध पिला कर पाला था। उन्होंने एक शहर बनाने का तय किया लेकिन एक वाद-विवाद में उनमें ऐसा झगड़ा हुआ कि रोमलस ने अपने भाई को जान से मार दिया और शहर का नाम उसके नाम पर रोम पड़ गया।

आज रोम यूरोपियन यूनियन का तीसरा सबसे बड़ी आबादीवाला शहर है। जब मैं 1991 में यहाँ पहली बार गया तो यहाँ की करेंसी लीरा या मिलेलीरा थी (अब यूरो है) । रोम को पश्चिमी सभ्यता और ईसाई सभ्यता का उद्‌गम स्थल और पालनेवाले स्थल माना जाता है और यह कैथोलिक चर्च का केन्द्र स्थल भी है। ईसाइयों के सर्वहच्च धर्म गुरु पोप का निवास स्थान भी रोम के अन्दर स्थित वैटिकन सिटी में ही है। रोम की स्थापना सन 753 ईसा पूर्व हुई थी ऐसा माना जाता है और यह उन प्राचीनतम शहरों में है जिसमें लोगों का रहना शुरू से ही और लगातार रहा है। रोम पहले रोमन किंगडम फिर रोमन गणतन्त्र और फिर रोमन साम्राज्य की राजधानी रहा और इसको पहला मेट्रोपोलिस-महानगर और पहला इम्पीरियल सिटी भी माना जाता है। मध्यकाल में रोम Papacy यानी ईसाई पोप राज्य के प्रभाव और राजनैतिक नियन्त्रण में चला गया और 8वीं शताब्दी से सन 1870 तक पेपैल राज्य की राजधानी रहा। यूरोपीय पुनर्जागरण काल से रोम में एक जबरदस्त सांस्कृतिक, कला, वास्तुकला आदि सभी का विकास हुआ जिसने रोम को एक ऐसा शहर बना दिया जिसका कोना-कोना देखने लायक है और इतिहास से जुड़ा है। रोम से अनगिनत विश्व प्रसिद्ध चित्रकार, कलाकार, मूर्तिकार, दार्शनिक आदि का सम्बन्ध रहा है और जब आप रोम में कहीं भी घूम रहे होते हैं तो उसके जर्रे-ज़र्रे से यह बात पता चलती है। रोम के आप किसी भी कोने में जाएं आपको एक बहुत ही सुन्दर फाउंटेन/फव्वारा अवश्य देखने को मिलेगा जहाँ मूर्तिकला के अद्‌भुत उदाहरण होंगे, हर की अपनी एक कहानी होगी और पानी पीने लायक होगा। 1960 में रोम में ग्रीष्मकालीन ओलम्पिक खेलों का आयोजन हुआ था। यहाँ FAO, IFAD आदि जैसे अनेकों वैश्विक संगठनों के मुख्यालय भी स्थित हैं। इटली की जनसंख्या सन 2021 ईसवी में 5 करोड़ 91 लाख थी जिसमें भारतीय मूल के लोगों की संख्या सन 2023 में इटली में पौने दो लाख और रोम में बीस हजार है और इनमें से अधिकांश कम्प्यूटर सम्बन्धित या आई टी सम्बन्धित कार्यों में रत हैं।

रोम में आप किसी भी स्थान पर जाएं आपको कला का कोई न कोई उदाहरण देखने को अवश्य मिलेगा और तभी तो कहा भी गया है कि Rome was not built in a day।

अगले दिन मेरा वेनिस और फ्लोरेंस जाने का कार्यक्रम था तो हमने तय किया कि उसके अगले दिन रोम शहर को ठीक से देखेंगे। इसके बाद हमारे उस कृष्ण भक्त टैक्सीवाले ने हमको वापिस इस्कॉन सेंटर पर छोड़ दिया।

इटली-2

फ्लोरेंस

Sindbad Travels-40

Italy-2

Florence

अगले दिन सुबह ही सुबह मैं तैयार हुआ और कृष्ण भक्त टैक्सी वाले ने मुझको रोमा टरमीनी रेलवे स्टेशन छोड़ दिया जहाँ से मुझको ठीक 8 बजकर 2 मिनट की ट्रेन फ्लोरेंस के लिए लेनी थी और फिर वहाँ से वेनिस जाकर रात को ही लौटना था।जैसा मैं पहले भी जिक्र कर चुका हूँ कि मेरे पास फर्स्ट क्लास का यूरेल का पास था और रेल का टाइमटेबल भी मुझ पर था।मैं रेलवे स्टेशन पहुँचा तो जब प्लैटफॉर्म पर पहुँचा तो क्या देखता हूँ कि टीटी-गार्ड के हाथ की झंडी तैयार है,मुँह में सीटी लगी है जो वो एक हाथ से पकड़े है और झंडी वाले हाथ में बंधी घड़ी पर उसकी निगाह हैं।मुझको दौड़ता देख कर उसने इशारा किया कि आ जाओ,मैंने दौड़ते हुए ही ट्रेन पर Firenze यानी फ्लोरेंस लिखा देखा और चढ़ गया,गार्ड ने जब देखा कि मैं आराम से ट्रेन में चढ़ गया तब उसने सीटी बजायी और ट्रेन चल दी।ट्रेन 15-20 मिनट चली थी कि एक स्टेशन आया और ट्रेन उस पर रुक गयी,मैंने टाइम टेबल में देखा तो उस स्टेशन पर ट्रेन का स्टॉपेज था ही नहीं पर मैंने सोचा कि शायद कोई कारण होगा।थोड़ी देर बाद ट्रेन एक और स्टेशन पर रुक गयी तो मैं कुछ परेशान हुआ और तभी टीटी महोदय मेरे डिब्बे में आये तो मैंने उनसे पूछा कि क्या मैं किसी गलत ट्रेन में बैठ गया हूँ,मुझे तो फ्लोरेंस जाना है तो उन्होंने कहा कि ट्रेन तो फ्लोरेंस ही जा रही है।इस पर मैंने टाइम टेबल दिखाते हुए उनसे कहा कि इसमें तो इस ट्रेन को सुपरफास्ट बताया है पर ये तो रुकते हुए चल रही है।इस पर टीटी बहुत हँसा और उसने बताया कि भाई सुपर फास्ट ट्रेन उसी प्लैटफॉर्म से 8 बज कर 2 मिनट पर जानी थी पर आप तो 8 बजे की ट्रेन में बैठ गए हो और ये तो आराम से रुकते हुए जाएगी।अब मेरी समझ में दो मिनट का महत्व और यूरेल कि समयबद्धता का महत्व समझ में आया।इस बात का परिणाम यह हुआ कि अब मेरे लिए उसी दिन आगे वेनिस जाकर रोम लौटना सम्भव नहीं था तो मैंने अपने कार्यक्रम में तब्दीली की और उस फ्लोरेंस से आगे पीसा तक जाकर रात को वापिस रोम लौट आया और फिर मेरा वेनिस जाने का मुहूर्त लगभग 6 वर्षों के बाद ही बन पाया।

फ्लोरेन्स रोम से उत्तर में लगभग 162 किलोमीटर की दूरी पर है।यह मध्य इटली में टस्कनी कंट्री साइड में स्थित है और टस्कनी रीजन की राजधानी है।यहाँ के अक्षांश देशान्तर के को-ऑर्डिनेट्स 43° 76' 96" N तथा 11° 25' 58" E हैं।

फ्लोरेंस या फ़िरंजी मध्यकाल में यूरोप के व्यापार का एक बहुत बड़ा केंद्र था और यूरोप के सबसे अमीर शहरों में हुआ करता था।यह एक बहुत ही सुंदर और कलात्मकता युक्त शहर है।इसको यूरोपीय रैनिसां यानी पुनर्जागरण की जन्मस्थली भी कहा जाता है।यूनेस्को ने यहाँ के ऐतिहासिक केंद्र को 1982 में वर्ल्ड हेरिटेज साइट में शामिल किया है।जब मैं फ्लोरेंस पहुँचा तो मुझको याद आया कि हम लोगों को बी ऐ की क्लास में रैनिसां पढ़ाते हुए इलाहाबाद विश्वविद्यालय के हम लोगों के विद्वान अध्यापक आदरणीय श्री वी सी पांडे जी एक नाम लेते थे जो मुझको आज तक याद है फ्रा फिलिप्पो लिप्पी का।फिलिप्पो लिप्पी या लिप्पो लिप्पी का जन्म फ्लोरेंस में ही हुआ था और उनकी गिनती पुनर्जागरण काल के प्रसिद्ध पेंटरों में होती है। Madonna and Child उनकी प्रसिद्ध कलाकृतियों में है।

इटली की फैशन की दुनिया में फ्लोरेंस का बहुत बड़ा स्थान है।यहाँ का प्रसिद्ध चर्च गौथिक वास्तुकला का एक शानदार उदाहरण है।जब आप वहाँ पहुँचते जहाँ एक बड़ा सा चौक है,बासिलिका है सामने शानदार वास्तुकला वाला गिरजाघर है और साइड में प्लेन दीवाल की खिड़कियों वाली बहुमंजली इमारतें हैं तो उस दृश्य को आप मन्त्रमुग्ध होकर देखते ही रह जाते हैं।इस शहर का आधुनिक कूटनीति के चाणक्य मैकियावेली Machiavelli से भी नाता रहा है जिसकी यह जन्मस्थली और कर्म स्थली थी और मैडीची Medici और मैडीची परिवार का भी यहाँ के इतिहास से नाता रहा।

फ्लोरेंस में घूमते में मुझको एक महिला अपनी गोद में एक खिलोने जैसा कुत्ता ले जाते दिखी।हम लोग सदैव से कुत्तों को पालते रहे हैं और हमारे परिवार में इसका शौक है और इनकी नस्लों की जानकारी भी लेकिन जब तक मैंने पास से नहीं देख लिया तब तक उस छोटे से कुत्ते को मैं वास्तविक के स्थान पर खिलौना ही समझता रहा।फ्लोरेंस से मैंने सैमसोनाइट का ग्रे कलर का एक बहुत ख़ूबसूरत सूटकेस खरीदा जो अभिनव ने ले लिया था।मैं जब भी विदेश जाता था तो अपने घरवालों-परिवारीजन के लिए एक सूटकेस अवश्य लाता था क्योंकि उस दशक तक भारत में इतने अच्छे सूटकेस नहीं मिलते थे।

फ्लोरेंस का सर्द मौसम और सुंदर नजारा ऐसा था कि मन वहाँ से चलने का नहीं हो रहा था किन्तु यात्री भला कहीं रुक सकता है तो मैं भी आगे की ट्रेन लेकर प्रसिद्ध पीसा की मीनार देखने हेतु पीसा शहर को चल दिया।

इटली-3

पीसा

Italy-3

PISA

Co-ordinates- 43°43′23″N

10°23′47″E

पीसा शहर फ्लोरेंस से 98 किलोमीटर पश्चिम में स्थित है जबकि पीसा से रोम की दूरी लगभग 350 किलोमीटर है। पीसा इटली के पश्चिमी तट पर लीगुरियन समुद्र के पास ही स्थित है। पीसा इटली के टस्कनी रीजन के पीसा स्टेट की राजधानी है। पीसा सारे विश्व में अपनी झुकी हुई मीनार के कारण जाना जाता है। मैं पीसा सेंट्रेल रेलवे स्टेशन से सिटी बस से पीसा टावर तक गया। यहाँ सबसे पहले मेरा ध्यान गया एक बहुत विशाल शायद धातु की बनी घोड़े की मूर्ति पर जो एक ऊँचे चबूतरे पर स्थित है फिर निगाह पड़ी एक गोल गुम्बदवाली बहुमंजिली इमारत की ऊपर की मंज़िलपर लटके काहिया रंग के विशाल घंटे पर और फिर आपको उसी इमारत से नजर आता है पीसा का विश्व प्रसिद्ध लीनिंग टावर जो लगता है कि कहीं गिर न जाये अभी। दरअसल वहाँ की अस्थिर नींव के कारण बोनानो पिसानो नामक वास्तुविद द्वारा डिज़ाइन किया और बनाया यह टावर एक तरफ़ लगभग 4° झुका हुआ है और समय-समय पर और झुक कर यह गिर न जाये इसके उपाय होते रहते हैं। इसकी नींव 1173 ईसवी सन में रखी गई थी जब 5 January 1172 को Donna Berta di Bernardo नामक एक विधवा ने कुछ रकम लगभग 60 सॉल्डी की वसीयत चर्च के लिये की। इस रकम से चर्च के घण्टाघर की मीनार के निर्माण के लिये कुछ पत्थर ही आ पाए। इस घण्टाघर की मीनार को बनने में लगभग 199 वर्ष लग गए। यह मार्बल पत्थर का बना हुआ है। इसकी ऊंचाई 55. 86 मीटर यानी 183 फ़ीट और 3 इंच है जिधर यह झुका हुआ है जबकि दूसरी तरफ़ 56. 7 मीटर यानी कि 185 फ़ीट 11 इंच की है। इस मीनार में 296 सीढ़ी हैं और जिधर इसका झुका हुआ हिस्सा है वहाँ दो सीढ़ी कम यानी 294 सीढ़ी ही हैं। यह इमारत 7 मंज़िलकी है। इस को देख कर मुझको अपने दिल्ली में स्थित कुतब मीनार याद आई जिसके बनने का काल लगभग इसी दौरान का है। कुतब मीनार की ऊंचाई 72. 5 मीटर यानी 238 फ़ीट के लगभग है और यह ईंटों की बनी सबसे लम्बी मीनार है। इसको कुतुबुद्दीन ऐबक ने बनवाना शुरू किया था और इल्तुतमिश के समय में यह पूरी हुई ऐसा बताते हैं।

एक और मीनार भी उसी काल में बनी जिसको जाम की मीनार के नाम से जाना जाता है। यह मुहम्मद गौरी के भाई ने पश्चिमी अफगानिस्तान के ग़ौर राज्य के शाहरक जिले में हरी नदी के किनारे बनवाई थी। यह भी चमकीले टाइलों और ईंटों की बनी मीनार है जो 62 मीटर लम्बी है और इसका निर्माण लगभग 1190 ईसवी में हुआ था। आज इसके अस्तित्व को उचित देखरेख न होने के कारण खतरा है।

बस इन सबमें एक महत्वपूर्ण फ़र्क़ यह था कि वह दो मीनारें शासकों ने बनवाई थीं युद्ध विजय की स्मृति के रूप में जबकि पीसा की मीनार के लिये सबसे पहले एक विधवा महिला ने रकम दी थी चर्च के लिये बैल टावर बनवाने हेतु।

पीसा की मीनार जैसी अन्य झुकी हुई मीनारों में जर्मनी की 15वीं सदी की Sunrhnsen की मीनार है जो 3।97° झुकी हुई है। आबूधाबी की झुकी हुई ही बनाई गई कैपिटल गेट बिल्डिंग जो 18° झुकी है तथा Leaning Tower of Wanaka Newzealand की है जो 53° झुकी बनाई गई है।

पीसा की मीनार के बचने का एक प्रसिद्ध क़िस्सा है कि द्वितीय विश्वयुद्ध के दौरान अलाइड सेनाओं को शक हुआ कि कहीं जर्मन लोग इस इमारत का उपयोग उनके खिलाफ छुपने आदि के लिये तो नहीं कर रहे हैं तो उन्होंने अपने अमेरिकी सेना के सार्जेंट लियोन वैक्सटाइन को इसकी जाँच करने को भेजा। उसको यह शंका निर्मूल लगी और यह इमारत उसको इतनी अच्छी लगी कि उसने इसको टूटने से बचा लिया।

पीसा में मुझको बहुत से स्कूटर तथा मोपेड भी देखने को मिले जिस से मुझको अपनी लखनऊवाली कुमोदिनी बुआ के लड़के पाठक कौशिक कान्त चतुर्वेदी (हम लोगों के मुन्ना दा जो जब 2023 में मैं यह चैप्टर लिख रहा हूँ तो हमारे बीच नहीं हैं) की याद आई क्योंकि उन पर जब हम लोग लखनऊ पढ़ते थे तो एक स्वेगा मोपेड हुआ करती थी।

पीसा मुझको बहुत सुन्दर जगह लगी और चूँकि इतिहास और संस्कृति मेरा विषय रहा है तो इसको देख कर मुझको और अच्छा लगा।

पीसा के कैथड्रल ऑफ सान्ता मारिया असुन्ता, लीनिंग टावर के अलावा बैप्टिस्ट्री जो वहीं स्थित है उसकी इमारत भी देखने में बहुत अच्छी लगी यद्यपि उसको मैंने अन्दर से नहीं देखा।

मेरा मन तो पीसा के और स्थल भी देखने का था पर रोम वापिसी के लिये ट्रेन भी लेनी थी तो मैं वापिस पीसा सेंट्रेल स्टेशन आ गया और वहाँ से ट्रेन लेकर रात तक वापिस रोमा टरमीनी स्टेशन पर आ गया।

यहाँ वापिसी में एक और उल्लेखनीय घटना हुई और वह यह थी कि मैं किसी से लिफ़्ट लेकर स्टेशन से जहाँ इस्कॉन का गैस्ट हाउस था वहाँ तक आ गया लेकिन उस ने मुझको गैस्ट हाउस के सामने सड़क की दूसरी तरफ़ उतार दिया। मैंने सोचा कि आराम से सड़क पर करके दूसरी तरफ़ चला जाऊंगा पर ऐसा नहीं था। उस सड़क पर बहुत ट्रैफिक था और तेज ट्रैफिक था जिसके कारण मैं लगभग 40-50 मिनट इन्तज़ार करता रहा। बड़ी मुश्किल लग रही थी क्योंकि सांय-सांय करके तेजी से वाहन गुजर रहे थे और दूर-दूर तक सड़क पार करने को कोई स्थान दिख नहीं रहा था। मरता क्या न करता तो मैंने काफ़ी हिम्मत की जो दरअसल बहुत बड़ी बेवकूफी थी और सड़क पार करने को जरा सा खाली देख दौड़ पड़ा तभी दूसरी दिशा से तेज गति से आ रही एक कार ने मेरे बिलकुल पास आकर तेजी से ब्रेक लगाया जिस से मैं बहुत घबरा गया और कार चालक ने अपना शीशा खोल कर अपनी भाषा में कुछ मन्त्रोच्चार सा किया जो निश्चित ही गालियाँ रही होंगी। जब मैं अपने कमरे में आया और मैंने वहीं के एक श्री कृष्ण भक्त को यह क़िस्सा सुनाया तो उन्होंने कहा कि यह आपने बहुत बड़ी गलती की थी, आपको ऐसा बिलकुल नहीं करना था क्योंकि गनीमत थी कि उसने आपको देख लिया और कार के ब्रेक लगा दिए अन्यथा उस सड़क पर वाहन इतनी तेज गति से चलते हैं कि टक्कर होने पर जान के लाले पड़ सकते थे और गलती भी आपकी ही मानी जाती। आज के दिन की यात्रा हो चुकी थी और अब मैं सोने की तैयारी में था क्योंकि अगके दिन सुबह ही रोम घूमने निकलना था।

इटली-4

रोम — फॉण्टाना दे ट्रेवी और पैन्थियोन

Italy-4

Rome

अगले दिन सुबह यानी कि 22 अक्टूबर 1991 को हम लोग श्री कृष्ण भक्त जी की टैक्सी से रोम के भ्रमण को निकलने के लिये तैयार हो गए। इसके पहले सुबह ही सुबह मन्दिर में पूजा और भजन में शामिल होने से एक अलग ही क़िस्म के आनन्द की अनुभूति हो रही थी। शान्त वातावरण में हरे कृष्णा हरे रामा हरि बोल के स्वरों के साथ ढोलक मृदंग बजाते डिवोटी और पूजा करते पुजारी यह सब मिलाकर एक अलग ही माहौल बन जाता था। वहाँ उस परिसर में ही एक काफ़ी बड़ी लाल से रंग की मूर्ति थी जो मुझको बाल कृष्ण लड्डू गोपाल

की ही लगी और उसके पास खड़े होकर मद्रासी कर्नल साहब और धोती पहने त्रिपुंड धारी भारतीय पुजारी जी हरि बोल Our India is the Best के नारे से भी लगाते दिखे।

टैक्सी में हम चार लोग यानी मैं, कर्नल साहब, उनकी पत्नी और पुजारी जी को जाना था और हमारी इस दिन भर की यात्रा के श्री कृष्ण भक्त टैक्सीवाले से अति मुनासिब दाम पर 5000 (पाँच हजार) मिली लीरा प्रति व्यक्ति देना तय हुआ था। हम लोग रोम शहर की यात्रा को तैयार थे तो मैंने कर्नल साहब से पूछा कि पुजारी जी कहाँ रह गए तो उन्होंने इशारा किया कि वह तो गाड़ी में बैठ रहे हैं देखो और मेरी फिर से एक बार चौंकने की बारी थी क्योंकि जींस शर्ट पहने एक बढ़िया बैग लटकाए मुस्कुराते हुए वह गंजा शिखाधारी नवयुवक असल में पुजारी जी ही थे जो गाड़ी में हम लोगों के साथ बैठे थे।

हमारी टैक्सी में रोमन भाषा का ही कोई गाना बज रहा था जो समझ तो नहीं आ रहा था किन्तु संगीत कर्णप्रिय था। गाड़ी में ड्राइवर के सामने शीशे के बीच में रियर व्यू मिरर पर एक माला लटक रही थी और डैशबोर्ड पर भगवान श्रीकृष्ण और राधा जी की फ़ोटो विराजमान थी। ड्राइवर को अंग्रेज़ी इतनी ही आती थी जितनी प्रयास करके बस हम समझ ही सकते थे। हॉं वह श्रीकृष्ण भक्त ड्राइवर हर थोड़ी देर पर हम लोगों से बहुत गर्व से यह जरूर बताता था कि सोनो रोमानो मतलब I am Romano। वह यह भी कहता था I am Romano and I am Italiano।

हम लोग जैसे ही रोम शहर में घुसे एक बार फिर से वहाँ की सुन्दरता हमारा ध्यान आकर्षित करने लगी। रोम को मूर्तियों का शहर भी कह सकते हैं। रोम में स्थान-स्थान पर फव्वारे बने हुए हैं जो बहुत सुन्दर हैं और मूर्तिकला से सुसज्जित हैं। इन फव्वारों या फाउंटेंस से पिआत्ज़ा Piazza यानी कि बड़े चौक की सुन्दरता भी बढ़ती है और लोगों को पीने के लिये पानी भी मिलता रहा है। यहाँ की मूर्तियाँ इनके सौन्दर्य में चार चाँद लगाती हैं। इन मूर्तियों-चौराहों पर लोग घूमने आते हैं, इकट्ठे होते हैं ख़ास तौर पर टाकिंग स्टैच्यूज़ के पास और अपने विचार व्यक्त करते हैं, सामयिक विषयों पर चर्चा करते हैं। इन मूर्तियों और मूर्तिवाले स्थानों में the talking statues में the pasquino और marforio काफ़ी प्रसिद्ध हैं और लोग यहाँ एकत्रित होकर व्यंगात्मक और प्रतीकात्मक लहजों में सामयिक विषयों की चर्चा करते हैं। यह उनकी संस्कृति का अंग है जैसे हमारे कुछ शहरों जैसे दिल्ली, लखनऊ, इलाहाबाद आदि में कॉफी हाउस का रोल रहता है। यूरोप के लगभग सभी शहरों की भाँति रोम में भी सड़क के किनारे फ़ुटपाथों पर बड़ी छतरी लगाए हुए आपको टेबल-चेयर लगे रेस्टोरेंट दिखेंगे, जर्मनी में इनमें बीयर का बहुत रिवाज है जबकि रोम में पीत्जा और पास्ता काफ़ी दिखा।

रोम की वास्तुकला क्लासिकल से लेकर इम्पीरियल रोमन स्टाइल और आधुनिक फासिस्ट स्टाइल तक फैली हुई है जो आपको देख कर समझ में भी आती है। क्लासिकल आर्किटेक्चर में नई चीज़ें क्रमशः विकसित होती गईं जैसे डोम, आर्च और वॉल्ट आदि। शुरू में 11वीं, 12वीं और 13वीं सदी की इमारतों में आपको अर्धवृत्ताकार मेहराबों का प्रयोग दिखता है जो क्लासिकल रोमानस्क स्टाइल है जो बाद में चलकर गौथिक स्टाइल के नुकीले मेहराबों में परिवर्तित होती दिखती है। रोम की बाद की इमारतों में विशालता, वैभव, बीच में बड़ी खुली जगह, आदि जैसा रैनिसां का प्रभाव और बड़े ऊँचे गुम्बद और चर्चों में केन्द्रीय गुम्बद जो बहुत ऊंचाई पर होते हैं उनसे आती प्राकृतिक रोशनी जैसा बारोक आर्किटेक्चर का प्रभाव जो स्वर्ग और पृथ्वी के सम्बन्ध को दर्शाता प्रतीत होता है वह दिखता है। बाद की इमारतों का वास्तु ज़्यादा आधुनिक होता गया है। रोम शहर की ख़ूबसूरती में टाइबर नदी पर बने हुए शानदार मूर्तियोंवाले मेहराबदार पुल चार चाँद और लगा देते हैं। मैं सोच रहा था कि फ्रैंकफ़र्ट, पेरिस, लन्दन, रोम और हमारे यहाँ दिल्ली, आगरा, कानपुर, लखनऊ, प्रयाग, वाराणसी आदि शहर भी नदियों के किनारे बसे हैं, हमारे यहाँ नदियों में स्नान, उनके किनारे शव जलाना तो हम लोगों की संस्कृति है किन्तु हम आज भी नदियों के किनारों, उनके आसपास के स्थानों अर्थात उनका विकास पर्यटन स्थलों के रूप में नहीं कर पाए हैं। रोम के पुराने प्रसिद्ध पुलों में Ponte dei Quattro Capi, Ponte sisto, Ponte Rotto, Ponte Vittoro Emanuele आदि हैं। एनसायक्लोपीडिया ब्रिटानिका के अनुसार रोम के पुराने सर्वाधिक सुन्दर पुलों में जो आज भी मौजूद है वह है Ponte Sant' Angelo जो सन 135 ईसवी में बना था और सन 1688 में प्रसिद्ध मूर्तिकार बर्नीनी ने 10 देवदूतों (angels) की मूर्तियों से इसको सजाया था।

जैसा मैंने पहले बताया है कि रोम को विश्व की फ़ैशन की राजधानी भी माना जाता है। वैलेंटिनो, फेंडी, बुल्गारी गुच्ची, वर्साचे, प्रादा आदि ब्रांडों के मुख्यालय रोम में हैं या यह यहाँ से शुरू हुईं। यहाँ की प्रसिद्ध स्ट्रीट वीआ दे कोंडोटी पर प्रसिद्ध कैफे ग्रेको है जहाँ स्टैण्डहल, गेटे, बायरन, कीट्स, आदि अपने समय में कॉफी पिया करते थे। रेडियो के आविष्कारक मार्कोनी इसी Via dei Condotti पर रहा करते थे। यह स्ट्रीट शानदार फ़ैशन के सामान की खरीदारी का केन्द्र है और यहीं से मैंने अपनी भांजी ईशा जो उस समय लगभग पाँच वर्ष की थी उसके लिये डिज़ाइनर स्कर्ट आदि कपड़े लिये थे।

इसके बाद हम आगे रोम का प्रसिद्ध फॉण्टाना दे ट्रेवी देखने गए। यह एक 18वीं शताब्दी का फव्वारा है जिसको इटालियन डिज़ाइनर निकोला सालवी ने बनाया था और जिसेपि पानीनी ने पूरा किया था। यह 86 फ़ीट ऊंचा है और

136. 3 फ़ीट चौड़ा है विशाल है। यह विश्व के सबसे प्रसिद्ध फाउंटेनों में है और बहुत सारी हॉलीवुड और बॉलीवुड की फिल्मों में भी यह देखने को मिला है। यहाँ तीन रास्ते आकर मिलते हैं और मुझको श्रीकृष्ण भक्त ड्राइवर साहब ने बताया कि यहाँ तीन नदियों टाइबर, टेम्स और गंगा का जल मिलकर निकलता है; जी सही पढ़ा आपने गंगा का।

यहाँ आकर लोग मनौती मान कर फाउंटेन के जल में सिक्के पीछे मुँह करके फेंकते हैं और मान्यता है कि जो यहाँ सिक्का फेंकते हैं वह रोम लौट कर आते हैं। कुल मिलाकर यह रौनक से, चहल-पहल से भरा एक सुन्दर स्थान है।

फॉण्टाना दे ट्रेवी से फिर हम लोग पैन्थियोन Pantheon देखने गए। यह पूर्व में एक रोमन मन्दिर हुआ करता था जिसको बाद में चर्च बना दिया गया। यह सन 609 ईसवी से एक कैथोलिक चर्च है। यह सिलेन्डरिकल आकार का एक बड़ा सा ग्रेनाइट पत्थरों का बना पोर्टिको यानी बारामदानुमा एक इमारत है जिसमें विशाल खम्भे हैं जो आगे 8 और फिर पीछे 4-4 दृष्टिगोचर होते हैं। पैन्थियोन का गुम्बद विश्व के कंक्रीट के बने विशालतम गुम्बद में गिना जाता है। इसके गुम्बद में केन्द्र से प्राकृतिक रोशनी आती है जो स्वर्ग और पृथ्वी का सम्बन्ध स्थापित करती मानी जाती है। इसको रोम के सबसे अच्छे रूप में संरक्षित स्मारक का दर्जा भी प्राप्त है।

इतना घूमने के बाद हम लोगों को श्री कृष्ण भक्त ड्राइवर साहब ने एक जगह लंच कराने को रोका जहाँ हमने खाना खाया और मुझको भी कुछ शाकाहारी खाने को मिल गया था। हमारा अगला गन्तव्य अब वैटिकन सिटी था।

इटली-5

रोम—वैटिकन सिटी

Italy-5

Rome — Vatican City

जब हम लोग खाना खा कर चलने को निकलते तब तक मद्रासी कर्नल साहब तबाची-तबाची करते हुए एक तरफ़ निकल गए थे। हम लोग उनका इन्तजार करने लगे तो श्रीकृष्ण भक्त ड्राइवर साहब हमको बता रहे थे कि रोम में रहनेवाले लोगों को रोम से बहुत प्यार होता है और उनको वह इटैलियन हैं इससे भी ज़्यादा गर्व इस बात पर होता है कि वह रोमानो हैं। मुझको लगा कि कुछ ऐसा ही पेरिसवालों में भी है पर फ़र्क़ इतना है कि उनमें एक ऐंठ सी है इस बात की जो रोमवालों में नहीं दिखी। यहाँ मुझको लगा कि हमारी भाषा हिन्दी में जो

शब्द घमंड है वह पेरिसवाले पैरीसियन्स पर जबकि गर्व शब्द रोमानो लोगों पर उपयुक्त लगता है।

रोम में हमको सड़कों पर घोड़ागाड़ी भी चलते हुए दिखी और बहुत ट्रैफिक भी। यहाँ की गाड़ियों की नम्बर प्लेट पर Roma और गाड़ी का नम्बर लिखा होता है। हमारी वाली कार का नम्बर Roma 7013 था। यहाँ यह बताना भी रोचक है कि हमारे श्रीकृष्ण भक्त टैक्सी ड्राइवर साहब अमिताभ बच्चन के भी प्रशंसक थे और हमसे उनकी फिल्मों की बातें कर रहे थे। मैंने इजिप्ट में भी अमिताभ बच्चन और श्री देवी का जबरदस्त क्रेज़ वहाँ के लोगों में देखा था और मुझको लगा कि हमारी फिल्में और फिल्मों के कलाकार भी हमारी संस्कृति के दूतों के रूप में जबरदस्त कार्य करते हैं। यहाँ एक और बात थी कि हिन्दुस्तान के एक व्यापारी जो विदेशों में अपनी पहचान बना रहे थे उनकी भी चर्चा श्रीकृष्ण भक्त टैक्सीवाले ने की। उसने कहा कि एक हिन्दुस्तानी इंडस्ट्रियलिस्ट कई जगह काम कर रहा है। पहले तो मेरी समझ में नहीं आया फिर थोड़ी और बात करने पर मालूम पड़ा कि वह हिन्दुजावालों की बात कर रहा था। मुझको इस बात पर एक अच्छी अनुभूति भी हुई कि पहले दुबई में जम्बो इलेक्ट्रॉनिक्स के सन्दर्भ में लोग मनु छाबरिया का नाम ले रहे थे और अब इटलीवाले हिन्दुजा का। मेरा आशय यह है कि विश्व के पटल पर भारतीयों की पहचान अध्यात्म, सिनेमा से आगे जाकर खेल और उद्योग व्यापार के क्षेत्र में भी बननी शुरू हो चुकी थी।

अब तक कर्नल साहब भी आ गए थे और हम लोग चल दिये थे ईसाई धर्म के सबसे पवित्र और महत्वपूर्ण स्थानों में से एक वैटिकन की ओर।

वैटिकन अपने आप में एक स्वतन्त्र देश है जो सीमाओं के हिसाब से विश्व का सबसे छोटा देश है और रोम के एक तरह से अन्दर ही स्थित है। यह रोमन कैथोलिक चर्च का मुख्यालय है और कैथोलिक ईसाइयों के सबसे बड़े धर्मगुरु बिशप ऑफ रोम जिनको पोप कहा जाता है वह यहीं रहते हैं और इस देश के राजप्रमुख वही होते हैं। यहाँ की आबादी इस समय लगभग 825 के करीब है। यह देश 121 एकड़ में फैला हुआ है और इटली से अलग होकर यह 1929 ईसवी सन में यह अलग देश बना। यहाँ के सभी उच्च पदाधिकारी रोमन कैथोलिक धर्माचार्य ही हैं। यहाँ की अर्थव्यवस्था दान, यहाँ के स्मारक चिह्नों, पोस्टेज टिकटों की बिक्री, म्यूज़ियम के टिकट आदि की बिक्री से चलती है। यहाँ कोई टैक्स नहीं है और सारी चीज़ें ड्यूटी फ्री हैं। इस देश का इटालियन में नाम citta dei Vaticano है। यह एक यूनेस्को द्वारा घोषित वर्ल्ड हैरीटेज साइट भी है।

चूँकि इस स्थान का धार्मिक, सांस्कृतिक और ऐतिहासिक महत्व है तो यहाँ पर पर्यटकों के लिये बहुत सारी देखने योग्य चीजें हैं और पर्यटक आते

भी बहुत हैं। यहाँ पर आपको कला, मूर्तिकला, पेंटिंग्स, वास्तुकला के नायाब उदाहरण देखने को मिलेंगे। यहाँ "Laocoon and His Sons" जैसी विश्व प्रसिद्ध मूर्तिकला के नायाब उदाहरण देखने को मिलेंगे। यह एक प्रसिद्ध मूर्ति है जिसमें ट्रोजन पुजारी लाओकून और दो उसके पुत्रों की आदमकद मार्बल की बनीं मूर्तियाँ हैं जिनपर समुद्री सरीसृप हमला कर रहे हैं। यह मूर्ति रोम की ख़ुदाई में मिली थी और अब वैटिकन म्यूज़ियम में रखी हुई है। यह इतनी सजीव बनी हुई है कि आप इसको देख कर दंग रह जाएंगे।

वैटिकन में आप जब सेंट पीटर्स स्क्वायर की ओर घुसते हैं तो लोगों को नियन्त्रित और शायद व्यावस्थित रखने को बहुत रेलिंग भी लगी नजर आती हैं। इस इलाक़े में प्रवेश करते ही बीच में प्रसिद्ध सेंट पीटर्स स्क्वायर है जो आपको मेहराबदार विशाल प्रवेश द्वार से इस देश में घुसते ही नज़र आता है और उसका बरामदा जो बहुत ही विशाल खम्भों से जैसे भरा हुआ सा है। यहाँ जमीन पर एक गोला बना है जिसको यहाँ के लोग पृथ्वी का केन्द्र मानते हैं तो मुझको अपनी भोले बाबा की काशी नगरी याद आई जिसको हम और हमारी संस्कृति पृथ्वी का केन्द्र मानते हैं। यहाँ एक गोले जैसे पेंटेड स्थान पर खड़े होकर सामने देखने पर बरामदे की इमारत के खम्भे ऐसा लगता है जैसे इमारत खम्भो की केवल एक पंक्ति पर ही खड़ी है जबकि दूसरे गोले से खड़े होकर देखने पर खम्भों की तीन पंक्ति नजर आती हैं जो हैं भी तीन। सामने विशाल सीढियाँ नजर आती हैं और सामने ही बड़ा सा गुम्बद है उस पर विशाल और अद्भुत मूर्तियाँ बनी हुई हैं। एक बड़ी सी घड़ी लगी है और मैंने पाया कि यूरोप की वास्तुकला-इमारतों में घड़ी का बहुत महत्वपूर्ण स्थान है।

यहीं सामने पूरी दीवार पर एक पट्टी जैसे रूप में बड़ा सा कुछ लिखा भी है। एक बात जो इस लिखावट को देखकर मेरे ध्यान में आई वह यह कि हमारे आगरा के ताजमहल और सिकन्दरा के प्रवेश द्वारों पर ऐसे ही बहुत बड़े आसानी से पढ़े जा सकनेवाले साइज़ के अक्षरों में कुरान की आयतें लिखी हुई हैं और वह भी बेहतरीन कैलीग्राफी का नमूना हैं।

यहीं पर एक तरफ़ इमारत में ही पत्थर पर अभी तक हुए सारे पोप लोगों के नाम ख़ुदे हुए हैं। जिसमें पहला नाम S PETRVS 67 VEL 64 लिखा है। उस समय के पोप जॉन पॉल द्वितीय थे (1991 में जो 1978 से पोप थे) और पत्थर पर आख़िरी पोप जिनका नाम उस समय लिखा हुआ था वह Jonnes Pavlys 1 1978 लिखा था। यहाँ यह भी बता दूँ कि 1978 में तीन पोप एक के बाद एक हुए थे क्योंकि पोप जॉन पॉल प्रथम का कार्यकाल बहुत ही छोटा रहा था, उनकी मृत्यु हो जाने के कारण।

इस विशाल स्क्वायर में मिस्त्र देश के सिकन्दरिया शहर में बना एक विशाल स्मारक स्तम्भ जिसको प्रसिद्ध ओबिलिस्क कहा जाता है और जिसको मिस्त्र से रोम प्रसिद्ध राजा कैलीगुला लाया था वह लगा हुआ है। बताते हैं के इस स्तम्भ के ऊपर एक धातु का गोला है जिसमें प्रसिद्ध रोमन सम्राट जूलियस सीज़र की अस्थियों की राख थी ऐसा माना जाता था। रोम में 8 इजिप्ट के स्मारक स्तम्भ और 5 प्राचीन रोम के स्मारक स्तम्भ हैं। यहाँ एक और चीज़ ने मेरा ध्यान आकर्षित किया वह थी एक लम्बे बड़े खम्भे पर कांसे की बनी मुर्गे की विशाल मूर्ति। यह मूर्ति नौवीं शताब्दी की है। पोप लियो चतुर्थ ने इसको पुराने कॉन्सटेंटाइन बासिलिका के घण्टाघर के स्तम्भ के ऊपर लगवाया था। बताते हैं कि घण्टाघर के स्तम्भ पर मुर्गे की मूर्ति सजगता और रात के अंधेरे के पश्चात सुबह की पौ फटने की प्रतीक मानी जाती हैं।

वैटिकन का एक और प्रसिद्ध स्थान-स्मारक है सेंट पीटर्स बैसिलिका। इसको समय समय पर अनेकों प्रसिद्ध वास्तुविदों ने बनाने में योगदान दिया और जिसमें ब्रमान्ते, जिआकोमो डेला पोर्ता, मदेरनो और बर्नीनी आदि का नाम प्रमुख है। इसको यूरोपीय पुनर्जागरण की वास्तुकला के एक प्रमुख उदाहरण के रूप में जाना और माना जाता है।

वैटिकन के प्रसिद्ध सिस्टिन चैपल या पूजाघर-गिरिजाघर की एक बहुत बड़ी ख़ासियत इसकी छत और दीवारों पर बने भित्ति-चित्र (frescos) हैं। आप जब वहाँ पर होते हैं और उस स्थान से गुजरते हैं तो आपकी निगाह जिधर जाती है उधर आपको कला के बेहतरीन नमूने देखने को मिलते हैं, जिनको बनानेवालों के नाम भी कला की दुनिया में अमर हैं जैसे पर्युजीनो, डोमिनिको घिरलैंडियो, बोत्तीसेल्ली, रफाएल, फ्रा एंजेलो और यहीं आपको देखने को मिलती है चित्रकार माइकलएंजिलो की बनाई प्रसिद्ध कृति 'लास्ट जजमेंट' । इसी सिस्टिन चैपल की छत पर आप की निगाह जाएगी तो आपको माइकल एंजेलो की ही एक और प्रसिद्ध कृति 'द क्रिएशन ऑफ एडम' देखने को मिलेगी। यहाँ आपको 3 डाइमेंशनल पेंटिंग भी देखने को मिलेगी। इन पेंटिंगों में चटकीले रंगों का भी प्रयोग बख़ूबी से किया गया है। यहाँ के इस चैपल का फर्श जो डिज़ाइनदार मार्बल से ही बना है देखने लायक है।

वैटिकन घूमने के लिये लगभग एक डेढ़ घंटे का समय काफ़ी था और फिर गाड़ी दूर खड़ी होने के कारण हम इस देश से पैदल ही निकल कर दूसरे देश यानी इटली में प्रवेश कर गए। यहाँ से थोड़ी दूरी पर इस्कॉनवालों का भारतीय रेस्टॉरेंट गोविन्दा था जहाँ हम चाय नाश्ते के लिये प्रवेश कर गए। यह रेस्टॉरेंट एक बड़े हॉल में था जिसमें करीने से गोल मेजें लगी थीं जिन के चारों ओर कुर्सियाँ थीं। इस रेस्टॉरेंट की पहली मंज़िलपर भी कुछ बना था और कुछ मेहराबवाली

खिड़कियाँ सी बनी थीं जिसमें से खड़े होकर किसी ने हमको आवाज दी हरि बोल। जब हमने सर उठा कर ऊपर उधर देखा तो वह हमारे मन्दिर के सूट पहने शिखाधारी गंजे पुजारी जी थे। मुझको हमारे टैक्सीवाले महाशय ने बताया था कि वहीं पास में रोम की बस से देखने के टूर का टिकट मिलता है तो अगले दिन के लिये मैंने वह टिकट वहीं से अपनी बुकिंग करा के ले लिया।

अब शाम हो चली थी तो श्रीकृष्ण भक्त टैक्सी ड्राइवर साहब हम लोगों को रोम की स्ट्रीट्स दिखाने ले गए। एक गली को देख कर मैं चमत्कृत हुए बिना नहीं रह सका। इस स्ट्रीट में सड़क पर हरे रंग का कार्पेट बिछा हुआ था पूरे रास्ते पर। यहाँ बहुत चहल पहल थी, दुकानीं थीं और रेस्टॉरेंट भी थे। यहीं हमको धोती कुर्ता पहने शिखाधारी गंजे सरवाले त्रिपुंड धारी एक और इस्कॉन भक्त मिल गए और फिर क्या था पहले तो श्रीकृष्ण भक्त टैक्सी ड्राइवर साहब और उनकी कुछ बातचीत हुई और फिर वहीं सड़क पर उन्होंने थोड़ा कीर्तन किया जिसमें कर्नल साहब, उनकी पत्नी, हमारे पुजारी जी और मैं ख़ुद भी हरि बोल करते हुए शामिल हुए साथ में कुछ लोग जो वहाँ खड़े थे वह भी और ऐसा लगा जैसे कि रोम की गलियों में वृन्दावन उतर आया हो हरे कृष्णा हरे रामा रामा रामा हरे राधे; हरि बोल, हरि बोल, हरि बोल।

इस आनन्ददायक अनुभूति के साथ ही उस दिन की हमारी यात्रा समाप्त हुई और हम वापिस अपने इस्कॉन गैस्ट हाउस में आ गए थे। गैस्ट हाउस लौट कर वहाँ के और डिवोटीज़ के साथ काफ़ी बातचीत होती रही और ज्योतिष की चर्चा छिड़ गई। एक इटली के भक्त ने अपना हाथ मुझको दिखाया अब मुझको नहीं पता कि मुझको हाथ देखना आता था या प्रभु श्रीकृष्ण जी की कृपा हुई कि मैंने उस से कहा कि मुझको लगता है कि आप किसी गम्भीर अपराध में लिप्त रहे हैं तो वह चमत्कृत हो गया और उसने बताया कि उससे अनजाने में एक गम्भीर हत्या का अपराध हो गया था और उसकी सजा काट कर अब वह भगवान श्रीकृष्ण की सेवा में ही अपना जीवन व्यतीत कर रहा है। बात करते करते रात्रि पूजा और कीर्तन का समय हो चला था। सच बताऊँ तो उस कीर्तन में मुझको भी आनन्द आने लगा था। वहाँ हॉल में एक तरफ़ इस्कॉन के संस्थापक स्वामी प्रभुपाद की आदमकद बैठी हुई मूर्ति, सामने श्री राधाकृष्ण के मनमोहक विग्रह और मंजीरा मृदंग की ताल पर चैतन्य महाप्रभु की याद दिलाता हरे रामा हरे कृष्णा, रामा रामा हरे राधे, हरि बोल, हरि बोल के समवेत स्वरों में अपनी सुध बुध भूल जाएं, प्रभु की भक्ति का आनन्ददायक ऐसा अद्भुत समां बंधता था उस कीर्तन से जिसके विषय में यही कह सकता हूँ कि "गूंगे केरी सरकरा, खाये और मुस्काय। "

इस कीर्तन आदि के बाद कमरे में आकर सोना था क्योंकि अगली सुबह मेरा बस के द्वारा रोम का डे टूर करने का इरादा था।

इटली-6

रोम—शहर का बस से भ्रमण

Italy-6

Rome — City tour by bus

रोम में मेरा अगला दिन यानी 23 अक्टूबर 1991 मेरी यात्रा के समापन के पास का दिन था, 24 अक्टूबर को इस पहली और लम्बी यात्रा से मेरी घर वापिसी होनी थी। 23 अक्टूबर को मैंने बस द्वारा रोम का सिटी टूर लेकर घूमने का इरादा किया था। मुझको पता चला था कि रोम के रेलवे स्टेशन रोमा टरमीनी के बाहर से बस द्वारा डे टूर शुरू होता है तो मैं सुबह ही बस के समय से लगभग आधा घंटा पहले पहुँच गया और रोमा टरमीनी स्टेशन के सामने एक स्थान पर बैठ गया। मेरे पास मेरा कैमरा, वीडियो कैमरा था और मैं कोट-पैंट स्वेटर आदि पहने हुए था। अचानक क्या हुआ कि 8-10 लोगों का एक दल मेरे पास आया और मुझको छू-छू कर मनी, मनी गिव मनी कह कर पैसे मांगने लगा। मैं अपने दोनों हाथ बाँधे अपने सामान को ठीक से पकड़े हुए चुपचाप बैठा रहा और उन लोगों ने मुझको चारों तरफ़ से घेर रखा था। वह तीन चार छोटे छोटे बच्चे थे और कुछ नौजवान लड़के लड़कियाँ जो कुछ ऐसे ही भटकनेवाले हमारे यहाँ जैसे भिखारी पैसे मांगते हैं उनकी क़िस्म के लेकिन थोड़े बेहतर पहनावे में वह लोग लग रहे थे। जब मैंने उनकी बात पर कोई प्रतिक्रिया नहीं दी तो थोड़ी देर बाद वह मेरे सामने थोड़ी दूर पर खड़े व्यक्ति के पास चले गए। उस व्यक्ति को इन लोगों ने घेर लिया और जैसे मुझको छू छू कर बच्चे पैसा मांग रहे थे वैसा ही उसके साथ करने लगे। स्वाभाविक रूप से झल्लाते हुए उस व्यक्ति ने उन बच्चों को दूर भगाने को अपने हाथ हिला कर-उठा कर उनको दूर जाने को कहना शुरू किया और यह घेर कर अपना प्रयास कर रहे थे, मैं इस सब घटनाक्रम को दूर से देख रहा था कि अचानक मैं क्या देखता हूँ कि जब उस व्यक्ति ने अपना हाथ ऊपर उठा तो बड़ी सफाई से उनमें से एक बच्चे ने उसके कोट की सामने अन्दर की पॉकेट से उसका पर्स जो दिख रहा था वह निकाल लिया और जब तक कोई कुछ समझे वह वहाँ से चम्पत हो गए। तुरन्त ही उस व्यक्ति की भी समझ में आ गया कि क्या हुआ है लेकिन तब तक वहाँ कोई नहीं था। मुझको लगा कि जो मैं चुपचाप बैठा रहा बिना हाथ आदि हिलाए डुलाए वह अच्छा ही रहा।

इसी बीच डे टूरवाली बस आ गई और मैं उस में सवार हो गया तथा अपना टिकट दिखा कर आगे की तरफ़ ही बैठ गया। यह एक लो फ्लोरवाली शानदार लक्ज़री बस थी और उस समय तक भारत में दिल्ली या कहीं भी हम लोगों ने वैसी-बसें कभी नहीं देखी थीं। इस बस के दरवाजे ऑटोमैटिकली अपने आप

खुलते-बन्द हो जाते थे बस उस समय उनमें से हवा के प्रेशर जैसी एक आवाज जरूर आती थी लेकिन बस थी बहुत शानदार। उसमें सबसे आगे बीच में सूट पहने एक गाइड बैठा था जो हमको हर स्थान के विषय में बस के ऑडियो सिस्टम के माध्यम से बता जा रहा था। स्वाभाविक ही है कि मैंने इटैलियन नहीं अपितु इंग्लिश भाषावाले गाइड का टूर लिया था।

बस सबसे पहले हमको कोलोजियम ले गई। यह विश्व के सात आश्चर्यों में से एक है जो रोम शहर में स्थित है। यह असल में एक Amphitheatre है यानी कि बहुत विशाल खुला अखाड़ा या कुछ-कुछ आधुनिक स्टेडियम जैसा लेकिन सचमुच बहुत विशाल जो बाहर की तरफ़ से गोलाकार कई मेहराबदार दरवाजोंवाला बाहर से 3 मंजिला और दूसरी तरफ़ से 4 मंजिका भी दिखता है। इसके मेहराबों पर सुन्दर मूर्तियाँ बनी हुई हैं।

Colosseum एक अंडाकार या वर्तुलाकार आकृति की बनी विशाल इमारत है जो आधुनिक रोम शहर के बीच में स्थित है। यह विश्व के सर्वाधिक बड़े बने अखाड़ों में माना जाता है जो कभी भी बने। इसका निर्माण रोमन सम्राट वेस्पियन (69-79AD) के समय में शुरू हुआ और उसके वारिस सम्राट टाइट्स के समय में सन 80 ईसवी में यह बन कर तैयार हुआ। इस अखाड़े का नाम फ्लावियन एम्पीथियहटर रखा गया था क्योंकि इसका जुड़ाव फ्लेवियन खानदान के सम्राटों से था।

यह ट्रेवटाइन चूना पत्थर, टफ यानी ज्वालामुखी की चट्टानों और ईंट जैसी दिखनेवाली कंक्रीट से बनाया गया है। इसमें एक बार में 50 हजार से 80 हजार दर्शक बैठ सकते थे। यह उस समय में रोमन साम्राज्य की धाक का प्रतीक था।

यह 189 मीटर या 615 फ़ीट लम्बा, 156 मीटर या 510 फ़ीट चौड़ा है और इसका आधार 24000 वर्गमीटर के क्षेत्रफलवाला है जो 6 एकड़ में फैला हुआ है। इसकी बाहरी दीवार की ऊंचाई 48 मीटर या 157 फ़ीट है। इसका पैरीमीटर या परिमाप 545 मीटर या 1788 फ़ीट का है और इसमें 80 प्रवेश द्वार थे। इसके द्वारों में कई छेद दिखाई देते हैं जिनमें कभी मजबूती के लिये लोहे की छड़ें लगाई गई थीं लेकिन चोर उच्चक्कों ने समय के साथ उनको नहीं छोड़ा और कई बार तो इसके पत्थरों की चोरी का भी ज़िक्र सुना है। इसका सम्बन्ध कैथोलिक धर्म से भी है। वर्तमान में ईसाई धर्मगुरू पोप एक मशाल जुलूस "way of the Cross" का नेतृत्व करते हैं जो इसी कोलोजियम के इलाक़े से शुरू होता है। पहले इस स्थान पर रोम के सम्राट नीरो ने एक झील बनवाई थी और उसके सामने ही नीरो की विशालकाय कांस्य प्रतिमा लगी हुई थी जो उसके आत्महत्या करने के बाद हटवा दी गई और झील को भरवा कर सम्राट वेस्पियन ने यह एम्पीथियहटर बनवाना शुरू किया।

इस अखाड़े में पुराने युद्धों को ड्रामे के रूप में रच कर प्रस्तुत किया जाता था, जानवरों और मनुष्यों की लड़ाई होती थी, ग्लैडिएटर्स की लड़ाई होती थी और अपराधियों को मृत्यु दंड भी दिया जाता था। जब मैं इस एम्पीथियहटर यानी कोलोसियम के अन्दर खड़ा हुआ तो कुछ क्षणों को लगा मानो मैं उस युग में पहुँच गया हूँ, अफ्रीका से लाये गए हजारों जानवरो की लड़ाई का शोर हो रहा है, गैंडे हैं, जिराफ हैं, शेर हैं, मगरमच्छ भी हैं तो दूसरी तरफ़ ग्लैडिएटर मरने मारने पर उतारू हैं तभी लगता है जैसे महाभारत जैसे युद्ध का मंचन यहाँ हो रहा है तो दूसरी तरफ़ शायद रामलीला हो तो रावण का अट्टहास गूंजेगा लेकिन वहाँ तो यूरोप के युद्धों का मंचन हो रहा है, मारकाट का शोर है और अपने स्थानों पर बैठे लोग जुनून में शोर मचा रहे हैं, एक साथ 80 हजार आदमी हुंकार भर रहे हैं, शोर मचा रहे हैं कि तभी बस के गाइड ने कहा चलिये अब अगली जगह का समय हो रहा है।

हम लोग बस में बैठ कर आगे बढ़े और रोम की ऐतिहासिक सड़कों पर घूमती हुई बस अब जिस जगह रुकी उसका नाम थां "Altar of the Fatherland। या ALTARE DELLA PATRIA" इसका मूलत: निर्माण एकीकृत इटली के पहले राजा विक्टर इमैनुयल द्वितीय के सम्मान में 1885-1935 के बीच में हुआ था। यह पिआत्ज़ा वेनीज़िया और कैपिटोलाइन हिल के बीच स्थित है। बाद में चलकर प्रथम विश्व युद्ध में शहीद हुए इटली के सैनिकों के सम्मान को भी इस स्थान से जोड़ा गया। इसका वास्तु नियोक्लासिकल है। यह पुराने रोम के सम्मान और नए रोम से जुड़ाव का प्रतीक स्मारक भी है। यह एक भव्य इमारत है जो लगभग 70 मीटर ऊंची और 135 मीटर फैली तथा 130 मीटर गहरी है। सामने विशाल सीढियाँ है और दोनों तरफ़ विशाल आधार जैसी दीवारों पर अति विशाल मूर्तियाँ लगी हैं। इस पर ऊपर चढ़ कर चारों ओर से रोम का बहुत भव्य दृश्य दिखता है। मुझको यहाँ पर न जाने क्यों इटावा के टिकसी मन्दिर की ऊंचाई, भव्यता और छत याद आई जिस पर से आप यमुना नदी, उसके बीहड़ तथा पूरे इटावा शहर का भव्य दृश्य देख सकते हैं और कुछ उस से मिलता जुलता नज़ारा फ़िरोज़ाबाद के सूफी साहब की ऊपर की मंज़िलसे भी लेकिन हाँ यह भी बात सत्य है कि रोम के पीछे कई साम्राज्यों और कई सदियों की भव्यता झलकती है जिसका सौन्दर्य भी अद्भुत है।

हमारा अगला स्थान था स्पेनिश स्टेप्स। 1823 से 1825 के बीच एक फ्रांसीसी डिप्लोमैट की मदद से यह विशाल इमारत बनी जो ट्रिनिटा दे मोंटेनी चर्च और स्पेन के दूतावास को जोड़ती है। यह यूरोप का सबसे चौड़ा जीना (सीढियाँ) है। बसन्त के मौसम में हर वर्ष इन सीढ़ियों को फूलों से सजा दिया जाता है जिसका सौन्दर्य अकल्पनीय होता है। हमारे गाइड ने बताया कि यहाँ

से फॉण्टाना दे ट्रेवी बिलकुल पास में ही है। इस इमारत की 138 सीढियाँ जहाँ से शुरू होती हैं वहाँ भी एक सुन्दर फव्वारा Fontana della Barcaccia है।

यहाँ से आगे हमारी बस हमको Caste saint Angelo भी ले गई। यहाँ मैं यह स्पष्ट कर दूँ कि यह यात्रा मैंने 1991 में की थी और आज यह संस्मरण इटलीवाला मैं सन 2023 में लिख रहा हूँ तो स्थानों के सीकुएन्स में कुछ फेरबदल भी हो सकता है। यह इमारत एक बहुत बड़ा कैसल है जो शुरू में सम्राट हैड्रीयन ने अपने और अपने परिवारीजनों के मकबरे के लिये बनाया था। बाद में पोप ने इस गोलाकार विशाल इमारत को अपने क़िले और महल के रूप में उपयोग में लाया था। यहाँ एक म्यूजियम भी है और यह वैटिकन सिटी के बाहर स्थित है। हमारी बस का गाइड बता रहा था कि रोम का बहुत पुराना इतिहास रहा है और सबसे बड़ी बात है कि उन लोगों ने अपने इतिहास को संजो कर, बना संवार कर रखा है।

इसके बाद हमारा अगला डेस्टिनेशन था Piazza Navona। दरअसल जो जर्मन में Platz है, अंग्रेज़ी और फ्रेंच में Place है और हमारी हिन्दी में चौक या मैदान जैसा वही इटालियन भाषा में Piazza है। इस पिआत्ज़ा नोवहना पर तीन सुन्दर फाउंटेन थे जहाँ बर्नीनी और ब्रोमिनी जैसे अनेकों कलाकारों की कलाकृतियाँ मूर्तियाँ आपको पलक नहीं झपकाने देती हैं। यहाँ पर हमने Fontana dei morro और Fontana dei neutono देखे। इस पिआत्ज़ा का निर्माण सन 88 ईसवी के आसपास हुआ था।

इस स्थान के बाद आख़िरमें हम सत्य का मुख या Mouth of Truth देखने गए। यह मार्बल पत्थर का बना हुआ एक विशालकाय मुँह जैसा है जिसके बारे में किंवदन्ती है कि कभी इसमें हाथ डालें और उसके मन में झूठ हो तो अन्दर उसका हाथ कट जाता था। यह रोम में कौसमेडियन चर्च में सान्ता मारिया के बरामदे की बायीं ओर की दीवार पर बना हुआ है। कौसमेडियन चर्च the Piazza della Bocca della Verit. में स्थित है। वहाँ पर मैंने देखा कि पर्यटकों की बहुत भीड़ थी और लोग उस मुख में अपना हाथ भी डालते थे, मैंने भी डाला और वह सुरक्षित बाहर भी निकल आया। इस चर्च का फर्श बहुत सुन्दर मार्बल पत्थर से बना हुआ है और उस पर बहुत ख़ूबसूरत काम हो रहा है।

इटली के लोग मुझको सामान्य कद के, अधिकांशतः दुबले, बहुत से लोगों का जबड़ा कुछ नीचे की ओर चौड़ा होता खिंचा हुआ सा, आँखें अमूमन गहरी भूरी, बाल ब्लॉन्ड यानी कि हल्के ग्रे सफ़ेद टोन पर बहुत हल्के काले के शेड की झलक के साथ और त्वचा कोमल लेकिन कुछ ताम्बई पीलेपन की झलक लिये हुए। इटली की महिलाएं फ्रांस जैसी फ़ैशनेबल लेकिन कुछ लोगों से बात करके महसूस हुआ कि यहाँ के समाज में पितृत्ववादी समाज का मानस ज़्यादा

है। इटली के दक्षिणी इलाक़े के लोगों के फीचर भूमध्यसागरीय दिखते हैं; थोड़ी तपी हुई दिखती त्वचा, बालों का रंग गहरा भूरा या काला और भूरी आंखें। मैं इस देश और देश के लोगों के विषय में सोच ही रहा था कि बस में उद्घोषणा हुई और इसके साथ ही यह बस यात्रा रोम दर्शन की समाप्त हो चुकी थी। बस के ड्राइवर और गाइड को धन्यवाद देते हुए विदा लेकर मैं रोमा टरमीनी रेलवे स्टेशन के बाहर से टैक्सी पकड़ कर इस्कॉन टेम्पल के गैस्ट हाउस वापिस आ गया था। आज की रात मेरी अपनी इस लम्बी यात्रा की आख़िरी रात थी। अगले दिन मेरी वापिसी थी अपने वतन के लिये।

इटली वेनिस

वेनिस को-ऑर्डिनेट्स 45° 26' 15" N
12° 20' 9" E

मैं अपनी यूरोप की यात्राओं में हमेशा यूरेल पास फर्स्ट क्लासवाला लेकर जाता था इसलिये वहाँ मेरा आवागमन आसपास के देशों में भी काफ़ी सुगम रहता था। म्यूनिख से ही मैं इटली के वेनिस गया। यह रेल यात्रा मेरे जीवन की बेहतरीन यात्राओं में से एक थी इस अर्थ में कि या तो फ्रैंकफ़र्ट से डसेलडॉर्फ़ की राइन नदी के सहारे की यात्रा के दृश्य थे या फिर म्यूनिख से वेनिस की रेल यात्रा के। विश्व में इतने मनभावन रेल रूट बहुत कम ही होंगे। म्यूनिख सेंट्रल स्टेशन से वेनीज़िया सैंटा लूसिया स्टेशन तक की यह यात्रा लगभग 7 घंटे की थी पर थी बेहद आरामदायक। वेनिस शहर पहुँच कर मैं जिस होटल में रुका उसमें मौसम के कारण एयरकंडीशनर की ज़रूरत तो नहीं थी किन्तु कमरे की खिड़की खुली रहने के कारण और बिलकुल समुद्र के/कैनाल के किनारे होने के कारण रात भर मच्छरों ने बहुत परेशान किया।

वेनिस या वेनीज़िया उत्तर पूर्वी इटली का एक विश्व प्रसिद्ध शहर है। यह उत्तरी इटली के वेनेटो रीजन की राजधानी भी है। यह एड्रियाटिक सागर की खाड़ी में बने लगभग 100 छोटे टापुओं की बस्ती है जहाँ रास्ता के लिये कोई सड़क मार्ग न होकर नहरें हैं जिनमें गंडोला यानी कि नाव द्वारा आवागमन किया जाता है। यह टापू लगभग 400 छोटे पुलों से जुड़े हुए हैं वैसे इनके बीच में नहरें हैं और हाइवे की भाँति एक बड़ा आम रास्ता ग्रैंड कैनाल के रूप नें है। यहाँ वाकई बड़ा अजीब लगता है कि हो सकता है कि व्यक्ति को स्कूल जाना है या डॉक्टर के दिखाने पास के टापू पर जाना है तो वह मोटर साइकिल या कार के स्थान पर गंडोला यानी नाव से जाएगा। वहाँ टैक्सी भी वाटर टैक्सी या नाव/मोटर बोट

के ही रूप में चलती है। हाइवे या सड़क की तरह आप कैनाल से जा रहे होते हैं और उस रास्ते के दोनों ओर आपको यूरोप के पुनर्जागरण काल की, गोथिक क़िस्म की बनी इमारतें दिखती हैं, चर्च दिखता है, सेंट्रल स्कवायर, पिआत्ज़ा सान मार्को जहाँ सेंट मार्क का बासिलिका है, कम्पेनाइल टावर है यह सब मन भावन दृश्य दिखते हैं और ऊंचाई से कहीं से देखें तो विभिन्न टापुओंवाले वेनिस शहर के घरों की लाल छतें भी दिखती हैं। वेनिस के टापू पो और पिआवे नदी के छिछले मुहाने की खाड़ी से घिरे हुए हैं। वेनिस का नाम 10वीं शताब्दी ईसा पूर्व के प्राचीन वेनेटी लोगों से पड़ा है जो इस इलाक़े में रहते थे। वेनिस शहर ऐतिहासिक तौर पर रिपब्लिक ऑफ वेनिस की लगभग 1000 वर्ष तक राजधानी रहा यानी कि सन 697 से 1797 तक जब नेपोलियन ने वेनिस पर कब्जा कर लिया। सन 1866 में वेनिस इटली के राज्य का अंग बन गया।

अपनी भौगोलिक स्थिति के कारण एक लम्बे समय तक वेनिस एक बड़ी सामुद्रिक और आर्थिक शक्ति बन कर रहा और मध्यकाल से लेकर रैनिसां यानी पुनर्जागरण के समय तक वेनिस का ऐसा ही प्रभुत्व यूरोप में रहा। वेनिस शहर राज्य यूरोपियन सन्दर्भ में पहला वास्तविक राज्य था जो इतनी बड़े आर्थिक केन्द्र के रूप में विकसित होकर 9 से 14वीं सदी तक इतना ही महत्वपूर्ण बना रहा। इन्हीं कारणों से अपने इतिहास में वेनिस सदैव एक बहुत समृद्धशाली शहर रहा है। आसपास के बहुत बड़े क्षेत्र पर लम्बे समय तक आधिपत्य रहने के कारण वेनिस की वास्तुकला और संस्कृति भी बहुत समृद्ध हो गईं।

वेनिस को The Floating City, City of Masks, City of Water, City of Canals आदि अनेक नामों से जाना जाता है। 1987 में खाड़ी और आसपास के शहर के हिस्सों को UNESCO World Heritage Site के रूप में अंकित किया गया था। यहाँ पर हर चीज़ ही ऐसी है जो पर्यटकों के आकर्षण का केन्द्र है जैसे The Doge's Palace, Rialto Bridge आदि।

वेनिस मेरा हमेशा से जाने का मन था और इसकी दो बड़ी वजह थीं, एक तो मैं मुरानो जाकर काँच का काम देखना चाहता था और दूसरी तथा ज़्यादा प्रमुख वजह थी कि मेरी माँ को हमेशा वेनिस आकर्षित करता था। उनका बहुत मन था वेनिस जाने का। मैंने जब वेनिस से लौट कर वहाँ के बारे में उनको तथा अपने पापा को बताया था तो दोनों बहुत ख़ुश हुए थे।

मैं म्यूनिख से वेनिस लगभग दोपहर को पहुँच गया था और बहुत ख़ुश हुआ क्योंकि 1991 में जब मैं रोम से ट्रेन से वेनिस को चला था तो फ्लोरेंस और पीसा होकर लौट गया था जिसका ज़िक्र मैं पहले कर चुका हूँ। वेनिस पहुँच कर वहाँ के स्टेशन से निकल कर सबसे पहले मैंने कैनाल के किनारे एक होटल तलाशा और उसमें अपना सामान रख दिया। होटल में मेरा कमरा पहली मंज़िल पर

था और उसकी खिड़की कैनाल की साइड पर खुलती थी। इसका व्यू तो बहुत अच्छा था किन्तु इससे मच्छरों की बहुत समस्या थी। इसके बाद मैं होटल से बाहर आया और पैदल ही कैनाल के किनारे-किनारे घूमता रहा और वहाँ की प्रसिद्ध इमारतों को निहारता रहा। लोग एक स्थान से दूसरे स्थान बोट द्वारा ही आ जा रहे थे और यह एक बहुत ही विचित्र और आकर्षक दृश्य था। यह दृश्य देख कर मुझको अमिताभ बच्चन और ज़ीनत अमान का वेनिस के गंडोला (नाव) पर फिल्माया द ग्रेट गैम्बलर फ़िल्म का गाना "दो लफ्जों की है" याद आ रहा था। वेनिस में एक मजेदार घटना यह हुई कि एक दुकान पर जाकर मैंने कुछ खाने को लिया और फिर साथ में पीने के लिये दूध भी मांगा और उसके देने पर मैंने पूछा कि यह शुद्ध है क्या? मेरा यह पूछना ग़ज़ब हो गया। वह दुकानदार सोच ही नहीं सकता था कि दूध या खाने पीने की कोई चीज़ अशुद्ध भी होती है और इसी बात पर उसने मेरी क्लास लगा दी। अपनी इस सोच और भय के कारण बाद में मुझको बहुत अफसोस भी हुआ।

वेनिस की ग्रैंड कैनाल लगभग 4 किलोमीटर लम्बी नहर है जो कि अनेकों पैलेस और पुलों के बीच से होकर गुजरती है और किसी शहर की मुख्य सड़क की भाँति ही यह कैनाल है।

कैनाल से गुजरते हुए दोनों ओर की भव्य इमारतें ऐसे लगती हैं मानो दोनों ओर सम्पन्नता बिखरी हुई है साथ ही साथ यह भी अहसास होता है कि वह लोग कितने मेहनती रहे होंगे जिन्होंने ऐसे पानी की नहरों के बीच में अपने लिये इतना भव्य शहर बना लिया। उनकी सोच में कुछ बात तो रही होगी क्योंकि ऐसे ही तो हमारी पवित्र गंगा नदी अनेकों धाराओं के साथ बंगाल की खाड़ी में गिरती है। मैं जब पिआत्ज़ा सेन मार्को या सेंट मार्क स्क्वायर से गुजरा तो वहाँ की चहल पहल और रौनक के क्या कहने थे। ऐसा लगता था कि विश्व के हर कोने से पर्यटक यहीं आया हुआ है। वहाँ न जाने कितने कबूतर घूम रहे थे जिस से दृश्य और मनमोहक दिख रहा था। वहीं प्रसिद्ध बासिलिका दी सेन मार्को का चर्च अपनी भव्यता बिखेरता हुआ खड़ा है। वहीं प्रसिद्ध लाल ईंटों जैसी चीज़ से बना कम्पानीले का टावर है जो सेन बासिलिका का बैल टॉवर है। यह सब ऐसा दृश्य था कि देखते जाओ और मन न भरे। इसी टॉवर को गैलीलियो गैलिली ने 16वीं सदी में अपनी वेधशाला के रूप में भी प्रयोग किया था और नक्षत्रों-तारों को इस पर चढ़ कर देखा था। इससे थोड़ा आगे ही बढ़ कर ही घण्टाघर दिखता है जिस पर एक बड़ी घड़ी और वेनिस के गणतन्त्र की शक्ति का प्रतीक सेन मार्क का सिंह बना हुआ है। इसके कुछ आगे ही चलकर वेनिस के शासक रहे डॉज का शानदार महल जिसके भव्य मेहराबदार खम्भे-बरामदा उसकी भव्यता को और बढ़ाते प्रतीत होते हैं। वेनिस की भव्यता ऐसी है कि देखे बिना समझना

मुश्किल है। यदि वेनिस जाएं तो गंडोला या वापुरितो (Public Transport water taxi) से एक चक्कर अवश्य लगाएं। वेनिस घूमते में वहाँ की इमारतों की भव्यता के साथ ही मन में यह प्रश्न भी उठ रहा था कि यहाँ चूँकि हर घर पानी के बीच ही बना है तो सीलन और मच्छरों की समस्या तो रहती ही होगी और घरों में पानी की मछलियों की एक अलग तरह की महक भी रहती ही होगी लेकिन जल्द ही वहाँ की अद्भुत मनमोहक सौन्दर्य की झलक फिर से मन को अपनी ओर खींच लेती है।

वेनिस की शाम का तो कहना ही क्या था। रोशनी में नहर के किनारे ऐसे झिलमिला उठे थे कि लगता था वह दृश्य वहीं बैठे देखते रहें। ढलती शाम को जब रोशनी से वेनिस झिलमिला उठता है तो उस रोशनी और उसकी चमक में नहाई इमारतों का प्रतिबिम्ब नहरों के पानी में एक अलग ही समां बनाता है। इसके साथ ही नहर किनारे के रेस्तरांओं में टेबलों पर चाय, कॉफी और खानेवालों की चहल पहल कुल मिला कर एक ऐसा अनुभव आपका मन मोह लेता है। देर रात तक घूमते हुए मैं इन्हीं दृश्यों का आनन्द लेता रहा और फिर जाकर अपने होटल में सोने के लिये चल दिया क्योंकि अगली सुबह मुझको काँच की नगरी मुरानो जाना था।

इटली मुरानो

Coordinates 45° 27' 27" N
12°21' 13" E

अगली सुबह उठ कर मैं तैयार हुआ और आज मेरे मन में एक विचित्र सा उत्साह था क्योंकि मैं मुरानो जानेवाला था। काँच का काम करनेवालों के लिये मुरानो जाना एक ऐसे तीर्थस्थल या धाम की यात्रा के समान है जो करना जीवन को सार्थक बनाता है।

सुबह नाश्ता आदि करके वेनिस के अपने होटल से निकल कर मैं फोंडामेंटे नोवे टापू island of fondamente nove से वाटर टैक्सी लेकर मुरानो के लिये चल दिया। शान्त समुद्री पानी में नाव पर हम बायीं तरफ़ पर तट से बैठे और पूरा घूम कर नाव दाहिनी तरफ़ की दिशा में चल दी। हमारे दाहिनी तरफ़ एक और टापू दिखा जिस को मिशेल चर्च टापू भी कहते हैं और वहाँ असल में बहुत बड़ी सिमेट्री भी है।

जब आप वेनिस या उस इलाक़े में कहीं भी निकलते हैं तो इमारतों का एक अलग क़िस्म का सौन्दर्य नज़र आता है और कई बार ऐसा प्रतीत होता है कि

यह सब जैसे जयपुर के जलमहल जैसी इमारतें हैं। वारामदे से बाहर पैर रखो तो पानी ही है।

वेनिस से लगभग 15 मिनट का फासला वाटर टैक्सी से तय करके उत्तर की तरफ़ लगभग डेढ़ किलोमीटर पर मुरानो शहर स्थित है। हमारी नाव मुरानो के समुद्री स्टेशन केलोवानो पर रुकी, मुरानो का तट हमारी बायीं ओर था जिस पर कदम रखते हुए मुझको एक अलग क़िस्म की प्रसन्नता की अनुभूति हो रही थी। मुरानो में पहली दृष्टि से ही जो दिख रहा था वह उसकी विशिष्टता और भव्यता को दर्शाती इमारतें, बाज़ार आदि थे।

प्रारम्भ में मुरानो को रोमन लोगों ने बसाया था। ईसवी सन 1291 में शहर की व्यवस्था और सुरक्षा के कारण वेनिस के सभी काँच बनानेवालों, काँच का काम करनेवालों को मुरानो भेज दिया गया था। मुरानो के काँच बनानेवालों को वेनिस और उस इलाक़े के समाज में एक विशिष्ट स्थान और सम्मान प्राप्त था। 14वीं शताब्दी तक मुरानो के ग्लास मेकर्स को तलवार धारण करने का विशिष्ट अधिकार मिल चुका था जो उस समय वहाँ के समाज में एक बड़ी और बहुत प्रतिष्ठा की बात थी। वेनेशियन राज्य द्वारा सजा से मुरानो के ग्लास मेकर्स को छूट प्राप्त थी उन पर राज्य-सरकार द्वारा मुकदमा नहीं चलाया जा सकता था। मुरानो के काँच बनानेवालों की लड़कियों की शादी वेनिस के सबसे सम्पन्न परिवारों में होती थी। इतनी सारी सुविधाओं के बाद एक बन्धन भी मुरानो के ग्लास मेकर्स के लिये था और वह यह कि यह ग्लास मेकर्स और उनकी ग्लास बनाने की विशिष्ट तकनीक के रहस्य उस राज्य से बाहर नहीं जा सकते थे। हाँलाँकि 16 वीं सदी के बाद यह मोनोपली या एकाधिकार टूटने लगा और यूरोप के अन्य स्थानों के लोगों को भी काँच और इसको बनाने की विशिष्ट वेनेशियन तकनीक के रहस्य पता चलने लगे। मुरानो की काँच बनाने की सबसे पुरानी फ़ैक्ट्री जो अभी भी कार्यरत है उसका नाम Pauly and C. Companies Venezia murano है जिसकी स्थापना वर्ष 1866 में हुई थी। मुरानो के काँच के मिरर, ग्लास बीड्स, अवेंचुरीन ग्लास के उत्पाद, झाड़ फानूस, गुलदस्ते आदि बहुत महंगे, शानदार डिज़ाइन और अपनी सुन्दरता के कारण विश्व में अपना एक अलग स्थान रखते हैं। चूँकि काँच का काम वेनिस-मुरानो की ऐतिहासिक परम्परा और सांस्कृतिक विरासत का अंग है इसलिये वेनेटो रीजन वहाँ के उद्योग, डिज़ाइन और वहाँ पर बने उत्पादों मूलभूत पहचान की समृद्धि और रक्षा के लिये हर तरह से मदद करता है।

मुरानो में सबसे पहले मैंने उस टापू का एक चक्कर लगाने का मन बनाया जिस से मैं उस प्रसिद्ध स्थान के विषय में और जान सकूँ जहाँ की यात्रा मेरे लिये एक तीर्थ यात्रा के समान थी। मुरानो में मैंने लगभग 700 साल से ज़्यादा पुराना

चर्च ऑफ सेंट पीटर मार्टयर Church of St. Peter Martyr देखा और उसका प्रसिद्ध घण्टाघर Clock Tower देखा।

आगे चलकर Longolino tofolo bridge देखा जो मुरानो की सबसे बड़ी कैनाल largest canal of Murano जिसको grand canal of Murano कहते हैं उसको देखा। जैसे हमारे शहरों में सड़कें होती हैं वैसी वेनिस और मुरानो में कैनाल थीं लेकिन यहाँ कैनाल के प्रति जो सम्मान से दिखा वह हम लोगों में अपने शहर के रास्तों के प्रति नहीं होता है।

इसके अलावा मैंने कैनाल पर बना San donado bridge भी देखा। यहाँ के यह ब्रिज हम लोगों के इलाक़ों की छोटी डाटदार पुलिया की डिज़ाइन के होते हैं और इतने ऊँचे होते हैं कि उनके नीचे से नाव निकल सके।

यूरोप के बहुत से शहरों की भाँति यहाँ भी रास्ते यानी कैनाल के किनारे और बिल्डिंगों के बाहर फ़ुटपाथ पर सुन्दर से अम्ब्रेला लगा कर उनके नीचे कुर्सी मेज लगा कर बहुत से रेस्टोरेंट चलते हैं जो दिखने में भी बहुत सुन्दर लगते हैं और जहाँ का खाना भी यूरोपीय स्वाद के पैमाने से बहुत अच्छा होता है।

मुरानो में हर थोड़ी दूरी पर काँच की छोटी-छोटी और थोड़ी बड़ी भी फ़ैक्ट्री हैं, काँच के उत्पादों की दुकानें और शो रूम हैं। इन शो रूम पर बिकनेवाले काँच के सामान बहुत ही सुन्दर तथा अत्यन्त महँगे हैं। मैंने वहाँ पर बीस लाख रुपये के बराबर मूल्य तक के शेंडेलियर्स भी बिकते देखे लेकिन वहाँ का बना हर उत्पाद ऐसा जो लगे कि बहुत कलात्मकता और मन से बनाया गया है। उनकी डिज़ाइन, उनका रंग का संयोजन, उनकी कलात्मकता ऐसी है जो मैंने सारी दुनिया में कहीं भी नहीं देखी और क़ीमतें भी। सबसे बड़ी बात जो मैंने देखी वह यह थी कि वह अपने उत्पाद को बहुत सम्मान और गर्व से बेचते हैं।

वहाँ की फ़ैक्ट्री में वह कैसे काँच का सामान बनाते हैं आप आराम से जाकर देख सकते हैं। मैं भी उत्सुकता और जिज्ञासावश एक फ़ैक्ट्री में चला गया। वहाँ एक तरफ़ खड़े होकर मैंने देखा कि हम लोगों की फैक्ट्रियों के मुकाबले वहाँ की फ़ैक्ट्री बहुत ही साफ सुथरी और व्यवस्थित थी, छोटी फर्नेस थी और काम करनेवाले कारीगर भी काफ़ी कम थे। मेरे देखते ही देखते एक कारीगर ने जो अपने सर पर हैट लगाए था, उसके मुँह में होठों में एक सिगरेट दबी हुई थी उसने एक गाना गुनगुनाते हुए मस्ती और अत्यन्त नफासत से लगभग 15 मिनट से कम समय में चार टांगों का एक क्रिस्टल फिनिश का काँच का घोड़ा बना दिया जिसको देख कर मैं दंग रह गया। मुझको याद आया कि 1994 में फ्रांस के एक व्यापारी ने ऐसे ही घोड़े का हमको ऑर्डर दिया था जो हमारे कारीगर नहीं बना पाए थे, फिर ऑर्डर की डिज़ाइन को आसान करके हमने वह घोड़ा बनाया पर उसमें भी लगभग बीस कारीगर दिन भर में 10-15 के आसपास ही ऐसे घोड़े

बना पाते थे जो एक्सपोर्ट किए जाने योग्य थे। यहाँ देख कर मेरी समझ में आया कि असलियत में कला क्या है, स्किल क्या होती है। हमारे यहाँ इतने मेहनती और योग्य कारीगर हैं किन्तु उनको सिखाने का कोई सही सिस्टम नहीं है। कागजों पर दशकों से न जाने कितनी योजनाएं हैं स्किल डिवेलपमेंट की, सीडीजीआई जैसे संस्थान भी हैं फ़िरोज़ाबाद में किन्तु इन योजनाओं, संस्थानों और कार्यक्रमों से जिस का भी और जिस चीज़ का भी विकास हुआ हो किन्तु स्किल का तो नहीं हुआ है और आज भी हम कलात्मक कारीगरी में मुरानो के पासंग भी नहीं हैं।

वहाँ की साफ सुथरी छोटी-छोटी फ़ैक्ट्री देख कर मुझको लगा कि हमारे फ़िरोज़ाबाद में गैस आई किन्तु सरकार की नीति ऐसी रहीं कि बड़े उद्योगपतियों का तो लाभ हुआ किन्तु छोटे उद्योग चलानेवालों और छोटे कारीगरों के लिये कोई रास्ता नहीं सोचा गया। मैं यह सोचने पर मजबूर था कि क्या काश कभी ऐसा होगा कि हमारे फ़िरोज़ाबाद के काँच के उत्पादों का ऐसा नाम होगा? हम भी अपना सामान इतनी ठसक और शान से कभी बेच पाएंगे? हम भी क्या कभी इतनी अनोखी डेकोर की वस्तुएं बना सकेंगे? क्या हमारे यहाँ भी कभी पर्यटन और उद्योग का समीकृत-एकीकृत विकास हो सकेगा? क्या हमारे यहाँ यह सम्भव नहीं है कि जो पर्यटक आगरा घूमने आते हैं उनको फ़िरोज़ाबाद नहीं लाया जा सकता जहाँ उनके घूमने को कुछ सांस्कृतिक विरासतों का टूर हो, वह कारखानों में भी जाएं और काँच बनते देखें और इस सवके परिणामस्वरूप फ़िरोज़ाबाद में न सिर्फ एक अतिरिक्त उद्योग के रूप में पर्यटन का भी विकास हो साथ ही साथ दुकानदार, रेस्टोरेंट तथा न जाने कितने लोगों के लिये रोजगार का सृजन होगा। जब वेनिस जानेवाले लोग मुरानो के काँच की कला देखने को उत्सुक रहते हैं तो आगरा और फ़िरोज़ाबाद का भी इस प्रकार का सम्बन्ध विकसित करने के प्रयास किए जा सकते हैं। वाराणसी-भदोही, मुरादाबाद आदि जाने कितने स्थान ऐसे हैं जहाँ उद्योग से जुड़ा पर्यटन विकसित हो सकता है। पर क्या कभी ऐसा होगा? क्या हमारे यहाँ की नीतियाँ भी कभी ऐसी होंगी कि बिना झंझटों के काम करने की इच्छावाला व्यक्ति काम कर सके और सीखनेवाला सीख सके...।

बहरहाल इन सभी अनुत्तरित प्रश्नों और मुरानो की उम्दा यादों को अपने हृदय में समेटे मैं वापिस वेनिस को वाटर टैक्सी लेकर चल पड़ा था।

अगले दिन मेरी वेनिस से म्यूनिख की वापिसी की यात्रा थी और फिर से बहुत ही सुन्दर इलाक़े से फिर से गुजरना हुआ। इस यात्रा में एक बहुत रोचक घटना यह हुई कि एक वृद्ध जर्मन महिला जो कि न अंग्रेज़ी जानती थीं और न ही हिन्दी इस सफर में मुझको मिल गईं। लगभग 2 घंटे वह मुझसे अपनी भाषा और इशारों में बात करती रहीं, मुझसे वात्सल्य भरे भाव से और उत्सुकता से

भारत, मेरी यात्रा, मुझको वेनिस कैसा लगा आदि पूछती रहीं और कमाल की बात थी कि इस बातचीत में हम दोनों ही सहज थे और लगभग काफ़ी कुछ एक दूसरे की बातें समझ रहे थे। कहते हैं कि सबसे बड़ी भाषा भाव की भाषा होती है वह मैंने महसूस किया।

जब आप इटली से जर्मनी ट्रेन से आते हैं तो पहाड़िया, ऊँचे बहुत ही ऊँचे खम्भों पर बने पुल, रेल ट्रैक से दिखते मकान, हरियाली, बर्फीले पहाड़ों की चोटियाँ, ग्लेशियर के पिघले पानी से कल-कल करती बहती नदियाँ, आल्प्स के पाहाडों की वादियाँ, हरीभरी घाटियाँ; यह सारे दृश्य एक क्षण को भी आपका ध्यान खिड़की से हटने नही देते। वेरोना, ट्रेन्तो, इंन्सब्रुक से होते हुए जब ट्रेन निकलती है आप खिड़की के बाहर के दृश्यों से नजर नहीं हटा पाते। ख़ासतौर से वेरोना से फॉरतज़ा के बीच का रास्ता जब रेल इसार्को नदी की ओर बढ़ती सी दिखती दृश्य वास्तव में अद्‌भुत हो जाता है।

इसी रास्ते में इटली-ऑस्ट्रिया का सड़क का बॉर्डर भी दिखा जहाँ बैरियर पर कारों की लम्बी कतार थी।

ट्रेन जब ऑस्ट्रिया से गुजरते हुए इंन्सब्रुक स्टेशन पर रुकी तो मैं वहाँ उतर कर टहला और मुझको लगा कि मैंने जिस ऑस्ट्रिया के विषय में इतिहास की पुस्तकों में पढ़ा था उस ख़ूबसूरत देश की धरती पर भी मुझको चहलकदमी का अवसर मिल गया चाहे कुछ पलों का ही सही। ऑस्ट्रिया में जब मेरे छोटे भाई अभिनव ऑर्डरों के लिये और व्यापारी से मीटिंग हेतु विएना गए थे तो बैंक से करेंसी एक्सचेंज करा कर होटल लौटते में बीच चौराहे पर उनको दिन दहाड़े कुछ लोगों ने पिस्तौल की नोंक पर लूट लिया था। क़िस्सा कुछ ऐसा था कि गुड्डू से मैंने कहा था कि होटल में करेंसी एक्सचेंज महंगा पड़ता है तो बैंक में कराना बेहतर रहता है। जब विएना में उनको करेंसी एक्सचेंज करानी थी तो वह होटल के पास थोड़ा चलकर बैंक था वहाँ चले गए। जब वह बैंक से होटल लौट रहे थे तो चौराहे की क्रॉसिंग पर लाइट के सिग्नल पर वह रुके तो तीन-चार नौजवान लड़के लड़की उनके पास आ गए और इनसे मनी-मनी कहने लगे। इन्होंने देखा कि कम से कम उनमें से एक के हाथ में हथियार भी था तो इन्होंने अपने कोट की बाहर की जेब में जो पैसे थे वह उनको दे दिए। गनीमत थी कि कोट के अन्दर की जेब के पैसे बच गए। गुड्डू जब विएना की पुलिस के पास गए तो पुलिसवालों ने कहा कि हम आपकी कम्प्लेंट तो लिख लेंगे लेकिन फिर आप देश तभी छोड़ सकेंगे जब मुकदमा समाप्त हो जाएगा। अब इसके बाद उन्होंने शिकायत दर्ज न कराना ही बेहतर समझा।

जब आप अपने घर से बाहर की दुनिया में निकलते हैं तो न जाने कितने अनुभव होते हैं जो आपकी समझ को विकसित करने में अपना रोल निभाते हैं।

बहरहाल इस सुन्दर यात्रा को पूरा करके मैं वापिस म्यूनिख आ गया और सिंह साहब रात के डिनर पर मेरा इन्तज़ार करते मिले।

अगले दिन जब मैंने आगे के कार्यक्रम के लिये व्यापारियों से बात की तो अगला कोई भी अपॉइंटमेंट 15 दिन से पहले का नहीं था तो मैंने मार्केट में जाकर कुवैत एयरलाइंस से दिलकी जाने और म्यूनिख वापिसी का काफ़ी सस्ता लगभग 750 डॉलर का टिकट खरीद लिया क्योंकि यूरोप में अगर में 15 दिन ऐसे ही रुकता तो कम से कम 14-1500 डॉलर ख़र्च हो जाते।

इस लौटती यात्रा में एक मजेदार वाकया हुआ। जिस जहाज़ में म्यूनिख से मैं बैठा वह अमेरिका से आ रहा था। मेरी सीट दरवाजे के पास की आइल सीट थी और मेरे बगल में जो विदेशी सज्जन बैठे थे वह अमेरिका से ही बैठे आ रहे थे। हमारे ठीक सामने एयरहोस्टेस बैठी थीं हमारी ओर मुँह करके। जहाज़ चलने पर उन सज्जन ने मुझको बताया कि हाल ही में कुवैत एयरवेज़ के एक जहाज़ का इंजन उड़ते में गिर गया था या खराब होकर कुछ हो गया था। हमारा वार्तालाप सुनकर वह एयरहोस्टेस बोली नहीं अब बिलकुल ठीक है। इस बात पर मैं कुछ चौंका मैंने उस एयरहोस्टेस से पूछा कि कौन सा जहाज़ था तो उसने बताया कि यही जहाज़ था और आपकी तरफ़वाला ही इंजन गिर गया था लेकिन अब हमने बदल कर नया लगा दिया है। इस बात पर मैंने उससे कुछ झल्लाहट सी व्यक्त की तो वह चिढ़ कर बोली कि हमने तो बदल कर नया इंजन लगा दिया लेकिन आपकी एयलाइंस तो पुराने खराब हो गए इंजन को रिपेयर करके लगा देती है और आपके यहाँ का जहाज़ उस पर उड़ता है। अब असलियत तो यह है कि मुझको इस विषय में कुछ पता नहीं था किन्तु मुझको बहुत बुरा लगा और मैंने उससे कहा कि आपको गलत पता है हमारे यहाँ ऐसा कुछ नहीं होता है।

जब कुवैत हवाई अड्डे पर हम उतरे और कुछ घंटे का मेरा वहाँ का स्टॉप ओवर था तो मैंने उस हवाई अड्डे को घूम कर देखा। मुझको वह जगह सुन्दर, साफ लगी लेकिन इतनी दुनिया देखने और घूमने के बाद वहाँ मुझे एयरपोर्ट पर प्रभावित करनेवाली कोई चीज़ नहीं नजर आई।

वापिसी

Return

दिनांक 24 अक्टूबर 1991

आज के दिन मेरी इस लम्बी यात्रा का समापन था। रोम से दिल्ली की यात्रा थी, अपने घर की वापिसी की यात्रा थी। मैंने सुबह ही सुबह सबसे विदा ली, उनको

धन्यवाद दिया और टैक्सी में बैठ गया एयरपोर्ट के लिये। यह उन्हीं श्रीकृष्ण भक्त जी की टैक्सी थी और इस्कॉन में रुकनेवालों को एयरपोर्ट छोड़ने की यह सेवा वह मुफ्त प्रदान करते थे।

एयरपोर्ट पर पहुँच कर जब मैं चैक इन काउंटर पर पहुँचा तो काउंटर पर बैठे व्यक्ति ने कहा कि आपके सामान का वजन तो 62 किलो से अधिक है और आप अपने इस टिकट पर केवल 30 किलो ले जा सकते हैं। मैंने उसको समझाने का प्रयास किया कि मैं इतनी लम्बी यात्रा करके लौट रहा हूँ तो मेरे साथ दुनिया भर की गिफ्ट्स, सोवेनियर्स आदि है तो प्लीज़ मुझको जाने दीजिए। वह बिलकुल पसीजा नहीं और उसने कहा कि आप बिलकुल जा सकते हैं लेकिन या तो सामान छोड़ दीजिए या इसके लिये वजन के हिसाब से अतिरिक्त भाड़ा दीजिए। वह पैसे उसने न जाने किस हिसाब से जोड़े कि मुझको लगा कि इसमें तो एक बार का टिकट और आ जायेगा तो फिर इतने पैसे भरना तो बेवकूफी थी और यह सारा सामान ऐसा था कि मेरे लिये उसमें से कुछ भी छोड़ना भी मुमकिन नहीं लग रहा था। मैं वहाँ से हट गया और थोड़ी देर में दूसरे काउंटर की लाइन में लग गया किन्तु यहाँ जब मैं काउंटर पर पहुँचा तो उसी व्यक्ति ने मुझको देख लिया और गड़बड़ हो गई। अब तो मैं बहुत परेशान हो गया, मैंने उससे कहा कि मुझको बिजिनेस क्लास में कर दो तो वह भी कुछ जिद्दी क़िस्म का व्यक्ति था बोला इतना वजन उसमें भी नहीं ले सकते बिना अतिरिक्त चार्ज दिए। मैं वाकई बहुत चिन्तित हो गया फिर मैं घूम कर दूसरी ओर फर्स्ट क्लास के काउंटर पर गया और मैंने बिना कोई बात किए उनसे कहा कि मुझको फर्स्ट क्लास में चार्ज लेकर अपग्रेड कर दीजिए जो उन्होंने सहर्ष कर दिया और फिर अपने फर्स्ट क्लास के पैसेंजर का सामान भी पूरे सम्मान से उन्होंने ले लिया बिना उसके वजन के विषय में कोई भी किसी भी प्रकार की बात किए तब मेरी जान में जान आई क्योंकि वजन तो मेरे सामान का फर्स्ट क्लास के मापदंडों से भी अधिक ही था। अब मैं रोम के शानदार लियोनार्डो दा विंची एयरपोर्ट पर घूमता रहा और घरवालों के लिये ड्यूटी फ्री दुकानों से सामान लेता रहा। हम लोग कोई यद्यपि शराब नहीं पीते थे लेकिन अपने इष्ट मित्रों, परिचितों के लिये गुड्डू ने कहा हुआ था तो मैंने दो बोतलें ब्ल्यू लेवल शराब की ले लीं और कुछ डनहिल और रॉथमैन्स सिगरेट के पैकिट। हमारी बुआ के लड़के भय्यो दा (अब इस दुनिया में नहीं हैं) पैन के बहुत शौकीन थे और हम लोगों को सदैव अच्छे-अच्छे पैन गिफ्ट करते थे। उन्होंने मुझसे कहा था कि हमारे लिये एक अच्छा पैन ले आना तो मैंने उनके लिये एक काफ़ी अच्छा और महंगा पैन भी खरीदा।

अब तक मैं थक गया था और इसलिये थक कर मैं एयरपोर्ट पर एक स्थान पर जाकर बैठ गया। थोड़ी देर को शायद मेरी आँख लग गई और तभी किसी ने

मुझसे पूछा कि आप मिस्टर चतुर्वेदी हैं जो दिल्ली जा रहे हैं तो मैंने हड़बड़ा कर हाँ कहा तो वह बोला हम लोग न जाने कितनी देर से आपके नाम का अनाउंसमेंट कर रहे हैं, सारी फ़्लाइट आपके कारण रुकी हुई है और आप यहाँ सो रहे हैं। इस पर मैं बिलकुल झेंप गया और उसके साथ भागता हुआ जहाज़ के पास पहुँचा। जब मैं जहाज़ में घुसा तो सब मुझको घूर रहे थे। जहाज़ में फर्स्ट क्लास होने के कारण मेरी सीट सबसे आगे की थी। मेरे बगल की सीट पर इटली का ही कोई बहुत बड़ा संगीतकार था जिनका नाम मुझको अब याद नहीं है पर उनसे मेरी काफ़ी देर बातचीत होती रही। हमारा जहाज़ इटली के ज्वालामुखीवाले इलाक़े के ऊपर से भी उड़ा जो मुझको उस संगीतकार ने दिखाया।

जहाज़ में बैठा हुआ मैं सोच रहा था कि कैसे एक काम करने का सपना देखा जिसको मैं पूरा कर सकूं उसके लिये मेरे माँ, पापा, पत्नी, भाई बहन, बहनोई सब मेरे साथ मजबूती से खड़े थे और ईश्वर की कृपा से वह सपना अब साकार हो चला था। मेरा जहाज़ तो अपनी गति से दिल्ली की ओर बढ़ रहा था किन्तु मेरा मन कर रहा था कि अब तो बहुत दिन हो गए हैं और कैसे भी पलक झपकते ही मैं अपने घरवालों के पास पहुँच जाऊँ। मैं सोच रहा था कि मेरा बेटा अर्पित जो अभी जून में ही एक साल का हुआ था कहीं इन पाँच हफ्तों में मुझको भूल तो नहीं गया होगा। जब मैं दिल्ली एयरपोर्ट पर पहुँचा तो मेरे पापा मुझको लेने को वहाँ आए हुए थे।

ब्रुसेल्स बेल्जियम

को-ऑर्डिनेट्स
50° 50' 48" N
04° 21' 09" E
समय का फ़र्क़— भारत से साढ़े तीन घंटे पीछे
मुद्रा— यूरो
आबादी लगभग 12 लाख (ब्रुसेल्स शहर) सन 2020 में
भाषा—फ्रेंच

सन 2000 में जब मैं और प्रवीन जैन साहब यूरोप साथ-साथ गए थे तो कोलोन से हमारा पेरिस जाने का कार्यक्रम था। हम ट्रेन से जा रहे थे और इसी रास्ते में बेल्जियम की राजधानी ब्रुसेल्स में अपने एक व्यापारी से मिलकर आगे हमने पेरिस जाने का कार्यक्रम बनाया था। कोलोन से ब्रुसेल्स का सफर लगभग पौने दो घंटे का था और ट्रैक के दोनों ओर मनोरम दृश्यों की भरमार थी। जर्मनी की ICE एक्सप्रेस ट्रेन यूरोप की सर्वाधिक तेज गतिवाली रेल सेवाओं में से है और उसकी जितनी भी तारीफ की जाए कम है। सफ़ेद फक्क रंग की ट्रेन जिस पर लाल पट्टी पड़ी होती है और उसके डिब्बे, साफ-सफाई सब अद्वितीय हैं। एक बार जब मैं ICE Train से जर्मनी में न्यूरनबर्ग जा रहा था तो मुझको लगा कि कुछ स्थानों पर ट्रेन कुछ अजीब सी तिरछी होकर चल रही है और गति भी कुछ ज़्यादा महसूस हो रही है पर कुछ समझ में नहीं आया। अगले दिन मैंने कहीं समाचार में देखा कि दरअसल जिस ट्रेन की मैं बात कर रहा हूँ वह उस दिन उसका ज़्यादा इंक्लाइन पर लगभग 300 किलोमीटर की स्पीड पर चलाने का सफल ट्रायल रन हुआ था।

ब्रुसेल्स शहर सेन (Senne) नदी के पास बसा हुआ है। इसका विकास एक छोटे ग्रामीण स्थल से लेकर यूरोप के एक अति महत्वपूर्ण शहरी-क्षेत्र तक होना इसके महत्व को दर्शाता है। द्वितीय विश्वयुद्ध के बाद ब्रुसेल्स इस क्षेत्र के एक

बड़े राजनैतिक केन्द्र के रूप में विकसित होता गया और यहाँ अनेकों अन्तर्राष्ट्रीय राजनैतिक, राजनयिक और सरकारी कार्यालय हैं। इसको यूरोपीय यूनियन की वास्तविक राजधानी भी कहा जाता है। यहाँ BENELUX का सचिवालय और NATO के मुख्यालय भी स्थित हैं।

ब्रुसेल्स से जुड़ी एक महत्वपूर्ण बात यह भी है कि यहाँ सन 1927 में एक दलित यानी कि दबे कुचले राष्ट्रों की कांग्रेस हुई थी जिसमें भारत की ओर से भारतीय कांग्रेस पार्टी के पंडित जवाहर लाल नेहरू ने भाग लिया था।

जब हम ब्रुसेल्स शहर के स्टेशन Brussels Midi पर उतरे तो मौसम सर्द था। हम कार से जब अपने ग्राहक के प्रतिष्ठान पर गए तो रास्ते में ऐसा लगा जैसे इस शहर में कोई रहता ही नहीं है हाँलाँकि ब्रुसेल्स को बेल्जियम का सबसे घनी आबादी का शहर कहा जाता है।

यहाँ की इमारतों का वास्तु वैविध्य लिये हुए है। आपको यहाँ गौथिक, बारोक और अति-आधुनिक वास्तु की इमारतें दिखेंगी यद्यपि यहाँ मध्यकाल की इमारतें बहुत कम हैं।

The Brabantine Gothic Cathedral of St. Michael & St. Gudula ब्रुसेल्स की गगनचुम्बी इमारतों में अलग से दृष्टव्य है।

ब्रुसेल्स अपने हीरे के काम के लिये बहुत प्रसिद्ध रहा है और यहाँ के हीरों की सारी दुनिया में धूम है।

बेल्जियम के लोग अमूमन सामान्य से लम्बे कद के दिखे। उनमें अधिकांश की नीली आँखें, कुछ लम्बी सी सुतवां नाक, गहरे ब्लॉन्ड रंग के बाल और त्वचा का जैतूनी ग़ोरा रंग था। हॉं मुझको बेल्जियम के पुरुषों में गंजापन ज़्यादा महसूस हुआ।

हम लोग ब्रुसेल्स मिडी रेलवे स्टेशन से अपने कस्टमर के पहुँचे तो सबसे पहले चाय-कॉफी पी गई फिर व्यापारिक चर्चा हुई जिसमें हमने अपने सैम्पल दिखाए और काफ़ी काम की बातों की चर्चा की। बेल्जियम में उनका काम काफ़ी बड़ा था किन्तु मैं यही ताज्जुब कर रहा था कि इतने छोटे देश के लोग इतना सारा माल खपाते कहाँ हैं। फिर मालूम पड़ा कि बेल्जियम के व्यापारियों का पूरे यूरोप में बहुत बड़ा नेटवर्क है और इसलिये इनके ऑर्डर अकसर बहुत बड़े होते हैं।

काम की बातों के बाद बारी थी पेट-पूजा की और हमारे ग्राहक दम्पत्ति ने हमारे लिये अच्छे लंच की व्यवस्था कर रखी थी। खाना खाते हुए मैंने एक अत्यन्त आकर्षक और सुस्वादु प्रतीत होनेवाले व्यंजन की ओर हाथ बढ़ाया ही था कि हमारे मेजबान ने उस व्यंजन को लेने से मुझको रोक दिया और बताया कि वह मेरे शाकाहारी होने के कारण मेरे लिये नहीं है क्योंकि वह मछली की

बनी कोई डिश थी। बहरहाल उनका आतिथ्य-सत्कार और व्यापार हो चुका था और अब हमने अपने व्यापारियों से ख़ुश मन से विदा ली। अब हमारा वापिस रेलवे स्टेशन पहुँच कर अति-तीव्र थैलिस या टीजीवी ट्रेन, जो 300 किलोमीटर प्रति घंटा की स्पीड से चलती है, को पकड़ कर पेरिस जाने का कार्यक्रम था। पेरिस से जैन साहब को वापिस भारत और मुझको अमेरिका जाना था।

इस्त्राइल के व्यापारी का क़िस्सा

यह वाकया इन संस्मरणों में इसलिये लिख रहा हूँ कि जो लोग एक्सपोर्ट का व्यापार करें वह इस क़िस्से से सम्बन्धित बातों की सावधानी भी बरतें। क़िस्सा यह है कि हमारे एक व्यापारी इस्त्राइल से थे मिस्टर बेंजामिन और उनकी साथी मिस गलातीस। इन्होंने हमको 1995 में दिल्ली के फ़ेयर में अच्छा ऑर्डर दिया जो DP पर था जिसका हमने माल बनाया और भेज दिया जिसका पेमेंट भी आ गया। यह लोग हमारे बहुत घनिष्ट हो गए और फ़िरोज़ाबाद भी आए थे। जब यह फ़िरोज़ाबाद आए तो हमारे सारे परिवार के लिये इस्त्राइल के प्रसिद्ध लाल सागर के नमक/फेन आदि से बने सौन्दर्य-प्रसाधन उत्पाद भी उपहारस्वरूप लाये थे। इनसे एक और ऑर्डर का भी काम ठीक-ठाक हो गया था। फिर इन्होंने अपनी अगली भारत यात्रा पर एक और नया ऑर्डर दिया जो काफ़ी बड़ा था और साथ ही कुछ वैक्स के कैंडल आदि गिफ्ट क़िस्म के उत्पाद भी लेने चाहे जिसके लिये मैंने अपने एक परिचित जो यह काम करते थे और अब एक्सपोर्ट का काम भी शुरू करना चाहते थे उनसे परिचय करवाया दिया। दिल्ली की साकेत कॉलोनी में रहनेवाले अपने एक परिचित का कैंडल प्रोडक्ट्स का अच्छा काम था और उन्होंने बड़ी ख़ुशी यह ट्रायल ऑर्डर ले लिया। कुछ दिनों में ही इस्त्राएलवाली पार्टी ने आगे का एक ऑर्डर और भेज दिया जो पिछले ऑर्डर से भी काफ़ी बड़ा था और उसका लोहे का काफ़ी सामान सहारनपुर-मुरादाबाद बनना शुरू हो गया। मिस्टर बेंजामिन ने कहा कि उस ऑर्डर की वह जल्द एल सी खोल देंगे मैं माल बनाना शुरू करदूँ। उनसे काफ़ी समय से काम हो रहा था तो मैंने इस ऑर्डर पर भी काम शुरू कर दिया। इसी बीच पिछले ऑर्डर को जब भेजने का समय आया तो कैंडलवाले बोले कि उनका तो एक्सपोर्ट का IEC Code का नम्बर अभी तक आया ही नहीं है तो मिस्टर बेंजामिन ने कहा कि आप राघववालों को माल दे दीजिए वही एक्सपोर्ट कर देंगे। कैंडल के सामानवालों ने कहा कि चूँकि अब वह ख़ुद माल एक्सपोर्ट नहीं कर रहे तो उनको तो पेमेंट चाहिए वह तभी माल दे पाएंगे। इस पर मिस्टर बेंजामिन और मिस गलातीस ने मुझसे कहा कि मैं उनको पेमेंट कर दूँ और इस्त्राएल से पूरा पेमेंट वह लोग मय कैंडलवाले के मुझको भेज देंगे। अब एक तो व्यापार में ऐसा होता है, दूसरे वह

मेरे पुराने व्यापारी हो गए थे और तीसरे मुझको कोई शक भी नहीं था तो मैने उनको पेमेंट करके और सारा माल लेकर और अपने ऑर्डर के साथ पूरा माल शिप कर दिया। यह ऑर्डर भी DP पर ही गया था और अगले ऑर्डर जिसका काम शुरू था उसकी LC का इन्तज़ार था। जब यह माल इस्राएल पहुँच गया तो मिस्टर बेंजामिन का सन्देश आया कि इस माल को DA यानी कि 90 दिन के उधार में बदल दो, उनको कोई पैसे की दिक़्क़त आ गई है, अन्यथा माल लेना मुमकिन नहीं होगा। व्यापार में ऐसा भी हो जाता है और दूसरी बात यह थी कि मेरे पास कोई और चारा नहीं था क्योंकि अन्यथा माल वापिस मंगवाना पड़ता जिसमें बहुत घाटा हो जाता। इसके अलावा दूसरी बात यह है कि जब आप किसी ग्राहक विशेष की पसन्द तथा डिज़ाइन का माल बनाते हैं तो वह और किसी के काम का नहीं होता है तथा अगले सीज़न में भी बेकार हो जाता है; यह फ़ैशन और गिफ्ट इंडस्ट्री की त्रासदियों में से एक है। ख़ैर माल DP से DA के पेमेंट की शर्तों में तब्दील कर दिया और माल उन्होंने छुड़ा कर ले लिया। एक दिन मेरे पास इस्राएल की शिपिंग लाइन से फ़ोन आया कि आपने अपना माल डी ए पर कर दिया है तो मिस्टर बेंजामिन को दे दें तो मैंने कहा कि दे दीजिए। मेरे दिमाग में एक बार यह बात जरूर आई कि जब मैंने सारे कागज पहले ही पूरे कर दिए थे तो यह फ़ोन फिर क्यों आया। कुछ दिनों बाद जब पेमेंट का नम्बर आया तो पहले तो बेंजामिन-गलातीस लोग समय मांगते रहे और फिर अचानक उनसे सम्पर्क टूट गया। न फैक्स का जवाब, न फ़ोन का और न टेलेक्स का; ईमेल तब शुरू नहीं हुए थे। मैंने जितने कानूनी तरीके सम्भव थे वह सब अपनाए किन्तु पैसा मारा गया और कोई जतन चला नहीं। हॉं बस गनीमत यह रही कि जो अगला ऑर्डर बनवाया और तैयार हो गया था वह शिप नहीं हुआ था लेकिन वह लाखों का माल किसी और के काम का तो था नहीं तो उसका उपयोग घर में सजावट में और लोगों को गिफ्ट देने में ही कई वर्षों तक होता रहा और कुछ लोकल मार्केट में गया हाँलाँकि तब भारत में लोकल मार्केट में इस तरह के उत्पादों की डिमांड लगभग न के बराबर सी ही थी। इस मामले का आख़िरी ट्विस्ट यह रहा कि कुछ वर्षों बाद मैं अपने कुछ साथी निर्यातक मित्रों के साथ फ्रैंकफ़र्ट में बैठा था। बातों-बातों में बाहर के पेमेंट की गड़बड़ की बात चली तो मैंने अपना अनुभव बताया तो उन एक्सपोर्टर में से एक जिनका लकड़ी के उत्पादों का कारोबार था वह बोले कि मेरे साथ भी ऐसा ही इसी पार्टी ने किया लेकिन मैंने तो डीपी से डीए में बदलने से मना कर दिया था फिर कुछ समय कोई जवाब नहीं आया। जब मैंने खोजबीन करते हुए शिपिंग लाइन के लोगों से सम्पर्क किया तो उन्होंने कहा कि वह माल तो उन्होंने डिलीवरी में दे दिया था। इन एक्सपोर्टर ने कहा कि मुझसे पूछे बिना तो वह लोग बोले कि आपको फ़ोन किया तो आपने फ़ोन पर

शिपमेंट को DA पर रिलीज करने को कह तो दिया था। तब मेरी समझ में आया कि वह फ़ोन मुझको आख़िरआया क्यों था। मेरा अनुभव रहा है कि एक्सपोर्ट के काम में अधिकांश व्यापारी अच्छे ही होते हैं लेकिन कई बार न जाने किन वजहों से ऐसी दुर्भाग्यपूर्ण घटनाएं भी हो जाती हैं और ऐसी घटनाओं में थोड़ी सावधानी बरत कर नुकसान से बचा जा सकता है।

नीदरलैंड्स हॉलैंड एम्स्टर्डम

Co-ordinates 52° 22' 22" N
04° 53' 37" E

हॉलैंड से मेरी बचपन की याद ऐसे जुड़ी हैं कि हमारे पापा का हॉलैंड के भारत में राजदूत, हॉलैंड के रेल मन्त्री जो फिलिप्स कम्पनी के डायरेक्टरों में थे या मालिक आदि कुछ थे उनसे घनिष्ट सम्पर्क था। यह बात 1968-69 की होगी कि वह लोग हमारी तत्कालीन फ़ैक्ट्री हनुमान ग्लास वर्क्स में अपने परिवार सहित आए थे। हम लोग छोटे-छोटे बच्चे थे तो हम लोगों को विदेशी लोगों के प्रति कौतूहल भी था और आकर्षण भी। अंग्रेज़ी थोड़ी ही आती थी तो बार-बार हम लोग उनके बच्चों के पास जाते जो 18-20 साल के रहे होंगे और उनसे बस एक ही बात पूछते कि what is your name? मुझको हनुमान ग्लास की अपने बाबा की गद्दी का वह दिन आज जैसा अभी भी याद है जहाँ हम लोग यह खेल कर रहे थे। हमारे बार-बार एक ही बात पूछने पर उनमें से एक लड़के ने झल्ला कर मुझसे कहा No names। यह क़िस्सा जब हुआ तो मैं 6-7 साल का रहा था लेकिन हॉलैंड का नाम मुझको तब से मालूम और याद था।

अपनी विदेश यात्राओं में मुझको कई बार एम्स्टर्डम जाने का अवसर मिला क्योंकि जब भी मैं KLM एयलाइंस की फ़्लाइट लेकर जाता था तो वह पहले एम्स्टर्डम ही लेकर जाती थी। जब पहली बार ऐसा हुआ तब मेरे पास हॉलैंड का वीजा नहीं था (तब Schengen Visa शुरू नहीं हुआ था जो अब यूरोप के बहुत सारे देशों के लिये एक ही एकीकृत वीज़ा है) लेकिन वहाँ के इमिग्रेशनवाले ने मुझको अपनी तरफ़ से वीज़ा वहीं पर दे दिया और कहा जायें एम्स्टर्डम देखिए सुन्दर जगह है। मेरी अगली फ़्लाइट दूसरे दिन थी और मेरे रुकने का इन्तज़ाम एयरलाइन ने ही एयरपोर्ट के पास के एक 5 स्टार होटल में कराया था। मैं टैक्सी लेकर एम्स्टर्डम शहर गया और वहाँ का बाज़ार तथा शहर मुझको बहुत चमक दमकवाला लगा। बाज़ार के पास शहर में ही एक स्थान पर बगीचे जैसी सुन्दर जगह पर मैं अपना वीडियो कैमरे का बैग एक साइड में रखकर कुछ फ़ोटोग्राफी

कर रहा था कि मैंने क्या देखा कि बिलकुल बॉलीवुड जैसी फिल्मी स्टाइल में खुली जीप जैसी एक कार पर चार पाँच नौजवान लड़के-लड़कियों सवार थे और वह तेजी से गाड़ी चलाते हुए जहाँ मेरा कैमरे का बैग रखा था उस तरफ़ बढ़े और एक लड़के ने गाड़ी के दरवाजे से अधलेटा सा होते हुए फिल्मी स्टाइल में ही मेरा बैग उठाने को अपना हाथ बढ़ाया और इस समय वह लोग ख़ूब चीख रहे चिल्लाते हुए शोर मचा रहे थे मतलब हल्ला गुल्ला करते हुए घूम रहे थे। जब तक वह गाड़ी मेरे बैग के पास पहुँचती उससे पहले पलक झपकते ही मैं अपना बैग उठा कर वापिस अपने स्थान पर था और यह पार्टी हल्ला मचाते तेजी से अपनी गाड़ी दौड़ाते हुए आँखों से ओझल हो गई। मेरे पास कुछ लोकल लोग थे जो यह वाकया देख रहे थे उन्होंने मुझसे कहा कि आपको अव्वल तो बैग ऐसे छोड़ना नहीं था और फिर उन लोगों के आने पर यह नहीं करना था। मेरे पूछने पर उन्होंने कहा कि ऐसे हुड़दंगी नौजवानों की टोली अकसर नशे में होती है और हो सकता है आपके ऐसा करने पर यह आप पर हमला कर देते। ख़ैर घटना तो हो चुकी थी पर मुझको आगे के लिये एक जानकारी और सबक मिल गया था।

एम्स्टर्डम या Dam of the river हॉलैंड का सबसे ज़्यादा आबादीवाला शहर है और नीदरलैंड्स या हॉलैंड की राजधानी भी। यह समुद्र किनारे उत्तरी हॉलैंड में अवस्थित है और समुद्र तल से नीचा भी है। इस शहर में भी न जाने कितनी नहरें/कैनाल हैं और इसलिये इसको उत्तर का वेनिस भी कहा जाता है। नीदरलैंड्स और एम्स्टर्डम भी बहुत ही सुन्दर जगह हैं। यह एक डेज़ीगनेटेड यूनेस्को की वर्ल्ड हेरिटेज साइट भी है। मैं शहर में आकर रेलवे स्टेशन से बाहर निकल कर दाहिने हाथ की दिशा में कुछ आगे बढ़ कर घूम कर स्टेशन के दाहिने हाथ पर ही थोड़ा पीछे स्थित इबिस Ibis होटल में रुका। मैं यूरोप की यात्राओं में कोशिश करता था कि मेरा ठहरने का होटल रेलवे स्टेशन के आसपास ही हो। इस से एक तो घर जैसी फीलिंग रहती थी क्योंकि मेरा घर फ़िरोज़ाबाद में बिलकुल रेलवे स्टेशन के पास ही है। यदि दो तीन प्लेटफ़ॉर्म और बन जाएं तो शायद ट्रेन मेरे घर पर मेरे कमरे के सामने ही रुकेगी। स्टेशन के पास होटल लेने से एक आराम तो यह रहता है कि आप यदि कहीं होकर लौटें और देर भी हो जाये तो बस स्टेशन के बाहर निकल कर ही होटल है। दूसरे यूरोप में बस स्टेशन के पास का ही इलाक़ा ऐसा होता है जहाँ देर रात तक थोड़ी चहल-पहल दिखती है और रात को भूख लगे तो स्टेशन पर कुछ खाने को भी मिल जाता है। एम्स्टर्डम सेंट्रल स्टेशन काफ़ी बड़ा और सुन्दर है। एम्स्टर्डम रेलवे स्टेशन से बाहर निकलें तो सीधे सामनेवाली सड़क Damrak पर आगे चलकर लगभग 8-10 मिनट के वाकिंग डिस्टेंस पर गांधी रेस्टोरेंट है जो अपने भारतीय खाने के

लिये प्रसिद्ध है। मैं जितने भी दिन एम्स्टर्डम रहा हूँ मेरा कम से कम एक वक्त का खाना तो इस रेस्टोरेंट में होता ही था।

एम्स्टर्डम ऐम्सटेल नदी के मुहाने पर बसा शहर है पर यूरोप में नदी के मुहाने पर बसे शहरों में उन लोगों ने नदी की विभिन्न धाराओं का अपने शहर की सुन्दरता बढ़ाने में नहरों/कैनाल का रूप देकर ऐसा सुन्दर प्रयोग किया है जो देखने योग्य है। वहाँ मैं जब भी गया तो नदी के मुहाने की सोच कर मुझको कोलकाता, सुन्दरबन, हुगली आदि स्थान ध्यान में आए और मुझको लगा कि हम ऐसा क्यों नहीं कर सकते हैं। एम्स्टर्डम शहर का नाम वहाँ की स्थानीय भाषा के एक अपभ्रंश जिसका अर्थ Dam या बाँध होता है उससे पड़ा है।

एम्स्टर्डम में फरवरी मार्च में मौसम काफ़ी ठंडा ही होता है और काफ़ी ह्यूमिड भी हो जाता है।

हॉलैंड के लोग अपने को डच कहना पसन्द करते हैं। यहाँ के लोग अमूमन काफ़ी लम्बे, मददगार, थोड़े बातून भी, ब्लॉन्ड रंग के बाल और नीली आँखोंवाले ज़्यादा लगे। इन लोगों का चेहरा अमूमन थोड़ा बड़ा या चौड़ा दिखा और इनकी कद-काठी लम्बी पतलीवाली लगी। यहाँ के पुरुष आम तौर पर 6 फुट या उससे लम्बे और महिलाएं अमूमन 5 फ़ीट 6 इंच या उससे लम्बी ही हैं।

यह शहर फाइनेंस और ट्रेड का एक बहुत बड़ा केन्द्र है। यहाँ के स्टॉक एक्सचेंज की स्थापना सन 1602 में हुई थी। इसको विश्व का सबसे पुराना लेकिन आधुनिक सिक्युरिटीज का स्टॉक एक्सचेंज मार्केट माना जाता है। एम्स्टर्डम में घूमने के लिये असंख्य कैनाल हैं। Van Gogh Museum है, डैम स्क्वायर है। एम्स्टर्डम बहुत ही सुन्दर शहर है। डाउनटाउन में यहाँ शाम के वक़्त काफ़ी भीड़ होती है। यहाँ की नाइट लाइफ काफ़ी मशहूर है। यहाँ एक इलाक़ा ही रेड लाइट डिस्ट्रिक्ट है और यहाँ की संस्कृति के अनुसार इनके लिये वह इलाक़ा भी इनके शहर का एक जानामाना स्थान है। एम्स्टर्डम समुद्र तल से लगभग 2 मीटर नीचे बसा हुआ शहर है और इस वजह से यहाँ की इमारतों का आर्किटेक्चर कुछ ऐसा है कि वह पीछे को कुछ झुकी सी बनी हुई लगती हैं। यहाँ का मौसम ऐसा है कि कब धूप निकली है और कब बारिश होने लगे पता नहीं। हॉलैंड में शहरों के बाहर आपको विंड मिल्स काफ़ी देखने को मिलती हैं यानी कि बहुत विशाल बड़े बड़े टावर खड़े हैं और उन पर बहुत बड़े बड़े पंखे लगे होते हैं जो हवा की गति के अनुसार घूमते हैं और उनसे ऊर्जा उत्पादित होती है। एम्स्टर्डम में कुछेक अन्य बड़े यूरोपीय शहरों से अधिक एक चीज़ और बहुत ध्यान आकर्षित करती है और वह है यहाँ की साइकलें। यहाँ लोग सायकिल पर चलना बहुत पसन्द करते हैं और साइकिलों की यहाँ भरमार है। एम्स्टर्डम की ख़ूबसूरती बिलकुल अलग क़िस्म की है। ठंडी हवा, शहर के बीच में नहरें और उन पर बनी पुलिया

या ब्रिज जो शहर में 900 के आसपास हैं, साइकिलो पर चलते लोग या पैदल घूमते लोग और हाँ यहाँ की एक बात और बहुत ख़ास है कि यहाँ ड्रग्स लीगल हैं तो यहाँ किसी भी क़िस्म का नशा करना अपराध नहीं है और नशे की वस्तुएं यहाँ खुलेआम मिलती हैं।

एम्स्टर्डम में एक दिन एक बड़ा मजेदार क़िस्सा यह हुआ कि मैं एक दुकान से कुछ खाने पीने का सामान लेने गया तो मैंने देखा कि वहाँ खड़े लोगों में चार लड़कियाँ भी थीं जिनमें दो लगभग 15-16 वर्ष की और दो लगभग 8-9 वर्ष की थीं। उनकी शक्लों में कुछ साम्य भी प्रतीत हुआ। छोटी दोनों बच्चियाँ बहुत शोर मचाते खेल रहीं थीं। मुझको कुछ उत्सुकता सी हुई और मैं उनके पास गया तो मालूम पड़ा कि वह जुड़वां बहनों के दो सैट थे यानी कि दो बड़ी जुड़वां और दो छोटी जुड़वां। यह देख कर मुझको ख्याल आया कि बिलकुल ऐसे ही मेरी पत्नी के यहाँ है। मेरी पत्नी रचना और उनकी जुड़वां बहन स्वप्ना तथा इनकी दो छोटी जुड़वां बहनें ऋचा और शिखा। ईश्वर की भी माया अजीब है उसने एक ही दुनिया में अलग अलग स्थानों पर एक जैसी न जाने कितनों की कहानियाँ बनाई हैं।

एम्स्टर्डम में एक दिन ऐसा हुआ कि मुझको लगा कि मुझको सर्दी लग गई है तो मैं होटल से निकल कर एम्स्टर्डम सेंट्रल रेलवे स्टेशन पर स्थित एक होम्योपैथी दवाइयों के स्टोर पर गया और मैंने कहा कि भाई मुझको ठंड लग गई है और ऐसा लगता है कि बुखार न आ जाये तो मुझको कोई दवा दे दो तो उन लोगों ने मुझको दवा देने से साफ मना कर दिया और कहा कि हम ऐसे दवा नहीं देते, जब बुखार आ जाये तब आना तब ही दवा दे सकते हैं। मैंने कहा हमारे देश में तो इतनी तकलीफ बताने पर डॉक्टर दवा दे देते हैं पर वह न माने और मुझको दवा नहीं दी। अब मेरी स्थिति बहुत खराब थी क्योंकि मुझको सर्दी का जबरदस्त असर महसूस हो रहा था, गला कफ से बन्द हुआ जा रहा था, जुकाम भयंकर था और थोड़ी देर में तो बुखार भी लगा काफ़ी हो जाएगा। मेरे लिये ऐसे बीमार पड़ने की कई समस्या थीं एक तो परदेस फिर पूरे हफ्ते बायर्स से आसपास जाकर मिलने अपॉइंटमेंट्स थे। हमारा काम करने का सिस्टम था कि हम एक शहर में रुक जाते और फिर उसके आस पास के इलाक़े वहीं से ट्रेन से कवर करते थे जिसके लिये हमारे पास फर्स्ट क्लासवाला यूरेल पास होता था।

मैं पहले भी ज़िक्र कर चुका हूँ कि हम दोनों भाइयों ने व्यापार का ऐसा तरीका बनाया था कि कुछ व्यापारी और देश मैं ज़्यादा देखता था और कुछ अभिनव। जैसे इंग्लैंड, बेल्जियम, ऑस्ट्रिया आदि देशों में उनका जाना अधिक रहा हाँलाँकि हॉलैंड, जर्मनी आदि अभिनव भी काम लेने जाते थे। इंग्लैंड के मिस्टर ली, विलियम शिप्पी, विलियम हिल्ली आदि अनेकों बायर से अभिनव

का सम्पर्क ज़्यादा रहता था। अभिनव जब हॉलैंड आए तो एक बार रात को उन्होंने बैलून में बैठ कर हवा में हॉलैंड-एम्स्टर्डम की सैर भी की थी। ख़ैर तो मैं क़िस्सा अपनी तबियत का बता रहा था। तो अब मैं तबियत से बहुत परेशान था, दुकानदार दवा देने को तैयार नहीं था तब मुझको याद आया कि हम लोग जब छोटे बच्चे थे तो हमारी दादी और फिर मम्मी और बाद में हमारे छोटे बच्चों को भी मेरी माँ सर्दी लगने पर एक चम्मच में बताशा रख कर उस पर कुछ बून्दें डॉक्टर्स ब्रांडी की डाल कर खिला देती थीं और रजाई ओढ़ा कर सुला देती थीं जिस से सर्दी का असर दूर हो जाता था। मेरा शराब और सिगरेट से कभी कोई वास्ता नहीं रहा है तो मुझको लगा कि मेरे लिये तो अभी भी यह कारगर दवा होगी और आराम से मिल भी जाएगी। बस फिर क्या था मैंने पास के एक स्टोर से ब्रांडी की छोटी शीशी ली, कमरे में जाकर उसको खोला और नीट ही जितनी अपने हलक में उड़ेल सका उतनी पी कर सर तक रजाई ढक कर सो गया। इससे मुझको थोड़ी गर्मी सी लगी, पसीना सा भी आया और सुबह जब मैं सो कर उठा तो सर्दी का कोई नामो- निशान नहीं था और मैं अपने काम पर निकलने को तैयार था।

एम्स्टर्डम ही नहीं अपितु पूरे नीडरलैंड्स की एक बहुत ख़ास बात मैंने देखी कि यदि आपने किसी से कोई पता या रास्ता पूछ भर लिया या स्टेशन पर ट्रेन के डायरेक्शन आदि के विषय में कुछ भी पूछ लिया तो वह आपको बहुत तसल्ली और प्यार से पूरा समय देकर समझाते हैं। जर्मनी के कुछ हिस्सों और हॉलैंड के लोग मैंने पाया कि कद में काफ़ी लम्बे होते हैं। हमारा एम्स्टर्डम और हॉलैंड के बहुत सारी कम्पनियों से काम रहा है और लगभग सबके साथ ही काम करने का हमारा अनुभव अच्छा ही रहा।

अमेरिका

अमेरिका-1

सन 2000 की बात है यूरोप से आगे अब इस बार अमेरिका जाने का कार्यक्रम था। मेरा टिकट एयर फ्रांस का था और यूरोप की यात्रा के बाद अब मैं पेरिस के चार्ल्स द गॉल हवाई अड्डे से अमेरिका के वाशिंगटन डी सी के डलस ऐयरपोर्ट के लिये जहाज़ में बैठ गया था। जहाज़ हवा में अटलांटिक महासागर के ऊपर से और पश्चिम की ओर उड़ता जा रहा था और मैं सोच रहा था कि एशिया, अफ्रीका, यूरोप महाद्वीपों के बाद अब मैं एक और महाद्वीप उत्तरी अमेरिका की ओर जा रहा था। मैं सोच रहा था कि अभी एक दशक पहले मैंने एक सपना देखा था कि एक नया काम एक्सपोर्ट का काम शुरू करूँगा वह पूरा हो चुका था। किसी जमाने में 1910 और 1920 के दशक से मेरे बाबा स्व. सुशील चन्द्र चतुर्वेदी जी ने फ़िरोज़ाबाद के काँच उद्योग को एक संगठित (organized) रूप में आगे बढाने में एक बहुत बड़ी भूमिका निभाई थी और पापा ने1960 के दशक से बल्बों की ग्लास मेटल कैप्स के सीलिंग के लिये प्रयुक्त होनेवाले विट्राइट ग्लास के आयात के स्थान पर यहीं देश में उसकी तकनीकी लाकर उसका उत्पादन शुरू करके (import substitution) भारी मात्रा में विदेशी मुद्रा बचाने में अपना योगदान दिया था और ऐसा ही बच्चों के खेलने के कंचे जिनको मार्बल बॉल्स भी कहते हैं उनके अन्दर लगनेवाले प्लास्टिक ग्लास का उत्पादन भी जापानी तकनीक के कैमिकल कम्पोज़िशन से हमारे पापा ने भारत में ही शुरू कर दिया था; तो हम दोनों भाइयों ने भी उनके पदचिह्नों पर चलते हुए अपने शहर, अपने उद्योग और अपने देश के लिये कुछ करने का प्रयास किया इसका आज मुझे सन्तोष था। इसी बीच हम लोगों के मूल काम यानी ब्लॉक ग्लास-विट्राइट ग्लास का भी निर्यात हमारे पापा ने बांग्लादेश आदि देशों को शुरू कर दिया था और इसके सिलसिले में उनका ढाका-बांग्लादेश जाना अकसर होता था और एक लम्बे समय तक रहा। यहाँ उल्लेखनीय बात यह है कि पापा

बांग्लादेश में ढाकेश्वरी देवी के दर्शन अकसर करने जाते थे और वहाँ उनको पुजारी आदि सभी लोग जानते थे। वहाँ कुछ पुजारी ऐसे भी थे जो हिन्दू नहीं होने के बावजूद मन्दिर में पूजा आदि करते थे। एक रोचक बात यह भी थी कि बांग्लादेश में पापा की ज्योतिष के कारण जब भी वह वहाँ जाते उनसे मिलनेवालों का तांता लगा रहता था और उनसे ज्योतिषीय परामर्श लेनेवालों में कई नामचीन उद्योगपति, व्यापारी, अफसर और नेता शामिल थे जिनमें कुछ वहाँ की सरकार में मन्त्री थे। पापा से ज्योतिष के विषय में मिलनेवालों में वहाँ के एक राष्ट्रपति रहे और उनकी पत्नी भी थीं।

जब एक्सपोर्ट का काम शुरू हो गया तो मेरी टीम के अभिन्न सदस्य श्री रामकुमार गुप्ता रामू भाईसाहब अकसर कहते थे कि भाईसाहब इस काम को सीक्रेट रखो, इसके विदेशी व्यापारियों को फ़िरोज़ाबाद मत लाया करिए नहीं तो वह और जगह भी पहुँच जाएंगे किन्तु इस विषय में मेरा सोचना और मेरी राय उनसे बिलकुल भिन्न पर स्पष्ट थी। मेरा मानना था कि विदेश में काँच के व्यापारियों को मालूम होना चाहिए कि फ़िरोज़ाबाद ही वह जगह है हिन्दुस्तान में जहाँ काँच बनता है। जब वह फ़िरोज़ाबाद आएंगे तो यह काम यहाँ स्थापित होगा, हमारे शहर का नाम बढ़ेगा, यहाँ एक नया काम शुरू होगा और बहुत सारे लोगों को रोजगार मिलेगा। दूसरे मेरा मानना था कि इस काम का आयाम इतना बड़ा है कि हम सबकी जरूरत यह पूरा करेगा। सबके लिये बहुत काम होगा। मुझको अमेरिका जाते वक्त यह ख़ुशी थी कि मेरी सोच सही थी। आज ब्रांड फ़िरोज़ाबाद चल पड़ा था। अब फ़िरोज़ाबादवालों को दुनिया में घूम-घूम कर अपने कन्धों और हाथों में सैम्पल लादे हुए यह बताना नहीं था कि काँच फ़िरोज़ाबाद में बनता है।

मैंने पहले बेल्जियम के ग्राहक द्वारा दिये गए कैंडल स्टैंडों का ज़िक्र किया है। अमेरिका की एक बहुत बड़ी कम्पनी पॉटरी बार्न करके है उनके यहाँ 1995में हमारे यह कैंडल स्टैंड सलेक्ट हो गए थे। उनके कैटलॉग में मुखपृष्ठ यानी कवर पेज पर आनेवाला यह पहला भारतीय उत्पाद था। इसका भी एक मजेदार क़िस्सा यह हुआ कि जब 3 कैंडल स्टैंड के यह सैम्पल उनके यहाँ फ़ोटोग्राफी को गए तो उनमें से एक पीस नीचे से कुछ टूट गया था और इतना समय नहीं था कि सैम्पल दुबारा भेजा जाए तो उन्होंने दो कैंडल स्टैंड सीधे खड़े और एक ऐसे लेटा हुआ करके फ़ोटो खींची कि टूटा हुआ हिस्सा न दिखे। वह कवर पेज बहुत सुन्दर था और इस प्रोडक्ट ने कई मायनों में इतिहास रचा।

अमेरिका की ही एक अन्य बड़ी कम्पनी थी हॉलमार्क कार्डवाली। उनसे हमारा बहुत काम हुआ। उनके शादी की सालगिरह के सिल्वर जुबली और गोल्डन जुबली कार्डों की सीरीज के लिये हमने काँच के हाथ से ढले पीस पर

दो हंसों (swan) का जोड़ा बनाया था जिसको सिल्वर और गोल्डन डोरे से लटकाया जाता था। अमेरिका के लिये हमने जो भी चीज़ बनाई उसकी संख्या लाखों तक भी चली जाती थी और कई बार मिलियन्स में भी।

अमेरिका की बहुत सी कम्पनियों से हमारा सम्पर्क था और व्यापार भी शुरू हो चुका था जैसे पॉटरी बार्न, पीयर वन, बॉम्बे कम्पनी, टूज़ कम्पनी, हॉलमार्क आदि और लगभग सभी काम उनके बाइंग एजेंटों के माध्यम से था। मुझको काम सिखाने और अच्छा काम दिलाने में एक्ज़िम इंटरनेशनल के श्री मोहित कुमार, श्री रोहित गुहा, समथिंग एल्स की सुश्री रूमा मलिक, बाद में ख़ुद का काम शुरू करनेवाले श्री अनुपम त्रिवेदी, श्री अजय एब्रोल, श्री विशाल आदि अनेक बाइंग एजेंटो को मैं कभी भूल नहीं सकता। मेरी अमेरिका यात्रा में मुझको व्यापारियों से मिलने का उतना एजेंडा नहीं था क्योंकि उनसे एजेंटो के माध्यम से काम होता था किन्तु मैं उस देश के मार्केट की फील अवश्य लेना चाहता था। मुझसे पहले अभिनव का अमेरिका जाने का प्रोग्राम बना था किन्तु मेरे कार एक्सीडेंट की खबर सुन कर वह जर्मनी से ही वापिस लौट आए थे।

अमेरिका में मेरी इलाहाबादवाली मौसी जिनको हम बड़ी मौसी कहते थे और जिनके साथ हम लोगों का इलाहाबाद में बहुत समय गुजरा उनके मंझले पुत्र श्री विनय स्वरूप रहते हैं जिनको हम लोग बीनू दादा कहते हैं। मेरा कार्यक्रम वाशिंगटन डी सी में बीनू दादा और उनकी पत्नी दीपा भाभी के साथ ही रुकने का था। जैसा मैंने बताया कि मेरे जीवन का एक बहुत बड़ा हिस्सा इलाहाबाद (अब प्रयागराज) में बीता और इसलिये बड़ी मौसी स्व. श्रीमती सुषमा चतुर्वेदी और मौसाजी स्व. प्रोफेसर रामस्वरूप चतुर्वेदी जी का मुझ पर बहुत आशीर्वाद और प्रभाव भी रहा है। बड़ी मौसी के तीनों पुत्र श्री विनीत कुमार (गुड्डा दादा) जो हिमाचल प्रदेश में भारतीय वन सेवा के उच्च अधिकारी थे, श्री विनय स्वरूप जो अमेरिका में विश्व बैंक में उच्च पद पर कार्यरत हैं और श्री विवेक (वेकी) जिनका मुम्बई में अपना बहुत अच्छा कारोबार है, यह तीनों लोग मेरे लगभग हमउम्र से हैं और हम लोगों की बहुत निकटता रही है। अमेरिका में मेरा कार्यक्रम वाशिंगटन और फिर उससे आगे अनेकों स्थानों पर होते हुए वैस्ट कोस्ट तक जाने का और फिर वापिस वाशिंगटन डीसी से ही अपनी वापिसी की फ़्लाइट पकड़ने का था। अमेरिका में अन्य स्थानों पर जाने के लिये मैंने टीसीआई ट्रैवल कम्पनी से टिकट के साथ VUSA स्कीम के जहाज़ के यात्रा के टिकट लिये थे और यह सारा कार्यक्रम मैंने टीसीआई के मैनेजर लाल साहब की राय से बनाया था।

आज जब मैं यह संस्मरण सन 2023 में लिख रहा हूँ तो मेरे पुत्र अर्पित, पुत्री ऐश्वर्या और पुत्रवधू उपासना अमेरिका की प्रतिष्ठित कॉर्नेल यूनिवर्सिटी से

और भांजा ईशान प्रतिष्ठित स्टैनफोर्ड यूनिवर्सिटी से अपनी पढ़ाई पूरी कर चुके हैं बल्कि उपासना तो अभी वहीं से Phd कर रही हैं और मुझको अमेरिका,वहाँ के लोग,वहाँ का समाज आदि विषयों में थोड़ी जानकारी है लेकिन उस वक़्त मैं जहाज से उस अनजान देश की ओर जब बढ़ रहा था तो मेरे लिए सब कुछ नया-सा ही था।

अमेरिका कैसा होगा, वहाँ का माहौल कैसा होगा आदि बातों को सोचते हुए समय बीतता जा रहा था कि हवाई जहाज़ में उद्घोषणा हुई कि हम वाशिंगटन डी सी के डलस हवाई अड्डे पर लैंड करनेवाले हैं। हवाई अड्डे पर उतरते वक़्त मुझको एक आशंका सी थी कि अमेरिका में इमिग्रेशनवाले न जाने कितना समय लगाएंगे, न जाने कितने प्रश्न पूछेंगे किन्तु सारी आशंकाएं निर्मूल निकलीं और थोड़ी देर में ही अपना सामान लेकर मैं बीनू दादा जो मुझको लेने आए थे उनके साथ उनकी गाड़ी में था। अमेरिका का जो पहला इम्प्रैशन मुझ पर पड़ा वह इमिग्रेशन का था जो अच्छा था फिर वहाँ की खुली, चौड़ी सड़कें काफ़ी अच्छी लगीं। यूरोप के विपरीत अमेरिका में हर चीज़ में एक खुले इलाक़े, बड़े इलाक़े और विशालता का अहसास ज़्यादा प्रोमिनेन्ट था।

बीनू दादा का घर वाशिंगटन डीसी के पास ही बिथेसदा नामक शहर या सबर्ब में है। जब मैं घर पहुँचा तो दीपा भाभी, बीनू दादा के पुत्र अमित सभी ने बहुत गर्मजोशी से स्वागत किया किन्तु जिस बात ने मन को गहराई तक आह्लादित कर दिया वह था बीनू दादा की बेटी अम्बिका जो उस समय काफ़ी छोटी बच्ची थी द्वारा अपने अतुल चाचा यानी मेरे लिये उसके कमरे पर उसके लिखे एक स्वागत नोट welcome note ने और हाँ उसके अपने कमरे में ही मेरे रहने की व्यवस्था थी। बीनू दादा का घर बहुत शानदार और बड़ा बना हुआ था जिसके चारों ओर खाली जगह और सामने विशाल लॉन/बगीचा था। वहाँ घरों की बाउंड्री दीवाल की नहीं दिखी अपितु पौधों की हैज से ही प्लॉट अलग-अलग दिखते थे। घर पर बहुत ही ख़ुशी जैसा माहौल था और सबसे पहले खाने में हमने गरम-गरम दाल चावल और रोटी खाई और अमेरिका के उस दाल चावल और रोटी का आनन्द वैसा ही लगा कि गूंगे केरी सरकरा खाये और मुस्काय।

यहाँ मैं यह भी बताना चाहूँगा कि अपने एक्सपोर्ट के शुरुआती दौर में मेरा रुझान किताबों से पढ़ कर और सीडी से देख कर नई डिज़ाइन, नई फिनिश के उत्पादों को बनाने का रहा है। इस काम में दीपा भाभी ने मेरी विशेष मदद की और वह मेरे लिये अमेरिका से काँच उत्पादों सम्बन्धी कई नई किताबें और सीडी लेकर भेजती रहती थीं। एक बार मैंने अमेरिका में ही रहनेवाले मेरी सरिता मौसी के पुत्र रजत से भी काँच सम्बन्धी कुछ पुस्तकें मंगाई थीं। यदि आप अपने फ़ैशन और गिफ्ट्स से सम्बन्धित व्यापार में औरों से हटकर कुछ करना

चाहते हैं तो आपको निरन्तर नए प्रयोग तथा नए उत्पादों का विकास करते रहना पड़ता है।

बिथेसदा Bethesda

38° 59' 5" N

77° 6'. 47" W (अब यहाँ के को-ऑर्डिनेट्स में East के स्थान पर West हो गया था)।

यह शहर अमेरिका के वाशिंगटन एरिया के पास की शानदार और बहुत अच्छी रिहाइशों में माना जाता है। यह Southern Montgomery County और मैरीलैंड स्टेट में है। यह वाशिंगटन डीसी के उत्तर पश्चिम में स्थित है। इसका नाम यहाँ के एक स्थानीय चर्च "The Bethesda Meeting House" से पड़ा ऐसा बताते हैं। इस शहर में बहुत से नामचीन लोग रहते हैं और ईरान के शाह-शाही परिवार रज़ा शाह पहलवी भी यहीं रहते थे।

अमेरिका-2

वाशिंगटन डीसी

38° 54' 17"N

77° 00' 59" W

समय ज़ोन— UTC -5 (EST) और गर्मियों का समय UTC -4 (EDT)

वाशिंगटन डीसी संयुक्त राज्य अमेरिका देश की राजधानी है। यह शहर पोटोमैक नदी पर बसा हुआ है। इस शहर से अमेरिका के मैरीलैंड और वर्जीनिया राज्यों की सीमाएं लगती हैं। अमेरिका के संविधान के अनुसार यह 10 वर्गमील का शहर संयुक्त राज्य अमेरिका की राजधानी बनाया गया जिसका नामकरण अमेरिका के पहले राष्ट्रपति जॉर्ज वाशिंगटन के नाम पर हुआ है। यहाँ तीन हवाई अड्डे डलस ऐयरपोर्ट, रीगन ऐयरपोर्ट और बाल्टीमोर-वाशिंगटन ऐयरपोर्ट हैं। यह अमेरिका के सबसे बड़े और प्रभावशाली शहरों में है। इस शहर की संस्कृति, आर्थिकी और राजनीति सारे देश को प्रभावित करती है। यह विश्व की सबसे प्रभावशाली राजनैतिक राजधानियों में से है और यहाँ बहुत सारी अन्तर्राष्ट्रीय संस्थाओं के मुख्यालय तथा कार्यालय हैं। यहाँ के प्रसिद्ध देखने योग्य स्थान अमेरिका के राष्ट्रपति का निवास द व्हाइट हाउस, द कैपिटोल, सुप्रीम कोर्ट

बिल्डिंग, जैफरसन मेमोरियल, लिंकन मैमोरियल, वर्ल्ड बैंक, अन्तर्राष्ट्रीय मुद्रा कोष (IMF) आदि के कार्यालय हैं। इसके अतिरिक्त यहाँ का स्मिथसोनियन एयर ऐंड स्पेस म्यूज़ियम भी अवश्य देखना चाहिए।

दीपा भाभी के साथ मेट्रो से मैं वाशिंगटन डीसी गया। अभी तक मैं कोलकाता की मेट्रो, फ्रैंकफ़र्ट की UBahn, पेरिस की मेट्रो, लन्दन की अंडरग्राउंड सब देख चुका था और सभी एक से एक अच्छी सेवा दे रही हैं। अमेरिका के मेट्रो स्टेशनों पर एक नई बात जो देखी वह यह थी कि जब ट्रेन आनेवाली होती थी तो पूरे प्लैटफॉर्म पर किनारे की ओर एक लम्बी पट्टी जैसी लाइट चमचमाने लगती थी, यह मैंने और कहीं नहीं देखा था। वाशिंगटन की मेट्रो सन 1976 से कार्यरत है जबकि लन्दन की अंडरग्राउंड सबसे पुरानी है जो सन 1863 से चल रही है जबकि पेरिस की मेट्रो सन 1900 से, फ्रैंकफ़र्ट की सन 1968 से और कोलकाता की सन 1984 से सेवा दे रही हैं जबकि दिल्ली में मेट्रो की शुरुआत सन 2002 में हुई थी।

अमेरिका की जनसंख्या सन 2021 की जनगणना के अनुसार लगभग 33 करोड़ 19 लाख है। अमेरिका में रहनेवाले भारतीय और भारतीय मूल के लोगों की जनसंख्या लगभग 40 लाख है। अमेरिका में बहुत सारे भारतीयों ने विविध क्षेत्रों में बहुत नाम कमाया है। स्वामी विवेकानन्द ने अमेरिका में जो सम्बोधन दिया था उसकी धमक आज एक शताब्दी से ज़्यादा समय हो जाने पर भी बरकरार है। परम हंस योगानन्द, कल्पना चावला, सुनीता विलियम्स, जुबीन मेहता, हरगोबिन्द खुराना (नोबेल पुरस्कार विजेता), सुब्रमण्यन चन्द्रशेख़र (नोबेल पुरस्कार विजेता), वेंकटरमन रामकृष्णन (नोबेल पुरस्कार विजेता), अभिजीत बैनर्जी (अर्थशास्त्री और नोबेल पुरस्कार विजेता), डॉक्टर विनोद दुबे (वर्ल्ड बैंक), प्रसिद्ध शिक्षाविद प्रोफेसर कौशिक बसु, गीता गोपीनाथ, अरविन्द पनगढ़िया, विनय स्वरूप (विश्व बैंक), निक्की हैली, कमला हैरिस (वर्तमान उपराष्ट्रपति संयुक्त राज्य अमेरिका), रो खन्ना, अमी बेरा, विन्सन गिरधारी छाबड़ा (डिस्ट्रिक्ट जज), निकोलस रंजन (डिस्ट्रिक्ट जज), अमिताव घोष (नासा मार्स मिशन), विवेक मूर्ति (सर्जन जनरल ऑफ यू ऐस), अजय बंगा (अध्यक्ष विश्व बैंक) आदि यह सब वह नाम हैं जिन्होंने भारत और भारतीय मूल का परचम अमेरिका में फहराया है।

वाशिंगटन घूमने का सिलसिला चालू हो चुका था और हम लोग स्मिथसोनियन एयर ऐंड स्पेस म्यूज़ियम गए और अपनी क़िस्म के अलग इस संग्रहालय को देखना एक अलग ही अनुभव है। आप जब मुम्बई के म्यूज़ियम जाते हैं तो मुझको याद है वहाँ एक हॉल में बीचोबीच लम्बी बड़ी से व्हेल मछली ऊपर टंगी हुई दिखती है। काहिरा के म्यूज़ियम में पुराने समय की मूर्तियाँ, ममीज़, सोने

के कमरे, सोने के जूते, चप्पल आदि दिखते हैं और जब आप लन्दन के क्राउन ऑफ ज्वेल्स म्यूज़ियम में जाते हैं तो आपको विभिन्न क़िस्म के हीरे-जवाहरात आदि दिखते हैं किन्तु जब आप वाशिंगटन डीसी के स्मिथसोनियन एयर ऐंड स्पेस म्यूज़ियम में जाते हैं तो आपको वस्तुएं तो दिखती ही हैं किन्तु एक सोच दिखती है जिसने अमेरिका को इतना विकसित राष्ट्र और समाज बनाया। सोच विज्ञान की, विज्ञान की उपलब्धियों की, सोच अन्तरिक्ष में छलांग लगाने की। इस म्यूज़ियम की स्थापना सन 1946 में नेशनल एयर म्यूज़ियम के रूप में की गई थी। यहाँ आपको विश्व के हवाई जांबाज, अन्तरिक्ष यान और इससे जुड़ी वस्तुओं का विशाल और अद्भुत संग्रह नज़र आएगा। यह संग्रहालय विमानन, वैमानिकी, अन्तरिक्ष यात्रा, नक्षत्रीय विज्ञान आदि के इतिहास और शोध का केन्द्र है। मजे की बात यह है कि यहाँ घूमते हुए काफ़ी समय आपको अपना सर ऊपर किए हुए ही देखना होता है क्योंकि अनेकों विमान-यान आदि ऊपर जैसे हवा में लटके ही दिखते हैं। यहाँ की उल्लेखनीय चीज़ों में 1903 का वह यन्त्र है जिसको प्रथम विमान के रूप में उड़ा कर राइट बन्धुओं ने हवा में न सिर्फ अपनी अपितु मानव जाति की पहली उड़ान भरी थी। यहाँ पर Bell-X नामक वह विमान भी आपको दिख जाएगा जिसने सबसे पहले साउंड बैरियर तोड़नेवाली उड़ान भरी थी। यहाँ आकर आपको जीवन का एक ऐसा अनुभव प्राप्त होता है जो कहीं और होना सम्भव नहीं। आप आश्चर्य चकित रह जाते हैं जब आपके सामने अपोलो 11 का कमांड मॉड्यूल कोलम्बिया दिखता है। यह अपोलो 11 का वही मॉड्यूल था जिसमें बैठ कर नील आर्मस्ट्रॉन्ग, बज एल्ड्रिन और माइकल कोलिन्स 1969 में चाँद पर गए थे। इसी से उतर कर 20 जुलाई 1969 को नील आर्मस्ट्रॉन्ग ने चाँद पर अपने पैर के रूप में पृथ्वी की समस्त मानवजाति का चाँद पर पहला कदम रखा था। जरा सोचिए कि कैसा लगा होगा चाँद पर अपना पहला कदम रखते हुये नील आर्मस्ट्रॉन्ग को। जब यह सोच कर मैं उतावला हो रहा था तो उन तीनों चन्द्र-अन्तरिक्ष यात्रियों की मन:स्थिति कैसी रही होगी।

यहीं एक ओर वह स्पेससूट भी प्रदर्शित है जिसको पहन कर नील आर्मस्ट्रॉन्ग के रूप में मानवजाति ने एक नया इतिहास रचा था। मैं यह सब देख कर रोमांचित और आश्चर्यचकित हो रहा था कि तभी दीपा भाभी ने मेरा ध्यान एक ऐसी वस्तु की ओर आकर्षित किया जिसको देखना-छूना मेरे लिये अवर्णनीय अनुभव था; यह था चाँद का टुकड़ा, जी हाँ चाँद का टुकड़ा।

1972 में अपोलो 17 के अन्तरिक्ष/चाँद यात्री Schmitt अपने साथ चन्द्रमा से 3. 8 अरब साल (3. 8 बिलियन साल)पुरानी एक चट्टान का टुकड़ा भी लाये थे शोध और अनुसन्धान हेतु। यह चट्टान का टुकड़ा सोचिए 2, 40, 0000 (दो लाख चालीस हजार) मील दूरी का सफर तय करके यहाँ लाया गया था। इसी

बड़े चट्टान के टुकड़े से एक छोटा सा टुकड़ा वहाँ संग्रहालय में रखा हुआ है एक लकड़ी के पोडियम स्टैंड जैसे पर जड़ा हुआ। उस गहरे रंग के कुछ-कुछ ग्रेनाइट की रंगत जैसे चिकने टुकड़े को मैं काफ़ी देर तक तो खड़ा हुआ निहारता ही रहा। मुझको सहसा विश्वास ही नहीं हो रहा था कि जिस चन्दा मामा की कहानियाँ-लोरियाँ हमने बचपन में अपनी दादी, नानी और माँ आदि से सुनी थीं उसी चाँद का एक टुकड़ा मेरे सामने इतना पास है कि मैं उसको छू सकता हूँ। मेरे लिये वह एक बहुत ही अद्भुत, अविस्मरणीय और रोमांचक पल था जब न जाने कितने गीतों, शायरियों की विषय-वस्तु बना चाँद का टुकड़ा और मैं रू ब रू थे। मैंने बहुत उत्साह से लेकिन किंचित सहमते हुए उस चाँद के टुकड़े को छुआ और वह स्पर्श मेरे मनोमस्तिष्क में हमेशा के लिये अंकित हो गया। इस म्यूजियम में अन्तरिक्ष यात्री क्या खाते हैं, कैसे रहते हैं जैसी तमाम जानकारी और उस से सम्बन्धित चीज़ें प्रदर्शित थीं और मेरा यही मानना है कि वाशिंगटन डीसी जो भी जाये उसको यह म्यूज़ियम अवश्य देखना चाहिए।

इसके बाद हम लोग वाशिंगटन के नेशनल आर्ट म्यूज़ियम गये। यहाँ की पहली झलक में यह इमारत आपको सामने से रोम के पैन्थियोन जैसी सी नज़र आती है; वैसे ही विशाल खम्भेवाली इमारत। इस आर्ट गैलरी में आपको सार्वकालिक विश्व प्रसिद्ध कलाकारों की कृतियाँ देखने को मिलेंगी जैसे फ्रा फिलिप्पो लिप्पी, राफेल, लियोनार्डो दा विंची की अमेरिका में बनाई इकलौती पेंटिंग Ginevra de' Benci आदि। इससे पहले मैं पेरिस के लूव्रे म्यूज़ियम तथा रोम-वैटिकन सिटी में भी इन चित्रकारों की कलाकृतियाँ देख चुका था किन्तु यहाँ पर भी यह सब बहुत अद्भुत था।

एक दिन हम लोग बीनू दादा के साथ व्हाइट हाउस आदि देखने निकले। व्हाइट हाउस अमेरिका के राष्ट्रपति का आधिकारिक आवास है और 1600 पेंसिल्वेनिया एवेन्यू NW पर स्थित है। सन 1800 में इसमें रहना शुरू करनेवाले पहले राष्ट्रपति जॉन ऐडम्स थे जब अमेरिका की राष्ट्रीय राजधानी फिलाडेल्फिया से वाशिंगटन डीसी स्थानान्तरित हुई। इस इमारत की डिज़ाइन प्रसिद्ध आइरिश वास्तुविद जेम होबन ने बनाई है। हम सब लोग व्हाइट हाउस की नुकीले सरियोंवाली चहारदीवारी तक गए जहाँ से सामने व्हाइट हाउस की भव्य इमारत उसके सामने का हरा-भरा लॉन बिलकुल साफ दिख रहे थे। मैं उस विशाल इमारत को देख कर सोच रहा था कि यह वही स्थान है जहाँ से विश्व की दिशा और नीति निर्धारित करने के अनेकों महत्वपूर्ण और ऐतिहासिक फैसले लिये गए हैं।

बाहर सड़क पर हमारे जैसे बहुत सारे सैलानी थे। वहाँ बाहर सड़क पर तत्कालीन अमेरिकन राष्ट्रपति श्री बिल क्लिंटन और उनकी पत्नी श्रीमती हिलेरी

क्लिंटन के कटआउट भी खड़े हुए थे जिनके साथ तमाम लोग अपनी फ़ोटो ले रहे थे और हम लोगों ने भी वहाँ अपनी फ़ोटो खिंचवाईं।

व्हाइट हाउस से फिर हम लोग कैपिटोल हिल गए जहाँ अमेरिका का कांग्रेस हाउस या संसद भवन स्थित है। यह एक चहल-पहल भरा रिहायशी इलाक़ा भी है। हमने यू ऐस सुप्रीम कोर्ट की इमारत और लाइब्रेरी ऑफ कांग्रेस भी देखी। बीनू दादा के साथ हम लोग वर्ल्ड बैंक भी गए। हम सभी जानते हैं कि विश्व के अनेकों देशों की अर्थव्यवस्था का प्रारूप और दिशा-नीति विश्व बैंक के नीति निर्देशन और मदद से ही तय होती है। मुझको इस बात से बहुत अच्छा लगा और गर्व का भी अनुभव हुआ कि हमारे बीनू दादा भी इस विश्व प्रसिद्ध और अति प्रतिष्ठित संस्थान में काम करके न जाने कितने देशों की आर्थिकी में अपना योगदान दे चुके हैं। मैं अन्दर श्री विनय स्वरूप के कार्यालय में भी गया और बाहर जहाँ बहुत बड़े अक्षरों में वर्ल्ड बैंक लिखा है वहाँ एक फ़ोटो भी ली गई।

एक दिन बीनू दादा, दीपा भाभी उनके पुत्र अमित और पुत्री अम्बिका के साथ हम लोग डंकिन डोनट्स में डोनट्स खाने गए और वास्तव में मुझको यहाँ के डोनट्स बहुत अच्छे लगे और यह मैंने पहली बार ही खाये थे। हम लोग ओरिजिनल पैनकेक हाउस भी गए थे और वहाँ के प्रसिद्ध वैफल्स भी खाए। दीपा भाभी के साथ मैं 20 मील दूर जर्मन टाउन स्थितवालमार्ट के स्टोर भी गया और मैंने उनको बताया कि यह बहुत विशाल चेन है लेकिन हम कभी इनको माल सप्लाई नहीं कर पाए क्योंकि इनकी खरीद बहुत सस्ती दरों पर होती है। दीपा भाभी मुझको वहाँ के मॉल भी ले गईं और मॉल जाना मेरे लिये एक नया अनुभव था। अभी तक भारत या अन्य देशों में आज जैसी मॉल की संस्कृति शुरू नहीं हुई थी। हाँलाँकि मैंने दुबई का 'अल गुरेर सेंटर' तथा फ्रैंकफ़र्ट के 'सी ऐंड ऐ' ख़ूब देखे थे किन्तु एक छत के नीचे अलग-अलग शोरूम्स और वह रौनक मेरे लिये तब एक नयी चीज़ थी। मैंने एक अटैची-सूटकेस तथा अपना पहला डिजिटल कैमरा भी खरीदा जो उस समय एक नई चीज़ थी। मुझको खरीददारी करते देख दीपा भाभी बहुत हँसी क्योंकि उनको मेरा तरीका बहुत ही अजीबो-गरीब अस्तव्यस्त सा लगा किन्तु मैं जब भी कुछ खरीदने का मन बनाता हूँ तो किसके लिये खरीद रहा हूँ वह यदि ध्यान में होता है तो फिर मुझको खरीदारी में कोई समय नहीं लगता है।

अपने अमेरिका प्रवास में बीनू दादा, दीपा भाभी, अमित और अम्बिका के साथ बहुत मजा आया। उन लोगों के अपनेपन, गर्मजोशी और खातिर नवाजी की जितनी प्रशंसा की जाए वह कम होगा। एक दिन को भी ऐसा नहीं लगा कि मैं अपने घर से हजारों मील दूर परदेस में हूँ। बीनू दादा के पास उस समय आज की SUV जैसी टोयोटा की 'सिएना मिनी वैन' कार थी। उस समय भारत में उस

क़िस्म की कारों का प्रचलन शुरू नहीं हुआ था तो मुझको उनकी कार में बैठ कर ऐसा मेहसूस होता था कि जैसे हम ड्राइंगरूम के सोफे पर ही बैठे हों। एक दिन हम लोग बाज़ार गए तो वहाँ पर मैंने बहुत नए क़िस्म के पटाखे देखे और उत्साह में घर पर दीवाली पर बच्चों के साथ चलाएंगे ऐसा सोच कर खरीद लिये। बाद में ध्यान आया कि यह सारे पटाखे हवाई जहाज़ में ले जाना सम्भव ही नहीं होगा क्योंकि उसमें जो एक रॉकेट जैसा नए क़िस्म का पटाखा था उसमें कुछ ज्वलनशील पदार्थ था तो फिर वह पटाखे वहीं छोड़ कर आया।

अमेरिका-3

एटलांटिक सिटी

को-ऑर्डिनेट्स 39° 21' 45" N

74° 25' 30" W

जैसा मैंने पहले बताया कि अपना अमेरिका का कार्यक्रम बनाने में मैंने टीसीआईवाले लाल साहब की मदद और राय ली थी। मेरा अनुभव है कि राय का कोई बीमा नहीं होता अर्थात यदि राय देनेवाले की राय गलत निकल गई तो उसका तो कुछ नहीं बिगड़ता लेकिन जिसने राय ली है उसका बंटाधार हो सकता है। यह राय आपने कितने ही काबिल व्यक्ति से और कितने ही सोच समझ कर ली हो लेकिन उसके गलत निकलने पर आपकी क्षतिपूर्ति का कोई जरिया नहीं होता है। कुछ ऐसा ही मेरे साथ हुआ। मुझको अमेरिका की ज़्यादा जानकारी नहीं थी तो मुझको जहाँ-जहाँ जाना था वहाँ के हिसाब से लाल साहब की राय से और उनके द्वारा ही मैंने VUSA यानी विजिट यू ऐस ऐ की स्कीम के हवाई जहाज़ के टिकट लिये। यह कुछ-कुछ यूरेल जैसा था लेकिन उससे बहुत भिन्न। यह टिकट गिनती के डेस्टिनेशन्स के थे जो अपरिवर्तनीय क़िस्म के थे और इससे कुछ ऐसा कार्यक्रम होता कि वाशिंगटन से न्यूयॉर्क-शिकागो-बोस्टन-डलास टेक्सास-कैलिफोर्निया-लॉस एंजेल्स और वापिस वाशिंगटन। अब जब मैं यात्रा की तिथि तय करने हेतु वाशिंगटन में सम्बन्धित एयरलाइंस के ऑफ़िस पहुँचा तो एक नई चीज़ मालूम पड़ी कि आप जिस भी एयरलाइंस से जाएंगे वह पहले अपने हब लेकर जाएगी फिर वहाँ से आपके अगले डेस्टिनेशन यानी गन्तव्य को जिसका अर्थ था कि मेरे यह टिकट मेरे आधे रास्ते में ही समाप्त हो जाने थे। वीकडेज़ में तत्काल नए टिकट लेना बहुत ही महंगा सौदा था और उस यात्रा में सम्भव नहीं था। मैंने बहुत मगजमारी की किन्तु कोई रास्ता सम्भव नहीं था। मैंने अपने राय देनेवाले लाल साहब से कहा तो उन्होंने कहा कि आप उसको अगर बिलकुल

काम में नहीं लेंगे तो हम पूरे पैसे वापिस कर देंगे जो उन्होंने किए भी किन्तु मेरा यात्रा का मूल प्लान तो चौपट हो गया था।

एक दिन हम लोगों को बीनू दादा-दीपा भाभी एटलांटिक स्टिी घुमाने कार द्वारा ले गए। उस समय भारत में एक्सप्रेसवे संस्कृति शुरू नहीं हुई थी तो वहाँ की सड़कें देख कर चमत्कृत तो होना ही था जैसा अब अपनी एक्सप्रेसवे देख कर गर्व की अनुभूति होती है। लगभग 200 मील का यह सफ़र लगभग साढ़े तीन घंटे का था। रास्ते में हम लोग चाय आदि को रुके और वह स्थान अपने पुराने नैशनल हाईवेज़ के ढाबों के मुकाबले बिलकुल बेजान और नीरस लगा जैसे आजकल अपने यमुना एक्सप्रेसवे के रुकने के स्थानों पर भी महसूस होता है। कहाँ उन ढाबों की रौनक और विविधतावाला खाना और कहाँ एक्सप्रेसवे के नीरस, महंगे स्टॉप-ओवर। ख़ैर, रास्ता बहुत अच्छा था, थोड़ी देर बीनू दादा ने अपनी कार को क्रूज़ कंट्रोल पर भी चलाया जो देख कर तब आश्चर्य हुआ था।

एटलांटिक सिटी एक पर्यटक लोगों के लिये बना रिसॉर्ट सिटी था। यह न्यू-जर्सी के एटलांटिक कोस्ट यानी कि एटलांटिक महासागर के किनारे अमेरिका के पूर्वी समुद्र तट पर स्थित है। एटलांटिक सिटी शहर अपने शानदार समुद्री तटों-बीचों, अद्भुत बोर्ड वाक और अपने चमकते-दमकते जुआघरों- कैसिनोज़ के लिये प्रसिद्ध है और इसकी आय का यह एक प्रमुख स्रोत हैं। इसकी स्थापना सन 1800 में एक हैल्थ रिसॉर्ट के रूप में हुई थी। सन 1976 में यहाँ पर जुआ खेलना कानूनी तौर पर जायज बनाया गया। Chalonte-Hadden Hall होटल पूर्वी अमेरिका का पहला होटल था जहाँ 26 मई 1978 को पहला कानूनी तौर पर जायज जुआघर या कैसिनो खुला।

एटलांटिक सिटी की चौड़ी सड़कें और चारों ओर फैली चकाचौंध आपको मानो मन्त्रमुग्ध सा कर देती है। अमेरिका में बहुत जगहों पर आपको सबकुछ बहुत बड़ा-बड़ा लगता है, वहाँ की विशालता एक स्वतन्त्रता का अलग सा अहसास लिये हुए लगती है। बहुत सी जगहों पर उन्मुक्तता भी झलकती है पर सब अपने में मगन दिखते हैं। एटलांटिक सिटी में भी चारों ओर एक विशालता का सा माहौल नजर आता है। बड़े होटल, बड़े कैसिनो, बड़ी-चौड़ी सड़कें, विशाल वृक्ष, बड़ी कारें, बहुत बड़ा समुद्र किनारे बोर्ड वाक और उसके पार विशाल लहराता उत्तंग लहरोंवाला विशाल समुद्र एटलांटिक महासागर। मैंने मुम्बई में अरब सागर, कोलकाता की तरफ़ बंगाल की खाड़ी तथा यूरोप, दुबई, मध्य-पूर्व में अनेक सागर तट देखे हैं किन्तु यहाँ एटलांटिक महासागर के तट पर खड़े होकर मुझको याद आ रहा था भारत के दक्षिण के आख़िरी छोर यानी कन्याकुमारी का वह स्थान जहाँ आप तीन समुद्रों यानी कि अरब सागर, बंगाल की खाड़ी और महाविशाल हिन्द महासागर का संगम सा होते देखते हैं। कितना

अद्‌भुत होता है वह दृश्य जहाँ तीनों सागर अलग-अलग रंग में अपनी छटा बिखेर रहे होते हैं और वहाँ का सूर्यास्त का दृश्य तो अलौकिक ही होता है। मैं खड़ा था एटलांटिक महासागर के तट पर और मुझको कन्याकुमारी का वह दृश्य याद आ रहा था कि मेरा ध्यान गया बड़े-बड़े झूलों, मेले के माहौल या वहाँ की भाषा में कार्निवाल, खाने पीने की अनेक दुकानें, शोर शराबा, चहल पहल बता रही थी कि यह अमेरिका है विश्व का सबसे विकसित देश। हम लोग बोर्ड वाक पर गए और वहाँ पर अपने फ़िरोज़ाबाद की रामलीला जैसी बन्दूक से निशाना लगाने की स्टाल देख कर मेरा मन भी मचल उठा और सफल निशानेबाजी की गई। मैंने वहाँ की निशानेबाजी की प्रतियोगिता में बीनू दादा के पुत्र अमित के लिये एक इनाम भी जीता था। कुल मिलाकर एटलांटिक सिटी का बोर्डवाक एक मजेदार अनुभव था।

इसके बाद हम लोग वहाँ के प्रसिद्ध ट्रम्प ताज महल होटल गए। यह बहुमंजिला होटल अमेरिका के प्रसिद्ध उद्यमी डोनाल्ड ट्रम्प ने बनवाया था। यही डोनाल्ड ट्रम्प बाद में संयुक्त राज्य अमेरिका के राष्ट्रपति भी बने। ताज महल होटल एक बहुत बड़ी बहु-मंजिला इमारत थी जिसके ऊपर बहुत बड़े अक्षरों में लाल रंग के अक्षरों से ट्रम्प तथा ताज महल लिखा था। इसके बीचोबीच एक ऊँचा गुम्बद था।

यहाँ हम लोग कैसिनो देखने गए। वहाँ का नज़ारा ही अलग और बिलकुल फिल्मी था। बड़ी-बड़ी स्लॉट मशीनें, बड़ी टेबलें, सामग्री परोसते घूमते वेटर, जबरदस्त गहमागहमी, न जाने कितने लोग वहाँ मनोरंजन के लिये आए हुए थे। कोई जुए में जीत रहा था कोई हार रहा था चारों ओर चमक-दमक पार्टी जैसा माहौल था। मैं भी एक स्लॉट मशीन पर गया, मुझको खेलना तो नहीं आता था किन्तु वहीं के एक कर्मचारी ने बताया, मैं कुल 15 डॉलर ले गया था बाक़ी पैसे बाहर ही छोड़ गया था कार में क्योंकि पता नहीं जुए में मति भ्रष्ट हो और आकर्षण और लालचवश ज़्यादा पैसे न खर्च कर दूँ। मैने पहले तो कुछ पैसे जीते लेकिन अन्ततः हाथ झार चले जुआरीवाला हाल हुआ और पूरे 15 डॉलर गंवा कर मैं भी वापिस हुआ। इस होटल के पोर्टिको में मुझको एक बहुत बड़ी सफ़ेद लिमोज़ीन कार दिखी जिसके साथ मैंने फ़ोटो भी खिंचवाई। मैंने आजतक यानी जब 2023 में जब यह संस्मरण लिख रहा हूँ तब तक इतनी बड़ी दूसरी कोई कार नहीं देखी।

एटलांटिक सिटी से लौट कर हम वाशिंगटन आ गए। अमेरिका में बीनू दादा, भाभी और उनके बच्चों के साथ यह समय कब निकल गया यह पता ही नहीं चला। अमेरिका तो देखा ही साथ ही यह समय था पुरानी यादों को ताजा करने का, नई मधुर स्मृतियाँ बनाने का। कभी हम लोग साथ बैठ कर इटावा की

अपनी ननसाल की बातें करते तो कभी इलाहाबाद की यादों की। बीनू दादा, दीपा भाभी, अमित और अम्बिका ने जैसे गर्मजोशी से अमेरिका में मेरा ख्याल रखा, खाने का, घुमाने का वह सारी बातें यह बताती हैं कि रिश्तों का क्या महत्व है और कैसे निभाये जाते हैं।

जब मैं अमेरिका के विषय में सोचता हूँ और कोई मुझसे पूछे कि अमेरिकन्स कैसे दिखते हैं तो सिवाय इसके कि मैं कहूँ अच्छे दिखते हैं इसके अलावा मुझ पर कोई जवाब नहीं है क्योंकि यहाँ लगता है कि जैसे विभिन्न संस्कृतियों का, विभिन्न राष्ट्रीयताओं का, विभिन्न क्षेत्र के मनुष्यों का जैसे संगम है। आप अमेरिका के लोगों को रंग, नस्ल आदि के फिक्स्ड पैमानों से नहीं परख सकते क्योंकि जैसे समुद्र में सारी नदियाँ मिल गईं और सब एक हैं वैसे ही अमेरिका आकर सारे विश्व के लोग चाहे मूलतः वह किसी भी देश के हों वह अमेरिकन हैं और मुझको लगा कि वह ऐसा दिल से महसूस भी करते हैं। यहीं आकर मुझको अपने हिन्दुस्तान की विविधता में एकता का महत्व ज़्यादा महसूस हुआ और अपने देश पर अपने देश के लोगों पर गर्व महसूस हुआ और दिल ने कहा कि सारे जहाँ से अच्छा हिन्दुस्तान हमारा।

मेरी यह यात्रा भी पूरी हो चुकी थी और अगले दिन मैं अमेरिका की मधुर स्मृतियाँ समेटे हुए वापिस चल दिया था पेरिस के लिये।

दुबई 2005 की यात्रा

एक्सपोर्ट का काम शुरू करने के बाद मैं न जाने कितनी बार विदेश गया और न जाने कहाँ-कहाँ गया जिसमें दुबई की भी बहुत यात्राएं हुईं।

सन 2005 की दुबई यात्रा इसलिये उल्लेखनीय है कि इस यात्रा में मेरी पत्नी रचना भी मेरे साथ थीं। हुआ कुछ यूँ कि हमारा कुछ माल दुबई गया था वह किन्हीं कारणोंवश व्यापारी की कम्पनी ने छुड़ाया नहीं और वह अन्ततः वहीं की पोर्ट ऑथोरिटी द्वारा वहीं बेच दिया गया। अपने कागजों की खानापूर्ति हेतु इस माल को बेच दिया गया है इस विषयक सर्टिफिकेट की हमको ज़रूरत थी जिसके लिये इस बार दुबई जाना पड़ा।

दुबई में उस समय मेरे सतीश मामा (मम्मी के छोटे ताऊजी के पुत्र) और उनका बेटा समीर रहते थे। उनका कोचीन, आगरा, एर्नाकुलम और दुबई आदि में मसालों (Spice) का पुश्तैनी कारोबार है। मैं और रचना दुबई पहुँचे जहाँ ऐयरपोर्ट पर समीर हमको लेने आ गए थे और हम लोग सीधे उनके न्यू दुबई के दुबई इन्वेस्टमेंट पार्क की ग्रीन कम्युनिटी स्थित उनके घर पहुँच गए। वहाँ पर सतीश मामा का खाने आदि का पूरा घर जैसा चतुर्वेदी परिवारों जैसे खान पान की पूरी व्यवस्था दुबई में भी थी और इसके लिये उनके यहाँ डोमेस्टिक हेल्प

आदि के लोगों की पूरी व्यवस्था थी। वह तारीख 1 अगस्त थी सन 2005 की जब हम दुबई पहुँचे। थोड़ी देर में ही समीर के साथ मुझको कस्टमवालों से मिलने जाना था तो हमने रचना को इब्न बतूता मॉल छोड़ दिया। दुबई की जबेल अली विलेज की शेख़ जायेद रोड स्थित इब्न बतूता मॉल दुनिया का सबसे बड़ा थीम पर आधारित मॉल है। इसकी छत देखने लायक है। इस मॉल में अलग-अलग देशों जैसे भारत, इजिप्ट, तुर्की आदि की थीम पर आधारित हिस्से हैं और यह एक बहुत ही विशाल मॉल है जो दुबई की समृद्धि और सम्पन्नता की कहानी का जीता-जागता प्रतीक है।

रचना को मॉल में छोड़ कर हम लोग चले तब तक हमको खबर लग चुकी थी कि उसी दिन सऊदी अरब के शाह फ़हद बिन अब्दुल अज़ीज़ अल सऊद का निधन हो गया है। यह दूसरा मौका था जब मैं विदेश में था और किसी बड़ी हस्ती के निधन का समाचार मिला था। पहली बार जब मैं फ्रैंकफ़र्ट में था और लेडी डायना स्पेंसर की मृत्यु का समाचार था और सारा फ्रैंकफ़र्ट ही नहीं बल्कि यूरोप में ही शोक का माहौल हो गया था। इस बार भी कुछ ऐसा ही हुआ। दुबई में भी राजकीय शोक की घोषणा कर दी गई और तमाम सरकारी कार्यालय बन्द कर दिए गए जिसका परिणाम था कि अब कुछ दिन हमारा काम नहीं हो सकता था। जब हम और समीर कार से जा रहे थे तो अचानक समीर ने बायीं ओर इशारा करते हुए कहा कि दादा देखिए और मैने देखा कि ब्लिंकर जलते हुए एक रोल्स रॉयस जा रही थी जिसके पीछे केवल एक कार और थी। इस रोल्स रॉयस को एक अरबी महाशय चला रहे थे जो समीर ने बताया कि दुबई के किंग थे। बाद में समाचारों से भी मालूम हुआ कि दुबई के राजा कार से ही शायद सऊदी अरब के शोक में गए थे। ख़ास बात यह थी कि देश का राजा ख़ुद अपनी कार चला रहा था, सड़क पर न कोई सायरन था, न बैरीकेड था और न सुरक्षा का जनता को दिक़्क़त देनेवाला कोई तामझाम ही था। मैं इस बात से बहुत प्रभावित हुआ।

दुबई में एक दिन हम लोग चाइनीज़ मॉल या ड्रैगन मार्ट गए जो इतना विशाल था कि सोचना भी सम्भव नहीं था। यह दुबई में चीन के सामान का सबसे बड़ा बाज़ार था जो बहुत बड़े इलाक़े में फैला हुआ है। इसमें 3500 से अधिक दुकानें हैं जिनमें चीन का फर्निचर, कपड़ा, कार्पेट, ऑफ़िस के सामान, इलेक्ट्रॉनिक्स, खेल का सामान, फ़ैशन का सामान आदि न जाने क्या क्या मिलता है और जिसको घूमना एक दिन में तो सम्भव ही नहीं था।

समीर के साथ हम अल रास स्थित उनके ऑफ़िस भी गए। अल रास दुबई के पुराने डेरा इलाक़े में स्थित है और यहाँ विश्व प्रसिद्ध गोल्ड सूक, स्पाइस सूक आदि हैं। यहाँ की पतली सड़कें पुरानी अमीराती संस्कृति को दर्शाती हैं। यहाँ एक मजेदार बात यह मालूम पड़ी कि अफ्रीका के बहुत से देशों के व्यापारी

यहाँ नकद खरीदारी को आते हैं। वह किसी बैंकिंग ट्रांजैक्शन या अन्य झमेलों में नहीं पड़ते हैं कि पहले ऑर्डर दिया जाए फिर एल सी खुले फिर शिपमेंट हो। वह तो बस झुंड से में अपनी बोट या छोटा शिप लेकर आते हैं और मैंने देखा उनके आते ही बाज़ार में एक क़िस्म की खलबली सी मचती है और वह खरीद करते जाते हैं, नकद पेमेंट करते जाते हैं और सारा माल अपने-अपने जहाज़ पर लाद कर अपने देश वापिस चाले जाते हैं और यहाँ का बाज़ार माल से खाली सा हो जाता है। यह सब देख सुनकर मुझको मध्यकाल के तटवर्ती राज्योंवाले भारतीय बाज़ारों के क़िस्से कहानी याद आ गए।

छुट्टी के समय का उपयोग मैंने और रचना ने दुबई, शारजाह आदि घूम कर किया। हम लोग गोल्ड सूक गए जहाँ मैं पहले भी कई बार आ चुका था किन्तु अपनी पत्नी के साथ गोल्ड सूक जाना एक अलग ही अनुभव रहा। दुबई में अल रास से बाहर समुद्र की तरफ़ आकर नौका भ्रमण भी होता है। दुबई की ढलती शाम में दरिया में नौका में बैठ कर घूमने का एक अलग ही आनन्द था। दुबई की ढलती शाम में शान्त ठहरे समुद्र में नौका पर खेवैया के अतिरिक्त बस मैं और रचना। एक तरफ़ समुद्र में तीन तरफ़ से पड़ती दुबई की रौशनी का प्रतिबिम्ब और उसके बीच तैरती हमारी नाव, मैं बयान नहीं कर सकता उस अद्‌भुत अनुभव को, मन हो रहा था कि समुद्र बस ठहरा रहे, यह पल बस ठहरा रहे, नाव इसके पानी पर ऐसे ही तैरती रहे, शान्त-मन्द रफ्तार से, हम लोगों को समुद्र की शीतल लहरों को छूकर आती हवा जैसे अपने आँचल से सहलाती रहे और मैं और रचना इसी क्षण का आनन्द लेते रहें बस मौन-एक दूसरे के हाथ को अपने हाथ में थामे हुए, कभी दुबई की ख़ूबसूरती, कभी समुद्र का गाम्भीर्य और कभी एक दूसरे की आँखों में निहारते हुए।

सतीश मामा ने एक गाड़ी मय ड्राइवर हम लोगो के लिये नियुक्त कर दिया था और हम लोग अकसर ही किसी न किसी मॉल चले जाते थे। हमने ड्राइंगरूम में एक क्रिस्टल के पीस में समीर और उनकी पत्नी की लेज़र से बनी फ़ोटो देखी थी और हमारा भी मन हुआ कि ऐसी एक फ़ोटो हम भी बनवाएं। मॉल में जाकर हमने अपनी दोनों की तस्वीर लेज़र से एक पिरैमिडनुमा क्रिस्टल में उकरवायी जो बनी तो बहुत अच्छी थी पर यह काम बहुत महंगा लगभग 750 अमेरिकी डॉलर का था। बाद में व्यापार के लिये मैंने भी एक लेज़र मशीन का आयात किया था पर उसका काम इससे कुछ भिन्न था।

सरकारी कार्यालयों के खुलते-खुलते हमारी वापिसी का भी समय आ गया था। मैं दो तीन बार कस्टम कार्यालय भी गया। एक बात जो मैंने सभी मध्य-पूर्व के देशों में देखी वह यह थी कि वहाँ लगभग सभी काम भारतीय और अन्य एशियन देशों के लोग करते हैं किन्तु सरकारी दफ़्तरों या इमिग्रेशन आदि में अति

महत्वपूर्ण स्थानों पर उनके अपने अरबी लोग ही बैठे दिखे। मेरे तमाम प्रयासों के बाद भी मुझको लगा कि मेरे सारे सर्टिफिकेट्स निकलने में लम्बा समय लग सकता है तो मैंने अपनी समस्या सतीश मामा को बताई। उन्होंने बताया कि उनके एक केरल के परिचित हैं जो कोचीन कनैक्शन के नाते सतीश मामा से बहुत सम्मानवाला रिश्ता रखते थे। दुबई के मलयालमवाले रेडियो पर रोज़ उनके उद्‌गार और प्रवचन आते थे और मलयाली समुदाय में उनका बहुत ज़्यादा प्रभाव था। यह बहुत बड़े रेडियो इम्फ्लूएंसर हुआ करते थे और अब इनका एशिया टीवी नामक टीवी चैनल भी है। साईदू मुहम्मद निसार नाम के इन महाशय से सतीश मामा ने कहा और फिर मुझसे कहा कि अब तुम वापिस हिन्दुस्तान जा सकते हो यह कागज 2 हफ्ते में मिल जाएंगे। सच में ऐसा ही हुआ, हम और रचना तो इसके बाद भारत आ गए और 2 हफ्तों में कस्टम के सर्टिफिकेट मेरे पास आ गए थे।

दुबई से चलते में सतीश मामा ने बहुत सारी ईरानी केसर हम लोगों के साथ रख दी यह कहते हुए कि, "रज्जन जिज्जी (मेरी माँ को उनके छोटे भाई बहिन इसी नाम से पुकारते थे) और जीजाजी के लेंन है।" दुबई में इतना समय कितने मजे और आराम से निकल गया यह पता ही नहीं चला। सतीश मामा (अब स्वर्गीय) और उनके पुत्र समीर ने मेरा और रचना का बहुत खयाल रखा तथा खातिर भी बहुत की यह कहते हुए कि, "भांजा आऔ है बहू के साथ।" दुबई की यह यात्रा भी अब समापन पर थी और हम लोग वापिस चल पड़े थे अपने देश के लिये इस दुबई यात्रा की बहुत सारी मधुर स्मृतियाँ अपने मनोमस्तिष्क में समेटे हुए।

फ़िरोज़ाबाद

रविवार

वैशाख पूर्णमासी सम्वत 2080 विक्रमी

दिनांक 5 मई सन 2023 ईसवी

अतुल चतुर्वेदी

14 अक्टूबर 1961 को फ़िरोज़ाबाद, उत्तर प्रदेश में जन्में अतुल चतुर्वेदी ने अपनी प्रारम्भिक शिक्षा इलाहाबाद तथा लखनऊ से अर्जित करने के उपरान्त 1982 में इलाहाबाद विश्वविद्यालय से स्नातक की उपाधि प्राप्त की। वह एक प्रतिष्ठित काँच-उद्यमी और भारतीय राष्ट्रीय कांग्रेस के सक्रिय सदस्य हैं। उन्होंने काँच हस्तशिल्प उत्पादों के अन्तर्राष्ट्रीय निर्यात में अग्रणी भूमिका निभाई है।

अतुल चतुर्वेदी राजनीतिक रूप से, भारतीय राष्ट्रीय कांग्रेस के साथ जुड़े रहे। प्रोफेशनल्स कांग्रेस उत्तर प्रदेश (प) के अध्यक्ष के रूप में अपनी सेवाएँ दीं और अखिल भारतीय कांग्रेस समिति (AICC) के सदस्य भी रहे। इसके साथ ही, वस्त्र मंत्रालय, भारत सरकार की टैक्सटाइल्स कमेटी और कॉटन एडवाइजरी बोर्ड के सदस्य भी रह चुके हैं। एक्सपोर्ट प्रमोशन काउंसिल फ़ॉर हैंडीक्राफ्ट्स द्वारा आयोजित अंतर्राष्ट्रीय व्यापार मेले की आयोजन समिति में भी उन्होंने अहम भूमिका निभाई है।

आप सामाजिक, ऐतिहासिक और सांस्कृतिक मुद्दों पर गहरी रुचि रखते हैं। लेखन और कविता के शौकीन हैं, और बचपन से ही इन कलाओं में उनका गहरा लगाव रहा है। विश्व के कई देशों की यात्रा करने का उनका अनुभव भी उनके व्यापक दृष्टिकोण को समृद्ध करता है।

ई-मेल : mailto:atulchtr@gmail.com